全国高职高专教育“十三五”规划教材

百部名著导读

主　编　张一村　申晓辉
副主编　刘际平　赵翠明
张　娟　聂艳华

華中科技大學出版社
http://www.hustp.com
中国·武汉

内 容 提 要

全书分为中国古代文学卷、中国现代文学卷、中国当代文学卷和外国文学卷四部分。每卷选取若干部在文学史上有较大影响、占据较重要地位的著名文学著作(含各体文学作品总集)或某一著名作家的代表性文学作品(含选集)作为名著篇目,以创作年代先后为序依次排列;原则上不收录篇幅过于短小的单篇作品,不重复收录某位作家的多部作品。每部名著导读的内容大致包括:从思想内容或艺术成就或传播影响等方面概括名著特点,以标题立目;简介作者生平、思想、文学创作情况等,以知人论世;客观分析名著的思想内容、艺术成就、地位影响等,以提供赏鉴名著的观点与视角;推荐名著的原始版本或近现代较为知名的权威版本(含名家校注)以及作者传记、研究资料、名著欣赏(含名家赏鉴)等书目,以延展和深化对名著的阅读与理解。

图书在版编目(CIP)数据

百部名著导读/张一村,申晓辉主编. —武汉:华中科技大学出版社,2015.9(2021.8重印)
全国高职高专教育"十三五"规划教材
ISBN 978-7-5680-1253-9

Ⅰ. ①百…　Ⅱ. ①张…　②申…　Ⅲ. ①世界文学-文学欣赏-高等职业教育-教材
Ⅳ. ①I106

中国版本图书馆CIP数据核字(2015)第223041号

百部名著导读　　张一村　申晓辉　主编

策划编辑:曾　光
责任编辑:王　莹
封面设计:孢　子
责任校对:曾　婷
责任监印:徐　露
出版发行:华中科技大学出版社(中国·武汉)　电话:(027)81321913
武汉市东湖新技术开发区华工科技园　邮编:430223
录　排:华中科技大学惠友文印中心
印　刷:广东虎彩云印刷有限公司
开　本:710mm×1000mm　1/16
印　张:16.75
字　数:326千字
版　次:2021年8月第1版第10次印刷
定　价:38.00元

阅读是增加知识、开阔眼界、丰富思想、培养性情的重要途径。在现代媒体日益发达的今天，文本阅读越来越被人们冷落，尤其是广大青少年学生热衷于网络游戏，而忽略了对文学素养的提高。小而言之，这是荒废青春，浪费时间，对自己不负责任；大而言之，这会影响整个社会国民素质的提高，会造成人类文化传承的缺失。千百年来，无数先哲用自己的心血将人类文明凝结成一部部文学作品传诵于世，使后人在认识历史的同时，也涤荡心灵、启迪智慧。作为一种以语言文字为工具、形象化地反映客观现实的艺术，文学传达出人对自然界和人类社会的丰富认识，是人真实内在心灵的自然流露。由此，接触文学的过程，就成为经历心灵震颤、与历史对话的重要途径。

文学名著作为经过不同时代读者反复甄别、严格检验的艺海明珠，作为经过时间沉淀的人类文化的精华，体现了深邃的人类智慧，蕴含了丰富的人文底蕴。这些作品脍炙人口，经久不衰，是世世代代人们营养精神的食粮，支撑信念的支柱，激励前行的动力。文学名著，是人类思想文化、精神文明的重要载体，每一个民族、每一个时代的精神精华都凝聚其中，人类最美好的创造也都汇集其中。所以，文学名著往往能以其博大精深的思想内容和精湛卓绝的艺术特色，成为反映生活、表现思想、运用语言、发展文学创作等方面的经典范例，能给人以永不枯竭的教益。恩格斯在《致玛·哈克奈斯》中说过，巴尔扎克在《人间喜剧》里给读者提供了一部法国社会，特别是巴黎上流社会的卓越的现实主义历史……它汇集了法国社会的全部历史，读者从这里，甚至在经济细节方面(诸如革命以后动产和不动产的重新分配)所学到的东西，也要比从当时所有职业的历史学家、经济学家和统计学家那里学到的全部东西还要多。俄国作家赫尔岑在《给儿子的信》中说："莎士比亚和哥德抵得上整整一所大学。"我国散文家刘白羽曾说过，每一部名著都是"一个广阔的世界，一个浩瀚的海洋，一个苍莽的宇宙"。

为了切实提高学生的专业素养，焦作师范高等专科学校文学院结合专业特点和学生实际，面向全院学生全面实施"11123 工程"。此项工程的具体诠释为：三个"1"要求学生在三年大学生活中能阅读 100 部古今中外名著，每学期能发表一篇作品，语文教育专业学生能上一堂优质课、文秘与办公自动化专业学生能做一次成功的文秘工作演示、新闻采编与制作专业学生能完成一次完整的采访或编辑制作；“2”要求学生在三年中能背诵或讲析200篇散文；“3”要求学生在三年中能背诵300首诗词歌赋。为了配合“11123工程”的实施，焦作师范高等专科学校文学院组织师资力量编写了此书。

我们从古今中外的文学名著中选取了部分经典之作，运用提炼概括、点旨举要的导读方式，给喜爱文学、迫切希望阅读文学名著却又不知从何入手的同学们提供一点引导和帮助。但愿喜爱文学的同学们能在阅读本书的过程中，初识名著面目，与自己心仪已久的文学名著结下不解之缘；能在本书的帮助下，进一步深入研读原著，亲身感受经典名著无尽的魅力。

在本印次中，对书中的内容进行了一些勘误，希望本印次的出版能够给读者带来更好的阅读体验，也恳请读者不吝赐教，以便不断完善本书。

编　者

2020年10月

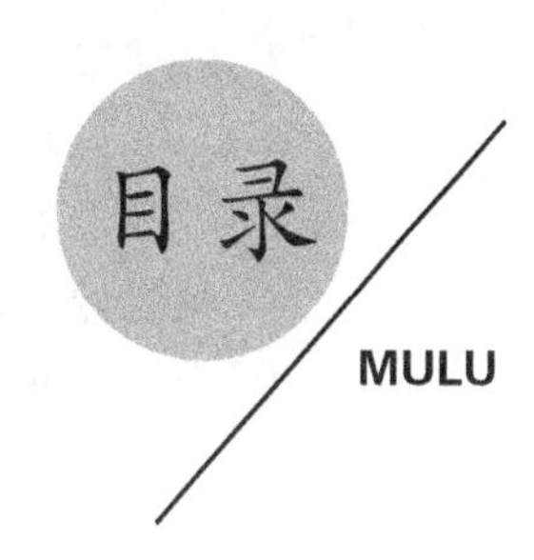
目录
MULU

第一编　中国古代文学卷

一、《诗经》——“不学《诗》，无以言”

《诗经》乃中国第一部诗歌总集，先秦时称为《诗》或《诗三百》，汉朝时儒家将其奉为经典，称为《诗经》，遂沿用至今。《诗经》收录了三百零五篇诗；另有六篇只存题目而无内容，称为“笙诗”。这样，《诗经》实际存目三百一十一篇。这些诗歌分为三部分：国风、雅诗、颂诗，是两千五百年前大约五百年间的诗歌中的代表作品。其中最早的诗的创作时间约在西周初期，最晚的则在春秋中叶；就其产生地域而言，涉及现在的陕西、山西、河北、河南、湖北等省。作者中有农夫、牧人、士兵，也有贵族和士大夫。《诗经》标志着中国文学史的光辉起点和现实主义文学传统的源头。

关于《诗经》的收集和编选问题，过去有所谓“王官采诗”和“孔子删诗”的说法。前者是对大量诗歌最初被采集的解释，后者是对这些诗歌删编成书的解释。关于“王官采诗”，《汉书·食货志》中记述了周王朝时天子派出专门的使者到各地采集民谣，由史官整理后呈给天子看，目的是了解民情，此说大致可信。关于“孔子删诗”的说法见于《史记》，《史记》中记述了《诗经》是孔子根据是否合乎礼义编选而成。孔子在《论语》中也讲“吾自卫反鲁，然后乐正，《雅》《颂》各得其所”，但这种说法受到质疑。《左传》中记载有人在孔子还不到十岁时就已看到了定型的《诗经》。目前流行的说法是：《诗经》是周王朝经各诸侯国协助采集，最后命史官和乐师整理编选而成，孔子对它进行过整理研究。

《诗经》与音乐的联系非常密切。孔子认为一个人的修养过程必须经过“兴于诗，立于礼，成于乐”的过程，只有将高尚的情操通过音乐来感化人心，《诗经》才能发挥教育人的作用，可见音乐的重要性。风、雅、颂其实就是按音乐特色来划分的，风是地方乐调，国风是各国音乐的意思，类似于今天的“河南调”“山西调”等，《诗经》中共有十五国风。雅是正的意思，雅乐即正声，例如周朝人的官话叫作雅言。颂则是用于宗庙祭祀的乐歌,曲调较舒缓。综上所述,《诗经》本是一部歌集,后来因音调失传,才变成了一部诗集。

关于《诗经》,我们还要了解一些术语,如"四始六义"。"四始"指风、大雅、小雅、颂的四篇列首位的诗;"六义"则指风、雅、颂、赋、比、兴。后人普遍认为风、雅、颂是《诗经》的分类,赋、比、兴是《诗经》的表现手法。孔子评论《诗经》的话也应了解,如"《诗三百》,一言以蔽之,曰:'思无邪'",指《诗经》的思想内容健康高尚。

《诗经》的成就和影响是巨大的,它深刻影响了我国两千多年来的文学发展。其中民歌部分所表现的"饥者歌其食,劳者歌其事"的现实主义精神对后世文学影响最大,它促使诗人、作家去关心国家的命运和人民的疾苦,而不是把文学看作流连光景、消遣时光的东西;而历代民歌都是它的嫡传,从汉魏乐府到近代歌谣都深刻体现了这种精神。历代进步文人诸如陈子昂、杜甫、白居易在创作中倡导"比兴""风雅""别裁伪体亲风雅""文章合为时而著,歌诗合为事而作"都是对《诗经》的现实主义的进一步发扬。在艺术上,《诗经》采用四言的形式,大多隔句用韵;篇章结构基本采用复叠形式,回环错落,富于韵味;大量运用赋、比、兴的表现手法,有形象思维的特征。《诗经》中的优秀作品,其描写生动,语言朴素优美,又多双声、叠韵、叠字。正如南朝刘勰《文心雕龙》所说:"灼灼状桃花之鲜,依依尽杨柳之貌,杲杲为出日之容,瀌瀌拟雨雪之状,喈喈逐黄鸟之声,喓喓学草虫之韵;皎日嘒星,一言穷理;参差沃若,两字穷形,并以少总多,情貌无遗矣。虽复思经千载,将何易夺。"另外,《诗经》中提到了很多动植物,其中兽、鸟各三十种,鱼十种,虫类二十种,树三十种,因此,《诗经》实际上是当时较一般的动植物名录。《诗经》不仅本身是一片繁茂的艺术园林,而且后世许多诗歌题材、成语典故均可以在其中找到源头。

《诗经》在当时人们的心目中地位很高,类似于今天的《中国大百科全书》,不仅适用于生活中的方方面面,甚至被作为应用的格言集和外交辞令。孔子就很看重《诗经》的应用价值。他在《论语·阳货》中说:"小子何莫学夫《诗》?《诗》可以兴,可以观,可以群,可以怨。迩之事父,远之事君;多识于鸟兽草木之名。"大意是说学了《诗经》之后可以去除邪念,与人为善,懂得做人的道理,还可以增长见识。他甚至说过"不学《诗》,无以言",即不学习《诗经》,连与人交谈都很困难,可见《诗经》的重要性。《左传》与《国语》中记载了许多当时人们运用《诗经》的事情。如《左传·襄公十六年》中记载:晋平公即位后不久,与各国诸侯宴会,请与会诸国大夫赋诗,提出"歌诗必类"的要求,即赋诗必当有表示恩好之意,但齐国大夫高厚引错了一句诗,结果晋大夫荀偃大怒,说:"诸侯想谋反不成?"于是和各国大夫一起盟誓要惩办齐国,齐国大夫高厚吓得连夜逃走。因赋诗不当几乎引发了一场战争,足见《诗经》在当时人们生活中的重要性。西汉初时,刘邦采纳黄老之术,实行无为而治,《诗经》的地位有所降低。刘邦手下大臣陆贾在他面前提到《诗经》,刘邦大骂道:“吾马上得天下,何用诗为!”但时隔不久,《诗经》还是巩固了它的地位,在汉武帝时它被列入五经之一。从此,《诗经》不仅在文学上取得了崇高的地位,而且成为经典,被视为教育人民的手段与安定社会的精神支柱。随着时间的推移,历代读书人对《诗经》顶礼膜拜,视其为神圣的代名词。没有人敢去研究其内容,更不敢去讨论、估量它在文学上的价值。汉代以齐、鲁、韩三家为代表的今文经学和古文经学全都是像猜谜一样推测《诗经》的深意,简直将它看作一部天书,直到宋代才有朱熹站出来发表了一些不同意见。这些也是今天我们许多年轻人对《诗经》望而却步的主要原因。不论如何,《诗经》影响了中国社会的层层面面,不仅在中国是最早的文学宝库之一,在世界文学史上也是独树一帜。它已被世界人民视为中国文化的象征,被译成几十种语言广泛流传,并作为送给外星生命的礼物之一而飞向了太空。无论在过去,还是在今天,《诗经》都以其独具的淳美焕发出无穷的魅力。

《诗经》内容丰富,包罗万象,其中尤其以国风最为出色。国风是我们的祖先在两千余年前的黄河两岸用质朴的声音吟唱着的一首首优美动听的歌曲,其中有追求爱情时的欢乐、失恋的痛苦,也有劳动的愉悦和生活的磨难。人们将他们在生活中的喜怒哀乐直诉出来,使我们今天仿佛还能闻到田野中的清香,听到春风拂动的树叶声,看到蓝天绿水之间一派悠闲的农作场面。有关恋爱和婚姻的诗在国风中数量最多。朱熹说过:“凡诗之所谓风者,多出于里巷歌谣之作。所谓男女相与咏歌,各言其情者也。”这些情诗产生于不同时代、地域,但大致可以看出当时的人们男女恋爱生活是比较自由的。这些情诗大多数是当事者率真大胆的表白,其感情真挚、强烈、质朴、健康。国风中的情诗大多反映了下层人民热烈健康的感情和严肃认真的态度。过去的道学家斥这些诗为“淫秽之诗”,甚至有人主张全部删除,这是毫无道理的。除爱情诗外,国风对统治者的压迫与战争徭役所带来的苦难也有所揭露。除直斥统治者的丑恶外,人们还表达了劳动生活中的快乐,表现了热爱和平与坚决抵抗外辱的爱国主义情怀。

雅诗、颂诗中也有一些出色的篇章,但一般说来,其艺术价值远不如国风。雅诗中偶有一些士大夫抱怨或讽刺王室的诗,但他们毕竟缺少人民所受的切肤之痛,因而揭露社会现实缺乏深度,但值得注意的是他们对赋、比、兴手法的巧妙运用。

二、《楚辞》——中国浪漫主义文学的源头

《楚辞》原指楚人特有的诗歌形式,后来亦指西汉刘向汇集的一部以屈原作品为主体的诗歌总集。《楚辞》的特点是“书楚语,作楚声,纪楚地,名楚物”,富有浓

厚的楚国地方色彩。屈原是《楚辞》的代表作家，他的《离骚》是《楚辞》的代表作，故后人又称《楚辞》为“骚”。

楚辞体是产生于南方长江流域楚地的新文体，从楚辞体的艺术形式来看，它与楚地的原始神话和巫觋、工祝的宗教活动有着密切的关系。《九歌》就是屈原借用巫俗、巫歌创作出来的，《招魂》更是直接效仿楚地巫觋招魂词的形式写成的，但是屈原并非神巫或宗教的信仰者，他吸取神话和宗教活动来营构自己的作品，是为了倾诉自己的爱国情感，表达对美好事物和理想的追求，表现自己的心理创痛和波折。这不仅摆脱了作品的宗教性，化腐朽为神奇，还使作品充满了激情和想象力。

《楚辞》的产生与楚地的乐曲和民歌也有着密切的关系，《离骚》《涉江》《哀郢》等篇末的“乱”、《抽思》中的“少歌”“倡”等都是乐曲上的名称，这表明《楚辞》的产生及其体制的形成受到了当时楚地乐曲的影响。《楚辞》的另一特征是句式的加长，并大量使用“兮”字，这一特征承袭和借鉴了流传于楚地的民歌，《越人歌》《孺子歌》《徐人歌》等楚地民歌的语言形式和风格韵味都表明楚辞体的形成和楚地民歌的密切联系。

楚辞体作为一种新诗体，具有明显的文体特征，其一就是文体的宏伟繁复。和《诗经》相比，《楚辞》中大部分篇章都比较长，而且还有许多复杂的体制形式，如《离骚》《涉江》《哀郢》等篇的乱辞，《抽思》的“少歌”“倡”等，这是楚辞体重要的文体特征之一。楚辞体的另一重要文体特征是独特的句式、语调。与《诗经》相比，《楚辞》中句式大都比较长，而且大量使用“兮”字，特别是后者，几乎成为楚辞体最明显的标志。《楚辞》中的“兮”字有多种位置和意义，其位置有的在一句之中，有的在上下句之间，有的在句末。这些“兮”字既起着表情作用，又有着调整节奏的功能，还代替某些虚词起语法作用。这是屈原的创造，是《楚辞》所独有的。

屈原(公元前340—公元前278年)，名平，字原，战国楚人，我国诗史上第一位留下姓名的伟大爱国主义诗人。屈原出身于楚国王族，有高度的修养和爱国情怀。“明于治乱，娴于辞令”，楚怀王时，屈原官至左徒，参与楚国内政外交大事，主张举贤授能，变法图强，后遭到保守派的谗害排挤，曾被放逐于汉北一带；顷襄王时，遭第二次放逐，从此漂泊于江南鄂渚对岸一带。在长期的流放生涯中，他不改初衷，关怀人民，关注着故国政局的变化。顷襄王二十一年(公元前278年)，秦破郢都，人民陷入国破家亡、流离失所之困境，屈原悲愤绝望，自投于汨罗江。

据现代学者研究，屈原的作品基本上可以肯定的有《离骚》《九歌》《九章》《天问》《招魂》等二十三篇。这些作品以其深邃的思想、卓越的艺术手法而享誉中国。屈原代表作《离骚》是中国古代文学史上最宏伟的长篇抒情诗，在诗中他回顾了自己的身世和参政历程，表达出献身理想的强烈愿望和不屈不挠与黑暗势力斗争的决心，全诗具有强烈的浪漫主义色彩。

《离骚》的美学内涵表现为以下三个方面。

(1)具有由庄严而伟大的思想带来的无比光辉的崇高美。进步的政治理想、深厚的爱国激情、庄严的历史使命感、悲壮的献身精神，构成了诗人崇高的美的人格、美的形象。

(2)具有慷慨激昂的悲壮之美。屈原始终是自己悲剧命运的自觉承担者，这使诗中充满了不能自已的激越、崇高的感情和悲壮的英雄气概。

(3)具有奇丽的艺术美。屈原高超的、独创性的艺术表现手法，使《离骚》立意新颖、结构宏阔、风格绮丽，具有令人目眩神夺的艺术特色。

《离骚》营构了三个方面的艺术世界。

(1)《离骚》中展现了一个无比神奇的神话世界。屈原从神话传说中汲取了丰富的形象，通过自己奔放不羁的自由想象，把它们结合成层出不穷的生动情节和美丽画面，使它们成为表达诗人思想感情的艺术构思的一部分，取得了极强的抒情达意的效果，如诗人的三次升天遨游。

(2)诗中还展现了一个往古世界，众多历史人物纷纷登台，为全诗注入了浓厚的人文色彩和理性光辉。屈原借对往古盛世的回顾，为统治者的改革树立榜样；借对历史兴亡的反思，表达对楚国前途的担忧；借历史上君臣遇合的佳话，鼓舞激励自己奋进不止、探索不息。

(3)屈原在《离骚》中创造了一个"香草美人"的世界。诗人构思了一系列具有象征性的香花美草，来比喻道德的自修和品德的高洁；又借男女情爱的心理来表达自己政治生活中的失望与希望、坚贞与执着、苦恋与追求，更显得曲折尽致，深微动人。

《天问》也是一首独特之作，它的前半部分是对自然与历史的诘问，表现了诗人对宏观宇宙的思考，对古信仰的怀疑；后半部分是通过对夏、商、周三代兴亡的发问，流露出对楚国前途的强烈忧患意识。

《天问》艺术上的独创，在中国诗歌史上绝无仅有。首先表现为将深沉的理性思考与热烈的情感相结合。《天问》全诗都由问句组成，表现了诗人对自然、历史、社会进行深思熟虑后的见解、质疑，极富哲理，但它同时又是一篇满含激情的文学作品，是一首激人情志、感人肺腑的长诗。其次，《天问》通过众多疑问词和虚词的运用，以及不同句式的变化，使全诗错落有致，疾徐相间，独具风采。句式的错综变化，加上丰富的感情色彩，构成了全诗雄肆活脱、穷极幽渺的风格，取得了奇气袭人的效果。

《九章》包括《惜诵》《涉江》《哀郢》《抽思》《怀沙》《思美人》《惜往日》《橘颂》《悲回风》九篇作品，同《离骚》一样，诗人反复抒写了自己的理想，揭露了楚国政治的黑暗。《九歌》是一组祠神诗，所祠之神有云中君、大司命、少司命、河伯、湘君、湘夫人、山鬼、东皇太一及国殇为国战死之神等。屈原既保存了民间祭神歌辞的特点，也注入了自己的思想感情。

屈原的作品在艺术形式和表现技巧上有独特的成就。他从楚国民间文学中吸取营养，创造了一种句法错落、灵活生动的骚体诗，它既是辞赋形式的先导，又是四言诗向五言诗过渡的桥梁。《楚辞》发展了传统的比兴手法，使比兴能象征一个完整的艺术形象；众多的比喻构成了一个特定的系统；象征物与本体之间有一种相对稳定的状态。屈原的作品想象丰富，构思奇特，变化多端，热情奔放，雄奇瑰丽，具有浪漫主义色彩。屈原的作品塑造了一位顶天立地的抒情主人翁的形象，这是一位人格高洁、感情充沛、志向远大的新人形象，他具有平治天下的历史使命感和先天下之忧而忧的忧患意识。

屈原对后世的影响有两个方面：一是他深沉的爱国主义情怀和积极顽强的斗争精神，给一切追求光明、坚持正义的人以精神上的感召力；二是他富有个性的作品，与《诗经》一起成为我国诗史的两大源头，影响了历代诗人，从此中国诗歌从集体歌唱走向个人独立创作的新时代。

三、《史记》——“史家之绝唱，无韵之离骚”

“读史使人明智”，而读我国的史书，首先应该读司马迁的《史记》。这部卓越的史书不仅是我国第一部纪传体通史，而且具有极高的文学价值。

司马迁（约公元前145—公元前90年），字子长，汉代龙门（今陕西韩城市）人，主要生活在西汉汉武帝时期，是我国历史上著名的史学家和散文家。他的父亲司马谈任太史令，有撰史的决心，但没能实现，临终前再三嘱咐司马迁一定要写好《史记》，这是司马迁一生中的转折点。他继父位任太史令后，利用职务的便利条件，博览国家图书馆藏书，开始有目的地搜集资料，并结合自己数次到各地游历的见闻，着手准备写《史记》。天汉二年（公元前99年），已经埋头写了六年《史记》的司马迁大祸临头了。这年五月，李陵在对匈奴的战斗中因寡不敌众而失败，向匈奴投降了。消息传来，那些平日交口赞誉李陵的人一反故态，纷纷落井下石。司马迁深感不平，当武帝问他此事的看法时，他便陈述了李陵的为人和这次孤军奋战的功劳，认为不应过分责备。武帝勃然大怒，把他下狱，并于次年将他处以腐刑。腐刑对人是一种极大的侮辱，司马迁因此在肉体和精神上都备感痛苦。他在《报任安书》中说：“诟莫大于宫刑。”又说：“是以肠一日而九回，居则忽忽若有所亡，出则不知其所往。每念斯耻，汗未尝不发背沾衣也。”面对这种人生中的巨大打击，他认为“人固有一死，或重于泰山，或轻于鸿毛”，大丈夫来世一遭，应该有所建树，所以他发誓要用他的余生、他的全部心血来完成《史记》，这成为他痛苦生命中的全部寄托。正因为他能忍辱发愤著书，才成就了千古巨著《史记》。可以说，

《史记》不仅是他卓越的史学才能的体现，也是他积极的英雄主义人生观的结晶。

《史记》原名《太史公书》，称《史记》是东汉以后的事，全书共一百三十篇，约五十二万字，上起轩辕黄帝，下迄汉武帝太初年间。《史记》分本纪、世家、列传、书、表等五个部分，本纪是以历朝帝王的年代顺序为纲的历史大事记，是一种编年史的摘要；世家是有爵位封地世代相传的家族的历史，写的是春秋战国时期的各诸侯和汉代帝王所封的诸侯；列传是一些有才干、有作为，卓尔不群，能不失时机地建立功业，对社会产生了重要影响的人物的传记；书是有关经济、军事、水利、祭祖，以及礼、乐方面的制度史；表是把错综复杂的历史事件谱列成表格，以使人一目了然。

《史记》不仅是我国古代最伟大的历史著作，同时也是最伟大的文学著作之一，它取得了辉煌的艺术成就。

(1)它采用多种手法塑造人物，为我们展现了一道丰富多彩的各阶层人物的画廊，开创了我国以人物为中心内容的文学艺术。

(2)它具有强烈的抒情色彩，饱含作者的激情，是爱的颂歌、恨的组曲，是一部充满血泪的悲愤诗，极具感染力。对于《史记》的抒情性，鲁迅先生曾在《汉文学史纲要》中给予精辟评论，说《史记》是“史家之绝唱，无韵之离骚”。

(3)它的语言朴拙、浑厚、气势沉雄，与所表达的内容达到了高度的和谐统一。

自从司马迁开创纪传体的历史后，不仅我国的正史一直奉此体为正宗，即使是方志、传记、史表等，也无不脱胎于《史记》。在文学方面，《史记》为中国文学提供了一批重要的人物原型。在后世的小说、戏剧中，所写的帝王、英雄、侠客、官吏等各种人物形象，有不少是从《史记》中的人物形象演化而来。此外，《史记》的叙事方式和塑造人物的手法也影响了后世的小说和戏剧。在散文方面，《史记》被推崇为与骈文相对的“古文”的崇高典范，被后世古文家效仿。

《史记》作为文学作品，其精华在于本纪、世家、列传。司马迁所写的是历史人物，但我们今天读《史记》，并不感到其中有腐朽、陈旧的气息，相反地，那些人物的生命力在两千多年之后的今天仍然能够震撼读者。项羽的悲歌慨叹、刘邦的深沉机智、韩信的浮躁飞扬、李广的命运坎坷、司马迁本人的忍辱负重，今天读起来，令人或为之击节赞赏，或为之扼腕叹息。我们不能不惊服于司马迁高超的文学技巧与深沉博大的史家胸怀。

《项羽本纪》是《史记》中最重要、最精彩的篇章之一，是关于楚汉之争的一幅惊心动魄的画卷。从历史上说，它翔实具体地记录了那个波澜壮阔的悲壮时代；从文学上说，它是我国最早的以人物为中心内容的艺术创作。《项羽本纪》分为四段。第一段写项羽叔侄起义前的生活经历，年轻时期的项羽已初步显示出英雄本色。第二段写项羽自江东起义至最后灭秦的全过程，这是项羽取得辉煌胜利的时期，尽管项羽也犯过不少错误，但不愧为英雄。第三段写项羽入关，并分封诸侯王的全过程，这是项羽一生事业的转折点。之前是诸侯反秦，之后则是争夺帝位的楚汉之争了。项羽政治思想的落后，及其一系列政治措施的不当，至此全部暴露。最后一段写项羽在楚汉之争中由强到弱直至兵败自杀的全部过程。司马迁同情项羽，但他把项羽失败的原因写得也很清楚，从中可以看出项羽的悲剧命运是不可避免的。

项羽的致命弱点之一是残暴。如巨鹿之战后，秦将章邯率领二十万人投降了项羽，项羽在西进途中，竟一夜之间把他们活埋在了新安城南，从此关中百姓视项羽为不共戴天的死敌。项羽的致命弱点之二是不善用人。韩信、陈平、黥布等原来都是项羽的部下，但后来都投奔了刘邦。对于始终忠于他而又谋略过人的范增，项羽也不肯听信，在鸿门宴上失去了除掉刘邦的大好机会。项羽的致命弱点之三是缺乏政治头脑，在一系列方针策略上犯了错误。他反秦的目的就是希望再回到四分五裂的战国局面，而不是统一全国；他自己也只是想当个“霸王”而已。项羽政治思想的落后，必然导致其最终的失败。

尽管项羽最终失败了，但他的确是一个顶天立地的英雄，从他早年看到秦始皇时对项梁说的“彼可取而代也”所表现出的豪迈不群，到巨鹿之战中破釜沉舟所表现出的英雄气概，无不令人神往。而垓下英雄之穷途末路，则让人不禁扼腕叹息。司马迁以高超的艺术手法为我们塑造了一个可歌可泣的悲剧英雄形象，让人振奋，启人深思。

《伍子胥列传》记叙了这样一件事情：伍子胥的父亲、哥哥被楚平王无辜杀害，伍子胥逃到吴国，在吴国立功后，兴兵伐楚，为父兄报仇，几乎将楚国灭掉。后来在吴越对抗中，伍子胥忠心耿耿，力劝吴王彻底灭越，但是吴王昏庸，竟将伍子胥杀害了。司马迁在这篇作品里歌颂了伍子胥的复仇精神。楚平王听信谗言，逮捕了伍子胥的父亲伍奢，又派人骗伍子胥兄长伍尚回来，伍尚从命而归，楚平王将伍子胥父亲、兄长骗到郢都杀害，伍子胥识破了楚平王的诡计，认为不如逃往别国，以待他日报父兄之仇。于是他忍辱苟活，受尽磨难，终于逃到了吴国。他帮阖闾在吴国取得了政权，而后联合他国一起伐楚，攻入郢都，这时楚平王已死，愤怒的伍子胥“掘楚平王墓，出其尸，鞭之三百，然后已”。伍子胥这种忍辱复仇，把复仇之火烧向自己君主的行为，一直不为历代的传统卫道者所容，但司马迁却对之大加赞扬。司马迁通过伍子胥报仇这件事向人们表明，任何人都要为自己的罪恶行径负责，都要因罪恶而得到相应的报应，即使是帝王，也不例外。

此外，司马迁在作品里还歌颂了伍子胥有远见、敢直言，为坚持真理而不惜牺牲生命的忠贞豪迈的精神，这正是司马迁理想中的大臣应具备的基本品质之一。在吴越关系中，伍子胥对越国始终有清醒的认识，他一再向吴王夫差陈明利害，劝吴王彻底灭掉越国。但被越国反间计迷住的夫差，不仅听不进伍子胥的话，反而怀疑他，并最终将他处死。伍子胥临死前悲愤地说：“一定要在我的墓上种一棵梓树，将来给吴王做棺材用；把我的眼睛挖下来挂在东门上，我要亲眼看到越人来灭吴。”这哀痛愤怒之极的话，不是在诅咒吴国早日灭亡，而是气愤吴国君臣的有眼无珠，并且表达出自己的真知灼见无人理解的悲哀和孤独。

《伍子胥列传》为了突出伍子胥复仇这个主题，集中描写了一大群忍辱复仇的人物与事件，如夫差复父仇、伯喜复祖仇、申包前复君仇、越王复己仇等。这许多复仇人物与事件集中于一传，绿叶衬红花，使得伍子胥这个中心人物的气质和品性显得格外突出。这种衬托手法的使用，显示出作者在塑造人物方面的独具匠心。

总之，《史记》是一部“究天人之际，通古今之变，成一家之言”的伟大著作，既有很高的史学价值，又有很高的文学价值。

四、《乐府诗集》——“诗在民间”的最好证明

《乐府诗集》是一部总括历代乐府歌辞的名著，是我们学习和研究乐府的最重要的典籍。编者郭茂倩，北宋人。

《乐府诗集》现存一百卷，收录作品五千多首。上起陶唐，下迄五代。郭茂倩根据乐府诗的性质、用途、音乐形式、时代特点等，将全书分为十二类。

(1)郊庙歌辞：十二卷，共八百零四首，是古代帝王祭祀天地、神祇和祖先所用的乐歌。根据所用场合的不同，可分为五类：天地、太庙、明堂、籍田、社稷。这些庙堂文字，多系赞美祝颂之词，在思想性、艺术性方面并无多少可取之处，但对了解乐府诗全貌和源流等颇有帮助。

(2)燕射歌辞：三卷，共一百六十一首，是古代统治者于宴会时所用的乐歌。因其所用对象的不同，可分为三类：用于天子的“食举乐”；用于射礼中的“大射”；用于天子大会群臣、宾客时的“燕飨”。这些乐章，古辞都已亡佚，《乐府诗集》所收皆晋宋以后的作品。

(3)鼓吹曲辞：五卷，共二百五十五首。鼓吹曲是汉初传入的“北狄乐”，以鼓、钲、箫、笳等乐器合奏，用于朝会、道路、田猎、游行等场合。今存古辞《铙歌十八曲》，其中有叙战阵的，有表武功的，也有涉及男女私情的；有文人制作，也有民间歌谣。如《战城南》《巫山高》《上邪》都是历代传诵的乐府名作。

(4)横吹曲辞：五卷，共三百零二首。横吹曲在汉武帝时由西域传入，它以鼓角为伴奏，在马上横吹，于行军时使用。《乐府诗集》未见汉代曲辞，现存歌辞大部分是魏晋以来的文人作品。南北朝时，又有一种新兴的鼓角横吹曲产生，因在梁代被采入乐府，故又名《梁鼓角横吹曲》，歌辞现存《企喻歌》《琅琊王歌辞》等六十多首，大多数是北朝民歌。除《木兰诗》外，篇幅都较短小，其中还有用鲜卑等少数

民族语言创作而后译成汉语的作品。这些作品大都清新刚健、雄浑奔放，表现了北方民族豪宕粗犷的风格。

(5)相和歌辞：十八卷，共八百二十六首，其名取“丝竹更相和，执节者歌”(《宋书·乐志三》)之意。相和歌谣原是民间歌谣，汉代设立乐府，取以入乐，后来文人拟作了很多，其中包括《相和曲》《吟叹曲》《四弦曲》《平调曲》《清调曲》《瑟调曲》《楚调曲》；现存汉乐府民歌的优秀作品，大部分都保存在这一类中，如大家所熟悉的《陌上桑》《东门行》《孤儿行》等，都是“感于哀乐，缘事而发”的现实主义杰作。

(6)清商曲辞：八卷，共七百零七首。清商曲辞源于相和三调(平调、清调、瑟调)，“其辞皆古调及魏三祖所作”，但“晋世播迁，其音不传”。这部《乐府诗集》所收录的，几乎都是南朝民歌，分《吴声歌》《神弦歌》《西曲歌》三部分。它们几乎全是情歌，题材比较狭窄，但其中不少作品有较高的思想性，风格婉媚，清艳动人，对后来的文人作品影响甚深。如《子夜歌》《莫愁乐》《那呵滩》，表现了封建社会的不合理和人们追求美好生活的愿望，都是不可多得的艺术珍品。

(7)舞曲歌辞：五卷，共一百七十九首，是配舞的乐歌，分雅舞和杂舞两部分。雅舞用于郊庙、朝飨；杂舞用于宴会。其中如《巾舞歌诗》《铎舞歌·圣人制礼乐篇》等古辞，辞意多不可解。又有《散乐》，是秦汉以来杂技表演时所用，亦附属此类。

(8)琴曲歌辞：四卷，共一百八十七首，是与古琴曲调相配的乐歌。所收作品上起唐虞，下迄隋唐，但大多数出于后人伪托，题为上古所作诸篇，如《神人畅》《思亲操》之类，尤不可信。

(9)杂曲歌辞：十八卷，共八百三十首。其中乐调多“不知所起”，因为无可归属，遂自成一类。内容包括写心志，抒情思，叙宴游，发怨愤，言征战行役；或缘于佛老，或出于“夷虏”，兼收并载，故称之为杂曲。其中有不少优秀的民间作品，与《相和歌辞》同为乐府诗中的精华部分，如《驱车上东门》《焦仲卿妻》等。

(10)近代曲辞：四卷，共三百三十七首，也是杂曲，因是隋唐的作品，与郭茂倩所处宋朝为近，故称为近代曲辞。后人或主张将此类并入杂曲，但二者在音乐上属于不同的系统，杂曲大抵属清乐系统，而近代曲辞属燕乐系统，故立此一类，还是合理的。

(11)杂歌谣辞：七卷，共三百七十二首，是从陶唐之世直到隋唐之际的徒歌、谣、谶、谚语之属。但它们多不合乐，有许多甚至根本不是文学作品；相反，有些比较有意义的歌谣如《绵州巴歌》却缺而不载，可见郭茂倩的“采录标准是有问题的”(余冠英《乐府诗选·前言》)。

(12)新乐府辞：十一卷，共四百二十九首，是唐代新歌。新乐府辞或寓意古题，刺美人事；或既事名篇，无复依傍，都是不合乐的文人作品。前者如李白的《静夜思》；后者如杜甫的《悲陈陶》《悲青坂》，以及白居易的《上阳白发人》《卖炭翁》等。

郭茂倩的十二分法，首先有其推陈出新的意义，在乐府诗的分类史上有它的价值和贡献。他在重视雅乐的同时，也不轻视俗乐，这对于全面反映乐府诗的成就、突出民歌在乐府诗中的地位有着重要意义。其次，这样分也比较符合乐府诗演变的实际过程。因为乐府诗发展到魏晋，清商调蓬勃地繁荣起来，已非旧时的四分法所能概括，所以三国时的魏国，特立清商署，把相和歌包括清商三调从鼓吹署里独立出来。郭茂倩于鼓吹、横吹之外，别立相和、清商两部，便是符合乐府诗的这种发展趋势的。因此，这样的分法历来为后人所采用。

《四库全书总目提要》誉《乐府诗集》为“征引浩博，援据精审，宋以来考乐府者无能出其范围”。在十二类的每类之下都有大序，每曲之下又有题解，这些大序、题解，或考证历代音乐之分合，各类曲部之源流，或评述历代乐府之沿革，并且对乐府诗的曲辞、体制、演变都有极为详尽精当的评析。如果我们将这些大序、题解从《乐府诗集》中独立出来的话，它不啻是一部全面研究乐府诗的专门著作，对于我们今天研究古代的音乐发展史、文化学术史、社会政治史、民间风俗史等均有裨益。《乐府诗集》中有些论述，至今还为专家学者们奉为确凿不易之言。

郭茂倩在对《乐府诗集》的编排体制上也颇下过一番苦心。每类歌辞都是古辞在前，拟作在后，将合乐的和不合乐的、民间的和文人的作品排列在一起。这虽然使乐府诗的定义变得十分宽泛，但有助于我们对乐府文学的发展、演变形成一个史的概念。鲁迅讲到民间文学时说过：“它又刚健、清新，无名氏文学如《子夜歌》之流，会给旧文学一种新力量”，又说它“偶有一点为文人所见，往往倒吃惊，引入自己的作品中，作为新的养料。旧文学衰颓时，因为摄取民间文学或外国文学而起一个新的转变，这例子是常见于文学史上的。”阅读这部按照上述编排体例编就的集子，我们可以看到乐府民歌是如何为文人学士们所惊叹、所倾倒、所模仿、所创造的；同时也使我们看到那些生活空虚的无聊文人是如何地步趋原作、割裂辞章、最后死于题下；反之，另一些优秀作家则又是如何继承民歌的优良传统，创造出比民歌更为精致、更为成熟、更为完美的艺术作品而与民间古辞相得益彰的。尤其是通过“新乐府辞”，我们可以明显地看到一条自《诗经》以后我国现实主义文学的发展轨迹。继承这一份遗产，不仅对于了解、研究我国古典文学的发展规律很有好处，而且对于今天的文学创作如何继承《诗经》以来的现实主义传统具有重要的意义。

五、《陶渊明集》——田园诗人的吟唱

陶渊明(365—427 年)，字元亮，别号五柳先生，晚年更名潜，卒后亲友私谥靖

节，东晋浔阳柴桑（今九江市）人。陶渊明出身于破落仕宦家庭，其曾祖父陶侃是东晋开国元勋，军功显著，官至大司马，都督八州军事，荆、江二州刺史，封长沙郡公；其祖父陶茂、父亲陶逸都做过太守。陶渊明年幼时，家庭衰微，八岁丧父，与母妹三人度日，孤儿寡母，多在外祖父孟嘉家里生活，十二岁母病逝。后来，他的个性、修养都有其外祖父的遗风。陶渊明的外祖父家里藏书颇多，给他提供了阅读古籍和了解历史的条件，在学者以庄、老为宗而黜"六经"的两晋时代，他不仅像一般的士大夫那样学了《老子》《庄子》，而且还学了儒家的"六经"和文、史，以及神话之类的"异书"。受时代思潮和家庭环境的影响，他接受了儒家和道家两种不同的思想，培养了"猛志逸四海"和"性本爱丘山"两种不同的志趣。

陶渊明少有"猛志逸四海，骞翮思远翥"（《杂诗》）的大志。孝武帝太元十八年（393 年），他怀着"大济苍生"的愿望，任江州祭酒。当时门阀制度森严，他出身庶族，受人轻视，感到不堪吏职，不久便辞官回家。他辞官回家后，州里又来召他做主簿，他也辞谢了。最后任彭泽县令，到任八十一天，碰到浔阳郡派遣督邮来督察，属吏说："当束带迎之。"他叹道，岂能为五斗米向乡里小儿折腰，遂授印去职。陶渊明十三年的仕宦生活，自辞去彭泽县令一职而结束。这十三年，是他为实现"大济苍生"的理想抱负而不断尝试，不断失望，终至绝望的十三年。最后，陶渊明赋《归去来兮辞》，表明了其与上层统治阶级决裂，不与世俗同流合污的决心。

陶渊明辞官归里，过着"躬耕自资"的生活。夫人翟氏，与他志同道合，安贫乐贱，"夫耕于前，妻锄于后"，两人共同劳动，维持生活，与下层人民日益接近，息息相关。归田之初，生活尚可，"方宅十余亩，草屋八九间，榆柳荫后檐，桃李罗堂前"。陶渊明爱菊花，宅边遍植菊花，"采菊东篱下，悠然见南山"至今脍炙人口。他性嗜酒，饮必醉，朋友来访，无论贵贱，只要家中有酒，必与同饮。他先醉，便对客人说："我醉欲眠卿可去"。义熙四年（408 年），陶渊明家中失火，被迫迁屋，生活较为困难。如逢丰收，还可以"欢言酌春酒，摘我园中蔬"；如遇灾年，则"夏日抱长饥，寒夜无被眠"。义熙末年（418 年），有一个老农清晨叩门，带酒与他同饮，劝他出仕："褴褛屋檐下，未足为高栖。一世皆尚同，愿君汩其泥。"他回答："深感老父言，禀气寡所谐。纡辔诚可学，违己讵非迷？且共欢此饮，吾驾不可回。"用"和而不同"的语气，谢绝了老农的劝告。他的晚年，生活愈来愈贫困，有时朋友主动送钱周济他，有时他也不免上门请求借贷。他的老朋友颜延之，于南朝宋景平元年（423 年）任始安郡太守，经过浔阳，每天都到他家饮酒，临走时，留下两万钱，陶渊明将钱全部送到酒家，继续饮酒。不过，陶渊明求贷或接受周济，也是有原则的。宋文帝元嘉元年（424 年），江州刺史檀道济亲自到他家访问。这时，他又病又饿好些天，起不了床。檀道济劝他："贤者处世，天下无道则隐，有道则至。今子生文明之世，奈何自苦如此？"他说："潜也何敢望贤？志不及也。"檀道济馈以粱肉，被他挥而去之。他辞官回乡二十二年一直过着贫困的田园生活，但其固穷守节的志

趣，老而益坚。元嘉四年(427 年)九月中旬，陶渊明神志还清醒的时候，给自己写了《挽歌诗》三首，在第三首诗中末两句说：“死去何所道，托体同山阿”，表明他看待死亡极其平淡自然。

陶诗今存一百二十五首，多为五言诗。从内容上可分为饮酒诗、咏怀诗和田园诗三大类。

(1)饮酒诗。陶渊明是中国文学史上第一个大量写饮酒诗的诗人。他的《饮酒》二十首以“醉人”的语态或指责是非颠倒、毁誉雷同的上流社会，或揭露世俗的腐朽黑暗，或反映仕途的险恶，或表现诗人退出官场后怡然陶醉的心情，或表现诗人在困顿中的牢骚不平。从诗的情趣和笔调看，这二十首可能不是同一时期的作品。东晋元熙二年(420 年)，刘裕废晋恭帝为零陵王，次年杀之自立，建刘宋王朝。《述酒》即以比喻手法隐晦曲折地记录了这一篡权易代的过程，对晋恭帝和晋王朝的覆灭流露了无限的哀惋之情。此时陶渊明已躬耕隐居多年，乱世也看惯了，篡权也看惯了，但这首诗仍透露出他对世事不能忘怀的精神。

(2)咏怀诗。以《杂诗》十二首和《读山海经》十三首为代表。《杂诗》中，诗人多表现了自己归隐后有志难骋的政治苦闷，抒发了自己不与世俗同流合污的高洁人格，可见诗人内心无限深广的忧愤情绪。《读山海经》借吟咏《山海经》中的奇异事物表达了同样的内容，如第十首诗人借歌颂精卫、刑天的“猛志固常在”来抒发和表明自己永不熄灭的济世志向。

(3)田园诗。陶渊明的田园诗数量最多，成就最高。这类诗充分表现了诗人鄙夷功名利禄的高远志趣和守志不阿的高尚节操；充分表现了诗人对黑暗官场的极端憎恶和彻底决裂；充分表现了诗人对淳朴的田园生活的热爱，对劳动的认识和对普通民众的友好感情；充分表现了诗人对理想世界的追求和向往。作为一个文人士大夫，这样的思想感情，这样的内容，出现在文学史上，是前所未有的，尤其是在门阀制度森严的社会里显得特别可贵。陶渊明的田园诗中也有一些是反映自己晚年困顿状况的，可使我们间接地了解到当时农民阶层的悲惨生活。陶渊明的《桃花源诗并记》大约作于南朝宋初年，它描绘了一个乌托邦式的理想社会，表现了诗人对现存社会制度彻底否定与对理想世界的无限追慕之情，它标志着陶渊明的思想达到了一个崭新的高度。陶渊明是田园诗的开创者，他以纯朴自然的语言、高远拔俗的意境，为中国诗坛开辟了新天地，并直接影响到唐代田园诗派。

陶渊明现存的文章有辞赋三篇、韵文五篇、散文四篇，共计十二篇。辞赋中的《闲情赋》是仿张衡的《定情赋》和蔡邕的《静情赋》而作，内容是铺写对爱情的梦幻，别具一格。《感士不遇赋》是仿董仲舒的《士不遇赋》和司马迁的《悲士不遇赋》而作，内容是抒发门阀制度下有志难骋的满腔愤懑。《归去来兮辞》则是陶渊明辞官归隐之际与上流社会公开决裂的政治宣言。文章以绝大篇幅描写了他脱离官场的无限喜悦，想象归隐田园后的无限乐趣，表现了作者对大自然和隐居生活的

向往和热爱。文章将叙事、议论、抒情巧妙地融为一体，创造出生动自然、引人入胜的艺术境界；语言自然朴实，洗尽铅华，带有浓厚的乡土气息。

总之，陶渊明的作品感情真挚，朴素自然，有时流露出逃避现实、乐天知命的老庄思想，故有“田园诗人”之称。

六、《世说新语》——魏晋风流的写照

刘义庆（403—444年），字季伯，南朝宋人，他是刘宋王朝的宗室，袭封临川王，官至南兖州刺史。《世说新语》就是他和手下的文人采集众书编纂加工而成的。

《世说新语》是我国魏晋南北朝时期“志人小说”（或称佚事小说）的代表作。在《世说新语》之前，已有过《语林》《郭子》等书，而《世说新语》从这些书中借鉴了很多内容，所以鲁迅在《中国小说史略》中说它“乃纂辑旧文，非由自造”。《世说新语》依内容分为“德行”“言语”“政文”“文学”等三十六类，每类分若干则，全书共千余则。文字多寡不同，有的篇幅较长，一般是数行即尽，也有的只有三言两语。

《世说新语》主要讲述汉末经三国至东晋时期士人的生活和思想，对统治阶层的情况也有所涉及，各篇通过众多人物的遗闻佚事和生动言谈，具体形象地反映了当时的社会风貌，尤其是士族的生活状况、文化风尚，以及他们的内心精神世界。鲁迅先生在著名文章《魏晋风度及文章与药及酒之关系》中所论述的魏晋风度和文学与吃药（五石散）、饮酒、清谈的关系在《世说新语》中都能找到生动的描述。

《世说新语》所反映的士族主要是指在东汉时期发展起来的，经过曹魏“九品中正”而形成的一个阶层。西晋以后，士族日渐腐朽。这些士族在政治上腐败无能，生活上纵情享乐，情致上附庸风雅，思想上崇尚老、庄，生活上不修边幅，饮酒吃药，平时品评人物，清谈玄理，非常讲究语言艺术，提倡用极少的话表达丰富的意思，说话往往意在言外，“言有尽而意无穷”。如西晋时，清谈的领袖王戎问阮瞻关于孔子和老庄的异同，阮瞻只回答了三个字：“将无同”。“将”“无”二字是助词，无实际意义，因此，阮瞻对王戎所提的问题，实际上只答了一个“同”字，可王戎却认为回答得言简意赅，是清谈的上品。鲁迅先生曾指出：“这种清谈，本从汉之清议而来。汉末政治黑暗，一般名士议论政事，其初在社会上很有势力，后来遭执政者之嫉视，渐渐被害，如孔融、祢衡等都被曹操设法害死，所以到了晋代底名士，就不敢再议论政事，而一变为专谈玄理；清议而不谈政事，这就成了所谓清谈了。但这种清谈的名士，当时在社会上却仍旧很有势力，若不能玄谈，好似不够名士底资格；而《世说》这部书，差不多就可以看作一部名士底教科书。”这段话精辟地论述了《世说新语》产生的社会背景。

《世说新语》通过对上层统治集团生活片断的描写，表现了他们的阴险毒辣与腐化堕落。如"尤悔"门写魏文帝曹丕为了维护自己的统治地位，残害同胞兄弟之事。"魏文帝忌弟任城王骁壮。因在卞太后阁共围棋，并啖枣，文帝以毒置诸枣蒂中，自选可食者而进；王弗悟，遂杂进之。既中毒，太后索水救之；帝预敕左右毁瓶罐，太后徒跣趋井，无以汲，须臾遂卒。复欲害东阿，太后曰：'汝已杀我任城，不得复杀我东阿！'"短短一段话，把曹丕设计毒死弟弟曹彰并欲迫害曹植的阴险面目暴露无遗。"汰侈"门描写了豪门贵族争强斗富，尔虞我诈的卑劣场面。如《武帝尝降王武子家》一篇中这样写道："武帝尝降王武子家，武子供馔，并用琉璃器。婢子百余人，皆绫罗袴褶，以手擎饮食。蒸豚肥美，异于常味。帝怪而问之，答曰：'以人乳饮豚'。帝甚不平，食未毕，便去。"这篇短文把王武子穷奢极欲的生活描写得入木三分。食器的精致、排场的豪华已非同一般，而蒸熟的小猪竟以人乳喂成，难怪连皇帝都意不能平了，其奢侈程度可想而知。

《世说新语》以大量篇幅描写了士大夫名人的生活面貌，表现了他们的种种情态，最突出的就是所谓"名士风流"。这些人或放荡不羁，纵欲享乐；或崇尚自然，流连山川；或适意而为，无拘无束；或喜怒不形于色，故作旷达。这都体现了他们精神的空虚、生活的放荡和品格的虚伪。如刘伶是一个出了名的放荡之人，经常在家里脱得一丝不挂，有人来访问他，劝他不要那样，他却说自己把天地当房屋，房屋当衣服，到他家来的人，是自愿钻进他的裤子里去的。而山简做荆州刺史时，整天喝得醉醺醺的，也被认为是名士风度。

《世说新语》中，也有少量篇幅表现了爱国思想。如"言语"门中"新亭对泣"一则："过江诸人，每至美日，辄相邀新亭，借卉饮宴。周侯中坐而叹曰：'风景不殊，正自有山河之异！'皆相视流泪。唯王丞相愀然变色曰：'当共戮力王室，克复神州，何至作楚囚相对？'"文章表现了王丞相（王导）的爱国思想和收复失地的决心。当然，从周侯（周恺）的慨叹及诸人的对话中，也反映了东晋上层官僚软弱无能、凄楚没落的情绪。"温峤过江"一则，表现了温峤对北方沦陷国土的热爱和希望恢复中原的意愿。大意是说：温峤当初作为刘琨的使节渡过长江。当时江东刚开始营建，政纲法纪还没有健全。温峤刚到，对诸多事情深感忧虑。他去拜见王丞相以后，述说皇上偏居江左，国家倾覆、山河残破的严酷情况，因而有《黍离》之痛。温峤忠心耿耿，慷慨激昂，以至声泪俱下。王丞相也和他相对而泣。温峤叙情完毕之后，便表示愿和王丞相结交，王丞相也厚相酬纳。他出来后，高兴地说："江左自有像管仲那样的人，还有什么可忧的呢？"而"王右军与谢太傅共登冶城"一则，则通过王羲之之口，发出了"今四郊多垒，宜人人自效，而虚谈废务，浮文妨要"的呼吁和警告，对当时的习俗提出了有力的批评。

另有一些篇幅，赞扬了某些官吏的清廉、节俭。如"德行"门的"周镇罢临川郡"这样写道："周镇罢临川郡还都，未及上，住泊青溪渚。王丞相往看之。时夏月，暴雨卒至，舫至狭小，而又大漏，殆无复坐处。王曰：'胡威之清，何以过此。'即启用为吴兴郡。"在封建时代，一般的达官贵人都过着奢华的生活，而晋代奢侈之风尤甚。作为郡守的周镇，罢官回都城时，却乘坐既狭小又漏雨的船只，其为官之清廉，可见一斑。而王丞相能重新起用他，也可算知人善任了。在"政文"门有一则陶侃爱惜财物的事。大意如下：陶侃性情仔细认真，做事特别勤勉。在做荆州刺史时，命令负责造船的官员把锯下的木屑都收集起来，不限多少。人们都不解其意。后来正月初一大会僚属，正赶上积雪初晴，大堂前的台阶上，雪融化后还很湿，于是全用木屑铺盖上，行走时毫无妨碍。官府用竹子，陶侃命人把靠根部的粗头都收集起来，堆积如山。后来桓温伐蜀，组装船只，靠根部的粗头全部用来做了竹钉。又传说，陶侃曾征调自己辖区的竹篙，有一官员连根取之，才够长度，于是，陶侃就超越两级任用他。这则故事赞扬了陶侃办事认真、克勤克俭的作风。他爱惜物资，连竹头、木屑都收集起来以备后用。

另外，在一些篇幅中，还表彰了一些人物刚正不阿的品格。如"雅量"门有一则写嵇康被害时，"临行东市，神气不变"，表现了他镇静自若的风范和视死如归的大无畏气概。"方正"门写夏侯玄"考掠初无一言。临行东市，颜色不异"，表现了他威武不屈的精神。其他如"术解"门写郗音泻符，"尤悔"门写阮裕信佛，"方正"门写阮修以为无鬼等，在一定程度上批判了迷信思想。而"德行"门写荀巨伯忠于友情，不肯"败义以求生"；"识鉴"门写郗超"不以爱憎匿善"；"贤媛"门写陶侃之母拒收坩鱼，公私分明等，在今天看来，仍有一定的借鉴意义。在"自新"门写周处改过，勉力向善的事迹更值得人们深思。文章所提倡的人应树立大志及重道义的观点，在今天也有一定启发性。

关于《世说新语》的艺术成就，鲁迅先生曾概括说："记言则玄远冷隽，记行则高简瑰奇"，而善于抓住富有特征性的细节表现人物性格是本书在艺术上的突出成就。如"忿狷"门写王蓝田"食鸡子"的情景，写得惟妙惟肖，一个典型的性急者的艺术形象跃然纸上，而同篇写王蓝田性急而又能容的细节，则把人物的复杂性充分表现出来了。

七、《李太白文集》——斗酒诗百篇的诗仙

李白（701—762年），字太白，号青莲居士，绵州昌隆（今四川江油）人，唐代诗人。李白少年时代的学习范围很广泛，除阅读儒家经典、古代文史名著外，还浏览诸子百家之书，并"好剑术"。李白相信道教，有超脱尘俗的思想；同时又有建功立业的政治抱负。他青少年时期在蜀地所写的诗歌，留存很少，但已显示出其突出的才华。李白约在二十五岁时出蜀东游。在此后十年内，漫游了长江、黄河中下

游的许多地方。开元十八年(730年)左右,他曾一度抵长安,争取政治出路,但失意而归。天宝元年(742年),他被玄宗召入长安,供奉翰林,作为文学侍从之臣,参加草拟文件等工作,不满两年,即被迫辞官离京。这一时期李白的诗歌创作趋于成熟。此后十一年内,他继续在黄河、长江的中下游地区漫游,“浪迹天下,以诗酒自适”。他仍然关心国事,希望重获朝廷任用。天宝三年(744年),李白在洛阳与杜甫认识,结成好友,次年分手后未再会面。天宝十四年(755年),安史之乱爆发,李白当时正在宣城(今属安徽)、庐山一带隐居。次年十二月他怀着消灭叛乱、恢复国家统一的志愿应邀入永王李幕府。永王触怒肃宗被杀后,李白也因此获罪,被下至浔阳(今江西九江)狱,不久流放至夜郎(今贵州桐梓一带)。途中遇赦得归,时已五十九岁。晚年流落在江南一带。六十一岁时,听到太尉李光弼率大军出镇临淮,讨伐安史叛军的消息后,他还北上准备从军杀敌,半路因病折回。次年在他的从叔当涂(今属安徽)县令李阳冰的寓所内病逝。

李白的诗歌散失不少,今尚存九百多首,内容丰富多彩。李白一生关心国事,希望为国立功,不满黑暗现实,他的《古风》五十九首是这方面的代表作品,对唐玄宗后期政治的黑暗腐败,广泛地进行了揭露批判,反映了贤能之士没有出路的悲愤心情,言多讽兴,气骨高举。李白固然迫切要求建功立业,为国效劳,但他并不艳羡荣华富贵,而是认为“钟鼓馔玉不足贵”(《将进酒》)。在建树功业以后,他要以战国时代高士鲁仲连为榜样,不受爵禄,飘然引退。其思想明显地受到道家特别是庄子的影响。李白的不少诗篇,表现了对人民生活的关心和同情。这种内容常常结合着对统治者的批判。他的一部分乐府诗,反映了妇女的生活极其痛苦,其中着重写思妇忆念征人,还写了商妇、弃妇和宫女的怨情。他的《宿五松山下荀媪家》《丁都护歌》《秋浦歌》,分别描绘了农民、船夫、矿工的生活,表现了对劳动人民的关怀。李白一生写下了不少描绘自然风景的诗篇。他的“蜀道之难,难于上青天”(《蜀道难》)、“君不见黄河之水天上来,奔流到海不复回”(《将进酒》)、“飞流直下三千尺,疑是银河落九天”(《望庐山瀑布》)等,形象雄伟,气势磅礴,都是传诵千古的名句。这类诗篇,正像他若干歌咏大鹏鸟的作品那样,表现了他的豪情壮志和开阔胸襟,从侧面反映了他追求不平凡事物的渴望。另外一些诗篇,像《秋登宣城谢朓北楼》《独坐敬亭山》《清溪行》,则善于刻画幽静的景色,清新隽永,风格接近王维、孟浩然一派。李白还有不少歌唱爱情和友谊的诗篇。其乐府诗篇,常常从女子怀人的角度来表达委婉深挚的爱情。还有若干寄赠、怀念妻室的诗,感情也颇为深挚。李白投赠友人的作品数量很多,佳篇不少。其中有的诗表现了鲜明的政治态度,但更多的还是表现日常送别、相思之感,像《黄鹤楼送孟浩然之广陵》《沙丘城下寄杜甫》《闻王昌龄左迁龙标遥有此寄》《忆旧游寄谯郡元参军》《赠汪伦》等,感情深挚,形象鲜明,具有强烈的艺术感染力量。

李白的诗歌中大量采用夸张手法和生动的比喻。他的“抽刀断水水更流,举杯销愁愁更愁”(《宣州谢朓楼饯别校书叔云》)、“白发三千丈,缘愁似个长”(《秋浦歌》其十五),刻画他对长安政治活动失败后的忧思,是广泛流传的名句。他的“吟诗作赋北窗里,万言不值一杯水”(《答王十二寒夜独酌有怀》),写自己的怀才不遇;“欲渡黄河冰塞川,将登太行雪满山”(《行路难》),写仕途的艰难;“桃花潭水深千尺,不及汪伦送我情”(《赠汪伦》),写朋友间的深厚友谊等,都以鲜明突出的形象打动读者。李白诗歌的想象力是很丰富和惊人的。他的“狂风吹我心,西挂咸阳树”(《金乡送韦八之西京》)、“我寄愁心与明月,随风直到夜郎西”(《闻王昌龄左迁龙标遥有此寄》),都以奇特的想象力表现了对长安和诗友的怀念。《梁甫吟》《古风》则分别通过幻想方式来表现自己在长安受到的谗毁和安史叛军对中原地区的蹂躏;《远别离》更通过迷离惝恍的传说来表现对唐玄宗后期政局的隐忧。它们都显得形象鲜明,寓意深刻。《蜀道难》《梦游天姥吟留别》则借助于神话传说,构造出色彩缤纷、惊心动魄的境界。

在体裁方面,李白擅长形式比较自由的古诗和绝句,不爱写格律严整的律诗。五十九首《古风》是他五言古诗的代表作品。其乐府诗中的五言古诗,继承了汉魏六朝乐府民歌的优良传统,文笔朴素生动,并倾注着诗人洋溢的热情。他的七言古诗具有更大的创造性。写景则形象雄伟壮阔,气势磅礴,色彩缤纷;抒情则感情奔放激荡,跳脱起伏,变化多端。从文学渊源说,这类诗受屈原作品和鲍照《拟行路难》的影响最深。李白擅长绝句,他的绝句,在南北朝乐府民歌的基础上,显得更为精警。五言绝句如《静夜思》《玉阶怨》等,蕴藉含蓄,意味深长。七言绝句则佳作更多,语言明朗精练,声调和谐优美,写景抒情,深入浅出,像《黄鹤楼送孟浩然之广陵》《望庐山瀑布》《望天门山》《早发白帝城》《赠汪伦》等,都是脍炙人口的名篇。历来评唐代七言绝句,都认为李白与王昌龄最为擅长。李白集中七律最少,仅十多首,也少有佳作;五律有七十多首,有的写得很好,说明他能写律诗,只是不爱多写。李白的乐府诗,虽用乐府旧题,却能自出新意,唐人以乐府古题写诗的,当推李白的成就最为杰出。他的某些歌行和绝句,虽不用乐府题目,也富有乐府诗的风味。他的诗歌语言的最大特色,可以说是“清水出芙蓉,天然去雕饰”,具体表现为语言直率自然,音节和谐流畅,浑然天成,不假雕饰,散发着民歌的气息。这主要得力于他学习了汉魏六朝的乐府民歌。但他不是仅仅学习、模拟民歌语言,而是在学习基础上加以提高,使之更加精练、优美、含意深长。他的七言古诗除明朗自然外,语言更以雄健奔放见长。杜甫的《春日忆李白》中称誉李白的诗“清新”“俊逸”,道出了它语言风格的显著特色。

李白的诗歌对后世产生了深远的影响。唐代韩愈、李贺,宋代欧阳修、苏轼、陆游,明代高启,清代屈大均、黄景仁、龚自珍等著名诗人,都在不同程度上从李白的诗歌中汲取营养。

八、《杜甫诗选》——穷年忧黎元的诗圣

杜甫(712—770 年)，字子美，祖籍襄阳(今属湖北)，生于河南巩县，唐代诗人。因曾居长安城南少陵，在成都被严武荐为节度参谋，检校工部员外郎，所以后世称之为杜少陵、杜工部。杜甫生在“奉儒守官”并有文学传统的家庭中，是著名诗人杜审言之孙，七岁学诗，十五岁扬名。

杜甫二十岁以后可分为四个时期。

(1)漫游时期。玄宗开元十九年(731 年)至天宝四年(745 年)，杜甫过着“裘马清狂”的浪漫生活，曾先后漫游吴越和齐赵一带。其间赴洛阳考进士失败。天宝三年(744 年)，在洛阳与李白结为挚友。次年秋分手，再未相会。杜甫此期诗作现存二十余首，多是五律和五古，以《望岳》为代表。

(2)长安时期。天宝五年(746 年)至天宝十四年(755 年)，杜甫困守长安，穷困潦倒。他不断投献权贵，以求仕进。天宝六年(747 年)曾应试“制举”；天宝十年(751 年)献“大礼赋”三篇得玄宗赏识，命宰相试文章，但均无结果。直到天宝十四年十月，安史之乱前一个月，才得到右卫率府胄曹参军之职。仕途的失意沉沦和个人的饥寒交迫使他比较客观地认识到了统治者的腐败和人民的苦难，使他逐渐成为一个忧国忧民的诗人。他的创作也因此发生了深刻、巨大的变化，产生了《兵车行》《丽人行》《前出塞》《后出塞》《自京赴奉先县咏怀五百字》这样的不朽名篇和“朱门酒肉臭，路有冻死骨”这样的警世之句。此期间流传下来的诗大约一百首，其中大都是五、七言古体诗。流亡时期肃宗至德元年(756 年)至乾元二年(759 年)，安史之乱最盛。杜甫也历经艰危，但创作成就很大。

(3)陷贼中与为官时期。长安陷落后，他北上灵武投奔肃宗，但半路被俘，陷贼中近半年，后冒死从长安逃归凤翔肃宗行在，受左拾遗。不久因房案直谏忤旨，几近一死。长安收复后，回京任原职。乾元元年(758 年)五月，外贬为华州司功参军，永别长安。此时期的杜甫，对现实有了更清醒的认识，先后写出了《悲陈陶》《春望》《北征》《羌村》，以及组诗“三吏”“三别”等传世名作。乾元二年(759 年)，杜甫对政治感到失望，立秋后辞官，经秦州、同谷，于年底到达成都。此时期流传下来的诗歌有二百多首，大部分是杜诗中的杰作。

(4)漂泊西南时期。肃宗上元元年(760 年)至代宗大历五年(770 年)的十一年，杜甫在蜀中八年，荆、湘三年。上元元年春，他在成都浣花溪畔建草堂，并断续住了五年。其间曾因乱流亡梓、阆二州。永泰元年(765 年)，严武去世，杜甫失去凭依，举家离开成都。因病滞留云安，次年暮春迁往夔州。大历三年(768 年)出峡，辗转江陵、公安，于年底到达岳阳。他生活的最后两年，漂泊于岳阳、长沙、衡

阳、耒阳之间，居无定所，时间多在船上度过。大历五年冬，杜甫死于长沙到岳阳的船上，年五十九岁。逝世前作三十六韵长诗《风疾舟中伏枕书怀三十六韵奉呈湖南亲友》，有“战血流依旧，军声动至今”之句，仍以国家灾难为念。这十一年，他写诗千余首（其中夔州作四百三十多首），多是绝句和律诗，也有长篇排律。名作有《茅屋为秋风所破歌》《闻官军收河南河北》《秋兴八首》《登高》《又呈吴郎》等。

杜诗现存一千四百多首，它们深刻地反映了唐代安史之乱前后二十多年的社会全貌，生动地记载了杜甫一生的生活经历；把社会现实与个人生活紧密结合，达到思想内容与艺术形式的完美统一；代表了唐代诗歌的最高成就，杜甫被后代称作“诗史”。但杜甫并非客观地叙事，以诗写历史，而是在深刻、广泛地反映现实的同时，通过独特的艺术手段表达自己的主观感情。正如浦起龙在《读杜心解》中所云：“少陵之诗，一人之性情，而三朝之事会寄焉者也。”天宝后期以来，杜甫写了大量时事政治诗，短篇如《洗兵马》《有感五首》《丽人行》《三绝句》《病橘》《茅屋为秋风所破歌》《又呈吴郎》，长篇如《夔府书怀四十韵》《往在》《草堂》《遣怀》，虽内容各异，但都是个人情感与视实相结合的佳作，抒情色彩较浓。

战争题材在杜诗中数量很多。杜甫对不同性质的战争态度不同。反对朝廷穷兵黩武、消耗国力的有《兵车行》《又上后园山脚》等；支持平息叛乱、抵御外侮的有《观安西兵过赴关中待命二首》《观兵》《岁暮》等。而《前出塞》《后出塞》两组诗，既歌颂了战士的壮烈英勇，又谴责了君王的拓边无厌和主将的骄横奢侈，以一个战士的自白概括了无数英勇士兵的不幸命运。“三吏”“三别”中，诗人同情人民的痛苦，愤恨野蛮拉丁；但大敌当前，兵源缺乏，他只能忍痛含泪劝慰被征者，表现出作者内心尖锐复杂的矛盾冲突。

杜甫有不少歌咏自然的诗。歌咏的对象，往往是既联系自己，又联系时事，是情、景与时事的交融，最具代表性的是《春望》《剑门》。杜甫还有些歌咏绘画、音乐、建筑、舞蹈、用具和农业生产的诗，同样灌注了作者的感情，具有时代特色。杜甫也有些诗，时代气氛不浓，个人感情较淡泊，尤其是在成都草堂写的一部分诗。这是他经过长期漂泊，得到暂时休息后心境的表现。在《屏迹》《为农》《田舍》《徐步》《水槛遣心》《后游》《春夜喜雨》等诗中，诗人对花草树木、鸟兽鱼虫的动态有细腻的观察，无限的喜爱和深刻的体会，这些诗体现了杜甫诗歌和为人的另一侧面。

杜甫怀念亲友的诗，大都缠绵悱恻，一往情深，如《月夜》中怀念妻子，《月夜忆舍弟》中怀念弟弟。众多怀友诗中，以怀念李白的最为突出。从与李白分手直到晚年，追念或谈到李白的诗有十五首，表现了他对李白的推崇和情谊。杜甫还以诗论诗，在《戏为六绝句》《偶题》《解闷十二首》（其四至其八）中，表达了“转益多师”“别裁为体”、扬弃古今而自铸伟辞的艺术主张。在困守长安和漂泊西南时期，为求仕进和维持生计，杜甫也作过一些内容无聊、格调不高的投赠权贵、奉和应酬的诗，其中有不少为五言排律。

杜诗体制多样，奄有众长，兼工各体，并能推陈出新，别开生面。其五言古诗融感事、纪行、抒怀于一炉，博大精深，无施不可，开唐代五古境界，代表作有《自京赴奉先县咏怀五百字》《北征》《羌村》《赠卫八处士》，以及组诗“三吏”“三别”。七言古诗长于陈述意见，感情豪放、沉郁，风格奇崛拗峭，如《醉时歌赠郑广文》《洗兵马》《茅屋为秋风所破歌》《岁晏行》等。其五、七言律诗功力极高，五律如《春望》《天末怀李白》《后游》《春夜喜雨》《水槛遣心》《旅夜书怀》《登岳阳楼》，七律如《蜀相》《野老》《闻官军收河南河北》《宿府》《白帝》《诸将五首》《秋兴八首》《登高》等，唐人律诗很少能超过它们。杜甫还有许多五言排律，几首七言排律，使排律得到很大的发展，其《秋日夔府咏怀奉寄郑监李宾客一百韵》长达一千字，但杜甫排律亦多堆砌典故、投献应酬之作。其绝句即景抒情，反映时事，并开绝句中议论之体，别开异径，贡献颇大。

杜诗内容广阔深刻，感情真挚浓郁，在艺术上集古典诗歌之大成，并加以创新和发展；在内容与形式上大大拓展了诗歌的领域，给后世以广泛的影响。杜甫一生潦倒，其诗“百年歌自苦，未见有知音”（杜甫《南征》）。但死后受到樊晃、韩愈、元稹、白居易等人的大力揄扬。杜诗对新乐府运动的文艺思想及李商隐的近体讽喻时事诗影响甚深。杜诗受到广泛重视，是在宋代以后。王禹偁、王安石、苏轼、黄庭坚、陆游等人对杜诗推崇备至，文天祥则更以杜诗为坚守民族气节的精神力量。杜诗的影响，从古到今，早已超出文艺的范围。

九、《韩昌黎文集》——“文起八代之衰，道济天下之溺”

韩愈（768—824年），字退之，世称韩昌黎，谥号文，故又称韩文公。他是中唐古文运动的倡导者和领袖人物，位列“唐宋八大家”之首，其文汪洋恣肆，气势磅礴。苏轼说韩愈的文章：“文起八代之衰”，即指韩愈针对当时骄文盛行、文风柔靡的现状而率先提倡写作古文以振奋文风的历史功绩。

韩愈少孤，由长嫂关氏抚养长大。幼年的家庭苦难磨砺了他的心志，鞭策他自小刻苦用功。韩愈七岁开始读书，十三岁开始作文，从小就立志要在政治与文化上有所作为。然而他的仕途并不像他所设想的那样一帆风顺。他先后四次参加科举考试，前三次均以失败告终，第四次终于得中，但他却并没有立即得到朝廷的重用。个人仕途的挫折与长期身处中下层社会的困顿使韩愈对社会现实有比较清醒的认识和较为积极的批判态度，也正因为如此，他才会在文章中发出千里马易得，而伯乐难求的感慨，才会有《进学解》中先生自嘲的想象，也才会发出不平之鸣。

韩愈笃信儒家思想，为民请命、整顿朝纲是他终生为之奋斗的事业。“佛骨事件”是他一生之中所经历的最大的政治打击。唐宪宗号称中兴英主，虽然他在政治上颇有作为，但却做着长生梦。元和十四年(819年)正月因凤翔县的法门寺藏有佛骨一节，据说佛骨能使“人安岁丰”，于是宪宗派人迎出佛骨进宫供奉，又送寺院公开展览，这事在长安引起轰动。供奉佛骨实际上是宪宗长生梦的一部分。韩愈一贯站在儒家立场反对虚妄迷信，于是他给宪宗写了著名的《论佛骨表》，列举历史上“事佛求福，乃更得祸”的皇帝的事迹作为警告。宪宗大为震怒，要立刻处死他，多亏众臣求情，他才被贬到几千里外的潮州做刺史。

无论怎样，韩愈义正词严的《论佛骨表》不但成为论证充分、讨伐异端的千古流传的战斗檄文，它严密的说理与多种论证方法也不断被后人效法。

韩愈是儒家思想的忠实信徒，这也构成了他一生的复古情结。他的文学主张首先是以文为贯道之器，即文是手段，道是目的；文是形式，道是内容，要求文章言之有物，文道合一。其次是文章的作者必须加强自己的道德修养。最后是继承者必须创新，即“惟陈言之务去”(《答李翊书》)，“自我一家新语”(《旧唐书》)。

韩愈和柳宗元之所以要倡导写作古文，并非真正想要去恢复秦汉时期的古文，而是想在对其进行批判的基础上，重新创造出一种符合时代需求的崭新文体。韩愈对于散文发展的贡献不但在于他恢复了先秦两汉时期的古文传统和历史地位，而且还在于他扩大了散文的应用范围，使这些主要用于著述的文体，诸如辞赋、赠序、杂感、奏议、表状、碑志、书启、哀祭、记传等，都可用散文进行表达。同时他又十分重视文学特征的表现和文学手段的运用，提高了其散文的审美品格，也奠定了他在文学史上的崇高地位。

韩愈的古文理论与创作实践，反映了中唐社会政治变革对散文发展的客观要求和散文自身矛盾运动的历史趋势，也在一定程度上克服了古文前辈重道轻文、重功利轻审美、重复古而轻创新的片面性，更为“后学之士，取为师法”。他的创作在后代产生了深远影响，据说欧阳修一生始终保留着一本韩愈文集，从中获益匪浅。而他与柳宗元共同倡导的古文运动也就此兴起了。

韩愈的文章如长江大河，汪洋浩瀚，具有那种经过千回百转，汹涌激荡，而又一泻千里，滚滚向前的雄伟气势。苏洵说“韩子之文，如长江大河，浑浩流转，鱼鼋蛟龙，万怪惶惑”，这正是对唐代著名文学家韩愈文章风格的最好概括。

韩愈有五篇以“原”字为题的论文，称为“五原”，即《原道》《原性》《原毁》《原人》《原鬼》。“原”指了解探求事物的本原。“五原”的主旨是阐述和发挥儒家的基本思想。在这里，韩愈将儒家之道称为“先王之教”或“先王之道”，先王就是“古之圣人”，指的是禹、汤、文、武、周公、孔子。他在人性论的观点上，反对性善、性恶或善恶混论，而发扬孔子的人性等级说。《原毁》指出毁诗的本原在于怠与忌。劝谏统治者应当破除世俗的偏见，不以社会的毁誉取人。《原人》推求人的本原，进一步阐述了《原道》中排斥异端的思想。《原鬼》表明了儒家对待鬼的看法与态度。

"五原"集中体现了韩愈的思想与政治主张，同时在艺术上也堪称韩文的代表。它们机警善辩，论述清晰，有很强的逻辑说服力；同时又大量使用排句，造成雄浑的气势。"浑浩"中见"流转"，雄浑中显活泼。

《师说》是韩愈的另一篇代表作，它是一篇论述从师学习的说理文章。唐代的士大夫之族、世禄之家、自恃其高人一等的门第，不需依靠科举考试就可进入仕途，他们往往轻视老师，不愿学习，而自己则轻浮狂躁，不学无术。为了扭转这种社会风气，"独韩愈奋不顾流俗，犯笑侮，收召后学，作《师说》，因抗颜而为师"（柳宗元《答韦中立论师道书》）。文章一开头，将教师的职责概括为"传道、授业、解惑"，并对老师的任务和作用做了说明。接下来，文章阐述了从师学习的必要性："人非生而知之者，孰能无惑？惑而不从师，其为惑也，终不解矣。"作者正是在正面论证的基础上，又从反面批判而今"士大夫之族"耻学于师的错误。最后交代了写作《师说》的缘由——用以嘉奖李蟠"好古文，六艺经传皆通习之"，韩愈认为他能行古道，故"作《师说》以贻之"。全文论述完备，论证充分，文气贯通，映衬自如，充分体现了其文章布局谋篇的特点。《师说》结构严密、紧凑；笔法则波澜起伏，错综变化，意味无穷。

《进学解》是韩愈怀才不遇、备受压抑的心态长期积淀的产物。韩愈因替官居房州司马的原华阴令柳涧鸣屈，上疏欲治刺史，结果获罪而被降职，使他心中多年来积郁的不平与牢骚不可遏抑地倾吐出来。《进学解》就是韩愈借师生的问答，来阐述自己对卫道、治学、做人、作文等各方面的见解。文章突出了一个学问精深、德行高尚、信念坚定，但又历尽坎坷、屈居下位的先生的形象，隐含着对社会不公平现象的讥讽与抗辩。第一部分是老师正面教导学生"业精于勤，荒于嬉；行成于思，毁于随"，是正话正说；第二部分是学生对老师所说的话的质疑，学生耻笑先生博学如此却儿寒妻饥头重齿豁，是正话反说；第三部分是先生回答学生的质疑，是反话正说。全文通篇用韵，属于赋体；但又打破赋体排句格律，"骨力仍是散文"（林纾《韩柳文研究法》），故可称为散文赋。文章节奏或不疾不徐，舒缓轻快，或语调短促，不容间断，行文跳荡流动，富于变化之美。韩愈主张推陈出新，本篇吸收古语，熔铸新词，言简意赅，用语精当。一篇之中竟有二十余条成语、名言，实属难得。

《祭十二郎文》是一篇优秀的抒情散文，历来被誉为"祭文中千年绝调"。十二郎，是韩愈的侄子，名老成，是次兄韩介的儿子，过继给长兄韩会。韩愈与十二郎自小生活在一起，情逾一般骨肉。韩愈初任监察御史时，忽闻十二郎死讯，悲痛不已，百感交集奔涌而出，故写下这篇感人至深的祭文。文章的主要内容是作者回忆过去的生活，将诚挚的抒情与日常琐事的叙述紧密融合在一起，深切地表达出对亡故亲人的悼念和对人生浮沉离合的无限感叹。文章选择记叙了韩愈与十二郎相依为命、充满辛酸的生活境况，充分说明了叔侄二人之间特别的亲密关系。

作者饱经沧桑的笔调挟带了身世、家世之悲来悼十二郎，令人从一开始就感受到其悲痛之情的绵远深重。全文几乎都以“吾”“汝”的对语手法来写，仿佛亲人间絮絮谈话，语调朴挚诚恳，句式长短舒缓，节奏或急促或缓慢，真正做到了情至笔随。

在韩愈的论说文中，有一类是揭露和嘲讽社会不合理状况的杂文，《杂说》就是它的代表作之一。其中最著名的就是《杂说四》（后人一般题名为《马说》）。文章以千里马不遇伯乐为喻，揭露当时社会上埋没与摧残人才的现象，讽刺当政者不能识人，感叹有才之士穷困潦倒直至老死的境遇。这篇文章有很强的韩愈本人的身世之感。他曾应进士试三次不第，中进士后又三试博学宏词科不中，由于上疏直谏又数次被贬。正是在这样的人生境遇下，韩愈才发出了千里马不遇伯乐的感慨。全文通篇比喻，虽仅有一百五十字，却写得波澜起伏，富于变化，综合运用夸张、设问、反问等多种手法，多方设喻，曲折尽理。

一〇、《白居易诗选》——写就野火春风、琵琶长恨的诗魔

白居易（772—846年），字乐天，晚年号香山居士，唐代著名诗人。他是中唐新乐府运动的倡导者和代表诗人，是唐代继李白、杜甫之后的又一位伟大诗人。他的创作继承了杜甫的现实主义传统，在理论上主张“文章合为时而著，歌诗合为事而作”。他的讽喻诗大多为民呐喊，抨击弊政，这是他全部创作中最为人所推崇的。

白居易出生于一个世宦之家，虽然祖父、父亲做的官都不大，但他却从小熟知儒家经典，树立了“达则兼济天下”的雄心壮志。同时由于祖、父辈的官职不高，也使得白居易的生活比较接近社会下层，这对他今后的思想发展和文学创作中体现出来的整体风格都很有影响。

白居易从小聪慧，异于常人，据说他只有六七个月大时虽然还不能说话，却已能识字。别人说出一个字，他就能在百十个字中将它指出来。白居易十五岁开始作诗，十六岁已经能写得一手好诗文。这里有一则关于他的一首《赋得古原草送别》的趣事，很有意思。据说白居易当年初到长安，按照当时的风气，以诗谒见顾况，顾况一见他的名字，说长安的米很贵，居住不易。后来看到白居易的诗集的首篇即是“离离原上草，一岁一枯荣。野火烧不尽，春风吹又生。”顾况非常赞赏，认为白居易能写出这样的诗来，居亦易也。虽然这个传说是经不起历史考证的，难免让人有些遗憾，但这首诗本身以及白居易的才华却不会因此而减色。

白居易与元稹是同科中举，有古代所谓的“同年之谊”。而他们俩又由于所主张的文学创作的理论与实践的相近性，使得彼此间有了深厚的友谊，故后人常“元白”并称，而两人唱和的诗也成为“元和体”的代表作品。

白居易多年的为官生涯可以大致划分为两个时期，相应的文学作品也体现出较大的风格上的差异。贬官之前，他始终保持积极参与政治的高度热情，以《秦中吟》《新乐府》为代表的大多数讽喻诗就是这样创作出来的。贬官之后，诗人的政治热情消退了一些，而这个时期的创作也主要以闲适诗与感伤诗为主，讽喻诗就很少了。应该说最能代表白居易创作成就的是他的写实诗歌，包括写实讽喻诗和长篇歌行叙事诗。他的写实讽喻诗中也有许多叙事诗，如《卖炭翁》《上阳白发人》《采地黄者》等描写个别人物和事件；又如《轻肥》《买花》《缭绫》等描写某些特定场景和人物群体。

从艺术成就的角度来说，白居易的闲适诗与感伤诗达到了新的高峰。他根据李、杨的爱情故事写成了《长恨歌》，其中运用了比喻、想象等多种手法，更在史实之中添入了传说的神秘与幻想色彩，加上精炼优美的语言，辗转流畅的音律，使之成为千古传诵的名篇。而李、杨的爱情悲剧也因《长恨歌》而千古流传。无怪乎白居易自称"一篇长恨有风情"。在贬官之后，白居易写的另一首感伤诗《琵琶行》，以通感的手法对音乐做了大段描绘，这在某种意义上提供了音乐与文学相互沟通的范例。而像白居易这样以如此准确、形象的语言对音乐做出如此细致、深入的描绘，这恐怕在整个中国文学史上也是罕见的。

白居易主张诗歌的语言音律要通俗化。据说当年白居易每写成一首诗总要念给不识字的老婆婆听，只要她听不懂，他就回去修改，直到老婆婆完全能听懂为止。白居易的诗歌浅显易懂，很多语言如见面语、家常话，但这并不影响其高超的艺术成就。

白居易是一位对后世影响巨大的诗人，其诗在当时就广为流传。据说当时从长安到江西三四千里范围内的佛寺、学堂、旅店等许多地方都题有白居易的诗；读书人、僧人甚至妇女都能够背诵他的诗。而他浅近直白的诗风也得到了许多文人雅士的肯定与效仿，在社会上产生了很大的影响。此外，他的诗还流传到边疆少数民族地区和其他国家，并对其文学发展产生了重要影响。

白居易曾把自己的诗歌分为讽喻、闲适、感伤和杂律四大类，这种分类虽不是很科学，却大体能反映其诗的基本面貌。其中以《新乐府》诗五十首、《秦中吟》诗十首为代表的讽喻诗是其诗中最富有社会意义的部分，尤其是其中的社会写实诗，它们直接取材于现实，以"救济人病"为宗旨，以"惟歌生民病"为主题，是白居易诗中的精华。

《新丰折臂翁》是白居易《新乐府》诗五十首中较有代表性的一首，集中代表了这一类诗歌的思想和艺术特色，表达了诗人关心民生疾苦并敢于揭露时弊的锐气。该诗生动形象地刻画了一个独臂老翁的形象。先写其年高，"新丰老翁八十八，头鬓眉须皆似雪"；再写其折臂，"玄孙扶向店前行，左臂凭肩右臂折"；然后回溯他折臂的原因，以老翁的回答来概述他一生的遭遇：朝廷讨伐南诏而征兵开赴云南，老翁年轻时为了逃避兵役而忍痛将自己的一只胳臂折断。大征兵时生离死别，哭声震天，令人耳不忍闻，目不忍睹。老翁因逃避兵役而造成终身残疾，是很不幸的，但比起那些惨死在云南边疆的千千万万的战士，他又是很幸运的。因此他既沉痛又不能不为自己庆幸："痛不眠，终不悔，且喜老身今独在。"这个"喜"字含义深长，表达出一种难于表达的至悲至痛的感情，让人喜中见泪，喜中见悲。这首诗在艺术上也显示了《新乐府》创作的总体特色，即通俗性和明朗性。通篇不用一个典故，明白晓畅，但它的构思又自有其独特精巧之处，虽然它写的是天宝时期几次开边战争带给人民的苦难，却没有从正面直接描写战争的残酷，渲染沙场上白骨横陈的景象，而是通过应征者及其家属的悲痛，以及逃征者幸免于难的喜中悲，间接表现战争的灾难。

《轻肥》是白居易《秦中吟》诗十首中的一首。诗人先渲染内臣们（即宦官）走马赴宴的奔忙与骄横，又浓墨重笔地写他们酒宴佳肴后杯盘狼藉的场面。最后两句笔锋突转："是岁江南旱，衢州人食人！"意达笔停，戛然而止。从思想内容上讲，《秦中吟》与《新乐府》大体相同，都是揭露现行统治中的弊病，表达诗人对民生疾苦的关心。而从构思及艺术特色上讲，《轻肥》这首诗却是很有特色的。其一是对比手法的运用。内臣们衣着华丽，美味佳肴，而百姓们罹灾逢旱，人率相食，强烈的对比使全诗的主题显得更为鲜明突出。其二是繁简错落，参差有致。写内臣们赴宴与宴会时，白居易浓墨重彩，显然用的是繁笔，而写百姓的苦难只一句，用的是简笔。这不但使得全诗的结构显得富于变化，不滞重不呆板，具有强烈的腾挪跌宕的气势，也更使最后两句精炼的简笔在前面铺陈的繁笔的映衬下更为触目惊心。全诗在结构变化中复见整齐，浑然一体。

《长恨歌》是白居易感伤诗的代表作，也是千古传颂的名篇，它取材于唐玄宗与杨贵妃的爱情故事，诗人将史实、传说、想象与理想融汇在一起，交错纷呈，神奇瑰丽，在感伤哀怨中完成了李、杨二人，同时也是诗人自己的情感宣泄。全诗可分为五段，第一段写安史之乱前李、杨二人的宫廷生活，以及杨贵妃一家鸡犬升天、不可一世的权势。第二段写安史之乱的发生和李、杨的生离死别。第三段写玄宗回到京城后百无聊赖、风月相思的描摹。第四段写经过临邛道士的上下求索，终于在奇丽的仙界寻觅到了情人的踪迹。第五段全诗进入感情的高潮，李、杨二人缠绵的情与恨在高潮中戛然而止。从白居易的诗论主张出发，这首《长恨歌》更应该写成一种讽喻诗，然而它更多地描绘的是一个"天长地久有时尽，此恨绵绵无绝期"的爱情悲剧。尽管在诗的一开头，诗人写道"汉皇重色思倾国"，在第一、第二部分描述了因为李、杨二人的爱情享乐给国家带来的灾难，但他似乎更想要表达的是二人情感的炽烈与真诚，为后来痛苦分离的哀怨埋下伏笔。而对因唐玄宗荒淫误国所造成的安史之乱，白居易显然也做了淡化处理。随后作者更是以三分之二以上的篇幅想象和渲染马嵬之变后两人"天上人间"的刻骨思念。全诗的主题显然已经变成了歌颂男女间真挚、忠诚的爱情。这也正是《长恨歌》引起评论界争论的原因。无论如何，白居易“一篇长恨有风情”（《编集拙诗成一十五卷，因题卷末，戏赠元九、李二十》）却以其独特的艺术魅力成为中国诗歌史上的传世名篇。它以历史为题材，却又不拘泥于历史，在想象与事实的交融中，在文学与历史的隔膜中求得一种超越性的表现手法，以充沛的情感、哀婉的情调赢得了无数读者。而所谓“长恨”是什么呢？是对当时骄奢淫逸的追悔？抑或是恨不能比翼连理、生死相依的悲哀？或者还有恨出自帝王家难有常人情的感叹吧！

《琵琶行》是白居易感伤诗的又一代表作，它写于白居易被贬为江州司马后的第二年。全诗描绘了琵琶女一生让人同情的遭遇，也借此抒发了诗人自己的迁谪之悲。开篇从凄凉之景写到让人心动的琵琶声，一句“千呼万唤始出来，犹抱琵琶半遮面”传神地刻画出歌妓的羞涩与矜持。接下来是长达二十四句的对音乐意象出神入化的描绘，其中佳句连连。凄凉哀怨、扣人心弦的琵琶声让听者无不为之动容。第三部分写琵琶女自叙身世，最后一部分是诗人被她不幸的身世所感动，讲述了自己的遭遇和谪居的苦闷，全诗的语言虽平易简洁却极富表现力，尤其是描绘音乐意象的一段更是精彩绝伦，让人叹为观止。全诗结构严谨，叙事层次分明，同时又笼罩着浓郁的抒情气氛，起伏跌宕的情感与叙事达到了完美的结合。

白居易还写了大量的闲适诗与杂律诗，它们或寄托友情，或描摹山水，或妙传思理，给人以美好的情感熏陶和艺术享受。如《赋得古原草送别》就是写景抒情的佳作。本来是一首普普通通的应酬之作，而诗人却抓住了野草旺盛的生命力来作文章。“野火烧不尽，春风吹又生”，更成为脍炙人口的名句。

一一、《李商隐诗歌集解》——晚唐诗坛一只啼血的杜鹃

李商隐（813—858年），字义山，号玉溪生，唐怀州河内（今河南焦作沁阳）人。他生活于晚唐时期，一生经历了宪宗、穆宗、敬宗、文宗、武宗、宣宗六朝。李商隐出生于小官僚家庭，从高祖到他的父亲，都只做过县令、尉佐一类的低级地方官，在其只有九岁时，父亲病故，生活一度十分艰难。如其在《祭裴氏姊文》中写的那样：“四海无可归之地，九族无可倚之亲。”这种卑微困苦的处境使他自幼苦学，以图振兴家业。在李商隐的一生中，对他个人影响最大的是牛李党争。唐代后期，朝中的大臣按各自的利益分为两大派别，一派以牛僧孺、李宗闵为首，称牛党；一派以李德裕为首，称李党。两党之间势如水火，界线分明。唐文宗大和二年（828年），李商隐被天平军节度使令狐楚聘为幕僚，工作了八年之久。令狐楚地位显赫，属于牛党，他待李商隐很好，颇有些栽培的意思。唐代官方文书通用骈体文，李商隐没有学过，令狐楚就让李商隐跟自己的儿子令狐绹一同学习，并亲自教其

骈文。在令狐楚的指点下，李商隐很快就以骈体章奏闻名了。开成二年(837 年)，由于令狐绹的推荐，李商隐还考中了进士。按令狐陶等人的想法，有了这样的经历，李商隐当然也是牛党中人了，但李商隐自己虽对令狐父子感恩戴德，却对当时不分青红皂白一律以人划线的无聊党争不感兴趣。令狐楚死后，李商隐为了谋生，进入径原节度使王茂元幕府工作。王茂元很爱惜他的才华，就把女儿嫁给了他。当时，王茂元被视为李党，李商隐的表现触犯了朋党的戒律，被认为“背恩”，招致了令狐绹和牛党中一些人的忌恨。尽管李商隐多次向令狐绹等人解释，但始终没能得到他们的原谅。恰巧李商隐在世时大部分时间里牛党当政，而令狐绹还做了许多年的宰相，所以李商隐一直频遭朋党势力的打击，处境十分艰难，心情也常常抑郁不舒，人到中年就去世了。

李商隐是唐代后期杰出的、有代表性的诗人，他与同时代的杜牧齐名，二人被称为“小李杜”。李商隐诗集中较多的首先是政治诗和感怀诗。他是关心现实政治和国家命运的诗人，在现存的约六百首诗中，政治诗占了六分之一，9 世纪上半叶的许多军事政治事件和重大政治问题，他都在诗中做出了反映。其次是感怀诗，主要抒发对个人遭遇的感慨。除此以外，他还创造性地发展了无题诗这种形式，用以表达错综复杂或幽秘难言的感受，取得了较高成就。

李商隐在艺术上力求创新，建立了自己的独创风格。他的各种诗体都有佳作，但最能体现其独创风格的则是近体律绝，特别是七律和七绝，被公认为达到了一流的水准。这类诗中的优秀篇章，都具有构思细密、寄托遥深、语言清丽、巧于用典等特点，构成了他特有的深情绵邈、绮丽精工的艺术风格。在他之前的白居易和韩愈虽都在开拓诗境上有贡献，但作品大都缺乏情韵，不够含蓄，李商隐在近体诗中努力追求婉曲含蓄，并取得了成功。他的优秀的政治讽刺诗中，揭露与嘲讽往往非常尖锐辛辣，但在表现上却很含蓄蕴藉，委婉不露，真正做到了形象与思想的统一，为唐诗的发展做出了新的贡献。

李商隐的政治诗共有一百首左右，其中除直接反映现实政治的以外，还包括政治批判色彩很浓、具有托讽现实意味的咏史诗。代表作有《有感二首》《咏史》《南朝》《瑶池》《贾生》等。《有感二首》是李商隐集中反映甘露之变这一重大政治事件的作品。诗中所抒之感，主要有两个方面：一是对宦官乱政的愤恨；二是对李训、郑注轻率浅谋因而贻误国事的不满。甘露之变后，宦官气焰十分嚣张，作者在朝野间笼罩着一片恐怖气氛的情况下，直斥宦官为“凶徒”，揭露他们大事株连、滥杀无辜、挟制皇帝的罪行，表现了强烈的政治义愤。《咏史》是伤悼唐文宗之作。唐文宗在位期间，颇想挽回唐王朝的颓势，在作风上比较勤俭，政治上也做过一些努力，但并没有收到多大效果，最后在宦官的挟制中死去。这首诗在哀婉文宗图治无成的同时，对唐王朝的没落趋势寄寓了很深的感慨。《南朝》总结了南朝兴废的历史教训，借以讽劝唐代统治者勿重蹈覆辙。此诗上半段概述宋齐君主的奢侈

淫靡，下半段专咏陈朝之事，结构错综新颖，以冷嘲作结，耐人寻味。《瑶池》讽刺的是唐代统治者盲目尊崇道教，企图肉身成仙的荒唐行为。唐代许多皇帝都信道求仙，力求长生而大量吞食“金丹”，如唐穆宗、唐文宗、唐武宗、唐宣宗，都是糊涂透顶的狂信者。李商隐早年受过道教的影响，后来也接触过一些道士，对求仙的把戏逐渐看得清楚，就写下不少讽刺神仙迷信的诗，尤以《瑶池》最为著名。《瑶池》没有正面写皇帝们愚蠢的吃丹药的自杀行为，而是借古代传说西王母和周穆王相遇的故事，从侧面写出求长生的不可能，含意更深长有味。《贾生》也是一首优秀的讽刺诗。诗中写了素称贤明的汉文帝，他欣赏杰出的青年政论家贾谊的才能，亲自召见并虚心向贾谊求教，倾听这位青年的议论，直到夜深时分还谈兴未已。看起来是多么汲汲求贤啊！但召见议论的目的并非为了国家大事，只不过是皇帝想了解有关鬼神之事罢了。这首诗用欲抑先扬的手法揭露了统治者不能识贤任贤的真实面目，讽刺效果极为强烈。晚唐的许多皇帝，都服药求仙，荒于政事，不任贤才，不顾民生，作者矛头所指，正是这类“不问苍生问鬼神”的统治者。

《安定城楼》《漫成五章》《晚晴》《锦瑟》是李商隐感怀诗中的优秀之作。《安定城楼》作于开成三年(838 年)，由于他前一年娶了李党王茂元的女儿为妻，由此陷入朋党相争的政治漩涡，招来不少麻烦。开成三年，他参加制科考试，本已考中，发榜前被某权要人物将名字抹去，诗人愤慨至极。在这首诗里，他借用庄子“鸱得腐鼠”的寓言，讽刺那些对自己猜忌、陷害的人是猫头鹰，表明自己有高尚的志向，是不屑于计较个人功名的。这首诗境界阔大，意味深长，后人对其评价很高。《漫成五章》是李商隐的重要作品，作者回顾了自己二十多年的政治生活遭遇，并表明了在现实政治斗争中所持的态度。虽题为“漫成”，实际上是围绕一个中心写的，用咏史的方法来抒发感慨。第一、二章叙述自己和令狐楚的关系，感叹自己政治上的失意；第三章咏娶王茂元之女事，代妻致不平之意；第四、五章热情赞美会昌年间将相功绩，肯定李德裕的政绩。《晚晴》描绘了雨后晚晴明净清新的境界和充满生机的景象，表达出欣慰喜悦的感受和开朗乐观的襟怀，寄寓着身世之感和对前途的某种希望。《锦瑟》是李商隐知名度最高的作品，诗中回顾了其一生的遭遇，围绕怀才不遇这个中心，从各个不同侧面反复抒写理想破灭、抱负成虚、才能不展的深沉感慨和无穷遗恨，流露出浓重的迷惘情绪。诗中借助用典、比兴、象征等多种艺术手法创造出含蕴丰富、色彩浓郁的艺术意境，以清丽的语言、铿锵的音律表达了凄婉的情思。

李商隐的无题诗是他对诗歌发展做出的一大贡献。这些诗的内容有的与政治或身世有关，但绝大多数被认为是对爱情的表达，因而也有人称他为出色的爱情诗人。在这方面，“昨夜星辰昨夜风”和“相见时难别亦难”是其中优秀的代表。前者，写出男女双方虽然透过重重礼教帷幕达成了爱情的默契，但是也带来了无法达到愿望的更大的痛苦。鲜明而清晰的种种细节的回忆，都与这种快乐和痛苦密切联系。后者，执着的爱情在濒于绝望中显示出无比强烈的力量。“春蚕到死丝方尽，蜡炬成灰泪始干”，已成为描写爱情的绝唱。这些诗句很典型地表现了封建时代士大夫们那种隐秘难言的爱情生活的特点，也写出了相恋中的青年男女那种共同的敏感、热烈和复杂的心理，因而被人们广泛传诵。

一二、《欧阳文忠公集》——一代文坛宗主，平易畅达文风

欧阳修(1007—1072年)，宋吉州庐陵(今属江西)人，字永叔，号醉翁，晚年又号六一居士、欧阳观子。四岁丧父，家境贫苦，从母郑氏学。仁宗天圣八年(1030年)进士。调西京推官，与尹洙、梅尧臣以歌诗唱和。景祐年间为馆阁校勘，作文为范仲淹辩，贬夷陵令。庆历中召知谏院，改右正言、知制诰，赞助新政。新政失败，上疏反对罢范仲淹政事，出知滁、扬、颍等州。至和元年(1054年)召为翰林学士。嘉祐二年(1057年)知贡举，倡古文，排抑“太学体”，文风大变。嘉祐五年(1060年)擢枢密副使，次年拜参知政事。英宗初，以尊英宗父濮王为皇，起濮议之争。神宗立，请出知亳、青、蔡三州。以反对王安石新法，坚请致仕。熙宁四年(1071年)，告老还乡。卒谥文忠。能诗词文各体，为当时古文运动领袖，后人称唐宋八大家之一。平生奖掖后进，曾巩、王安石、苏洵父子俱受其称誉。为“宋学”开创者之一，精研经学、金石、目录之学，对宋代学人产生了广泛影响。亦善史学，与宋祁等修《新唐书》，自撰《新五代史》。有《欧阳文忠公集》《集古录跋尾》《六一词》等。

《欧阳文忠公集》一百五十三卷，包括《居士集》《外集》《易童子问》《外制集》《内制集》《表奏书启四六集》《奏议集》等一百一十四卷，《归田录》《诗话》《长短句》等十九卷，《集古录跋尾》十卷，书简十卷；附录部分包括前附年谱，后附行状、墓志、传文等，共五卷。其中，《居士集》收录诗文，乃作者自定，其他为后人补编；《归田录》是随笔；《诗话》开诗歌评论的新体例；《集古录跋尾》是金石学的开创之作。

宋初的诗文革新运动是唐代古文运动的继续，对转变当时的浮靡文风起着关键性的作用，而欧阳修则是这次运动的倡导者之一。苏轼在《六一居士集叙》中将他比作唐代古文运动的倡导者韩愈：“愈之后二百有余年，而后得欧阳子，其学推韩愈、孟子以达于孔子；著礼乐仁义之实，以合于大道。其言简而明、信而通，引物连类，折之于至理，以服人心。故天下翕然而尊之。”又说：“欧阳子论大道似韩愈，论事似陆贽，记事似司马迁，诗赋似李白。”说当时的太平之盛，文士辈出，要使一时之文有所宗主，欧阳修便处于一代文宗的地位上。欧阳修早年就与尹洙、梅尧臣、苏舜钦等人“同为古文歌诗”，经过不断的努力，终于结束了西昆体诗文风靡一时的局面，为古文的顺利发展铺平了道路。叶梦得《石林诗话》：“至和、嘉祐间，场屋举子为文尚奇涩，读或不能成句。欧阳文忠公力欲革其弊，既知贡举，凡文涉雕

刻者，皆黜之。”

欧集中的不少散文就从多方面反映出欧阳修带有时代特点的文学主张。在文和道的关系上，他强调道对文的决定作用，《答祖择之书》中写道：“道纯则充于中者实，中充实则发为文者辉光。”《答吴充秀才书》中提出：“道胜者，文不难而自至。”但他并没有把道与文绝对等同起来，《送徐无党南归序》指出，历史上有道德修养的人未必皆能文章。在《代人上王枢密求先集序书》中，他更明确地说：“言以载事，而文以饰言，事信言文，乃能表见于世。”说明他虽然把道放在首位，但并未否定文的作用。欧阳修所言之道主要不在于伦理纲常。《答吴充秀才书》中，他反对做文章者“弃百事不关于心”的态度，《与张秀才第二书》批评了“舍近取远，务高言而鲜事实”的文章，这就在一定程度上摆脱了道统观念的束缚，使文学与现实能比较紧密地联系在一起。欧阳修提倡平易畅达的文风，反对尚奇趋险，倡导“其道易知而可法，其言易明而可行”(《与张秀才第二书》)的文风，推崇“简而有法”(《尹师鲁墓志铭》)的写作原则，这对于北宋以及后世散文的发展产生了极为深远的影响。

欧阳修的文学创作以其散文成就为最高。他以大量具有独特风格的文章，以自身出色的创作实绩，推动了古文运动的发展，成为宋代诗文革新运动的主将。欧文明畅简洁，曲折而有变化，善于以简练的笔墨诠释充沛深厚的感情，具有较强的艺术感染力，对宋代散文的创作起了示范作用。宋吴充的《欧阳公行状》评价他：“盖公之文备众体，变化开阖，因物命意，各极其工，其得意处，虽退之未能过。”实际上指出了欧文的一些主要特点。其一，文体多样，包括各种类型的议论文、叙事及抒情散文；他的五百余篇散文，以及政论、史论、记叙、抒情、墓志、随笔等，各体具备，无体不工。其二，汲取古文和骈文之所长，根据内容需要熔铸剪裁，形成新的散文风格。王安石《祭欧阳文忠公文》：“如公器质之深厚，智识之高远，而辅学术之精微，故充于文章，见于议论，豪健俊伟，怪巧瑰琦。其积于中者，浩如江河之停蓄；其发于外者，烂如日星之光辉；其清音幽韵，凄如飘风急雨之骤至；其雄辞闳辩，快如轻车骏马之奔驰。”金赵秉文《竹溪先生文集引》：“亡宋百余年间，唯欧阳公之文不为尖新艰险之语，而有从容闲雅之态，丰而不余一言，约而不失一辞，使人读之者亹亹不厌。”其三，变化多端，开阖自如，气脉流动，富于内在节奏感和韵律感。苏洵《上欧阳内翰第一书》：“(欧文)纡徐委备，往复百折，而条达舒畅，无所间断；气尽语极，急言竭论，而容与闲易，无艰难劳苦之态。”

最能体现欧阳修人品的，是他的政论文。文章内容以国事民生为主，多剖析时弊，奏陈方策，析理透辟，议论剀切。如《与高司谏书》对朝中是非表达了鲜明的态度，富有斗争精神。《朋党论》首先界定了朋党的君子、小人之别：“大凡君子与君子以同道为朋，小人与小人以同利为朋。”然后阐明“小人无朋，惟君子则有之”的道理，顺理成章地提出论点：“故为人君者，但当退小人之伪朋，用君子之真朋，则天下治矣”。文中列举史实以针砭时弊，指出自古禁绝朋党的帝王都是亡国之君。作者敢作此等教训朝廷、教训天子的大胆之文，且能出之以无所顾忌，痛快淋漓；尽管作者也有愤激的情绪，但组织行文之际，又能从容不迫，显现出自然平易、含蓄不露的特色。

欧阳修的史论文也很有特色，大多言简意深，感情充沛。他写的《新五代史》体现了轻天命而重人事的历史观。李涂《文章精义》：“欧阳永叔《五代史》赞首必有‘呜呼’二字，固是事变可叹，亦是此老文字遇感慨处便精神。”《伶官传序》一文是传统“古文”中的名篇，文章一开头就提出“盛衰之理，虽曰天命，岂非人事哉”的论点。紧接着叙述后唐庄宗成败兴灭的一生，从而总结出“忧劳可以兴国，逸豫可以亡身”“祸患常积于忽微，而智勇多困于所溺”的历史经验教训，证实了文首成败在人的说法，借此“垂示鉴戒”。全文结构紧密，转折自然，讲究文采，“抑扬顿挫，得《史记》神髓，《五代史》中第一篇文字”（沈德潜《唐宋八大家文读本》卷一四）。

最能体现欧阳修的文学技巧和艺术成就的，则是记事兼抒情的散文，或侧重于记事和议论，或侧重于抒情和写怀。作者既发挥散体文意脉、结构、句法上的特点，又吸收骈体文音律、辞采上的长处，并注重将文中情绪变化与文章节奏变化相协调，时而舒展，时而收敛，呈现出文笔流转、抒情性突出、音乐感较强的风格特点。《桑怿传》《丰乐亭记》《相州昼锦堂记》《泷冈阡表》等都是如此。而《醉翁亭记》则是这类作品中写景与抒情巧妙融合的杰出代表。文章从“环滁皆山也”的放眼扫视落笔，将读者的视线逐渐引向西南诸峰，推进到琅琊山，入山中溪泉旁，随峰回路转，又引人抬头看见泉上小亭，再从做亭者为谁、命名为谁的设问，推出主人公——号“醉翁”的太守，和“醉翁之意不在酒，在乎山水之间也，山水之乐，得之心而寓之酒也”的感慨议论，趁势导向山中四时之景，收转来写“醉翁”的酒宴和醉态，以及酒宴散后的情景，“醉翁”与人们不同的心境，最后点明太守为“庐陵欧阳修”即作者本人。全文既萦回曲折，又连绵不断，无一句跳脱。文中每一个意义完足的句子都用叹词“也”结束，共出现二十一次，构成咏叹的声调；又把骈文中对偶相映的句法变化使用，时散时偶，句子的字数时齐时不齐，这样，既有明晰的节奏感，又流动摇曳，作者内心淡淡的孤独惆怅之情在这种咏叹的节奏中得到很好的表现。

此外，《六一居士传》以疏宕的文笔反映作者晚年的爱好和志趣，可以和陶渊明的《五柳先生传》相媲美；《归田录》《笔说》《试笔》等笔记文写作，则开了宋代笔记文创作的先声。

《秋声赋》是宋代散文赋的前导，表现出艺术上的独创性，对于赋的发展具有开拓意义：变旧赋骈偶对仗为奇偶相间的散体，变扬厉的铺张为适当的铺陈，注意气脉的连贯流动，兼顾音韵的铿锵和抑扬顿挫。后文由秋天草木凋零，又引申出人之衰老，融入了悲叹人生的感怆之情，由自然现象升华到对人生有限、忧劳妨身的普遍规律的思考。

一三、《东坡全集》——“雄视百代，自作一家”

苏轼（1037—1101年），宋眉州眉山（今属四川）人，字子瞻，一字和仲，号东坡居士，苏洵之子。仁宗嘉祐二年（1057年）进士。再中制科，为凤翔府签书判官，召试得直史馆，摄开封府推官。神宗熙宁年间，上书论王安石新法之不便，出为杭州通判。徙知密、徐、湖三州。元丰二年（1079年），因诗托讽，逮赴台狱，后以黄州团练副使安置。哲宗即位，起知登州，累官中书舍人、翰林学士兼侍读。因与旧党发生分歧，以龙图阁学士知杭州。会大旱，饥疾并作，轼请免上供米，又减价粜常平米，存活甚众；杭近海，民苦地泉咸苦，轼倡浚河通漕，又沿西湖东西三十里修长堤，民德之。元祐六年（1091年），召为翰林承旨，寻因馋出知颍州，徙扬州。后以端明殿翰林侍读两学士出知定州，后贬惠州。哲宗绍圣初，因为文讥斥先朝之罪，远谪英州、惠州、儋州。徽宗立，元符三年（1100年）赦还，提举玉局观，复朝奉郎。寻病逝常州，谥文忠。所作诗文清新畅达；作词豪放，开拓内容，突破绮靡词风；工书善画。苏轼著有《东坡七集》《东坡志林》《东坡乐府》《仇池笔记》《论语说》等。

《东坡七集》是苏轼的诗文别集，一百一十卷，包括《东坡集》《东坡后集》《东坡续集》《奏议集》《内制集》《外制集》《应诏集》等七种。

文集中的部分诗文反映了苏轼的文学思想。苏轼既重视文章的社会功能，强调文学作品的思想性，又重视文章对社会的实际作用，反对华而不实的不良文风。《与侄孙元老四首》提倡：“务令文字华实相副，期于适用，乃佳。”《答乔舍人启》所谓：“文章以华采为末，而以体用为本。”苏轼还自觉地强调文学艺术自身的美学价值。《答谢民师书》称赞欧阳修“文章如精金美玉”。宋何薳《春渚纪闻》卷六引苏公语：“某平生无快意事。惟作文章，意之所到，则笔力曲折，无不尽意。自谓世间乐事，无逾此者。”在艺术风格上，苏轼强调自然平易，《答谢民师书》倡导为文应“如行云流水，初无定质，但常行于所当行，常止于所不可不止，文理自然，姿态横生”。

苏集存诗二千七百余首，题材广泛。其表现自我的一类诗作，突出地塑造了作者面对挫折而旷达开朗的“坡仙”性格。其反映现实的一类作品，体现民生疾苦，指斥政治弊端，反映社会矛盾，体现出以诗干政的强烈针对性、斗争性。其歌咏自然的一类诗作，数量多、题材广，感情深厚，风格多样，情趣高雅。其品评书画乐诗等艺术的一类作品，极大开拓了中国古典诗歌的题材范围，充分表现作者独具特色的美学思想和艺术修养。苏诗讲究才学，主要表现在观察细致，想象丰富，笔脉灵活，精于使事和用典。清赵翼《瓯北诗话》：“以文为诗，自昌黎始，至东坡亦大放厥词，别开生面，成一代之大观。今试平心读之，大概才思横溢，触处生春，胸中书卷繁富，又足以供其左旋右抽，无不如志。其尤不可及者，天生健笔一枝，爽如哀梨，快如并剪，有必达之隐，无难显之情，此所以继李杜后为一大家也。”苏诗又讲究议论，或借助形象而颇具韵味，或叙议结合而掷地有声，以其敏锐的思辨和卓越的识见，使哲理诗一体真正形成局面。《清赵翼瓯北诗话》卷五：“其绝人处，在乎议论英爽，笔锋精锐，举重若轻，读之似不甚用力，而力已透十分。”苏诗方法上善用比喻，风格上长于雅谑，对后人皆有重要影响。

苏轼集中的散文各体皆备，内容丰富，多以议论和抒情见长。其政论文、史论文的内容大都与经世治国有密切联系，大多是个人政治思想的直接表白，具有辩论滔滔、文从字顺的特点。其文艺论文则多为精辟之作，显现出作者高出常人的艺术修养。其叙事纪游的散文具有很高的艺术价值，常常融抒情、叙事、写景、说理于一炉，不拘常格，汪洋恣肆。《文说》所谓：“吾文如万斛泉源，不择地皆可出。在平地，滔滔汩汩，虽一日千里无难。及其与山石曲折，随物赋形，而不可知也。所可知者，常行于所当行，常止于不可不止，如是而已矣。”其书札、题记、叙跋等也各具特色，或抒人生感慨，或记生活琐事，或述风土人情，都能不假雕饰，袒露真情，富有个性。明杨慎《三苏文范》引袁宏道语：“余尝谓坡公一切杂文，圆融精妙，千古无匹，活祖师也。”宋孝宗赵昚《苏轼文集序》：“有感于中，一寓之于文，雄视百代，自作一家，浑涵光芒，至是而大成矣。”

《东坡七集》有清末端方据明成化本校印本，称为善本。苏轼文集注本主要有宋郎晔选注《经进东坡文集事略》六十卷，有《四部丛刊》影宋刊本。明末茅维集苏轼的文章为《东坡先生全集》七十五卷，1986 年中华书局以此为底本，出版《苏轼文集》七十三卷。苏轼诗注本有题为王十朋编的《集注分类东坡诗》二十五卷，有《四部丛刊》影宋刊本；宋施元之及其子施宿撰《苏诗注》四十二卷，有清康熙间刻本；清查慎行《补注东坡编年诗》五十卷；清冯应榴取王十朋、施元之、查慎行诸家苏轼诗注，考其是非得失，广搜博采，著《苏文忠公诗合注》五十卷。清王文诰集以前诸家之大成，撰《苏诗编注集成》，其诗注部分四十六卷，中华书局 1982 年点校出版。

《东坡乐府》二卷。东坡词现存约三百五十首，在文学史上有特殊地位。苏轼在对词的认识方面很有突破，有意识提高词的地位，把词看作是与诗歌具有同等作用的新文体；宋刘辰翁《辛稼轩词序》：“词至东坡，倾荡磊落，如诗如文，如天地奇观，岂与群儿雌声学语较工拙”，苏轼将诗文革新运动的成果扩大到词的领域，对词的内容也有开创之功：抒发从政之情、爱国之情、怀古之情、人伦之情的作品使传统抒情词的功能和境界大为扩展；宋王灼《碧鸡漫志》：“长短句虽至本朝盛，而前人自立，与真情衰矣。东坡先生非心醉于音律者，偶尔作歌，指出向上一路，新天下人耳目，弄笔者始知自振。”清刘熙载《艺概》卷四评为：“东坡词颇似老杜诗，以其无意不可入，无事不可言也。”他的词既重形似又重神似，不仅写出物象，而且写出寄托，感慨深沉，寄意高远，作者的人格精神宛然如见，使咏物词的创作蔚为大国，对后代产生巨大影响；金元好问《新轩乐府》卷三六："自东坡一出，情性之外，不知有文字，真有'一洗万古凡马空'气象。"苏轼以前描写农村生活的词作极少，而耕种时则创作出十余首真正的农村词，广泛反映了农业生产和农村生活的景象，生动地塑造了黄童、白叟、蚕姑、织娘、卖瓜人等人物形象，在北宋词创作中可谓别开生面。苏轼第一个冲破"词为艳科""诗庄词媚"的藩篱，打破传统词柔媚香软的单一风格，在婉约正宗之外又别立豪放与旷达两种风格，给专写儿女之情的园地注入了风云之气，使词坛出现百花齐放的活跃局面；宋胡寅《酒边词序》："眉山苏氏，一洗绮罗香泽之态，摆脱绸缪宛转之度，使人登高望远，举首高歌，而逸怀浩气，超乎尘垢之外，于是'花间'为皂隶，而柳氏为舆台矣。"清郭麐《灵芬馆词话》："至东坡以横绝一代之才，凌厉一世之气，间作倚声，意若不屑，雄词高唱，别为一宗。"苏轼既照顾到词的音乐性，又不过多地受其限制，敢于为发挥词的文学表现功能而突破音律的束缚。陆游《老学庵笔记》："公非不能歌，但豪放不喜剪裁以就声律耳。"宋胡仔《苕溪渔隐丛话》后集卷三十三引晁补之语："苏东坡词，人谓多不谐音律。然居士词横放杰出，自是曲子中缚不住者。"

一四、《剑南诗稿》——"集中十九从军乐，亘古男儿一放翁"

陆游(1125—1210年)，宋越州山阴(今浙江绍兴)人，字务观，号放翁。金兵南侵，幼年时期便过着逃难生活。生于书香门第，年十二能诗文。受家庭的爱国思想教育，二十余岁立下从军杀敌志愿。高宗绍兴二十四年(1154年)应礼部试，名列第一。因论恢复，语触秦桧而遭黜落。高宗绍兴三十一年(1161年)，得孝宗召见，任枢密院编修官，赐进士出身。后因力说张浚北伐而免职。孝宗乾道六年(1170年)，起为夔州通判。后入四川宣抚使王炎幕府办理军务，投身军旅生活，得以亲历抗敌前线。孝宗淳熙二年(1175年)，任四川制置使范成大的参议官，以文字交，不拘礼法；人讥其"恃酒颓放"，遂自号"放翁"。孝宗淳熙七年(1180年)，提举江西常平茶盐公事，以发粟赈灾，被劾罢。孝宗淳熙十六年(1189年)，任礼部郎中，劾罢，闲居十余年。宁宗嘉泰二年(1202年)，召修孝宗、光宗实录。以宝谟阁待制致仕。工诗、词、散文，亦长于史学。其诗多沉郁顿挫、感激豪宕之作，与尤袤、杨万里、范成大并称为南渡后四大家。有《剑南诗稿》《渭南文集》《南唐书》《老学庵笔记》等。

陆游的诗歌创作中，初期从曾几学诗，以江西派入，比较注重诗歌的辞采。中期即入蜀后，较好地解决了诗和书本、诗和生活亦即文学创作上"源"与"流"的辩证关系，一扫江西羁绊，视火热的生活实践为诗歌创作的真正源泉，形成了雄浑苍劲的独特风格。晚年退隐后，诗作又增加了一重清新自然、平淡古朴的风格。

陆游诗数量繁富,内容广博。《剑南诗稿》八十五卷,存诗九千三百余首。《宋史》卷三九五《陆游传》:"游才气超逸,尤长于诗。"清赵翼《瓯北诗话》卷六:"古来作诗之多,莫过于放翁……今合计全集及遗稿,实共一万余首。每一首必有一意;就一首中,如近体每首二联,又一句必有一意。凡一草、一木、一鱼、一鸟,无不裁剪入诗。是一万首即有一万大意,又有四万小意。自非才思灵敏,功力精勤,何以得此?信古来诗人未有之奇也。"

陆游诗思想内容的总特点是在南宋特殊的历史背景下,发挥了中国古典诗歌优秀的现实主义传统。忧国忧民,构成了陆游诗歌的主要内容。郑师尹《剑南诗稿序》言陆诗:"发乎情性,充乎天地,见乎事业,忠愤感激,忧思深远,一念不忘君。"宋林景熙在宋亡后作《书陆放翁诗卷后》,给继承杜甫现实主义诗风传统的陆游以高度评价:"天宝诗人诗有史,杜鹃再拜泪如水。龟堂一老旗鼓雄,劲气往往摩其垒。"

不论是从数量上还是质量上,不论是从在文学史上的地位还是从对后代的影响上看,表现爱国思想都是陆游诗思想内容的主要特色。陆游的爱国诗自始至终灌注着炽热的爱国主义精神,内容博大,感情真挚,多层次、多角度地展现了诗人的爱国情怀,生动而深刻地揭示了作者所处的时代的不幸。黄漳《书陆放翁先生诗卷后》:"翁为南渡诗人,遭时之艰,其忠君爱国之心,愤郁不平之气,恢复宇宙之志,往往发之于声诗。"梁启超《读陆放翁集》:"诗界千年靡靡风,兵魂销尽国魂空。集中十九从军乐,亘古男儿一放翁。"梁氏自注云:"中国诗家无不言从军苦者,惟放翁则慕为国殇,至老不衰。"

(1)身为爱国志士的陆游,以诗明志、以诗报国的目的非常明确。他不仅是一般地表露爱国忧国的情怀,而且充满了以身报国的豪情壮志和牺牲精神。《楼上醉书》:"丈夫不虚生世间,本意灭虏收河山。"

(2)陆游爱国诗具有广泛的内容。或讴歌北伐抗战,如《金错刀行》:"呜呼!楚虽三户能亡秦,岂有堂堂中国空无人!"或思念沦陷区领土,关心敌占区人民,批判金国统治者的野蛮罪行,如《感兴》:"群胡本无政,剽夺常自如。民穷诉苍天,日夜思来苏。"或批判南宋统治集团妥协苟安的投降政策,对贪生误国的投降派作有力的抨击和无情的讽刺,如《夜读有感》:"公卿有党排宗泽,帷幄无人用岳飞。遗老不应知此恨,亦逢汉节解沾衣。"但其中最集中、最生动的是诗人自己塑造的爱国者形象,饱含对恢复事业的高度热情和不断追求,同时又充满了理想不得实现、请缨无路、壮志未酬的无限悲愤。如《夜读兵书》:"平生万里心,执戈王前驱。战死士所有,耻复守妻孥。"如《夜泊水村》:"腰间羽箭久凋零,太息燕然未勒铭。老子犹堪绝大漠,诸君何至泣新亭?一身报国有万死,双鬓向人无再青!记取江湖泊船处,卧闻新雁落寒汀。"尤其可贵的是,在敌强我弱、主降嚣张的形式下,陆游始终坚持抗战立场,直至生命的最后一刻。八十二岁时所作《老马行》:"一闻战鼓意气生，犹能为国平燕赵！"临终时也不忘收复大业，《示儿》："死去元知万事空，但悲不见九州同。王师北定中原日，家祭无忘告乃翁。"

（3）陆游爱国诗极富表现的灵活性，将爱国思想渗透到各种题材之中，常能收到以小见大的效果。《书悲》："平生搴旗手，头白归扶犁。谁知蓬窗梦，中有铁马嘶。"

陆游的农村诗除了借以表现爱国思想之外，同情人民、热爱生活也是贯穿其中的主线。或深刻反映农民遭受的沉重的阶级压迫和经济剥削，体现出对于广大人民深切的关怀，对人民的反抗深表同情。如《两獐》："吏或无佳政，盗贼起齐民。"《疾小愈纵笔作短章》："彼盗皆吾民，初非若胡羌。奈何一朝忿，直欲事殴攘？"或描写农民简朴勤劳的劳动生活，刻画江南农村优美的田园风光、淳朴的民情民俗，反映自己的村居生活以及和百姓建立起的深厚感情。如《小园四首》："小园烟草接邻家，桑柘阴阴一径斜。卧读陶诗未终卷，又乘微雨去锄瓜。"《山村经行因施药》："驴肩每带药囊行，村巷欢欣夹道迎。共说向来曾活我，生儿多以陆为名。"

陆游的爱情诗数量不多，却真挚而深切地抒发了他对唐婉至死不渝的爱情，《沈园》等诗作中表现出的专注、哀艳、凄婉的感情，古今罕见。宋陈衍《宋诗精华录》："无此绝等伤心之事，亦无此绝等伤心之诗。就百年论，谁愿有此事？就千秋论，不可无此诗。"

陆游是继唐宋之李白、杜甫、白居易、苏轼之后出现的又一位、也是最后一位伟大的超一流诗人。作为中国古典诗歌的集大成者，陆诗具有多方面的艺术成就。

（1）博采诸家，风格多样，各体皆工。陆游善于汲取陶、李、杜、梅等前贤大家的创作成果，融各家之长，成一家之风，形成陆诗鲜明的特色。陆诗师法广泛，集《诗经》之风致、屈原之浪漫、陶潜之淳朴、王维之静穆、岑参之恣肆、李白之壮浪、杜甫之沉郁、梅尧臣之古淡、苏轼之飘逸、曾几之规矩、吕本中之流转等众美于一炉，加之诗作繁多，就形成了陆诗多样的诗风。明柴昇《放翁诗钞序》："大者丛丛，细者喁喁；乐者于于，忧者恻恻。"陆游古、律、绝等体，无不精工。清赵翼《瓯北诗话》卷六："放翁以律诗见长。名章俊句，层见叠出，令人应接不暇；使事必切，属对必工。无意不搜，而不落纤巧；无语不新，亦不事涂泽。实古来诗家所未见也……抑知其古体诗，才气豪健，议论开辟；引用书卷，皆驱使出之，而非徒以数典为能事；意在笔先，力透纸背；有丽语而无险语，有艳词而无淫词；看似华藻，实则雅洁；看似奔放，实则谨严。此古体之工丽更深于近体也……至近体之刮垢磨光，字字稳惬，更无论矣。"

（2）高度的抒情性。陆游以杜甫的深沉及雄厚的爱国思想作为抒情的基调，又吸取李白富于激情、富于想象、富于自我色彩、善于夸张和跳跃、善于高度概括等抒情的表现手法，从而将杜甫的沉郁和李白的浪漫融为一体，形成自己沉郁悲壮、踔厉风发的一家之风。面对现实时，深沉激奋、悲慨苍凉是其抒情基调；驰骋想象，借助梦境来抒发力主恢复的激情时，往往慷慨激昂，意气风发，富于浪漫情调；在较短的篇幅之中，通过凝练的语言高度概括地抒发带有普遍性的感情，感情跨度大、跳跃性强；语言宏丽恣肆，善用豪壮感慨、激切反问等抒情句式。

(3)清新优美的风格。沉雄诗格之外，陆游的很多诗，尤其是表现农村生活以及个人退隐生活的诗歌，都语言质朴、意境优美、风格清新。清李调元《陆诗选序》："先生取材宏富，对仗精工，百出以隽笔。每遇佳句，不啻如杨柳承露、芙蓉出水，天然不假雕饰。"

(4)工于锤炼。陆游诗虽自然天成，但也注重锤炼，为后人留下大量名句名对。宋刘克庄《后村诗话》前集卷二："古人好对偶，被放翁用尽……南渡而后故当为一大宗。"陈吁《剑南诗选题词》："读放翁词，须深思其炼字炼句猛力炉捶之妙，方得真面目。"

陆游诗的不足之处是，有时不免率尔成章，部分诗作含蕴不足，晚年所作词意句法多有重叠互见之处。

在当时的"中兴四大诗人"中，陆游的诗歌成就最为突出，在我国文学史上占有很高地位。他的爱国诗篇不仅在当时发挥了很大作用，而且不断鼓舞着各个时代的爱国人士。

一五、《稼轩长短句》——"大声镗鞳，小声铿鍧"

辛弃疾(1140—1207年)，原字坦夫，后字幼安，宋济南历城(今山东济南)人。尝谓"人生在勤，当以力田为先"，故以"稼"名轩，号稼轩居士。年十三，遭靖康之难，家乡为金兵所占。高宗绍兴年间，两度赴燕京应考，意在观察形势，待机抗金。绍兴三十一年(1161年)，金主完颜亮大举南侵，山东农民起义英雄耿京奋起抗金。二十二岁的辛弃疾聚众二千隶耿京部，为掌书记。次年，奉京命奏事建康，高宗召见，授承务郎。耿京部将张安国刺杀耿京降金，辛于北归途中闻变，率骑活擒张安国，收拾义军残部投归南宋，授江阴签判。历任建康通判、司农主簿、滁州知州、江西提点刑狱及湖北、湖南、江西各地安抚使，其间曾进《美芹十论》及《九议》，纵论恢复大计，却不蒙采信，反而屡遭打击。孝宗乾道年间知滁州期间，宽征赋、招流散，教民兵、议屯田。淳熙年间知潭州兼湖南安抚使期间，创建飞虎军，雄镇一方，为江上诸军之冠。淳熙八年(1181年)为谏官诬劾落职，退隐闲居于信州(今江西上饶)，达十八年之久。此间，光宗绍熙三年(1192年)至绍熙五年(1194年)出任福建提点刑狱与安抚使。宁宗嘉泰三年(1203年)起知绍兴府兼浙东安抚使，宰相

韩侂胄准备北伐，辛被调任镇江知府，旋被诬罢官。进枢密都承旨，未受命，临终前大呼“杀贼”数声，赍志而没。后追谥忠敏。一生力主抗金。擅为长短句，风格悲壮激烈，与苏轼并称“苏辛”。后人辑其诗为《辛稼轩诗文抄存》，辑其词为《稼轩长短句》。

辛弃疾生当南宋中叶，宋金对峙，民族矛盾十分尖锐。围绕着抗金复国、收复失地的时代命题，南宋统治集团分化为两派：主和派苟且偷安、妥协投降；主战派力主抗金、恢复中原。辛弃疾是主战派代表人物之一。在力主抗金而又报国无门的情况下，他紧密结合关系民族存亡的斗争现实，将一腔忠愤与全部才情寄之于词，尽力谱写豪杰英雄的慷慨悲歌，最终成为词史上成就最为杰出的爱国词人。

辛词现存近六百三十首，是宋人作词最富者。辛词的内容比苏词更加广阔，真正达到了“无意不可入，无事不可言”的地步，起到与诗文同等的社会功效。

辛词中内容最集中、最进步的就是题材广泛的爱国词。辛弃疾有过光辉的战斗经历，始终是爱国斗争中的一个积极的参与者，故其表现自我经历、自我形象、自我感触的爱国词，远高于其他只能泛写爱国之作的文人之词。作者在词中塑造气势豪迈的英雄形象，表达收复中原、统一中国的强烈愿望，抒发渴望建功立业、报效国家的雄心壮志，是名副其实的英雄之词。词作充分体现了辛弃疾的“英雄之才，忠义之心，刚大之气”（宋谢枋得《祭辛稼轩先生墓记》），读来大声镗鞳，小声铿鍧，令人有立懦起顽之志。

然而，辛弃疾的现实政治处境却并不顺利，壮志难酬，报国无期，于是他时而把抨击的矛头直指朝廷内的投降派，时而发出流年如水、英雄失路的悲叹，进而表现出更加深广的社会忧患和生命个体的人生苦闷。清徐釚《词苑丛谈》引黄梨庄语：“辛稼轩当弱宋末造，负管乐之才，不能尽展其用，一腔忠愤，无处发泄。观其与陈同父抵掌谈论，是何等人物！故其悲歌慷慨，抑郁无聊之气，一寄之于其词。”

辛弃疾先后在江西上饶、铅山隐居过二十多年，十分熟悉农村生活。他继承和发展苏轼的农村词作，写有三四十首直接或间接描写农村的词作，描绘了江南农村优美的自然景色和恬静的生活景象，具有浓郁的乡土气息。

当然，由于辛弃疾长期隐居江湖，投闲置散，他也写了不少诗酒自娱、风景自赏的闲适词，有的词作固然是表面故作闲适而内心郁勃不平，但有的词作却不可否认地流露出消极颓唐的情绪。

辛弃疾既是南宋最伟大的词人，也是整个词史上第一流的大词人。王国维《人间词话》：“（南宋词人）堪与北宋人颉颃者，唯一幼安耳。”冯煦《蒿庵词话》：“稼轩负高世之才，不可羁勒，能于唐宋诸大家外，别树一帜。”

辛词具有很高的艺术成就。

（1）激昂的内容与豪放的风格完美地统一，极大地发展了苏轼开创的豪放词风，他不仅使豪放词在南宋蔚为大观，而且自己也登上了豪放风格的最高峰。清王士祯《花草蒙拾》:“婉约以易安为宗,豪放唯幼安称首。”陈廷焯《白雨斋词话》:“辛稼轩,词中之龙也,气魄极雄大,意境却极沉郁。”《四库全书总目提要》卷一九八《稼轩词提要》:“其词慷慨纵横,有不可一世之概,于倚声家为变调;而异军特起,能于剪红刻翠之外,屹然别立一宗,迄今不废。”辛词体现豪放风格的主要手法有:创造鲜明、生动、虎虎有生气的艺术形象;使用想象、象征、夸张等浪漫主义手段;善用跳跃、顿挫之法,熔铸凝重感情于开头结尾之中;以小见大,借题发挥,使细节和常景联系到重大题材等。

豪放词风向来以苏辛并称,但苏辛词风虽然相近却并不雷同。苏辛都极大地提高了词的地位,开拓了词的内容,但辛词的社会性、现实性更强;苏辛都于婉约之外别立一宗,但辛词更为豪放;苏辛都极大地丰富了词的表现手法,但辛词走得更远,变以诗为词为以文为词,将更丰富的典故、语汇融入词中。苏辛基本风格上的差异主要体现在:苏词多出世之思,更偏重于旷;辛词多入世之情,更偏重于豪。陈廷焯《白雨斋词话》卷六:“东坡之心地光明磊落,忠爱根于生性,故词极超旷,而意极和平;稼轩有吞吐八荒之概,而机会不来。正则可以为郭、李、岳、韩,变则为桓温之流亚,故词极豪雄,而意极悲郁。”清周济《宋四家词选目录序论》:“苏辛并称。东坡天趣独到处,殆成绝诣,而苦不经意,完璧甚少。稼轩则沉着痛快,有辙可循。南宋诸公,无不传其衣钵。”王国维《人间词话》:“东坡之词旷,稼轩之词豪。”

(2)词作中大量的使事用典,凝练贴切、技巧高妙,没有斧凿痕迹。宋刘辰翁《辛稼轩词序》:“词至东坡,倾荡磊落,如诗如文,如天地奇观,岂与群儿雌声学语较工拙?然犹未至用经用史,牵雅颂入郑卫也。自辛稼轩前,用一语如此者,必且掩口。及稼轩横竖烂漫,乃如禅宗棒喝,头头皆是。又如悲笳万鼓平生不平事并卮酒,但觉宾主酣畅,谈不暇顾。词至此亦足矣。”《词林纪事》:“驱使庄骚经史,无一点斧凿痕,笔力甚峭。”明陈霆《渚山堂词话》:“用事最多,然圆转流丽,不为事所使,称是妙手。”

(3)作者把古文辞赋惯用的章法和议论、对话等手法移植到词作创作中来,常将经史诸子之语融化入词,甚至直接引用,神来兴到之时,随笔抒写,形成了散文化、议论化的特点;加之辛词不太拘泥于音律,在形式上就比苏轼的“以诗为词”更为开拓,不仅带来词境的变化,而且丰富和扩大了词语的内涵,大大增强了词作的表现力,有人称之为“以文为词”。明毛晋《稼轩词跋》:“东坡为词诗,稼轩为词论,善评也。”

(4)善用比兴等手法,语言精工、通俗、清新且富于变化,喜谐谑而格调高雅。清刘熙载《艺概》卷四:“稼轩词龙腾虎掷,任古书中理语、廋语,一经运用,便得风流,天姿是何夐异!”

南宋之初,张元干、张孝祥上承苏轼豪放词风,首开爱国词之先河。辛弃疾承接于后，把爱国词的创作引领至一个崭新的境界。稼轩词在当时就有陈亮、陆游为其羽翼，后来又有刘过、刘克庄、文天祥、刘辰翁等人薪火相传，直到宋末，辛弃疾成为南宋爱国词坛的盟主、豪放词派的领袖，在词史上具有引领时代的巨大影响。清陈洵《海绡说词》："南宋诸家，鲜不为稼轩牢笼者。"

当然，稼轩词中用典过多近于掉书袋，过于直率刻露，尽情挥洒近于游戏等弊病，也对辛派词人产生了消极作用。

一六、《关汉卿戏曲集》——"驱梨园领袖，总编修帅首，捻杂剧班头"

关汉卿（约 1220—约 1300 年），号已斋叟，一说名一斋，字汉卿，元大都（今北京）人，一说祁州（今河北安国市）人。传曾为"太医院尹"（元钟嗣成《录鬼簿》），是当时太医院所属的一个医户。他活动的地区主要是在大都，也曾到过汴梁，南宋亡后还到过临安，晚居杭州。他是一位生活落拓而不肯仕进的知识分子，十分熟悉下层人民的生活。元熊自得《析津志・名宦传》载其"生而倜傥，博学能文，滑稽多智，蕴藉风流，为一时之冠"。他经常出入于瓦舍勾栏，与杂剧作家、戏曲演员交游甚契。他又精通音律，擅长多种技艺；且熟悉舞台艺术，能粉墨登场。他一生致力于戏剧创作。今见于著录的杂剧六十七本，存十五种（一说十八种），《窦娥冤》《救风尘》《望江亭》《单刀会》《拜月亭》《蝴蝶梦》等尤为著名。另有散曲十四套、小令五十七首。关汉卿与马致远、白朴、郑光祖并称为元曲四大家。

关汉卿杂剧题材内容上的特点如下。

（1）涉及多种多样的社会生活层面和人物，并深刻地揭示了元代黑暗的现实生活，有很强的现实性。

（2）集中反映了社会中受压迫的弱者的生活遭遇和生活理想，热情赞美他们的美好品格。

（3）在反映社会对弱者的压迫以及命运对个人的压迫的同时，始终表现出顽强的斗争精神和对于美好人生的执着追求；在揭露人间罪恶的同时，高扬正义的旗帜又是关汉卿悲剧作品的共同主旨。他笔下的悲剧主人公大多具有坚定、顽强的意志，敢于同邪恶势力作毫不妥协的抗争，并在不屈不挠的抗争中，体现出善良的人们坚决捍卫人间正义的壮烈情怀和崇高精神，从而赋予剧作很强的战斗性和理想化色彩。可以说，关汉卿是元代最善于以抗争激情感染大众的戏剧家。上述特点融汇和发展了传统的文人文学和市民文学中最富有生气的成分，展开了中国古典文学的新面目。

关汉卿现存的剧作，按照题材、内容的不同，可以分为公案剧、爱情婚姻剧、历史剧三类。

《窦娥冤》《鲁斋郎》《蝴蝶梦》等是公案剧的代表，通过公案故事，揭示了深刻的社会问题，尤其是黑暗的政治势力和邪恶的社会势力对弱小者的残酷压迫，表现了广大民众对于公平的社会秩序和安宁的生活的向往。剧中人物的悲剧命运，往往具有强烈的震撼力和明显的典型意义。王国维《宋元戏曲考·元剧之文章》："其最有悲剧之性质者，则如关汉卿之《窦娥冤》、纪君祥之《赵氏孤儿》。剧中虽有恶人交构其间，而其赴汤蹈火者，仍出于其主人翁之意志。即列之于世界大悲剧中，亦无愧色也。"

《救风尘》《望江亭》《拜月亭》等是爱情婚姻剧的代表，通过对赵盼儿、谭记儿等一组社会下层妇女形象的成功塑造，反映了关汉卿对社会问题、特别是女性问题所进行的多方面的深刻的思考，也体现出作者对女性命运的人道主义关怀。

《单刀会》《双赴梦》《哭存孝》等是历史剧的代表，在反映民间心理的同时，更多地表现了作者个人的人生情怀，带有较浓厚的文人化的气息。

关汉卿的杂剧具有很强的艺术创造力。

(1)鲜明的剧场性，名副其实的"场上之曲"。作为一个向戏曲舞台提供演出剧本的"书会才人"、专业作家，关汉卿很少为文人的传统习性所囿，很少在炫耀辞采、驰骋才情上花费心血；他的剧本，无论是选材与剧情安排，还是人物形象的塑造和语言的运用，都很重视舞台演出效果，适应观众的欣赏心理，以生气勃勃的艺术活力，表现出新鲜的社会意识与人生追求。在创作剧本时，他力求尽快"入戏"，往往以洗练的笔触交代戏剧情境与人物关系，把观众的目光"聚焦"到主要的戏剧矛盾上，从而迅速引起观众看戏的兴趣。这也充分说明他很懂得戏剧的特性和观众的心理，因而十分重视戏剧演出的舞台效果，不让观众分散对戏剧矛盾的注意力，努力在有限的演出时间内，赋予戏剧以更为充实的内容，让强烈的戏剧冲突把观众牢牢地吸引在剧情之中。他又很注意处理戏剧冲突的节奏，注意场面的冷热调剂，张弛交替，使剧情的推进显得跌宕多姿，产生深深吸引观众的情节张力。他还擅于设置悬念，既出人意料之外，又在情理之中，使其剧作具有引人入胜的魅力。

(2)民本主义视野，社会正义主题。从戏剧题材的选择上来说，关汉卿的许多杂剧，都能站在普通民众的立场上，提出社会正义这一人类生活中的严峻问题。尖锐地提出这个问题，既表现了作家个人所具有的良知，也是当时正在发展着的市民阶层通过作家所发出的呼吁。尽管，对于社会正义的实现，关汉卿常常不得不诉诸幻想，期待"王法"的真正施行，但这毕竟体现出了其改善社会秩序的愿望。更何况，关汉卿也赞同并描绘了弱者通过自己的机智斗争来获得社会正义。而这一类题材通过戏剧这一种最具有鼓动性的文艺形式来表现，其效果也格外强烈。

(3)精于结构布局，擅长情节剪裁。在戏剧结构方面，关汉卿也善于布置情节，在激烈的矛盾冲突中，营造戏剧氛围，并使舞台演出富于动作性。尽管元杂剧一本四折的体制比较短小，很容易写得单薄，而关汉卿常以适当的剪裁、布置，使之能容纳较为丰富的内容。

(4)人物众多，性格鲜明。关汉卿的杂剧中活跃着各种各样的人物，从大家闺秀到风尘女子，从英雄烈士到市井小民，从权豪势要到地痞恶棍，大多写得富于生气，表现出鲜明的性格。首先，关汉卿笔下的人物很少是概念化的产物，因而具有生活中真实人物的多面性。其次，作者对人性往往表现出比较宽泛的认可。特别是对社会下层人物在其特殊处境中的所作所为，绝不从传统道德的立场上加以丑化和诋毁。

(5)“本色派”的语言。关汉卿的戏剧语言，一向以本色当行著称，即王国维所称道的“曲尽人情，字字本色”。这种语言较少文饰，既切合剧中人物的身份与个性，也贴近当时社会活生生的口语，更能把观众的感情引入到剧情和戏剧人物的命运中。另外，所谓“本色”的语言，又不是简单地搬用日常生活中的口语，而是使之经过艺术的锤炼、加工。关汉卿才华横溢，具有丰富的社会生活经验，又有高度的文化素养，这使他在戏曲语言方面显示出不凡的功力，王国维《宋元戏曲史》誉为“一空倚傍，自铸伟词”。关汉卿剧中人物的唱词，在抒情中蕴含着鲜明的动作性，切合特定的戏剧情境。关汉卿既立足于戏剧语言性格化，又博采现实生活中的种种语言素材，包括谚语、俚语、成语、口头禅等，将它们融合于作品之中，形成一个自然真切、色彩斑斓的语言世界。总之，炼俗为雅、化雅为俗、雅俗兼收、串合无痕，而始终新鲜活泼、生气蓬勃、不失本色，可以说是关汉卿戏剧语言最显著的特点。关汉卿剧作所表现出的纯熟的语言艺术，也成为杂剧作为代言体的叙事文学臻于成熟的重要标志。

关汉卿不仅是创作元杂剧年代最早的作家之一，而且其作品数量和类型最多，总体上的思想和艺术成就也最为杰出。钟嗣成《录鬼簿》列关汉卿为杂剧家之首，明朱权《太和正音谱》说他“初为杂剧之始”。关汉卿无疑是元杂剧最重要的奠基人。他不仅是一位天才的剧作家，也是中国古代戏剧史上少有的集创作、编导和演出于一身的全能戏曲家。1958 年，经世界和平理事会提名，关汉卿被列为“世界文化名人”。

一七、《西厢记》——“新杂剧，旧传奇，《西厢记》天下夺魁”

王实甫，元大都(今北京)人，字德信，一说名德信，字实甫。生卒年与生平事迹俱不详。元钟嗣成《录鬼簿》把他列入“前辈已死名公才人”而位于关汉卿之后，可以推知他与关同时而略晚，在元成宗元贞、大德年间尚在世。元末明初贾仲明在追悼他的《凌波仙》一词中，约略提到有关他的情况：“风月营密匝匝列旌旗，莺花寨明飚飚排剑戟。翠红乡雄纠纠施谋智。作词章，风韵美，士林中等辈伏低。新杂剧，旧传奇，《西厢记》天下夺魁。”所谓“风月营”“莺花寨”，是艺人官妓聚居的场所。与关汉卿一样，王实甫混迹于瓦舍勾栏之间，十分接近市民大众。所作杂剧散佚甚多，据《录鬼簿》载，存《拜月亭》《娇红记》等十四种。今仅存《西厢记》《破窑记》《丽春堂》三种及《芙蓉亭》《泛茶船》二剧的片段。其中，《西厢记》最为出名，被后人推为北曲第一。另有散曲小令一只、套数两篇。

《西厢记》的剧情直接取材于金董解元的《西厢记诸宫调》。从唐代元稹的《莺莺传》到《西厢记诸宫调》，故事的性质已经发生了根本性的改变，元作肯定张生抛弃莺莺的“忍情”；董作改写为青年男女为了争取婚姻自由大胆地和封建家长展开斗争的作品，热情赞美崔、张争取自由爱情与婚姻的叛逆行为。王实甫的《西厢记》以董作为基础，为了适合戏剧的演出，把董解元所改编的莺莺故事重新予以调整，主要表现在以下几方面。

(1)删减了许多不必要的枝叶和臃肿部分，使结构更加完整，情节更加集中。

(2)让剧中人物更明确地坚守各自的立场——老夫人在严厉监管女儿、坚决反对崔、张的自由结合，维持“相国家谱”的清白与尊贵上毫不松动，张生和莺莺在追求爱情的满足上毫不让步，崔、张、红娘一方与老夫人一方的矛盾冲突于是变得更加激烈。

(3)对故事的题旨作了新的改造。董作强调：“自古至今，自是佳人，合配才子。”把莺莺对张生的爱与“报德”连在一起，尽管歌颂年轻人对爱情的追求，又竭力表明他们的越轨行为有其合理的一面。在王实甫笔下，张生、莺莺固然是才子佳人，但才与貌并非是他们结合的唯一纽带。第五本第四折(清江引)一曲中明确提出：“永志无别离，万古常完聚，愿普天下有情的都成了眷属。”对真挚的爱情，给予充分的肯定，认为它纯洁无邪，不必涂上“合礼”“报恩”之类的保护色。王实甫认为爱情是婚姻的基础，只要男女间彼此“有情”，就应让他们同偕白首；而一切阻挠有情人成为眷属的行为、制度，都应受到鞭挞。王实甫所祝愿的“有情人”，包括那些未经家长认可而自行恋爱、私订婚姻的青年。他希望这样的“有情人”也能够如愿以偿，等于不把“父母之命，媒妁之言”放在眼内，是对封建礼教和封建婚姻制度的大胆挑战。通过如上调整，不仅增加了剧情的紧张性和吸引力，也使得全剧的主题更为突出，人物形象更为鲜明。再加上它的优美而极富于表现力的语言，使得这一剧本成为精致的典范之作。

《西厢记》以很高的艺术水平来展现一个美丽的爱情故事，使得它格外动人。

(1)创新剧作体制。作为戏剧，《西厢记》的体制结构不同于其他的元杂剧。元杂剧的通例是以一本四折来表现一个完整的故事，而王实甫的《西厢记》则发展成五本二十一折，像是由几个杂剧连接起来演出一个故事的连台本。在每一本第四折的末尾，既有“题目正名”，标志着故事情节到了一个转折性的段落，又有很特别的曲(络丝娘煞尾),起着承上启下、沟通前后两本的作用。有些折段,《西厢记》还突破了元杂剧一人主唱的通例,整折戏实际上由末与旦轮番主唱。这都是王实甫在吸取和借鉴宋元南戏、金院本演出形式的基础上对元杂剧体制的突破和创新,既丰富了剧作的艺术表现力,又为更细腻地塑造人物性格、更完美地安排戏剧冲突提供了有利的条件。

(2)剧情复杂,矛盾集中。《西厢记》写了老夫人和崔、张、红娘的矛盾,亦即封建势力和礼教叛逆者的矛盾,也写了莺莺、张生、红娘之间性格的矛盾。整个戏剧的情节,环绕着这一主一辅两条相互制约、起伏交错的线索展开,涌现了多次矛盾激化的场面。它一环扣着一环,一波接着一波,有起有伏,有开有阖,扣人心弦,引人入胜。作为一部多本戏,《西厢记》巧妙布置关目,矛盾冲突环环相扣,将山重水复、萦回曲折的复杂情节写得波澜起伏。不仅使得故事富于变化、情趣浓厚,而且经过不断的磨难,使得主人公的爱情不断得到强化和淋漓尽致的表现。

(3)人物形象鲜明。剧中主要人物张生、莺莺、红娘,各自都有鲜明的个性,而且彼此衬托,相映生辉。张生的性格是轻狂中兼有诚实厚道,洒脱中兼有迂腐可笑。莺莺的形象得到了相当精细的刻画,性格特征显得更为明朗而又丰富。她始终渴望着自由的爱情,并且一直对张生抱有好感。只是她受着家庭的严厉压制和名门闺秀身份的约束,又疑惧被母亲派来监视她的红娘,所以她总是若进若退地试探获得爱情的可能,并常常在似乎是彼此矛盾的状态中行动。但是,她最终以大胆的私奔打破了疑惧和矛盾心理,显示人类的天性在抑制中反而会变得更加强烈。红娘虽然只是婢女身份,却是剧中最活跃、最受人喜爱的人物,成为全剧中一个非常重要的角色。她机智聪明、热情泼辣,又富于同情心,常在崔、张的爱情处在困境的时候,以其特有的机警一次次化解矛盾。她代表着健康的生命,富有生气,并因此而充满自信。所以这个小小奴婢,却老是处在居高临下的地位上,无论张生的酸腐、莺莺的矫情,还是老夫人的固执蛮横,都逃不脱她的讽刺、挖苦乃至严词驳斥。她不受任何教条的约束,世上什么道理都能变成对她有利的道理。所以,她的道学语汇用得最多,一会儿讲"礼",一会儿讲"信",周公孔孟,头头是道,却无不是为己所用,在她身上反映着市井社会中人的人生态度。

(4)个性化、抒情化的语言。《西厢记》的语言具有非常鲜明的个性化特点。剧中的宾白,基本上都是鲜活的口语,能够传达各个人物的性格和生动的神态。即使是唱词,作者也考虑到人物身份、地位、性格的不同,使之呈现不同的风格。《西厢记》运用非常优美的语言,把剧中的爱情故事描述得风光旖旎、情调缠绵、声口灵动、相得益彰。作者在许多曲词中广泛地融入唐诗、宋词的语汇、意象,大量地运用骈偶句式,使人读来满口生香、意趣盎然,以高度的语言技巧为剧作营造出浓郁的抒情气氛,因此,《西厢记》也被誉为诗剧。总之,文采与本色相生、藻艳与白描兼备,具有强烈的戏剧效果,是《西厢记》语言的一大特色,历来为人们所称

道。明王骥德《新校注古本西厢记》:"今无来者,后掩来哲,虽擅千古绝调。"明徐复祚《曲论》:"字字当行,言言本色,可谓南北之冠。"明张琦《衡曲麈谭》:"今丽曲之最胜者,以王实甫《西厢记》压卷。"

作为我国古典戏曲的典范作品之一,《西厢记》表现出的舞台艺术的完整性,达到了元代戏曲创作的最高水平,成为元杂剧的压卷之作,奠定了它在文学史上崇高的地位。

一八、《三国演义》——"依史以演义,人人得而知之"

罗贯中,太原人,一说钱塘人,又有庐陵人之说。据明初贾仲明《录鬼簿续编》(或谓无名氏作)等记载,他名本,字贯中,号湖海散人,祖籍东原(今山东东平),曾流寓杭州。据贾仲明所言"与余为忘年交。遭时多故,各天一方。至正甲辰复会,别来又六十余年,竟不知其所终"可知,罗氏生活在元末明初,约在1315—1385年之间。明王圻《稗史汇编》称罗贯中为"有志图王者",明胡应麟《少室山房笔丛》说他是施耐庵的"门人",清顾苓《跋水浒图》等说他"客霸府张士诚",都未必可靠。罗贯中是元末明初著名小说家,著有《三国志通俗演义》,还是《水浒传》的编写者之一。明田汝成《西湖游览志馀》言其"编撰小说数十种",或属夸大之辞。今传世的《三遂平妖传》《隋唐志传》《残唐五代史演义》等,虽署罗贯中之名,却都有后人伪作之嫌。《录鬼簿续编》著录罗贯中所作的三部杂剧作品,今仅存《赵太祖龙虎风云会》一部。

《三国演义》是我国第一部长篇章回体小说,也是历史演义小说的开山之作。所谓"历史演义",就是用通俗的语言,将争战兴废、朝代更替等为基干的历史题材,组织、敷演成完整的故事,并以此表明了一定的政治思想、道德观念和美学理念。《三国演义》以"依史以演义"(李渔《三国志演义·序》)的独特的文学样式,描写了自184年黄巾起义始至280年西晋统一终的近百年历史。"依史"就是"事纪其实,亦庶几乎史",对历史的事实有所认同,也有所选择和加工;"演义"则渗透着作者主观的价值判断,泾渭分明地去褒贬人物,重塑历史,评价是非。

思想倾向上,《三国演义》把蜀国的刘备、诸葛亮、关羽等君臣作为理想中的政治道德观念的化身,仁君、贤相、良将的典范,而把魏国的曹操等作为奸邪权诈、推行暴政的代表,带有明显的"拥刘反曹"的倾向。在宋元以来民族矛盾尖锐的时候,"人心思汉""恢复汉室"正是当时汉族人民共同的心愿。因而,小说鲜明的"拥刘反曹"倾向,迎合了大众的接受心理,也符合普通民众的善良愿望。

《三国演义》在向广大的粗具文化的读者提供娱乐的同时,也提供了丰富的历史知识,传播了大量在政治斗争和社会生活中积累起来的智慧,从而扩大了人们精神生活的范围，增加了读者在阅读智慧故事时特殊的紧张感和愉快感，这也是《三国演义》吸引人的重要原因。

《三国演义》具有突出的艺术成就。

(1)虚与实的结合。《三国演义》在处理《三国志》以及裴松之所引大量零琐而又不免彼此矛盾的史料的基础上，按照一定的美学理念，做了许多铺张渲染，更增添了不少虚构的情节，显示了高度的史学修养。在按照一定的政治道德观念重塑历史的同时，也根据一定的美学理念来进行艺术的创造，使实服从于虚，而不是虚迁就实。清章学诚《丙辰札记》："唯《三国演义》则七分事实，三分虚构。"借助虚与实的结合，全书形成一个完整的结构，充分地描绘出魏、蜀、吴三方之间错综复杂的矛盾关系，以及政治、军事、外交方面的有声有色的活动，并由此展现历史人物各具风神的形象。小说中的主要人物形象已经全非历史人物的本来面目，情节故事也多经过张冠李戴、移花接木、添枝生叶等艺术处理，它已不是真实的历史，而是借三国史实的基干和框架，另描了一幅波澜壮阔、气势恢宏的历史画卷。明高儒《百川书志》："据正史，采小说；证文辞，通好尚；非俗非虚，易观易人。非史氏苍古之文，去瞽传诙谐之气，陈叙百年，该括万事。"

(2)非凡的叙事才能。小说中人众事繁、矛盾复杂，作者却组织得有条不紊、主次分明，充分显示了罗贯中非凡的叙事才能。叙事时，将各个空间分头展开的故事化成以时间为序的线性流程，几条线此起彼伏，交互联络，建构成一个完整的艺术整体。精巧的艺术构思，使全书的结构宏伟而严整，情节头绪纷繁却又脉络分明。作者又兼用了顺叙、倒叙、插叙、补叙等不同笔法，时而实写、明写、正写、详写，时而又虚写、暗写、侧写、略写，使全书的故事详略得当，摇曳多姿。

(3)全景式的战争描写。《三国演义》描写战争的时间之长、次数之多、形式之多样、规模之宏大，在世界文学史中也是罕见的。全书共写四十多次战役、上百个战斗场面，将这一历史时期所有重大的战役，写得各有个性，绝少雷同，充分显示了战争的多样性和复杂性。《三国演义》描写战争，又突出智斗，将错综复杂的政治斗争、外交斗争等交织在一起，从战事的起因、力量对比、彼此的方略及内部争执，到战争的过程及其变化、胜负的决定及其缘由、有关人物在战争中的作用，都能叙述得生动而具体，写出战争的巨大声势、紧张气氛，处处扣人心弦。全景式的战争描写，不仅歌颂了力，而且赞美了智，也传递了美。

(4)人物特征化性格的塑造。在人物形象的塑造上，《三国演义》突出甚至夸大了历史人物的主要性格特征，舍弃其性格中的某些次要方面，运用出场定型、反复渲染、细节夸张、对比烘托等手法，创造了一批具有特征化性格的艺术典型，如奸诈雄豪的曹操、忠义勇武的关羽、仁爱宽厚的刘备、谋略超人的诸葛亮、浑身是胆的赵云、心地狭窄的周瑜、忠厚老实的鲁肃、老奸巨猾的司马懿等。人物的性格特征一般比较单一和稳定，具有戏曲中程式化、脸谱化的倾向，容易给读者以强烈、鲜明的印象;也具有类似于雕塑的单一、稳定的特色,在稍事夸张之中呈现出一种单纯、和谐、崇高的美。人物特征化性格的塑造,适应并规范了古代读者的艺术欣赏趣味,使众多的人物形象一直具有迷人的艺术魅力。毛宗岗《读三国志法》:“吾以为三国有三奇,可称‘三绝’:诸葛孔明一绝也,关云长一绝也,曹操亦一绝也。”

当然,小说所塑造的一些具有特征化性格的人物,因为没有内在的冲突,自然就缺少性格的变化和发展,形成人物品格性情上“类型化”的定势;有时过分夸大人物的主要特征,也导致了人物的失真。鲁迅《中国小说史略·元明传来之讲史(上)》:“至于写人,亦颇有失,以致欲显刘备之长厚而似伪,状诸葛之多智而近妖。”

(5)文白相杂的语言。因为《三国演义》要常在书中直接引用史料,运用纯粹的白话就难以协调,所以作者就选择了浅近文言,既简练而不失流畅,又有利于营造历史的气氛,给读者带来更为浓郁的历史感,形成了一种适用于历史演义的雅俗共赏的语体风格。蒋大器《三国志通俗演义·序》:“文不甚深,言不甚俗;事纪其实,亦庶几乎史。盖欲读诵者,人人得而知之,若《诗》所谓‘里巷歌谣’之义也。”

《三国演义》以七十五万字的规模,用一种比较成熟的演义体小说的语言,塑造了四百多个人物形象,描写了近百年的历史进程,创造了一种新型的小说体裁,不仅使当时的读者“争相誊录,以便观览”,而且也刺激了文士和书商们继续编写和出版同类小说的热情。《三国演义》之后,历史演义这种独特的文学样式受到了注重历史传统的中国人民的喜爱,并由此形成了一个创作历史演义的传统。自嘉靖以后,各种历史演义如雨后春笋,不断问世。

一九、《水浒传》——忠义的悲歌,民众抗争的史诗

施耐庵,元末明初人,生平不详。一说其为江苏兴化人,名子安,字彦端,又字肇端,耐庵为其号。曾于元末动乱时迁居浙江,动乱平息后又回归故里,拒绝张士诚之聘。一说其为江苏苏州人,元文宗至顺二年(1331年)进士,曾于钱塘为官,因与当道者不合,弃官归家。后流寓江阴授馆,晚年迁兴化,卒于淮安。这两种说法均不能尽信。由施耐庵著的《江湖豪客传》,后改名为《水浒传》。明高儒《百川书志》中记载:“《忠义水浒传》一百卷,钱塘施耐庵的本,罗贯中编次。”明郎瑛《七修类稿》中记载:“《三国》《宋江》二书,乃杭人罗本贯中所编。予意旧必有本,故曰编。《宋江》又曰钱塘施耐庵的本。”明田汝成《西湖游览志余》和王圻《稗史汇编》都记载《水浒传》为罗贯中作。胡应麟《少室山房笔丛》则记载《水浒传》是武林(杭州)施耐庵所作。据以上记载大致可以推断:此书可能先由罗贯中将评书、戏剧中

的水浒故事进行综合,加工而成,故称为“编次”,后由他人对这种汇编本加以发展、提高。而在对罗贯中原本进行再加工的汇编本中,以施耐庵的汇编本为最好,故称为“的本”。

《水浒传》最早的名字叫《忠义水浒传》《忠义传》。明杨定见《忠义水浒全书小引》:“《水浒》而忠义也,忠义而《水浒》也。”小说写及一批“大力大贤有忠有义之人”,抱着“酷吏赃官都杀尽,忠心报答赵官家”的初衷,却被奸臣贪官逼上梁山,沦为“盗寇”;接受招安后,这批“共存忠义于心,同著功勋于国”的英雄,一个个仍被误国之臣、无道之君逼向了绝路。“煞曜罡星今已矣,谗臣贼相尚依然!”自称为“书林”“儒流”的作者,不仅是以“忠义”为指导思想来塑造宋江的,而且也真实地再现了以宋江为首的这支“全仗忠义”“替天行道”的武装队伍的悲剧性结局。所以,《水浒传》实是作者谱写的一曲忠义的悲歌。

在歌颂宋江等梁山英雄“全仗忠义”的同时,《水浒传》这部以北宋末年社会为历史背景的小说也深刻地揭露了上自朝廷、下至地方的一批批贪官污吏和恶霸豪绅的“不忠不义”。小说中所反映的黑暗社会现象,实际在封建专制时代具有普遍意义。作为一部长篇小说,《水浒传》第一次如此广泛而深刻地揭露了封建社会的黑暗,并揭示了“官逼民反”的道理,这是很有意义的。

在“替天行道”的大旗下,作者也歌颂了英雄、智慧和真诚,热烈地肯定和赞美了被压迫者的反抗和复仇行为。小说中的不少英雄都是“力”和“勇”的象征,他们或勇武过人,或智谋超群,或身具异能,而胸襟豁达、光明磊落、敢作敢为,则是他们共有的特点。尤其是当英雄的勇力和智谋表现在为百姓打抱不平、伸张正义时,更能引起广大群众的共鸣,给读者以很大的心理满足和精神慰藉。

《水浒传》反映了民间,尤其是市井社会生气勃勃的人生理想。晁盖、宋江、卢俊义、柴进等之所以具有凝聚力、号召力,其主要的凭借就是有钱而又能“仗义疏财”。在“义”的背后,作者有意无意地写出了物质所具有的力量。许多好汉上梁山的动机,也和物质享乐有关。小说在标榜“忠义”的同时,也肯定了金钱的力量,赞美了一种以充分的物质享受为基础的自由自在的生活理想,表现出了浓厚的市井意识。

作者站在同情造反英雄的立场上,遵循“乱自上作—逼上梁山”的逻辑,深刻地揭示了封建社会的基本矛盾,艺术地再现了人民被迫抗争的发生、发展和失败的全过程,并从中总结了一些带有规律性的东西。在此意义上,《水浒传》则是一部悲壮的人民起义的史诗。

作为中国古代英雄传奇小说的扛鼎之作,《水浒传》具有很高的艺术成就。

第一,板块串联式的结构。《水浒传》在民间评书和戏剧故事的基础上,把许多原来分别独立的故事经过改造组织在一起,既有一个完整的长篇框架,又保存了若干仍具有独立意味的单元,形成一种板块串联式或者连环列传体的结构。小说的情节内容整体上以单线纵向方式发展，上半部以人为单元，下半部以事为顺序，连环勾锁，层层推进。在七十一回以前，往往使用几回篇幅集中写一个或一组主要人物，将其上梁山前的业绩基本写完，然后引出另一个或另一组主要人物，而上一组人物则退居次要地位。从而以“聚义梁山”为线索，环环相扣，将一个个、一批批英雄人物串联起来。七十一回以后，就以时间为顺序，以报效朝廷为主干，将两赢童贯、三败高俅、受招安、征辽国、平方腊等故事贯串始终。

第二，生动曲折的故事情节。《水浒传》继承了民间评书的传统，总是在情节的展开中通过人物的行动来刻画人物的性格，而很少静止地描绘环境、人物外貌和心理。故事情节之中又经常包含激烈的矛盾冲突、偶然性的事件，以及惊险紧张的场面、跌宕起伏的变化，把非凡人物与非凡故事结合起来，使得整部小说充满了传奇性和紧张感，引人入胜。

第三，个性鲜明的英雄形象。《水浒传》中人物众多，作者根据人物各自的身份、经历的不同，成功地塑造出一系列超伦绝群而又个性各异的人物形象。金圣叹《水浒传序三》：“《水浒》所叙，叙一百零八人。人有其性情，人有其气质，人有其形状，人有其声口”；在《读第五才子书法》中他说：“别一部书，看过一遍即休。独有《水浒传》，只是看不厌，无非为他把一百零八个人性格都写出来。”尤为难能可贵的是，作者还能将性格相近的一类人写得各个不同，在“同而不同”之中显示了人物的个性特点。明李贽《忠义水浒传序》：“《水浒传》文字，妙绝千古，全在同而不同处有辨。……各有派头，各有光景，各有家数，各有身份，一毫不差，半些不混，读去自有分辨，不必见其姓名，一睹事实，就知某人某人也。”金圣叹在《读第五才子书法》中又写道：“《水浒传》只是写人粗鲁处，便有许多写法：如鲁达粗鲁是性急，史进粗鲁是少年任气，李逵粗鲁是蛮，武松粗鲁是豪杰不受羁靮，阮小七粗鲁是悲愤无说处，焦挺粗鲁是气质不好。”

第四，流利纯熟的语言。作者以很高的文化修养，娴熟地运用在民间口语基础上加以提炼和净化了的生动活泼的白话来写景、叙事、刻画人物性格，人物语言高度个性化，闻其声如见其人，具有很强的表现力。金圣叹在《读第五才子书法》说：“一样人，便还他一样说话。”由此，《水浒传》堪称是中国白话文学的一座里程碑，标志着白话文体在小说创作方面的优势的完全确立。

《水浒传》刊行后不久，嘉靖间的一批著名文人如唐顺之、王慎中等就盛赞它写得委曲详尽，血脉贯通，《史记》而下，便是此书(李开先《一笑散》)。李贽则把它和《史记》及杜甫的诗等并列为宇宙内的“五大部文章”。小说作为一种新的文体，从此在文学领域内确立了应有的地位，开始逐步改变以诗文为正宗的文坛面貌。从小说创作的角度来看，它和《三国演义》一起，奠定了我国古代长篇小说的民族形式和民族风格，为广大民众所喜闻乐见，形成了中华民族特有的审美心理和鉴赏习惯。《水浒传》所创造的英雄传奇美，不但对我国的英雄传奇小说的创作及整个小说文化和国民精神造成了一定的影响，而且在世界范围内广泛流传并得到了高度的评价，成为世界文学宝库中的一颗明珠。

二〇、《西游记》——出于游戏，暗藏密谛

吴承恩(1501—1582年)，字汝忠，号射阳山人，淮安府山阳县(今江苏淮安)人，明代小说家。曾祖父吴铭、祖父吴贞，“两世相继为官，皆不显”。父亲吴锐，因家贫而弃儒经商。吴承恩年少时“即以文鸣于淮”，但中秀才后却屡试不第。世宗嘉靖二十三年(1544年)，吴承恩四十多岁时补录为岁贡生，七年后入京候选。三年后出任长兴县丞，两年后，“耻折腰，遂拂袖而归，放浪诗酒”(《淮安府志》)，专意著述。之后，吴承恩又补为荆府纪善，但可能未曾赴任。晚年曾游金陵等地，与文徵明等诗文唱和。神宗万历十年(1582年)左右，终老于家。自幼喜读野言稗史、志怪小说，晚年作《西游记》，叙述唐僧玄奘取经的故事。

明代后期兴起的神怪小说，是在儒、道、释“三教合一”思想的主导下，接受了上古神话、六朝志怪、唐传奇、宋元说经话本和“灵怪”“妖术”“神仙”等小说话本的影响，吸取了道家仙话、佛教故事和民间传说的养料后产生的。它们主要以尚“奇”贵“幻”为特征，以神魔怪异为题材，参照现实生活中政治、伦理、宗教等方面的矛盾和斗争，比附性地编织了神怪形象系列，并将一些零散、片段的故事加以系统化和完整化。《西游记》是其中成就最突出的一部。

《西游记》的故事源于唐玄奘只身赴天竺(今印度)取经的史实。贞观三年(629年)，唐玄奘为追求佛家真义，经历百余国，费时十七载，从天竺取回梵文大小乘经论律六百五十七部。归国后，他奉诏口述所见所闻，由门徒辨机辑录成《大唐西域记》，以宗教家的心态传载取经途中的艰险和异域风情，因此此书难免会染上一些神异的色彩。后其弟子慧立、彦悰撰写《大唐大慈恩寺三藏法师传》，在赞颂师父弘扬佛法的过程中，间或用神化的笔调对取经事迹做夸张性描绘，穿插一些离奇的带神话色彩的故事。此后，取经故事在社会中广泛流传，其虚构成分也日渐增多，并成为民间文艺的重要题材。话本中，成书于北宋年间的《大唐三藏取经诗话》篇幅虽不大，但却开始将取经的历史故事文学化，猴行者的形象出现并成为取经路上的主角，大致勾画了《西游记》的基本框架，初具《西游记》小说故事的轮廓。唐僧、孙悟空、猪八戒、沙僧师徒四人取经故事在元代渐趋定型。元末明初，有一部故事比较完整的《西游记》问世。原书有一段约1200字的“梦斩泾河龙”残文保存在《永乐大典》13139卷“送”韵“梦”字条，内容相当于世德堂本《西游记》的第九回。该书故事已相当复杂，主要人物、情节和结构已大体定型。吴承恩则总括以前的西游故事，运用浪漫主义的创作方法，予以大胆的创造和发展，最终完成

了神怪小说的巨著《西游记》。

创作主旨上，胡适在《西游记考证》中说："我们看他的诗，晓得他确有'斩鬼'的清性，而绝无'金丹'的道心；指出这部《西游记》至多不过是一部很有趣味的滑稽小说、神话小说；他并没有什么微妙的意思，他至多不过有一点爱骂人的玩世主义。"鲁迅在《中国小说史略·明之神魔小说（中）》中也曾驳斥前人对《西游记》的种种穿凿附会之评议，并很有针对性地提出："然作者虽儒生，此书则实出于游戏，亦非语道……假欲勉求大旨，则谢肇淛（《五杂俎》十五）之'《西游记》曼衍虚诞，而其纵横变化，以猿为心之神，以猪为意之驰，其始之放纵，上天下地，莫能禁制，而归于紧箍一咒，能使心猿驯伏，至死靡他，盖亦求放心之喻，非浪作也'数语，已足尽之。"就小说中最主要和最有特征性的精神来看，《西游记》恰如李卓吾在《西游记总批》所言"游戏中暗藏密谛"，即在神幻、诙谐之中蕴涵着被明代个性启蒙思潮冲击和改造过了的心学。小说总体上宣扬与道家"修心炼性"、佛家"明心见性"相融合的心学，早期的批评家也都认同《西游记》隐喻着"魔以心生，亦以心摄"的思想主旨。不过，虽然吴承恩主观上想通过塑造孙悟空的艺术形象来宣扬"明心见性"，维护封建社会的正常秩序，但客观上倒是宣扬了人的自我价值和对于人性美的追求。由此，"实出于游戏"的《西游记》就为读者提供了阅读的快意和文化的娱乐，加之作者思想相当自由活泼，所以小说中一本正经的教训甚少，戏谑嘲弄的色彩却十分浓厚。一般不怀偏见、不刻意穿凿的读者，也的确能从中得到一种娱乐性的、驰骋幻想与诙谐嘲戏的快感。

内容结构上，《西游记》中包含着两个基本的文学主题和相应的两个故事结构，相互重叠地构成小说的总框架。第一个主题关系到人性的自由本质与不得不接受约制的矛盾处境，在小说中表现为孙悟空从无法无天、绝对自由的状态，到受到禁制、皈依佛门正道的过程。第二个主题是所谓"历险记"式的，除了便于展开离奇的情节，也寓涵着人必须历经千难万险才能获得最终完善和幸福的意义，在小说中表现为孙悟空、唐僧等人西天取经的过程。

《西游记》最显著的艺术特色：一是创作方法上高度的幻想性，也就是浪漫主义手法独立而完整的运用及其创造性的发展；二是艺术风格上的诙谐与怪诞。

故事情节的组织上，作者立足于民族文化，又吸取外来文化的营养，以诡异的想象、极度的夸张，突破时空，突破生死，突破神、人、物的界限，将奇人、奇事、奇境熔于一炉，编织出许多变幻莫测、引人入胜的神话故事，创造了一个光怪陆离、神异奇幻的神话境界，在统一和谐的艺术整体的构筑过程中，尽力向世人展现一种奇幻美。

人物形象的塑造上，将动物习性、非凡魔性和人的思想性情三方面结合起来，运用浪漫的想象，创造出一系列生动活泼、幽默诙谐的神魔形象。他们作为某一动植物的精灵，保持有其原本的形貌和习性；成妖成怪之后，就有了非同凡俗的妖魔本领；待人处事之时，他们又体现出人的七情六欲。作者正是通过妖魔鬼怪的人性化处理，将神话中的怪诞与现实中的真实相融合，从而完成了独特的艺术形象的创造。孙悟空的热爱自由、不受拘束、勇于反抗等特点，体现着人性的欲求；他的神通广大、变化无穷，则是人们自由幻想的产物；他的机灵好动、淘气捣蛋，又是猴类特征和人性的混合。猪八戒行动莽撞、贪吃好睡、懒惰笨拙等特点，既与他错投猪胎有关，又是人性的表现。猪八戒在勇敢中带着怯懦，憨厚中带着奸猾，既体现了人类普遍存在的欲望和弱点，也更加具有日常生活中人物的真实性：贪恋女色，好占小便宜，对孙悟空心怀嫉妒，遇到困难常常动摇，老想着回高老庄当女婿，取经路上还攒着一笔小小的私房钱等。猪八戒形象的出现，表明了作者对于人性固有弱点的宽容态度，也标志着中国古代长篇小说的人物形象塑造已经进一步向真实、日常和复杂多样的方向发展。鲁迅《中国小说史略·明之神魔小说（中）》："又作者禀性，'复善谐剧'，故虽述变幻恍忽之事，亦每杂解颐之言，使神魔皆有人情，精魅亦通世故，而玩世不恭之意寓焉。"

语言艺术的运用上，语体散文常用于人物对话和叙述描写，简练生动、诙谐有趣、生活气息浓厚，在谐趣之中包含着讽刺艺术的力量；韵文诗词常用于描绘环境、妖魔形象或战斗场面，简洁鲜明，绘声绘色，且饶有风趣。作者大量采用民间谚语，则增加了小说浓厚的生活气息和地方色彩。

二一、《金瓶梅词话》——"同时说部，无以上之"

《金瓶梅词话》是《金瓶梅》现存最早的版本，其作者至今仍有争议。欣欣子在《金瓶梅词话·序》中指出小说作者为"兰陵笑笑生"。明沈德符《万历野获编》："闻此为嘉靖间大名士手笔。"袁中道《游居柿录》说作者是"绍兴老儒"，谢肇淛《金瓶梅跋》中说作者是"金吾戚里"的门客。后世研究者力争坐实《金瓶梅词话》的作者问题，先后提出王世贞说、李开先说、贾三进说、屠隆说、王稚登说、李笠翁说、李卓吾说、徐渭说、冯惟敏说、汤显祖说、冯梦龙说等近三十种推测。在没有找到更确凿的材料之前，"兰陵笑笑生"究竟为何人仍不妨存疑。

《金瓶梅词话》的前九回，借《水浒传》中西门庆与潘金莲的故事演化开来，写潘金莲未被武松杀死，嫁给西门庆为妾。第十回至第七十九回主要描写西门庆家庭内发生的一系列事件，写及西门庆的暴病暴亡，揭示了以金、瓶为主的妻妾间的争宠妒恨。小说后二十一回，写西门庆家庭破败，众妾流散，一片"树倒猢狲散"的衰败景象。

《金瓶梅词话》虽然以北宋末年为背景，但它所反映的社会面貌、世俗风情以及所体现的思想倾向，却都是立足于现实的，具有鲜明的晚明时代的特征。

在思想内容方面，小说最大的成功，是以前所未有的写实力量，描绘出晚明时代活生生的社会状态，真实呈现出人性的种种复杂表现。

第一，《金瓶梅词话》写世情不在于一般的描摹，而是着意在暴露。它的暴露，不但有广度，而且能在普遍的联系中把矛头集中到封建的统治集团和新兴的商人势力，从而触到了当时社会的基本矛盾，反映了当时的时代特征，因而显得具有相当的深度。在封建专制社会里，将暴露社会黑暗的焦点集中到以皇帝为首的最高统治集团身上，可谓抓住了腐朽的封建政治的要害。小说客观反映了当时官商勾结、钱权交易的污浊现实，深刻揭示了掌握金钱力量的商人势力对封建政治体制形成的巨大冲击和对封建官僚机制造成的毁灭性破坏。小说直陈了许多无告的沉冤，难雪的不平，无辜者受尽煎熬、悲惨而死、毫无抵偿的故事比比皆是，让读者从沉重阴暗的现实中感受到了巨大的压抑，从而更有可能认识到封建社会的腐朽本质。小说抱着一种颇为复杂的心态来暴露新兴的商人，则反映出置身于人生价值取向转变期的作者在感情上的游移，在标准上的失当。

第二，《金瓶梅词话》还大量描写了现实社会中人性的普遍弱点和丑恶，尤其是金钱对人性的扭曲。在这部一百回的长篇小说中，几乎没有一个通常意义上的“正面人物”，人人在那里钩心斗角、相互倾轧。西门庆家中妻妾成群，花团锦簇，但众妻妾乃至奴婢之间的争宠夺利却都无所不用其极，显示出在多妻制婚姻关系中女性心理的阴寒。通过对许多在钱财面前人们甘愿做小伏低的情形的描写，小说尖锐地反映出在钱物利益驱使下既可悲又可怜的不值一钱的人性。

在艺术方面，《金瓶梅词话》做出了历史性的贡献，在中国小说史上具有多方面的开创意义，标志了中国古典小说发展的一个新阶段的开始，具有里程碑的意义。

第一，“寄意于时俗”的创作视角。所谓“时俗”，就是当时的世俗社会。以前的《三国演义》《水浒传》《西游记》等长篇通俗小说，主要以历史故事、民间传说为素材，在民间的“说话”艺术中经过长期的酝酿、改造而成书，往往以历史上的显赫人物、民间英雄好汉、神话人物为中心，写非凡人物的非凡经历和非凡故事，具有浓厚的传奇色彩。而《金瓶梅词话》是第一部文人独立创作的白话长篇小说，取材于家庭生活中的日常琐事，以现实生活中的平凡人物为描写对象，将叙写视角转向普普通通的社会、琐琐碎碎的家事、平平凡凡的人物，就拉近了与广大读者之间的心理距离，标志着我国的古典白话小说创作进入了一个更加贴近现实、面向人生的新阶段，从而也成为我国古代第一部真正意义上的社会小说。

第二，“著此一家，骂尽诸色”的立意方式。以前的长篇小说，虽也写到一些反面的角色作为陪衬，但总的立意多在于歌颂，热情歌颂一些明君贤臣和英雄豪杰，直接宣扬了某种理想和精神，而《金瓶梅词话》则意在于暴露，其广泛而成熟地运用“或幽伏而含讥，或一时并写两面，使之相形”（鲁迅《中国小说史略》）等讽刺手法，以冷静客观的笔触，描绘出现实人间种种的假、丑、恶。小说表面上是在写西门一家的日常琐事，但正如张竹坡在《第一奇书金瓶梅读法》中所说的那样："因西门庆一分人家，写好几分人家，如武大一家，花子虚一家，乔大户一家，陈洪一家，吴大舅一家，张大户一家，王招宣一家，周守备一家，何千户一家，夏提刑一家……凡这几家，大约清河县官员大户屈指已遍，而因一人写及全县。"因一人而写及全县，由一家而写及天下国家。上至朝廷，下及奴婢，雅如士林，俗若市井，无不使之众相毕露；政治黑暗，经济腐败，人心险恶，道德沦丧，无不使之洞若观火。

第三，网状穿插的叙事结构。以往的线性结构的话本体长篇小说，往往是用一条线将一个个故事贯穿而成，每一个故事又大都是以时间为序纵向直线推进，且有相对的独立性。作为向阅读型小说过渡的代表，《金瓶梅词话》则从复杂的生活出发，全书并不是以单线发展，每一故事在直线推进时又常将时间顺序打破，做横向穿插以拓展空间，各色人物和故事相互交叉，纵横交错，形成了一种网状结构，写人叙事像生活本身一样丰富而自然，既千头万绪，又浑然一体。

第四，淡化情节的形象塑造。以往长篇小说中的人物性格一般是单色调、特征化的，以某种性格特征为核心，其他诸多的性格元素只是用同一色调在同一方向上加以补充。《金瓶梅词话》一方面明显地出现了故事情节的淡化，小说描写的重心开始从讲故事向写人物转移，小说中的故事从传奇趋向平凡；节奏放慢，通过描绘大量的对情节发展并无意义的生活琐事，在与人物的生存环境、生活经历相联系的相对稳定的时空环境中精雕细刻一些人物的心理和细节。另一方面不把人物性格当作一种单纯的个人天性来看待，注意多色调、立体化地刻画人物的性格，更多的形象就像生活中的人物一样有恶有善，复杂而真实。

第五，市井文字的语言风格。与铺写俗人俗事的题材相适应，《金瓶梅词话》在语言俚俗上下功夫，大量吸取市民中流行的方言、行活、谚语、歇后语、俏皮话等，熔铸成了"一篇市井的文字"，俚俗而不失文采，铺张而又能摹神，不但是刻画面目各异的人物形象的有力工具，而且也给整部作品带来了浓郁的俗世情味和鲜明的时代特征。欣欣子《金瓶梅词话·序》："虽市井之常谈，闺房之碎语，使三尺童子闻之，如饫天浆而拔鲸牙，洞洞然易晓。"作者又十分善于摹写人物鲜活的口吻、语气，以及人物的神态、动作，从中表现出人物的心理与个性，以具有强烈的直观性的场景呈现在读者面前。鲁迅《中国小说史略》："作者之于世情，盖诚极洞达。凡所形容，或条畅，或曲折，或刻露而尽相，或幽伏而含讥，或一时并写两面，使之相形。变幻之情，随在显见。同时说部，无以上之。"

《金瓶梅词话》以其对社会现实的冷静而深刻的揭露，以其在凡庸的日常生活中表现人性困境的独特视角，以其生动而复杂的人物形象塑造，把注重传奇性的中国古典小说引入到注重写实性的新境界，为以后不论在数量上还是在质量上都占压倒优势的世情小说的发展奠定了重要基础。

二二、《牡丹亭》——至情之绝唱,剧坛之奇葩

汤显祖(1550—1616年),江西抚州府临川县(今抚州市)人,初字义少,改字义仍,号海若、若士、清远道人、茧翁。汤显祖出身于读书世家,承袭四代习文之家风,五岁即能属对联句;十岁学古文辞,对《文选》颇为喜爱;十四岁补为诸生,在县学里名列前茅;二十一岁时中举,文名渐隆,"名播天壤,海内人以得见汤义仍为幸"。其秉性正直刚强,"少有伉壮不阿之气",不肯趋炎附势。万历五年(1577年)第三次应会试,不应首辅张居正延揽而落第。万历十一年(1583年)中进士,任南京太常寺博士,迁礼部祠祭司主事。万历十九年(1591年)上《论辅臣科臣疏》,以弹劾大学士申时行,被放逐到广东徐闻县任典史。两年后,迁浙江遂昌县知县,在任五年间,为政宽简,颇有官声。万历二十六年(1598年)毅然辞官还乡,归居玉茗堂,专心戏曲,卓然为大家。与早期东林党领袖顾宪成、高攀龙、邹元标及著名文人袁宏道、沈茂学、屠隆、徐渭、梅鼎祚等相友善。汤显祖著有《紫钗记》(《紫箫记》改本)、《还魂记》(即《牡丹亭》)、《邯郸记》、《南柯记》四剧,合称"玉茗堂四梦"或"临川四梦"。另有诗文集《红泉逸草》《问棘邮草》《玉茗堂文集》。

在"玉茗堂四梦"中,《牡丹亭》(全名《牡丹亭还魂记》,又简称为《还魂记》)是汤显祖用力最深、也最能表现其文学思想和艺术才能的一部。明张琦《衡曲麈谭》:"临川学士旗鼓词坛。今玉茗堂诸曲,争脍人口。其最者,《杜丽娘》一剧,上薄风骚,下夺屈宋,可与实甫《西厢》交胜。"沈德符《万历野获编》:"汤义仍《牡丹亭梦》一出,家传户诵,几令《西厢》减价。"

剧作的素材来源上,虽然汤显祖在《牡丹亭记题词》中曾说该剧"传杜太守事者,仿佛晋武都守李仲文、广州守冯孝将儿女事,予稍为更而演之",但《牡丹亭》实为作者对话本体小说《杜丽娘慕色还魂记》进行一系列创造性加工后而诞生出的戏曲杰作。

剧作的主题倾向上,《牡丹亭》崇尚个性解放,突破禁欲主义,以情反理,肯定和提倡人的自由权利和情感价值,大力讴歌美好的青春、崇高的爱情以及生死相随的美满结合,完整地展示了汤显祖尊奉"至情"的文学思想。

晚明时代,文艺思潮中革新派与守旧派的矛盾斗争一直很激烈。在泰州学派和王学左派的后期代表、著名的反封建斗士李贽等的影响下,汤显祖顺应时代变化提出的对文学创作原则的新认识,最终确立了以戏曲救世、用"至情"悟人的戏曲创作观念。

汤显祖站在反对处于正统地位的程朱理学的立场上,不仅重视剧作的抒情功能,而且直接把"情"与"理"置于水火不容的对立地位,重真情而轻伪理,伸张情的价值而反对以理格情，以人性真情对抗性理之学。

汤显祖的“至情”论大致表现在三个方面：从宏观上看，世界是有情世界，人生是有情人生；从程度上看，贯通于生死虚实之间、如影随形的“至情”是有情人生的最高境界，呼唤着精神的自由与个性的解放；从途径上看，最有效的“至情”感悟方式是借戏剧之道，亦即借梨园小天地来展现人生大舞台，在戏剧创作中恣肆淋漓地演绎无情、有情和至情等的情事。

而汤显祖所说的“情”，又有其独特的深刻含义。他在自己的论著中曾多次强调过“情”，所指内容却不尽相同，或指才情，或指人情，或指情志、情思、情趣、激情等。汤显祖“至情”理论体系中的“情”，则主要指作者重视“情”在戏曲艺术中的重要地位，主张通过剧中人物形象表现出作者的思想感情，达到“神情合一”的艺术境界；将“情”与“理”“性”对举，通过戏剧冲突显示出剧中角色之“情”。相对于意指使社会生活构成秩序的是非准则的“理”，剧中角色之“情”则主要指包括性爱之欲在内的人生欲求，是指生命欲望、生命活力的自然与真实的状态。汤显祖《牡丹亭记题词》：“天下女子有情，宁有如杜丽娘者乎？梦其人即病，病即弥连，至手画形容，传于世而后死。死三年矣，复能溟莫中求得其所梦者而生。如丽娘者，乃可谓之有情人耳……嗟夫！人世之事，非人世所可尽。自非通人，恒以理相格耳！第云理之所必无，安知情之所必有邪？”

《西厢记》全剧就贯穿着“情”与“理”的斗争。“情”指杜丽娘、柳梦梅对爱情的真挚向往和大胆追求；“理”指南安太守杜宝和老塾师陈最良所宣扬并实施的“去人欲，存天理”的程朱理学以及“严男女之大防”的封建礼教。《西厢记》中的崔莺莺，对张生是由“情”到“欲”；《牡丹亭》中的杜丽娘，对柳梦梅却是由“欲”到“情”。后者是根源于自然涌发的生命冲动才将她引向了与柳梦梅的梦中欢会，并由此缔结下生死不忘之情。汤显祖第一次在剧作中以明白和肯定的态度指明：“欲”是“情”的基础，它是美好的、应该得到正常满足的生命冲动。作者歌颂和赞美了新的、有生命力的“至情”，揭露和批判了腐朽、衰亡的封建礼教，从“情”与“理”的斗争中，体现出“情”突破重重束缚和压抑最终能够战胜“理”的规律。

《牡丹亭》具有较为典型的浪漫主义风格和多重艺术魅力。

第一，“以虚而用实”的方法，即善于通过奇妙构思和丰富想象，创造出富于戏剧性的幻境。在生命的自由意志与陈腐的社会势力构成尖锐冲突的情况下，身处劣势的被压制者的反抗与斗争因为缺乏现实的可能性，所以只能托之于幻想，托之于浪漫的虚构。作者以“梦”作为剧情发展的关键，写杜丽娘和柳梦梅在梦中相会，由梦生情、因情致病，由病而死、死而复生，彼此缔结完美姻缘。剧作中，死亡不是生命的结束，而成为主人公摆脱现实束缚、实现理想爱情的起点，成为主人公通往异乎寻常的出生入死的爱情的桥梁。汤显祖《牡丹亭记题词》：“情不知所起，一往而深。生者可以死，死可以生。生而不可与死，死而不可复生者，皆非情之至也。”《牡丹亭》中的天上地下、虚实正奇达到了一种从心所欲的境界。先虚后实、虚实结合，乃至虚则虚之、实则实之的写法，正好将理想与现实融会贯通起来，提醒人们去做现实中的浪漫主义者和理想中的现实主义者。

第二，浓厚的抒情气氛，即擅长以精练艳丽、活泼自然的语言，细致准确、肆意挥洒的表现手法，来抒发人物内心奔放激荡、婉转回环的感情。构成《牡丹亭》美丽诗剧般抒情气氛的主要因素，既有众多浪漫的幻想场景，又有大量的内心独白，还有代表作者富赡才华的优美文辞。作为影响极大的主情之作，《牡丹亭》以一系列抒情场次表现主人公强烈的追求，使其主观精神外化，并在此基础上使戏剧冲突持续升级。剧作曲文典雅绚烂，语言艳丽精致，人物语言高度个性化，表现出激情驰骋、辞采华丽的浪漫主义戏剧风格。

汤显祖作为明代成就最高、影响最大的剧作家，其创作的《牡丹亭》是一部具有鲜明的时代特点和震撼人心的艺术力量的杰出剧作，不但为众多才士所称赏，而且在社会上引起了巨大轰动，不愧为我国戏曲史上具有里程碑意义的杰作。

二三、《聊斋志异》——“砭俗刺奸凭妙笔，灵狐山鬼续离骚”

蒲松龄(1640—1715年)，字留仙，一字剑臣，号柳泉，世称聊斋先生，淄川(今山东淄博)人。蒲氏世代多读书人，然功名皆不显。父蒲槃自幼习举子业，乡里称博学洽闻，但科举失意，竟弃儒而经商。松龄早年热衷科名，十九岁应童子试，以县、府、道三个第一补博士弟子生员，得到山东学政施闰章的奖誉，“名藉藉诸生间”(乾隆《淄川县志》卷六《人物志》)。但中秀才之后，乡试屡屡落第。三十一岁时因聊无生计，曾应聘南游做幕僚，在时为江苏宝应县令的同乡孙蕙衙门里帮办文牍，仅一年便辞幕返家。此后，久为乡村塾师，于“缙绅先生家”设帐教学。六十多岁时，接受老妻之劝，才放弃了仕进幻想。康熙五十年(1711年)，七十一岁时终于援例拔贡，四年后即去世。蒲松龄自谓“喜人谈鬼”“雅爱搜神”，从青年时期便热衷记述奇闻逸事、写作狐鬼故事。博采传闻，作小说《聊斋志异》，谈狐说鬼，实对时弊多所抨击。另有诗文集及俚曲存世，均以“聊斋”命名，一说《醒世姻缘》亦出自其手。

《聊斋志异》近五百篇，按性质可分为两类：一类是篇幅短小而不具有故事情节，属于各类奇异传闻的简单记录；另一类是神鬼、狐妖、花木精灵的奇异故事，是真正意义上的小说。作品的材料来源，据《聊斋自志》中称：一是他“喜人谈鬼，闻则命笔”；一是“四方同人，又以邮筒相寄”。可以说，《聊斋志异》是作者毕生精力的结晶，王力先生题蒲松龄纪念馆诗云：“穷愁自古铸文豪，穷到极时风格高。砭俗刺奸凭妙笔，灵狐山鬼续离骚”，较好地概括了蒲松龄穷而后工的艰辛创作道路。

《聊斋志异》具有深刻的思想内容。

第一，作品深刻揭露了政治黑暗，尖锐抨击了不合理的社会现实，寄寓着作者的“孤愤”，具有借“鬼狐史”来浇“垒块愁”的特点。①揭露和抨击当时的黑暗政治，将矛头直指公开贪贿、卖官鬻爵、官吏昏聩的污浊官场，如《梦狼》《席方平》《考弊司》《促织》《夜叉国》等。②揭露横行乡里、鱼肉人民的恶劣豪绅，以鲜明的态度抨击以强凌弱的各种地方恶势力，如《金和尚》《窦氏》《石清虚》等。③攻击科场的种种弊端，抒发作者的愤懑之情。作者通过涉及批判科举考试的二十多篇作品，主要从三个方面来揭露其弊端：首先，反映因录取不公平而造成的“黄钟毁弃，瓦釜雷鸣”现象，揭露科举制度对人才的压抑和扼杀，如《叶生》《贾奉雉》等；其次，攻击考官的“心盲或目瞽”以致良莠不辨，揭露试官的不得其人，如《何仙》《司文郎》《三生》等；最后，反映考生精神上遭受巨大折磨、灵魂被扭曲的现实，揭露科举制度带给文人的精神麻醉及其造成的空疏学风，如《王子安》《嘉平公子》《沂水秀才》等。④抒发对道德沦落、世风浇薄以及各种不良社会恶习的忧愤之情，如《崂山道士》《二商》《胡四娘》等。

第二，作者用约占全书四分之一篇幅的作品，反映爱情题材和妇女问题。作品或揭露以父母之命和门阀观念为核心内容的封建婚姻制度的罪恶，歌颂男女青年为争取婚姻幸福所进行的斗争，如《连城》《青梅》《青凤》《婴宁》等；或以牧歌式爱情作品的形式，在幻想的境界中描写狐鬼与人恋爱的美丽故事，写出了本属于人类的许多美好的向往，如《葛巾》《香玉》等。

作者把真实的人情和幻想的场景、奇异的情节巧妙地结合起来，为爱情小说注入了新的艺术活力，开拓了新的思想空间：①较之于以夫贵妻荣为模式的才子佳人小说，作品明显地具有人物身份下层化的倾向，从而更实际地反映出当时大多数中下层知识分子的婚姻理想，以及他们在功名蹭蹬的情况下渴望从婚姻幸福中寻求精神慰藉的心理状态；②作品沿着爱情向家庭生活发展的方向进行开掘，侧重于表现婚后的夫妇情爱或夫妻间的矛盾及其解决过程，歌颂一种摆脱了“三贞九烈”束缚的恩爱关系；③作品向爱情的共同思想基础方面进行开掘，提出“人生所重者知己”“为知己者死而不以色爱”的情爱观，强调志趣相投、患难相扶的恋爱原则；④作品向男女社交公开化方面进行开掘，明确肯定男女社交的合理性，认为男女公开社交的结果是既能结成夫妻，也可成为朋友。

《聊斋志异》在文言小说的创作艺术上有多方面的创新，形成了独特的艺术风貌。

第一，“用传奇法，而以志怪”的文体特征。《聊斋志异》中的绝大部分篇章叙写了神仙、狐鬼、精魅的故事，或写人入幻境、幻域，或写异类化入人间，或写人、物互变，具有超现实的虚幻性、奇异性；即便是描写现实生活，也往往添加了些虚幻之笔，在现实人生的图画中涂抹上奇异的色彩。在一些优秀篇章中，作者能以丰富的想象力建构离奇的情节，同时又善于在这种离奇的情节中进行细致的、富有生活真实感的描绘，塑造生动活泼、人情味浓厚的艺术形象。

第二，多样化的结构形式。一方面，长短不一的短篇小说以单线结构居多。超短篇的微型小说大多横切某一生活片段，予以画龙点睛式的描写；一般类型的短篇小说则或纵、或横、或纵横交叉，大多按照故事发生、发展和结局的顺序，由开头、主体和结尾三部分组成。另一方面，以先议后叙、先叙后议、文末缀以"异史氏曰"单独段落等形式，或阐述正文的立意，或宣泄作者的愤懑，或补充纠正形象描写的不足，形成叙议结合的结构特点。

第三，独具匠心的情节艺术。①受到短篇小说篇幅的限制，作者善于从素材中严格提炼和筛选出核心情节，以少总多、以小见大、小题大做，达到窥一斑而略知全豹、以一目而尽传精神的目的。②面对不可避免的因袭性题材，作者往往能以新颖的立意、巧妙的构思来摆脱通常惯例与传统的束缚，另辟蹊径，翻新出奇，创作出面貌一新的作品。③在展开情节的方法运用上，做到了单一性线索与丰富性情节的辩证统一；恰当处理繁笔与简笔的逻辑联系，以增强作品的表现力，扩大其表情达意的容量；善于选择能构成戏剧性冲突的基本矛盾来展开情节，加大作品的吸引力和感染力；精心组合情节次序，使之在开合伸缩、循环往复中有节奏地运行和发展，达到一唱三叹、荡气回肠的艺术效果。

第四，人物性格刻画的多样化手法。①从对人物多种性格因素的对比中，集中笔墨描写最足以代表人物主体特征的某一面或某一点，凸现重点，又略及其余，使人物性格的单一性与丰富性有机结合。②在各种对比中刻画人物性格。既可通过人和环境对比，把人物置于最宜于突出其性格特点的环境中进行描写；也可通过人物性格本身的对比，在前后、反向、近向等对比过程中进行描写。③从人物心理活动的规律出发，描写性格发展逻辑中必然会出现的心理现象，用以刻画人物性格。④画龙点睛地描写人物行为中富于包孕性的瞬间表现，给读者留下丰富的想象空间。

第五，多样化的语言风格。在保持文言体式基本规范的同时，为适应小说叙事的要求，又继承了唐宋以来古文辞日趋平易的风格，还糅合了一些口语因素，形成了平易简洁、灵活多样的语言特点。叙述语言较一般的文言浅近，行文洗练而文约事丰，人物语言虽也以文言为主，但更为浅显，既有雅俗之别，又有庄谐之别。

在清初以志怪传奇为特征的文言小说中，《聊斋志异》将文言短篇小说推到了空前绝后的艺术境界，成为我国古代文言小说发展的高峰，在中国小说史上占据着独特的地位。

二四、《儒林外史》——“秉持公心，指擿时弊”

吴敬梓(1701—1754年)，字敏轩，一字文木，号粒民，移居南京后自号秦淮寓客，因其书房署“文木山房”，晚年又号文木老人，安徽全椒人。吴敬梓出身于一个“科第家声从来美”的科举世家，先祖多为显达之士，至父辈时，家境逐步中落。其父吴霖起虽曾拔贡，但也仅任过赣榆县教谕，为一清贫学官。吴敬梓本不善治生，加之好客乐施而贫至断炊，遂被族人视为败家之子。三十三岁迁居南京时，家贫如洗。早年也醉心举业，然二十岁考上秀才之后，始终不能博得一第。二十九岁赴滁州应考时，被试官责以“文章大好人大怪”，终遭黜落。屡遭沉重打击之下，逐渐加深了对科举弊端的认识。三十六岁时，绝意仕进，专心著述，甘愿素约贫困以终老。多与名士交游，而厌恶以八股文自鸣之士。著有小说《儒林外史》，抨击科举制度甚烈，另有《文木山房集》。

《儒林外史》以明代为背景，以知识分子的生活和精神状态为题材，揭露在封建专制下读书人的精神堕落和科举制度所衍生的种种社会弊端。因为作者是从科举的束缚中超脱出来的，就更能以冷眼旁观的立场去反省自己和别人的科场迹遇，其对封建制度下知识分子的命运所进行的思考和探索就更为深刻。

第一，作者以明确的目的、鲜明的爱憎和敏锐的眼光，扫视了在科举制度影响下知识分子的内心世界和行为表现，以对待功名富贵的态度为标尺，塑造了形形色色的“科举迷”的形象，反映出在读书人中普遍存在的极端空虚的精神状况，进而映射出社会文化的萎靡状态。周进、范进等老童生发迹变泰的悲喜剧，是对弄得人神魂颠倒的科举制度的辛辣讽刺；匡超人由淳朴青年变质堕落的事实，证明了人性在不顾品行而疯狂追逐功名富贵的社会环境里所发生的扭曲与蜕变；马纯上等八股举业虔诚信徒的迂腐表现，昭示了僵死的八股教条对一部分正派知识分子深入肌髓的毒害；以八股熏陶女儿的鲁编修、以举业要求丈夫、以八股培养幼子的鲁小姐，则深刻表现了科举制度荼毒之深，不仅已染乎闺阁，而且还殃及儿童！不知道“先儒”二字含义的匡超人，不晓得李清照为何许人的马纯上，不知晓苏轼是今人还是古人的范进，不清楚参与制定明朝科举取士条式的刘基为哪朝进士的张静斋，均以其空疏、浅陋的拙劣表演，暴露了科举制度致人知识贫乏、精神空虚的罪恶。

第二，作者以诛心之笔，塑造了王仁、王德、王玉辉等一大批借理学之名而行利己之实的伪君子、假名士的人物形象。他们为追逐功名富贵而不顾“文行出处”，把生命耗费在毫无意义的八股制艺、无病呻吟的诗作和玄虚的清谈之中，造成了其道德堕落、精神空虚、才华枯萎，丧失了其独立的人格，失去了人生的价值。

从这些人物身上，充分暴露了“代圣人立言”的道学儒生的虚伪，宣告了作为科举考试核心内容的程朱理学的彻底破产。

第三，作者无情揭露南昌太守、江都县知县等与科场相辅相成的官场上的贪官酷吏，以及严贡生、张静斋等遍布周里四方的土豪劣绅的无耻行径，生动地展现其丑恶灵魂，通过对科举制度结出的恶果的剖析，进一步揭示了科举制度与许多社会黑暗现象之间千丝万缕的联系。

第四，《儒林外史》也描写了一批为作者所肯定和赞颂的人物，包括杜少卿等士林中为数不多的贤者和庄绍光、迟衡山、虞博士等“真儒”。作者还把目光转向社会的底层，刻画了一群远离科举名利场，不受功名富贵污染的市井平民的形象，包括牛老爹、卜老爹等忠厚本分的普通民众，以及信守自身人生原则、与功名富贵绝缘的“市井奇人”，体现出作者对完美人格的追求、对人性社会的积极探索。

《儒林外史》的出现，标志了中国小说艺术的重大发展。

结构上，《儒林外史》全书没有贯穿始终的中心人物和中心事件，而是由一个人物相对独立的故事引出另一个人物相对独立的故事，前后衔接，互相推进，全书像若干互相关联的短篇小说组成的一个连环套，又始终体现反对科举制度这一条思想主线。鲁迅在《中国小说史略·清之讽刺小说》中写道：“全书无主干，仅驱使各种人物，行列而来，事与其来俱起，亦与其去俱讫，虽云长篇，颇同短制。”闲斋老人《儒林外史序》：“其书以功名富贵为一篇之骨：有心艳功名富贵而媚人下人者；有倚仗功名富贵而骄人傲人者；有假托无意功名富贵自以为高，被人看破耻笑者；终乃以辞却功名富贵，品地最上一层，为中流砥柱。”

叙事上，作者把叙事角度从叙述者转换为小说中的人物，将传统小说说书人的评述模式改换成第三人称隐身人的客观观察模式，尽量不对人物做评论，而是给读者提供了一个观察的角度，将人物形象呈现在读者面前，让读者直接与生活见面，大大缩短了小说形象与读者之间的距离。

讽刺风格上，《儒林外史》是我国古代讽刺文学中最杰出的代表作，标志着我国古代讽刺小说艺术发展的新阶段。《儒林外史》的讽刺风格体现在以下几个方面。①直逼现实生活的写实性。《儒林外史》中的讽刺，主要通过选取合适的素材和准确的透入人物深层心理的刻画来完成。许多在日常生活中人们司空见惯、不认为有何深意的细节，经过作者的精心提炼和逼真描摹，有时略加夸张，便清晰地透出社会的荒谬与人心的伪妄，又使读者觉得它们仍然是真实的生活写照。卧闲草堂本评价《儒林外史》时说：“慎毋读《儒林外史》，读竟，乃觉日用酬酢之间无往而非《儒林外史》。”指出了小说以写实为讽刺的生活源泉所形成的警醒人心的力量。②秉持公心的严肃性。《儒林外史》的讽刺矛头总是指向社会，将讽刺对象的恶习置于特定的环境中加以描写，从中揭示出造成人物种种恶习的社会原因。作者在讽刺中不怀私怨，对不同对象采取不同的讽刺分寸。或将讽刺对象的喜剧性

和悲剧性结合起来，予以含泪的讽刺，可谓"戚而能谐"；或将讽刺对象的喜剧性和真实性结合起来，虽是无情鞭挞，但并不流于谩骂，可谓"婉而多讽"；或全面审视人物性情特征，喜爱有加但并不回避其缺点，可谓"爱而知其丑"。③瞬间行为的自我暴露。作者善于以严峻而生动的笔触，敏锐地捕捉到人物的瞬间行为，将讽刺的焦点聚集在戏剧性高潮的一刹那，陡然撕下讽刺对象虚假的外衣，让他们自我暴露在各种自相矛盾之中。

人物性格塑造上，运用白描手法，以人物自身的动作、对话来表现人物复杂的内心世界，笔锋内藏而含蓄深厚，借助真实而细致的描写，摆脱了类型化、脸谱化的弊病，写出了人物性格的丰富性。

语言运用上，作者具有娴熟的驾驭语言的能力，以苏皖口语为基础，加工成一种高度纯熟的白话，使叙述语言和人物语言具备质朴鲜明、生动形象、传神逼真等优点。作者还善于引用民间俗语、谚语和歇后语来增强小说写人叙事的表现力，尽收贴切得体之功效。

《儒林外史》以朴素、平实而深刻的艺术风格，在思想上和艺术上都给晚清讽刺小说以深刻影响，将中国讽刺小说提升到与世界讽刺名著并列而无愧的地位。《儒林外史》在中国文学史上具有特殊的地位。

二五、《红楼梦》——"醉余奋扫如椽笔，写出胸中块垒时"

曹雪芹（约1715—1763年），名沾，字梦阮，号雪芹、芹圃、芹溪。祖籍辽阳，先世为汉人，明末入满洲籍，属满洲正白旗。祖先随清兵入关而得宠幸，成为显赫世家。高祖曹振彦，顺治年间任山西平阳府吉州知州，后升浙江盐法道。曾祖曹玺，因"随王师征山右有功"，成为顺治的亲信侍臣。曾祖母曾为康熙乳母，祖父曹寅少年时则做过康熙的伴读。康熙继位后，曹玺出任江宁织造，除为宫廷置办各种御用物品外，还充当皇帝的耳目，明察暗访"官民动态"。后祖父曹寅、伯父曹颙、父曹頫相继任江宁织造。曹家随即成为当时江南财势熏天的"百年望族"。康熙六次南巡，有四次由曹寅负责接驾。雍正初，曹家开始失势。曹頫因故遭牵连，被革职抄家。曹雪芹十三岁左右随家迁居北京后，境遇潦倒，生活艰难。晚年移居西郊，贫病而卒。其工诗善画，嗜酒健谈，以坚韧毅力著《红楼梦》，"披阅十载，增删五次"，完成其前八十回。

在以贾府为代表的世代富贵之家由盛而衰的背景下，《红楼梦》以爱情故事为中心线索，通过对宝、黛爱情悲剧，宝、钗婚姻悲剧，以及其他众多女性命运悲剧的描写，既反映了具有一定觉醒意识的青年男女在封建体制和封建家族遏制下的历史宿命，又客观揭示了封建家族各方面的尖锐矛盾和难于解脱的危机，还预示出封建社会必然灭亡的历史趋势，更表现了作者对腐朽没落贵族生活的厌恶和对个性解放、自由平等思想的向往。清敦敏《懋斋诗抄·题芹圃画石》："傲骨如君世已奇，嶙峋更见此支离。醉余奋扫如椽笔，写出胸中块垒时。"

《红楼梦》具有很强的批判精神。

第一，全面剖析了一个特殊历史背景下的特殊贵族家庭的真实情况，对封建制度本身涉及的政治、经济、伦理道德、文化教育、封建礼法、奴婢制度等许多根本性问题进行了大胆的怀疑和有力的批判。通过描写贾府参与社会上的政治压迫的内幕，揭露了当时以贾府为代表的封建家族的狰狞面目，昭示出封建官僚机构和封建法律本属封建贵族恣肆横行的工具的本质。小说客观再现了贾府的日常奢靡生活与衰败趋势间的对比联系，从经济亏损的角度，生动展示了贵族家庭无可挽回的衰败命运，塑造出众多血肉丰满的奴婢形象，反映她们作为人所应具有的尊严和个性遭受践踏和扭曲的状况，深刻揭露受封建王朝法律保护、为统治者寄生生活服务的奴婢制度的残酷性和不合理性。小说通过大量的情节描写，暴露了封建礼法的残酷性和虚伪性，宣告了封建伦理道德的破产。

第二，通过对统治阶级内部众多人物形象的塑造，深刻批判了以贾府为代表的封建统治阶级的腐朽和罪恶。贾母等享乐型人物，只知享受，一味玩乐；贾赦、贾珍、贾琏、贾蓉等腐败型人物，实为衣冠禽兽，多具皮肤淫滥之癖；贾政等正统型人物，道貌岸然，空疏迂腐，残忍压制叛逆者；王熙凤等权势型人物，奉行极端的利己主义，具有强烈的权钱欲望，两面三刀，狡诈残忍，加速了自己想要维护和赖以生存的寄生体的灭亡；宝玉、黛玉等叛逆型人物，虽受到贵族家庭腐臭浊气不同程度的污染，但更多的是自身能在时代底蕴和自我觉醒的影响下散发出清新之气。

《红楼梦》在艺术上取得了中国古典小说前所未有的成就。鲁迅《中国小说的历史的变迁》："自有《红楼梦》出来以后，传统的思想和写法都打破了。"

第一，双线多头网状结构。《红楼梦》比较彻底地突破了中国古代小说的单线结构，采用多条线索齐头并进、交相联结又互相制约的网状结构。宝玉和黛玉、宝钗的爱情、婚姻悲剧是全书的主线，副线是贾府中复杂的家族矛盾、由盛入衰的变故及其彻底崩溃的结局。两条线索明暗结合，互为因果，互为表里，通过对草蛇灰线、埋伏照应、疏密相间、金针暗渡、虚实相生、目送手挥、一击两鸣等手法的创造性运用，串联起众多的人物与事件，在宏大而精致的长篇结构中，描绘了上至皇宫、下至市井与乡野的广阔社会画面，广泛而深刻地反映了封建末世尖锐复杂的矛盾冲突，从而在客观上预示了封建社会走向没落的历史趋势。

第二，典型化人物描写。《红楼梦》不仅以现实生活中常见的普通人作为描写对象，而且彻底打破了此前小说创作按照某种伦理道德规范或其他思想观念来塑造人物的类型化的传统模式，完全改变了以往小说作品把一切人物都归结为美丑两级——"恶则无往不恶，美则无一不美"的绝对化倾向，将笔触深入到人物的内

心世界，生动展示人物深邃的思想灵魂，既结合环境对人物性格发展变化的影响，又在人物整体性格中实现了多元化个性因素的有机融合，从而一改古代小说人物塑造上“叙好人完全是好，坏人完全是坏”的写法，写出人物性格的独特性、丰富性和复杂性，塑造出有血有肉的真实化、典型化的人物群像。小说中有姓名的人物多达四百八十余人，能给人以深刻印象的典型人物至少有几十个人，而贾宝玉、林黛玉、薛宝钗、王熙凤则成为千古不朽的典型形象。

《红楼梦》积累了塑造典型化人物形象的丰富创作经验。将人物性格的主导面与多侧面结合起来，互相渗透，相互交融，使性格的复杂性、模糊性与鲜明性的对立统一达到“美丑泯绝”的境界。改变孤立的、静止的性格描写方式，将人物性格的稳定性、一贯性和变化性结合起来，既遵循人物性情生成发展的逻辑性规律，又重视人物性格生成机制在客观环境影响下所呈现的变化，塑造出特别真实的人物。善于采用类似衬托的影子描写术等方法，通过映衬、对比和互为补充，在身份地位、精神素质、行为表现等群体共性中突出人物音容笑貌方面不可替代的独特个性，异常分明地辨析和描写出年龄相若、生存环境相同、生活方式相近的人物的微妙差异，使相近人物自成一体，绝无雷同。成功运用环境描写、心理描写、肖像描写等手法，增强人物性格的个性化和真实性。将人物性格充分对象化，通过环境来展示人物的身份、气质和志趣，烘托和强化人物的个性；抓住最容易引起人物心理变化的物事因素，纤毫毕现地摹写人物的内心活动，不断丰富和深化人物的性格特征；肖像描写上，既不随意丑化被贬抑人物的外貌，又注重使人物的外貌描绘与其性情气质相吻合，进一步克服了传统写法脸谱化、定型化的弊病。

第三，炉火纯青的语言艺术。作者以北方口语为基础，融汇古典书面语言的精粹，经过高度提炼加工，形成生动形象、准确精练、自然流畅、有生活气息和感染力的文学语言。人物语言高度个性化，能准确地显示人物的身份、地位和教养，能形神兼备地表现出人物的个性特征；适应人物多样化、复杂化的性格因素，如实地写出人物主体性格因素在不同情境下的不同表现，具有不同的语言色彩，使读者如闻其声、似见其人。叙述语言是通俗浅显的成熟的白话，既简洁又文雅，描写人情物象准确生动、新鲜传神，富有立体感。紧密结合小说的演进情节和贵族的生活气氛，行文中还夹杂不少质量上乘的诗、词、曲、骈文，显示出作者高深的古典文化修养。

《红楼梦》具有深刻的历史深度和社会批判意义，不仅以其精致完美的艺术成就达到了我国古典小说的巅峰，而且以其深刻的人生悲哀，打动了自古及今无数被莫名伤感笼罩着的多情人的敏感的心灵，成为世情小说最伟大的代表作，在中国文学史上具有崇高的地位和深远的影响。

二六、《长生殿》——曲中巨擘,学人才人一齐俯首

洪昇(1645—1704年),字昉思,号稗畦、稗村、南屏樵者,浙江钱塘(今杭州)人。洪昇出身于“累叶清华”的世代官宦,早年生活优裕,受到良好的文化教养。康熙七年(1668年)国子监肄业。康熙二十八年(1689年),因在佟皇后丧期内与赵执信、查慎行等人宴饮观演其所著的《长生殿》而被弹劾下狱,革去学籍。后往来于吴越山水间,过着放浪潦倒的生活。晚年在浙江吴兴夜醉登船,落水而死。洪昇才情超脱,以词曲著名,除《长生殿》外,有《四婵娟》等,另有诗集《啸月楼集》《稗畦集》《稗畦续集》等。

《长生殿》搬演唐明皇与杨贵妃悲欢离合的爱情故事,是洪昇“盖经十余年,三易稿而始成”的由一个众所周知的历史故事而编写的一部较为完美的演出剧本。清徐材在《天籁集·跋》中评价洪昇时说:“自谓一生精力在《长生殿》。”作者能结合特定的时代气氛,根据自己的人生感受和审美理想,对前人作品中李隆基和杨贵妃(下称李、杨)的故事予以思想再认识和艺术再创造,使传统题材在因袭之中取得了思想上突破性的深化和艺术上开拓性的提高,最终成为同类题材剧作中带有总结性的作品。清焦循评价《长生殿》时说:“荟萃唐人诸说部中事及李、杜、元、白、温、李数家诗句,又刺取古今剧部中繁丽色段以润色之,遂为近代曲家第一。”

唐明皇与杨贵妃的故事有其深邃的历史内蕴,在古代正史、野史、民间传说、虚构文学中有各种各样的材料。《长生殿》摈弃了《天宝遗事诸宫调》和《惊鸿记》中“未免涉秽”的倾向,在借鉴白居易《长恨歌》和白朴《梧桐雨》的内容意蕴的基础上,重新演绎李、杨故事,形成剧作独特的面貌。《长生殿》的独特之处在于如下两个方面。

第一,更加深入细致地描写了二人爱情发生、发展和结局的全过程,对“情”这一全剧的核心做了充分的描写和反复的渲染,表明了作者有意于把“情”从故事中抽象出来,作为具有普遍意义和超越生死的力量来歌颂的创作意图。

第二,把李、杨爱情与安史之乱的发生、发展及其相关的社会政治情况组合起来进行描写。剧作的前半部中,爱情线索和政治线索平行交织、互相映衬,在李、杨的爱情故事中包容重大的历史事件和广阔的社会内容;后半部中,把故事的结局处理成一方虽死却犹抱痴情,一方虽生而痛不欲生,“败而能悔”的李、杨共守前盟,进而感动天地鬼神,得以同升仙宫。“死生仙鬼都经遍,直作天宫并蒂莲”,则又将现实的悲剧转化成幻想天国中的圆满结局,寄托了作者的爱情理想。由此,也形成了剧作前后不一致的手法和风格:前一部分写实,是再现爱情的悲剧;后一部分写幻,是鼓吹理想的真情。从结构上说,前后两部分既对立又互相依存:前半

部分现实的悲剧，是后半部分生发出至爱真情的前提性基础；后半部分李、杨的忏悔、重圆，又是前半部分帝王失政的理想化发展。

《长生殿》第一出“传概”言及作者的创作动机：“古今情场，问谁个真心到底？但果有精诚不散，终成连理。万里何愁南共北，两心那论生和死。笑人间儿女怅缘悭，无情耳。感金石，回天地；昭白日，垂青史。看臣忠子孝，总由情至。先圣不曾删郑、卫，吾侪取义翻宫、徵，借太真外传谱新词，情而已。”全剧“尾声”又说：“旧霓裳，新翻弄。唱与知音心自懂，要使情留万古无穷。”作者比较自觉地贯彻了上述创作意图，在以主要篇幅写李、杨的钗盒情缘的过程中，又含而不露地拓宽了“情”的内涵，充分地表现出爱情在历史变乱中的丧失和由此引起的痛苦，渲染了个人命运被巨大历史变故所摆布的哀伤，尤能引起时人的情感共鸣。同时，作者强化了对抨击朝政内容的描写，广泛联系开元、天宝年间的社会背景和重大历史事件，真实描写了李唐王朝宫廷荒淫、外戚专横、边将跋扈等黑暗现实，深刻批判了封建统治集团“逞心而穷人欲”的罪恶行径，借助宏大的场面、众多的人物、波澜曲折的情节，更为明显地突出了全剧“乐极哀来，垂戒来世”的兴亡感叹的主题，使《长生殿》成为一部以写“情”为主、兼寓政治教训与历史感伤的作品，兼具浪漫爱情剧、厚重历史剧的双重色彩。

在艺术水平上，《长生殿》主要取得了以下几个方面的成就。

第一，借鉴了自高明《琵琶记》以来在情节结构方面的某些创作经验，采用双线交叉的结构形式，组织相当严密。全剧以李、杨的爱情故事为主线，又以一对金钗、一只钿盒这一组道具时隐时现地贯穿始终，随情节变化由合而分，由分而合，而且每次出现都有不同的寓意：上半部一开始是定情之物，到马嵬殉葬时是失盟的表证；下半部写到杨贵妃鬼魂把玩是失情之怨，最后是用以证情，重圆结案。既加强了全剧情节的内在联系，又体现了主人公悲欢离合的感情变化。全剧以朝政军国之事为副线，巧妙地把宫廷内外的政治与社会生活情景与李、杨爱情的线索组合成一体，写了安禄山、杨国忠、高力士、李龟年、雷海青等各式人物乃至村妇小民的活动。两条线彼此关联，交叉发展，对比性地交错安排剧作曲目，既突出爱情和政治双方的各自特点，又较好地包容两方面的丰富内容，并巧妙地揭示出二者之间的内在联系，彼此对照、呼应，使得剧作既场面壮阔、情节错综曲折，又脉络清晰。轻重、冷热、庄谐参差安排、层次分明地展开，显示了作者谋局构篇的杰出能力。

第二，积极探索塑造真实可信的戏剧人物形象的方法，积累了有益经验。对人物褒贬兼施，注意分寸，保持戏剧形象的和谐统一。对于唐明皇和杨贵妃，前半部贬过于褒，后半部褒多于贬。全剧对李、杨的爱情描写因此也形成三个显著的特点。首先，深刻真实性与浓厚思想性的结合。对李、杨之间马嵬之前宫廷色彩浓郁的爱情生活的描写，是忠于现实生活的；对他们马嵬之后纯洁、真挚爱情言行的反映也是合情合理的。其次，矛盾心态下的二重性观点。作者是以十分矛盾的态度来描写李、杨的爱情故事的。他们既是爱情不幸、忠于爱情的悲剧主角，是作者同情、歌颂的对象；又是误国害民的主要责任人，是作者批判、谴责的对象。再次，取舍材料，"一洗太真之秽"。在处理李、杨爱情故事题材的过程中，作者根据自己的审美理想，对此前的一些历史材料和野言稗史进行了刻意的升华和净化，有意避开了杨贵妃的其他关系，进而突破了女色误国、女人祸水等封建樊篱，把杨贵妃塑造成一个完整统一、个性鲜明的人物形象。通过唱词、宾白、动作等舞台手段来表现角色的气质风貌，并抓住最容易引起人物内心振荡的激烈冲突，逼真描摹人物的心理变化，使人物形象有血有肉，富有真实感。

第三，个性化的语言和成熟的曲律。《长生殿》的语言巧妙融合了唐诗、元曲中的名句，曲词优美、清丽流畅、叙事简洁、写景如画，声情兼备地表达出人物的内心感情及心理活动，形成剧作浓郁的抒情色彩。根据剧中人物身份、地位、性情、情感的不同来设计人物个性化的语言，使之口吻各异，难于混淆，对人物个性化性格的塑造起到了极大的作用。曲律上，在曾作《九宫新谱》的专家徐麟的帮助下，洪昇对词曲的音律进行严格推敲，达到了"句精字研，罔不谐叶"的地步，使《长生殿》场上、案头两擅其长，在演出和传阅中产生了良好效果。

《长生殿》善于从丰厚的戏剧土壤和其他文艺中吸取养料，又敢于在前人业已开拓的领域内进行更深层次、更大范围的创造性发展，在不少方面取得了带有总结性的成就，与《桃花扇》一起成为明清传奇发展的最后高峰。梁廷楠《曲话》："钱塘洪昉思昇撰《长生殿》，为千百年来曲中巨擘。以绝好题目，作绝大文章，学人、才人，一齐俯首。"

二七、《桃花扇》——"借离合之情，写兴亡之感"

孔尚任(1648—1718年)，字聘之，又字季重，号东塘、岸堂，别号云亭山人，晚年又称桃花词隐，山东曲阜人，孔子第六十四代孙。二十岁考取秀才后，乡试不中，遂隐居于曲阜北的石门山，闭门读书，研究礼乐兵农之学。康熙二十三年(1684年)，康熙帝南巡返经曲阜行祭孔礼，孔尚任被荐在御前讲经，受到褒奖，破格由国子监生授国子监博士。次年进京，先后任户部主事、户部广东清吏司员外郎。博学工诗文，通音律。出仕之前，已开始进行《桃花扇》的创作准备，经十余年苦心经营，三易其稿，于康熙三十八年(1699年)最终完成《桃花扇》。次年被罢官，回乡隐居。另著有传奇《小忽雷》(与顾彩合著)，诗文集《湖海集》《岸堂稿》《长留集》《阙里志》等。

《桃花扇》以复社文人侯方域与秦淮歌妓李香君悲欢离合的爱情故事为主线，

以作为侯、李爱情见证物和香君命运象征物的桃花扇为戏胆，以复社文人与阉党余孽之间的斗争为主要冲突，将特定历史时期中大江南北的政治风云和一代王朝的兴衰迹遇系于笔端，展示了明末社会广阔的历史画面，描写了南明王朝民族的、阶级的，以及统治阶级内部复杂而尖锐的矛盾斗争，揭示出南明王朝必然灭亡的命运。

作者以穿云入雾的游戏之笔，将十五出有关侯、李爱情的情节和二十五出有关南明王朝灭亡过程的情节有机地组织起来，细针密线、秩序井然，构成了一个有机的庞大的情节体系和"借离合之情，写兴亡之感"的整体格局。情节安排上，将爱情和政治两线交错延伸，融为一体，脉络贯通，转换灵活，使之"不可更移、不可减少"；结构布局上，通过侯、李由合到离，由离到合，由合又到以出家而相离，以及与此相关的诗扇定情、血溅诗扇、撕扇出家等情节的描写，环环相扣地再现了南明王朝由建立到覆灭的动荡而短暂的历史及其无可避免地最后崩溃，从而将一代兴亡"系之桃花扇底"。

《桃花扇·凡例》写道："朝政得失，文人聚散，皆确考时地，全无假借。至于儿女钟情，宾客解嘲，虽稍有点染，亦非乌有子虚之比。"《桃花扇》中对历史教训的总结，是建立在作者对南明基本史实进行深入调查与认真考证的基础上的，因此在反映历史事件的具体过程乃至细节方面就显得相当严谨。因为孔尚任在创作中采取了证实求信的原则，因此剧作真实地再现了历史，众多情节基本上是"实人实事，有根有据"，正如《桃花扇·孤吟》中老赞礼所说："当年真如戏，今日戏如真。"首先，剧作深刻揭露和全面批判了南明王朝的内部矛盾和政治腐败：朝政日非，君是昏君，臣是奸臣；国破家亡之际，不考虑民族耻辱、家国危亡，不着手拯黎民于水火，反而沉溺声色，争权夺利，朋党为奸，排斥异己。其次，剧作也表明了作者在政治立场上对待复社文人的态度。作者赞赏他们建立清明廉洁政治的主张和反对权奸的正义斗争，歌颂了侯方域的"修礼"义举、"阻奸"政见、"移防"行为和为了拯救国家危亡而自觉投入反权奸斗争的大无畏精神。最后，剧作还紧密结合当时社会生活的现实，以极大的同情和无限的崇敬歌颂了李香君、柳敬亭、苏昆生等歌妓艺人，在他们的身上寄托了作者的民主思想。李香君能够自觉地把个人遭遇同国家命运密切相连，理智地把造成国难家仇的原因归结到祸国殃民的统治者身上；柳敬亭、苏昆生身处社会下层，却能心系家国，为了朋友敢于两肋插刀，为了国家甘愿出生入死。

从整个剧本的基本情绪和主要情节的思想倾向来看，对于明清易代，作品显然是本着抒发兴亡之感的目的、怀着一种亡国之痛来加以描述的。一方面，剧作"借离合之情，写兴亡之感"的核心主题，并不仅仅是纠结在正、邪对立的斗争中，而是更多地关涉人与变化着的历史环境之间的关系。作者敏感地顺应了当时社会心理的普遍需要，通过舞台上生动的艺术搬演，表现了危难动荡的特殊历史阶段的社会生活图景，抒发了巨大的历史变迁在人们心中激荡起的深深的感慨，使剧作充满着对人的命运、人的生存处境的深挚关怀。另一方面，为了突出剧作的“兴亡之感”，作者甚至有意避免对“情”进行单独的描写，而让侯、李的悲欢离合始终卷进南明动荡的政治漩涡和南明政权从初建到覆亡的过程中，进而赋予侯、李的爱情以浓厚的政治色彩，二人爱情的圆满与否，与南明的兴亡存续紧密联系在一起，从中既证明了个人与历史之间所存在的休戚相关的因果关系，也更容易使人们沉浸到对历史兴亡深深的思索之中。

作为中国古典戏剧的最后一部杰作，《桃花扇》在许多方面都富有艺术上的创造性。

第一，人物形象系列。作者对人物形象的塑造是非常自觉并极为重视的，他在《桃花扇》的纲领中，曾将剧中人物分为左、右、奇、偶、经、纬等六部，并以离合之象、兴亡之数和总结兴亡之案来概括这些人物在剧中所处的地位以及他们之间的关系。在作者的精心设计下，每部人物内部以及各部人物之间或相辅相成，或相反相成，都围绕着以离合之情写兴亡之感的剧作核心，构成了一个有机的人物形象体系，较好地完成了作品主题的思想表达。

作者运用多种手法，使各种类型的人物既以各种相互关系居于同一有机体中，但同时又具有各自的独特个性。作者较多地注意到人物类型的多样化和人物性格的多面性，善于把握人物性格的内在机制和各种因素，并将这种种因素与剧情在时间上的推移和延伸紧密结合起来，从而合乎逻辑地展示出人物性格在剧情时空中的发展历史，给人以完整而深刻的印象。作者以清醒、超脱的历史态度，准确掌握对笔下人物褒贬、爱憎描写的分寸，避免绝对化，以突出人物的个性特点。如：阮大铖本是著名戏曲家，剧中既写了他的阴险奸猾，也写了他富于才情的一面；对复社文人，剧中也触及了他们风流轻脱的名士派头。剧作中人物形象众多，但大都人各一面，性格不一，即便是同一类人，性格也不雷同。尤为突出的，是在正反两面之间，作者还刻画了几个边缘性的人物。

第二，重视戏剧结构。作者在《桃花扇・凡例》中，曾提出剧情要有“起伏转折”，又要“独辟境界”，出人意料而不落陈套，还要做到“脉络连贯”，联结紧凑而不可“东拽西牵”。剧中以桃花扇这一具有象征意义的道具串联侯、李悲欢离合的爱情线索，又以这一爱情线索串联南明政权各政治派别，以及社会中各色人物的活动与矛盾斗争，纷繁错综、起伏转折，而有条不紊、不枝不蔓。

第三，古典历史剧的典范。《桃花扇》既善于吸取以往历史剧的长处，又注意弥补其短处，在历史题材的选择和处理、历史真实和艺术真实的结合等方面，均取得了带有典范性和总结性的成就。在恪守历史真实性的同时，又不拘泥于历史的个别事实，在“确考”的前提下予以“点染”，即进行大胆虚构。虚实间的关系往往是大实而小虚，关键性人、事实而情趣类渲染虚。

第四，曲词宾白的语言艺术。《桃花扇》多以曲词写景抒情，以宾白交代情节，并且注重曲词宾白对不同人物心境和不同情感变化的摹画，使剧作显得和谐统一、归于成熟。

第五，悲剧性的结局。"借离合之情，写兴亡之感"的作者在无意之中确实触及了一个相当深刻的问题：在强调个人对群体的依附性的历史状态下，某种群体价值的丧失便会直接导致个人价值的丧失，注定要造成人生的不自由和巨大痛苦。因此，《桃花扇》就有力地打破了古代戏剧常见的大团圆模式，给读者或观众留下了更大的思考余地，并由此成为中国戏剧史上少有的不以大团圆为结局的作品。梁廷楠《曲话》："《桃花扇》以《余韵》折作结，曲终人杳，江上峰青，留有余不尽之意于烟波缥缈间，脱尽团圆俗套。"

作为清代传奇中一部思想和艺术完美结合的杰出作品，《桃花扇》充分利用此前剧作为成熟历史剧的出现所准备的良好条件，取得了历史剧的总结性成就，成为我国古典历史剧的高峰。

第二编　中国现代文学卷

二八、《女神》——中国的文学史上第一次出现了大写的人

郭沫若(1892—1978年),原名郭开贞,又名郭鼎堂,四川乐山人,作家、诗人、剧作家、历史学家、考古学家、古文字学家、社会活动家。

郭沫若出生在一个封建书香世家,幼年就受到古文化的熏陶,后来又有机会接触当时先进的旧民主主义和爱国主义思潮,成为学生运动中的领袖人物。辛亥革命后留学日本,进九州帝国大学医学部,后走上"弃医从文"之路,1918年开始诗歌创作,1919年至1920年间,出版诗集《女神》,奠定了其在中国新诗坛上的地位,也为中国现代诗歌的发展开辟了道路。1921年六月与郁达夫、成仿吾等人在日本发起成立"创造社"。1923年毕业回国,大革命期间任广州中山大学文学院院长,后从军参加北伐,任国民革命军总政治部副主任。1927年参加南昌起义,在起义部队南下途中加入中国共产党,次年因受蒋介石通缉旅居日本,从事中国古代史和古文字学的研究工作,著有《中国古代社会研究》《甲骨文研究》等著作。"七七"事变后回国参加抗战,创作了历史剧《屈原》《棠棣之花》《虎符》《孔雀胆》等,以及战斗诗篇《战声》。新中国成立后,郭沫若历任中央人民政府委员,政务院副总理兼文化教育委员会主任,中国科学院院长,中国科学院哲学社会科学部主任,历史研究所第一所所长,中国科技大学校长,中国第一、二、三届文联主席,中国人民保卫世界和平委员会委员,第一至第五届全国人大常务委员会副委员长,全国政协委员、常务委员、副主席等职。其作品有《新华颂》《东风颂》《蔡文姬》《武则天》《李白与杜甫》等。1978年6月12日郭沫若在北京逝世,享年86岁。

辛亥革命后郭沫若到日本留学,在此期间他受到十月革命和五四运动的强烈影响,参加了反帝爱国运动,《女神》正是出版于此时。《女神》以崭新的内容与形式,开启一代诗风,堪称中国新诗的奠基之作。郭沫若在创作这部诗集时激情与灵感同时迸发,据其本人回忆,因灵感突然袭来,他常常在半夜从床上爬起来进行

创作。他说："我想我们的诗，只要是我们心中的诗意诗境之纯真的表现，命泉中流出来的Strain，心琴上弹出来的Melody，生之颤动，灵的喊叫，那便是真诗，好诗，便是我们人类欢乐的源泉，陶醉的美酿，慰安的大国。"祖国的积贫积弱使郭沫若在异邦备受歧视，对祖国自立自强的热切企盼，让他急于宣泄，就好像一座行将喷发的"火山"，一旦出现"喷火口"就会熊熊燃烧。作品中，郭沫若为我们塑造了一个自我抒情的主人公的形象，他热情澎湃、生命力旺盛，在广大救亡图存的爱国热血青年中产生了巨大的影响，这个自我抒情的主人公是其浪漫主义情怀的集中代表，体现了郭沫若这时的哲学思想，即万物有神，而这个"神"就是"我"，万物皆有"我"，这种将自我置于至高无上地位的观点在中国历代文学中是极为罕见的。《女神》的出版如同一声春雷，奠定了郭沫若在中国新诗坛的地位，也使他成为20世纪中国文学的两面旗帜之一。

《女神》共分三辑。除《序诗》外，第一辑包括《女神之再生》《湘累》《棠棣之花》。第二辑在1921年《女神》初版上分为三部分，自《凤凰涅槃》至《立在地球边上放号》共十篇为《凤凰涅槃之什》，自《三个泛神论者》至《我是个偶像崇拜者》共十篇为《泛神论者之什》，自《太阳礼赞》至《死》共十篇为《太阳礼赞之什》。第三辑在1921年《女神》初版上分为三部分，自《Venus》至《晚步》共十篇为《爱神之什》，自《春蚕》至《日暮的婚筵》(其中《岸上》为三篇)共十篇为《春蚕之什》，自《新生》至《司春的女神歌》(其中《司春的女神歌》为六篇)共十篇为《归国吟》。

在这些作品中，《凤凰涅槃》无疑为其中的杰出代表。诗人采用了一个文学上虚构的形象——"凤凰"作为创作中心，极富民族特色。全诗由"序曲""凤歌""凰歌""凤凰同歌""群鸟歌""凤凰更生歌"六部分组成，一步步展现出凤凰的高洁品格。"序曲"中，凤鸟、凰鸟在一片哀凄声中集香木准备自焚，引来众多鸟类前来观看。"凤歌"则着重揭露了旧社会的黑暗，面对"冷酷如铁""黑暗如漆""腥秽如血"的现实环境，诗人厉声质问"你为什么存在"，诅咒这屠场、囚牢、坟墓、地狱般的世界。"凰歌"则是一曲女性悲歌，"帆已破，樯已断，楫已漂流"，年轻时的新鲜、甘美、光华、欢爱都已不知所踪，一切都去了，表现了诗人对祖国前途命运的担忧。内忧外患的民族需要热血青年的救护，广大革命志士也不顾周围丑类的诽谤中伤，投入到救亡活动中来，他们要把旧世界连同旧我一同毁灭，在美与丑的强烈对比中，诗人完成了对凤凰形象的塑造。接着，"凤凰同歌"中，凤凰一跃入火。"群鸟歌"中出现了众多鸟类的形象，有凶残的岩鹰、傲慢的孔雀、贪婪的鸱鸮、温驯的家鸽、学舌的鹦鹉、故作清高的白鹤，在诗人笔下它们是一群奸佞小人，它们无法理解凤凰的高洁行为。"凤凰更生歌"是整首长诗的主要部分，鸡鸣宣布黎明的到来，凤凰在歌声中重生，整段诗歌节奏明快，采用反复咏唱的形式，表达了重生后的喜悦，象征中国社会新生后的光明、自由和幸福。

在《天狗》一诗中，郭沫若将自我张扬到极致，在中国的历史上第一次肯定了人的价值，“我是一条天狗呀！我把月来吞了，我把日来吞了，我把一切的星球来吞了，我把全宇宙来吞了。我便是我了！”中国社会中，人的地位极为卑下，长期得不到尊重，像这样一种体现人的个性的诗篇是十分可贵的。

《炉中煤——眷念祖国的情绪》是著名的爱国主义诗作，诗人将自己比喻成燃烧的炉中煤，尽管被活埋在地下多年，但胸中“有火一样的心肠”，诗作中尤其使人称奇的是，诗人将“五四”时期后的祖国比喻成“年青的女郎”“心爱的人儿”，而“炉中煤”对“年青的女郎”的衷肠，表达的正是诗人思念祖国、热爱祖国，要以生命报效祖国的一片炽热感情和勇于牺牲的精神。

《女神》是一本想象力丰富的诗集，所涉及的描写对象众多，有山川河岳、飞禽走兽、日月星辰、风雨雷电等，而其中居于中心地位的主要是三个意象，地球、海洋、太阳。通过这三个意象读者可以很明显地感受到诗人雄浑激越的气势、涵盖宇宙的豪迈，作品中的抒情主人公则以“开辟洪荒的大我”形象抒发了彻底破坏和大胆创造的精神，“一切的偶像都在我面前毁破！破！破！破！”（《梅花树下的醉歌》），“我效法造化的精神，我自由创造，自由地表现我自己。我创造尊严的山岳，宏伟的海洋，我创造日月星辰，我驰骋风云雷雨”（《湘累》），“我飞奔，我狂叫，我燃烧。我如烈火一样地燃烧！我如大海一样地狂叫！我如电气一样地飞跑！……我便是我呀”（《天狗》），“我崇拜我”（《我是个偶像崇拜者》）。所有的表达都是自由无拘的，这种天马行空般的情感宣泄彰显了《女神》独特的艺术个性，正如田汉在给郭沫若的信中所评价的那样：“你的诗首首都是你的血，你的泪，你的自叙传，你的忏悔录呵，我爱读你这样的纯真的诗”。

二九、《沉沦》——五四运动以来最早出版的新小说集

郁达夫（1896—约1945年），名文，字达夫，现代著名作家，创造社主要成员。1896年12月7日生于浙江富阳满洲弄。七岁入私塾，十七岁到日本留学，留学期间与郭沫若、成仿吾等人一同组织成立“创造社”。1921年7月发表处女作《沉沦》，轰动文坛。1922年3月自东京帝国大学毕业后回国，编辑《创造季刊》《创造周报》《创造月刊》，创作了大量作品。1923年至1926年间，先后在北京大学、武昌大学、中山大学任教。1927年8月退出创造社，次年加入太阳社，之后与鲁迅合编《奔流》月刊，主编《大众文艺》。1930年3月，成为中国左翼作家联盟发起人之一。1933年4月在白色恐怖的威慑下由上海移居杭州，抗日战争期间在南洋群岛从事抗日宣传活动，主编《星洲日报》。1942年，日军进逼新加坡，郁达夫流亡至苏门答腊的巴爷公务，化名赵廉，因精通日语，被当地日本宪兵部强迫当翻译，他暗中保护和营救了不少当地抗日人士，身份泄漏后失踪。

郁达夫一生创作了大量作品，表现出他同情革命又徘徊在革命之外的矛盾情绪，代表作有《沉沦》《春风沉醉的晚上》《薄奠》《出奔》等。

郁达夫出生在一个知识分子家庭，自幼就熟读中国古典文学作品，具有较好的古文功底。他十七岁时远赴日本求学，当时中国人在日本饱受歧视，被称为"支那人"，郁达夫也不例外。作为文人，他有着敏锐的神经，一方面他热爱备受蹂躏的祖国，另外一方面他又痛恨祖国的积贫积弱。从1920年起，郁达夫开始了自己的创作生涯，其短篇小说《沉沦》一问世，就在文坛上引起了巨大的轰动，作品中对个人私生活的大胆暴露，更是引起了一系列争论，同名小说集也是中国现代文学史上的第一部现代白话短篇小说集，此后，"自叙传"抒情小说成为一股创作潮流风靡文坛。自《沉沦》起，郁达夫总是喜欢在作品中用第一人称"我"进行故事讲述，即使一些作品采用的是第三人称，如"他""于质夫"等，我们也不难从中看到郁达夫自己的身影，其实，把郁达夫此后的一些作品串连起来读，我们可以看到它们与郁达夫的生活轨迹是吻合的。但自叙传并不等同于自传，郁达夫在这些作品中仅仅只是想写出自己的心境，于是这就引发了郁达夫作品中的"零余者"形象。郁达夫在作品中抒发自己的爱国热情，同时也写出作为知识青年在异国他乡所经历的性苦闷与极度压抑、沉闷的心理，可以说这种大胆的自我暴露给充满伪饰的中国社会吹进了一股春风。

1920年郁达夫在日本留学期间创作了小说《银灰色的死》，至1922年期间又创作小说《沉沦》和《南迁》，这三篇小说于1921年10月结集为《沉沦》，由上海泰东书局出版。这部在文坛上引起轰动的小说集，标志着"自我小说"的兴起，人们对它的评价也是毁誉参半，不满于这种创作方式的评论者认为小说内容实为"诲淫"，是不道德、不端方的文学。而文坛巨匠鲁迅当时写了一篇文章，表达了不同的看法，他认为"虽然有猥亵的分子而并无不道德的性质"，是"一件艺术的作品"。同样，郭沫若认为："他那大胆的自我暴露，对于深藏在千万年的背甲里面的士大夫的虚伪，完全是一种暴风雨的闪击。""这样露骨的直率，使他们感受着作假的困难。"

《沉沦》集中的三篇小说都以留学日本的青年学生的生活为题材，是"青年忧郁病的解剖"。其中的同名小说集中代表了郁达夫的创作风格，开中国"自叙传"抒情小说先河，同时也因其大胆的自我暴露与强烈的爱国主义激情在文坛上倍受瞩目。《沉沦》中的主人公"他"是一个日本留学生，因为追求自由和个性解放，反抗封建专制，被学校开除，因而为社会所不容。"他"以青年人所特有的热情渴望并追求着真挚的友谊和纯洁的爱情，但受到"弱国子民"的身份的拖累，这种热情受到侮辱和嘲弄，使"他"在异国他乡倍感孤独和空虚，成为"忧郁症"的患者。"他"不甘沉沦，但又不可自拔地沉沦下去，在彷徨失措中，来到酒馆妓院，毁掉了自己纯洁的情操。事情过后又自悔自伤，感到前途迷惘，在绝望中投海自杀。

“他”在异国的遭遇，与祖国民族的命运密切相连，因而在自杀前，“他”悲愤地疾呼：“祖国呀祖国！我的死是你害我的！你快富起来，强起来吧！你还有许多儿女在那里受苦呢！”小说强烈地表达了一代青年要求自由解放、渴望祖国富强的心声，在处于半封建半殖民地屈辱地位的中国青年中引起同病相怜的强烈共鸣。

《沉沦》发表于1921年，作品一问世就引起了不小的轰动，这篇小说不仅是郁达夫的成名作，同时也是他早期作品的代表作，这个带有一些病态的年轻人其实就是郁达夫本人的写照。处于青春期的“他”陷在忧郁症中，这一方面是年龄所致，而另一方面则是由于在异国他乡的“他”是备受歧视、备受凌辱者，自身的屈辱感使他尽管身处“稠人广众之中”却仍然感到孤独，于是他自动选择离群索居，但是这样病症并没有好转，反而进一步加深，终而至病态的地步。这是一场灵与肉的冲突，是“五四”时期个性解放的一个重要命题，当更多的人关注青年人成长的时候，郁达夫将目光投注到青年人的灵魂深处，代他们抒发了彷徨苦闷的心态。作品还涉及另一个重要主题，即洋溢在字里行间的爱国主义激情，可这种爱国主义激情是矛盾的，一方面“他”对祖国有着不尽的热情，另一方面“他”也意识到一个贫穷落后的祖国，带给她的儿女的只有不尽的屈辱，于是在作品的结尾处郁达夫借“他”之口喊出了众多留学青年的心声“祖国呀祖国！我的死是你害我的！你快富起来，强起来吧！你还有许多儿女在那里受苦呢！”这篇作品也集中体现了郁达夫的创作特色，整个作品具有强烈的抒情色彩，心理分析成为小说的一大亮点，这种自叙传式的写法在郁达夫此后的作品中不断出现。

三〇、《呐喊》——为白话小说创作奠定坚实的基础

鲁迅(1881—1936年)，原名周樟寿，后改名周树人，字豫才，浙江绍兴人，中国现代文学的奠基人。1881年9月25日出生在一个破落的士大夫家庭，从小接受中国古代传统文化的教育。1898年5月到南京求学，开始接受进化论思想的影响。1902年东渡日本学医，希望能够救助像父亲一样的病人，后因发现中国人的贫弱不在肉体而在精神，于是弃医从文，走上了文学创作的道路。留日期间，曾回国奉母命与朱安成婚。1909年回国，先后在杭州、绍兴任教。1912年1月应蔡元培邀请，赴南京中华民国临时政府教育部任职，后随政府迁址北京。1918年5月，在《新青年》上发表了中国现代文学史上第一篇白话小说《狂人日记》，并开始使用笔名“鲁迅”，从此一发而不可收，陆续创作了《孔乙己》《药》等小说。1921年12月至次年2月，发表了小说代表作《阿Q正传》，使阿Q形象成为中外文化长廊中不朽的典型。1923年，此前创作的十余篇小说结集为《呐喊》出版。在创作小说的同时，鲁迅还写作了大量杂文。1926年8月，因支持北京学生爱国运动，被北洋军阀

政府通缉，只好南下任厦门大学文科教授，后又到广州中山大学任教务主任。次年 10 月定居上海，专门从事文学活动。1936 年 10 月 19 日因肺结核病逝于上海。

鲁迅为中国人民留下了宝贵而丰富的文学遗产，在三十年的文学生涯中，先后出版有小说集《呐喊》《彷徨》《故事新编》，《坟》《热风》《华盖集》等十六本杂文集，散文诗集《野草》，散文集《朝花夕拾》，还有大量书信、日记、学术著作、译文等，共计近一千万字。

作为中国现代文坛巨匠，鲁迅创造了“内外两面，都和世界的时代思潮合流，而又并未梏亡中国的民族性”，并具有独特个人风格的“现今想要参与世界上的事业的中国人”的文学。从小鲁迅的阅读兴趣就十分广泛，尤其喜欢阅读富于反抗思想和爱国精神的作品。1898 年他倔强地抛弃一般人认为是“正路”的读书应试之路，开始了新式学堂的生涯。此一时期，他深受进化论思想的影响，认为科学的倡导可以成为政治改革的先导，这促成了他赴日留学。在日期间，鲁迅一方面得到日本老师藤野先生公正无私的教育和帮助，另一方面像其他留日学生一样，也倍受日本学生的民族歧视。一次看电影的经历，彻底改变了鲁迅的人生道路，在电影放映前，首先播出了一段记录日俄战争的幻灯片，这是一场荒谬绝伦的战争，战争在日本和俄国间打响，而战场却设立在中国的土地上，清政府却表示在战争中保持中立，于是战争中出现了奇特的画面，一个被日军捉住的据说是为俄军当侦探的中国人，在他即将被日军砍头时，周围站着看热闹的同样是一群中国人，面对惨剧他们精神麻木，受了这样的刺激后，鲁迅深深感到：“医学并非一件紧要事，凡是愚弱的国民，即使体格如何健全，如何茁壮，也只能做毫无意义的示众的材料和看客”，“所以我们的第一要著，是在改变他们的精神，而善于改变精神的是，我那时以为当然要推文艺，于是想提倡文艺运动了”，鲁迅就此踏上了文学救国的道路。1909 年回国后，鲁迅长时间从事教育工作。从 1919 年的《狂人日记》开始，他创作了大量小说，与此同时，还撰写了数量众多的杂文，尤其在文学生涯的后期，杂文更是鲁迅战斗的利器。“鲁迅在性格上是内倾的，他不善于如通常人之处理生活。他宁愿孤独，而不欢喜‘群’”，这种不喜“群”，而爱孤独，喜驰骋于思索情绪的生活造就了他“爱怕羞的”性格，鲁迅把更多的时间花在思考和写作上。他曾经努力探求过旧中国的新的出路，在思想上受到多方面的影响，包括进化论和尼采的个性主义等，但对任何一种思想，鲁迅总是抱着怀疑的态度，用“拿来主义”的方法对新思想进行选择，进行改造。“鲁迅在灵魂的深处，尽管粗疏、枯燥、荒凉、黑暗、脆弱、多疑、善怒，然而这一切无碍于他是一个永久的诗人，和一个时代的战士。”

自《狂人日记》发表之时至 1922 年，鲁迅连续写作十五篇小说，并于 1923 年 8 月将这些小说结集为《呐喊》，本集包括《狂人日记》《孔乙己》《药》《明天》《一件小事》《头发的故事》《风波》《故乡》《阿 Q 正传》《端午节》《白光》《兔和猫》《鸭的喜剧》

《社戏》和《不周山》(1903年再版时作者删去了此篇)。创作《呐喊》的时间段刚好为五四运动高潮期,在此期间,鲁迅怀着极高的热情,以启迪民智为己任,他在作品中揭示出人的精神病态,目的是“引起疗救的注意”。早年的鲁迅希望通过学医救治人身体上的病症,使国人摆脱“东亚病夫”的耻辱,留日后他改变策略,弃医从文,走上了一条思想启蒙的道路。在《呐喊》与《彷徨》两个集子中,我们可以看到鲁迅对于国民性弱点的深切关注和严厉批判,“哀其不幸,怒其不争”,他把一腔怒火喷泻笔端。在密闭的黑铁屋中,作为几个少数的清醒者在面对是保持安静和沉睡中的其他人一起慢慢窒息而死,还是唤醒众人齐心合力打破黑暗的两难抉择时,鲁迅选择了后者,尽管他已经意识到这不会是一条坦途,但他还是毫不迟疑,于是在身前和身后他都不免寂寞。《呐喊》集中反映了从辛亥革命前后到五四运动前后的中国社会,尤其是在帝国主义和封建主义压迫下逐渐破产的古老村镇的面貌;塑造了没落知识分子、人力车夫和被压迫农民等形象。从总是说包含深刻真理的“疯话”的狂人到被封建科举制度摧残的孔乙己,从用革命者鲜血做“人血馒头”治痨病的华老栓到被残酷生活摧残得精神麻木的闰土,再到受尽压迫而精神却“常处优胜”的阿Q,鲁迅以白话为形式的小说,从一开始就将文学艺术与广大人民的命运联系在一起,写出了被压迫人民的思想和生活,在具体的形象塑造中揭示了深刻的社会问题,显示了文学革命的实绩,为现代文学创作树立了杰出的榜样,为中国现代小说创作奠定了基础。

《呐喊》中的《阿Q正传》最能代表鲁迅在辛亥革命到五四运动期间创作的风格特色。《阿Q正传》是鲁迅唯一的一部中篇小说,创作于1921年12月至1922年2月。在作品中鲁迅先生为我们活画出了中国人民民族劣根性的解剖图,其典型代表无疑是阿Q这一形象。阿Q生活在旧中国的农村,未庄其实是当时整个中国的象征,在这样一个环境中生长起来的阿Q身上的落后性是显而易见的,鲁迅先生将其归结为“精神胜利法”,他生活在未庄社会的最底层,面对自己的奴隶地位,阿Q的对策是根本不承认自己的被奴役,沉浸在自己营造的尊严之中;当虚构的尊严遭到践踏,他或将愤怒转泻在更弱者身上,比如小尼姑等;或者自轻自贱、自欺欺人,于是在精神上他永远都是一个胜利者。通过这些,我们一方面看到阿Q的极端落后性,另一个方面也深深感受到作为一个人,阿Q也面临着生存的困境,处在旧中国社会最底层的人们,政治地位低下,生存条件恶劣,基本生理需求得不到满足,为了寻求心理上的平衡,“精神胜利法”似乎是唯一的选择。阿Q是可恨的,同时他又是可悲的,在他身上所体现出来的精神病态只不过是国人性格的放大,鲁迅先生曾经不无忧虑地说过“我还怕我所看见的(阿Q)并非现代的前身,而是其后,或者竟是二三十年之后”,不幸的是这种精神病态至今在国人中还常常能够看到,“民族自我批判”的课题还在延续。

三一、《寄小读者》——以“情绪多于文字”表达“爱的哲学”

冰心(1900—1999年),原名谢婉莹,福建省长乐市人,现代散文家、小说家、诗人、儿童文学家。冰心出生在一个海军军官家庭,1913年迁居北京,先后就读于贝满女子中学、协和女子大学。1921年加入文学研究会。1923年毕业于燕京大学,出版小说集《超人》和诗集《繁星》《春水》等,文笔清新、格调淡雅。后留学美国,主要研究英国文学,同时把旅途和异国见闻写成散文,寄回国内发表,1926年结集为《寄小读者》出版,并于同年回国,任教于燕京、清华等大学,继续从事文学创作,写有散文集《樱花赞》和《小橘灯》等。1946年冰心到达日本,曾在东京大学新中国文学系任教。1951年回国,主要从事儿童文学创作。1958年和1978年又分别为孩子们撰写了《再寄小读者》和《三寄小读者》。冰心还积极参加社会活动和国际文化交流活动。1954年后被选为历届全国人大代表、中国作家协会理事、全国政协委员。1979年被选为全国文联副主席。

“五四”时期,在我国现代文学史上出现了第一次女作家大量涌现的高潮,为文坛带来别样风致。性别差异使男女作家在观察生活时显示出了不同的侧重点,女作家的观察更臻于细腻,更加注重生活中细节的表现,更长于抒情,冰心女士就是其中的一位。她以问题小说登上文坛,在整个文学生涯中对多种文体形式都有所涉足,尤其是在散文创作中她取得了不俗的成绩。冰心出生在一个温馨富裕的家庭,生活条件优越,父母恩爱,对她宠爱有加,这样的环境导致冰心在看待任何问题时,都怀有一颗温柔善良的心,在长期的文学创作中她总结出了属于自己的爱的哲学,即自然爱、母爱、儿童爱,这种理念支配了她整个的创作生涯,尤其是在散文中,我们看到了爱的哲学的充分展示,她的散文被称为“冰心体”散文,概括说来就是以行云流水似的文字,说心中要说的话,倾诉自己的真情,满蕴着温柔,微带着忧愁,显示出清丽的风致。她的散文有很多名篇,并多次被选入中小学课本,其中尤以《寄小读者》最负盛名,“通讯七”“通讯九”“通讯十”“通讯十四”“通讯十八”是其中的代表篇章,此后又有续作《再寄小读者》和《三寄小读者》。

《寄小读者》是一部书信体的儿童散文集,共二十九篇,是冰心在1923年7月至8月在美国游学时所写的所见所闻所感所忆的随笔式记录,最初题为《给儿童世界的小读者》,以“通讯”形式自1923年7月29日起陆续刊登在《晨报》副刊上。作品中,冰心为读者描绘了大自然美丽如画的风景,寄托了对祖国、故乡、家人、大海的眷念,抒发了对下层人民困苦生活的深切同情,表达了对变幻莫测的人生的惆怅,文风温柔细腻。作者将读者对象定位在小朋友的层面上,因而作品所使用的语言亲切委婉、通俗畅达、精警典雅,处处表露着真诚的依恋与关注,但态度不是低就、训诫，而是平等和尊重。这无疑会使孩子们感到格外亲切。

如“通讯七”记录的是冰心在从上海出国途中所感。上半部分主要写在海上的一些见闻和感受，海上的景色是优美的，“凉风习习，舟如在冰上行”，“海水竟似湖光。蓝极绿极，凝成一片。斜阳的金光，长蛇般自天边直接到栏旁人立处。上自穹苍，下至船前的水，自浅红至于深翠，幻成几十色，一层层，一片片的漾开了来”，天空“繁星闪烁”，当进入日本后更看到如馒头般的小山，以及“璀璨的世界”，“天上微月的光，和星光，岸上的灯光，无声相映”，在美好景色描写的字里行间渗透着作者的童心和思念母亲、思念祖国的乡愁。下半部分讲到了一个湖，作者称之为“慰冰”，湖波是安详的，欲睡如醉，“舟轻如羽，水柔如不胜桨”，“岸上四围的树叶，绿的，红的，黄的，白的，一丛一丛的倒影到水中来，覆盖了半湖秋水。夕阳下极其艳冶，极其柔媚。将落的金光，到了树梢，散在湖面”。海景与湖景形成鲜明的对照，在景色中融入作者的个人情思，寄情于景，情景交融，在对自然景物的赞美中寄托对亲人、对故乡的思念，极富童心，很好的实践了作者的爱的哲学。冰心曾经说过，散文是她“所最喜爱的文学形式”，这篇散文笔调轻灵、风格飘逸、语言晶莹，作为“五四”时期的白话文学作品，其达到了通俗易懂、明白如话的效果，所以历次被选入课本，而被作为范文讲解就不足为奇了。

再如“通讯十”是一篇歌颂母爱的名作，创作于威尔斯利。母爱同样是冰心喜爱的哲学之一，也是她在作品中经常表现的主题，不仅是散文中，在小说、诗歌等题材中，也都不乏冰心对这一主题的创作。在涉及这一主题时，冰心总是用十分优美的文字，把母爱描绘成世间最伟大、最值得赞美的感情。在“通讯十”中，冰心记述了自己和母亲相偎在一起，谈论童年往事的情景，母亲“凝想着，含笑着”低语，不知不觉间“眼泪已经湿了我们两个人的眼角”，她们讲到了“我”小时候的一场重病，讲到了“我”幼时晨起梳理小辫子，讲到了“我”小时候的玩伴宝姐，讲到了很多“我”已不记得的，而母亲却如历历在目般的人和事。“当她（母亲）说这些事的时候，我总是脸上堆着笑，眼里满了泪，听完了用她的衣襟来印我的眼角，静静地伏在她的膝上。这时宇宙已经没有了，只母亲和我，最后我没有了，只有母亲，因为我本是她的一部分！”，这份母女之情令人为之动容。尤其在这样一个时候，“我”恰逢病重，对母亲的思念更是日重，然而“因着这回想，寸寸都是甜蜜的”，作者又将母爱推而广之，“她的爱不但包围我，而且普遍的包围着一切爱我的人；而且因着爱我，她也爱了天下的儿子，她更爱了天下的母亲”，“世界便是这样的建造起来的！”让人不禁为天下所有的母亲赞叹，母女之间的那种不能分割的爱也淋漓尽致地融贯于字里行间。

散文在中国有过漫长的发展岁月，因而在新文学开端之际就已经达到了极为完备的程度，要想对旧体散文有所突破是十分困难的，冰心却在这一领域为广大文学创作者提供了典范，这主要得益于她的语言，在冰心的散文词汇中既保留了

某些文言文的凝练典雅，又适当地渗透了现代欧化语言的灵活、婉转，韵律感极强，如“通讯十四”：“我爱听碎雪和微雨，我爱看明月和星辰，从前一切世俗的烦忧，占积了我的灵府。偶然一举目，偶然一倾耳，便忙忙又收回心来，没有一次任它奔放过。如今呢，我的心，我不知怎样形容它，它如蛾出茧，如鹰翔空。”如此舒卷自如的散文语言为冰心赢得了大批的读者，她也是最早能够将文言文、白话文与西方文学语汇完美地熔为一炉的作家之一。

三二、《莎菲女士的日记》——唱出新女性的心灵之歌

丁玲（1904—1986年），原名蒋祎文，字冰之，笔名彬芷、从喧等，湖南临澧人，现代小说家。丁玲出生在一个官僚地主家庭，从中学时代起，受“五四”思想的影响，就积极参加各种学生运动。1923年入共产党创办的上海大学学习，次年在北京大学作旁听生，并于第二年与后来的“左联五烈士”之一的胡也频结婚，开始了文学创作的生涯。1927年12月发表处女作《梦珂》，次年又陆续发表《莎菲女士的日记》和《阿毛姑娘》，在文坛上引起了巨大反响，《莎菲女士的日记》也成为丁玲早期小说的代表作。1931年参加中国左翼作家联盟并任组织部长及左联机关刊物《北斗》主编，同年标志其创作风格转变的中篇小说《水》问世，该小说以全国十六省大水灾为背景，场面宏大，纠正了当时左翼文学中普遍存在的“革命加恋爱”的弊病，得到了冯雪峰的推崇。1932年加入中国共产党，次年被国民党逮捕，三年后在党组织的帮助下逃离南京转赴中共中央所在地陕北保安县。抗战开始后，历任西北战地服务团团长、《解放日报》文艺副刊主编，并陆续发表短篇小说《我在霞村的时候》《在医院中》及杂文《三八节有感》等。1946年在晋察冀土改工作团工作，参加了当时的土改斗争，于1948年写成长篇小说《太阳照在桑干河上》，荣获1951年度斯大林文学奖二等奖。新中国成立后，历任中宣部文艺处长、全国文联委员、中国作家协会副书记，同时发表了大量小说、散文、评论文章，有被称为《太阳照在桑干河上》姊妹篇的《在严寒的日子里》（未完）、《牛棚小品》《杜晚香》等。1957年被错划为“右派”，下放到北大荒劳动改造。“文化大革命”（下称“文革”）中又被投入监狱五年。1979年平反，虽年近八旬，仍重返文坛，坚持创作。1986年病逝。

以科学、民主作为主命题的“五四”时期是一个思想大解放的时期，包括劳工、教育、婚姻、妇女权利等诸多问题在社会上日益凸现，女性意识在一步步觉醒，丁玲的母亲就属于中国第一代思想自由的女性，因而很小的时候丁玲就受母亲的影响，接受了最初的女权主义的启蒙，成为一位女权主义者。比如她曾经公开反对缠足，并且剪去长发，大胆地进入男校就读，成为该校最早的女生之一。1921年因反对家庭包办婚姻，丁玲毅然离家出走，几年后与工人诗人胡也频结合。所有这

些举动在那样的时代里可以说是惊世骇俗的，因此她长期遭受他人的歧视，但丁玲并不在乎世人的非难，她依靠自己的信念生活。这样的生活经历自然影响了丁玲的文学创作。

从1927年发表处女作《梦珂》之后，丁玲的创作风格出现了几次重大转型，而每一次转型又都是十分成功的。《莎菲女士的日记》属于丁玲的早期创作，莎菲可以说就是她本人的化身，表达着她本人的心声，总体看来此时的丁玲与同时代的其他女性作家走着统一的路向，即以女性的视角展现女性的生活。发表于1931年的《水》展示了丁玲新的创作风格，其场面极其宏大，这种创作方法也一直延伸到丁玲进入延安后，《太阳照在桑干河上》使她的创作达到了又一个高峰。

丁玲一生著述颇多，通过《莎菲女士的日记》我们可以看到这位女性作家在特定时期对社会特定的理解与感悟。《莎菲女士的日记》写于1928年初，同年发表于《小说月报》第19卷第2号，同年收录于10月开明书店出版的短篇小说集《在黑暗中》。这篇小说是丁玲的成名之作。作品以日记体和第一人称的口吻，抒写了一位受到新思潮影响的知识女性在追求以性爱自由为内容之一的道路的过程中所产生的困惑与苦闷，从一个特殊的侧面生动形象地揭示了中国现代女性知识青年因受时代、环境的制约而感受到的孤独。显然，这种困惑、苦闷以及孤独等，折射出特定时代的深刻的社会内容，也表达了作品对旧中国的使人窒息的社会现实的控诉。小说通过莎菲的生活遭遇及内心活动，给我们展现了处在社会转型期的人们的心里波动，尤其是处于其中的女性，她们在经历了数千年封建压迫之后，迫切渴望有一个自由发展的空间，取得真正的妇女解放。虽然轰轰烈烈的五四运动已经退潮，但“五四”精神却不容置疑地进入每一个年轻人的心中，莎菲正处在彷徨之中，她不甘沉沦于庸常的人生中，但事业又没有什么出路，于是她把希望寄托在爱情上，小说描写了莎菲生活中的两种不美满的爱情，一种是“苇弟”式的爱情，那是一味地迷恋和盲从，莎菲对此极为厌烦，她需要的是心灵上的理解与沟通；可当她爱上一个外表俊美的男性，选择另一种爱情时，却陷入了新的痛苦，因为这个男人的内心肮脏卑劣，莎菲倾倒于他的丰仪而厌恶他的灵魂，在经历了矛盾与挣扎后，莎菲选择了一个人离去，悄悄地等待着死亡的来临。

莎菲是大胆的，她听从自己心灵的召唤，对爱情直率而炽热，她渴望灵与肉的完美结合，一旦发现现实与理想不符，她会表现出少有的勇气与社会抗争，这正是那个年代一部分刚刚觉醒的知识女性的真实写照。在封建社会，女性处于弱者的位置，尤其在婚姻中，她们更是没有任何选择的权力，只能像傀儡一样受他人支配，成为繁衍工具，莎菲却要摆脱这种命运，她要在一个男权社会里争得自己的权力，这样的女性是那个时代的精神的化身。丁玲在塑造这个形象的时候采用日记体的形式，使人更有一种真实感，莎菲不仅是文学人物长廊中的优秀典型，同时还具有思想史的价值。

从基本的故事内容和情节看，这篇小说最引人注目的是对于性爱表现出的真实与大胆，作品也主要由于这一点而引起文坛的震惊，一时多有非议。但是，这种表现完全是为主题思想服务的，它与作品中相应的细腻委婉的人物心理的刻画有机地结合在一起，并不游离于作品之外，况且这种表现也没有淫词秽语，较之郁达夫的《沉沦》等似乎还“干净”得多。唯其如此，借用人们对于《沉沦》的有关正确评价来认识《莎菲女士的日记》该是合适的。如果说《沉沦》曾经率直地流露了男性知识青年的性苦闷(自然折射出深刻的社会内容)，那么时隔十年之后，有渲染女性知识青年的性苦闷(同样折射出深刻的社会内容)的《莎菲女士的日记》的出现，该是从某个角度表现了中国新文学的进步。

三三、《背影集》——以朴素动人的文风打动读者

朱自清(1898—1948年)，原名朱自华，字佩弦，原籍浙江绍兴，生于江苏东海县，现代散文家、诗人。1916年进入北京大学哲学系学习，并开始写作诗歌。1920年毕业后在江苏、浙江等地的中学任教，参加过新潮社、文学研究会。1925年任清华大学教授。1928年散文集《背影》出版，为朱自清赢得了极大的声誉。1931年留学英国，并游历了欧洲各地，次年回国写作《欧游杂记》。1948年因拒绝领取“美援”面粉，在贫病交加中告别人世，时年五十岁，表现了崇高的民族气节。1949年8月18日毛泽东在《别了，司徒雷登》一文中写道：“我们应当写闻一多颂，写朱自清颂，他们表现了我们民族的英雄气概。”

朱自清作为一个文人，其高风亮节历来为世人所称道，而他在文学方面也取得了相当的成就。朱自清1916年就开始了文学创作，“五四”时期，文白之争异常激烈，旧文人对白话文的贬斥中的一条尤为重要的理由就是认为白话文不能写出如古文般优美的散文，朱自清恰恰对此做出了很好的回应，他最擅长的就是精致的抒情散文，不光包括优美的写景散文，如《桨声灯影里的秦淮河》《绿》《荷塘月色》等，还包括温柔细腻的歌颂亲情的散文，如《背影》。他的抒情散文，从语言到文体都极其完美，受到众多读者的喜爱，是中国文坛的典范之作，多次被选入学校的课本中作为范文进行讲解。

《背影》以作品集中的同名文章命名，共收入散文十五篇，大多创作于1925年至1928年间，除序言《论现代中国的小品文》外，全书分为甲、乙两辑，所收录的散文依据内容可分为以下几种类型。

第一，揭露黑暗的现实社会。如《白种人——上帝的骄子》作者描述了一段发生在车厢里的故事，一个十分可爱的“小西洋人”引起了作者的注意，像其他的孩子一样，他是如此招人喜爱，于是“我”便多看了他几眼，可没想到的是，当这个孩

子要下车的时候，他突然走到“我”的面前，“将脸尽力地伸过来了，两只蓝眼睛大大地睁着，那好看的睫毛已看不见了；两颊的红也已褪了不少了。和平，秀美的脸一变而为粗俗，凶恶的脸了！他的眼睛里有话：‘咄！黄种人，黄种的支那人，你——你看吧！你配看我！’”在他的脸上分明“缩印着一部中国的外交史”，中国在近现代历史中备受异族欺凌与鄙视，“支那人”是很多国家对中国人的蔑称，朱自清在20世纪二三十年代的中国所感受到的正是这种难以言说的屈辱，他通过一件小事将这种屈辱感表现得如在眼前，同时也表达了希望积贫积弱的祖国早日富强起来的强烈愿望。

第二，记述生活小事，反映人间亲情。其代表作当为作品集同名散文《背影》，这篇作品创作于1925年，当时朱自清正在清华大学担任讲师，而作品中所表现的故事则发生在八年以前，那时朱自清还是个学生，时间丰富了人的阅历与情感，二十八岁的朱自清已不同于二十岁的毛头小伙子，这时候的回忆体现出一个成年人情感的深沉。1898年朱自清的出生给他的家庭带来了无尽的欢乐，因为在他之前家里还有过两个孩子，可惜的是这两个孩子都早早夭亡，所以朱自清得到了父母的无限关爱，与父母的感情十分深厚，这些都为《背影》的写作提供了生活基础。作品通过一些细节的描写，凸显了一位老父亲的形象。文中的“我”与父亲不相见已两年有余，但因为“那年冬天，祖母死了，父亲的差使也交卸了，正是祸不单行的日子”，“我”和父亲同回家奔丧，才得以见面，家中变卖了财产，光景很是惨淡，在这样的背景之下，父子二人再次别离，其心境可想而知，于是整篇故事都环绕着一种悲凉的氛围，父子二人为了生计只得四处飘零，而父亲也日渐衰老。在这样特定的环境里，劳累奔波的父亲对儿子体贴、爱怜、依依不舍的深情更感动人心。其实这样的内容是可以选取多种视角、多种意象来进行表达的，朱自清却择取了一个极为少见的意象“背影”来进行作品构思，同时选取的都是日常生活中常见的事情，如买橘子一幕，父亲安排了熟识的茶房同行，亲自将儿子送进车厢又反复叮咛，看看时间还早，父亲便要去给儿子买几个橘子在路上吃，尽管要穿越铁路到对面的站台去购买，可年老身体又肥胖的父亲却不顾儿子的劝阻坚持要去，“我看见他戴着黑布小帽，穿著黑布大马褂，深青布棉袍，蹒跚地走到铁道边，慢慢探身下去，尚不大难。可是他穿过铁道，要爬上那边月台，就不容易了。他用两手攀着上面，两脚再向上缩；他肥胖的身子向左微倾，显出努力的样子”，写到这里，不仅作者禁不住潸然泪下，所有的读者也为之感动，平凡之中见真情，全篇虽并未见一句直接的情感抒发，但字里行间流露的却是拳拳赤子之心和温情脉脉的亲子之情。在最后一段作者更是表达了自己对于父亲的思念，以及父亲的近况，更加深了作品的主题。这篇作品在用语上极为简洁凝练，不见华丽雕琢，通篇采用白描手法，连生僻的字词都没有，可正是这种朴素的风格才能与整个作品所表达的内容与情感有机融合，成为“五四”时期的散文名篇。

第三，描绘自然风光，抒发个人的感受。这类作品历来为人所称道，是使用白话文而能达到如古文般优美境界的佳作，早在20年代这些散文就被看作是娴熟使用白话文的典范。如《荷塘月色》创作于1927年7月“四·一二”政变后的清华园中，南方还在进行着血雨腥风的屠杀，新文化运动统一战线发生分化，仍然坚守文化批判阵地的知识分子感到一种从未有过的寂寞和凄凉，因而陷入苦闷彷徨之中。这篇作品情景交融，将作家的心境淋漓尽致地表现了出来，文章以“这几天心里颇不宁静”开篇，暗示了作者思想情绪的复杂性，作者将荷塘和月色巧妙地结合起来，荷塘是月光下的荷塘，月光是荷塘里的月光，给人一种幽静、安详、朦胧的感觉，但宁静背后透露的却是淡淡的哀愁，作品中第四段和第五段历来为人所称道："曲曲折折的荷塘上面，弥望的是田田的叶子。叶子出水很高，像亭亭的舞女的裙。层层的叶子中间，零星地点缀着些白花，有袅娜地开着的，有羞涩地打着朵儿的；正如一粒粒的明珠，又如碧天里的星星，又如刚出浴的美人。微风过处，送来缕缕清香，仿佛远处高楼上渺茫的歌声似的。这时候叶子与花也有一丝的颤动，像闪电般，霎时传过荷塘的那边去了。叶子本是肩并肩密密地挨着，这便宛然有了一道凝碧的波痕。叶子底下是脉脉的流水，遮住了，不能见一些颜色；而叶子却更见风致了。月光如流水一般，静静地泻在这一片叶子和花上。薄薄的青雾浮起在荷塘里。叶子和花仿佛在牛乳中洗过一样；又像笼着轻纱的梦。虽然是满月，天上却有一层淡淡的云，所以不能朗照；但我以为这恰是到了好处——酣眠固不可少，小睡也别有风味的。月光是隔了树照过来的，高处丛生的灌木，落下参差的斑驳的黑影，峭楞楞如鬼一般；弯弯的杨柳的稀疏的倩影，却又像是画在荷叶上。塘中的月色并不均匀；但光与影有着和谐的旋律，如梵婀玲上奏着的名曲。”

作者采用通感的表现形式，“光与影”本来是视觉上的影像，而朱自清却将它们幻化到听觉之上，将两种感觉写活、写透，取得了良好的艺术效果。全文的题眼在最后一段，作者在这样美丽迷人的北方风景中联想到了江南采莲的旧俗，联想到了《西洲曲》里的句子，其实正暗合了他的不宁的心绪，所以尽管景色优美，但路是幽僻的，寂寞的，地上的月光是淡淡的，天上的云也是淡淡的，“树色一例是阴阴的”，听到热闹的蝉声和蛙声，心想“热闹是它们的，我什么也没有”，作者虽然不满于现实，但又不得不回到现实中来。淡淡的忧愁情绪笼罩了全文。

《背影》全集结构缜密、脉络清晰、婉转曲折、感情真挚，尤其是在语言运用上更是达到了炉火纯青的地步，为中国现代散文创作提供了优秀的可供借鉴的范本。

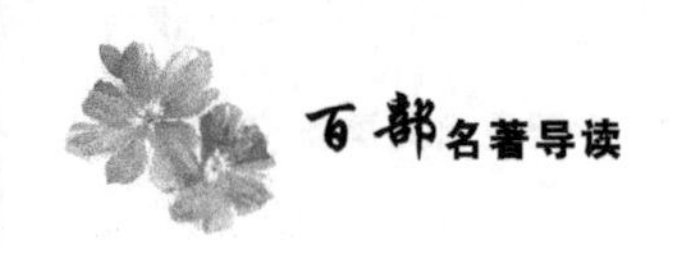

三四、《死水》——演绎一曲曲爱国主义的最强音

闻一多(1899—1946 年),名亦多,字友三,亦字友山,家族排行名家骅,后改名一多,湖北省浠水县人,现代诗人、文史学者、民主主义战士,新月社代表诗人。闻一多自幼就喜欢古典诗词和美术。1912 年,十四岁的闻一多考入清华学堂(清华大学前身)。1922 年大学毕业后赴美留学。次年出版第一本诗集《红烛》,表现了诗人反帝爱国的强烈情感。1925 年闻一多回国,先后任北京艺术专科学校教务长、南京中央大学外文系主任。1928 年出版第二本诗集《死水》,成为其代表作,表达了诗人对于美好事物的赞美和希望丑恶事物早日灭亡的愿望。1932 年任清华大学中文系教授。1938 年后,基本停止诗歌写作,专门研究整理古籍,并取得了突出成就。1946 年 7 月 21 日,民盟负责人李公朴惨遭国民党特务暗杀,闻一多在云南大学至公堂作了《最后一次讲演》,怒斥国民党罪恶行径,当晚即在西仓坡被暗杀。毛泽东同志给予了他高度的评价。

闻一多的作品具有强烈的民族意识,除了进行诗歌创作实践外,他还提出了新诗的"三美"理论,即"音乐的美(音节),绘画的美(辞藻),建筑的美(节的匀称和句的均齐)",为中国新诗的理论创建做出了不可磨灭的贡献。

生于湖北的闻一多自幼受地域文化的影响,表现出强烈的民族主义色彩。他考入清华学堂后就经常和同学一起参加爱国主义活动,尤其在 1919 年五四运动期间,作为学生的闻一多不顾学校的参加游行就不许留学的威胁,继续进行抗议活动,6 月 5 日,闻一多与同学准备好坐牢所需物品进城宣传爱国思想,做好了就算被捕也不改其志的准备。后来,他用一生实践了自己的爱国理想。

作为文人,文学作品是闻一多最好的投枪和匕首,他利用这武器向敌人发起一次又一次进攻,从《红烛》到《最后一次讲演》闻一多在作品中表现出深沉的爱国主义激情,"沉郁"是他独特的诗风。闻一多是新月派的代表性诗人,为格律诗的发展做出了巨大贡献,早在 1922 年闻一多就写了《律诗底研究》,这是五四运动后用新的方法系统研究中国诗歌的一部论作,之后他又提出"新诗格律化"与诗的"三美"理论,分析了新旧格律诗的区别,并在作品中实践了自己的诗歌主张。他的诗从诗行到内容都做到了整饬美观,充满矛盾的张力。也许是曾经的艺术学习给他带来的熏陶,闻一多的诗歌色彩浓丽、结构整洁,呈现出一定的美学情趣,他也强调中国文艺"一半的印象是要靠眼睛来传达的",而对于音韵学的研究,又使他十分重视诗歌的节奏感,强调诗的朗读性。从《红烛》开始,闻一多就将爱国主义精神与诗歌有机结合,到了《死水》,这种创作方法的运用更加娴熟。

《死水》于 1928 年 1 月由上海新月书店出版,收录了闻一多从 1923 年至 1928

年所写的二十八首诗歌，作品的主题大多是暴露社会黑暗，表达作者强烈的爱国感情。在美留学期间，闻一多耳闻目睹了大量中国同胞在异邦遭歧视、受凌辱的事实，加深了他对祖国的深深怀恋，在他的理想中祖国如花一般美好，他关心祖国的前途命运，在此期间闻一多就创作了大量的诗歌，这些诗歌后来大部分收入了他的第一本诗集《红烛》当中。1925年，闻一多因不堪忍受异族欺凌提前回到了阔别已久的祖国，然而呈现在他眼前的却是一个处在战火之中，生灵涂炭、民生凋敝的国家，如此巨大的反差，在他心中产生了强烈的刺激，闻一多愤怒了，他"迸着血泪"高呼："这不是我的中华，不对，不对！"从此以后，他拿起手中的笔开始了持续一生的奋战。

《死水》集中闻一多的斗士风格已相当完备，他在给自己的学生臧克家写的一封信中说他写《死水》时全身充满了火，"我只觉得自己是座没有爆发的火山，火烧得我痛，却没有能力(就是技巧)炸开那禁锢我的地壳，放射出光和热来。只有少数跟我很久的朋友(如梦家)才知道我有火，并且就在《死水》里感觉出我的火来"。正如朱自清先生曾指出的："闻一多真是一团火。就在《死水》那首诗里他说：'这是一沟绝望的死水，/这里断不是美的所在，/不如让给丑恶去开垦，/看他造出个什么世界。'这不是恶之花的赞颂，而是索性让'丑恶'早些恶贯满盈，'绝望'里才有希望。"(朱自清《闻一多全集·序》)闻一多在《死水》里为读者开辟了两个核心意象，分别是"死水"和"静夜"，这两个意象隐喻了现实环境的阴暗，同时表达了他勇于直面丑恶，坚决清除黑暗腐朽的勇气和决心。

《死水》集中的代表性诗篇当推《死水》与《静夜》。《死水》创作于1925年4月的芝加哥，直到次年闻一多见证了"三·一八"惨案之后，才将它拿出来发表，其现实针对性是显而易见的。《死水》共分为五节，诗人将美好的事物和丑恶的事物进行对比，表达出内心强烈的愤懑与不平。闻一多在第一节中就给我们描绘了一沟"绝望的死水"，"这是一沟绝望的死水，/清风吹不起半点漪沦。/不如多扔些破铜烂铁；/爽性泼你的剩菜残羹。""死水"正象征了黑暗丑恶的中国现实社会，这样的社会却被用一些美妙的事物装点着，从第二节到第四节，诗人列举了用来粉饰太平的物象，"也许铜的要绿成翡翠，/铁罐上锈出几瓣桃花；/再让油腻织一层罗绮，/霉菌给他蒸出些云霞。//让死水酵成一沟绿酒，/漂满了珍珠似的白沫；/小珠们笑声变成大珠，/又被偷酒的花蚊咬破。//那么一沟绝望的死水，/也就夸得上几分鲜明。/如果青蛙耐不住寂寞，/又算死水叫出了歌声。"翡翠、桃花、罗绮、云霞，这样的事物却更加反衬出死水的肮脏与罪恶，尤其是最后一小节，作者直接抒发了内心的不满，采用正话反说的方式，表达出这样的"死水"一样的旧社会已经没有挽救的希望了，只能把它彻底摧毁，在废墟上重建新的家园。在艺术上《死水》取得了不俗的成绩，它是一首整饬的格律诗，全诗五节，每节四行，每行九字，体现了闻一多对诗歌"建筑美"的要求，收尾全用双音词，韵脚和谐，朗朗上口。闻

一多曾经说过"越有魄力的作家,越是要戴着脚镣跳舞才跳得痛快,跳得好。"

在创作《静夜》(又名《心跳》)的时候,闻一多的艺术风格已经相当成熟,他已经从最初情感剧烈迸发的年龄阶段走过,生命进入了表面冷静其实更加炽热的状态,这和他对诗艺的追求也有很大的关联,作为新月派的代表性诗人,闻一多自觉为中国诗坛建立起格律诗的创作规范,所以他的作品中常常渗透着古典浪漫主义的艺术观念,"理性节制情感"在《静夜》中得到了完满的体现,但沉郁顿挫的艺术风格并没有遮蔽他强烈的爱国热情,反而使读者更深刻地感受到他"爱之愈深恨之愈深"的对黑暗现实的诅咒和愤怒。在神秘洁白的静夜里,"我喉咙里颤动着感谢的歌声。/但是歌声马上又变成了诅咒,/静夜!我不能,不能受你的贿赂。"表现了诗人坚定的信念,心跳是无法止住的,诗人已经做好了以铁肩担道义,以生命践道成仁的准备,哪怕是"口里塞满了泥沙",哪怕是"头颅给田鼠掘洞",诗人依然高呼"静夜!你如何能禁止我的心跳?"经过理性节制,并被搁置的多时的感情不是冷却了,而是更加强烈,更加白热化了。

诗集《死水》如同一个郁结已久的火山口一样熊熊喷发,展现出灼人的力的美,作品中既有直接的情感宣泄、血泪控诉,也有冷静却更见张力的意志表达,正是在这一"放"一"收"之间,闻一多先生为中国现代诗坛提供了全新的诗歌创作风格。

三五、《我的记忆》——凸现诗人暗示性抒情风格

戴望舒(1905—1950年),笔名戴梦鸥、江恩、艾昂甫等,浙江杭州人,现代诗人。1923年考入上海大学文学系。1925年,转入震旦大学学习法文,次年开始诗歌创作,在《璎珞》旬刊上发表处女作《凝泪出门》。1929年4月出版第一本诗集《我的记忆》,其中一篇作品《雨巷》成为戴望舒早期诗歌代表作,在诗坛上传颂一时,叶圣陶赞誉其"替新诗的音节开了一个新的纪元",他也因此被称为"雨巷诗人"。1932年出版诗集《望舒草》,同年5月1日,与施蛰存、杜衡一起编辑《现代》杂志(1935年5月停刊,"现代诗派"由此得名),11月初赴法国留学。1935年春回国。1938年转赴香港从事抗日宣传工作,其间戴望舒的诗风发生了极大转变。1941年被日寇逮捕,在狱中写下了《狱中题壁》《我用残损的手掌》《心愿》《等待》等诗篇,一改往日缠绵哀怨的格调,转向了深沉慷慨的风格。1949年初戴望舒由香港回国,担任新中国新闻总署新闻局法文编辑。1950年2月8日病逝于北京。先后出版的诗集有《我的记忆》《望舒草》《望舒诗稿》《灾难的岁月》等。

戴望舒是现代诗派的代表性人物。他早期的一些诗歌被推为现代诗派的典范,其中就包括创作于1927年的《雨巷》。

十七八岁开始写诗的戴望舒一向关注诗歌的音节与韵律，由于观察生活的视野狭小，其早期作品中始终充溢着诗人的个人感伤与忧郁，然而正是这种多愁善感的抒情方式吸引了众多处在彷徨中的青年人。1926年戴望舒加入中国共产主义青年团，参加了大量革命活动。直到“四·一二”政变后，在一片白色恐怖中，望舒隐居朋友家中，在此期间创作了《雨巷》。经过长时间的思索，戴望舒意识到革命不是浪漫主义的行动，在冯雪峰的力邀之下，他加入了“左联”，然而没过多久，戴望舒又回到了他早期对“纯诗”的追求，久久徘徊于“雨巷”之中。可中国的社会现实实在找不到一方净土，戴望舒也终于在革命的炮火声中下定决心投身于民族解放的洪流当中，尤其在香港沦陷后，戴望舒因为积极从事抗日宣传，被捕入狱。在狱中，戴望舒写下了著名的革命主义诗篇《狱中题诗》《我用残损的手掌》等，从而彻底告别了个人感伤情绪的抒发。总之，戴望舒前期的诗轻盈流丽，重象征、意象，追求诗意的朦胧、含蓄；后期的诗，因受抗战的激发，诗风变得明朗、厚重、刚健，语言洗练纯朴，爱国之情深挚感人。他的散文及小说的创作手法也别具一格。

1929年4月，戴望舒编定的第一本诗集《我的记忆》，由他自己主持的水沫书店发行，包括《旧锦囊》《雨巷》《我的记忆》三辑，这是他前期象征主义诗歌的代表作。这一时期的作品在艺术上保留着中国古代诗歌及欧洲浪漫主义诗歌的痕迹，并明显受到了法国象征派诗人魏尔兰等人的影响。他的诗从闻一多、徐志摩那儿汲取的主要是外在韵律和格式，而从英、法诗歌那儿汲取的主要是忧郁的情调。他早年诗歌形式上的传统倾向还表现在段式上，如多用四行段，其次是三行段。虽然戴望舒在诗歌中广泛借鉴、兼收并蓄，但他对法国后期象征主义诗歌的借鉴却是最多的。象征主义兴起在19世纪与20世纪之交的法国，并在世界范围内都产生了深远的影响。李金发作为象征主义的崇拜者把象征主义介绍到了中国，但又因其生硬的模仿和其诗作的晦涩难懂而使得象征主义不为多数人所接受。戴望舒吸取象征主义的长处并融合中国诗歌的传统，因而拓开了象征主义的影响范围，从而也形成了以象征主义为主要特征的现代派。象征主义认为：自然万物都具有一种隐蔽的含意，是一座形式和符号储藏其间的“象征之林”；诗人的任务就是要寻找到森林中某物同自己心灵相通之处，并用“形式和符号”表现出来，成为形象和象征的“破译者”；而这种表现并非一泄无余，而要朦胧含蓄，在于“表现自我和隐藏自我之间”。根据这些主张，魏尔兰在《诗的艺术》一诗中，提出了几个基本原则，其中首要的就是音乐性。“万般事物中，音乐位居第一”，要“把自己的感觉和感情，按照他感受到它们时的韵律表达出来”。在戴望舒的诗歌创作，特别是初期的诗歌创作中，他对音乐性表现出了特殊的兴致。在《流浪人夜歌》中，以“en”“in”为韵联系着整首诗，这种凝重的韵律，和着“荒坟”“悲鸣”“死美人”“黑暗的占领”等低沉的词语，表达出流浪人凄凉和颓丧的感情。《夕阳下》用平仄起伏来增添音乐感，《可知》用短段尾的咏叹“啊，我的欢爱”形成回环跌宕，恰切地表现

出对旧时欢爱的幽怨和“来朝欢快”的祈望。

《雨巷》集中体现了戴望舒诗歌的音乐性的最高成就，是最具穿透力和代表性的一篇作品。创作这首诗时，刚刚二十出头的戴望舒对理想、对爱情有着无限的向往，因而诗歌采用了模糊朦胧的表达方式。诗人的内心是飘忽不定的，所以他择取的“丁香”这个意象也是迷离恍惚的，因为诗人对这个追求能否实现是不能把握的，孤独、空虚、惆怅成为诗作的主旋律，这也许是每一个年轻人都要经历的心路历程，在戴望舒笔下被描写得如此凄婉，但又那么诱人。诗歌采用开放性的“ang”韵，使得诗情在迷惘中增添了希望，同时也放缓了诗歌的节奏，使人读来正如走进一条烟雨迷蒙的小巷，不经意间碰到了自己的梦想，自己的希望，虽然她结着愁怨，可却清香芬芳异常，让人陷入迷离的情思中。其实这正是“丁香空结雨中愁”的现代白话的最好注释，难怪叶圣陶先生在看完此诗后赞许戴望舒“替新诗的音节开了新的纪元”。

戴望舒在《雨巷》之后很快就发现了“刻意追求音节的美”的弊端，并很快找到了新的能够表达现代人复杂万端的思想感情的艺术手段，一种和人的内在情绪暗合的内在节奏和韵律。《我的记忆》就代表了这种新形式的最高成就，“我的记忆是忠实于我的/忠实得甚于我最好的友人”，开门见山，自然平缓，完全是现代人常用的口语和现代散文；接着是情感的横向铺张，铺写记忆来临的频繁与迅速、长久和琐碎；最后连用三个“很长”“而且永不肯休”，首尾照应，一张一弛，构成了诗的内在音韵和旋律。可见，戴望舒是一个敢于借鉴、善于取舍的诗人。因此，戴望舒在诗歌艺术上取得极大的成就，并成为继李金发之后又一个声誉卓著的象征派诗人和现代派诗风的代表就不是一件奇怪的事了。

三六、《猛虎集》——“从性灵深处来的诗句”

徐志摩（1897—1931年），名章垿，笔名南湖、云中鹤等，浙江海宁人，现代诗人、散文家。徐志摩出身于富商家庭，从小就受到良好的教育，1915年杭州一中毕业后，入上海沪江大学，次年转入北京大学。1918年赴美国学习银行学，后入哥伦比亚大学研究院修政治学。1921年转赴英国，入伦敦剑桥大学当特别生，在这里徐志摩结识了大量作家，并与著名哲学家罗素保持着密切关系，19世纪浪漫主义诗歌对他产生了非常深远的影响，同年开始诗歌创作。1922年回国后，历任北京大学、清华大学教授，印度诗人泰戈尔访华时其担任翻译工作。1923年发起成立“新月社”，并成为主要成员。1925年赴欧洲游历，出版第一部诗集《志摩的诗》，与闻一多、朱湘等人发起新诗格律化运动，为新诗的艺术发展做出了贡献。1927年赴上海，在光华大学、大夏大学任教，并参加创办新月书店，次年任《新月》杂志主

编。在1931年11月19日由南京飞赴北京途中，飞机因大雾在济南附近触山，机毁人亡。徐志摩的主要作品有诗集《志摩的诗》《翡冷翠的一夜》《猛虎集》《云游》，散文集《巴黎的鳞爪》《自剖》《落叶》，小说集《轮盘》，戏剧《卞昆冈》（与陆小曼合写），日记《爱眉小札》《志摩日记》，译著《涡堤孩》《死城》《曼殊斐儿小说集》《玛丽·玛丽》等。

1920年，徐志摩为追随他心中的偶像罗素，来到康桥大学（也就是剑桥大学）求学。作为世界上最顶尖的学府，剑桥大学景色优美，学术气息浓厚，是很多青年人理想中的知识殿堂，徐志摩在这里度过了生命中最为美好的一段时光。在这里，他追求个性解放的人生理想（用他的话说，他成了一个"生命的信徒"，"顽强的个人主义者"即个性主义者），追求"爱，自由，美"的生活理想，追求英国式资产阶级民主的政治思想——"康桥理想"。他如饥似渴地阅读了大量外国著名作品，同时还利用课余时间结识了狄更生、威尔斯等一些著名作家。受他们的影响，徐志摩的思想逐步成熟起来。剑桥也是徐志摩爱的回忆地，刚到英国不久，他就认识了才女林徽因，并且爱上了这位美丽聪敏的少女。尽管这是一段没有结果的恋情，可徐志摩终其一生始终没能忘怀，作为诗人，这段感情也成为他一部分作品的动因。总之，剑桥大学对徐志摩来说意味深远。

后来，离开学校六年的时间里，诗人充满浪漫幻想，爱情却屡遭挫折，这一时期的《翡冷翠的一夜》《最后的那一天》《罪与罚》等一系列诗作，写出了诗人情场上的种种磨难，爱情的酸甜苦辣、喜怒哀乐尽显其中。除此之外，诗人所遭遇的精神上的沉重负担也有所显现。1927年政治风云突变后，一方面，他对国民党的统治表示不满，另一方面，对共产党领导的工农革命运动又心怀恐惧。于是，出版于作者逝世前的《猛虎集》就集中表现了徐志摩十分矛盾的情绪，严酷的现实让一个"生命的信徒"失去了信念，一个个性主义者扭曲了个性，曾是"快乐的雪花"的诗人，变成"卑微"的"残苇"（《卑微》），发出了绝望的叹息。于是当他1928年秋再度游历英国时，在归途中他创作了《再别康桥》，以此来表达自己的无限留恋和依依惜别之情。

《猛虎集》是徐志摩的第三本诗集，也是他生前的最后一本诗集，包括《阔的海》《再别康桥》《黄鹂》《生活》《残破》《我不知道风是在哪一个方向吹》等著名诗篇。1932年，由他人编选的徐志摩的第四本诗集《云游集》得以出版。这两个诗集中收录的诗歌，多数是作者后期的作品。1927年后，徐志摩的思想经过"波折"，一方面，他那资产阶级民主共和国的政治理想完全破灭，另一方面，他对工农革命又感到恐惧和抵触，他的思想陷入深深的矛盾和绝望。他这一时期创作的诗歌，大部分与现实生活脱离，抒写他自己"微妙的灵魂的秘密"。有的诗歌无病呻吟，充满了悲观厌世的情调。而且，他的思想立场与进步的革命潮流相抗衡，他竟不顾诗歌艺术的基本要求，将赤裸裸的政治概念搬入诗中，用来攻击马克思主义和无产阶级革命文学运动。他在极度幻灭和绝望的时候,又仗持尼采的哲学来鼓励自己。在《猛虎集》和《云游集》中,出现了内容和形式很不统一的状况,大部诗歌的内容是空泛和贫乏的,但却越来越追求形式的整饬和美观,在诗行的排列,音韵的铿锵,节奏的明晰,用词的推敲上都较前几个诗集有了变化和发展。对此,茅盾有过很恰当的评论:"圆熟的外形,配着谈到几乎没有的内容,而且这淡极了的内容也不外乎感伤的情绪——轻烟似的微哀,神秘的象征的依恋感唱追求:这些都是发展到最后一阶段的现代布尔乔亚诗人的特色,而志摩是中国文坛上杰出的代表者。"

徐志摩在《猛虎集·序文》中曾经说过,在二十四岁以前,他对于诗的兴味远不如对于相对论或民约论的兴味。正是康河的水,开启了徐志摩的性灵,唤醒了久蛰在他心中的诗人的天命。因此他后来曾满怀深情地说:"我的眼是康桥教我睁的,我的求知欲是康桥给我拨动的,我的自我意识是康桥给我胚胎的。"(《吸烟与文化》)因而《再别康桥》就是《猛虎集》中最著名的代表作:"轻轻的我走了,/正如我轻轻的来;/我轻轻的招手,/作别西天的云彩。//那河畔的金柳,/是夕阳中的新娘;/波光里的艳影,/在我的心头荡漾。//软泥上的青荇,/油油的在水底招摇;/在康河的柔波里,/我甘心做一条水草!//那榆荫下的一潭,/不是清泉,是天上虹;/揉碎在浮藻间,/沉淀着彩虹似的梦。//寻梦?撑一支长蒿,/向青草更青处漫溯;/满载一船星辉,/在星辉斑斓里放歌。//但我不能放歌,/悄悄是别离的笙箫;/夏虫也为我沉默,/沉默是今晚的康桥!//悄悄的我走了,/正如我悄悄的来;/我挥一挥衣袖,/不带走一片云彩。"康桥是美丽的,徐志摩对康桥有着无限的眷恋之情,他用三个"轻轻的",将这种感情真切而生动地表达了出来,连读者的心也伴随着招手的动作变得温柔缠绵起来,他漫步在校园中寻找昔日的梦想,那"金柳""青荇"无不激起他的无限感慨,以至于想要做一条水草永远留在这可爱的康桥。康桥是如此的美好,因为这里曾经留下了徐志摩对文学、对爱情的美好追求,如今重回康桥,虽然物是人非,但那份单纯、美好的感情是不会改变的,当又一次离别在即,诗人无限留恋,在沉默中诗人的灵魂与康桥融为一体,永不分离。《再别康桥》的末节与首节相互呼应,句式一致,只是关键词有所变化,突出了徐志摩空灵飘逸的气质。整篇作品弥漫着缠绵哀婉的情绪,将离愁别绪表达得淋漓尽致,可以说是中国最好的抒情诗之一,徐志摩在对康桥美丽清幽的景色进行描写的同时,抒写了自己的康桥梦。

作为一位著名的抒情诗人,徐志摩将才情、诗情、人情很好地融合在一起,在那个战火纷飞、动荡不堪的社会里,尽管他的诗歌显得不合时宜,但他为中国现代诗歌提供了一种别样的表达方式,其功绩是显而易见的。徐志摩的诗歌具有长久的生命力,这首诗歌当中的童心与默想对于当代一些暴躁不安的年轻人是大有益处的。

三七、《家》——激励青年走上革命道路的战斗檄文

巴金(1904—2005年),原名李尧棠,字芾甘,笔名佩竿、余一、王文慧等,四川成都人,现当代著名小说家,散文家。巴金出生在一个封建官僚地主家庭,从小受到良好的教育。随着“五四”新思潮的不断涌入,巴金也受到了影响,1923年他冲出旧家庭,来到上海、南京求学。1927年赴法国留学,并开始文学创作,处女作长篇小说《灭亡》即在其间发表。次年年底巴金回国后主要从事创作和编辑工作。1930年至1933年出版小说《爱情三部曲》(《雾》《雨》《电》),《家》写成于1931年,在上海《时报》上连载,最初题名为《激流》,在发行单行本时改名为《家》。之后,巴金又于1938年和1940年分别创作了《家》的姊妹篇《春》和《秋》,这三篇作品合称《激流三部曲》。1938年,巴金当选为“文协”理事。抗战爆发后,巴金创作出长篇小说《抗战三部曲》(又名《火三部曲》),以及中篇小说《憩园》《第四病室》和长篇小说《寒夜》,出版了短篇小说集《复仇》《将军》《神·鬼·人》和散文集《海行集记》《忆》《短简》等。新中国成立后,巴金曾任全国文联副主席、中国作家协会主席、中国笔会中心主席、全国政协副主席等职,并主编《收获》杂志,出版通讯报告集《生活在英雄们的中间》、小说集《英雄的故事》和记录“真实思想和真挚感情”的“自审”随笔《随想录》。巴金的作品深受中外读者的喜爱,曾获得意大利“但丁奖”和法国荣誉勋章。巴金于2005年10月17日逝世。

中国现代长篇小说史上三峰并立,茅盾、巴金、老舍各自都创作了不朽的著作,《家》的主题鲜明,以热情澎湃的笔调享誉文坛,奠定了巴金优秀长篇小说作家的地位,成为他的代表作之一。

《家》代表了巴金前期小说创作的最高成就,虽然不能算是他的成熟之作,但作品字里行间所迸发出来的激情,却是很难重复的。也正是基于这一原因,《家》吸引了众多的青年读者,在他们中间产生了巨大影响,激励了大批青年冲破封建家庭的牢笼,走上民主斗争的道路,走向更加广阔的新天地。在最初开始创作《家》的时候,巴金以自己的生活经验为基础,打算写一部反映旧式封建大家庭如何一步步衰落的小说,这样的想法得到了他的大哥李尧枚的支持,李尧枚给了巴金极大的鼓励,因为哥哥一直是巴金精神上和物质上的双重支柱。可就在作品开始在报刊上连载的第二天,巴金刚刚完成第六章的创作,也就是在第六章他第一次正面写到了以李尧枚为原型的高觉新,巴金却收到了哥哥因为家庭问题自尽的消息,这使巴金陷入了极度痛苦之中。他是早已脱离了自己的家庭,可是因为哥哥的缘故,他还和这个旧家庭存在有一丝联系,现在哥哥也故去了,对这个罪恶的家庭巴金再也没有什么留恋的了,他更加把一腔怒火喷泻到笔尖,不仅揭露了封

建专制制度对年轻人的扼杀，更歌颂了年轻一代奋起抗争的激情。

《家》借鉴中国古典名著《红楼梦》的结构方式，以几个年轻人的爱情故事为主线，以“五四”时期的四川成都为背景，揭示了一个封建大地主家庭——高家的罪恶、衰落及其必然灭亡的命运。巴金 1957 年为《家》的英译本写的“后记”中说：“我熟悉我所描写的人物和生活，因为我在那样的家庭里度过了我最初的十九年的岁月，那些人都是我朝夕相见的，也是我所爱过和我所恨过的。”他在“代序”中又说：我要“宣告一个不合理的社会制度的死刑。我要向一个垂死的社会制度来叫出我的‘我控诉’……我要为过去那无数的无名的牺牲者‘喊冤’；我要从恶魔的爪牙下救出那失掉了青春的青年。”

巴金所描写的崩溃中的官僚地主家庭是具有典型意义的。高家祖孙三代人：家中至高无上的统治者，拥有绝对的权威的高老太爷；生活糜烂、精神堕落的“克”字辈的叔父们；在被封建势力吞噬的同时，也逐渐觉醒过来的“觉”字辈的青年一代。在这种家庭中，长一辈曾是前清的官员，下一辈靠父祖的财产过着奢侈闲懒的生活，吃喝嫖赌，无所不为，年轻的一代却想冲出这个活棺材，用自己的双手去创造新天地。五四运动已经发生了，在号称书香门第的名门望族的高公馆里，高老太爷仍然是封建统治的君主，用整个旧礼教作为他专制统治的理论基础，吞噬着青年们美好的理想、纯洁的爱情，残酷地摧残着一个个弱小的生命。但是，这个家庭毕竟已经衰落了，叛逆者冲了出去，封建家族制度和旧礼教必将灭亡。

《家》的情节主要是围绕着觉新、觉民、觉慧三兄弟的活动展开的，其中以觉慧的活动为主。觉慧是在“五四”浪潮的激荡下觉醒的青年叛逆者，他接受了新文化、新思想的洗礼，热情地投入民主运动，参加学生请愿活动，和同学们办报抨击时政，鼓励表姐剪发，热爱光明，追求平等，向往自由，无视封建等级观念而爱恋丫鬟鸣凤。他目睹封建大家庭一桩桩龌龊的勾当和罪恶活动，尤其是鸣凤跳湖自杀，大嫂瑞珏死于非命，他再也不能在这个家里生活下去，终于冲出封建牢笼，寻求新生活去了。觉新是以巴金先生的长兄李尧枚作为原型进行创作的，这是一个典型的出生在封建大家庭里的孝子贤孙，觉新在家里的身份地位特殊，是高家的长房长孙，所以家庭的重担和矛盾往往都集中在他的身上，家中长辈也最为重视对他的封建教育，少年时的觉新也有过希望、理想和抱负，尤其是在学校里他也接受了“五四”新思想，也喜欢看《新青年》这样的读物，但是面对家庭的压力，他一步步妥协退让，最终完全放弃了反抗，成了一个地地道道的多余人，觉新对此是清醒的，可他还是无力自拔，每一次妥协都不过是为了换取一时的安宁。但作揖主义给他换来的只是惨痛的结局，尽管他的觉醒稍显迟缓，在已经丧失了两个最亲近的青年女性之后，觉新才明白家里确实需要一个叛徒，但他毕竟在作品的结尾做出了一定程度的反抗，帮助觉慧逃出了封建大家庭。可以说觉新是中国旧知识分子的代表，他身上的软弱、悲观、颓废正是在过渡文化时带来的苦果。

《家》成功地塑造了以觉慧为代表的“反抗型”人物、以觉新为代表的“妥协型”人物和以高老太爷为代表的“腐朽型”人物，真实地反映出“五四”时期新旧交替的时代特征。小说取得了很高的艺术成就。庞大严密、跌宕有致的情节结构，多层次的对比烘托和多样化的抒情方法，炽烈的情感和富有变化的语言，准确地表达了人物的思想感情和特定时代的历史风貌。巴金在1977年写的《关于〈家〉重印后记》中说：“即使是我的最好的作品，也不过是像个并不高明的医生开的诊断书那样，看到了旧社会的一些毛病，却看不出治病的药方。……我承认：我反封建反得不彻底，我没有抓住要害的问题，我没有揭露地主阶级对农民的残酷剥削，我对自己批判的人物给了过多的同情，有时我因为个人的感情改变了生活的真实。”这是十分中肯的自我批评。

三八、《子夜》——以科学家的眼光剖析社会问题

茅盾(1896—1981年)，原名沈德鸿，字雁冰，浙江省桐乡市乌镇人，现代当代著名小说家、散文家。茅盾十岁丧父，由母亲抚养长大，1913年考入北京大学预科，毕业后因家庭经济困难，没有能够继续学业。1916年8月入上海商业印书馆工作，他接编的《小说月报》是我国现代文学史上第一个新文学刊物。1920年参加上海共产主义小组，次年7月加入中国共产党，成为最早的党员之一。1921年1月与郑振铎、叶绍钧等人共同成立“文学研究会”，这是“五四”时期最重要的文学社团之一。大革命期间，茅盾担任国民党中央宣传部的秘书，毛泽东任宣传部代部长。大革命失败后，开始进行文学创作活动，1927年9月至1928年6月完成《蚀》三部曲(《幻灭》《动摇》《追求》)。1928年7月远赴日本，次年创作长篇小说《虹》。1930年4月回国，不久加入中国左翼作家联盟，加入左联期间，创作了著名的长篇小说《子夜》，以及《林家铺子》《春蚕》等优秀的短篇小说。《子夜》是革命现实主义作品的奠基之作，为现代小说开辟了写民族资产阶级的新领域，也是茅盾的代表性作品。抗战爆发后，茅盾创办了《文艺阵地》刊物。1939年抵达新疆学院，担任文学院院长，并主持当地“文协”工作。1940年返回重庆，之后发表长篇小说《霜叶红似二月花》《腐蚀》，剧本《清明前后》，散文《风景谈》和《白杨礼赞》等。新中国成立后，曾担任国家文化部部长、全国文联副主席、中国作家协会主席等职，是历届全国人民代表大会代表，并著有《鼓吹集》《夜读偶记》等。1981年3月27日病逝于北京。后按其遗嘱将他捐献的二十五万元设立了中国长篇小说创作奖，即现在的“茅盾”文学奖。

茅盾是中国现代文学史上最为著名的一位现实主义长篇小说家。老舍先生同样也以现实主义长篇小说著称，但老舍先生更多展现的是城市中广大下层民众

的悲惨生活及人性的扭曲，茅盾先生则具备一种社会科学家的气质，他想要在自己的作品中为中国社会指明前进的方向，所以他期望用史诗般的宏大叙事结构全方位、大规模地展现社会，来达到自己的目的。茅盾的作品往往场面宏大，人物众多，涉及的社会阶层也相当复杂，有工人、农民、地主、资本家等。如《子夜》，可以说是中国现代文学史上首次将民族资本家作为作品的主要人物进行描写的小说，由此茅盾建立起了一种全新的文学模式，即革命现实主义。反映社会现实不是茅盾的最终目的，在此基础上，他运用理性分析的方法解剖社会现象，点明造成这种社会现象的原因是什么，并得出结论，找出解决问题的办法。

巴尔扎克是茅盾最为喜爱的一位文学家，也对茅盾的文学创作产生了巨大影响，茅盾曾经谈到过自己的一种写作方法："先把人物想好，列出一个人物表，把他们的性格发展以及连带关系等等都定出来，然后再拟出故事的大纲，把它分章分段，使他们连接呼应。"同时，他也指出这种方法其实是从巴尔扎克那里借鉴来的。《子夜》便是用这种方法创作出来的。

《子夜》的创作，与当时的国内外形势有着密切的关联。当时在国民党统治下的中国，完全是半封建半殖民地社会，而托洛茨基分子(简称托派分子)竟在1928年至1929年间挑起了一场关于中国社会性质问题的论战。当时的托派分子歪曲中国社会的性质，认为国民党统治区的资本主义经济已高度发展，为建立资产阶级共和国打下了基础，无须进行反帝反封建的民主革命。他们的诡辩，矛头直指中国共产党领导的新民主主义革命。正是在中国社会性质论战进行得最激烈的时候，茅盾创作了这部长篇小说，它以宏伟的气魄，描写了1930年5月至7月上海民族资产阶级、投机市场、工人阶级以及农民革命运动的情况，题材的广阔性，在现代文学史上是空前的。茅盾曾经谈过它的主题思想："这样一部小说，当然提出了许多问题，但是我要回答的是一个问题，即是回答了托派：中国并没有走向资本主义发展的道路，中国在帝国主义的压迫下，是更加殖民地化了。"(《〈子夜〉是怎样写成的》)

《子夜》的创作是在共产党的干部瞿秋白的参与下完成的，问世后得到了瞿秋白的高度赞扬，认为《子夜》是"中国第一部写实主义的成功的长篇小说"，并且断言"一九三三年在将来的文学史上，没有疑问的要记录《子夜》的出版"。可以说《子夜》凝结了茅盾几年创作的心血。

《子夜》中的故事发生在1930年，讲的是茅盾所熟悉的资本家的生活，这在中国现代文学史上是比较少见的，一般的作品中资本家往往只是作为反面对象出现，或者不过是需要改造的对象，茅盾先生却在《子夜》中给读者塑造了一个有血有肉的真实的民族资本家，当然这其中也包含着一定的阶级分析的眼光。《子夜》中的主人公吴荪甫作为一个实业资本家确实有着很强的能力，他留学德国，具有现代企业管理知识，他刚毅、果断、自信，有着实业救国的雄心，茅盾先生在作品中称他为“二十世纪机械工业时代的英雄、骑士和王子”，然而正是这么一个杰出的人物，却在商业战场上败下阵来，这就不由得使人深思了。他的失败一方面当然是由于自身的原因，比如他非常自负，很少听别人的劝告，表面看来是非常果断的，但其实疑心很重，他想重用屠维岳帮他管理工厂，但又不敢完全信任他，就同时启用一些一事无成，只会捣乱的饭桶对他进行牵制，终于在工潮中导致领导阶层的内乱。当然吴荪甫的失败还有另外一个更为重要的原因，也是茅盾先生想要表达的更重要的一个层面的意思，那就是在这样一个半封建半殖民地的国家里想要发展民族工业是不可能的，也就是说中国是不可能走上一条资本主义的道路的。吴荪甫与赵伯韬斗法就是一个很好的例子，吴荪甫满以为多联合几个民族企业就可以在公债市场上托垮赵伯韬，可没想到的是作为金融买办资本家，赵伯韬背后撑腰的是西方资本主义国家，所以吴荪甫就算是拼尽了全力，最后也只好以失败而告终。茅盾先生的这种创作方法，在中国左翼小说家中产生了很大的影响，此后类似的作品不断涌现，《子夜》的魅力也可见一斑。

《子夜》在对现实生活的提炼和人物冲突的选择上，对五四运动以来的新文学是有所突破的。《子夜》将资产阶级“大亨”的生活描写得非常出色，既是历史真实，也是艺术真实。《子夜》是可以当作形象化的历史教科书来看的。《子夜》在人物的安排与刻画上，采取了向心式与离心式相结合的方法，吴荪甫是一个中心人物，众多人物围绕着他团团转。随着情节的发展，各种人物与吴荪甫的关系，逐渐从向心到离心，终于导致吴荪甫众叛亲离。《子夜》是长篇小说，需要描写大小不同的许多场面，作者采取点面结合的方法，既有概括的指点，也有铺陈的描绘。例如前三章，以吴老太爷的丧事作为核心，让所有重要人物相继亮相；又把重大事件如丝厂的工潮、农民的暴动、组织益中公司、陷入公债市场等，一一加以指点，以后的章节就把这些重要人物和重大事件进一步加以发挥，直到吴荪甫破产为止。整部小说，线索分明，有条不紊。《子夜》的语言不仅是个性化的，也是时代化的，吴荪甫、赵伯韬、屠维岳等人物的语言不仅言如其人，而且在很大程度上也是30年代的语言。可以说，《子夜》一书奠定了茅盾作为语言大师的历史地位。

三九、《雷雨》——对复杂人性进行淋漓尽致的展示

曹禺(1910—1996年)，原名万家宝，祖籍湖北潜江，生于天津，现当代著名剧作家、戏剧教育家。封建官僚家庭的出身，使曹禺幼年得到了良好的教育，对戏剧产生了浓厚的兴趣。1922年入天津南开中学，参加了学校的新剧团。1926年发表处女作小说《今宵酒醒何处》。1928年考入南开大学政治系，次年转入清华大学西洋文学系，期间广泛涉猎欧美文学，尤其是古希腊的悲剧和莎士比亚、契诃夫等

人的戏剧。1933年，即将大学毕业时，创作处女作四幕剧《雷雨》，次年公开发表，大学毕业后入清华研究院做研究生。1935年创作第二部戏剧《日出》，反映了三十年代中国的都市生活，批判了那个“损不足以奉有余”的社会，与《雷雨》一起奠定了其在剧坛上的杰出地位。1936年任教于南京戏剧专科学校，并于同年创作了他唯一一部表现农村生活的戏剧《原野》。抗战爆发后，曹禺迁往四川，继续从事戏剧写作，与宋之的合写《全民总动员》等剧本。1940年出版的戏剧《北京人》，被认为是曹禺创作的高峰。之后，改编巴金同名小说《家》，再一次显示了其戏剧功底。新中国成立后，曹禺先后担任中国戏剧家协会副主席、主席，中国作家协会书记处书记，中国文联委员，北京市文联副主席，《人民文学》《收获》编委，北京人民艺术剧院院长等职，并当选为第五届全国人民代表大会常务委员会委员。作品有戏剧《明朗的天》《胆剑篇》《王昭君》等。

创作《雷雨》时曹禺刚刚二十出头，还是清华大学的学生，作品的出版也几经波折。最初，曹禺将它交给自己的好朋友、《文学季刊》的主编靳以，靳以又将它交给了郑振铎，可郑振铎认为作品写得不好，于是《雷雨》便被搁置了起来。直到第二年巴金从上海来到北平，和靳以住在一起，靳以将剧本拿给巴金看，巴金一下子就被作品感动了，经过他的推荐，《雷雨》才正式发表在1934年出版的《文学季刊》上。可发表之后的《雷雨》并没有引起太大的轰动，直到在日本上演后，经留学生之手又传回国内，才获得了好评，引起轰动，并成为曹禺的代表作，几十年来始终盛演不衰。可以说这是一个需要经过仔细推敲才能理解的作品，甚至作为写作者，曹禺自己也表示过对《雷雨》的不满，认为它的结构“有些太像戏了”，其中有着太多的巧合，感到要想把它讲清楚是十分困难的。《雷雨》的主题说的是人性，人性本就是十分复杂的，因此越是说不清楚，才越能显示出作品的伟大之处。但这样的主题也直接导致了作品的不被理解，从刚开始发表时的寂寞，到引起轰动后对作品的肢解演出，都表明人们解读这部优秀剧作的困惑。直到今天，《雷雨》都没有能够被完整地搬演过，尤其是它的序幕和尾声，至今还没能登上话剧舞台。

作为剧作家的曹禺是伟大的，他为中国现代话剧舞台奉献了五部堪称经典的作品：《雷雨》《日出》《原野》《北京人》和《家》（改编自巴金同名作），奠定了他在戏剧舞台上的独特地位，为戏剧创作开辟了新的途径。

《雷雨》这部四幕剧通过煤矿资本家周朴园制造的家庭悲剧，不仅表现了地主资产阶级的伪善和罪恶，而且比较深刻地反映了社会生活中复杂尖锐的积极对立关系。周朴园是带着浓厚的封建性和买办性的资产阶级代表人物，是半封建半殖民地旧中国的官僚地主和买办资本家的混血儿。剧本的情节是以他为中心展开的。三十年前，他诱骗侍女侍萍，生下两个孩子，为了另娶名门，又把她驱逐出去，留下大孩子周萍，让她抱走才生下三天的奄奄一息的幼子。后来他成为北方一个煤矿的资本家，和他的后妻蘩漪又生下一个儿子周冲，三十年后，侍萍早已嫁给鲁

贵，生下女儿四凤，父女都在周公馆作仆人，她带走的孩子改名鲁大海在周家的煤矿当工人。周萍成为周家大少爷，诱骗了四凤，又和后母蘩漪有乱伦关系，周冲则天真地爱慕着四凤。整个情节集中在二十四小时之内，鲁大海作为罢工工人代表，和周朴园发生了尖锐的冲突，侍萍来到了周公馆，最后他们之间的关系真相大白，四凤与周冲触电身亡，周萍自杀，全剧在雷雨交加的恐怖气氛中结束。

正如鲁迅先生的《阿Q正传》一样，《雷雨》也是说不尽道不明的，它在很多问题上都引起了文坛的关注，如它的戏剧结构问题，作品当中涉及的人性问题等。

《雷雨》的结构是一个封闭式的写作结构，在短短的一天之内(从上午到午夜两点)，两个场景之中(周家与鲁家)，展现了三十余年的人物命运，戏剧中出场的人物也只有八个，而这八个人又都有着亲缘关系，是阴差阳错的命运将他们紧紧纠合在一起，他们每一个人都有着不同的欲望，然而这些欲望又都和现实社会发生矛盾，最后导致人物的灭亡。为了衬托人物对欲望的执着追求，剧本创造了"郁热"这样一个意象，每一个人物出场都感到雷雨将到前的沉重与压抑，作为剧中最具"雷雨"性格的蘩漪，更是直接表示"我简直有点喘不过气来"，所有的这些都暗示一场风暴即将到来。这场风暴的幕后策划者就是侍萍口中的"命运"，正是"命运"捉弄了这群人，而任何人都无法摆脱"命运"的魔掌。两个年轻人相爱，可没想到他们竟然是同母异父的兄妹；一直躲藏的侍萍却又阴差阳错地走进昔日恋人的家中；想要争得幸福的蘩漪，却出乎意外地害死了自己的爱人。最后，所有年轻的一代都死去了，只留下年老的一代品尝命运的苦果。剧作的悲剧性是显而易见的，曹禺在把握这样的题材时也感到了困惑，但正是由于对人生残酷的真实揭露，才使得这部作品成为中国现代文学史上最伟大的作品之一。

同时《雷雨》在艺术上也是成功的，按戏剧创作的"三一律"，整个剧情时间集中在不到二十四小时之内，故事发生在一个城市之中，除了周公馆就是杏花巷鲁家，几个人以各自的动作活动在统一的结构里。这样，结构紧凑，情节紧张，矛盾冲突尖锐，富于戏剧性。全剧八个人物，性格鲜明，栩栩如生，对话经过认真锤炼，生动自然而又含蓄隽永，是20世纪30年代戏剧创作在艺术上获得成果的范本。

四十、《生死场》——蕴涵着粗犷野蛮的生命力

萧红(1911—1942年)，原名张乃莹，笔名萧红、悄吟，黑龙江呼兰区人，现代小说家。她出生在一个地主家庭，幼年丧母，饱受继母和父亲的虐待，祖父对她的呵护，是萧红对于童年唯一的美好回忆，在祖父的支持下，她得以进入县城小学校读书。萧红1927年考入哈尔滨第一女子中学，接受了新思潮的影响，次年因参加反日大游行被学校开除。1930年由于反对家庭包办婚姻，萧红离家出走，之后在青

年作家萧军的帮助下踏上了文学创作之路，并与萧军结合。1933 年自费出版短篇小说集《跋涉》。1935 年其长篇小说《生死场》在上海出版，鲁迅亲自作序，奠定了萧红在文坛上的地位。1936 年东渡日本，次年回国。抗日战争爆发后，先后在上海、武汉、临汾、重庆等地流亡。1940 年到达香港，创作了长篇小说《呼兰河传》《马伯乐》(未完)，短篇小说《小城三月》等。1942 年 1 月 22 日病逝于香港。

萧红作为东北作家群的杰出代表，为读者贡献了一幅幅“北方人民的对于生的坚强，对于死的挣扎”的“力透纸背”的图画，格调凄楚幽愤，风格清新动人。其小说创作带有散文化的倾向。

萧红的一生是短暂而凄凉的，尽管出生在一个地主家庭，生活优裕，可幼年丧母的经历使萧红对爱有着不同的体验与理解，父亲是个严厉的人，无情的家庭生活使萧红备受煎熬，终于在父亲逼迫她嫁给一个旧军官的儿子的时候，萧红选择了离家出走，从此她踏上了居无定所的日子。在结识了作家萧军后，萧红开始了写作生涯。但她的生活并没有就此改观，与萧军共同生活了六年由于感情问题两个人各奔东西，之后萧红又和年青的作家端木蕻良走到了一起。端木蕻良是个事事都要别人操心的人，萧红背负着沉重的生活压力，跟随端木蕻良四处漂泊，而一次在重庆码头的意外使萧红失去了尚在腹中的孩子，从此她的身体每况愈下，脾气也变得暴躁易怒。

现实恶劣的生存条件使萧红的作品缺乏女性的温婉与细腻，取而代之的是对生命内在张力的展示，不同于五四运动之后知识分子在面对乡村时所显示出来的启蒙精神，萧红总是在作品中对旧中国的农村的原始生活方式进行赤裸裸的描摹，这既不是对愚昧的批判，也不是对野蛮的歌颂，而是体现了萧红对生命的理解。萧红曾经谈到过她与鲁迅之间的区别：“鲁迅以一个自觉的知识分子，从高处去悲悯他的人物。……我开始也悲悯我的人物，他们都是自然的奴隶，一切主子的奴隶。但写来写去，我的感觉变了。我觉得我不配悲悯他们，恐怕他们倒应该悲悯我咧！悲悯只能从上到下，不能从下到上，也不能施之于同辈之间。我的人物比我高。这似乎说明鲁迅真有高处，而我没有或有的也很少……这是我和鲁迅不同处。”可惜的是这位极具才华的女作家仅仅活了三十多个春秋便英年早逝。

萧红在短暂的一生中一直致力于在作品中给广大读者展现旧中国农村的生活图景，以及其中所蕴含的粗犷野蛮的生命力。这种生命力的蛮性在《生死场》中得到了最好的展示。

中国现代文学发展到 20 世纪 30 年代，知识分子启蒙精神的传播受到了很大的阻力。在这种情况下，知识分子不可能永远处于茫然无措的状态中，于是这时的很多知识分子，包括鲁迅在内都在思考以知识分子启蒙精神为特征的文学如何真正跟它的启蒙对象——中国的民众结合起来，而此时崛起的一批新生代作家，以自己的创作实践很好地解决了这个问题。这批作家大多来自于中国民间和社会底层，他们包括老舍、沈从文、萧红、艾芜等。萧红来自开阔和粗犷的北方，坎坷的生活经历和敏感的内心，使得她的文字非常贴近中国存在的现实。中国的民间生活在一般启蒙者的眼里始终处于封建的、野蛮的、落后的、愚昧的状态，是启蒙的对象，是不合理的所在，是应该被消灭的。可是在萧红这样的真正的启蒙者看来，中国的民间那么愚昧、落后、糟糕，可是，它没有被淘汰，还在顽强的生存，那么这肯定有其存在的合理性。她就是要在自己的作品中找到中国民间之所以顽强存在的原因。萧红凭着她对民间世界的了解和对底层人的情感，以她特有的艺术直觉，写出了民间生活的自在状态。

《生死场》原名《麦场》，后由胡风改名为《生死场》，是以萧红为笔名的第一部作品。《生死场》以沦陷前后的东北农村为背景，真实地反映旧社会农民的悲惨遭遇，以血淋淋的现实无情地揭露日伪统治下社会的黑暗。同时也表现了东北农民的觉醒与抗争，赞扬他们誓死不当亡国奴、坚决与侵略者血战到底的民族气节。《生死场》的发表，符合时代的要求，呼唤民族意识的觉醒，对坚定人民抗击日本侵略的斗志起到了很大的鼓舞作用。萧红在作品中大胆地反映了人民的要求和愿望，抒发了她对祖国和人民的热爱，表现了强烈的爱国主义思想。

《生死场》是一篇能给人极大震撼的作品，它并不像“五四”时期的作品，当时的多数知识分子仅仅站在一种启蒙主义的立场上批判中国民间的愚昧与落后，但在萧红的笔下不仅有人从麻木到反抗的启蒙眼光，而且也写出了人的自在生活状况，正如胡风所说，这里的人们“蚁子似地生活着，糊糊涂涂地生殖，乱七八糟地死亡”，而这正是广大中国民间的真实写照。这里的生活是非常残酷的，比如金枝和她的母亲，母亲爱女儿这是人之常情，可是当金枝摘柿子，不小心将青柿子摘下来的时候，她的母亲生气了，就用脚去踢她，对于这种情况萧红是这样解释的：“母亲一向是这样，很爱护女儿，可是当女儿败坏了菜棵，母亲便去爱护菜棵了。农家无论是菜棵，或是一株茅草也要超过人的价值。”于是人的生生死死也就变得微不足道了，就有了王婆详详细细地向人们讲述她的孩子是如何被摔死的：“血在冒着气从鼻子流出，从嘴也流出，好像喉管被切断了。我听一听她的肚子还有响；那和一条小狗给车轮压死一样。”就有了成业因为孩子哭闹而把孩子给摔死了。作品中到处充满着令人窒息的血气。萧红并不是为了炫耀才这样来处理题材，她是为了写出人的真实生活状况，在如此蛮荒的土地上难道就没有爱的存在吗？答案是否定的，只不过爱是以另外一种方式展现的。比如作品的第三章“老马走进屠场”，王婆的内心是如此凄凉与悲痛，一匹马儿耗尽一生的心力为主人拼命劳作，然而到老，因为没了气力只有送进屠场去换一张皮的钱，可这钱最后也落在了地主手里，这些马在农民眼里，不光是他们谋生的工具，更是他们的伙伴，他们的家庭成员，于是当二里半听说马要被送进屠场，他不仅悲痛，而且还“痉挛”，而老马对自己的主人也表现出无限留恋，甚至跟着王婆又走出了屠场，它想回家。萧红正是凭着这看似粗陋的笔写尽了中国民间真实的生活图景。

四一、《边城》——为读者创造了一个人性的世外桃源

沈从文(1902—1988年),原名沈岳焕,笔名休芸芸、炯之、小兵、甲辰、懋琳、上官碧等,湖南凤凰县人,苗族,现代小说家、散文家、历史文物研究家。沈从文出生在旧军人家庭,身上流有苗族、汉族、土家族的血液,独特的家乡人文环境,为他日后的创作储备了丰富的材料。十四岁高校毕业后,按照当地风俗,沈从文入伍,担任下级军官,目睹湘兵的雄武和杀戮的惨景,反而激起了他心中对于美好事物的向往。沈从文1923年离开湘西,来到北京,原打算进大学读书,但没有成功,于是开始用"休芸芸"的笔名进行创作,在穷困潦倒时得到郁达夫的鼓励和帮助。1928年与胡也频、丁玲在上海创办了《红黑》月刊,并参加了新月社,先后在上海、青岛的高校教授写作。如沈从文般自学而达到在大学任教的人,在中国文坛上恐怕绝无仅有。在高校任教期间,他坚持创作,其作品主要表现湘西的风土人情。中篇小说《边城》的发表奠定了他在文坛的独特地位,使其成为"京派"的代表作家。抗日战争期间,沈从文赴昆明国立西南联合大学任教,抗战胜利后,在北京大学执教。1949年后,在中国历史博物馆和中国社会科学院历史研究所工作,主要研究出土文物、工艺美术图案和中国古代服饰。1988年逝世于北京。

沈从文一生以"乡下人"自居,为中国文坛构筑了一个梦幻般的"湘西世界",坚持发掘这个特异世界的自然美、人性美,他的作品始终与现实政治保持一定的距离,追求恬淡、自然的风格。在文学体裁方面他也做出了巨大的贡献,他创造了一种文化小说,被人称为"文体作家"。其代表作主要有中篇小说《边城》、长篇小说《长河》和散文集《湘行散记》《湘西》。

沈从文也许是中国现代文学史中第一个有着自觉的民间立场的作家,他有意地避开文学与政治、时代之间的联系,执拗地将笔停留在相对封闭的空间里,这是和沈从文的人生经历有着很大联系的。

沈从文出生地湖南凤凰县,地处湖南、贵州、四川三省交界处,是一个少数民族聚居地,特异的地理环境、风土民情造就了沈从文独特的文风,他熟悉那里民众的生活,并深深热爱着这片土地,所以尽管此后的生活发生了巨大的改变,沈从文却一再声称自己是个"乡下人","我实在是个乡下人……乡下人照例有根深蒂固永远是乡巴佬的性情,爱憎和哀乐自有它独特的式样,与城市中人截然不同!他保守,顽固,爱土地,也不缺少机警,却不甚懂诡诈。"出身行伍家庭,使得沈从文从小就看惯了湘兵的威武雄壮,十四岁沈从文就踏上了从军的道路,这样的生活经历也使他过早的接触到生活的残酷,他曾经在芷江的乡下四个月看杀人一千,在怀化镇一年多看杀人七百,据他回忆,小的时候就隔江看杀人,江面上漂浮着被杀

人的肢体。然而这些并没有改变沈从文对美好人性的执着追求，反而在他的作品中，我们看到的更多是一个作家对民间生命美的由衷歌赞，在他的笔下极少暴露人性中的丑陋面，在这片未受所谓的现代文明熏染的土地上，人们所表现出来的更多的是朴实、自然、强悍的生命力。

《边城》创作于1933年至1943年之间，当时沈从文刚刚和张兆和结婚，住在北平的一个小院落里。这个不起眼的小院落却诞生了两部名作，一部是沈从文的《边城》，而另外一部是巴金的《雷》。

《边城》通过讲述湘西边境酉水流域一个名叫茶峒的小山城发生的一个曲折动人的爱情故事，展现了那一带秀丽的自然风光，古老的生活风习，忠厚、朴实、善良、诚挚、豪爽的民性，形象地表现了作者追求自然美和人性美的理想。《边城》寄托着沈从文"美"与"爱"的美学理念，是他的作品中最能表现人性美的一部。这部小说通过对湘西儿女翠翠和恋人傩送的爱情悲剧的描述，反映出湘西人民在"自然""人事"面前不能把握自己命运的惨痛事实。翠翠是如此，翠翠的母亲也是如此，她们一代又一代重复着悲痛而惨淡的人生，却找不到摆脱这种命运的途径。沈从文通过《边城》这部爱情悲剧，揭示了人物命运的神秘，赞美了边民淳良的心灵。关于《边城》的主旨，用沈从文自己的话说就是，"我要表现的本是一种'人生的形式'，一种'优美、健康、自然'而又不悖乎人性的人生形式"。《边城》以撑渡老人的外孙女翠翠与船总的两个儿子天保、傩送的爱情为线索，表达了对田园牧歌式生活的向往和追求。这种宁静的生活若和当时动荡的社会相对比，简直就是一块脱离滚滚尘寰的"世外桃源"。在这块"世外桃源"中生活的人们充满了原始的、内在的、本质的"爱"。正因为这"爱"才使得川湘交界的湘西小城、酉水岸边茶峒里的"几个愚夫俗子，被一件普通人事牵连在一处时，各人应得的一份哀乐，为人类"爱"字作一度恰如其分的说明。《边城》正是通过抒写青年男女之间的纯纯情爱、祖孙之间的真挚亲爱、邻里之间的善良互爱来表现人性之美的。作者想要通过翠翠、傩送的爱情悲剧，去淡化现实的黑暗与痛苦，去讴歌一种古朴的象征着"爱"与"美"的人性与生活方式。翠翠与傩送这对互相深爱着对方的年轻人既没有海誓山盟、卿卿我我，也没有离经叛道的惊世骇俗之举，更没有充满铜臭味的金钱和权势交易，有的只是原始乡村孕育下的自然的男女之情，这种情感像阳光下的花朵一样，清新而健康。作者不仅对两个年轻人对待"爱"的方式给予了热切的赞扬，而且也热情地讴歌了他们所体现出的湘西人民行为的高尚和灵魂的美。

《边城》是一部不是悲剧的悲剧，以其淡淡的田园牧歌式的笔调著称于文坛，这里所有的一切都按照自然的状态安安静静地自由发展，人性美被发挥到了极致。老祖父在渡口撑着渡船，虽然清贫，但他安贫乐道，从不肯收取别人的钱财，当有人一定要留下钱物，他或者追上去一定要归还，或者将钱买些茶叶、烟草供过渡人用，这里人与人之间的关系是如此纯净透明，叫人感到宛如来到了君子国度，而翠翠无疑是这种美好人性的集中代表。她是老祖父唯一的亲人，长养在风日里，皮肤黑黑的，尤其是一对眼睛，因为“触目为青山绿水”，所以“清明如水晶”，是自然陶冶了她，她“从不想到残忍事情，从不发愁，从不动气”，是那么自然天成。可是正如一盏清茶，香气四溢，然而饮到口中却有一丝淡淡的苦味，“美丽总是使人忧愁”。一对年青的兄弟同时爱上了这个自然的宠儿，可由于种种误会，老大天保在一次事故中丧命，老二傩送因为哥哥的原因也远走异乡，老祖父由于替翠翠担忧怀着遗憾离开了人世，只留下了翠翠独自撑着渡船，等待着那个“也许永远不会回来了，也许明天回来”的人。

这篇小说集中表现了沈从文创作的恬淡优美的艺术风格，写人、叙事、状物都是在自然平淡中显露神奇异彩。作品具有显著的民族化特色，所描绘的边城风俗，如端午、中秋、过年的盛会，尤其是端午节赛龙舟，极真切地反映了湘西的风俗。作品所描写的爱情故事，求爱的“走车路”和“走马路”的特有方式，都是民族化的。作品的语言古朴、清新、含蓄、自然，显示了沈从文驾驭文字的深厚功力。

沈从文有着自觉的文体意识，《边城》就是这样一篇试验性的作品，这种浪漫抒情小说的文体也影响到后来的一部分作家，尤其是沈从文的学生汪曾祺，在当代文坛中汪曾祺继承了沈从文的对人性美的歌颂的情怀。

四二、《大堰河》——来自狱中的爱国呐喊

艾青(1910—1996年)，原名蒋海澄，浙江金华人，现代诗人。艾青出生在一个地主家庭，因遭父母厌恶，他被送往贫苦农民家庭抚养，这样的生活经历，使艾青对农民怀有深厚的感情。艾青于1928年考入杭州国立西湖艺术院绘画系，次年春赴法国留学，在巴黎过了“精神上自由、物质上贫困的三年”。1932年回国，并于同年5月在上海加入中国左翼美术家联盟，创办“春地画会”，得到了鲁迅先生等人的支持，但他也因此获罪，被国民党逮捕入狱。在狱中，艾青经过痛苦的思想挣扎，将画笔换成了诗笔，开始了文学创作，继续心中的呐喊，连续从狱中寄出《芦笛》《透明的夜》《巴黎》《马赛》等佳作，而其中最著名的当推《大堰河——我的保姆》，这篇带有自传性质的成名作首次使用了艾青这个笔名，为艾青赢得了很高的声誉。1935年10月艾青释放出狱后，开始了他的文学生涯，次年在友人的资助下出版第一本诗集《大堰河》。抗战爆发后，写有《北方》《向太阳》《火把》等九本诗集。1941年到达延安，任教于鲁迅艺术学院，并被选为延安文艺界抗敌协会理事，新中国成立后任中国作家协会副主席、中国美术家协会理事、国际笔会中国中心副会长等职，参加第一届政治协商会议。“文革”开始后被下放到东北国有农场、新疆生产建设兵团垦区。“文革”结束后，艾青“得到了第二次解放”，出版诗集《归

来的歌》《彩色的诗》等。1996 年病故。

作为现实主义诗人，艾青对中国新诗的发展做出了巨大的贡献，他也赢得了众多读者的喜爱，他的作品被译成多国文字流传，享有“中国诗坛泰斗”的美誉。1985 年 3 月，艾青被法国授予文学艺术最高勋章。

艾青在多年的诗歌创作中开拓了属于自己的诗歌意象：“土地”与“太阳”。在“土地”的意象中，人们可以清楚地感受到诗人对祖国、对人民深沉的爱；而在“太阳”的意象中，诗人表达了对光明、理想和美好生活的追求。他的作品总是充溢着一种“农民的忧郁”，这根源于他的个人经历。但忧郁并不等于消极，同时存在于作品中的力感也是引人注目的因素之一。艾青的作品潜藏着巨大的激发性和战斗性，像号角、像战鼓、像雷电，始终激励人们勇往直前。1980 年以后的艾青虽然在诗意上没有取得新的突破，但他的作品却带动了一批老诗人重新投入火热的诗歌创作活动中来。

1936 年出版的第一本诗集《大堰河》，收录了艾青在狱中创作的九首诗歌，以深沉的感情和新颖的风格，表现出了忧郁的情绪与力感，受到人们的喜爱。艾青的忧郁是和广大人民的命运紧紧相连的，体现出时代特点。旧中国的人民处在社会的最底层，过着牛马不如的生活，只能得到最少的生活资料。诗人出于对农民生活的理解和同情，切齿痛恨着自己的阶级，并且选择了背叛，始终站在斗争的最前列，用笔书写着对不公时代的抗争。

《大堰河——我的保姆》是诗集中最优秀的一首。诗人艾青刚刚踏上诗坛，在进行诗歌创作的时候最先进入他眼帘的当然是他最熟悉的自身生活经历，从小就被父母送到贫穷的农妇家里寄养，使得艾青对农民有着深切的关怀与同情，同时也对社会的不公现象有着由衷的愤恨与反抗精神。艾青以真挚虔诚的心，怀念和赞美养育了自己的保姆——大堰河，并为她受尽人间凌辱的悲苦命运抒发着愤懑和不平。诗中不仅对一个贫苦的劳动妇女充满了诚挚的同情，也对中国农村的遭遇寄予了深沉的关切。农村的生活正在激变，艾青的思想感情也早已起了变化，对于其出身的地主家庭，他如“新客”那样隔膜，而对于农村的受苦人，他却“是比六七年前更要亲密”。《大堰河——我的保姆》全诗共十三节，在第一、二节中，诗人先交代了他与大堰河之间的关系，大堰河是个没有自己名字的穷苦农妇，“她的名字就是生她的村庄的名字”“她是童养媳”，尽管如此，她却给了一个不同于自己阶级的孩子最深沉的爱，“我是地主的儿子；/也是吃了大堰河的奶而长大了的/大堰河的儿子”。因为得到大堰河的哺育，诗人与农民阶级是骨肉相连的。第三节至第十节诗人采用直接对话的方式追述了大堰河不幸的一生：“大堰河，今天我看到雪使我想起了你：/你的被雪压着的草盖的坟墓，/你的关闭了的故居檐头的枯死的瓦菲，/你的被典押了的一丈平方的园地，/你的门前的长了青苔的石椅，/大堰河，今天我看到雪使我想起了你。/你用你厚大的手掌把我抱在怀里，抚摸我；/

在你搭好了灶火之后,/在你拍去了围裙上的炭灰之后,/在你尝到饭已煮熟了之后,/在你把乌黑的酱碗放到乌黑的桌子上之后,/在你补好了儿子们的为山腰的荆棘扯破的衣服之后,/在你把小儿被柴刀砍伤了的手包好之后,/在你把夫儿们的衬衣上的虱子一颗颗地掐死之后,/在你拿起了今天的第一颗鸡蛋之后,/你用你厚大的手掌把我抱在怀里,抚摸我。”大堰河的不幸一方面是历史的原因。自古妇女就过着牛马不如的日子,但更重要的则是时代的原因,在那样一个黑暗的年代里,所有的农民都备受欺凌与压迫,农民们忍饥挨饿,地主们却过着奢华的生活,睡床上是金色的花纹,檐头上挂着“天伦叙乐”的牌匾,衣服上有丝的和贝壳的纽扣,吃的是碾了三番的白米饭,可面对这些物质的享受,诗人却困惑了,因为“我做了生我的父母家里的新客了”“我是这般忸怩不安”,诗人所熟悉的是农民的生活和农民的爱,因而诗人能够深深地体会到大堰河的内心世界,大堰河在经历了几十年的痛苦生活后终于离开了人世,可遗憾的是她深爱的乳儿却不在她的旁侧。第十一节至第十三节诗人怀着低沉、哀婉而又激愤的情绪向大堰河描述了她死后家里的情景,几个儿子或做了土匪,或死在炮灰里,或在师傅和地主的叱骂声里度过艰难的岁月,或在狱中写着对不公道世界的“咒语”。《大堰河——我的保姆》的语言是艾青一贯追求的散文化的语言,艾青非常强调用现代口语来写新诗,使得作品明白、晓畅,保证了诗歌的形象性与亲切性。

此外,艾青的国外生活,也在诗集中留下了纪录。《马赛》《巴黎》等诗,虽也略带依恋,但更主要的却是充满了对资本主义文明的揭露和诅咒。

《大堰河》诗集中所表现出的对于农村劳动人民的热爱,发自内心的亲近他们的要求,以及对于剥削阶级的憎恶和决裂,对于资本主义社会的怀疑和批判等,正可以说是艾青过往生活和感情的总结,也是艾青新的生活、思想和创作道路的起点。如同生活道路是艰辛而不平坦的一样,艾青并没有为自己的创作安排恬适的途径。在那“芦笛也是禁物”(《大堰河·芦笛》)的黑暗环境中,他给自己的诗歌定下的最初的基调,便是“给予这不公道的世界的咒语”(《大堰河·大堰河——我的保姆》)。几年后,艾青曾这样谈起那些年代的诗歌创作:“一些诗人是更英勇地投身到革命生活中去,在时代之阴暗的底层与艰苦的斗争中从事创作,他们的最高要求,就在如何能更真实地反映出今日中国的黑暗的现实。”(《诗论·诗与时代》)艾青的诗集《大堰河》以及他日后的创作,也正是这样的。

四三、《骆驼祥子》——展现了北平人力车夫残酷的生存画面

老舍(1899—1966年),原名舒庆春,字舍予,笔名老舍、絜青、鸿来、非我等,满族人,现当代小说家、戏剧家。老舍出生在北京西城一个贫民家庭,随着父亲的病

逝，一家人的生活更加困苦，这样的生活使老舍更加能够体恤下层人民的艰辛。直到1918年，老舍毕业于北京师范学校，到北京、天津分别任小学校长和中学教师后生活条件才有所改善。1923年5月创作第一篇短篇小说《小铃儿》。1924年赴英国伦敦大学亚非学院任讲师。留英期间，阅读了大量英文作品，并先后创作长篇小说《老张的哲学》《赵子曰》《二马》。1926年加入文学研究会。1930年回国后在齐鲁大学和山东大学任教。三十年代是老舍创作的鼎盛期，1935年创作中篇小说《月牙儿》，1936年至1937年间创作长篇小说《骆驼祥子》。1938年中华全国文艺界抗敌协会成立，老舍被选为理事兼总务部主任，主持文协的日常工作。1939年至1948年间，创作长篇小说《火葬》《四世同堂》，剧本《残雾》等。1946年3月应邀赴美国讲学，继续从事文学创作。1949年底回国，国内的新生活使老舍的创作热情高涨，总结前期创作经验，他认为戏剧比较起小说来更能满足当时读者的文化需求，于是开始大量创作话剧，写有《方珍珠》《龙须沟》《春华秋实》《茶馆》《西望长安》等作品，并因《龙须沟》被北京市人民政府授予"人民艺术家"的光荣称号。此外，老舍还担任过中国文学艺术界联合会副主席、中国作家协会副主席、北京市文联主席等职。"文革"初期，老舍受到残酷批斗，于1966年8月24日在北京太平湖自尽。

老舍作品大多描写社会底层人民生活，语言以幽默见长，极富地方色彩，因而具有"当代语言艺术家"的美誉。此外，其作品常以北京作为故事背景，描写京津地区的风土人情，具有很高的民俗学价值，是"京味"小说的源头。为纪念老舍，其北京故居已被改建为"老舍纪念馆"。

老舍创作《骆驼祥子》经历了一个长时间的准备过程。此前，老舍的正业一直是教书，从北京师范学校毕业后，老舍先是做了小学校长，之后又升为劝学员，有了固定的、较为丰裕的生活。但与一些从西洋留学回来的知识分子不同，老舍自幼生活在北平的大杂院里，对社会底层人民的生活相当熟悉。这样的生活经历导致老舍作品中的人物大多来自北平的大街小巷，即使生活在山东、欧洲、新加坡等地的人物，尽管生活环境有所不同，可他们所使用的语言，所采取的生活方式都还保留着浓重的北京文化色彩。长期的教书生涯使老舍产生了厌倦情绪，于是他想要专门从事写作，《骆驼祥子》便是这样的一篇尝试之作，"这本书和我的写作生活有很重要的关系。在写它以前，我总是以教书为正职，写作为副业"，"《骆驼祥子》是我作职业写家的第一炮。这一炮要放响了，我就可以放胆的作下去，每年预计着可以写出两部长篇小说来。不幸这一炮若是不过火，我便只好再去教书，也许因为扫兴而完全放弃了写作"。为了这部作品能够成功问世，老舍做了大量的准备工作，搜集了相当完备的资料，在作品的开篇老舍更是详细向读者介绍了北平人力车夫的状况。《骆驼祥子》以其深广的悲剧意蕴，为老舍赢得了极高的声誉，成为他的扛鼎之作。老舍也曾经对人谈起"这是一本最使我自己满意的作品"。

从此老舍也踏上了职业作家的道路。

《骆驼祥子》以20世纪20年代军阀统治下的北平为背景，通过描写人力车夫祥子顽强奋斗而最后却在黑暗社会的压迫和腐蚀下沦于堕落的悲剧，为我们讲述了一个从农村来的小伙子在城市里如何一步步沦为个人主义末路鬼的故事。从表面看来这似乎是个批判旧社会黑暗的作品，但细读下去便会发现其更深层的意蕴则在于揭示人性的异化与扭曲，展示老舍小说“批判国民性弱点”的总主题。

祥子刚到城市里来的时候是个壮实、善良，有着极强生命力的人，他充满着自信，他的自信来自于对自己身体的热爱，“他的铁扇面似的胸，与直硬的背；扭头看看自己的肩，多么宽，多么威严！杀好了腰，再穿上肥腿的白裤，裤角用鸡肠子带儿系住，露出那对‘出号’的大脚！是的，他无疑的可以成为最出色的车夫；傻子似的他自己笑了”。这个时候的祥子对生活有希望、有奔头，他渴望通过自己的劳动能买上一辆人力车，过幸福的日子，就如同乡间人想要拥有自己的土地一样，祥子认为有了车就有了可以生存的一切，然而，祥子的希望却一次次破灭，第一次买来的车被兵匪抢去，为第二辆车攒的钱被孙侦探抢走，而依靠虎妞的帮助买下的第三辆车则因为虎妞的葬礼又被出卖，祥子彻底对生活绝望了，他变得好吃懒做、偷奸耍滑、无恶不作，尤其是当他为了钱把一个所谓的“革命者”出卖之后，祥子作为人已经死去了。可是祥子的悲剧仅仅是黑暗的社会造成的吗？答案显然是否定的。我们再回过头来看看最初的祥子，他的性格其实本就隐含着悲剧因素，比如他不合群、死命赚钱、自私、不得哥们，而这些性格弱点在那样一个社会环境里愈演愈烈，最终导致他走向了末路，这个人物的悲剧是值得人深思的。

围绕着对祥子的描写，小说还刻画了另外一些人物。如：残忍霸道、剥削成性，甚至对自己的女儿也无情无义的车厂老板刘四；辛苦一生、对旧社会有清醒认识的人力车夫老马；自暴自弃、醉生梦死、打老婆、逼女为娼的二强子；勤俭要强、心地善良、为养活弟弟被迫出卖自己的小福子；热情正直的曹先生；狡猾狠毒的孙侦探；放荡无耻的夏太太等。其中以虎妞的形象最为成功，虎妞既有剥削阶级的本性，好吃懒做、荒淫放荡、令人厌恶，又因被刘四耽误了青春，使人同情。从本质上来说，虎妞也是一个受害者。由于父亲刘四的专横自私，耽误了她的青春，三十多岁还没有出嫁，形成了她变态的心理。但她要从祥子健壮的体魄中夺回失去的一切，她的“爱”显得泼野恣肆，令祥子难以接受。更重要的是，她与祥子的人生道路根本是不同的，虎妞始终都幻想着有一天搬回车厂去继承父亲的财产，而祥子却始终坚持着做一个自由车夫的质朴理想。虎妞控制家庭经济的专横使祥子感到自身的渺小，因而虎妞成为了祥子人生道路上的一个灾难。

《骆驼祥子》以祥子的奋斗、挣扎以及沉沦、堕落的过程为线索，情节单纯，结构严谨。在行文上，采用了中国传统的讲故事的叙述笔法，将叙述、描写、议论相结合。这样，既便于揭示人物的心理状态，又便于抒发作者的认识和感受。老舍在这篇作品里也充分展示了自己的语言才华，原汁原味的北京口语也为老舍赢得了“语言大师”的称号。

四四、《上海屋檐下》——刻画日常生活中普通人的性格

夏衍(1900—1995 年)，原名沈乃熙，字端先，祖籍河南开封，生于浙江省余杭县(今浙江杭州)，现当代剧作家。1921 年赴日本留学，开始接触马克思主义。1927 年因参加进步文艺活动，被驱逐回国，后加入中国共产党，从事工人运动。1930 年发起成立“中国左翼作家联盟”，并当选为执行委员。同年，与郑伯奇等人创办上海艺术剧社。1935 年 2 月第一次用“夏衍”的笔名发表短篇小说《泡》。1940 年创作报告文学《包身工》，多幕话剧《赛金花》《自由魂》。1937 年发表剧本《上海屋檐下》，奠定了夏衍在剧坛上的地位，是其代表作。抗战爆发后，被选为“文协”理事，在上海、广州、桂林、香港主办《救亡日报》《华商报》，创作《心防》《法西斯细菌》《离离草》等剧作。新中国成立后，先后担任文化部副部长、中国文学艺术界联合会副主席等职。曾将《祝福》《春蚕》《林家铺子》《在烈火中永生》等作品改编成电影剧本。“文革”期间，过着被监禁的生活。“四人帮”粉碎后，得以平反。1994 年 10 月，被国务院授予“国家有杰出贡献的电影艺术家”荣誉称号。1995 年 2 月 6 日，逝世于北京。

夏衍是中国左翼剧坛上最为杰出的一位剧作家。在刚刚开始戏剧创作的时候，夏衍写作的重心在一些传奇人物身上。如 1936 年的“讽喻史剧”《赛金花》和随后的历史剧《秋瑾传》(原名《自由魂》)等，都“很简单地把艺术看作是宣传的手段”：创作是为了“在那种政治环境下表达一点自己对政策的看法”，写《赛金花》“是为了骂国民党的媚外求荣”，写《秋瑾传》“也不过是所谓‘忧时愤世’”。于是作品中的人物成了时代政治的传声筒，这种创作倾向在当时的左翼文坛上是普遍存在的。作为一个优秀的剧作家，夏衍对此也有所察觉，为此他陷入了深深的苦恼中。直到看到曹禺的剧作，夏衍才看到了希望，通过认真的学习，夏衍的创作风格出现了明显的转变。1937 年 4 月，他创作了一生中最重要的作品《上海屋檐下》，他开始把笔墨集中在对日常生活中普通人物性格的刻画，他们不再是历史当中富有传奇经历的英雄，他们不过是普普通通的小人物，有着自己的悲欢离合、喜怒哀乐，他们是“被侮辱与被损害”的一群人，用自己的努力与命运抗争。夏衍曾把他的这些剧作集合在一起，取名《小市民》，其中包括《都会的一角》《中秋》《重逢》(即《上海屋檐下》)、《赎罪》和《娼妇》。《上海屋檐下》也与时代政治保持了一定的联系，作品的写作时间正是“西安事变”后不久，国民党政府被迫释放了一批长期关押的共产党人和其他政治犯，而作品中出现的刚刚从狱中归来的革命者匡复是这

一历史事件的反映。从《上海屋檐下》开始，夏衍创作中的现实主义倾向有了加强，艺术意识开始觉醒，戏剧艺术取得了可喜的成就。真实性是夏衍现实主义戏剧艺术的基本特征。他遵循真实的原则，善于选取平凡的人物和普通的日常生活，来展示时代的风貌，自然、平实地再现生活的本来面目，给人一种真实、亲切之感。

《上海屋檐下》是夏衍戏剧走向成熟的标志性作品。作者选取上海里弄普通五户人家的悲欢离合，在同一舞台上同时展示，显示了他高超的艺术技巧，“不幸的家庭各有各的不幸”，夏衍将时代特征浓缩在这五个不幸的家庭之中，更揭示出社会黑暗的普遍性。二房东林志成、杨彩玉一家和革命者匡复之间的爱情纠葛，是全剧的主线。

林志成是一个工厂的下级职员，由于不被重用而牢骚满腹，终日闷闷不乐。杨彩玉原是个大胆的恋爱至上的理想主义者，为了和革命者匡复结合而抛弃了家庭。匡复为革命被捕入狱后，一直杳无音信，杨彩玉在万般无奈的情况下只好和他的好朋友林志成同居，然而匡复却突然出现，使三个人陷入情感的危机当中，匡复渴望同分离十年之久的妻子、女儿重逢，但长期的牢狱生活损害了他的健康，他想复婚，但又不愿破坏林志成和杨彩玉的平静生活，经过极度痛苦的思想斗争，匡复不辞而别，重新投入时代的洪流，从这个故事我们可以看到革命者和工厂小职员的悲哀；小学教员赵振宇尽管乐天知命，可是他那微薄的薪金难以维持一家四口的温饱，家庭生活窘困的现状也时时在困扰着他，他的妻子也整日牢骚满腹，但他却依然安贫乐道，与世无争；亭子间住着的黄家楣一家人，尽管老父亲把自己的所有血汗钱都用来供黄家楣上学，黄家楣也终于大学毕业，可是耿直的性格使他在复杂的大都市里找不到工作，老父亲以为儿子有了出息便从乡下赶来看望他，黄家楣害怕父亲知道真实情况，于是将家中的物品一一典当招待老父亲，可细心的老父亲还是发现了事情的真相，托故回乡，临走时还把自己随身所带的一点血汗钱塞到了小孙子的身上，这正是上海小知识分子与小资产阶级生活的最好展示；孤苦伶仃的老报贩李陵碑的独生儿子在“一·二八”淞沪抗战中从军牺牲，致使李陵碑精神失常，疯疯癫癫；和他同病相怜的摩登少妇施小宝，由于丈夫搭上大轮船四海漂流，长年累月不归，为生活所迫，她被迫沦为娼妓，过着辛酸的日子。他们的生活遭遇都是对黑暗社会的最好控诉。整部作品都沉浸在潮湿阴冷的黄梅天气之中，连读者也感到无限凄凉，然而夏衍并不是一个悲观主义者，他总是能在绝望当中看到希望，正像众多中外著名的文学家一样，夏衍也将未来寄托在孩子身上，于是在作品中我们看到了像葆珍这样的孩子，她代表了社会的明天，革命者匡复也正是在葆珍们的歌声中看到了希望，勇敢地踏上了新的征程。

这个剧作的结构形式比较特殊，它不同于一般的以一个中心事件或一两个主要人物贯穿全剧的结构形式，而是截取社会生活的一个横断面，把五家人的生活同时搬上舞台,“是一出个个角色有戏的群戏”。五户人家的生活经历在剧中相对独立,时断时续,交错进行。剧情波澜起伏,布局井然有序。剧作家以这些画面展示了一个令人窒息的黑暗时代,以及生活于其中的人们的挣扎与期待。夏衍的剧作不追求曲折离奇的戏剧冲突,他恪守现实主义创作原则,善于用朴素、平易的抒情笔触创造气氛,展现人物的精神风貌,通过平凡的日常生活阐明深刻的主题思想。

四五、《南行记》——独特的异域风情吸引着众多读者

艾芜(1904—1992 年),原名汤道耕,笔名刘明、吴岩、汤爱吾等,四川新繁人,现、当代小说家。1921 年入四川省立第一师范学校学习,1925 年因不满封建婚姻包办制度而离家出走,从成都徒步到达昆明,穿越中缅边境后到达仰光。途中,做过杂役、店员、和尚伙夫等,广泛接触社会底层人民,为后来的写作储备了丰富的素材。后因在仰光参加共产主义活动,被当局驱逐出境。1931 年回到上海,加入“左联”,很快以其流浪生活为背景创作大量小说,在报刊上发表,后结集为《南行记》。除此之外,还著有小说集《南国之夜》《秋收》,中篇小说《乡愁》《一个女人的悲剧》,长篇小说《丰饶的原野》《故乡》《山野》,散文集《漂泊杂记》等。新中国成立后,曾担任重庆市文化局长、四川省文联主席、中国作家协会理事等职,并将其在工矿的生活体验组织创作成长篇小说《百炼成钢》。艾芜的作品多描写边地人民的生活以及异域的风土人情,富有浪漫抒情的格调。

艾芜生长在中国的巴蜀地区,四川土地丰腴,但地理环境相对闭塞,所以较少受到中原儒家文化的影响,这里的人们讲究仗剑行侠、浪迹江湖,受蜀地文化的影响,艾芜身上也体现出积极的浪漫主义因素,他有着一颗不安定的心,渴望突出重围,到更广阔的天地里施展才华。在接受了四年的大学教育之后,“五四”精神深深影响了艾芜,尤其是劳工神圣、婚姻自由等,对于他这一时期的思想,我们可以从他的一首诗中体会:“安得举双翼,激昂舞太空。蜀山无奇处,吾去乘长风。”艾芜也终于以反抗封建婚姻为导火线,踏上了流浪的旅程。从 1925 年起,二十一岁的艾芜浪迹在中国西南边陲,前后历时六年,他从成都徒步走到昆明,又从昆明走到缅甸的首都仰光,这个过程使艾芜寻找到了新的思想,扩大了知识面,增长了见闻,他曾经在红十字协会当过杂役,给边境上的旅店扫过马粪,在仰光给和尚当过伙夫,在印刷厂当过排字工人,甚至一度与一些被迫铤而走险、沦为盗贼的流浪汉混杂在一起,这样的经历已经使艾芜放弃了知识分子的清高意识,他与这些社会的底层民众在心理上达成了共识,有了认同感,于是在他的作品中,盗贼不过是被生活逼迫才走上绝路的普通人,他下定决心要把这些社会“弱小者被压迫而挣扎

的悲剧，切切实实地描写下来”。

《南行记》是艾芜的第一本小说集，既是他的处女作，也是他的成名作和代表作。20世纪初期，艾芜在中缅边境茅草地客店打工扫马粪时，偷闲创作了《在茅草地》《洋官与鸡》《我诅咒你那么一笑》《偷马贼》《森林中》《乌鸦之歌》《私烟贩子》等，最终于1937年结集出版。此后，艾芜一再对自己年轻时的南行表示怀念，并于1981年3月底重游德宏等地，而且在芒市友谊路邂逅流浪仰光时的挚友安全师，于是又写了《南行记续篇》。他在1963年6月写的“后记”中说：“南行过的地方，一回忆起来，就历历在目，遇见的人和事，还火热地留在我心里。”“我始终以为南行是我的大学，接受了许多社会教育和人生哲学，我写《南行记》第一篇的时候，所以标题就是‘人生哲学的一课’。”

郭沫若、茅盾、周扬、胡风等名家以及各种现代文学史和论著都曾经对《南行记》给予了很高的评价。在现代文学史上，艾芜最先在《南行记》中以绮丽的西南边塞风光，浓郁的异域情调，写出了一幕幕人间悲剧，刻画了“那些在生活重压下强烈求生的欲望的朦胧反抗的行动”。他在描写那些底层劳动者、流浪汉、少数民族贫苦人民悲惨命运的同时，尽力去挖掘他们身上的真、善、美的品质。他所塑造的小黑牛、夜白飞、鬼冬哥以及野猫子等人物，是中国现代文学史上具有独特的艺术感染力的形象。他的小说被译成英、俄、日、德、法等多种语言，深受国外读者喜爱。

《南行记》是文学史上一部独特的优秀作品，首先表现在它以艾芜早年的漂泊生活为创作背景，描绘了之前很少有人提及的奇特的西南边地的自然风光及风土人情，边地有奇丽的自然景观，淳朴的人们，还有一群活跃其间的野性另类的流浪汉及在这里发生的奇特故事。其次，“我”是作品中贯穿始终的人物，作者通过“我”直抒胸臆，他不是在旁观，而是与作品中的人物共命运；“我”也是文学史上独特的人物，不同于鲁迅、郁达夫小说中的“我”。再次，它塑造了一群典型独特的流浪汉形象，开拓了现代文学的题材领域。这群流浪汉是野性的下层人物，无产无业，没有正常谋生手段，藐视一切，是黑暗社会对他们性格和心灵造成的扭曲，然而他们顽强不屈、乐观进取，对残酷现实发出要“钢铁般顽强生存”的声音。

《山峡中》则以最突出的方式解释了大部分《南行记》的独特魅力，小说中的人们过着“在刀上过日子”的生活，这是艾芜最喜欢表现的人物系列之一，艾芜的作品所描写的大多是生活在社会底层的人们，他们中有偷马贼、烟贩子、滑竿夫、强盗、流浪汉等，这些人组成了一个特异的世界，对生活在正常人生轨道的人们来说，他们的生活充满了神秘色彩，他们是被社会抛弃的人，尤其是盗贼这类人物，更是为正常人所鄙视、所惧怕，但是在艾芜的笔下，他们不过是些普通人，只是因为生活所迫才铤而走险，他们所面对的世界是残酷的，如作品中一个叫作小黑牛的盗贼，就是因为在一次偷盗行为中失手，被人痛打一顿后奄奄一息，而对于需要时时警惕，随时准备逃跑的盗贼团伙来说，他的存在无疑是个累赘，于是他就在盗贼头子魏大爷的指使下被投入湍急的河流中，这对于正常社会中的人来说是残忍的，但这些盗贼有着自己的生存法则，魏大爷在一次跟"我"的谈话中就讲道："小伙子，我告诉你，这算什么呢？对待我们更要残酷的人，天底下还多哩……苍蝇一样多哩……天底下的人，谁可怜过我们……小伙子，个个都对我们捏着拳头哪……在这里，懦弱的人是不配活的。"所以，一切的秩序、一切的道德对于他们来说都是不存在的，他们蔑视所谓的仁义道德，因为他们所面临的社会本身就是个道德沦丧的社会，如果没有这样的人生哲学他们是活不下去的，而恰恰他们的人生哲学就是对现存社会的有力控诉。

作品中塑造了一个个极富生命力的人物形象，尤其是一个外号叫作"野猫子"的姑娘，更是作品的一个闪光点。这个女孩子美丽却不柔弱，性格大胆泼辣，野性难驯。她的父亲是盗贼头目魏大爷，从小随父亲走南闯北，练就了她的一身豪气，将小黑牛投入江中后，她还若无其事、绘声绘色地向"我"描绘了把小黑牛送去"医病"的过程。但这个姑娘天真又率直，在一次遭遇官兵之后，她还向"我"坦言，当时差一点把"我"杀死，好在那群人面前显显威风。这种女孩子在中国现代文学史上是不多见的，她是个标准的吉卜赛女郎，艾芜为中国人物画廊增添了一个极富光彩的女性形象。

四六、《淘金记》——以幽默讽刺的手法揭示黑暗社会

沙汀(1904—1992年)，原名杨朝熙，字子青，四川安县人，现、当代小说家。沙汀毕业于成都第一师范学校，曾参加革命活动，后流落到上海，与同班同学艾芜相遇，两人共同研究小说创作，曾向鲁迅先生请教，得到鲁迅先生的帮助和指点，"选材要严，开掘要深"成为沙汀的座右铭。1932年加入左联，后创作成名作《法律外的航线》。抗战爆发后到达延安，任鲁迅艺术学院文学系代主任。1940年回到重庆后，进入了他文学创作的高峰期，同年完成其短篇小说代表作《在其香居茶馆里》。次年创作长篇小说《淘金记》，这是他著名的"长篇三记"之一，另外两篇分别是《困兽记》和《还乡记》，主要描写旧中国时期四川的风土人情。1949年后，历任西南文联副主席、四川省文联主席、四川省作家协会主席、中国作家协会副主席、中国社会科学院文学研究所所长等职，主要作品有《卢家秀》《你追我赶》等。沙汀为我国现代讽刺文学做出了巨大贡献，他的小说描写辛辣含蓄，在冷静的叙述中揭露了国民党的黑暗统治给广大农民带来的深重灾难。

沙汀出生在中国四川的一个小县城里，自幼丧父，舅父对他宠爱有加，他的舅父是当地一个民间袍哥组织的首领，很小的时候沙汀便随舅父接触了大量乡镇中的头面人物，对他们的生活、行为方式了如指掌。为了帮助舅父，他还曾经替舅父

传送消息，运送小型武器，在走街串巷的日子里，沙汀更是深刻体会到当地军阀、豪绅集团内部的腐朽和相互倾轧，以及黑暗社会给农民带来的灾难，所以当沙汀有机会拿起笔来表达自己对社会的认识时，他首先想到的就是欺压百姓、鱼肉乡里的土豪劣绅，为了充分展示他们的丑恶嘴脸，沙汀选择了看似含蓄实则辛辣的讽刺手法，他的作品往往表面上看起来不动声色，但在反映现实时真正做到了入木三分，他所涉及的人物包括"乡约""保长""联保主任""镇长""乡长"等，这些人都是沙汀自小就十分熟悉的，他们一到沙汀的笔下马上呼之欲出、活灵活现，尤其配以四川特殊的地域文化环境，使人们在阅读的过程中，进一步领略了当地的风土人情。

作为一个革命现实主义作家，沙汀最熟悉的描写领域，是在暴露和批判国统区基层统治集团的反动腐朽本质和农村及小城镇生活的停滞、闭塞、沉闷等方面，这也是最能体现作者的创作个性和成就的。以《在其香居茶馆里》为代表的短篇小说和长篇小说《淘金记》就是这种以否定为特征的艺术观的实践。

沙汀的第一部长篇小说《淘金记》，写于1941年秋，它是代表沙汀独特创作风格的最成功的作品，也是中国现代文学史上为数不多的优秀长篇小说之一。

创作《淘金记》时，沙汀正处在十分困难的时期。因为从事革命工作，沙汀受到国民党的通缉，他辗转上海、重庆、成都等地，并且长期生活在安县，特别是到了白色恐怖时期，他干脆住在很偏僻的地方——睢水镇，小说就是在那里写的。当时沙汀的处境非常困难，一方面是国民党，当时国民党的省党部、省政府、特务机构都在想方设法抓他，那时国民党的高级机关下了命令，如果抓到他，就地处决，不用审理。沙汀在睢水镇的工作室是一间破旧的土屋，为防追捕，他在床下挖了个藏身洞，墙上挖了个供逃跑用的洞，平常洞口挂着孙中山像。尽管条件艰苦，可沙汀作为一个革命作家，斗志还是非常旺盛的，当时，他害着严重的胃病，不断吐血，完全靠他的妻子——一个小学教师的工作来维持生活，还有他的舅父给他少量接济，他治病都没有钱。当时，巴金、金易等作家从上海弄药去救济他。他住在一个农民的家里，把农民装粮食的柜子当桌子来写作。

沙汀说："我是动用了全部生活存储：从童年直到构思期间的见闻，来经营《淘金记》的。"《淘金记》记叙了20世纪40年代川西农村的恶势力大发国难财，以及在国家处于动乱的年代里，人们之间的欺诈、以强欺弱的现实。故事围绕四川安县北斗镇何氏寡妇的祖坟筲箕背下深藏的岩金展开，各路江湖人物，上至"上峰"，下至士农工商、僧道乞丐、土匪袍哥、娼妓政客，对这个金矿都是虎视眈眈，于是一场围绕争夺和保护金矿的惊心动魄的血战拉开了帷幕。

作为一本乡土小说，《淘金记》出色地描述了中国的内地文化。像鲁迅先生一样，沙汀也致力于挖掘中国传统文化中封闭、专制、愚昧、落后的一面，而川西这个更多属于"过去"而又纠缠于"今天"的文化区域，更加深刻体现出了旧中国背负的历史的重荷。中国人的智慧，不是用在使利益更加扩大上面，而是大部分消耗在争夺那一点点可怜利益的殊死内斗上面。这内斗是多么的可悲，沙汀通过人物之间的唇枪舌剑，将这可悲抒写到极点，他想，人们“把他们互相间的仇恨悄悄地暗藏在那些原来无关大体的话语中间，就如猎夫们的设置刀弩一样”。这是智慧的浪费，智慧的虚假的过剩。“中华民国的事情，哪一件过得硬啊。”开发后方、抗战建国、开矿、戒烟，一切好办法最后只能在强者手里演变为阴谋，使弱者遭灾。如果一个国家或者一个地方的大环境很坏，颠倒黑白、没有公道，这个世界就是无法生活的、暗无天日的。那些强权、恶势力可以横行，肆无忌惮地、随心所欲地去将这个世界搅得昏天黑地，如何在那样的社会里生活简直不可想象。这就是利用权势占据私欲的社会，只能走向没落、腐朽的道理。

沙汀在作品中出色地为读者塑造了一系列人物形象，有没落绅士白酱丹、封建帮会流氓头子林幺长子、地主婆何寡妇等，这些人物差不多都有原型。他知道得太多太熟，他不需要特别的想象，主要凭借一个现实主义作家从生活中的“选择”。精妙的选择力，是他创作成功的秘密，他的才华一部分表现于此。最初引起他写作的人物是彭丰根，此人极富传奇性。彭丰根在上海行医，沙汀领周扬去看过病，他还为杨礼治过痢疾，张爱萍在苏区受枪伤，也是他治好的。他掩护、接济过许多地下党员。彭丰根生性开朗，沙汀带人去看病，不但不交费，还可以开他抽屉：“嗨！有钱没有？有钱拿出来炖牛肉，进馆子！”这样的一个人疏散到安县后，也会动起脑筋去挖金子，是沙汀完全没有料到的。他挖金失败后，常抱着小女儿九九在街上闲荡，变成个“浪漫派”。沙汀的哥哥按照自己对日本浪人的理解，给彭丰根起了个绰号叫“彭浪人”，居然叫开。但是具体到安排人物、结构故事，沙汀却把他舍弃了。白酱丹的原型是沙汀二爷的四儿子，沙汀称他为四叔，此人是一个风水先生，沙汀抓住了他的那个性格之环，建构了白酱丹的整部性格史。

沙汀以现实主义的方法深刻描绘了四川农村和城镇的黑暗生活画面，表现手法严谨、简洁、含蓄深沉，在客观冷静的描写中体现出鲜明倾向。无论是对反动统治的揭露、对被压迫人民的同情，或是对新生事物的歌颂，他都善于从日常生活和社会风习中选取富有特征意义的事物，并且将平凡事物的描绘与对社会问题的揭示结合起来。不同于漫画式的夸张和突出刻画的手法，他注重让形象说话，不轻易流露主观感情，用简洁、含蓄、乡土气息浓郁的笔墨，严格遵循生活本身的逻辑，按照生活本来的面目，对事物作客观的描绘，从而使作品的倾向性更鲜明、逼真。其作品擅长讽刺手法，情节集中，戏剧性强，通过特定环境中人物之间的关系描写表达出感情；语言质朴、幽默、口语化，具有浓郁的地方色彩。朱自清先生在清华大学担任中文系系主任的时候曾经不顾别人的反对，为大一国文生规定了五本必读书目，分别是高尔基的《母亲》，茅盾的《清明前后》，夏衍的《法西斯细菌》，屠格涅夫的《罗亭》以及沙汀的《淘金记》，足见此书在当时社会上的影响力。

四七、《十四行集》——诗作充溢着对人生命运的思索

冯至(1905—1993年),原名冯承植,1905年9月17日生于河北涿州市。幼年在家乡读小学,十二岁时考入北京第四中学,接受了新思想和新文学的启蒙。1921年进入北京大学预科学习,1923年后受到新文化运动的影响开始发表新诗。同年夏参加林如稷等在上海主办的文学团体"浅草社"。1925年"浅草社"停止活动后,和杨晦、陈翔鹤、陈炜谟另组"沉钟社",出版《沉钟》周刊、半月刊和《沉钟丛刊》。1927年4月出版第一部诗集《昨日之歌》,1929年8月出版第二部诗集《北游及其他》,记录自己大学毕业后的哈尔滨教书生活。1930年10月至1935年6月,冯至先后于德国柏林、海岱山学习文学和哲学,接触基尔凯戈尔、尼采以及雅斯贝斯的存在主义哲学,欣赏高更的绘画,以极大的兴趣深入到里尔克的诗歌中去。五年后获得哲学博士学位,1935年9月回国,后任教于上海同济大学附设高中。1937年7月抗战爆发后,辗转浙赣桂,来到战时相对安宁的昆明任教于国立西南联大外语系。1941年创作了一组诗作,次年5月结集为《十四行集》,由桂林明日社出版,这组诗作为冯至赢得了很高的声誉。

除诗歌外,冯至的小说与散文也都十分出色。小说的代表作有二十年代的《蝉与晚秋》《仲尼之将丧》,四十年代的《伍子胥》等;散文则有1943年出版的《山水》集。其他作品有散文集《东欧杂记》(1950年),传记《杜甫传》(1952年),译作集《海涅诗选》(1956年),诗集《西郊集》(1958年)、《十年诗抄》(1959年)、《昨日之歌》(1927年)、《北游及其他》(1929)、《冯至诗选》(1980年),论文集《诗与遗产》(1963年)、译海涅长诗《德国,一个冬天的童话》(1978年)等。

冯至后期的诗歌创作一直深受德国诗人里尔克的影响。其诗歌创作早在1923年他十八岁的时候就已开始了,当时也有不少优秀的作品问世,如《昨日之歌》《北游及其他》等。1929年冯至完成了《北游及其他》的创作,之后的两年间其诗歌写作成绩平平。1930年他到德国留学,此后基本停止了文学创作。这种状况一直延续到1941年。冯至是这样解释这一现象的:"1928年后,我虽然继续写诗,尽管语言和技巧更熟练了一些,但写着写着,怎么也写不出新的境界,无论在精神上或创作上都陷入危机。我认识到,自己的根底是淡薄的,对人世的了解是浮浅的,到了30年代开始后,我几乎停止了诗的写作。"(《在联邦德国国际交流中心"文学艺术奖"颁发仪式上的答词》)后来,"1930年至1935年我在德国留学,读书、考试、吸收西方的文化,脱离实际。1935年回国后与中国的现实社会也很疏远,没有直接的感受,所以写的很少。在抗日战争时期的四十年代,我在昆明,既接触现实,也缅怀过去,诗兴大发,写了一部《十四行集》。"(《谈诗歌创作》)其实,在这段

沉寂期，冯至始终在进行生命与诗歌的思索，正像里尔克所说的“诗并不像一般人所说的是情感（情感人们早就很够了）——诗是经验”，冯至就是在储备经验。

十四行诗体在西方起源很早，早在中世纪意大利民间就出现了这种用乐器伴奏的短小诗歌，后来传入英国、法国和西班牙，形成了自己固定的格式——格律严谨。很多西方文学家都有名作问世，如莎士比亚、华兹华斯、雪莱、勃朗宁夫人等等。20世纪二三十年代，随着中国新文化运动的逐步深入，十四行诗传入中国，闻一多先生给它取了个漂亮的名字“商籁体”。从形式上看，它一般分为上下两节，上节分为四、四行，下节分为三、三行，也有分为四、二行的。这种诗体长于抒情，表现诗人的思索。冯至被十四行诗体吸引，终于在1942年出版了他的杰出代表作《十四行集》。

《十四行集》收录了冯至在1941年创作的被人称为“沉思的诗”的二十七首诗歌。当时冯至为躲避战乱来到昆明，任教于国立西南联合大学，住在附近的一座山里。他每周要进城教书两次，来回步行十五里的路程。冯至每次徒步走在山间的小路上，于寂静的山林间陷入深深的思索，终于在一个冬天的下午，“望着几架银色的飞机在蓝得像结晶体一般的天空里飞翔，想到古人的鹏鸟梦，我就随着脚步的节奏，信口说出一首有韵的诗，回家写在纸上，正巧是一首变体的十四行”。就在这样一种充满神秘主义色彩的状况下诗神又一次回到了冯至身边，在一年的时间里，冯至一气呵成写下了意义贯通的二十七首诗歌。

这些诗歌的编排经过了冯至认真的思索，比如冯至即兴创作的第一首诗在诗集中被排在第八的位置，可见诗歌的排列顺序是有意义的。诗集中冯至首先要表现的是对于生命的歌赞，对自己重生的喜悦的表达，“我们准备着深深地领受/那些意想不到的奇迹，/在漫长的岁月里忽然有/彗星的出现，狂风乍起。”在冯至眼中生命是生与死统一的转换运动过程，“歌声从音乐的身上脱落，/归终剩下了音乐的身躯/化作一脉的青山默默。”生命存在于世间万物之中，哪怕只是一丛小小的鼠曲草，“一切的形容、一切喧嚣/到你身边，有的就凋落，/有的化成了你的静默：//这是你伟大的骄傲/却在你的否定里完成。/我向你祈祷，为了人生。”同时在作品中冯至也表达了自己对于现实的认知与理想，“一个寂寞是一座岛，/一座座都结成朋友。/当你向我拉一拉手，/便象一座水上的桥；//当你向我笑一笑，/便象是对面岛上/忽然开了一扇楼窗”“和暖的阳光内/我们来到郊外，/象不同的河水/融成一片大海”。抗战的形式是严峻的，冯至也表达了自己对于普通民众不幸遭遇的深深同情，“我时常看见在原野里/一个村童，或一个农妇/向着无语的晴空啼哭，/是为了一个惩罚，可是//为了一个玩具的毁弃？/是为了丈夫的死亡，/可是为了儿子的病创？/啼哭得那样没有停息”，在这样的现实环境里，冯至渴望新秩序的建立，“千年的梦像个老人/期待着最好的儿孙——/如今有人飞向星辰，/却忘不了人世的纷纭。//他们常常为了学习/怎样运行，怎样降落，/好把星秩序排在人间”，从第十首诗开始到第十四首诗，冯至分别向自己心目中五位文化战士表达了自己的敬意，他们是蔡元培、鲁迅、杜甫、歌德和画家梵诃，他们是五种不同精神的代表：启蒙、战斗、困顿、转变和拯救。在此之后，冯至完全转入对哲学命题的思索，包括对生命旷远性的描述，如第十六首：“我们站立在高高的山巅/化身为一望无边的远景，/化成面前的广漠的平原，/化成平原上交错的蹊径。//哪条路、哪道水，没有关联，/哪阵风、哪片云，没有呼应；/我们走过的城市、山川，/都化成了我们的生命。//我们的生长、我们的忧愁/是某某山坡的一棵松树，/是某某城上的一片浓雾；//我们随着风吹，随着水流，/化成平原上交错的蹊径，/化成蹊径上行人的生命。”对广阔宇宙的叹服，“我们听着狂风里的暴雨，/我们在灯光下这样孤单，/我们在这小小的茅屋里/就是和我们用具的中间”，对“有与无”的追问，如第二十七首“从一片泛滥无形的水里，/取水人取来椭圆的一瓶，/这点水就得到一个定形；/看，在秋风里飘扬的风旗，//它把住些把不住的事体，/让远方的光、远方的黑夜/和些远方的草木的荣谢，/还有个奔向无穷的心意，//都保留一些在这面旗上。/我们空空听过一夜风声，/空看了一天的草黄叶红，//向何处安排我们的思、想？/但愿这些诗象一面风旗/把住一些把不住的事体”。

冯至的《十四行集》整体呈现出庄严、单纯与从容的艺术风貌，为中国新诗坛贡献了崭新的充满哲思的诗歌，难怪有学者感叹《十四行集》是中国新诗史上“最集中、最充分地表现生命主题的一部诗集，它是一部生命沉思者的歌”，它使中国现代诗歌第一次具有了“形而上的品格”（王泽龙《中国现代主义思潮论》）。

四八、《李有才板话》——反映农村斗争的最杰出的作品

赵树理（1906—1970年），原名赵树礼，笔名野小、吴戴等，山西沁水县人，现代小说家。赵树理出生在一个贫苦农民家庭，自幼受父亲影响，热爱民间文艺和地方戏曲。1923年小学毕业后曾担任过教员，1925年考入长治省立第四师范学校学习，后因参加学潮被开除。1927年加入中国共产党，1929年被捕入狱，次年获释。之后，长期在社会底层活动，饱尝生活艰辛。1937年恢复与党组织的联系后，重新开始文学活动，先后担任《黄河日报》《中国人》等报刊的编辑工作。1943年5月发表短篇小说《小二黑结婚》，在解放区文坛获得重要席位，同年10月创作长篇小说《李有才板话》。1945年发表长篇小说《李家庄的变迁》，之后还发表《孟祥英翻身》《邪不压正》《传家宝》等，以其通俗的表现手法实践着毛泽东《在延安文艺座谈会上的讲话》的要求。1947年8月获得晋冀鲁豫边区政府唯一的文教作品特等奖。新中国成立后，担任《说说唱唱》《曲艺》主编，任全国文联委员、中国作家协会理事、中国曲艺工作者协会主席等职。著有长篇小说《三里湾》，短篇小说《登记》

《实干家潘永福》等。“文革”中历尽磨难，于1970年十月被迫害致死。

赵树理始终坚持从农民的角度出发，使用农民的语言，表现农民的生活，文风朴实，具有浓厚的生活气息，赋予传统的章回体小说以新的生命活力，是最受中国农民喜爱的作家之一，周扬称赞他是“写农村的‘铁笔’‘圣手’”。他的作品也吸引了大批青年作家，在他的周围形成了一个风格相近的作家群体，被称为“山药蛋派”。

赵树理出生在一个贫苦的农民家庭，他的父亲是一个典型的农民知识者，不仅有着丰富的生产经验，更是对民间艺术有着特殊的爱好。赵树理小时候就经常跟父亲一起去参加农村自娱性团体“八音会”，这样的生活经历让赵树理对农民的生活有了深刻的了解，并且使他深深地爱上了民间艺术。在以后的文学生涯中，赵树理自觉把自己定位在农民的阶级立场上，其作品的主要内容都是反映农民生活，但和大多数写农村的作家不同，赵树理可以说是唯一的一个能够真正用农民的眼光去看农民生活的人。赵树理总是以乡下人自居，在谈到自己的艺术创作的时候，赵树理曾经说过：“我写的东西，大部分是想写给农村中识字人读，并通过他介绍给不识字人听的。”当时尽管新文学已经占领文坛几十年，但真正在农民中广为流传的却仍是一些旧文学作品，赵树理面对这样的情况表达过自己要做个“文摊文学家”的理想，就是希望自己的作品能够摆在乡下田间地头的文摊上，让广大的农民去阅读，与“封建小唱本”争夺阵地，基于这一理想，赵树理创作了《小二黑结婚》《“锻炼锻炼”》等一大批优秀作品。1943年1月，赵树理调到中共中央北方局研究室工作，因为有了比较充分的时间下乡调查研究和进行创作，又由于平时赵树理对各个阶层人物的深刻观察和自身生活的积淀，他一年之内便写成并出版了《小二黑结婚》和《李有才板话》。这两本小说，是赵树理的成名之作，是写新农村、新农民的经典之作，也是中国现代文学史上的划时代之作。周扬在《新的人民的文艺》中就称赞《李有才板话》是“反映农村斗争的最杰出的作品，也是解放区文艺的代表之作”。

《李有才板话》通过描写阎家山改选村政权和实行减租减息中的曲折过程，深刻地反映了抗战期间农村尖锐、复杂的阶级斗争。阎家山贫苦农民李有才善于编快板，用快板作武器揭露恶霸地主阎恒元及其狗腿子的阴谋诡计，在党的领导下取得了斗争的胜利。阎家山是阎锡山统治下山西农村的缩影，这里的封建统治根深蒂固。抗战后虽然成了敌后根据地，但恶霸地主阎恒元依然倚仗他的势力和影响，采用更加狡猾的手段，维持他的统治。他实行假改选，隐瞒大量土地，破坏减租减息，用小恩小惠腐蚀拉拢农会干部，继续欺压贫苦农民。年轻、热情而办事主观的章工作员受了蒙蔽，还误认为阎家山为“模范村”。作品相当深刻地揭示了封建地主的凶狠狡诈的本质，在“丈地”一节中把阎恒元的诡计多端刻画得入木三分。县农会主席老杨同志到村里检查督促秋收工作时，听到了“模范不模范，从西往东看；西头吃烙饼，东头喝稀饭”的顺口溜，马上意识到问题的严重性，他进行调查研究，发动“小字辈”农民组织新农会，斗倒阎恒元，改选村政权，真正实行了减租减息。

《李有才板话》正是赵树理“问题小说”的典型代表作。赵树理曾经回忆说：“例如我写《李有才板话》时，那时我们的工作有些地方不深入，特别对狡猾的地主发现不够，章工作员式的人多，老杨式的人少，应该提倡老杨式的做法，于是，我就写了这篇小说。这篇小说里有敌我矛盾，也有人民内部矛盾。”这说明，作者是把这个作品作为“问题小说”来创作的。他把农村工作中遇到的非解决不可而又不易解决的问题作为作品主题，如实地暴露这些问题。这表现出他作品的现实主义特色。在《李有才板话》中，他如实地描绘了两个问题：一是解放区在初期，有些基层村政权还被坏人把持；二是农村干部中的官僚主义。尤其是对农村干部中的官僚主义的揭露，直到现在还具有一定的意义。

尽管在农民阶级和地主阶级的斗争中，一定时期内农民处于劣势，但是在中国共产党的影响下，农民群众已经开始觉醒。像老秦那样精神上被压制、被毒害，而将被剥削视为天经地义的人，在阎家山已经成为少数。与这类人物相对应，赵树理写了农村中的“小字辈”人物，也即农村中的新人形象，他们包括李有才、陈小元、小顺、小宝等，有意思的是赵树理在这些新人名字里有意识的冠以“小”字，更充分体现了他把农村的希望都寄托在年轻人身上，这些年轻人尽管还受着严重的旧观念的压抑，却都迫切希望冲破封建牢笼，争取翻身解放。李有才是作品中最具光彩的人物，他是一个农村识字人的形象，在阎家山他是个外来户，无儿无女，了无牵挂，他了解农村的社会、历史状况，有一定的阅历和斗争经验，性格豪爽但又冷静深沉，所以与小福、小顺等“小字辈”相比，他显得更加成熟、沉着、老练、有勇有谋，在阶级力量对比不利时，只是用抛“冷话”，即冷嘲的方式来表示自己的不满与抗争。赵树理还把他塑造成一个民间艺人，他的卓越的艺术才干和黑暗环境的逼迫，使他用快板这一特殊武器进行斗争。作品中许多段快板既是情节的有机组成部分，又是塑造李有才形象的重要手段。例如，小说开篇讲到一次人们在李有才的土窑里闲谈时，小顺顺口念的几段顺口溜，均出自李有才之手，“张得贵，真好汉，/跟著恒元舌头转？/恒元说个‘长’，/得贵说‘不短’；/恒元说个‘方’，/得贵说‘不圆’；/恒元说‘沙锅能捣蒜’，/得贵就说‘打不烂’；/恒元说‘公鸡能下蛋’，/得贵就说‘亲眼见’。/要干啥，就能干，/只要恒元嘴动弹”，在嬉笑怒骂中把一个猥琐谄媚的小人形象活化出来。这些快板所表现出来的鲜明的爱憎感情、风趣幽默的风格，正是李有才个性特征的重要方面。

赵树理继承和发展了我国古典小说的民族形式，用人物自身的语言和行动来展示其性格特征。这篇小说故事性强，情节连贯，语言平易自然、明朗隽永，在叙述事件中不时穿插有趣的快板，充满着农民的智慧与幽默，富有浓郁的乡村生活气息，具有民族化、大众化的艺术风格。

四九、《传奇》——“在传奇里寻找普通人，在普通人里寻找传奇”

张爱玲(1920—1995年)，原名张瑛，曾用笔名梁京，原籍河北省唐山市，现、当代小说家、散文家。张爱玲生于上海一个没落贵族家庭，祖父张佩伦是清朝大臣，外曾祖父是中国历史上的名臣李鸿章。童年的张爱玲受过良好的古典文化熏陶，八岁时就熟读《红楼梦》。1937年从上海圣玛丽大学毕业后，张爱玲考入英国伦敦大学，因为太平洋战争没有成行，于是1939年开始在香港大学读书。香港沦陷后，1942年重返上海，从事小说创作。次年，第一篇小说《沉香屑：第一炉香》经周瘦鹃之手发表于《紫罗兰》的创刊号上，在文坛上引起巨大反响。之后连续创作《倾城之恋》《金锁记》等作品，成为十里洋场的畅销书作家。1944年出版小说集《传奇》，同年问世的还有一部散文集《流言》。新中国成立后曾出席过上海第一届文代会，但由于作品内容和风格与当时文学政策相去甚远，于是1952年张爱玲离开大陆，转赴香港。1955年移居美国。1967年的一段时间曾到英国剑桥任雷德克里夫女子学院驻校专家，之后一直在美国从事文学创作。丈夫去世后，张爱玲过起了离群索居的生活，于1995年9月8日在洛杉矶家中孤独凄凉地病逝。

张爱玲出身名门望族，然而到她父亲的一代，家族已经衰落下来。她的父亲是个纨绔子弟，整日沉浸在鸦片烟中，醉生梦死，挥霍无度。她的母亲是个较早接受西方教育的新式女性，她追求个性自由，更多地关注自己的人生命运，对于唯一的女儿缺乏应有的责任感。由于与丈夫感情不和，张爱玲的母亲选择了离婚，继母进门，张爱玲的日子也越发艰难，父亲对她日渐疏远，动辄打骂，继母也经常在旁煽风点火，终于在一次痛打之后，张爱玲逃到了母亲那里，可是母亲并不理解自己的女儿，她只希望张爱玲能够照她的理想，成为一个新式淑女，对女儿的写作才能视而不见，张爱玲陷在极度痛苦之中。生活经历影响了张爱玲的艺术风格，虚无苍凉通常是读者对她的最深感受，她在理解社会、观察人生的时候总是带着悲哀的色调和眼光，是个典型的悲观主义者。张爱玲写作的年代刚好是上海最为空虚的时候，表面看来上海灯红酒绿、歌舞升平，但其时战争正处在如火如荼的阶段，对于前途命运，所有的人都感到一片茫然，于是整个上海笼罩上及时行乐的颓废气息，人性当中的丑陋面在战火面前暴露无遗。

张爱玲的《传奇》于1944年8月15日出版，同年9月25日再版。次年11月由上海山河图书公司出版增订本，是为《传奇》定本。此后，香港和台湾出版的《张爱玲短篇小说集》与《传奇》相比，除了序文新写或有所调整之外，正文则均无改动。但是，值得注意的是，《传奇》增订本中所收的《封锁》《红玫瑰与白玫瑰》《桂花蒸阿小悲秋》诸篇最初在杂志上刊载时，是一副不同的面貌，收入《传奇》增订本时有所改动，有的甚至是大段的删减和改写，阅读时不妨两相比较。《传奇》扉页上的题词正好说明了张爱玲的写作意图："书名叫《传奇》，目的是在传奇里寻找普通人，在普通人里寻找传奇。"书中的作品也在反复表达着这种感受：人生是残酷的，人的渺小无知更映照出现实的不可抗拒性，同时这又是张爱玲对于自己人生的诠释。《传奇》中的小说题材几乎是清一色的。可以用"情爱婚姻"四个字来概括，更确切地说，她写的大多是普通人不如意的或不幸的"情爱婚姻"故事。

全书各篇内容都令人感到十分压抑。从房屋、家具、服装到自然景物中的意象，诸如寒冷的、光明的或者仁慈的带着冷笑的月亮，脆薄的易碎的玻璃搪瓷，绣在屏风上的鸟，青色的泥金笺一般的天色等，无不笼罩着一种神秘的对未来的隐隐的忧惧，浸透在文字中才有那样一种不欲言明的没落感和悲剧感，正如张爱玲在《传奇》再版序言中所说："这个世界什么都靠不住，个人即使等得及，时代是仓促的，已经在破坏中，还有更大的破坏要来。有一天我们的文明，不论是升华还是浮华，都要成为过去。如果我最常用的字是'荒凉'，那是因为思想背景里有这惘惘的威胁。"

《沉香屑·第一炉香》讲述了一个发生在香港人和欧亚混血人群落中的离奇故事，而《沉香屑·第二炉香》则写到香港保守封闭的英侨社会，两篇故事都讲到了幻灭感。《茉莉香片》写大学生聂传庆幼年丧母，得不到父亲和后母的爱，心理上陷入困境，多少带有张爱玲自己的影子。《封锁》写街区临时被封锁时，一对被困在停运电车里的陌生男女却奇异地发生了短暂的恋情，而封锁一结束，两人又重新回到以往生活的旧轨道里，好像什么事情也没有发生过。张爱玲深深表达了自己对命运的忧虑，这一人生插曲不是一见钟情，而是生命的隔膜，和无法改变的人的孤独。《倾城之恋》是一个"说不尽的苍凉故事"，反讽地翻转古代传奇中美女倾城的故事，演绎出城池的陷落成全了美女的现代传奇，展现了人在战争和金钱面前的脆弱和无奈。同时，张爱玲也对文明的命运和现代人性价值观中的假与真，提出了逼近世纪末的叩问。《红玫瑰与白玫瑰》中振保与娇蕊正热火朝天时，"许多叽叽喳喳的肉的喜悦突然静了下来，只剩下一种苍凉的安宁，几乎没有感情的一种满足"。通过佟振保，张爱玲把笔触伸到这个人物的精神世界里，揭示人性最隐秘和未有人能触及的部分。

而作品集中最耐人寻味的故事莫过于《金锁记》，那句"隔了三十年的辛苦路往回看，再好的月色也不免带点凄凉"，道出了人世沧桑。在《金锁记》中，张爱玲将人性的残忍发挥到了极致，主人公曹七巧（下称七巧）让读者感受到一个被剥夺了爱情的女人是如此的不幸与痛苦，然而七巧的不幸，并不仅仅是时代、社会的原因，其自身也存在着一定的问题。虽然只是个麻油店老板的女儿，七巧也有着任何一个女孩子都会有的对于爱情、婚姻的向往，然而她却被用来做了金钱的交换物，尽管嫁入豪门望族，丈夫却是个得骨痨的病人，整日就像一块死肉一样躺在床上，从他身上得到幸福的可能性是没有的，七巧不过是姜家用金钱给儿子换来的一个终身的管家、丫头，周围其他的人又因为她出身的卑微，对她充满了鄙夷。身处在这样一个复杂的如监狱般的大家庭里，七巧将自己的幸福和希望都寄托在小叔子姜季泽的身上，姜季泽尽管风流成性却有着自己的原则，就是决不与家里人有染，以免惹上太多麻烦，于是七巧彻底绝望了，唯一能够安慰她的就只剩下了她用青春换来的金钱，正如傅雷在《论张爱玲的小说》中所说的，七巧“最初她把黄金锁住了爱情，结果却锁住了自己。”她疑心周围的每一个人都在觊觎她的财富，尽管她也爱自己的孩子，但却不自觉地把自己的不幸变本加厉报复在孩子身上，为了控制住他们，七巧教两个孩子吸食鸦片，她早早给儿子娶亲，又用恶毒的手段逼死儿媳，再将自己的丫头给儿子当填房，可不到一年丫头也吞食鸦片自尽了；对待女儿她更显示了一个女人可怕的残忍，在女人早就放开小脚的年代，她却心血来潮给十三岁的长安裹脚，并且百般刁难致使女儿被迫放弃学业，对待女儿的婚事她更是竭力阻挠，尤其是当长安自己偷偷找到心仪的男人想要结婚时，七巧暗地里将男方约到家中，并且不动声色地向他透露自己的女儿吸毒成瘾，终于导致女儿婚姻的破产，到此一个女人的残忍被发挥到了极致。

《传奇》呈现出中西艺术交融的状态和面貌。并且有着浓厚的西方“现代派”的倾向，这在20世纪40年代的中国文坛实属罕见。而张爱玲对于女性和现代都市的剖析又使她卓立于同时代其他作家之外。

五〇、《王贵与李香香》——歌谣体新诗的代表作

李季（1922—1980年），原名李振鹏，笔名李季、里计、李寄，河南唐河县人，现、当代诗人。世代在乡下务农，后来因为躲避土匪举家迁居祁仪镇经营小店铺。从幼年时代起李季便爱好戏剧和曲艺，尤其对鼓词更是入迷。1938年夏，李季远赴陕北，进入抗日军政大学学习，同年11月加入中国共产党。1939年7月至1942年9月，李季在太行山敌后抗日根据地任八路军政治指导、联络参谋。1942年冬至1947年先后在陕北三边任小学教员、县政府秘书和地方石印小报编辑。在此期间，他广泛搜集了三千多首陕北“信天游”民歌，并在深入研究之后，用通俗的文学形式创作了《老阴阳怒打虫郎爷》《救命墙》《卜掌村演义》等作品。同时，在《解放日报》上发表了一些通讯、小说和诗歌。毛泽东同志的《在延安文艺座谈会上的讲话》发表后，李季根据陕北流传得相当广泛的故事创作了长篇叙事诗《王贵与李香香》。新中国成立后，李季参加了全国文学艺术工作者代表大会、中国文学艺术界联合会和中国作家协会，先后担任中南局文艺处副处长、中南文联编辑出版部部长、中国作家协会创作委员会主任、《人民文学》副主编等职务，主编《长江文

艺》，前后发表和出版了长诗《生活之歌》、短诗集《玉门诗抄》《玉门诗抄二集》《致以石油工人的敬礼》、小说散文集《戈壁旅伴》《心爱的柴达木》和短诗集《难忘的春田》等等。“文化大革命”中，李季在劫难逃，曾被下放到湖北省咸宁文化部干校，接受了二年多的“改造”。1976 年以后，李季又先后担任《诗刊》和《人民文学》领导职务。在为恢复和繁荣国家文艺事业勤奋工作的同时，连续创作发表两部反映石油工人生活的叙事诗《石油大哥》和《红卷》。1980 年 3 月 8 日，因心脏病突发，逝世于北京。

1942 年 5 月 2 日至 23 日，中共中央在党内整风的基础上召开了延安文艺工作座谈会，毛泽东以党的最高领导人身份做了发言，后题为《在延安文艺座谈会上的讲话》(以下简称为《讲话》)，整理成文后正式发表于 1943 年 10 月 19 日《解放日报》。《讲话》总结了“五四”时期以来中国新文学的基本经验，并且提出了文艺“为什么人”和“如何为”的方向性问题，第一次从根本上解决了“五四”时期就已提出但始终没有真正完成的“文艺大众化”的问题。由于解放区大多处于边远山区，在政治上又与国统区、沦陷区有本质不同，遭受多重封锁，所以文艺所面对的环境与对象同“五四”时期以来的各个时期都有很大差异，小市民和知识分子不再是文艺服务的主要对象，广大农民与官兵成为读者的主要组成部分，因此解放区的作家必须调整方向，创造一种真正“新鲜活泼的，为中国老百姓所喜闻乐见的中国作风和中国气派”的作品。《讲话》发表之后，整个解放区开始了轰轰烈烈的学习《讲话》的活动，李季也在其列。如何创作出老百姓喜欢的文学这一问题时常萦绕在他心头。同年冬季，他自觉扎根于陕北“三边”，同那里的人民“一起欢乐，一起忧愁，一起爱，一起憎恨”，凭着对陕北地区人民生活的熟悉，对陕北地区民族艺术的深入探索，1946 年夏天，李季终于在解放区《三边报》上发表了长篇叙事诗《太阳会从西边出来吗？——三边民间革命故事》，同年 9 月改名为《王贵与李香香》后在延安《解放日报》上连载。此长诗一发表就引起了热烈关注，成为中国现代文学史上实践文艺为工农兵服务的第一个硕果，在解放区立刻引起巨大反响，受到当地人民群众的欢迎和喜爱，一些评论家认为该诗“叙人民之事，抒人民之情”，是一部划时代的优秀诗歌；茅盾认为这首诗歌“是一个卓越的创造，就说它是‘民族形式’的史诗。似乎也不过分”。

《王贵与李香香》以土地革命时期陕北的农民革命运动为背景，反映了土地革命时期陕北农村尖锐的阶级矛盾和阶级斗争，通过一对农村青年王贵和李香香悲欢离合的爱情故事，揭露地主阶级对农民的残酷压迫和剥削，深刻反映了劳动人民的翻身解放与革命斗争的胜利血肉相连的关系，歌颂了劳动人民英勇不屈的反抗精神和坚贞不渝的爱情。

全诗故事情节曲折生动。五十多岁的死羊湾佃农王麻子因为交不起租被地主崔二爷活活打死，留下儿子王贵被逼当了长工，王贵与年轻的姑娘李香香相爱，两个年轻人却受到了崔二爷的威胁，崔二爷企图霸占李香香，就在这时，共产党秘密发动农民闹革命，怀着对地主的愤怒以及对美好生活的向往，王贵暗地里参加了赤卫军，不想却被崔二爷发现，于是他就将王贵吊起来毒打，为了救王贵，李香香半夜里跑去给游击队送信，部队打进了死羊湾，农民翻身做了主人，崔二爷偷偷从后门溜走了，王贵与李香香终于如愿以偿结了婚，王贵也意识到“不是闹革命穷人翻不了身，不是闹革命咱俩也结不了婚!”，于是结婚刚刚三天，王贵就参加了游击队，之后跟着部队打游击去了。没过多久，崔二爷随白军回来反攻倒算，抓住了李香香。就在强迫李香香和他成亲的那一天，游击队又一次打进死羊湾，活捉了崔二爷，整个村子欢天喜地，庆祝解放，王贵与李香香重又团圆，全诗在欢乐的气氛中结束。

《王贵与李香香》自觉实践《讲话》的要求，大量吸收借鉴民歌创作的经验，受到了良好的效果，诗歌采用陕北民歌“信天游”的形式写成。信天游，是陕北地区的民歌曲式。其特点是：自由灵活，比兴丰富，表现力强，音乐性强。作者不仅保留了“信天游”的一些传统创作方式，同时又有创新和发展。“信天游”一般是两句一节，表达一个比较完整的意思。李季在使用时，仍然是二句一节，但并非每节都构成一个独立完整的意思，而是数节才表达一种情感或一个独立意思，称为一章，加上一个标题，之后再将几章连缀称一“部”，三部叙述一个长篇故事。整个作品既有叙事，又较多运用民歌中的重复和比兴手法。作品中这些创作手法是随处可见的，如作者在形容李香香的形象时就采用了这样的诗句：“山丹丹开花红姣姣，香香人材长得好”，此句比兴同一，用山丹丹花比喻香香外貌姣好，同时又是“兴”的使用，满山遍野的红彤彤的花朵，更映衬出女主人公的纯洁美好。再比如，“紫红犍牛自带耧，闹革命的心思人人有”，比兴不一，只兴不比。此外李季还直接使用了一些民间诗歌当中的句子，如“沟湾里胶泥黄又多，/挖块胶泥捏咱两个；//捏一个你来捏一个我，/捏的就像活人脱。//摔碎了泥人再重和，/再捏一个你来再捏一个我；//哥哥身上有妹妹，/妹妹身上也有哥哥”。这种纯真质朴的表现方式更能够得到广大农民的喜爱。

《王贵与李香香》感情真挚、节奏明快、故事层次清晰、叙事简明、描写生动、语言质朴，文字简练，具有民族气派和民族风格，这主要得益于李季重视生活的长期积累，擅长于深沉和真挚感情的抒发和描述，并注意从生活中提炼有特征的事件和细节，作为表达感情的支架和媒介，同时，他勤于向各种民歌形式学习，对人民群众喜闻乐见的、民族化和大众化的艺术形式，不倦追求和开拓。这首诗标志着我国现代诗歌发展的新阶段。

五一、《围城》——中国现代文学史上的“新《儒林外史》”

钱钟书(1910—1998年),字默存,号槐聚,笔名中书君,江苏无锡人,现当代小说家。家中世代书香,因满月时“抓周”抓得一本书,故取名“钟书”,而钱钟书也不愧此名,一生阅书无数,在清华读书期间便立誓要“横扫清华图书馆”。1933年外文系毕业后,到上海光华大学任教。1935年与杨绛结婚后,双赴英国读书。1937年牛津大学副博士学位毕业,入巴黎大学研究院专攻法国文学。1938年回国,在清华大学任教。抗战爆发后转赴昆明,任西南联大教授。1941年出版散文集《写在人生边上》,次年完成《谈艺录》的写作工作,并开始着手创作长篇小说《围城》。1946年由开明书店出版的短篇小说集《人·兽·鬼》问世,6月担任上海暨南大学外文系主任。次年长篇讽刺小说《围城》的出版,标志着钱钟书小说创作的最高成就,使他赢得了广大读者的喜爱。1949年后,先后担任清华大学外文系教授、文学研究所中国古典文学研究员、中国社会科学院副院长等职。其学术著作除新中国成立前的《谈艺录》外,此期还有《管锥编》,是对《诗经》《易经》《老子》《史记》等古籍的考释,对中西文化和文学比较有积极意义。钱钟书的学术成就被称为“钱学”。1998年12月19日病逝于北京。

1910年11月21日,钱钟书出生在江苏省无锡市一个书香门第,自幼他便被过继给伯父钱基成。钱基成作为家中长子,负责家中大小事务,在读书方面并无太大建树,因而并不得钟书祖父的喜爱。然而,他对钱钟书却呵护有加,每到街上办事,钱基成必带上钱钟书,在小书摊上租上一两本小说给他看,从那时起,钱钟书便养成了看书的习惯。钱钟书记忆力惊人,几乎达到过目成诵的地步,甚至连他看过的一些武侠小说中的人物所使用兵器的重量,他都能够在事隔多年之后清楚地记得。随着伯父的去世,钱钟书逍遥自在的生活也宣告结束,他又重新回到父亲钱基博的管教体系当中,钱基博嫌钱钟书喜欢胡言乱语,便给他改字“默存”,意思是让他少说话。钱基博学问深厚,曾在清华大学任教,也是浙江大学的教授,可是,钱钟书对父亲的学问并不服气,甚至断定父亲的学问“还不完备”,之所以能有如此大的口气,完全是因为钱钟书的博学多才,尽管在理科方面并不在行,但这却难掩他在文学方面的造诣。1929年在考清华大学的时候,虽然他的数学成绩只有15分,但还是因为特别优异的中、英文成绩被破格录取。在校期间,他立誓要“横扫清华图书馆”,把自己所有的时间都花在了读书上,甚至连上课的时候他也只带一本和课堂无关的闲书,一面听讲一面看闲书,然而这并没有影响他的学业,吴宓教授甚至曾经推荐他替缺席的教授上课。钱钟书之所以能够取得这样的成就除了具备惊人的记忆力外,完全得益于他的勤奋。据他的妻子杨绛女士回忆,

1973年在为钱钟书整理读书笔记时，居然有五麻袋之多，堆在屋里高高的如一座小山，而每一本笔记都挤满了密密麻麻的小字，钱钟书的读书量可见一斑。《围城》可以说是钱钟书的心血结晶，它也是钱钟书的代表性作品。

《围城》以抗战初期为时代背景，以留学生方鸿渐回国后从觅职、恋爱到失业、婚变的经历为线索，描写了“现代中国某一部分社会、某一类人物”，即主要由20世纪三四十年代一部分欧美留学生和大学教授所组成的病态的知识阶层，从剖析这类人物的个性和道德方面的弱点入手，揭示了他们在精神上所处的重重困境。

尽管钱钟书为文坛提供的文字并不多，但一篇《围城》确实堪称精品，而“围城”一词也已经超出了它的作品范围，成为人们日常生活中经常使用到的一个词语。

《围城》刚刚发表就被认为是一本“奇书”，书名是个包含多层意蕴的语汇，书中第一次引用它是在一次谈话的过程中，褚慎明讲到了一则英国的古话，说是“结婚仿佛金漆的鸟笼，笼子外面的鸟想住进去，笼内的鸟想飞出来”，苏文纨将它引到了法国的一句话，“不是说鸟笼，说是被围困的城堡，城外的人想冲进去，城里的人想逃出来”，总之大家讲的都是婚姻的困境。可是随着小说的一步步推进，读者发现“围城”不仅仅是讲婚姻，它还包含着人生困境，方鸿渐就是个围城中人。“情场”上自不必说，先是差点掉到苏文纨的温柔漩涡里，接着又被陷害而失去了爱人唐晓芙，好不容易远离是非之地，最终还是一步步陷入看似单纯，实则心计颇多的孙柔嘉挖的爱情陷阱里。在事业上，方鸿渐同样在“围城”中进了又出，出了又进。异国留学时，他不务正业，只好买了张假文凭回来骗人，大上海混不下去，就远走内地，满以为三间大学是个世外桃源，可原来也到处是尔虞我诈、钩心斗角，方鸿渐在这样的环境里是缺乏经验的，于是在遭人暗算后，他被学校解聘，只好偕同未婚妻孙柔嘉返回上海另谋生路，在朋友的帮助下，方鸿渐在报馆找到了一份工作，不幸的是报馆却被敌伪收购了，凭着知识分子的良知，他毅然辞职，也正是因为这次壮举，他和孙柔嘉的婚姻关系彻底走向了破裂，故事也以鸿渐在爱情和事业上的全面溃败结束。总之，生活就如同一座围城一样，正如杨绛女士在电视剧《围城》片头题词里写的那样：“围在城里的人想逃出来，城外的人想冲进去，婚姻也罢，职业也罢，人生的愿望大都如此。”

方鸿渐的一生固然是悲剧的一生，悲剧的原因一方面来自他自身，比如他的怯懦、偏狭、犹豫不决等，但更重要的一个方面来自于那个社会，那个黑暗、肮脏、腐朽的社会。除了方鸿渐外，和他一样一生注定失败的还有作品中的赵辛楣、苏文纨等人，尽管他们在一些特定的场合，如“情场”“名利场”上取得了一些暂时的胜利，可到头来终究都是一场空，他们都免不了最终走向悲剧。此外，作品中还写了一些丑类，这些丑类聚集在所谓的三间大学，他们都属于“无毛两足动物”，像高松年、李梅亭、韩学愈、王处厚等。作者深刻剖析了他们灰暗、丑陋的灵魂。比如三闾大学校长高松年，自称是一位研究生物的老科学家，但我们却看不到他的科学家风范，他其实是一个心术不正的学界官僚，他本身就是那所黑暗腐败的大学的化身。自称“诗人”的曹元朗，其实也是一位好色贪杯、玩弄权术的学界文痞。还有韩学愈从美国的爱尔兰骗子那里买了子虚乌有的“克莱登大学”博士文凭，骗取了大学教授的头衔，还让他的白俄妻子冒充美国国籍，以便到英文系任英语教授，为了杜绝后患，他还勾结陆子潇，教唆学生蓄意搞垮方鸿渐，他其实就是一个厚颜无耻、阴险狡诈之徒。对这类人，作者给予了无情的揭露和讽刺。犀利、深邃、妙趣横生而又引人深思的讽刺，是《围城》突出的艺术特点，在广泛运用讽刺笔法时，作者善于抓住事物的本质和人物在一定条件下的心理特点，一切仿佛都是毫不费力、信手拈来，却涉笔成趣、浑然天成。细腻、深刻、绝妙的心理描写，是《围城》艺术上又一特点。正如有人评论的那样：“我以为《围城》最大的成功是他的心理描写，钟书的主要风格也建立在这上面。”《围城》的语言精练、生动而幽默，善于运用丰富、贴切而又形象精辟的比喻。作品的艺术感染力极强。

五二、《雅舍小品》——为现代散文提供了多样的风致

梁实秋（1903—1987年），原名梁治华，浙江余杭人，生于北京，现、当代散文家，文艺理论批评家，翻译家。一度以秋郎、子佳为笔名。小时候念过私塾，其祖父因宦游广东，所以家道小康。本来梁家属中产阶级，当时袁世凯使曹锟部下兵变，大肆劫掠平津，梁家亦遭荼毒，从此家道中落。1915年小学毕业，投考清华学校。在该校高等科求学期间梁实秋开始写作。1920年9月，第一篇翻译小说《药商的妻》发表于《清华周刊》增刊第6期。次年，组织小说研究会，开始写诗和杂文，第一篇散文诗《荷水池畔》发表于1921年5月28日的《晨报》。1921年至1922年与闻一多合著《冬夜草儿评论集》。1923年毕业后赴美留学，入科罗拉多学院英语系。曾与留学学生创办提倡国家主义的“大江社”，出版《大江会刊》。1926年回国任教于国立东南大学。1927年到上海编辑《时事新报》副刊《青光》，经常发表小品评论，主要有《骂人的艺术》《雅舍小品》《秋室杂文》等，文笔幽默、诙谐风趣。同时他还与张禹九合编了《苦茶》杂志，不久任暨南大学教授。1930年，杨振声邀请他到青岛大学任外文系主任兼图书馆长。1932年到天津编《益世报》幅刊《文学周刊》。1934年应聘任北京大学研究教授兼外文系主任。1935年秋创办《自由评论》，先后主编过《世界日报》副刊《学文》和《北平晨报》副刊《文艺》。“七·七”事变时离家独身到后方。1938年任国民参政会参政员，到重庆编译馆主持翻译委员会并担任教科书编辑委员会常委，年底开始编辑《中央日报》副刊《平明》。抗战胜利后回北平任师大英语系教授。1949年到台湾，任台湾师范学院（后改师范大学）

英语系教授，后兼系主任，再后又兼文学院长。1961年起专任师大英语研究所教授。1966年退休。1987年11月3日病逝于台北。

《雅舍小品》是梁实秋散文的代表性作品。从1939年便开始陆续在报刊上发表，直到1949年才结集出版，此后多次重印，为梁实秋赢得了极高的声誉。《雅舍小品》创作时正处于国难当头，战乱频频之际，在这样一个多事之秋，梁实秋虽说也关注时势、忧患深重，甚至还参与政事、为国效力、履行国民职责，但他毕竟是个自由主义者，力图超然独立、安时处顺、自谋心境的平和豁达，不再介入现实纷争。梁实秋作文主张不直接干预抗战现实，主张以旁观姿态打量和揭示人生，推崇所谓的生活的智慧，常常以独特的视角展现生活中习见的事物，诸如吃饭、穿衣、行路、下棋、理发、男人、女人等，将庸常的人生艺术化。梁实秋的散文受英国随笔的影响，通常不涉及重大的时代主题，轻抒情、重议论，追求“雅”的情调，表现出一种闲合的雍容姿态，处处闪耀着智慧的光芒。

《雅舍小品》的突出特色表现在以下几个方面。

第一，洒脱的气质。小品文讲究“采菊东篱下，悠然见南山”的情怀，梁实秋深得古人之趣。开篇之作《雅舍》就显示了他的这种个人气质，作者在文中虽然涉及国难时期的住房问题，如实描述雅舍的简陋与困扰，却不怨不怒、心平气和、随遇而安地玩味起个中情趣。“雅舍”是有个性的，“有个性就可爱”“风来则洞若凉亭，雨来则渗如滴漏”“‘雅舍’最宜月夜——地势较高，得月较先。看山头吐月，红盘乍涌，一霎间，清光四射，天空皎洁，四野无声，微闻犬吠，坐客无不悄然！舍前有两株梨树，等到月升中天，清光从树间筛洒而下，地上阴影斑斓，此时尤为幽绝。直到兴阑人散，归房就寝，月光仍然逼进窗来，助我凄凉。细雨蒙蒙之际，‘雅舍’亦复有趣。推窗展望，俨然米氏章法，若云若雾，一片弥漫。”这样的气度，恐怕凡是熟悉中国古代文学的人都会心领而神会。又如《音乐》中“秋风起时，树叶飒飒的声音，一阵阵袭来，如潮涌、如急雨、如万马奔腾、如衔枚疾走；风定之后，细听还有枯干的树叶一声声地打上阶上。秋雨落时，初听如蚕食桑叶，悉悉嗦嗦，继而淅淅沥沥，打在蕉叶上清脆可听。风声雨声，再加上虫声鸟声，都是自然的音乐”，不禁让人想起白居易《琵琶行》中“大珠小珠落玉盘”的诗句，像这样的文句，在梁实秋文中俯拾皆是。作者对自然界的万物及人性百态均信手拈取、层层剥开、娓娓道来、风趣而又隽永，往往有令人掩卷莞尔、回味无穷之妙。

第二，机智的风格。他在《握手》里写同人握手时会遇到的种种情况，其中第一种情况是：“做大官或自以为做大官者，那只手不好握。他常常挺着胸膛，伸出一只巨灵之掌，两眼望青天，等你趋上去握的时候，他的手仍是直僵的伸着，他并不握，他等着你来握。你事前不知道他是如此爱惜气力，所以不免要热心的迎上去握，结果是孤掌难鸣，冷涔涔的讨一场没趣。而且你还要及早罢手，因为这时候他的身体已转向另一个人去，他预备把那巨灵之掌给另一个人去握——不是握，是摸。"做官者傲慢之态如在目前，握手虽是日常生活中的一桩小事，梁实秋却将其情状似科学论文般一一实录，文笔似乎极为认真，其嘲谑之情却溢于言表，其行文从容不迫、有板有眼、言简意赅、留有余味，带着亦庄亦谐的情调，充分展示了作者准确表述事物的机智才能。

第三，幽默的语言。如《脸谱》中有一段这样生动的文字："误入仕途的人往往养成这一套本领。对下司道貌岸然，或是面部无表情，像一张白纸似的，使你无从观色，莫测高深；或是面皮绷得像一张皮鼓，脸拉得驴般长，使你在他面前觉得矮好几尺！但是他一旦见到上司，驴脸得立刻缩短，再往瘪里一缩，马上变成柿饼脸，堆下笑容，直线条全变成曲线条；如果见到了更高的上司，连笑容都凝结得堆不下来，未开言嘴唇要抖上好大一阵，脸上作出十足的诚惶诚恐之状。"三言两语之间道尽了阿谀谄媚的官员的嘴脸，让人于忍俊不禁中暗叹梁实秋写人状物之妙。这"脸谱"比我们在报刊上看到的"点头哈腰"的漫画更形象生动，而且到目前都还没有失去其社会价值和现实意义。又如在《男人》一篇中，梁实秋先生讲到了男人的"脏"，先看外表的脏相，"多少男人洗脸都是专洗本部，边疆一概不理"，致使"耳后脖根，土壤肥沃，常常宜于种麦"；"男人消耗肥皂和水的数量要比较少些"，虽强迫入浴也会逃避不从；"有些男人的手绢，拿出来硬像是土灰面制的百果糕，黑糊糊粘成一团，而且内容丰富"；"男人的一双脚，多半好像是天然的具有泡菜霉干菜再加糠蒜的味道"；"有的男人是在结婚后才开始刷牙"；有的男人"扪虱而谈"，更有人当众搔背，"结果是从袖口里面摔出一只老鼠"；难怪"男人令人首先感到的印象是脏"。语言幽默风趣，虽为讥讽，但由于针对的是众生的共像，所以并不使人难堪，而是表现出温柔敦厚的风貌。

在一个战乱不断的年代里，梁实秋的散文看来确实是不合时宜的。但作为一个忠于自己事业的文人，他坚定地遵循文学自身的发展规律进行写作。在梁实秋的一生中，他始终坚守两个文艺观点：一是反对以功利的眼光看待文学；二是认为文学应该表达亘古不变的人性。正是基于这样的信念，梁实秋为20世纪40年代的散文做出了自己独特的贡献，使文学没有一味迎合政治的需要，保持了其自身的纯洁性。

第三编　中国当代文学卷

五三、《黄金时代》——探寻回归黄金时代的途径

王小波(1952—1997 年),出生于北京一个干部家庭。曾先后在云南建设兵团和山东省烟台市牟平区劳动锻炼,并开始尝试写作。1978 年考取中国人民大学贸易经济系商品学专业,这期间在《读书》杂志发表了关于《老人与海》的书评。1980 年与李银河结婚,在《丑小鸭》杂志发表处女作《地久天长》。大学毕业后,在中国人民大学一分校教书,并开始写作历经十年才完成面世的成名作《黄金时代》。1984 年赴妻子就读的美国匹兹堡大学东亚研究中心做研究。1986 年获硕士学位,开始写作以唐代传奇为蓝本的仿古小说,继续修改《黄金时代》。其间得到他深为敬佩的老师许倬云的指点。1988 年回国,先后任教于北京大学和中国人民大学。1991 年小说《黄金时代》在台湾出版发行,获第十三届《联合报》文学奖中篇小说大奖。这次获奖对王小波的写作事业起了鼓励作用。1992 年与李银河合著的《他们的世界——中国男同性恋群落透视》由香港天地图书公司出版。《王二风流史》也由香港繁荣出版社出版,其中收入三篇小说:《黄金时代》《三十而立》《似水流年》。1992 年 9 月辞去教职做自由撰稿人。同年 12 月开始写作同性恋题材的电影剧本《东宫·西宫》。他一生最主要的著作有《黄金时代》《白银时代》《青铜时代》《我的精神家园》《沉默的大多数》《黑铁时代》《地久天长》。王小波是一个特立独行的作家,他的作品被誉为"中国当代文坛最美的收获"。生前寂寞的他在去世以后其作品才被人们广泛阅读、关注、讨论,并引发了"王小波热"的文化现象。

王小波曾经说过,他的《黄金时代》从二十岁时开始写,到四十岁时才完篇,其间很多次重写,只有最后的定稿读起来感觉不同。可见,他写作很慎重,这份慎重凝聚起的价值和意义,需要同样的慎重方可探掘。但这种慎重在作者生前并没有被大陆理论批评界所感受到而使其作品被重视和确认,其原因十分复杂;而其死后被欣赏、认可乃至出现热烈现象,原因也很复杂。不过,正像其妻李银河总结他

的杂文特征时所说的，“一是它独特的思路，一是它独特的语言风格。他的思路属于自由人文主义，是在经历过思想浩劫的国度，硕果仅存的自由和独立思考精神的结晶；他的语言犀利幽默，妙趣横生，是一种极具个人特色的文字”。正是这独特的思路和语言表达，显示出王小波作品的价值和意义。王小波本人也曾在他的第一部作品集《王二风流史》的后记中说道，他的三部小说有着共同的主题，那就是我们的生活。姚新勇在《“黄金时代”的重写与敞开》中说：“还没有人这样写过我们的生活。”《黄金时代》写的是知青生活，但它不仅与各种知青小说相差甚远，而且与整个中国当代文学写作都极为不同。在这里，文学的叙述向日常生活和理性思维、肉体和精神、荒唐和严肃、嬉戏和反思，向过去、现在和未来无限地敞开，以拉伯雷式的狂欢文体和《十日谈》式的无拘无束、汪洋恣肆的性爱描写，以经验理性式的冷静把我们带入一个相当新异的生命境界，给中国人的存在提供了新颖的开放性结构的参照。

《黄金时代》中的女主人公陈清扬专门找王二讨论她是不是“破鞋”的问题，虽然所有的人都说她是，但她又没有偷过汉，只有偷过汉的女人才是“破鞋”。她不明白人们为什么要说她是“破鞋”。如果王二出于实事求是、安慰对方的目的，说她不是破鞋，因为她没有偷汉，按照这样的证明逻辑去展开故事的话，就势必会落入“判定有罪/证实清白”的游戏规则的窠臼。王二不想玩这套游戏，他偏说陈清扬就是“破鞋”。王二身上确实具有不少小流氓的特点，他既无正言，也无正行，玩耍两性游戏，自觉地安居于社会边缘人物的角色中。但王二的生存智慧不仅仅来自于直接的生存经验，而是将其提升到了经验哲学的高度。他为什么要说陈清扬是“破鞋”呢？因为他知道，当你被宣判为“破鞋”而你又要千方百计地证明自己不是“破鞋”时，实际上等于你已经承认了那个原初判定的合理、合法性，承认了“搞破鞋”是一种罪，并把自己置放于它们的控制之下，使自己处于一种被审判的位置，使得这种审判和被审判的游戏得以展开，成为现实。因为这套游戏并不在乎被审的一方是否真的犯罪，在这套游戏的逻辑中，也根本不存在某种能够证明被审者是否犯罪的客观标准。再说，根据逻辑，即便“如今”不能指出某人为陈清扬所偷，也不能排除“今后”能够指出某人被其所偷的可能性，所以仍然不能排除陈清扬是“破鞋”的可能性，这是一个无法证伪的问题。王二的智慧就是不去证明陈清扬的无辜，“倒倾向于证明自己的不无辜”，要“偏说陈清扬就是破鞋”。这样，王二既可摆脱社会意识形态的束缚，给自由欢娱的生活敞开想象的天地，又可反思、颠覆传统意识形态，也就是说能够求得一种嬉戏的生活和智性反思的平衡。在王二和他的情人那里，性爱关系完全没有了那种压抑性情欲色彩，完全是一种自然的生命现象。王小波在这里还原了性爱的单纯性，这正好戳穿了逼供者的潜意识。王二认清了这套游戏与被审者的要害之后，还以一种戏谑的自供跳出了这套游戏，开始了他们自我选择的游戏——欢娱的性爱游戏。《黄金时代》中，王二玩的就是这两套最基本的游戏。前者具有社会规则在先的强制性，后者则是受到强制的个人为摆脱强制而做出的第二级反应，也就是王二、陈清扬两人性爱关系的具体展开。于是又创造出了保证其真正自由的第三套游戏，即叙述人兼主人公王二所玩的经验哲学的推理演绎游戏，它是能够自由跨越前两种游戏的游戏，唯其如此，非抑制性平衡才得以实现。王小波的高明之处就在于他充分利用了经验哲学接近日常生活的特点，把一般性的严肃的哲学逻辑思考转化成戏谑性智性推理游戏。如第一章王二所做的关于队长家的狗是不是我打瞎的推论，及关于陈清扬有没有“搞破鞋”的推论。这种戏谑性智性游戏遍布全篇，它既随心所欲地肢解着传统审罪游戏，又为情爱的欢娱游戏提供了坚实的理论基础，还在前两套游戏之间架起了自由穿行的桥梁，从而形成了王小波文本世界的独特性。

《黄金时代》通篇充满着隐喻，比如那头一只眼睛看着他们，最后哞了一声跑开的牛。这只牛眼可以代表一切：交代材料写到了牛眼，王二说的时候是这只眼，领导看交代材料的时候也是这只眼，王小波写下《黄金时代》同样是这只眼，我们在看这个故事的时候，何尝不是这只眼。所有男人和所有没有性别指向的女人都是这样看待“他们”的，或者说只看陈清扬。这只牛眼也可以是陈清扬梦中的沙子，因为爱情，因为风中破碎的声音。只有那粒沙子才是陈清扬的一切，才能够证明陈清扬有过童年、梦想、成长、哭泣。《黄金时代》里四次提到黄金时代。王二二十一岁那天是他一生中的黄金时代，想爱；陈清扬被叫作“破鞋”时充满奢望。王二看到黄金时代时，发现自己一向不大知道要脸，虽然他已经成为流氓；陈清扬发现自己是无辜的，虽然她不再清白。古希腊神话中的第一代人类是黄金一代，他们无忧无虑地生活，死去以后又成为仁慈的保护神，维护正义，惩罚罪恶。还原性爱的单纯性并且自由跨越前两种游戏，实现人自身的非抑制性平衡的自在生存，就意味着黄金时代的回归。

五四、《张居正》——万历首辅的跌宕人生

熊召政，1953 年 12 月出生于湖北省黄冈市英山县温泉镇。从 1981 年开始任湖北省作家协会专业作家至今。1979 年创作的政治抒情诗《请举起森林一般的手，制止！》获得 1979－1980 年全国首届中青年优秀新诗奖。已出版诗集五部、散文集两部、报告文学集两部。其诗歌及散文获各种奖项多次。自 1993 始，历经十年潜心创作四卷本长篇历史小说《张居正》。《张居正》一经问世，便获得海内外读者的广泛好评，被评论界誉为当代中国长篇小说的重要收获。该书继获得湖北省政府图书奖、首届姚雪垠长篇历史小说奖及湖北省第六届屈原文艺奖等各种奖项后，又于 2005 年 4 月荣获第六届茅盾文学奖。金庸先生曾说，《张居正》是一本他

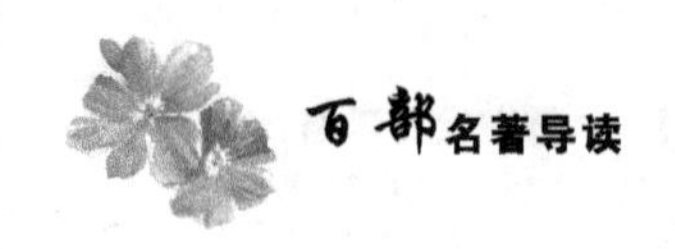

一气呵成读完的书。

张居正被梁启超誉为“明朝唯一的大政治家”。纵览其一生功过起伏，人们在肃然起敬的同时也不尽发出哀叹。他凭借一人之力，不靠家世背景，成为一人之下万人之上的人；他“先国家，次政党，再个人”，为国家呕心沥血而自己却不得善终。当代文坛书写张居正历史的作家不少，较著名的有朱东润(《张居正大传》)、黄仁宇(《万历十五年》中的一个章节《世上已无张居正》)等。熊召政的《张居正》可谓其中的佼佼者，金庸曾评价说：“张居正这本图书虽是小说，但是比《万历十五年》这样的学术文章，更加真实、更加接近事实。”作品全方位展示了万历年间社会生活的图景，展示了作者对那个时代清醒的认识与反思；作品塑造了张居正这位政治家的真实形象，展示了张居正为推行改革勇往直前、以身作则的精神与实践，谱写了一曲改革者的赞歌；作品从社会制度、文化网络及复杂人性等方面，揭示了张居正及其改革悲剧的原因，奏响了一曲改革者的悲歌。

本书是系列长篇历史小说，共有四卷，分别是木兰歌、水龙吟、金缕曲、火凤凰，有人把这四卷编成一句诗：“木兰歌罢水龙吟，金缕曲终火凤凰”。《木兰歌》叙写高拱与张居正的权争，为改革作铺垫；《水龙吟》和《金缕曲》具体铺写改革及其艰难；《火凤凰》写改革败象渐显及人亡政息的悲剧。

首先，作品是对勇往直前、无所畏惧和以身作则、身先示范的改革者的一曲赞歌。作者通过史料发掘、考辨，虚构完整的情节，歌颂张居正为推行改革表现出的义无反顾、不惜得罪一切人的“虽九死其犹未悔”的精神。张居正要整顿吏治、改革税收，必然会触犯某些阶层的利益。在进行“胡椒苏木折俸”、征收子粒田税、“京察”等改革时，利益受损的皇室巨卿和势豪大户不断制造事端，导致“胡椒苏木折俸”名存实亡。张居正因整顿文化教育、关闭书院、诛杀何心隐、“夺情”事件等，又得罪了文官集团，甚至得罪了所有读书人，使他们普遍产生“被压抑的恐惧和怨恨”的情绪。辽东大捷事件中，为整饬纲纪、赏罚得当，张居正又勇揭真相，得罪了同僚师友，而他们大多是改革的支持者。张居正又因“劣质棉衣”事件、“曲流馆”事件、谏阻万历开矿铸钱、阻止武清伯封侯等，得罪了最高权威皇上、太后。尽管张居正知道，要实现富国强兵理想，必须取得皇上、太后的信任和支持，但改革又不得不触犯他们的利益。为了改革，张居正几乎得罪了整个统治阶级集团，甚至把他们推到了敌对面，这些都体现了张居正作为改革者无所畏惧、勇于牺牲的果敢精神。他临终前说的“我已是油干灯尽……那些仇视我的人，便会伺机反扑，但我已是毁誉不计。”这体现出一种清醒而坚执的义无反顾的精神，真正是鞠躬尽瘁，死而后已。

其次，作品也是对受社会制度、文化网络及复杂人性羁绊的改革者的一曲悲歌。

从社会制度来看，在张居正生前，新政因得到皇上、太后的支持而推广实施，

改革取得较大的成效，但他去世后不到一年就被抄家清算，先前推行的新政举措几乎全被反正，落得个人亡政息的结果，皇权专制是造成张居正改革悲剧的根本原因。明朝是中国皇权专制发展较为极端的时期："专制的，政府由一个皇帝来独裁"。明代自太祖朱元璋起废止宰相，设立内阁，内阁辅臣地位较低，仅是皇帝的私人秘书。而到张居正时期，首辅已是一人之下万人之上的权臣，但皇帝具有无限威权，有废立内阁辅臣的权力。如万历元年，擅权专政的内阁首辅高拱，就被两宫太后和幼帝以不经拟票的中旨形式削籍返乡闲住。张居正从前任首辅权势的骤跌中汲取教训，意识到要柄国执政，实现富国强兵、中兴大明的理想，必须取得皇上、太后的信任和支持，但这样一来可能影响新政实施的成效，甚至导致某些革新举措"流产"。如"劣质棉衣"事件就因事涉太后的父亲武清伯，结果只处死了一个邵大侠；"胡椒苏木折俸"也因武清伯告状而名存实亡。这些屈就和折中处理，既有悖于改革的原则，又得罪了皇亲国戚和势豪大户，授人以柄，招致最后人亡政息。

从文化网络的角度来说，得罪文官集团，失去整个官场乃至士林的支持，也是造成张居正改革悲剧的重要原因。明代帝制有个特点，即"一项政策能否付诸实施，实施后或成或败，全靠看它与所有文官的共同习惯是否相安无忧，否则理论上的完美，仍不过是空中楼阁"。明代文官大多出身科举，"学而优则仕"，他们作为政统执行者，追求"治国平天下"的理想；作为道统化身，又担负文化道德的传承弘扬。但两者在他们身上很难统一，理想的政治家应"以明确而坚定的态度处理公务；但这标准只能维持到一定的限度。事态的发展逾于限度之外，则就要用恕道来原谅各人的过失。首辅的最大贡献，则在于使各种人才都能在政府中发挥长处"。张居正为了整顿吏治、富国强兵，实行"京察""考成法"及一系列峻急严苛的举措，得罪了文官集团乃至整个官场。因为这种讲求高效率的行政作风，"只会造成行政系统的内部不安，整个文官集团会因压力过高而分裂"。何心隐反对张居正改革，说他"满脑子的改革举措，只为一个字：钱"，这有悖于传统知识分子"重义轻利"及"谋道不谋食"的观念。为争夺首辅之位，张居正笼络冯保，致使高拱被削籍返乡；为了新法持续推广及保住首辅之位，他不愿回乡守制；为了强化自己的权力，他查禁书院、诛杀何心隐。这些峻急严苛的举措有悖于圣贤之道，"是和全国的读书人作对"，造成最后"举朝争索其罪而不敢言其功"的悲剧结局，自然不难理解。

从复杂人性的角度来说，张居正及其改革悲剧也与个体的隐秘欲念有关。从张居正的角度来说，"夺情"后的心理蜕变，特别是权欲贪念渐显是重要原因。随着新政成效渐显，张居正逐渐变得擅权狂傲、好大喜功。他不愿回乡守制，虽是担忧新政的延续，但更是出于对权力的贪念。他擅权独断的权欲心理在明神宗朱翊钧面前也会不自觉地流露出来，如他不断劝导和管束的行动，特别是对朱翊钧索银和铸钱的谏阻等；代拟《罪己诏》时，用尖刻的语词将明神宗的秽行昭告天下。这些都无形中彰显张居正的威权，加深了朱翊钧对他的忌恨和防备。张居正回乡葬父的高规格、大排场，对阁臣同僚的威压和霸道等，都是张居正去世不久被抄家清算的重要原因。从朱翊钧的角度来说，成长中的反叛及意欲夺权专政的复杂心理也必然导致他对张居正及其改革的清算反正。作品细致刻画了朱翊钧专权心理的萌发、成长和发展，由此引发的君臣关系恶化以及最后张居正人亡政息的悲剧。朱翊钧在张居正返乡途中，就向户部索要20万两银子，这是他反叛的开始；他拒绝张居正为高拱恢复职位和赐谥号的请求，标志君臣权争的开启；他特别不满太后对张居正的好感与信任，太后在“曲流馆”事件中对他说的“三十岁之前，你想都不要想亲政的事儿，一切还得请教张先生”，加剧了他对张居正的憎恨，视张居正为自己专权的阻碍。因此，张居正重病时，朱翊钧的关心掺杂着轻松和庆幸等幽微的心理。张居正人亡政息的悲剧是君臣关系恶化的必然结果。《明神宗实录》说张居正“威权震主，祸萌骖乘”，于慎行认为张居正“操弄主之权，钤制太过”。作者对君臣关系演变的书写既基于历史，又进行了多方面的艺术烘托、渲染，使得悲剧原因深刻复杂。

历史的车轮滚滚向前，或浅唱低吟，或击筑高歌，然而亘古不变的是“不为尧存，不为桀亡”的冰冷。忆往昔，“是非成败转头空。青山依旧在，几度夕阳红。”我们应该以史为鉴，见贤思齐，借鉴张居正宝贵的品质，学习他的忠贞、正直、大气，效仿他的才华、抱负、胸怀，为祖国的繁荣昌盛义无反顾地无私奉献，为国家进步而不计个人得失，勇于攻坚克难，不忘初心，砥砺前行。

五五、《玫瑰门》——《玫瑰门》里不玫瑰

铁凝（1957—　），祖籍河北赵县，生于北京。1975年于保定高中毕业后到河北博野农村插队，后在保定地区文联的《花山》编辑部任小说编辑，现为中国作家协会主席。1982年发表成名作短篇小说《哦，香雪》，描写一个农村少女香雪在火车站用一篮鸡蛋向一个女大学生换来一只渴望已久的铅笔盒，表现了农村少女的纯朴可亲和对现代文明的向往，作品获当年全国优秀短篇小说奖。同年，中篇小说《没有纽扣的红衬衫》获全国优秀中篇小说奖，它真实地描写了一个少女复杂矛盾的内心世界和纯真美好的品格。其早期作品描写生活中普通的人与事，特别是人物的内心，从中反映人们的理想与追求，矛盾与痛苦，语言柔婉清新。1986年和1988年先后发表反省古老历史文化、关注女性生存的两部中篇小说《麦秸垛》和《棉花垛》，标志着铁凝步入一个新的文学创作时期。1988年完成第一部长篇小说《玫瑰门》，它一改铁凝以往那种和谐理想的诗意境界，透过几代女人生存竞争间的较量厮杀，彻底撕开了生活中丑陋和血污的一面。之后又出版了长篇小说《无雨之城》和《大浴女》。后来又出版了艺术风格回归的长篇小说《笨花》，其明朗纯

净的精神境界，淡定从容、舒徐缓慢的叙述节奏，温婉细致的语言风格，让我们看到了经过一个追赶时尚、热衷于求新求变的浮躁阶段后，铁凝找到了真正的自我和既符合地域特点，又体现个人特质的创作个性，这是经过生活和写作的历练后，思想艺术所达到的澄明而老到的境界。

《玫瑰门》是铁凝最重要的一部长篇小说。书中的主角都是女人，老女人或小女人，常态的女人或变态的女人，"座上客"的女人或"阶下囚"的女人等。作品写这些女人在"文化大革命"的背景下，在北京四合院这样一个日常生活和交际的场所，她们纠葛、碰撞所带来的悲欢际遇及生存状态。作者旨在解剖人的灵魂，尤其是其中低劣、消极的一面，这自然也包括铁凝所认同的人物苏眉。苏眉实际上带有作者自己的影子，因为《玫瑰门》以少年铁凝寄人篱下的一段生活和情感经历为素材，作品的视角大多也是从眉眉（少女时代的苏眉）的立场去观察、评价周围的人和事。不过，眉眉处在那样一种复杂多元的社会状态下，所接受的影响必然有积极正确的因素，也有消极乃至错误的因素。所以，在眉眉成长为苏眉之前，作品每逢个位数为五的小节，便是眉眉与苏眉的对话。正是这种巧妙的艺术构思，实现了成熟而理性的苏眉对自己少女时代心灵世界的观照与省察。

《玫瑰门》是一部以母亲的或说是女性的血缘为主脉来构建小说框架的作品，可以说是一部从多方位观照、解读中国当代女性史的文本，同时也是对于母系族谱的纵向涉及，更是"仿男性争斗"式的女人关系的逼真描述。小说写了三代女人，祖系（外婆）、母系（舅妈）、孙系（苏眉），在"文化大革命"这个专制年代下的性别罹难、人格异化而最终难以获救的故事，所以，"玫瑰门"其实就是"女性之门"。书中写了女人与女人、女人与男人之间发生的一系列较量和抗争，可以称得上是一场惊心动魄的"玫瑰战争"。小说既是性别的，也是政治的，连接起了八九十年代书写母性谱系的桥梁。

《玫瑰门》的叙事，主要落笔在司猗纹及其外孙女苏眉这一老一少两位女性身上。司猗纹渴望的是认同——早年渴望获得传统家庭的认同，后来渴望获得政治社会和革命群众的认同。为了这种认同的实现，司猗纹付出了巨大的代价，也使尽各种手段，包括身边的亲人，都成了她讨好时代的道具之一。但由于她身上有着过于坚硬的个人特征，她再怎么妥协和委屈自己，终究和时代格格不入。作品也正是在司猗纹漫长的一生中，交织进去姑爸、竹西、罗大妈各自的故事，交织进去以早熟的童心审视、见证了响勺胡同司家小院里众多女性生存状态的苏眉的生理和心理的发育过程。司猗纹是铁凝为新时期中国文学画廊贡献的一个富有奇特光彩的人物。在司猗纹身上，不仅汇聚了"五四"以后中国现代史上某些历史风涛的剪影，而且几乎是汇聚了整个"文革"这一特殊历史阶段极为真实的市民生态景观。小说最具震撼力的地方，就是对"文革"时期市民心理进行的真实、冷静而又毫不掩饰的描写。这种描写的功力在揭示司猗纹生存当中的矛盾方面达到了

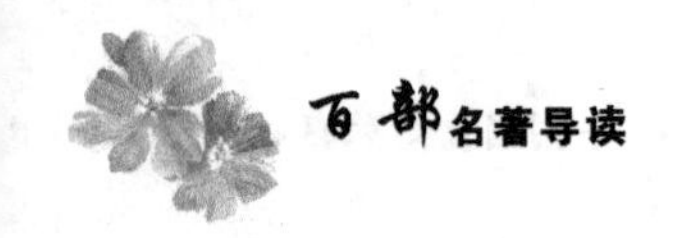

令人惊叹的程度。

司猗纹在“文革”中的可悲复可叹的生存状态表现为一连串的深刻矛盾：一个出身于旧世家的女性，生活一直处在封闭状态，新中国成立后一再想“站出来”加入新社会却一再被拒绝、被斥逐、被打击。她对“文革”有一种本能的反感和恐惧，但是，“文革”对她心怀敬畏的“新社会”的秩序和尊荣人物的亵渎、摧毁，又使她急于在“文革”舞台的一角“亮相”，使她自觉地用“文革”的“时代精神”和迅速形成的“文革”新习俗、新规范来重塑自己。她幻想在这个前所未有的历史机遇中获得自己生存价值的前所未有的认可，但这个机遇却不是为她这种人预备的，而是属于罗大妈们的。现实给予她的仍然是拒绝、斥逐和打击，方式甚至更加粗鄙和冷酷。她处处用尽心机，可又时时如履薄冰。但她在改善自己的社会形象和生存条件上也确有进展，尽管那是在整个社会生态景观被扭曲的大框架中的进展，是迎合整个时代变态的精神与习俗中得到的满足，这进展和满足无非是对她自己生命的真实欲望和感受的一种蒙蔽和欺骗。所以，她的表层心理支配着自己的卑屈行为，但在她深层的精神世界中却鄙视甚至反抗着自己的行为。在她身上，为适应生存的需要而做出的“拟态”与为平衡心理而流露出的“本相”是那样浑和地交融为一体。从她的“拟态”中我们可以看到一个由虚假锻造出的“太圆满太坚硬”的真实的时代，而从她的“本相”我们则可以看到一个以重重滑稽的涂饰仍不能掩饰的真实的人的灵魂，那是被历史的重负和现实的压力纵横挤压得扭曲变形的女性的灵魂。

铁凝在司猗纹身上不仅开掘出历史烟尘和现实污垢掩蔽下的女性生命特有的柔韧活力，而且还开掘出女性生存状态与女性相互关系中特有的狡猾、算计、卑琐和丑恶。司猗纹曾是圣心女中的一个受“五四”新思潮影响的倾向革命的少女，她有过和年轻的革命者华致远勇敢而忘情的雨夜，那时的她像“池水般的清澈”，像“睡莲般的纯洁”。然而命运却安排她终其一生只能饰演家庭妇女的角色，但她的生命中始终燃烧着蓬勃的欲望，始终贯穿着寻找新生活机会的行动，她有一个永不“定格”的灵魂，有着非常现实地面对生活的力量和勇气，只不过这生命的力量和抗争的胆识被限制在了狭小的生活圈子里。一个有着非凡生命力的女性，却不得不走完毫无用武之地的暗淡凄苦的一生，这既是生命能量的耗费，也是个人才能的埋没和压抑。这种现象是女性和社会的双重悲剧。更悲哀的是，这股被压抑的能量一旦以扭曲和变态的方式爆发出来，就会形成一种可怕的、非理性的、邪恶的破坏力量，给异己的“他者”带来伤害、不幸甚至灾难，同时也使自己的精神人格变得阴暗、丑恶、卑琐和扭曲。作品对女性生存状态中一切的负面表现进行了冷峻的透视与呈示。铁凝在对司猗纹形象的刻画中，突入到人物的前意识、潜意识和无意识的层面，大胆写出了这个在漫长的不幸婚姻中，处于性压抑状态的女性的特殊的变态心理和变态行为，写出了强旺的女性本能与无法更改的社会角色之间长久搏杀所留下的可怕痕迹，这很大程度上是在女性健康的性生活和性心理得不到满足与发展的、畸形病态的性文化的阴影中形成的。

铁凝用“玫瑰门”这一书名隐喻女人的生殖产道，也是隐喻女人的逃离和再生之路。本书中处处流露出苏眉对于生殖的巨大厌恶，对自己与外婆这一母性链条丝丝相扣、紧紧相缠的仇恨，以及对外婆的畸形之爱的恐惧与挣脱。苏眉成年后发现自己长得越来越像外婆，从姿势到神态，遗传基因在神秘地发生着作用，而外婆也对她纠缠得越来越紧，拼命想把她打造成又一个自己。苏眉讨厌这种关系，想泯灭少女时代的种种不愉快记忆，想开始属于“自己”的、而非来自于遗传的人生。苏眉想通过“绝育”这一手段来进行这样一种虚妄历史的终结，然而却又无力排除她的自然接续。她始终处于一种希望与绝望相交织的矛盾里。正如戴锦华所说：“在三代女性人生之路的悲剧中，她（作者）交织起女人的清醒与迷惘，背负与绝望，逃脱与落网。”古往今来，女性都被习惯地看成美和幸福的源泉，诗人们常用非常“玫瑰”的语言来赞美她们。但铁凝笔下女性的生存状态却很不“玫瑰”，这是作家的独特发现和大胆揭发。这不仅意味着文学艺术作品中对女性形象描写的拓展和推进，对于人类社会学和女性人类学的研究也有很大的参考意义。

五六、《一个人的战争》——一部女性成长的必读书

林白（1958— ），本名林白薇，广西人。林白毕业于武汉大学图书馆学系，曾从事图书、电影、新闻等行业的工作，后为自由作家，现今是武汉文学院的专业作家。主要著作有长篇小说《一个人的战争》《守望空心岁月》《说吧，房间》《玻璃虫》《枕黄记》《万物花开》等，另有散文随笔集《林白散文》等。林白被评论界认为是“个人化写作”和“女性写作”的代表人物之一。林白的《一个人的战争》中对女性躯体与欲望的写作引起爆炸性的轰动和极具震撼力的效果。她在艺术上的卓越勇气和奇妙的女性语言生成方式，她所表现出来的女人对性的另一种不为人知更不能为人所道的隐秘经验，以及她从对性感及性感区域的精确描摹，阐述了一个女性成长过程中的自我意识，决定了这肯定是一场最独特的“一个人的战争”，精美、完整，让人感叹。后来引起较大反响的作品是《妇女闲聊录》，林白说这是“一个人面向世界的对话”，与以前的写作相反，“过去我一直把自己封闭起来，隔绝在世界之外，现在听见了别人的声音”。虽然在精神上《妇女闲聊录》和《一个人的战争》是一致的，还是一个人的战争，是一个人的自我跟另外一个自我的对话，是一个人的自我战胜另外一个自我，但以前是垂直方向的，自己跟自己的内心对话；现在是横向的，一个人跟世界开始对话。引起较大争议的还是小说的文体，有人认

为它毫无文学价值，也有人认为它是小说文体的又一次勇敢突破。持后一种观点的人的依据是作品打破了文学话语的体例和审美惯性。小说的叙述人是来自农村的女人木珍，作品的内容就是木珍的闲聊，口述她在农村看到的事情、她身上发生的事情、她听说的事情。林白要还原的是真实的人生，而非艺术和审美的人生。所以，作品就采用了叙述人老家的方言，用那种带有时代特征的、非常个性化的口语来写作，语言显得非常生动、鲜活和幽默。

当然，最能彰显林白创作特点和个性的还是《一个人的战争》。在谈这部小说之前，我们先看一看文学权威和主流给林白的关注与定位。1985 年到 1990 年中期，那是中国文学界热闹非凡的时期，流派迭出，潮起潮落。从文化寻根到先锋小说，再到新写实、新历史小说等，这些潮头一拨一拨过去之后，新生代（也有称晚生代或六十年代）又独领风骚数几年。林白就属于新生代小说作家。新生代小说作家大都受过完整而系统的教育，有的还取得了硕士学位，他（她）们观照、感受、体验社会和生活及自身精神世界的眼光与方向，明显受到西方现代、后现代哲学与文学的影响，克尔凯郭尔、海德格尔、福柯和卡夫卡、萨特等人的思想和行为，在他（她）们的作品及其人物的思想行为中都留下了明显的痕迹。在新生代作家中，几位女性作家的作品又特别地令人眩目，联想到 20 世纪 80 年代甚至“五四”以后的那些女性作家的抒情与叙事，于是又有了女性文学或女性主义文学，与之俱来的是女性意识、女性经验、女性叙事、女性话语等概念的出现。林白的作品受之无愧地位列其间。同时，《一个人的战争》由于“如此彻底讲述了一个女人的内心生活，那种渴望和欲求，那些绝望和祈祷”，以及最直接地插入了女性意识的深处，把女性的经验推到极端，从来没有人（至少是很少有人）把女性的隐秘世界揭示得如此彻底，如此复杂微妙，如此不可思议，因而其备受瞩目。

《一个人的战争》体现出作家对于个人化女性私人经验世界的匠心营构。作者以回忆性的叙事口吻，以主人公林多米三十岁以前的成长历程进行反省式观照为核心，编织出女性与自身、女性与世界、女性与男性、女性与女性之间的网状关系。这一网状关系的疏密以女性经验的变化为轴心。多米自幼丧父，从医的母亲经常不在身边，因此可以说她是在“父权”缺席的空隙中间成长起来的一个“主体”，一个真正的自生自长的女性主体。她从五岁时开始手淫，很早就对自己身体的隐秘处感兴趣，对生孩子好奇，可见她从小就有很明确的性别意识和发自女性生命本体的强烈欲望。少年时期对美丽女人的着迷，对同性恋的逃避，青春期朦胧的灵与肉的觉醒，第一次性爱经历及成年时期的那次“傻瓜爱情”，作者向我们描述的纯粹是一个女人在生命成长过程中独特而刻骨铭心的体验。体验是主体因外在客体而产生的感觉，是依赖于外在客体的。这里没有一般自传体小说的对重大社会环境的描写，也没有重大社会事件的介入，更没有一般自传体小说的成

长楷模范式，它所表现的只是女性的自我认识、自我感知、自我欲求、自我选择。从某种意义上说，小说再现了处于社会政治边缘的女性的成长史，一部经验积累、自我积累和自我调整，然后由认识自身而认识世界的"特殊存在"史。

作品中一再写道："我到底是一个什么样的人呢？我是否天生就与别人不同呢？这些都是我反复追问而又永远搞不清楚的问题。"主人公曾经感受了同性之爱、强奸、诱奸、痛不欲生的失恋、因抄袭诗稿而身败名裂，甚至她在北京、N城和云南的神秘体验——接通冥府和预测未来等隐秘而怪异的经历，而这些又正是那些教科书式的文本所竭力规避的。尤其耐人寻味的是，在"诱奸"这一事件中，传统叙事模式中施暴者与受害者、引诱者与被引诱者之间的二元对立变得暧昧不明：林多米在孤身外出旅行时，明明白白地意识到所面临的危险，但她还是自愿地走入了花花公子矢村布下的圈套。是什么驱使她冲向未知的世界，获得前所未有的人生体验呢？与其说她是"诱奸"事件的受害者，不如说她是心照不宣的同谋者。使她蒙受巨大屈辱的这一事件既给她日后的岁月蒙上了抹不去的阴影，同时又为她开启了一扇新的门扉，变为她成长历程中的一个起始点。这一奇特的经验实在是主流社会匪夷所思，传统伦理道德无法把握和参透的东西。可见，这是作者成长受阻、扭曲的经验讲述，并且是以很自我的方式讲述着，似乎是为讲述而讲述，接近于自言自语，女性的心灵历程就是在讲述中逐渐形成的，其心理想象在讲述中显得很炫目。与此相应的叙事方式也呈现为非中心化的零散、片断式，并由于情绪与感受的层叠聚合，虽然无序但却令人处处感到深情灵动的轻盈美感，或者也可以说是创造了女性写作独特的审美精神。

毫无疑问，林白从一个女人的个体经验出发，表达的却是一种女人的集体生存经验，而这一经验的内核就是"女性欲望"：生命的欲望、创造的欲望、性的欲望与话语权力的欲望等。这种女性的种种欲望在过去和今天，一直为时间和文化所遮蔽，它们在女性自身的"容器"中默默地积累。这种沉默、持续和恒久的积累，恰恰意味着女性愿望和欲求的深度、多元和绵亘，直到《一个人的战争》才得到全面、深刻而细致的爆发和袒露。正统的男权独断的文学中，是不会让女人如此袒露自身隐秘的欲望的。当然，林多米根本不可能游离于男性社会的宰制力量，于是她最终只得做出妥协，出卖自己的爱情，把身体嫁给了一位老头，灵魂却继续流浪。在这里，林白对男性宰制女性的权力进行了控诉，这种宰制不仅体现在女性命运的规定上，而且渗透到了心理、性格和价值信念等内在层面。在小说的结尾，旧的林多米已经死去，她从此脱胎换骨，"激情和爱像远去的雷声永远沉落在地平线之下了，她被抽空的躯体骨瘦如柴地在北京的街头轻盈地游逛……穿着一件宽大的黑风衣，像幽灵一样徘徊在地铁入口处"，地铁入口处在林白的笔下就是"地狱的入口处"。

五七、《习惯死亡》——生命中不能承受的“习惯死亡”

张贤亮(1936—2014年),江苏盱眙县人,生于南京。其家庭背景比较复杂,中学毕业后到宁夏银川任教。1957年因发表长诗《大风歌》而被列为右派,遂遭受劳教、管制、监禁达十几年,其间曾外逃流浪,讨饭度日。1979年获平反,1981年开始专业文学创作。由于出身书香仕宦家,张贤亮从小深受中国古典文学熏陶,中学时代开始广泛接触俄罗斯和法国的文学作品,并尝试文学创作。1979年重新执笔创作后,先后发表了短篇小说《邢老汉和狗的故事》《灵与肉》《肖尔布拉克》《初吻》等,中篇小说《土牢情话》《龙种》《河的子孙》《绿化树》《浪漫的黑炮》《男人的一半是女人》,长篇小说《男人的风格》《习惯死亡》《我的菩提树》及长篇文学性政论随笔《小说中国》等。张贤亮是中国文化界和商界有名的“双赢家”。他是20世纪中国最重要的作家之一,同时,作为实业家,他于1992年创办的镇北堡西部影视城已成为宁夏旅游业享有盛名的品牌,赢利颇丰。张贤亮把自己近二十年的政治遭遇和生活经历看成是知识分子的苦难历程。“苦难”对于张贤亮有着特殊的意义,其大部分作品的主人公都经历过苦难,苦难使他们成为有价值的人,苦难经历使他们富于理性精神和社会责任感,苦难又是他们获得新生后的精神快乐之源,这使得张贤亮带有自叙传性质的小说极富艺术魅力。从创作意图上看,作为从炼狱里生还的知识分子,写作对于张贤亮来说,是一种参与意识形态争论和表明政治态度的方式。他曾公开表明他的文学观,二十二年痛苦的经验告诉他,离开政治,便没有文学家存在的余地。不管在艺术上有什么追求,都必须创造一个能使艺术繁荣的条件。所以,他的作品,或反思历史的伤痛,或思考知识分子的命运,灌注着强烈的政治意识和现实参与意识。这就决定了张贤亮是一个对知识分子的历史角色、中国社会结构以及社会主体的命运进行不遗余力地思考的小说家。由于自己的惨痛经历,张贤亮在他的小说中反复加以表现的是知识分子的地位、作用与遭遇问题,并且总是把知识分子放置到劳动人民当中使之发生关联,产生纠葛,从而达到揭示二者的本质关系,反思当代社会一度出现的政治失误的创作目的。《绿化树》《男人的一半是女人》等是这类作品的代表。

《习惯死亡》的主角仍然带有作家自己的政治遭遇和苦难人生体验,是一本作家的自叙传,属于男人的故事,介绍的是那个年代一个作为知识分子的男人的心理状态。小说的叙事方式比较独特,主人公隐去了姓名,分别以你、我、他三种人称交替出现。时空设置也变幻不定:时间为过去时、现在时、未来时蒙太奇般剪切;空间在中国、美国、法国间交错。它们统一在主人公的意识流动中,被切碎而后又被整合成万花筒般的心理时空。但《习惯死亡》又不像新实验小说那样制造叙事迷宫或者“非人格化”的叙事效果，恰恰相反，小说的理性色彩和人格色彩相当突出，而且又一再被直接的抒情和议论所强化。所有这些苦心经营，使得《习惯死亡》在总体上呈现出一种既跳荡不定又具有鲜明意向的状貌。

男主角从青年时代就开始展开对于死亡的设想，所谓“习惯死亡”，应该是习惯设想如何死去。当主人公面对情感、生活的压力时，想到了死亡，但最终肉体还存在，只是自己以往所认可的某些心态灭失了。为什么主人公总是想到死亡呢？这源自20世纪50年代末至60年代初中国出现的触目惊心的非正常死亡现象，那段对全中国人来说的创伤记忆，对他所产生的抹不掉的阴影，所以从某种意义上说，习惯死亡对于几千年来一直处于黑暗、动荡状态中的中国社会来说，也就是非正常死亡。生命在这里细微若游丝，卑微如浮尘，除掉一个生命好似踩死一只蚂蚁，“草菅人命”这种现象时常发生。对于知识分子来说，死亡又有着双重意思：精神死亡和肉体死亡。其中最惨痛的是“哀莫大于心死”的精神灭绝。主人公设想的死亡是一次死的演习，这次演习为他以后的许多次讲话提供了内容，他越说越玄奥，越说越神秘。而他一旦力图探求他为什么要去死和为什么又不想死的动机意义时，他不知道他从此就堕落了。其实他为什么又不想死的动机和意义他永远也不能理解，更说不明白。他曾经主动地去寻找过死亡，死亡是一次壮举。由于这种壮举一生中只能进行一次，因而具有绝顶的重要性。那是在劳改农场的一次晚点名之后，他一面听着“一、二、三、四……十二、十三、十四……”的报数声，一面思索着寻死的方法。目的确定之后，方法是很关键的。没有月亮，天和地都一片漆黑。仿佛有星光，还有队长手中的马灯乱晃。各个组的报数声都隐没在黑暗里，成了另一个世界传来的声音，又像是打在沙土地上的噼噼剥剥的干燥的雨点，寂寞地响成一片。这时他在劳改队里因受不了繁重的体力劳动，同时也看不到出狱之日而欲上吊自杀，但最终他发现处死自己的躯体并不比杀人省劲而作罢。看着那条旧麻绳，这时他觉得有一丝阴森的仇恨和令人心悸的爱意纠缠在一起，从心底冉冉升起。这是他第一次感受到的死。之后，他经历过饥饿引起的浮肿病之死继而又从死人堆里死里逃生，给死刑犯陪杀场的虚惊之死，他还听说了那个用黄豆粉和“乌鸡白凤丸”救他性命的医生在“文革”的武斗中被打死，他父亲死不见尸以及他的同伴们被饿死。饿死、枪毙、武斗、自杀、安乐死、寿终正寝等，这就是主人公看到、听到和感受到的“习惯死亡”。

张贤亮对死亡的感受和认识明显受到弗洛伊德精神分析学说和西方现代哲学思想的影响。弗洛伊德在第一次世界大战期间，由于看到战争对人类文明的破坏，因此在晚年于“生的本能”理论之外又假设了一个“死的本能”理论。他认为，生命中同时包含着这两种本能，两种方向完全相反的力。死亡以本能的形式，成为一种消灭生命的势力，而所有生命的目标都表现为死亡。这种死的本能变成一种情绪或欲望对外时，就表现为基于仇恨动机的攻击、破坏行为，而当这种行为在外界受阻，不能实施时，就会退回内心，指向自我，变成一种压抑、郁闷甚至绝望的情绪，这就极有可能产生自杀的欲念。存在主义之父克尔凯郭尔认为，世上的每一个人都或多或少地处于绝望之中，其中最致命的一种就是对自我的绝望。比如，当人感到痛不欲生、生不如死、欲死不能时，就是活着体验死亡。海德格尔也认为，人真正的存在是“此在”的存在，但必须是与他人的“共在”。这样，“此在”便不能自由自在地存在，总要受到他者的限制甚至摆布，从而陷于无尽的畏惧和烦恼之中。只有自由地死去，才能赋予存在以至上的目标。支配《习惯死亡》主人公行为的动机就是死亡，是向死的存在。

此外，作品还套用了米兰·昆德拉的“政治＋女人”的小说模式。主人公就曾经有这样一段自白：“一个是女人一个是政治，这两样东西给男人提供了生活的意义、乐趣和灾难。”尽管他的性格、行为及其他认识内容显得十分缭乱，但都是由此生发又复聚拢于此。主人公在青年时期曾经有过爱情，但是被错划为右派的遭遇所击碎，甚至由于几近四十岁不曾接触女色，加上一贯的压抑、郁闷，他的男性本能几乎丧失，这样，不仅仅在政治上，同时在生理和心理上，都有一种“被阉割”的感觉始终笼罩在他的心头。在他得到平反，命运出现转机之后，为了摆脱这种萦绕不去的阴影，他要不停地寻找女人，寻找能像母亲般给他带来母性温存和慰藉的女性，并且在性生活上对他顺从、宽容和满足的女性，从她们那里，他才会有幸福的感觉，人生就是这样一个感觉的过程。而他妻子的一本正经、时时处处的设防甚至冷漠，反而使他望而却步，使他体验到劳改队时的郁闷和绝望。从此，他多少带着一种病态心理疯狂地寻找能给他带来幸福感觉的情人，幻想在他临死之际，这种带着母性意味的情人来给他合上眼皮，送他进入涅槃的境界。从某种意义上说，《习惯死亡》中的主人公是一个饱受压抑、禁锢之后，身心极其脆弱、敏感，甚至有些神经质的男性中心主义者。与当时女性呼唤真正男子汉的想法恰恰相一致，他渴望的是真正能给他带来温柔和抚慰的女人。这多少和阿根廷作家博尔赫斯的情感生活有些相似。

尽管在作品发表之后的一段时间里，《习惯死亡》招致了颇多的是非和争议。但作者对社会的悲愤思考、对生命意义的探讨和拷问、对人性的理性反思与认识、对情爱的感悟与追寻，都引起了强烈的社会共鸣与读者心灵的震撼。作品的每一个章节以至每一个句子都值得细细品味，也必须细细品味。人们甚至不把它当作小说看，只感觉自己的灵魂被作者的灵魂承载着，在错落的空间、时间、人物角色中跌宕起伏，被他的思想撞击着、震撼着。作者善于驾驭人物、情节、时间、空间，把每一个独立的故事用思想的主线巧妙地编排、串接起来，好似一条隐秘的细线连起一颗颗散落的五彩珠，然后串出一条绚烂的项链。另外，作者文笔酣畅淋漓，妙语连珠，他的文字如行云流水般畅快顺滑，颇有韵律感。

五八、《怀念狼》——恐惧情绪和悲情关怀的抒写

贾平凹(1952—),原名贾平娃,陕西丹凤人。贾平凹 1972 年于西北大学中文系毕业后任陕西人民出版社文艺编辑、《长安》文学月刊编辑。1982 年后从事专业创作。主要作品有中短篇小说集《兵娃》《姐妹本纪》《山地笔记》《野火集》《商州散记》《小月前本》《腊月·正月》《天狗》,长篇小说《商州》《浮躁》《废都》《白夜》《土门》《怀念狼》《秦腔》,自传体长篇《我是农民》,散文集《月迹》《心迹》《爱的踪迹》,诗集《空白》,对话录《贾平凹谈人生》以及《平凹文论集》等。他的《腊月·正月》获中国作家协会第三届全国优秀中篇小说奖,《满月儿》获 1978 年全国优秀短篇小说奖,长篇小说《浮躁》获 1988 年美国美孚飞马文学奖,长篇小说《废都》获 1997 年法国费米娜文学奖。现为陕西省作家协会副主席、西安市文联主席、《美文》杂志主编。

贾平凹在商州地区生活了二十几年,对家乡有种怀恋情结,那是他的精神栖息场所,也是他感受生命和世界最原始也最深刻的视阈范围。贾平凹骨子里是一个不安分的、比较前卫的人,包括在情感方面,其内心的叛逆性、颠覆性很强,写小说也不会在一个套路里没完没了,在文学创作上也是经过不断探索的曲折过程才走向成熟而后进入收获季节。贾平凹的早期小说多描写新时期的西北农村,特别是他的家乡陕西商州地区改革开放后的变革,其目的正如他在《小月前本·在商州山地》中所说的,"以商州这块地方,来体验、研究、分析、解剖中国农村的历史发展、社会变革、生活变化,以一个角度来反映这个大千世界和人对这个大千世界的心声"。因而其作品视野开阔,具有丰富的当代中国社会文化心理内蕴,富有地域风土特色,格调清新隽永、明丽自然。后来贾平凹虽然有意向空灵的意韵发展,并且探讨都市中人的生存状态,但最能让他进入状态、最得心应手的还是他所熟悉的农村生活。《废都》出版以后,他又调整创作方向,重返商州,或者寻找城乡结合部,或者对准来城里打工的乡下人,如《土门》《白夜》和《秦腔》。贾平凹说过,"我承认我对城市生活不如我对农村生活了解多。但是我所描写的城市西安,在中国也算是一个大城市了,它和北京、上海都不一样,它更加接近于乡村,我熟悉的城市人大多数都是一些从乡村来到城市这一阶层的人。"所以,"我虽然写农村,但是我总是在写城市人记忆中的农村人。"他的《浮躁》不仅准确地把握了改革开放后农民急于致富的情绪,而且从整体上准确地把握了时代情绪和文化心理。自《废都》以后,贾平凹终于找到了自己的说话方式,不管别人说这种说话方式好或者不好,但它毕竟超越了前期的模仿阶段和试验阶段,形成他自己独特的叙述方式和表达方式。

2000年出版的《怀念狼》与贾平凹以往的所有作品全然不同，这部作品是他用神最多的作品，曾经过多次修改，小说观念也随之多次改变。《怀念狼》完全抛弃了《浮躁》以前的传统写法，表面看它是写实的而实际上却不是，它吸收了西方绘画中的印象主义艺术表现手法。贾平凹认为，西方美术代表了西方最前卫的、比文学观念超前的观念。阅读西方文学作品并不多的贾平凹，接受西方现代艺术的思想观念和表现方法反而较早。许多评论家都认为《怀念狼》这部作品最难评价：社会学家从中看到的是社会兴衰；人类学家认为这是写人与自然关系的一部作品；文学家从文字的叙述中读到了一种解放了的激情和深深的忧患；贾平凹自己说这部作品是对存在的悲情质疑，因为写作《怀念狼》时他的情绪状态是恐惧——世纪末情绪。他在《南方周末》的一篇访谈中说："近几年来我对世界越来越感到恐惧。连我自己都弄不明白我恐惧什么。也许是科技的高速发展，也许是战争和灾荒?""整个世界都充满了悖论，这种悖论是人类面对自然、面对动物、面对除人以外一切牺牲的矛盾，面对这种矛盾，人变得既渺小又狂妄，既可怜又贪婪，既精明又愚蠢。我觉得做人实在是挺受罪的一件事……这种意识这种感觉曾经十分强烈。"

贾平凹是个很敏感的人，也相信宿命。他觉得宿命是一种很积极的东西，人不能太嚣张，太嚣张了对他者、它者的破坏性就会加大、加强、加速，人应该有所禁忌、有所收敛，因此有点宿命思想是好事。人在自然面前不敢、不该，也不能为所欲为。因为，人的存在有多种可能性，但人这个"此在"必须是与他者、它者的"共在"(海德格尔语)。否则，如果他者与它者都消失了，只盛下"此在"，这样的世界是不可想象的，人的本性也会随之消失，人亦非人了。贾平凹看到了生命存在辩证统一的关系。有人曾经担心《怀念狼》会是一部关于环境保护的作品，其实不然。故事发生在商州南部那曾经是野狼肆虐的地区，人与狼之间发生过惨烈的战争。"我"舅舅在七岁时的麦收季节里被狼叼走了，从狼口中夺回来后，颈后留下了三个冒血的窟窿，从此落下了永远也消失不了的疤痕。而现在，狼成了被保护动物，舅舅也被任命为普查员，让他一年内查出全地区还有多少只狼。舅舅、"我"和烂头担负起了普查、追踪那仅有的十五只狼的职责。作品重点写了几个地点发生的事：刘家坝子小镇上的黄头发女人掏出来的两个桃子，黄家堡的杀人狂，在船上听船夫说的狼自救又自杀的事，红岩寺老道士悲悯救狼及其感恩回报的奇闻。在雄耳川"我"看到了狼的幻象，可是村里人的恐慌使我生出了几分悲哀，同时鄙视起了他们：长时间没有了狼，他们在生存中已经变得很虚弱了。随即，爆发了人和商州最后几只狼的冲突。"我"和舅舅反对打狼，人群愤怒地围住了我们，一个老头扑通跪在外公的坟头上拍打叫道："得茂哥，你瞧见了吧，这就是你的儿子，这就是咱雄耳川的猎人，他把咱列祖列宗的脸面丢尽了!"最后，"我"被一阵拳打脚踢，捆在一棵树上，舅舅则背着外公的灵位，端着猎枪带领着人们去追杀那最后的

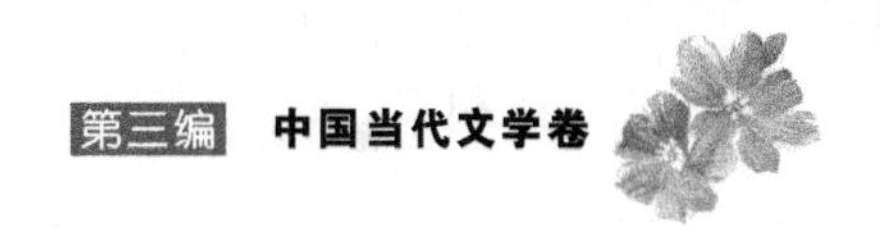

三只狼。

在这部小说中，血光之灾比比皆是，妖夭奇事倏然丛生，诡事异象层出不穷，好像有侦探小说的情节，还有戏剧等诸种元素，似乎还有笔记体的色彩。作者把传奇、民俗、民风、古代、现代、历史、战争、动物的性亢奋及人性的衰退杂糅在一起，但其中却没有大事件，一件细微的小事就可以写几万字。有人问贾平凹他写的是什么，他一下子也说不清楚。因为，每个细节都很具体，好像身边发生的，但又都是假想，整部小说都是虚构的。其实，这里有象征和隐喻。比如，刘家坝子的黄头发女人对舅舅说“你救过我的命”，而舅舅想起来那应该是一只他在高坝坊救过的金丝猴。还有那个抱根木头过河、往岸上树枝上跳时把头挂在树杈上自杀的狼，它让舅舅觉得“狼也没了对手了”。还有红岩寺给狼治病的老道士，狼对他跪地道谢，连他死后，狼也会赶来痛哭。我们还碰到无数怪事，有的人像狼，狼可以幻化成各种各样的人，各种各样的动物。还有那个瘫子杀人狂，每当有人从门前经过，他就让其进来喝水，然后用斧背敲其后脑致人死亡，而他竟然说这是帮政府在优化人种。可见，通过象征、隐喻的事件表象，我们看到的是作者对世界本质、生命本体深刻而真实的触碰和揭示。《怀念狼》里的商州，不再像以前的商州那样仅仅是透露出地域文化、历史文化的色彩，以及秦岭丹江的风景如画，富有的浓郁的乡土气息，这里，它的蒙昧、野蛮、对异类的疯狂破坏与捕杀已使人感到生命的衰颓和危机。令人感到恐惧的不是狼而是人们非理性的对传统习惯的执迷及对新观念、新事物的拒斥。

贾平凹说过，对他影响较大的中国作家有鲁迅、废名、沈从文和孙犁。他在与韩鲁华合作的《关于小说创作答问》中说：“沈从文之所以影响我，我觉得一是湘西和商州差不多，二是沈从文气大，他是天才作家。”他笔下的商州与沈从文笔下的湘西既有相似之处，又有超越的地方，因为他们写的毕竟是不同的时代，人物也受到不同文化的冲击。在外国作家当中，他崇拜日本的川端康成，西方现代派作品也对他产生了影响。他与川端康成的气质成因、人生观和美学追求都有相似之处。他们都是孤儿性格，抑郁、内向且多愁善感，哲学观上受到佛教经典和禅宗静默观照、沉思默想思维方式的影响，倾心于对生命本体的参悟体会；创作上执着于民族艺术的阐发，多以传统手法表现现代意味。而且，他们作品中的那种寂寞情绪，幽玄境界，生的神秘，死的莫测，寂灭无常的深层悲哀，达到了一种生命体验的极致。在《怀念狼》里，贾平凹更是将东方神秘文化与西方现代荒诞艺术融为一体，以此来表现他对人生、社会、自然和宇宙的思考，传达其对生命的体验和领悟。

五九、《马桥词典》——词典文体与中国寓言

韩少功(1953—),生于湖南长沙,1968年初中毕业后赴湖南省汨罗县插队务农,后调到该县文化馆工作。1978年就读于湖南师范大学中文系,1985年到武汉大学英文系进修,接触到大量西方当代文学作品和历史哲学著作,其感知方式、思维方式、审美方式及人生态度、艺术境界有了很大的改变。1988年他调海南省工作,后回湖南,在自己的庄园里过着隐居生活,潜心写作和研究。1985年韩少功发表的《文学的"根"》,被看成是文学寻根运动的"宣言"。与此同时,他创作了中篇小说《爸爸爸》《女女女》及短篇小说《归去来》《蓝盖子》。与他之前的作品相比,这组小说从单纯的政治反思深入到民族文化反思,从单纯的社会反思回归到文学自身的反思。这使作品在没有减退历史意识的同时,又增强了哲学意识和审美意识;在保留理性思索的同时,也加强了非理性的成分。小说文体也进行了革新和变异,作品淡化了人物、背景和情节的艺术处理,呈现出一种由外向内,由热情向冷静,努力揭示人物的变态和民族文化心理积淀的趋势,情节上给人一种扑朔迷离、朦朦胧胧甚至是神秘荒诞的感觉。透过这些跳荡的近乎荒诞的文体,读者却常常能够获得更远更深的感受,眼光转向更为宏大更为深远的领域——人的生存状态和民族文化心理的重建。《爸爸爸》就是作者站在现代意识的角度,透过神秘的氛围,凭借对古老村寨苦难历史的描写,完成了对酿成这场灾难的病根——民族劣根性的探究,从而对民族文化形态进行了理性批判。也正是韩少功等一批新时期作家共同致力于超越性开拓,才使1985年以后的小说创作空前活跃,呈现出多元化的格局,使小说超越了狭小的政治功利圈子而进入民族文化形态下的生命本体高度。1996年,韩少功的《马桥词典》出版曾引起了文坛的兴奋,人们对其文体争论不休。2002年,他又推出了极富文体探索意义的长篇小说《暗示》。韩少功是中国新时期文学的代表作家之一,他的小说、散文、随笔等作品极富时代精神和批判品格,总是长久地吸引文坛和读者的关注。

《马桥词典》集录了湖南汨罗市马桥人日常所用词汇,共计115个词条。作品以这些词条为引子,讲述了古往今来一个个丰富生动的故事,引人入胜,使人回味无穷。这部长篇小说没有采取传统的创作手法,而是巧妙地糅合了文化人类学、语言社会学、思想随笔、经典小说等诸种写作方式,用词典的方式构造了马桥的文化和历史,使读者在享受到小说巨大魅力的同时,领略到每个词语和词条后面的历史和文明,看到了中国的"马桥"、世界的中国。小说主体从历史走到当代,从精神走到物质,从丰富走到单调,无不向人们揭示出深邃的思想内涵。书中有四个人的故事是不朽的:一个是住在将要坍塌的屋子里靠蚯蚓和草维持生命的疯子的故事，一个是乡村优秀歌手被认为是淫荡者实际上是一个阉人的故事，一个是这个地方的丐帮帮主的故事，一个是这个地方最为著名的强盗的故事。每个故事中都浸透着韩少功特有的沉思风格。作品采用解构的方式来演义近半个世纪以来的中国乡村的历史，这里既有宗族间的械斗，又有男女混乱的性爱关系，还有徘徊很久不愿离去的幽灵。如同书名所暗示的，素材以字典的形式组织起来，读者既可以从词条中看到当地历史的变迁，也可以看到马桥人身上的传统烙印。有的条目是一些长段落，有的甚至长达几页，有的条目是作者关于一些简短的语言学方面的思索，当然，还有神话、传说以及种种庆典仪式，这一切就是历史的记载；而种种奇异的风情、建筑和地貌的描写喻示了某一个时代永远不褪的烙印，作者就此将有关乡村及其居民的传说、逸事编织在里面。当然，马桥这个地方确实还存在着传统文化与现代思想的并存，以及马克思主义与乡下人信仰的冲突的事实。

不翻开《马桥词典》，人们无法进入马桥的历史。马桥人将远处的任何地方都称之为“夷边”，弹棉花的、收皮子的、下放崽和下放干部，都是“夷边”来的人。按照作者的考证，“夷边”这个词包含了马桥人“位居中心”的自我感觉。“夷边”与“中心”的差别体现在一批独异的词条中，它们喻示着一个独异的世界。作品中许多词条的根须扎入马桥的历史，蜿蜒分布于马桥生活的每一个局部，在适宜的土壤里面壮大、繁衍；当然，也有另一些词条则可能在未来拔地而出或风干、枯死。人们可以经由那条“官道”进入马桥的地界，走上大街小巷，看到马桥生活的外观。可是只有《马桥词典》才意味着马桥的文化生态学，其中保留着马桥人的一系列生活观念，如他们想象中的政治、性、情爱、吃、社会等的观念。按照结构主义者的妙想，所有的思想都无法走出词典的牢笼。韩少功在《马桥词典》的写作中获得了自如的舒展。《马桥词典》包含了考证、解释、征引、比较、叙事、场景、人物描写等，这种形式为作家的多方面才能提供了足够的施展空间，作者的理论兴趣和表述思想的爱好也得到了迅速的宽容接纳。《马桥词典》毁弃了传统小说所依循的时空秩序和因果逻辑，将历史的排列秩序托付给词典的编写惯例——按照词条首字的笔画决定词条的先后顺序。这是否是将偶然还给历史，或者是证明历史的排列本来就是一种符号的任性规定？

马桥人的语言只有在马桥这个地方才有特殊的含义，反映出他们独特的思维方式与生活方式。当时的政治氛围是：说话不小心就有可能被关进监狱。作者在作品中说语言只是语言，不是其他什么东西，它的重要性不应该被夸大。词典里面密密匝匝的词条纵横编织成一个庞大无比的网络，这个网络千变万化、伸缩自如，它不仅承载了现实的重量，而且决定了现实的结构。人们通常没有察觉到这些驯顺地隐藏在书籍里的词汇的巨大魔力，不知道这些词汇正不动声色地修剪着他们的所有认识，为他们的意识整容。某些时候，它们可能成为种种陷阱，有时又是一张随时都会自动收拢的网，等待着人的陷落或猎物中圈套。比如，一个电台播音员在现场直播中误将共产党员“安子文”读成国民党要员“宋子文”，这导致了他十五年的徒刑。一个字会吞噬一条生命，这是一种多么可怕的功能。其实，20世纪是一个破除神话的时代，一切神秘的气氛正在烟消云散。经过诸多符号学家的破译拆解，种种神话仪式均显示出了符号的本质——一切强大的感召力和令人激动的迷幻无一不是符号运作的结果，这些运作是可以分析、模仿和复制的。所有的神话都将在这样的分析、模仿和复制中暴露出人为的框架。然而，人们有没有能力将这样的框架弃置不顾？结果正相反，因为一个新的神话又不知不觉地出现了——语言充当了这一神话的主人公。在结构主义符号学家的心目中，语言是一个不可突破的巨大结构，“不是人说话而是话说人”成为一个著名的结论，马桥人称之为“嘴煞”。比如，复查在某一天被太阳晒昏了头，咒了罗伯一句“这个翻脚板的！”结果次日罗伯果真被疯狗咬死了。从此，复查再也逃脱不了罪恶感。在科学主义者看来，这是明显的无稽之谈，然而这恰恰是语言魔力所残留的痕迹。我们生活中不是也经常遇到类似“嘴煞”的现象吗？此外，马桥人还有一种特殊的病症——“晕街”，它的症状与“晕船”相仿，只不过“晕街”是由于街市引起的。马桥人无法接受城市，城市让他们感到不可遏止的晕眩。但是，“晕街”并不是事实之后的命名，而是一个由杜撰的命名所创造出来的二级事实。韩少功曾经说过，语言差不多就是神咒，一本词典差不多就是可能放出十万种神魔的盒子。就像“晕街”一词的发明者，一个我不知道的人，竟造就了马桥一代代人特殊的心理，造就了他们对城市长久的远避。在马桥，某些领域的语言空白同样将成为一种意识的阙如。比如性话语，除了下流的谩骂，马桥人没有完善的性话语，这限制了他们对性的认识水平，只能将性当成一个可笑的、下流的、不安全的同时又充满乐趣的活动。

在《马桥词典》中，作者以叙述的方式来解释他的条目，从村民到这个地方的特殊环境再到这个地方独有的习惯，作者既注重当地语言的形成又注重语言所反映出的马桥人的价值观。贯穿作品始终的，是作者对当地地方方言在官方语言影响下所发生变迁的分析。作品里面没有鲜明的一以贯之的中心人物，没有起承转合的故事。作者追求文体置换，不拘泥于传统，给人的感觉多是片段性的，《马桥词典》既像小说又像词典，然而却又充盈着丰富的时代精神和深刻的批判内涵。在《马桥词典》之前，就有塞尔维亚作家米洛拉德·帕维奇以“辞典”形式写作的《哈扎尔辞典》，不过，后者是写20世纪80年代的三教学者，寻找那部记载了中世纪发生在哈扎尔王国的一场宗教大辩论的有关史料的书——《哈扎尔辞典》。整部小说就是围绕这部辞典的产生、编撰和寻找而展开，但这部辞典始终没有出现。帕维奇称他的小说正是这部神秘文献的子本。其实，它并不是真正意义的有关哈扎尔历史的辞典，仅仅是一部用词条形式来分章节，以三个不同的视角来展开文本内容的小说。韩少功借鉴了这种小说文体，但其内容则完全是自己插队生活的经验和感觉，从而完成了这部中国寓言。

六〇、《酒国》——人性批判与文化戏仿

莫言(1955—),原名管谟业,出生于山东高密一个农民家庭。经济上贫困和政治上受歧视的少年生活给他留下了惨痛记忆,父亲过于严厉的约束更使他备受压抑,这种心理特征直接影响了他后来的小说创作。莫言读书时期因骂老师是“奴隶主”曾经受到警告处分。小学三年级时,他读了《林海雪原》《青春之歌》《钢铁是怎样炼成的》等作品,开始文学启蒙。小学五年级时,他因“文革”爆发辍学回家,以放牛割草为业,闲暇时读《三国演义》《水浒传》,无书可读时甚至读《新华字典》。莫言1981年开始小说创作,并发表了处女作《春夜雨霏霏》。1985年,他发表的短篇小说《透明的红萝卜》使他一举成名,1986年发表的《红高粱家族》则使他享誉文坛。此后一段时期莫言的创作明显受到美国作家威廉·福克纳和哥伦比亚作家加夫列尔·加西亚·马尔克斯的影响。莫言已出版有长篇小说《红高粱家族》《丰乳肥臀》《酒国》《天堂蒜薹之歌》《檀香刑》《四十一炮》《生死疲劳》等,中篇小说《透明的红萝卜》《爆炸》《金发婴儿》《怀抱鲜花的女人》《欢乐》《牛》《三十年前的长跑比赛》等,短篇小说《枯河》《秋水》《白狗秋千架》《冰雪美人》等。另外,还有散文、随笔、电影剧本、电视剧本等多种,其中根据其作品改编的电影《红高粱》《白棉花》《暖》等均获国际电影节大奖。

莫言成名作《透明的红萝卜》以一个弱小孩子的视角和感觉,写他从事力所不及的体力劳动时的辛酸以及幼小心灵对美好事物的神奇想象,表现了他色彩斑斓,充满声、光、色、影的童年世界。该作品富有神秘色彩和象征意味,加上融多种成分于一炉的叙述语言,构成了作品的独特的艺术风格。之后的《红高粱》等一系列小说,将这种风格表现得更加淋漓尽致,对20世纪80年代中期的中国文学和文体造成了强烈的冲击。他的小说还以丰厚而独特的意象,推出一个类似于加西亚·马尔克斯的马孔多小镇的高密市东北乡的艺术世界,以至于有的评论家评论说,莫言就是中国的加西亚·马尔克斯。20世纪90年代,他的创作进入到试验以种种方式创作长篇小说的相对平静的调整阶段。莫言总结说,在离开故土的30年里,他在文学作品中一直描写他生长的那块土地。对乡村生活的记忆是莫言许多文学作品的素材和背景。20世纪80年代末的《红高粱家族》写了“我爷爷奶奶”那代人;20世纪90年代中期的《丰乳肥臀》写了“我爹”那代人;而2005年的《生死疲劳》写了“我”这一代人。作者用43天时间手写出来的《生死疲劳》,却是他心里43年的积累——对饥饿的恐惧。进入21世纪,莫言创作了回归传统与民间的长篇小说《檀香刑》,有人说他越来越像一个中国作家了,离诺贝尔文学奖也越来越近。

写于20世纪90年代末、出版于2000年的《酒国》有许多创新之处，隐喻象征意味十分明显与突出，它并没有一个固定的单一的意义指向，它的意义是滑动的、变幻不居的；在话语方式上也充满了各种各样的反讽、戏仿和悖谬的手法，但主要是以批判为手段，以构建现代性精神为目的。其批判集中在人性与文化两个方面。人性批判又是和社会政治批判紧密联系在一起的。社会转型期特有的思想文化特征使一部分人，尤其是手中掌握有一定公共权力的人，开始迷失了自我与人生方向，享乐主义的人生哲学充斥他们的头脑，他们欲望迅速膨胀，人性的阴暗面暴露无遗，欲壑难平又加速了他们的腐败。《酒国》讲述省人民检察院的特级侦察员丁钩儿奉命到酒国市去调查一个特殊的案子：酒国市的官员吃掉了无数婴儿。但到酒国市的人没有能经得起诱惑的，丁钩儿虽不断提醒自己不喝酒，最后却醉酒淹死在茅厕里。《酒国》中的官员之所以为官，不是因为他们才华高过他人，而是因为喝酒海量，并且食欲旺盛。“吃”的影响已经到了这样一种地步：吃可以改变一个人的命运。在他们满足自己欲望的同时，祸害的是国家和民众的财富、生命与血汗。“吃红烧婴儿”实际上是一个隐喻，因为这些官员吃掉的、挥霍掉的是后代子孙的未来和根本的生存之道，他们穷奢极欲、尽享荣华富贵的行为方式经过历史积淀，成为集体潜意识、酒国市人特有的人生价值观追求，代代相传，世世赓续。吃人行为是人性恶的极端化形式，其动机具有很深的历史渊源和文化内涵。当代中国，作为制度的封建不复存在，但作为精神、观念的封建却始终没有绝迹，它积淀在人们的全部意识当中，精神、观念的摧毁远比制度的摧毁困难。中国的现代性启蒙仍然任重而道远。

一方面，酒国市的“婴儿宴”可以说是物质生活极大地、渐渐丰富起来之后的一件重大的事件。我们的法律和世界上其他国家的法律当然都不能容忍这样的事情发生，所以才会派遣著名的侦查员丁钩儿前来调查事件的真相。丁钩儿态度模棱两可，行为矛盾犹豫，问题不在于他的工作能力，而在于他的道德能力。丁钩儿还没有正式进入酒国市之前，就在罗山煤矿里给缴了械，把他击败的是美酒和佳肴，外加党委书记、矿长和金部长的宽厚、冷静、阶级兄弟般的感情。美酒让丁钩儿失去了理智，佳肴让丁钩儿放松了警惕，党委书记、矿长和金部长的宽厚、冷静，让丁钩儿不由自主地感到羞愧。金部长是最大的嫌疑人，在丁钩儿已经被矿长和党委书记灌得上吐下泻之后，才翩翩然出现。他说：“我来迟了，自罚三十杯”，三十杯，不是三杯，在这样的高手面前，丁钩儿被剥夺了动手能力，他只能任人宰割了。的确，就像金部长说的那样，丁钩儿面对的是人民内部矛盾，而不是敌我矛盾，他的枪所对着的是一个自己的同志，一个笑眯眯的同志。换了你，你能够怎么办？几秒钟后，理想、正义、尊严、荣誉、爱情等诸多神圣的东西，伴随着饱受苦难的特级侦查员丁钩儿，沉入了茅坑的最底层。

另一方面，丁钩儿在调查还没有正式开始之前，就偏离了轨道。他的假枪附带证件之类的东西，都被长着鳞片的侏儒偷走。而他的真枪，唯一的安慰，后来又被女司机举起来对准了他的脑袋。女司机把他的短裤和汗衫都扔到吊灯上，然后骑在他身上，反客为主。丁钩儿有种被强奸的感觉，他被彻底地缴了械。对读者来说，后来的几章中，丁钩儿的各种迷幻感受都是一种失去了现实感觉的延伸。丁钩儿来到酒国市，不仅失去了手枪、尊严，还失去了现实感。一个貌似经典侦破与反侦破的故事，还没有正式开始就结束了。在这里面，有一种更加柔和而又强大的力量把特级侦查员丁钩儿击败了。

金刚钻(金部长)能够从罗山煤矿的附属小学教师做到宣传部部长这样的大官，靠的是什么？是千杯不醉的海量。在酒国市，金刚钻的酒量不仅给他带来了无量的前途，也让他具有了英雄般的迷人气质。由此，我们可以得知，在酒国，枪没有什么特别的用处，酒国最为有力的武器是酒量。对酒的迷醉表现出了酒国人追求饮食上的极端性的世界观和人生观。酒国大学袁双渔教授为了酿出绝世佳肴“猿酒”，不惜离家出走，去到山上与猿为伍；而李一斗博士的师母在烹调学院特餐部是著名的厨艺大师，其最为著名的菜肴，就是“婴儿宴”；酒国市著名的“驴街”则是美食的极端之一——“虐食”的代表，最有代表性的大菜“龙凤呈祥”则是饮食的极端追求。在酒国，需要关心的不是金刚钻他们是否真的吃了红烧婴儿这样的一件事情，而是你的酒量如何。看守烈士陵园的那位端着猎枪的革命前辈，对分管退休干部的俞科长的最大不满，就是他断了他的茅台酒。中国是一个以酒和美食著称的国度，而酒在西方国家常常与酒神即非理性联系在一起。莫言在作品里借着李一斗的小说表达了这样的一个概念：中国的酒食，连老外都赞不绝口，它们为我们酒国市创造了极大的经济效益。

《酒国》还不是通常意义上的反腐小说，莫言在《酒国》中，还通过李一斗博士不断寄给书中的作家“莫言”的小说中，几乎将整个20世纪中国自五四运动以来新文学史上各种流派、各样创作方法的小说都戏仿了遍，如现实主义、浪漫主义、革命现实主义和革命浪漫主义、现代主义、后现代主义、寻根文学、意识流小说、魔幻现实主义、心理现实主义、象征现实主义，以及从狂人日记到武侠小说，再到魔幻小说、先锋小说等。写实、夸张、变形、黑色幽默、戏谑、反讽、解构……历时性的文学观念演变、思潮变更、创作方法更迭被揉碎在同一文本中，如果按顺序排列，《酒国》简直就是一部20世纪的中国文学史，是典型的众声喧哗。

六一、《米》——人性的堕落与异化

苏童(1963—　)，出生于江苏苏州，1984年毕业于北京师范大学中文系，先后当过教师和编辑，现为中国作家协会江苏分会驻会专业作家。1983年，苏童开始发表小说，迄今出版有中篇小说《一九三四年逃亡》《罂粟之家》《妻妾成群》《红粉》等，长篇小说《米》《我的帝王生涯》《城北地带》《紫檀木球》《蛇为什么会飞》等。目前苏童的风头正健，时有佳作面世。随着中篇小说《妻妾成群》被著名电影导演张艺谋改编成获奥斯卡金像奖提名的电影《大红灯笼高高挂》，苏童蜚声海内外，无可争议地成为青年一代作家的佼佼者。其成名作当推1987年发表的《一九三四年的逃亡》，从那时起，苏童被批评界看成“先锋派”（也有人称之为新潮小说或实验小说）的主将。1989年以后，苏童的风格有所变化，从形式退回到故事，尝试以老式方法叙述一些老式故事，《妻妾成群》则是典型的代表作。准确地说，《妻妾成群》并不能反映苏童作为“先锋派”的风格，这篇小说已经带有回归传统的意向，甚至不少人把这篇小说推为新历史小说的代表作，标志着苏童的叙事风格走向了成熟。这篇古典味十足的小说，采用了非常现代的叙事方法。它强调语言感觉和叙事句法，推崇形式本体化，仍带有先锋小说注重叙事和语言的创新与实验的特点。

苏童的先锋小说主要是以虚拟的自我家族兴衰史为主题的“枫杨树”系列，《一九三四年的逃亡》是其第一篇，该小说描写了陈姓家族史上灾难沉重的一页。构成这篇小说写作重心的并不是故事而是故事的呈现方式，其突出表现为叙述者的不断插入，而且插入的叙述者不断变化。其中有“我”、故事的回忆者、“作者”、故事的写作者等，中间一会儿是“家史记载”，一会儿是“知道内情的人说”，一会儿是“枫杨树的人说”，一会儿是“祖父们说”，一会儿又是“祖父对孙子们说”，加上第一人称“我”的主观愿望与写作动机不时地出现在故事的叙述当中，使读者进入故事，并使读者在寻求叙述和故事的惯常的真实性时受到了的干扰。这种实验，一方面突出了故事讲述、感觉、回忆和视点的主观性；另一方面也突出了故事客体的非客观性、故事本体的模糊性、故事状态的碎片性和故事秩序的任意性，显示了鲜明的话语意识。此外，该小说还充满了意象符号，在似有若无、似梦非梦中接通了苍茫的历史与变幻的人生，使作品富有抒情意味。

苏童最具颠覆性的小说是他的第一部长篇小说《米》。他曾说过：“写这部小说很像一次极限体验，我要颠覆的东西太多了，被认定的人性、道德，还有人物、人与人的关系以及故事进展等方面，我几乎怀着一种破坏欲在写，在生活中我应该是个善良温和的人，却一心要与魔鬼对话，所以我觉得我写《米》的状态是跳大神的状态。”其创作这部小说的目的是“为了解开少年期特有的叛逆、喊叫和寻死觅活的情结”，“是我内心的需要”。

民以食为天。《米》讲述了枫杨树的一位叫五龙的农民摆脱饥饿贫困的人生历程：伴着一个家族三代人的颓败，乡村与都市的纠缠与冲突，随着食欲的满足而又落入性欲的陷阱。五龙为“米”而来，也终于死在回乡火车的米堆上。他在洪灾中逃难到城里谋生。在码头上，他为了一块畜生吃剩的肉受到码头恶霸阿保的捉弄，阿保将他踩在脚下让他叫“爹”，五龙受到侮辱后就此种下了仇恨的种子。仇恨是他所有复仇计划的根源，也是他后来发迹的动力。为了生存，五龙本能地从码头跟着装米的大板车来到米店门口；米店冯老板收留他做了伙计。冯老板有两个女儿：姐姐织云，生性风骚，14 岁那年被吕六爷包下做姘妇；妹妹绮云，是个禁欲、清高的女子。绮云起初痛恨五龙来米店做事，千方百计刁难他。五龙在发现织云与吕六爷手下的阿保通奸之后，写信向六爷告发，阿保被扔到江里喂了鱼。这是五龙朝他向往的权利（恶霸势力）迈出的第一步，也是他复仇成功的首次尝试。从此，城市文明的丑陋和人性的歹毒像毒蛇的毒汁一样迅速传遍了五龙的每一个细胞，激起了五龙身体内的"恶"，彻底改变了他生命的深层本性。他开始对不把他当人看的冯老板，对一直看不起他的绮云，对活在别的男人怀里的织云，对所有的人，都展开了敌视与报复，并凭其旺盛的生命力而使自己成为自己命运的主宰。他借"阿保的鬼魂"闹事赶走了六爷全家，借对绮云、织云的霸占气死了曾经把他当成一条狗的冯老板，同时也羞辱了绮云、织云。报复所有人，报复一切，凭借一担米加入黑社会并最终称霸一方，他以此为荣，常常对身边的人炫耀他的"辉煌历史"："我从前比你还贱，我靠什么才有今天？靠的就是仇恨。这是我们做人的最好的资本。你可以忘记爹娘，但你不要忘记仇恨。"

五龙靠仇恨解决了温饱和栖身问题，解决了他疯狂的性欲，也极大地满足了他的虚荣心，镶了一口从小就梦寐以求的金牙，但是，五龙依旧孤独。他敌视了整个城市和社会，整个城市和社会也同样抛弃了他。"他坐在一只竹制摇椅里，身子散漫地前后摇晃，脑子里仍然不断闪过两少年街头斗拳的画面。漂泊了这么多年，经历了这么多事件，五龙突然产生了一种孤独的感觉，孤独的感觉一旦袭上心头，总是使他昏昏欲睡。"几十年的谋生和闯荡，城市依然没有成为五龙的栖息地。对象征着财富的米的追逐和报复性的江湖闯荡，最终给五龙留下的是一个冰冷和无情的家，一家冷漠、冷血的所谓的家人以及最让他致命的一身的性病。于是，五龙在遭受阿保之子抱玉的残害后对城市彻底地绝望了。他做了一次认真的反省，冷静地寻找他不可饶恕的错误。他发现他的心灵深处始终仇视着这个城市以及城市生活，但他的肉体却在向它们靠拢、接近，难以抵挡千百种诱惑，他并非被女人所害，而是被一种生活的欲望和狂想所害。在城市的一切生活对五龙来说，终究是一场充满罪恶的流浪。于是，他决定带一车皮的白米回乡，但等待他的不是故乡而是身心的毁灭——死亡。五龙终究没能带着一车"最好的白米"回乡，更可悲的是连那口他一辈子拿来炫耀的金牙也被儿子柴生挖走了。

小说不厌其烦地一次又一次地通过五龙的回忆、梦境来叙述对故乡的缅怀，但故乡留给五龙的不是温馨与浪漫，而是无法抹去的噩梦——"他漂浮在一片大水之上，恍惚又看见水中的枫杨树家园，那些可怜的垂萎的水稻和棉花，那些可怜的丰收无望的乡亲，他们在大水的边缘奔走呼号，他看见自己背着破烂的包袱卷仓皇而来，肮脏的赤脚拖曳着黑暗的逃亡路。"可见，故乡留给五龙的是永远的伤疤：洪荒、灾难、贫穷以及迷惘、惆怅的枫杨树人。

这是一部阴暗的灰色小说，在书中，你无法看到一点点的美，全书充斥着人性的丑陋与恶毒，充满了无法拯救的人性的悲哀，充满了从骨子里对人性的绝望，每一个人物都是人性恶中的载体，人与人之间的敌对与仇视到了无以复加的程度。无论在农村还是在城市，“美”与“人性的闪光点”已经荡然无存，无论是作为男人的五龙、阿保、六爷，还是作为女人的绮云、织云、雪巧等，生存已变成沉重的无法抗拒的堕落、沉沦与毁灭，谁也无法逃脱。何处还能立家？何处还能生存？在《米》中的答案是令人绝望的。难怪苏童在《米》的序言中说：“我想这是我第一次在作品中思考和面对人及人的命运中黑暗的一面。这是一个关于欲望、痛苦、生存和毁灭的故事”，“我在这部小说中醉心营造了某种历史，某种归宿、某种结论”。整部作品充满着可阅读的快感，且不乏深层的寓意。有评论家称之为“一半是历史，一半是寓言”，又有人称之为一部精致的具有中国传统特色的“米雕”。总之，《米》是苏童为数不多的长篇小说中最值得重视的一部。

六二、《无字》——用生命写就的《无字》

张洁(1937—)，原籍辽宁，生于北京，读小学和中学时就爱好音乐和诗歌，1960 年毕业于中国人民大学计划统计系，后长期在工业部工作。她 1968 年发表了第一篇小说《从森林里来的孩子》，并获得同年全国优秀短篇小说奖。次年发表短篇小说《爱是不能忘记的》，触及爱情与伦理道德这一在当时十分敏感的话题，引起文坛极大的反响。1980 年，她调到北京电影制片厂工作。她出版有《张洁小说剧本选》，小说散文集《爱是不能忘记的》《方舟》，中短篇小说集《祖母绿》，长篇小说《沉重的翅膀》(获全国第二届茅盾文学奖)、《只有一个太阳》，散文集《在那绿草地上》及长篇散文《那个最爱我的人去了》等。张洁以“人”和“爱”为主题的创作常引起文坛的争论。她不断拓展艺术表现的路子，其作品的初期特点是婉约清丽，在宁静悠远中呼唤人的真情；后来的作品则更关注社会现实，挖掘人性的复杂。同时，对女性命运的关照也是她一贯坚守的立场，《方舟》《祖母绿》是这方面内容的代表作。其中，《方舟》是中国当代女性小说的第一个文本，它通过“寡妇俱乐部”里三个女人的故事，向我们讲述了一个长期被男权社会遮蔽的事实：“做一个女人，真难！”这篇小说里女性意识的觉醒与其说是自觉的，不如说是生命本能的，是长期压抑的内心情感的总爆发。尽管张洁自己一再公开否认自己有女权主义倾向，评论界还是有人把她的这类作品当作是中国当代女性写作的第一阶段，甚至把她和谌容、张抗抗称为“老三巫”，其精神和语言结构同属一个谱系。“巫”最早是知识分子的象征，这里是褒义的，意味着才气、灵气、智慧、神秘和美，同时也意味着危险、邪恶和性欣赏，即被看。

获得第六届茅盾文学奖的《无字》，是张洁历时十二年潜心撰著的凝重恢宏、空灵隽永的长篇力作。张洁说她之前的写作只是为了《无字》练笔。到底是什么力量在十二年的时间里支撑着张洁来写作？有人一针见血地指出是仇恨。小说以女作家吴为的人生经历为主线，讲述了她及其家族几代女性的婚姻故事，描摹了社会大动荡、大变革中各色人的与世浮沉、坎坷人生，展现了中国近百年间的风云际会，对 20 世纪的中国进行了独特的记录与审视，写出了一个说不尽的时代。《无字》里所涉及的史实不是一件两件，可以说它所构筑的这个故事正是以史实为空地，以仇恨为地基，以三代人的感情纠葛为主线，慢慢地用文字堆砌出来的，一层层的房间里不乏相同的摆设，而张洁则将那些重复的语句定为主角一生的"命穴、死穴"。

女主角吴为作为一个作家，同时也作为一个别人口中的"破鞋""烂货"，在胡秉宸一而再再而三的羞辱、诬蔑下，依旧可以好好地爱、认真地爱，虽然最后疯了，但却是因爱而疯。吴为的母亲叶莲子在战火纷飞中带着吴为千里迢迢去香港找顾秋水——那个几乎已经把她忘掉的男人，顾秋水一而再再而三地羞辱甚至是虐待(包括心理上和生理上的虐待)她，她都不离开他；吴为被他打、被他摔在地上，她也不离开他；令人发指的是，他当着叶莲子的面和阿苏亲热甚至要她看着他和阿苏做爱，她居然还是不离开他。如果说叶莲子带着吴为去找顾秋水是坚韧的话，那么，她对后来受到的那些最无情的打击的反应就到了坚韧的极致——卑贱——非常的贱，超乎任何人想象的贱，连吴为都不相信她的母亲怎么能这么的贱。但是吴为却没有认识到她自己的贱也正是一种惯性，抑或是叶莲子和顾秋水携手造就的，可她只恨她的父亲。胡秉宸问吴为她为什么对她父亲那么狠，吴为很强硬地回答："哪怕他每个月给我们十块钱，十块，只要十块，我的人生也不至于从两岁开始往下栽，也不至于这样的奴颜婢膝，一辈子在与他人，特别是在与男人的关系中犯'贱'。"但是吴为没有想到，如果不是叶莲子那样的一厢情愿，那样的坚韧乃至卑贱，她的人生也不会是那样的。但她只恨父亲，仇恨，使她把所有人对她的伤害，甚至是来自胡秉宸的伤害，都归咎到顾秋水身上，归结在顾秋水让她变得那么贱的份上。在某种程度上吴为比叶莲子更加卑贱，叶莲子的卑贱与吴为相比顶多算是坚韧。幸好她们还有一个禅月——"叶家的智者"来翻她们所出的每一张臭牌。而禅月的一切行径都基于她母亲吴为的卑贱而显得无比坚韧，一个奇怪的圈子牢牢地圈住了这三代人。

当然，《无字》里的男性人物也并不完全是那样的糟糕，张洁在接受一个采访时这样说："可是我对男性的赞美他们怎么没有看到呢？如果认真阅读，就会发现我尽力写出了一个个立体的人。比如胡秉宸，对信仰、对革命事业的忠诚及他的献身精神；比如顾秋水的义气，对自己的承诺一丝不苟地兑现。"但是字里行间的鄙夷厌恶如何能让大家记住跨越了几百页的人物的本真性格？胡秉宸对信仰、对革命事业的忠诚可以让他娶一个他不爱的女人。当爱情来临他不得不直面的时候，他虽然选择了爱情，但是当他发现他所有的一切荣誉、一切人际往来都和他的爱情背道而驰的时候，他又卑鄙地让吴为和他离了婚。我们不得不质疑一下他对吴为到底有没有爱情，是对一个女人的本能的需要呢，还是要一个作家的名号来显摆一下他的脸？张洁就这么狠狠地质疑了他，这样胡秉宸的那些忠诚、献身的优点似乎统统都不值得一提了。那个曾经在战场上出尽风头讲义气的顾秋水，那个一贯对自己的承诺一丝不苟地兑现的顾秋水，唯独在对叶莲子的承诺上他早已忘记了。《无字》里作者对他的这些品质是那样的少花笔墨因而显得一文不值。这样看来，张洁到底在哪里赞美了这些男人？王蒙在《读书》里发表的《极限写作与无边的现实主义》一文里，对张洁提出了这样的疑问——如果书中的另外一些人物也有写作能力，那将会是怎样一个文本？也许张洁在《无字》中歪曲了现实，因为她在写作的过程中陷进了吴为的角色中，把自己和主人公合二为一，因此会以一个太吴为的角度去写作《无字》，而不是站在一个客观的作者的高度去鸟瞰，这才遗漏了人物性格的多重性、矛盾复杂性，没有做到人物形象的立体化和丰满程度。

“爱情是一种站在远处看的东西”这句话是张洁对爱情最精辟的诠释。但她现在已经到了一个连站在远处都不想看的年纪，而正是这样的她却给我们带来了《无字》里让人痛到窒息的爱情。叶莲子对顾秋水的执着，吴为对胡秉宸的疯狂，爱情在这两代人身上都以一个极难看的姿势结束它们的生命，以至于禅月对爱情就不愿再花那么大的力气。但禅月的这份难得的清醒却总是遭到吴为的不齿。到底什么是爱？叶莲子真的爱顾秋水吗？她嫁给顾秋水的前提背景是一段无疾而终的爱情，一个突然消失的人物——史峤。如果史峤不消失，叶莲子也许根本就不可能嫁给顾秋水。我们也可以说叶莲子对顾秋水是日久生情的爱，但是他们真正在一起的时间有多长？在那与之后的分离相比的短暂的相处里，他们都做了什么？叶莲子对生活不冷不热，顾秋水对叶莲子的不冷不热的生活态度的厌恶，等到顾秋水抛下她离开后，叶莲子才慢慢想起他的好，这才似乎感觉爱上了他的那些好。书中很多地方都让人质疑叶莲子到底爱的是生活中的顾秋水，还是想象中的顾秋水？而吴为呢？也许她是真的去爱了，不然最后她也不会发疯，而她是真的疯了吗？这只有吴为知道。但给人的感觉是，她的仇恨比她的爱更多，很多时候她是为仇恨而活着，而不是为爱。她对她的第一个丈夫没有爱，她对胡秉宸，或者她和胡秉宸之间产生了朦胧的爱意。很多人说真正的爱情是永远不会变质的，但是他们俩的爱情保质期长不过他们的一生，也许是因为他们离得太近了，爱情真的只能站在远处去看。

整部小说文字灵动洒脱，情节精妙跌宕，人物复杂逼真，布局宏达伟阔，好似一部雄浑的交响乐，一个回旋又一个回旋地撞击着人们的心灵，进行着灵魂的拷问，给人留下无尽的思索，实可谓闳其中而肆其外，给人以强烈的艺术震撼。一部用生命写就的《无字》，其中人物的行为暴力与语言暴力给读者心头留下的压抑是难以形容的，但同时却给人很多很多思考，关于爱情，关于自己，关于这个世界。张洁因这部作品获得茅盾文学奖后成为媒体关注的焦点，但她却没有接受任何媒体的采访。她说："我不会说话，写的比讲的好"，"写作是我生命的存在方式"，"我以前写的所有小说都是为《无字》做的练习……哪怕写完这部长篇马上就死，我也甘心了。"

六三、《长恨歌》——曾经沧海难为水

王安忆（1954— ），出生在南京，其母是著名女作家茹志鹃。她1955年随母移居上海，1970年到安徽农村插队，1976年开始发表作品，1980年因发表短篇小说《雨，沙沙沙》等雯雯系列小说而引人注目，1987年成为专业作家。美籍华人学者李欧梵非常看好她，认为她能不断地对自己过去的作品不满，然后不断地超越自己，写作潜力丰厚，后劲十足。她还能在各式各样的文学潮流中游刃有余，这得益于她的机敏及对变动的现实生活的关注，以及她不断地寻求自我突破的途径，这使她在每个转折关口都能切入其中而不被淹没。20世纪80年代中期以前她的作品多为知青题材，表现人生的追求与向往，以心理描写见长。《小城之恋》《荒山之恋》《锦绣谷之恋》中女性的潜意识、敏感和不知所措以及她们的微小愿望得到满足所要承受的社会压力，都被王安忆刻画得淋漓尽致。"三恋"也可以看成是对当时觉醒的"女性意识"以及方兴未艾的"性文学"的应答。20世纪90年代以后王安忆开始追求新的叙事风格，以《叔叔的故事》《乌托邦诗篇》为代表，叙事上以主观化视角完成个人记忆与时代记忆的重合。这些再次强调第一人称"我"的视点和感受的小说，重新发掘了"个人记忆"。对王安忆来说，"个人记忆"并不像那些坚持"个人化私人写作"的女作家们那样是沉迷于内心幻想或某些形而上的观念领域的个人经验，而是活生生的历史故事——知青记忆。她用现实世界的原材料来虚构小说，以小说的精神力量来改造日渐平庸的客体世界，营造体现知识分子群体传统的精神之塔。在1995年出版的长篇小说《纪实和虚构》中，传统意义上的"故事"被淡化为散文化的往事和经验的记录，小说被还原成了散文式的心灵写实。占据这部小说中心的是作者的感受、体验以及对这种感受和体验的讲述与分析。后来出版的《长恨歌》的语言变化则更为明显，由简洁而趋拥挤。作者试图把她心目中的老上海重新呈现出来，其目的是为引出某种世纪末的感觉。

多年前王安忆看了一则新闻，昔日"上海小姐"被混日子的社会青年所杀，而

后有了《长恨歌》。主人公"上海小姐"王琦瑶是作为一种符号出现的,作者用大量篇幅记述了上海的小弄堂,用中国画的皴法来写上海的街道、楼房、灯光所构成的点、线和明暗对比;再近写弄堂中的石窟门——上海弄堂里最有权势的一种,以及家家户户院落的结构布局、形状式样、环境气氛;然后深入到小天井里写阴沉飘忽、鄙陋粗俗,虽然富有浪漫想象却极具败坏贬损力量的飞短流长,这可算是上海市民的劣根性;接下来特写了每家每户小姐们居住的闺阁以及闺阁中女孩儿们的秉性、现状、渴求和梦想。而上海人的梦想和秘密都被这些点、线、面和光给遮蔽着,唯有从连绵的弄堂上空飞掠而过的鸽子才能将这一切看得清晰而真切,这座城市里最深藏不露的罪与罚、祸与福,都瞒不过它们的眼睛。正是在这种典型的环境、背景和舞台中,生存着千千万万个王琦瑶,"上海小姐"王琦瑶不过是其中之一。作者对上海的观察和描述有时细致得让人惊诧,但似乎也正是因这一丝不苟的描摹,故事才有了衬景——浮华与衰败并存的上海,飘着万国旗的小巷,幽雅的淮海路,高高的法国梧桐,飘忽难测、变化万千的女人心,喧嚣的家家户户,还有爱丽斯公寓里的桃木家具,平安里的竹壳暖瓶以及麻将桌上那"三元四喜十三老,杠上开花海底捞"的麻将经,这些精致的上海生活图景本身就是一幕活剧。在上海,浮光掠影的都是都市的泡沫,底下才有一种扎扎实实的,非常琐细日常的人生,蒸腾出这般的奇光异色。

所有罪恶的以及繁华的景观都在城市里流动,给予作家最身临其境的感受,像桑叶喂了蚕,蚕吐成丝,变成一个又一个茧,我们抽丝剥茧,里面赫然是一座又一座城市的微缩胶卷。属于上海的那一卷,王安忆是背后的摄录者。小说是她眼里玄妙的镜头。《长恨歌》中的人物都是小市民,他们很实际,打不垮。王琦瑶的每一步都是自己决定的,"我同情她、理解她,但说不上喜欢她,惟有她性格中的'争'是我喜欢的,她既要'争',又受到'限制',就注定了自己戏剧性的命运。"

旧日的上海滩灯红酒绿,王琦瑶从平整有序的民居中走出来,亮了一个相,摘下上海小姐选美第三名的桂冠,暗恋她的摄影师程先生知道:这位姑娘要展翅高飞了。王琦瑶这一飞,竟然鸟瞰了上海这座城市被时间洗刷的过程。

1948 年,掌握军政大权的李主任义无反顾地以爱囚禁了她,使她游走在充斥着靡靡之音的百乐门舞厅,陪伴李主任出入于枪林弹雨,而她亦心甘情愿地以他为终身伴侣。她乐意相信这第一个男人会是她的最后一个男人!李主任为什么再没有出现,王琦瑶只知道他生死未卜,这种事在那段日子的上海不是不经常发生的!

李主任坠机身亡,上海解放,王琦瑶避乱于苏州邬桥,小说笔触也由喧嚣繁闹的都市伸向小桥流水、绿树黛瓦的江南水乡。这对主人公来说是人生命运的一次跌宕,更是生活节奏和身心律动的一次调整,又是小说叙事节奏的一个回缓和调节。1956 年,王琦瑶"蜕了层皮",过着小户人家的生活。她响应那个时代人人节约的意识形态，甚至精神上也只限于跟独身的程先生作适可而止的交往。这段风平浪静不久便被富家子康明逊搅乱了。1957 年的冬天，外面的世界正在发生大事，和这炉边的小天地无关。康明逊在她眼中就是缺乏了那么一点轩昂、一点气概，等到王琦瑶心甘情愿跟他过一辈子的时候他却逃离了。王琦瑶怀着孩子继续留在上海，她拿着积蓄换了一段名正言顺的婚姻，跟一个混血的“共产国际的产儿”萨沙交往，赖住萨沙孩子是他的。这事情只有程先生明白她是为了要挽回自尊。

1960 年，王琦瑶渴望与孤身的程先生迈进一步，她无声地感激他多年不渝的等待。但是，程先生退却了，1965 年，程先生开始一个人在上海闹市中心的顶楼上过着与世隔绝的生活，直到“文革”伊始坠楼身亡。

转眼到了 1976 年，历史的转变带给王琦瑶母女的是又一个轮回。已经 47 岁的王琦瑶枯木逢春。由于昔日“上海小姐”的身份，加上自身的风韵气质和对服饰、饮食的眼光与品位，她的身边渐渐会聚起一群带着怀旧情调的崇拜者和追捧者。其中有她的女儿薇薇的同学张永红及张永红一个又一个的男朋友。他们引领王琦瑶不断出入舞厅和私人聚会，王琦瑶结识了一位跟她女儿年龄相仿的男孩老克腊。王琦瑶居然会因为老克腊的冲动之情而陷入一段触目惊心的忘年恋中。王琦瑶孤注一掷地爱上老克腊，甚至顾不上这个男孩到底是迷惑于自己身上残余的旧日上海风情，还是有其他不可测知的理由。最终，老克腊离开了王琦瑶，在她猛然崩溃的刹那，是这个 20 世纪 80 年代的年轻人跟她说他要出国了，原来没有人像她那么坚守上海这个成就了她一生的城市。王琦瑶人生的谢幕，是张永红的男友——骗子长脚，他对李主任留给王琦瑶的“黄货”(名字的谐音既具有某种象征，也带有一种讥讽意味)觊觎已久，伺机杀害了她。

王琦瑶的一生是摇碎的繁华，做女人做到了灿烂，做到了极致。只有浅陋的读者才会怀疑文本的真实，这是一种生活的叠加，女人的哀与喜的叠加。她的每一个层面都是真实的，每一个层面都是一个琐碎的女人；整体的王琦瑶也是真实的，她是平常女人的全部。《长恨歌》是从个人的、女性的视点、角度去切入历史、生活和人物的精神与情感世界，书写了女性个人生活体验和经验，虽然也没有跳出女性披露个人隐私展示“被看”的男性权威话语、男性规范、男性渴望的传统习惯，可王安忆的写作决非完全接受男性思维，相反，作品中女性写作的痕迹处处可见。王琦瑶凭生命的直觉与本能，用女性的巧于安排日子，以及细小的心眼，小有滋味地过完了自己的一生。她所遇到的困难有许多在那段禁锢的日子里也是非同小可的，但她还是凭女性的直觉和心眼走过来了。作者直接呈露、渲染并勾画出王琦瑶由琐碎人生经验堆砌而成的不同于男性生活的生命轨迹，展示了女性生命的真实图景之一。这里有的是女性的柔韧、女性的趣味、女性的灵巧、女性的敏感、女性的细腻。作品叙事闲散的、繁复的、絮叨的、静态的女性讲述方式，不紧不慢、不温不火、啰啰嗦嗦，但却绵里藏针，显示了女性重复、单调而又有韧性、执着的风格。这一切都来自于女性经验，体现了女性的叙事特点。其实，《长恨歌》描写的还不仅仅是一个普通女人琐屑的一生，它实际上写的是一座城市，并且是将这座城市写成一个在历史研究或个人经验上很难感受的一种视野。这样的大手笔，在目前的小说界来说，仍是非常罕见的，它可说是一部史诗。这事实上又使女性写作介入、参与到了一直由男性垄断的政治、社会领域，虽然男性们不希望女性作家们创作出对社会历史有影响的作品，但新时期以来的“老三巫”“中三巫”“新三巫”们一步步地颠覆了这种男性霸权。

六四、《私人生活》——陈染，守望私人生活

陈染(1962—)，生于北京，幼年学习音乐，曾在北京做过四年大学中文系教师，后调入作家出版社，主要作品有中篇小说《与往事干杯》《无处告别》《空心人诞生》，长篇小说《私人生活》等，出版有六卷本《陈染文集》以及中篇小说集、散文集、谈话录等多种专著。人们一般把她与林白相提并论，她们都是既属于新生代，又坚持女性立场进行个性化、私人性躯体写作、边缘写作。但与林白相比，陈染笔下的私人经验世界弥漫着更为浓厚的阴郁色调，而萦回在她一连串作品中的迷狂与绝望，一定程度上颇得陀思妥耶夫斯基的神韵。陈染是个学养丰厚的女作家，偏爱心理学与哲学，有人根据其作品中某些心理学和形而上的倾向，认为她具有“智者”的特点。

在叙述上，陈染喜欢用心灵来解释人类，用心灵来注视世界，善于将自己深邃机智的思想赋予一种独特而诗意的光辉，并力图展示、提供种种生存的可能性，尤其是对女性自我的自由的绝对强调，使她不断地从自在走向自觉，使她迷乱而清幽的个人体验中飘动着女性思想和智慧的光芒，使其作品在女性自我意识的表达上颇为深入与准确。在看待个体与群体的关系时，她认同丹麦哲学家克尔凯郭尔的观点，即将每一个个体视为全人类的代表。个体是独特的、唯一的，但同时又是人类全部特征的代表。这里，我们没有看到她刻意强调个体与群体的差异与对峙，但她的写作是纯粹的女性写作，也就是说她只关注女性自身，把那些极端的女性经验作为叙事的核心，蔑视经典的文学法则和现行的道德准则，自觉疏离男性话语体制和美学趣味，因而其作品从题材、人物到言说方式都带有个人化女性文本特征。不管你认不认同，陈染的写作都是一种存在，一种极端的女性主义存在。这些年来，她经历了在逃避男性和渴求男性的狭窄中间地带踌躇徘徊之后，义无反顾地冲进女性经验的幽暗领地，不断执拗地言说着“自己的故事”，试图描绘那幅“美丽而忧伤之极”的自画像。《与往事干杯》《无处告别》等都是表现这种生活

的出色作品，都一如既往地展示了知识妇女的生活情调、敏感微妙的心理和孤芳自赏的趣味，以及她们如此顽强地导回到内心的生活，渴望爱情却又逃避男性，执拗地找寻自我的镜像。陈染展现的女性生活就是这样一个狭窄而又非常特殊的角落。陈染自己说过："我从不为心外之事绝望，只有我自己才能把我的精神逼到这种极端孤独与绝望的边缘"。

长篇小说《私人生活》就是这样一部女人的心灵史，写了一场女人与男人之间漫长的战争，是一出性感而怪异的人生悲喜剧、危情与玄思共存的女性成长奇观。这是一部个人化写作的经典文本。如果说《与往事干杯》表明了陈染的女性姿态，《无处告别》表现了女性的恐慌，那么，《私人生活》则证明着女性的意义。陈染的小说叙事在很多方面是个矛盾的复合体。作为她的内在情结，她一直试图与往事干杯，然而她又总是更深地沉入那个原初的未成年的女性的故事中去；她一直在慨叹"无处告别"，实际上她以及她的角色又乐于独处一室，在拒绝外部社会的行径中找到自我体验的依据。更为内在的矛盾还在于她的人物不仅仅在证明着自己的社会品性（她们是超越现实的高贵的孤独者），同时又在证明自己的性别特征，证实这种性别所特有的文化价值和存在意义。很显然，《私人生活》是陈染小说叙事的一个阶段性高峰，概括了她此前写作的全部经验，也囊括了她全部写作的基本主题：恋父/弑父情结、恋母/仇母意绪、同性之爱以及深沉的孤独之痛。从中还可以看出她把自己的心磨砺得更细腻也更锐利的一种努力。这部小说可以看成是一种准自传体的作品，之所以说是准自传体，陈染自己曾经明确表示过她的写作并不出卖隐私，她不会为隐私写作。但她无疑会在她的作品中倾心加入她的人生经验、她的内心体验。

《私人生活》依然可以看成是一个成长的故事，一个少女成长经历的心路历程被刻画得淋漓尽致。少女青春期的躁动、渴望和恐惧，都被毫无保留地呈现了出来。对一个"纤弱、灵秀、永远心事重重的少女"，生活是如何在一张白纸上涂抹印记的？这里已经看不到《与往事干杯》的那个政治压抑的背景，陈染有意把它处理为一个纯粹的女性心理变化与身体觉醒的故事。小说重点在于描写女性青春期成长阶段的心理伤痛，男女二元对立是其不可缺少的视点。"父亲"与T老师就成为这样的对立面。倪拗拗这个纯净而灵秀的少女，生活被限定在家与学校，这是青春期的一个封闭空间，它更像是一个绝望的内心世界。父亲与母亲的矛盾、父亲造成的压抑感、学校里老师的性侵犯，使她无法找到平静安全的个人的生活。她不断地逃避、躲藏，而外部的生活也不断地离她而去。她的存在就是用幻想编织房子，然后居住在里面。如果用世俗的价值尺度来衡量的话，她是一个彻底的失败者，自称为"一个残缺的时代里的残缺的人"。她的名字就喻示了她的个性与命运——一个拗戾乖张的女人在现实生活中总是被当成另类。她不仅没有任何可资夸耀的成功、实绩，而且还没有敬业精神，懒散、无所事事是她的基本生存状态。她的追求就是“只要能维持起码的衣食温饱，我就不想出去挣钱”。对待抛弃了她的父亲，她缺乏伦理所要求的起码的尊敬，反而在对他的敌意中感受到了“危险的快乐”。她对人群、对喧嚣的公共生活也怀着难以消解的憎恶，并将这种对抗固化为内心的信念：“最重要的素质就是要有勇气说一个‘不’字，有勇气拒不服从强权的命令，拒不服从公共舆论的命令”。她整日沉溺在内心生活中，头脑中想的都是些死亡和彼岸世界的玄妙。

她的性体验也充满了病态的疯狂和骚动，显示出了女性生命体验中极为偏执的迷狂色彩。处女之身成了T老师沸腾的欲望的牺牲品。与禾寡妇的交往，已经带有相当明显的同性恋特征。其实，在陈染的小说叙事中，性爱经验或爱欲的表达实际上与欲望无关，它是返回内心深处、体验自我最细腻的内在感觉的一种途径和方式。最后，在情人离去、母亲病逝等一连串不幸的打击下，倪拗拗精神崩溃，自我人格解体，被送进了精神病院。她的疯狂与其说是病理学意义上的癫狂，还不如说是她乖戾的天性无法适应平庸无奇的日常生活的症候。在倪拗拗的幽闭症及其他癫狂行径中，蕴含了大量主流社会、主流话语的思维方式所无法接近、无法参悟的私人体验。

陈染的叙事总习惯以其非重复性不断改变着故事的顺延秩序，使时间和空间受到前所未有的质疑，大量的事件冲突或细节发展常常在人物的心灵流动中变得停滞不前，甚至后退。秩序、空间感、开始或者结束都变得毫无意义，重要的是人物面对外界种种压力而产生的心理感受，所以她的许多小说在故事层面上常常只是提供某些人物出场的契机，而心灵的体验则获得了全方位的释放。《私人生活》也是如此，我们很难感受到故事自身发展给我们带来的阅读愉悦，事件或人物之间的外在关系及其发展已远离了叙事焦点变得无关紧要，字里行间充溢着人物内在的心理体验及活动。故事的不完整与残缺似乎成了她追求的叙事方式，“我始终对‘残缺’有一种深刻的迷恋。比如，刻意精心地制造不对称与不协调之感；悬置半空的不稳定的半音符或属七和弦，比起踏实的整音符或大三和弦，更容易吸引我的耳朵；冬天里冷清凋敝的秃树比起夏日茂密的浓荫更令我怦然心动”。正是这种独到的艺术感悟促成了陈染对故事的自觉破坏与颠覆。

陈染始终在自闭中守望她的“私人生活”，陈染展示的这个世界就是她的生活世界，她就是她作品中唯一的主角。她不隐晦她的幻想、经历、经验以及她的全部的和当下的存在。她的作品的展开永远是一个进行时，她的写作和阅读永远处在一个时空，她把她自己呈现给读者，一个如此信任读者的作者是少有的。她拒绝典型化，拒绝老谋深算，拒绝伪装和欺骗。她本身就是一本打开的书，一本无限的女性心理学。

六五、《在细雨中呼喊》——绝望与恐惧的呼喊

余华(1960—),浙江海盐人。海盐是杭州湾里的一座小城,这小城里的小胡同,宛如密林中的幽深小径,还有石板铺成的小街,用脚踩上去有晃晃悠悠的感觉,还有一条从余华家窗下流淌而过、很使余华讨厌的、肮脏阴沉的小河。余华的父母都是牙医,他从小就感到家中的压抑和囚禁,渴望自由开放。余华1977年高中毕业后待业在家,1978年开始当了5年牙科医生,1984年《北京文艺》发表了他的第一篇小说《星星》。1987年他创作了短篇小说《十八岁出门远行》《四月三日事件》,中篇小说《一九八六年》等而一举成名。余华的创作曾经深受川端康成和卡夫卡的影响,后来他从他们的艺术影响中解脱出来,探索自己的艺术道路,开始展露他的独特个性与文学才华。1988年初,他发表了极有影响的《现实一种》,他及他的作品的价值得到了充分的肯定。余华自己似乎也产生了一种强烈的自信,他感悟到人和人之间的那种残酷状态,也可以用一种非常潇洒的轻松情调来描画。接着,他又发表了《世事如烟》《难逃劫数》《古典爱情》《往事与刑罚》《此文献给少女杨柳》等作品,不断地取得了新的成就。余华从《十八岁出门远行》开始到《世事如烟》,在比较短的时间里,以跳跃式的姿态达到了一个又一个的文学高度。他越来越自如地开拓了自己的文学天地,构筑了自己独有的艺术世界,显示了他作为"先锋派"主将的雄厚实力。其作品对人类生活境遇的表现,对生活的怪异性、对人类生活的原罪和暴力倾向的揭示,得益于寻求那种将人物与所处环境不断剥离的叙述视点,得益于他始终通过语言对不可表现之物的倔强表现。

余华是获外国文学奖最多的一位中国当代作家。他的长篇小说《许三观卖血记》荣获美国巴恩斯—诺贝尔新发现图书奖,他还以另一部长篇小说《在细雨中呼喊》被法国文化交流部授予文学和艺术骑士勋章。进入20世纪90年代以后,余华小说的叙事形态由《在细雨中呼喊》开始回归朴素的写实,其内容也开始走向历史、现实和社会。其中洗尽"先锋小说"表式"铅华"的《活着》1998年荣获意大利格林扎纳·卡佛文学奖。上海文艺出版社2004年与余华合作,推出"余华作品系列"共十二册,完整收录了余华现有的作品,包括长篇、中篇和短篇小说以及随笔集,是目前余华唯一的一部作品总集。2005年,余华又出版了长篇小说《兄弟》,开始直面当代生活,用大量的细节呈现了1960年到2005年间中国社会的变化和中国人生活的变化,尤其是作者第一次在小说里面对"文革"进行了描写。余华对《南方周末》的记者说:"当《兄弟》写到下部的时候,我突然觉得自己可以把握当下的现实生活了,我可以对中国的现实发言,这对我来说是一个质的飞跃。""像我这样年纪的人,经历了'文革'和'改革开放'两个截然不同的时代。""'文革'是一个

精神狂热、本能压抑和命运惨烈的时代，是过去时的，相当于欧洲的中世纪；改革开放是一个伦理颠覆、浮躁纵欲和众生万象的时代，是现在时的，更甚于今天的欧洲。”在这个历史过程中，国家、社会、个人都发生了巨变，这样的变化，在西方国家要经过400年，在中国只用了短短40年。人类文明史上的两个极端，都被余华经历了。“当我把两个时代通过一代人的命运变化写出来时，它们的价值和意义就全部都显现出来了。”不过，余华也承认，描述一个还在进行中的未完成的时代充满了风险。

《在细雨中呼喊》是20世纪90年代的经典文本，也是余华的第一部长篇力作。小说以第一人称的叙述视点讲述了一位江南少年的成长经历和绝望的心灵历程。作者说“我想，这应该是一本关于记忆的书，它的结构来自于对时间的感受，确切地说是对已知时间的感受，也就是记忆中的时间。它试图表达人们在面对过去时，比面对未来更有信心。因为未来充满了冒险，充满了不可战胜的神秘，只有当这些结束以后，惊奇和恐惧也就转化成了幽默和甜蜜。这就是人们为什么如此热爱回忆的理由……我的写作就像是不断拿起电话，然后不断地拨出一个个没有顺序的日期，去倾听电话另一端往事的发言。”所以，这也是一部关于“我”自己的早年经历的存在性的回忆之作。余华一向描写苦难的生活，他的目光对那些阴暗的角落十分沉迷，他的心灵对“残酷”一类的情感态度具有异乎寻常的承受能力，这使他在表达“苦难生活”的时候犹如回归温柔之乡。但他并没有简单地去罗列那些苦难的生活事相，而是去刻画孤立无援的儿童生活的绝望感。第一人称视角又给“内心独白”打开了广阔无边的天地，从而向人们呈示了一个儿童的奇异而丰富的内心感受。“我回想起了那个细雨飘扬的夜晚，当时我已经睡了，我是那么的小巧，就像玩具似的被放在床上。屋檐滴水所显示的，是寂静的存在，我逐渐入睡，是对雨中水滴的逐渐遗忘。”被家庭成员排斥的孤独感过早地吞噬了纯粹天真的儿童心灵世界，强烈渴望同情的心理与被无情驱逐的现实构成的冲突，使“我”的生存陷入一系列徒劳无益的绝望挣扎之中，而“呼喊”则是生活含义的全部概括或最高喻义：“再也没有比孤独的无依无靠的呼喊声更让人战栗的了，在雨中空旷的黑夜里。”作者在自序中说，自序通常是一次约会，在漫漫记忆里去确定那些转瞬即逝的地点，与曾经出现过的叙述约会，或者说与自己的过去约会。本篇序言也不例外，于是它首先成为时间的约会，是1998年与1991年的约会；然后，也是本书作者与书中人物的约会。我们看到，在语言里，现实和虚构难以分辨，而时间的距离则像目光一样简短，七年之间就如隔桌而坐。“就这样，我和一个家庭再次相遇，和他们的所见所闻再次相遇，也和他们的欢乐痛苦再次相遇。我感到自己正在逐渐地加入到他们的生活之中，有时候我幸运地听到了他们内心的声音，他们的叹息喊叫，他们的哭泣之声和他们的微笑。”

那个柔弱的母亲如何过完了自己艰难忍受痛苦的一生，她唯一爆发出来的愤怒是在弥留之际；那个名叫孙广才的父亲又是如何骄傲地将自己培养成一名彻头彻尾的无赖，他对待自己的父亲和对待自己的儿子就像对待自己的绊脚石，他随时都准备着踢开他们。他在妻子生前就已经和另外的女人同居，可是在妻子死后，在死亡逐渐靠近他的时候，他不断地被黑夜指引来到了亡妻的坟前，不断地哭泣着。孙广才的父亲孙有元，他的一生过于漫长，漫长到自己都难以忍受，可是他的幽默总是大于悲伤。还有孙光平、孙光林和孙光明，三兄弟的道路只是短暂地有过重叠，随即就叉向了各自的方向。孙光平以最平庸的方式长大成人，他让父亲孙广才胆战心惊；而孙光林，作为故事叙述的出发和回归者，他拥有了更多的经历，因此他的眼睛也记录了更多的命运；孙光明第一个走向了死亡，这个家庭中最小的成员最先完成了人世间的使命，被河水淹没，当他最后一次挣扎着露出水面时，他睁大眼睛直视了耀眼的太阳。

作品的结构来自于对时间的感受，确切地说是对记忆中的时间的感受，叙述者天马行空地在过去、现在和将来这三个时间维度里自由穿行，将忆记的碎片穿插、结集、拼嵌完整，表达出那种未经主体意识诠释的本源性的生存状态中，人对苦难与罪恶的恐惧和战栗。

小说在本质上是从诗到散文，从表象到一种实用的、仿佛是手工产品的现实的过渡。余华是纯粹的小说家。没有人比他更善于帮助我们在自己身上把握生命的历史：从童年(《在细雨中呼喊》)到壮年(《许三观卖血记》)然后到老年(《活着》)的过程。所以他的书一经问世，便成为人类共有的经验，就像伟大的哲学家用一个思想概括全部思想一样，伟大的小说家通过一个人的一生和一些最普通的事物，使所有人的一生涌现在他的笔下。

六六、《平凡的世界》
——改革开放初期中国城乡社会生活的全景再现

路遥，原名王卫国，1949 年生于陕西榆林市清涧县，曾在延川县立中学学习，1969 年回乡务农；1973 年，进入延安大学中文系学习，其间开始文学创作；大学毕业后，任《陕西文艺》(今为《延河》)编辑；1980 年，发表《惊心动魄的一幕》，获第一届全国优秀中篇小说奖；1982 年，发表中篇小说《人生》，获全国第二届优秀中篇小说奖，改编成同名电影后，获第八届大众电影百花奖最佳故事片奖，轰动全国；1982 年，《在困难的日子里》获《当代》文学中长篇小说奖；1982 年，加入中国作家协会；1988 年，完成百万字的长篇小说《平凡的世界》，获第三届茅盾文学奖。

《平凡的世界》是路遥呕心沥血之作，是一部用生命写成的书。1992 年 11 月 17 日，路遥因肝硬化腹水医治无效在西安逝世，永远离开了这个他活过、爱过也写过的平凡的世界，年仅 42 岁。

从《人生》发表当年路遥就开始酝酿一部大书，他为此精心准备了 3 年，包括确定新的创作主题，收集书面和现实生活各方面的材料，思考适合自己的创作方法，继而呕心沥血，连续执笔奋战 3 年，历经 6 个寒暑，终于完成了 110 多万字的长篇小说《平凡的世界》。

《平凡的世界》(共三部)是新时期优秀长篇小说之一。它以黄土高原双水村孙、田、金三个家庭的命运遭际、矛盾纷争为结构中心，全景式地表现了当代城乡生活，展示了“文革”后改革开放初期 10 年间的生活场景和历史变迁，富有力度地概括了广阔而复杂的时代内蕴。

小说第一部写双水村农民孙玉厚举全家之力也只能让儿子孙少平穿着破旧的衣服、吃着最差的“丙菜”在县立高中苦读。但孙少平有一颗不肯服输的心、酷爱读书善于思考的习惯、对美好生活的强烈憧憬，坚持读完了高中。这样小说第一部就以孙少平的苦读为中心辐射开去，渐次写出了孙少平众多不同阶层、不同境遇的同学和同乡的青少年时代。

第二部写孙少平不愿和婚后“分家”单过的哥哥孙少安一起在农村发家致富，甘愿像乞丐一样来到地区政府所在地黄原市“揽工”，在平凡生活中追求精神上的不平凡。孙少平在“揽工”过程中初步确立了“关于苦难的学说”，就是坚信人生不分贵贱贫富，只有靠自己的双手辛勤工作才能获得真正的幸福，“自己历经千辛万苦而酿造出的生活之蜜，肯定比轻而易举拿来的更有滋味”。因此，底层青年不应被任何艰难困苦击倒，而要一次又一次迎接命运的挑战，从中领略生命的尊严与价值，而不仅仅满足于获得一些金钱以改善物质生活条件。作者通过对孙少平不断贱价出卖苦力的“揽工”生活的精彩描写，在 1980 年代中期率先触及农民工进城现象。不同于 1980 年江苏作家高晓声颇具戏剧性地描写“陈奂生上城”或路遥本人笔下高加林“走后门”进城的个案，《平凡的世界》敏锐地发现，随着农村新经济政策的推行以及刚刚启动的城市建设和工业建设不断增长的需要，农村富余劳动力必将大规模转移到城市，孙少平只是这个历史趋势中涌现出来的无数“揽工汉”的一个典型。这就使《平凡的世界》当之无愧地成为 1990 年代和新世纪之交勃兴的“打工文学”的卓越先驱。

小说第三部写孙少平在黄原市郊阳沟大队曹书记的帮助下，获得“招工”机会，成为大牙湾煤矿井下挖煤工。在一大群跟他年龄相仿的“煤黑子”中间，在幽暗、紧张、危险的地下采煤坑道，孙少平进一步丰富了以“劳动者的尊严和意义”为核心的“关于苦难的学说”。作者同时强调，孙少平对 20 世纪 80 年代中国青年价值观念和人生道路的分化、收入分配的不平衡始终抱着善意的理解与宽容。正如有学者指出的：“相比《人生》中充满高加林的不平之气，当路遥不断叙述‘苦难’时，《平凡的世界》反倒显得更加平和与隐忍。”孙少平谢绝妹妹的男友、省委副书

记吴斌之子吴仲平试图通过关系安排因井下事故身负重伤的他留在城市，坚持返回煤矿，并非出于他对城市的偏见和傲慢，也并非“一定要在某些不协调甚至对立的认识中分出是非来。比如，孙少平自己不愿来大城市生活，并不意味着他对大城市和生活在其间的人们有丝毫鄙视的情绪。不，恰恰相反！这个人常常用羡慕和祝福的眼光看待大街上红光满面的男女老少。”孙少平决定重回矿区，主要是躬行他自己“关于苦难的学说”，“一些人因苦而竭力想逃脱受苦的地方，而另一些人恰恰因为苦才留恋受过苦的地方”。暗无天日的井下和单调乏味的矿区有他割舍不下的牵挂，他觉得听从内心命令做出的决定肯定比依靠世俗标准做出的选择正确得多。

孙少平在探求成长之路上先后接触的“八十年代新一辈”，有来自乡村的贫困学生，有文学程度不高而只知拼命干活的“揽工汉”，有每天冒着生命危险下矿井的“煤黑子”及其提心吊胆的家属，也有生活相对富足的知识分子或干部子弟顾养民、李向前、武惠良、杜丽丽，以及大学生田晓霞、田晓晨等。这些众多的同龄人在改革年代经历了各自的人生洗礼，探索着各自的生命意义，由此组成多声部的青春交响曲。

除了对青年人苦难成长历程的剖视，《平凡的世界》还对各级各部门干部形象进行了集中展示，主要包括县级以上中高层干部，以及公社（乡）和村（队）基层干部。由于不脱产，他们基本属于农民形象系列。

中高层干部代表是原西县分管农业的革委会副主任、勤政爱民、工作扎实、富有改革意识和创新精神的田福军。小说第一部写田福军目睹濒临崩溃的原西县农业和农民生活，很想有所作为，但限于僵化落后的观念与政策，在方方面面的掣肘下无计可施。第二部写田福军在农村新经济政策以及整个国家政治生活恢复正常的形势鼓舞下，排除干扰，励精图治，迅速改变了原西县面貌，但也遭到思想落后自私自利的领导与同事的陷害，一度在省委组织部搞“清查”（等于赋闲），所幸因为新任省委书记乔伯年、省委分管组织人事的副书记石钟的赏识，出人意料地被任命为黄原地区行署专员，很快做了地区党委书记。到了小说第三部，因群众口碑好、工作出色，田福军又被提升为省委副书记兼省会城市党委书记。田福军面对更大的工作挑战，强忍着丧女之痛，更加忘我地投入工作，而他过去的许多同事和上下级也都经历了改革年代的洗礼，各有沉浮升降的命运转折。

路遥写领导干部，特点是全面而细致。在 1975－1985 年，中共黄原地区、地区下辖的原西县、原西县下辖的石圪节及柳岔人民公社、石圪节公社下辖的双水村大队和各小队，这四个层次全套领导班子成员都有各自的表现，包括他们如何认识国家与社会的现状，如何理解和执行基本国策，如何对待城乡人民生活需求，如何对待各自的领导、同事、乡邻、家庭和自己。小说第一部主要写地区及地区以下干部群像，到第二、三部，省级党政全套班子和若干中央高层领导也频频亮相，由此形成从中央到省、市、地区、县、社和村队层层贯通的党政领导完整体系。

《平凡的世界》大书特书的第三类人物，是初期改革前后黄土高原上的两代农民，中心人物是长期担任双水村大队革委会主任（后改村支书）的田福堂，副主任金俊山，田福堂的忠实追随者、大队党支部委员、农田基建队队长、贫下中农管理学校委员会主任孙玉亭（后升任副支书），第一小队长孙少安（全书结束时被增补为村民委员会主任），第二小队长金俊武（全书结束时接替田福堂出任村支部书记）。

《平凡的世界》写基层干部，着墨最多的是村（队）这一级。跟描写中高层领导干部的手法一样，作者描写农村基层干部，也总是把视线竭力拓展到农村的历史与现实的纵深，渐次写到这些基层干部各自的历史（类似人物小传）、上下级、同事、家人与乡邻。对农村基层干部家人与乡邻的描写尤其显得浓墨重彩（不脱产的基层干部本身也是农民），不仅写到众多家族与家族、家庭与家庭（如三水村孙、田、金三大姓）的关系，还写了孙玉亭和孙少平叔侄先后去山西娶亲，孙少安去邻县米家镇为生产队医治病牛、置备结婚用品，去河南巩县买制砖机，金老太娘家亲戚参加葬礼时向金家孝子们“抖亏欠”，“窑洞事件”中王彩娥娘家二十多号人赶到双水村打群架，孙少安在黄原市城郊阳沟公社薄情的远房舅舅马顺夫妇和好心的曹书记夫妇两处不同的遭遇……作者由此将笔触伸向其他临近省份和区县的农村，最大限度地呈现农民的群像。

《平凡的世界》通过对改革开放初期中国城乡社会各阶层人员群像式的展览，对中国特殊历史时期进行了全方位记录，既是一部青年人的奋斗史，也是一部中国社会的变革史。

六七、《张炜自选集》——对精神意义与价值的追寻

张炜（1956—　），山东龙口人，原籍栖霞，1978 年就读于山东烟台师范专科学校中文系。1973 年就开始发表作品，主要有长篇小说《古船》《九月寓言》《柏慧》《家族》，中篇小说《秋天的愤怒》《蘑菇七种》，短篇小说集、散文集《玉米》《融入野地》《夜思》，小说集《芦青河告诉我》《浪漫的秋夜》，现已出版《张炜作品选》五卷。20 世纪 80 年代早期的小说主要写农村青年男女的浪漫情感。从中篇小说《秋天的思索》《秋天的愤怒》开始，包括长篇小说《古船》《九月寓言》，他对生活复杂性的展示就已加强，并常在开阔的历史背景中，通过家族、阶级等矛盾交织的人物关系，来展示山东半岛农村历史变革中政治、经济、伦理的冲突。进入 20 世纪 90 年代，张炜写了一系列的长篇小说，如《怀念与追忆》《我的田园》《家族》《柏慧》，它们改变了作者以前作品基本的写实风格，代之以具有浓厚的抒情色彩和哲理内涵的

“诗化”的叙述方式。这些小说与他写作的散文作品《忧愤的归途》《融入野地》《伟大而自由的民间文学》《纯美的注视》等，表明了一种强烈的对社会文化现实的批判立场。他以理想的人文精神的尺度，呼唤“大地”情怀。在这些作品中，“芦清河”“葡萄园”“野地”“田园”等，已不是实体的存在，而是一种寄托，一种理想化的“倾诉之地”。张炜在《我的田园·后记》中说，“‘田园’在此仅是一个倾诉之地。‘田园’本身的故事已非重点，它闪烁而过，成为一个标记”。可见，这个诗化了的“田园”，是一个离弃了现实的丑恶并使不安的心灵得到安顿的处所。有的批评者认为，张炜的精神世界既有俄罗斯文学的血脉，又有中国传统文化的那种“悲悯”。张炜是从写诗走上文学道路的。他的话语空间乃是建构于胶东半岛西北部的一块小平原上。小平原上的一景一物促发了年轻人的诗情。张炜后来的一些叙事作品如《我的田园》《柏慧》《家族》等仍具有明显的诗性特征。但这种诗性特征又在一定程度上对年轻作家产生了泡沫般的遮蔽作用：诗性特征在早期的作品中体现为廉价的理想主义许诺，这种廉价的理想主义许诺一定程度上遮蔽了生活真实，生活的沉重感在这些作品中缺席了。清丽空灵的文本风格失去了充实的内在依托而难掩其思想的苍白。作品的诗性遂转化成了一种伪浪漫。

在张炜的作品中，几乎没有成功的农民形象，越是到后来，人物身上的知识分子气息越是浓厚。李芒、老得、隋抱朴虽是农民身份却具有知识分子的思辨能力，间或还要写写诗。《九月寓言》的主人公可视作一个尚未出场的追寻“大地”的知识分子；《柏慧》里的宁伽，《家族》里的曲予、宁珂，《外省书》里的史珂则是相当纯粹的知识分子——精神漫游者。这说明，张炜虽在农村生活多年，但他与农村生活保持了一定的距离，也就是说，农民艰辛的劳作、沉重的苦难、特有的愉悦都未能溶入张炜的血液里；否则，难以想象在张炜如此之多的作品中竟未能出现一个极具说服力的农民形象。他的文学创作始于“文革”时期，“文革”时文风的熏染使之轻易失去了文学的批判力。张炜二十几岁开始文学创作，在他的早期作品中不难感受到他青春的激情，这种激情弥散开来，就会使作品罩上一层理想主义光圈。这种理想主义在《古船》《我的田园》《九月寓言》《柏慧》《家族》等作品中都以不同的方式表现出来，理想主义成为一条红线贯穿了张炜的创作。2002 年，张炜发表新作《能不忆蜀葵》，有人说这是一部关于艺术和友谊的悲悼之书，也有人觉得它是一部关于人性的奥秘，关于欲望的道路，一部无法终结的命运之书。该作品与张炜以往的小说不同的是作者的视野、视点从农村、农村中的知识分子转向艺术家，关注的问题是艺术家生存的环境和时代状况，其内容仍然属于“抵抗者文学”，即坚守知识分子的理想、道德与意义追寻，抵触传统文化、文学被商业化、大众化及全球化的消解与溶化。2005 年年初，张炜又在《上海文学》上发表《精神的背景》，引起批评家吴亮的尖锐批评，并点燃了一场网络上的激烈争锋。张炜仍然持守他的一贯立场，把当代中国知识分子的精神困境描述为“沙化时期”，再次呼吁中国知识分子坚持自己的精神立场，超越当下的精神困境。可见，张炜对理想主义的追求是始终不懈的。

《古船》和《九月寓言》毫无疑问是张炜最重要的作品。如果说《古船》是社会学文本的话，那么，《九月寓言》则可视为哲学文本。前者富于理性，后者侧重直觉。《古船》把苦难作为焦点来关注洼狸镇的变迁，《九月寓言》则以寻找“山野大地”的姿态来作文化上的思考，这给人们的接受惯性带来了冲击。《九月寓言》写的是山东登州海角的一个小村庄的故事，包括小村庄的现在、历史传说以及小村村民的口头创作三部分内容。写到了小村人生活的食与色、苦与乐、心灵的激动与悲哀，是民族集体无意识的艺术反映。较之《古船》花大量的篇幅去写沉思与愤怒，作者在《九月寓言》中平静地写着生活的咏叹和人生历史的感慨，因而显得从容与大度了不少。这是一部纯粹的艺术精品。这个已经消失的村庄中荡漾着生命诸相，这些生命诸相在九月的金色山野中诗意盎然。作为一个流浪群体的小村，一旦停下，小村人的生命能量就受到压抑，它像火一样灼烧着小村人，就像小村人所说，“瓜干烧胃呀”。源自大地的生命热能得不到宣泄，就造成了许多罪恶。如小村人习惯夜间打老婆，他们以施暴和受虐的方式来缓释压抑。小村的集体流浪终止了，作者的精神流浪正好开始。

作者首先是通过民间话语来进行精神流浪（某些地方以文人话语模仿民间话语，如金祥忆苦）。如书的题记所言，“老年人的叙说，既细腻又动听”。书中有许多民间故事，而这些故事正是含有流浪意义的文本，如金祥千里买鏊子、露筋与闪婆的野合、独眼义士对“负心嫚”的千里追寻以及金祥忆苦等。在故事中，行动者的痛苦被作者有意淡化，他们与万千生物共同呼吸，与野地亲密相处，大地遂在民间话语中被感知。在民间话语之外，作者干脆就通过年轻人在野地里的游荡来亲近大地。当赶鹦和小伙伴们奔跑在茫茫夜色里时，在世界面前的“我”消失了，取而代之的是在大地之中的“无我”。小村人生活粗陋不堪，但作者正是要借尚且愚盲的小村人来“拯救”大地，因为传统的知与见失去了意义，物质压抑与精神自由的错位使小说产生了奇特的阅读效果。

《九月寓言》的哲学蕴涵是融化、渗透于大气而自由的文学叙事中的，海德格尔一脉的存在主义乃至老庄思想中以本体论深度的模式起了作用。在张炜笔下，“土地”“野地”“大地”几个概念有时可以互换，有时又相互区分。就其相对性而泛言，“土地”是物质性的，它向人们提供生存资料；“野地”与现代城市文明相对照，如《九月寓言》开篇所说，“城市是一片被肆意修整过的野地。”作品以独具一格的隐喻形式重现了东方生命的真正源泉——山野大地，它是这部巨制的主要角色和真正英雄，并被赋予了精灵般的“道”样生命。“大地”的凸显是张炜对 20 世纪 90 年代文学乃至文化的一个重要贡献。一旦发现了“大地”，作家似乎立即找到了道义支持，找到了抗拒民族物欲狂欢的阵地。于是，作家把目光投向茫茫野地，把民间、把大地作为知识分子的生存之所。“大地”对张炜的创作有着重要意义，它是作者产生灵感并借以建构许多作品的基础，又一跃而成为作品圣洁的精神追求。对文本而言，“大地”充满了人类家园的温情；对当下社会而言，“大地”又高扬着批判激情。张炜将他的道德、精神理想归结为“文化保守主义”，齐鲁文化的特征就体现为入世精神和保守性。“山野大地”是张炜“文化保守主义”“拒绝宽容”等精神批判的参照和立足点。

作品放弃了文本叙事过程中对时间序列清晰呈现的规范，使时间不再仅仅是一个哲学问题，而是叙述学的基本问题。情节也不再遵循完整统一的逻辑规约，有意突出叙述单元间的非线性的共生关系。在作品中，小说结构由七大章组成，各自有相对的独立性，实际上每一章都是一个中篇小说，然后又相互连贯起来，使之形成长篇的形式。各个单元叙写一个共同的时间，即九月的秋天或秋天的九月。单元间的关系十分松散，以至于将它们之间调换一下位置也不会妨碍整部作品艺术功能的生成。但作品有一个深度模式：知识分子的精神、道德的流浪、寻找和归依的三重整合。

六八、《活动变人形》——中西文化夹缝中的畸形灵魂

王蒙(1934—)，祖籍河北南皮，生于北平。上中学时参加中共领导的城市地下工作，十四岁加入中国共产党，新中国成立后从事青年团的区委会工作。1953 年创作长篇小说《青春万岁》，1956 年发表短篇小说《组织部来了个年轻人》，由此被错划为右派。1958 年后在京郊劳动改造，调北京师范学院任教。1963 年起赴新疆生活、工作了十多年。1978 年调北京市作协工作，后任《人民文学》主编、中国作协副主席、中共中央委员、文化部长等职务。主要作品有长篇小说《活动变人形》《暗杀—3322》《季节五部曲》《恋爱的季节》《失态的季节》《踌躇的季节》《狂欢的季节》《青狐》，中篇小说《布礼》《蝴蝶》《杂色》《在伊犁》，还有小说集《冬雨》《坚硬的稀粥》《加拿大的月亮》，诗集《旋转的秋千》，其他作品集《王蒙小说报告文学选》《王蒙中篇小说集》《王蒙选集》《王蒙集》，散文集《轻松与感伤》《一笑集》，文艺论集《当你拿起笔……》《文学的诱惑》《风格散记》《王蒙谈创作》《王蒙王干对话录》，专著《红楼启示录》，自选集《琴弦与手指》以及十卷本《王蒙文集》等，其中有多篇小说和报告文学获奖。王蒙的作品反映了中国人民在前进道路上的坎坷历程，他也由初期的热情、纯真趋于后来的清醒、冷峻，而且乐观向上、激情充沛，并在创作中进行不倦的探索和创新，成为新时期文坛上创作最为丰硕也最有活力的作家之一。其中《组织部来了个年轻人》是王蒙的成名作，也是一篇惊动了毛主席出来为王蒙说话的“伟大”作品，作品首次暴露了党内政治生活中的官僚主义作

风。它造就了王蒙，也几乎毁灭了王蒙。他因此被打成“右派”，接受劳动改造，自1963年至1979年被“放逐”新疆达十六年之久。

《蝴蝶》《杂色》《春之声》《海的梦》等作品则是反思文学的代表作。这批小说的主人公经常是饱经沧桑、坎坷平生的知识分子模样的干部或干部模样的知识分子，带有作者自身经历和生活体验的创伤记忆。也正是这些作品在立足于现实主义的创作基点之上，大胆借鉴西方现代派小说的艺术表现手法，变故事结构为心理结构，变注重写实为注重感觉，变刻画性格为传达体验，使象征隐喻成为艺术的主要手段，阅读变成只能意会，其作品主题隐晦，人物虚化，情节淡化。作品内容信息量密集，时空交错倒置，大量内心独白、幻觉、梦境、荒诞等的描写，有如“集束手榴弹”般震动了当时的文坛，也打破了当代传统僵化的小说模式，拉开新时期小说文体变革的序幕。其突出表现为对“意识流”手法的运用，既深化了人物心理过程的描写，有效地揭示出人的心灵世界的丰富性和复杂性。而王蒙的《失态的季节》的立体反讽样式，给中国21世纪的文学提供了一个范本；他的《踌躇的季节》，对中国未来的小说写作，具有启示性意义。总之，王蒙对中国文学的影响一方面是他对文体实验和语言的尝试，另一方面则是他的文化观念和思想。

长篇小说《活动变人形》，是王蒙小说中最让人感到一种疼痛的作品。王蒙的小说一般以智慧和潇洒见长，即使那些以自己为原型的小说，也大都以过来人的通达自嘲了之。自嘲是王蒙的解剖刀，自嘲又同时是王蒙的盔甲。王蒙常常用自嘲来消解好多难以解决的问题，这已经成了王蒙的招牌。但《活动变人形》可称为呕心沥血之作，这是王蒙第一次以家庭作为背景来写作的小说，而且又是与自己的身世相关的背景，描述了在20世纪的中国一个大学教师的命运遭际。小说从中西文化冲撞与融合的角度，把握和审视他父辈一代中国知识分子的命运。这部曾被誉为“审父之作”的小说其实具有经典作品的多种要素，比如小说中那种东西方文化的冲突和对峙，不仅父辈没有能够解决好，在我们今天更为明显和突出。《活动变人形》所对应的那种文化困境，在我们今天有增无减。虽然王蒙有很多优秀的小说，后来的“季节”系列在写作的时间和情感上更为投入，但就作品所表现的历史深度与人性深度来说，《活动变人形》当之无愧称得上是其代表性作品。

《活动变形人》以繁复的手法描绘了中国现代知识分子的内心、侧面和对面世界，并以一个具有现代素质的现代知识分子和革命实践者的双重视点来观察和思考，因而，他对知识分子和革命者的描写、审视与评价既是自我的，又是异己的。正是这种双重视点带来了《活动变人形》内部独有的纠葛和摩擦。作者那种现代知识分子在观察古老中国时的锐利眼光是惊人的，他不仅写出了传统中国人素质中那种愚昧、野蛮、荒唐与龌龊的一面，还通过超现实描绘让人感到这是一种无法逃避的宿命。“静珍洗梳”一节应是全书最精彩的片段之一，如果不是作者对这种痛苦、变态、无价值甚至是非人的人生有一种清醒的彻悟与切骨的厌弃的话，他绝不会把这一节写得这样冷静、细致、不动声色。在姜静珍漫长的梳洗过程中，女人意识在她的内心深处慢慢滋生，由此产生了正常人的欲望与冲动，所以她对着镜子里的自己破口大骂，发泄无名的怨毒与悲愤。等她终于安静下来以后，又把脸上的白粉全部洗掉，重新开始梳妆，其间还伴随着一声声令人毛骨悚然的冷笑和叹息。这是一个令人战栗的自我拼搏、自我撕咬的场面。通过这个场面的描写，透露出人物灵与肉冲突的悲剧。王蒙对静珍和她的母亲姜赵氏的描绘，不仅流露出对她们的同情，更流露出对她们自甘背弃人之本性的愚昧行径的仇恨。

《活动变形人》的主人公是倪吾诚，他曾经留学西方，有远大的理想和抱负，西方文化使他“睁开了几千年不准睁开的眼睛”，从而“对中华文化抱着深恶痛绝的态度”，但由于他“骨子里充满了碱洼地地主的奴性的髓”，无力打破“自我封闭、自我蹂躏、自我摧残的统一战线”，因而成为一个在东西方文化对撞、夹击之下，四处碰壁、灵魂分裂、一事无成的畸形人物。作品中倪吾诚的家庭具有一定的象征意义，他与家人的冲突实际上就是新文化与旧传统斗争的缩影。他是新文化的代表，但他孑然一身，力量单薄；在旧传统的一方，不但有母亲、妻子、妻姐、岳母，还有一个可怕的帮凶赵尚同。双方力量的悬殊，一开始就决定了倪吾诚不可能有所作为，因此，在这个新文化运动勇士的“业绩”里，也就不可能有什么辉煌的纪录，有的只是一次次“死亡”的经历。他第一次“死”是在少年时代，而凶手就是他的亲生母亲。第二次“死”是由妻子造成的。他与妻子的矛盾“贯穿每年三百六十五天的每一个黑夜和白天”。妻子姜静宜对他的恨是彻骨的，她诅咒他被车撞死、脑浆迸裂、五脏俱碎、四肢全折，那才让她觉得痛快淋漓、苍天有眼。其实，倪吾诚从西方留学归国后就把没有文化又裹着小脚的妻子接到城里，满怀信心地准备把她塑造成一个“文明人”，让她接受新思想，形成新的生活方式和行为方式。但妻子却与他针锋相对，说刷牙是浪费，挺胸走路的女人是娼妓，说洋话就是“放洋屁”等。倪吾诚要与她离婚，她就找来亲友和老乡，声泪俱下地控诉倪吾诚的“罪行”，引起人们对倪吾诚的愤恨，并且倪吾诚还糊里糊涂地挨了赵尚同的一记耳光，使倪吾诚愤而自杀。但命运又一次捉弄了他，十几个小时之后他又奇迹般地复活了。第三次是在他古稀之年。一生历尽苦难，老来又得不到子女的尊重和安慰，儿女们盼望着他早死，因为只有他死后别人才活得更轻松、更单纯、更容易些。最终在一片凄凉中倪吾诚结束了他不幸的一生。在对倪吾诚的人生进行总结时，他的儿子倪藻觉得无法归类，引起一股莫名的震撼。发疯的狗、勇士、浪子，这些本来没有什么联系的概念，却真实而确切地统一在倪吾诚的身上，使得这一形象极其复杂。

王蒙自始至终在用一个现代知识分子的视点、嗅觉去感受的同时，也始终没有放弃一个革命者的视点。如果说知识分子的视点使他对倪吾诚的现代理想产生共鸣的话，那么，一个革命者的视点则使他对倪吾诚的“务虚”产生藐视，因为，作为一个革命者的王蒙太重视实践了。他嘲讽倪吾诚的“空谈”，甚至最后把他写得滑稽可笑，甚至还否定了他的价值和意义。其实，王蒙没有注意到倪吾诚的无所作为从某种角度折射出了现实环境不可为的悲剧。倪吾诚没有能力改变那种丑恶的生活是因为那种生活太丑恶太强大了，他的沉沦、他的事与愿违的确是因为他的无能，但他的无能又恰恰是他的现实环境所造成。并且，作为革命者的王蒙，也忽视了另外一个问题，现代中国知识分子参加的革命，从总的性质上是一种农民革命，在这个过程中知识分子的许多愿望和设想都难以实现并且显得多余、奢侈、过于理想化。所以，实际上，革命既是对现实的一种反抗同时又是对现实的一种妥协，革命的目标与现实产生了较大的出入。这样，倪吾诚所执意追求的理想，在他一生所处的革命话语为社会主流话语的社会背景下，不仅没能得到认同，反而受到了批判和嘲讽。正是由于受到过重的历史印痕、过浓的庙堂意识、过亮的光明情结的多重困扰，王蒙的所有作品都存在着生活实际与文学叙事的纠缠，因而缺乏超越意识。不过，王蒙的语言天分、澎湃的诗情、对世界敏锐的观察和深刻的思想，造就了王蒙创新的锐气和自信。当天分与激情、敏锐与深刻、锐气与自信一起涌上王蒙笔端的时候，便造就了王蒙光彩四溢的文学气象。这一文学气象，成为当代中国文学的绚丽彩虹和灿烂阳光。

六九、《欲望的旗帜》——欲望的张扬与拯救的艰难

格非(1964—)，原名刘勇，江苏丹徒人，1981 年考入华东师范大学中文系，毕业后留校，现在任教于清华大学。其主要作品有短篇小说《青黄》《迷舟》《褐色鸟群》《雨季的感觉》等，长篇小说《敌人》《边缘》《欲望的旗帜》等。江苏文艺出版社 1996 年出版的三卷本《格非文集》，收录了他的主要作品。格非自 1986 年发表处女作《追求乌攸先生》以来，始终不渝地专注于形式技巧、语言风格和思想性的探索，其叙事才能是多方面的。他与余华、苏童虽同为先锋派的三个中坚，但其作品的商业价值远逊于另外两位。他不温不火地在大学教书，执着地阅读着一些现代的或古典的作品，按内心的冲动写着他的小说。虽然他的作品没有引起强烈反响，但有人认为他是一个真正意义上的未来大师。他既拥有可靠的写实功底，也不忘给读者留下想象的空间；既擅长刻画含义复杂、意蕴深长的意象，也认同明白晓畅的语言；他受阿根廷作家博尔赫斯的影响，致力于叙事迷宫的建构，也从中国古典文论中的“冲淡”“含蓄”中吸取养分。他对形而上的生存问题有着深刻的思考和坚持不懈的探寻，并且总能找到恰当的叙述方式。从他在八九十年代之交创作的中短篇小说中，我们可以看到其叙事艺术所达到的高度和难度。他主要以人物内在意识的无序性构筑出一个线圈式的迷宫，其中有缠绕、有冲撞、也有意识的

弥散与短路。在《褐色鸟群》中，“我”与“棋”的三次相遇似真非真，似梦非梦。似乎有几个不同的“棋”存在于一个共时性的世界中，但在小说进行的历时性层面，每一个“棋”都对前一个“棋”起着解构作用，这意味着格非对现实的怀疑。他认为现实是抽象的，先验的，因而也是空洞的。所以他着重描写人与物的相互脱离，陈思和在《中国当代文学史教程》中说：“在这样的‘错位’式的情景中，人物仿佛已变成了若有若无的鬼魂，身历的事件则比传闻还要虚渺，人就是处在这样的从未证实过而又永远也走不出‘相似’的陷阱的一种假定状态中”。所以，在格非的小说中，现实变得模糊不清，虚实难辨，内容显得不确定、不完整甚至自相矛盾，而回忆、想象、幻觉、梦，以及狡猾的虚构、混淆的叙事则占据了支配性地位。即使那些带有写实特点的作品，格非也常常在故事的叙述中留下“空缺”，把故事的某些关键性部位“隐瞒”起来，从而布下一个巨大的迷宫，或让细小之谜无所不在，制造隐喻世界本体意义的迷宫或在历史与现实的具体背景中凸现人物命运之谜，实现对生活劫难、对不可知的命运的复杂表达，这就是超现实小说的特点。

发表于1995年的《欲望的旗帜》是格非的第三部长篇小说，这是一部面对“现在”的作品，从中可以看到作者对当代中国变动的现实以及对精神生活流失的现状所进行的思考，明确地强调了在欲望疯狂增殖的时代，人是如何面对精神自救的问题。在他看来，这个世界越来越像是欲望的加油站，无人去关注自己的内心。面对这样的现实，格非把叙事对象设置在对人的生存方式最有阐释权和理解力的一群大学哲学系的顶尖级人物身上。他们是哲学教授、博导贾兰坡，哲学博士宋子衿、曾山，本科学生张末等。他们共同组成了一支强有力的注释社会、人生、存在、价值，以及信念等命题的权威群体。然而，这样一群权威话语操作者面对真正的存在——一切旧的价值秩序的失范和新的价值体系尚未确立的纷乱现实，终于连自己也失去了有效的解释能力。格非还将爱情、理想、哲学、神学、宗教、艺术在末世的经历与遭遇都用小说的方式给表现出来了。作品中大量涉及哲学、神学和宗教的深奥问题。这些问题在末世的严重性大大超过了我们的想象，可真正对自己的生存负责的人又绕不过这个死结。贾兰坡教授将他的全部梦想都寄托在哲学上，这位斯宾诺莎的忠实信徒曾经对轻视哲学的夫人说：“倘若没有哲学，人与猪何异？况且猪也未必就不懂哲学。”但他又时刻充满了哲学系被取消的危机感，因为，如今的哲学界已经不再探讨真理，而是热衷于如何使人大吃一惊。同时，没有钱，哲学研讨会就无法进行，副校长亲自去欢迎赞助哲学研讨会的商人并打算聘请其为荣誉教授，这又将知识分子推向了一个尴尬的历史夹缝。物质和金钱在价值的天平上重起来，知识和思想迅速地瘪缩下去，尤其是在哲学这块无法和商业融合只有孤独地徘徊在精神园地的领域里，哲学再也不能给我们的人生以正确的答案了。贾兰坡最终因为哲学信念的瓦解，同时又由于自己言行不一、不能忍受道德对他的审判,在自我精神人格的分裂中自杀了。

他的两个博士研究生曾山和宋子衿,前者一直充满了对诚实的生活和幸福平静的家庭生活的渴望,对精神和肉体和谐的渴望。在当下也只有他仍在迂腐而又真挚地企图抓住那“怎么也抓不住的”幸福的纯净,努力地让外在的真实达到内在的真实,一直苦苦思索导师猝死之谜,始终保持其“求真”的本性。但他失败了,他和与他一样执着于爱情追求的张末总处在错位中,婚姻终于破裂。这使他悟到“没有任何人会去关心别人的内心”,他所追求和希望的离他越来越远,他感到自己的全部生活只是一块“肮脏的布”。作者甚至暗示了他有精神失常的征兆。然而,由于他天性憨厚宁静,并且恪守自己的信念,不常为世俗的名利所束缚,但又清醒地没有脱离尘俗,只希望与人真诚地沟通,这使他最终没有走上失常的境地。曾山的坚守与结局,宣告了这个世界对内在真实的忽略,人和人之间谎言的障碍始终无法越过。而宋子衿则无法生活在存在的真实中。对他来说,“谎言犹如一种润滑剂,使他在与人交往时的紧张情绪得以缓和。一个小小的夸饰都会诱发他撒下弥天大谎”,真理在此完全与谎言成为同一个命题,他根本就无法再分辨真实与幻觉的区别了。诚如他自己所说:“在写作中,你的意识会不知不觉地被上帝或撒旦控制住。你分不清哪些事是真,哪些事是虚构出来的”。他的困境更甚于曾山的困境。他向往空灵,内心充满了感性和浪漫的色彩。他的渴望中排除了信念,那是多余的,生活也是多余的,他感到自己已经远离了尘嚣。内心的真实被他抽象成了一种感觉,而不是曾山的平实,因此他越发脱离了现实。他像一个稚气的孩子放纵在成人的世界里,人们也总以一种对待孩子的宽容宠溺着他,他也希望存在的真实里能“生出”他的梦幻来给予他。但他注定了要遭遇毁灭的磨难。他对曾山一遍又一遍地讲述他的妹妹,以及他和妹妹坐在江边的宁静时光,宁静的感觉只在记忆里闪烁,他缺乏的是行动的能力和责任感。他的生活是一团糟,但他却以肉欲的满足来维持平衡,而这本身又隐含了太多的隐患,使他处于正常与失常的临界。他的肉欲放纵最终受到了世俗的惩罚,彻底摧毁了他精神世界的最后一道防线。

张末是作者最为钟爱的人物,她的一生是追求爱的一生,而又永远处于精神之爱和肉体之爱的矛盾里。还在她读小学的时候,幻觉中就出现了一个面目模糊的男人走来对她说“我们回家”。这个画面缠绕了张末的一生并指引着她寻找归宿。然而,现实总背离她的心灵,她的第一个偶像音乐老师对她不屑一顾;药剂师引发了她朦胧的内心渴望,却又与母亲产生私情;她的丈夫曾山给她以安全感,最终也离了婚;与邹元标偶然邂逅却产生了不可压抑的激情,这完全是情欲本能的驱使,但她强大的理性克制了这股奇异的冲动。最终,她只能隔着很远的距离想念前夫,甚至想抛开知识女性的体面,可她期待的简单的打动永远只能在梦幻中发生。她流着忧伤的眼泪，一遍遍地追问着“怎么会这样？”回到了她一向鄙弃的生活当中。

在这些研究哲学的精英们找不着北的时候，格非让另外几个人物——唐彼德和慧能法师等宗教界人士进入神学与宗教领域去寻找，但他们试图遗忘的那些疑问依然存在。宗教克服欲望的办法是禁欲超越、精神解脱与来世寄托、彼岸拯救。慧能法师留给曾山的话是“生活在真实中”。在这部作品所构筑的世界里，欲望囊括了一切：哲学、神学、宗教、爱情、理想，人人在欲望中行动着，人人身不由己地受着欲望的牵引，以致瓦解了道德与理性的约束。格非在这里干脆放弃了对命运的探索而直接去描绘命运的表现，并且采用比较先锋的叙述特点：采用大段的空白、错位，叙述角色的替换，时空的零乱组合等手法，让欲望的旗帜高举张扬在每一个人的头上，沿着自己本能的欲望河流走下去，从中透露出当下生活中生命的困顿、情感的颓废、哲学的苍白、安慰者的缺席及宗教的虚空。

七〇、《故乡面和花朵》——中国第一部真正意义上的“精神长篇小说”

刘震云（1958— ），出生于河南省延津县，曾经在部队服兵役，1978 年考入北京大学中文系，毕业后到《农民日报》工作。1988 年至 1991 年在北京师范大学、鲁迅文学院读研究生。1982 年开始发表作品。主要作品有中短篇小说《塔铺》《单位》《一地鸡毛》《官场》《官人》等，长篇小说《故乡天下黄花》《温故一九四二》《故乡相处流传》《故乡面和花朵》《一腔废话》《手机》等，已出有四卷本《刘震云文集》。1989 年发表的《单位》和 1991 年发表的《一地鸡毛》是刘震云“新写实小说”的代表作。这些作品以对小人物或底层、基层人的生存境遇和生活态度的刻画见长。刘震云的过人之处在于他对中国生活的最痛切的体悟、最深刻的洞悉，以及对其体悟和洞悉到的喜剧表象与悲剧内蕴谐谑与庄严并举的艺术表现。他以非常冷峻而又略带微讽的笔触，叙写了极其平庸琐碎的当代日常生活景况。主人公小林置身于生存中的权力关系与物质贫乏所造成的沉重压力之下，在不间断的生存挣扎与纠缠中，难以有机会从容地听从其内心，而不得不坠入到无边的种种生存网络之中，这同时也就注定了他已彻底丧失再度发展自我、抑或改变这种生存状况的可能，只能听凭精神世界逐渐滑向平庸和贫瘠，生命的过程就意味着丧失真正自我的过程。因而，新写实小说中不存在英雄，英雄悲剧缺席，这昭示着英雄时代的终结和鸡毛蒜皮的非英雄时代—— 糜烂、腐臭、肮脏、卑贱、冷漠的末世的到来。这种认识与判断来自作者对中国生活的感觉和审美发现。在结构分析、形态描述和文献表达上，这种生活不一定有什么不可忍受的缺陷与荒谬，只有当人们长久置身于这样的存在实体和精神氛围之中，饱受颠弄与摧折，才能省察、感觉到许多不可理喻和言传的微妙之处。作者对这种生活的诗性感悟就成了他精神存在的一种方式，也是他对生活的期待、审视、想象的曲折表达，而他对这种生活的态度却是既不表示赞赏，也不持守批判，只是将实存世界最鄙俗、最污秽、最卑贱的物象供奉在艺术世界最重要最显眼的位置上，展示人类心灵在饱受摧残和愚弄后所出现的阴暗、丑恶与麻木，即所谓的零度写作。他以这种态度抗议物质对于精神、权力对于尊严、历史对于人性的威胁与摧残。

刘震云在淋漓尽致地铺写过他对现实生活的感觉之后，不可遏止地穿越时空走向历史，试图穿透社会、政治、历史表层之下中国生活所赖以存在、延续下来的文化精神渊源。在小说体制上转向了长篇，写法上也由朴素的写实日益走向想象与虚构，甚至走向反经验化的写作。他试图走一条新路，即注意开掘“深藏的和隐藏的现实”，用主要精力去关注人物的心灵并进行深入开掘的现代精神长篇的新路。其中《温故一九四二》就被认为是一个波澜壮阔震撼人心的民族心灵史。而创作历时八年，长达二百万字，几经修改后在1998年出版的《故乡面和花朵》，更被认为是中国第一部真正意义上的“精神长篇小说”。法国作家乔治·杜亚美在描述长篇小说从19世纪到20世纪发展的趋势时指出，其重要变化就是以情节长篇小说向精神长篇小说转化，“现代长篇小说就其本质而言，是精神长篇小说”，这是20世纪法国小说家布鲁斯特在其长卷《追忆似水年华》中所开辟的道路。从这个意义上来说，把《故乡面和花朵》看成是《追忆似水年华》的中国版是有道理的。刘震云在小说中用那么多看似调侃实则严峻的笔墨解剖“世界恢复礼义与廉耻委员会”秘书长俺孬舅（刘老孬），以及俺孬舅身边的种种人物诸如俺孬妗、冯大美眼、瞎鹿叔叔、小麻子、六指、刘全玉、脏人韩等人物的心灵，实际上这是对中国20世纪末乡村文化的解剖，也是对我们民族灵魂的解剖，广而言之，又是对世纪末人类灵魂的一次有深度的解剖。

《故乡面和花朵》共分四卷。第一、二卷为“前言卷”，人物众多、时空倒错、场景频繁转换，给人光怪陆离的印象，这是现代长篇小说文体的一次有意义的试验。实际上，它是对一个大事变之后中国社会各个阶层生活的形象缩写，一个在阅读上故意设置圈套的有关历史的隐喻。几乎在作者以前作品中出现过的人物，都在布置一个新的历史舞台后先后登场。例如孬舅兼有曹操麾下新军、20世纪60年代老农、20世纪90年代秘书长的多重身份，孬妗是农妇和世界模特冯大美眼的奇妙组合，“我”则成了叙述者“小刘儿”，其他人物也都古今身份不详并且形象古怪。在前两卷中发生的故事，突出地贯穿着价值与无价值、混乱与有序相混合的时代特征。孬舅的话是对这种时代最形象的概括：“敌人在哪里？敌人就在身边；朋友在哪里？朋友却在远方。”第三卷“结局”占去整部作品三分之二的篇幅，重点写文化精英们无休止且无意义的“讨论”。而该卷中最重要的一笔却是“我”对姥娘之死深情而绵长的凭吊。这无疑是作者对20世纪90年代文化现状中一代人思想历程的质疑与反思,作者对此所持的是反讽的态度。"结局"蕴涵着对一种历史结果的指认,同时也意味着另一种更为自觉的历史正是在"结局"之后悄悄开始。而在第四卷中,作品的叙述最大限度地回到三十年前"故乡"的"现场",也就是1969年的故乡。故去的姥娘、姥爷、三姨,还有现实中的猪蛋、瞎鹿,以及叙述者小刘和新出场的作者白石头,在"王楼"齐集一堂。现实与幻觉、死亡与新生、历史与未来在小说中交叉穿梭,精英文化和世俗文化杂糅共存,人生的片断被切割、交换。1969年不再是一个单纯的时间概念,而是多重记忆和意识中时间的一个隐喻。这样,四卷小说形成了历史的循环,从春到夏到秋再到冬,然后再周而复始的四季轮换,给人一种重返大自然、重返人性之初的强烈而深刻的感觉。这其中还包含着作者对20世纪90年代文化所遭遇的种种困境的严肃思考,也体现出与那个年代纯粹叙事艺术倾向的某种疏离,更体现出了刘震云的历史观:历史就是在权欲和物欲驱动下互相欺骗、互相残杀、互相奴役的死亡过程,只因这一场奴役与残杀太漫长,无法由一代人了结,于是历史就义无反顾地维持着某种连续与循环。

刘震云是有着比较自觉的文体意识的,他把《故乡面和花朵》的创作作为一次有意义的长篇小说文体试验而取得了令人振奋的成绩。《故乡面和花朵》完全打破了传统的线型或板块组合的叙事结构,它的结构方法也不限于时空交错和线型,而以立体交叉为主。在一种崭新的小说观念的基础上,把传统和现代糅合在一起,把叙事、议论、抒情熔于一炉,把故乡延津的"老庄"与整个世界的大舞台融合起来,采用某种物景描述,插进书信、电传、附录、歌谣、俚曲等各种可以调动的叙述形式,组合成一种使人眼花缭乱然而又井然有序的新的结构形式,这种新的结构形式的特点和意义,当然有待更周密深入的研究才能详述,但只要浏览一下作品,便可以为其新的艺术风貌所吸引。

《故乡面和花朵》瑰丽丰富的艺术想象力也让人震惊,表现出它重要的艺术价值。20世纪80年代初以来出现的传统现实主义的恢复、新写实的兴起、"现实主义冲击波"的相继出现,就关注现实生活,表现时代风貌这种精神来说,是值得称道的。但文学的贴近现实以至于越来越现实化,是以牺牲作为文学的重要表现的想象力为代价的,这不能不让人感到遗憾。在我们读作为新写实小说代表作的《一地鸡毛》《单位》等作品时,一方面为其细腻逼真所折服,但同时也明显感到艺术想象力的缺乏。而《故乡面和花朵》正是对此的匡正。作品第一卷第一章写"我"(小刘儿)和俺孬舅骑着"世界恢复礼义与廉耻委员会"的毛驴逛丽晶时代广场时对毛驴和时代广场的描写,就充满奇特的艺术想象和夸张;第二卷第三章写大腕瞎鹿和巴尔·巴巴的故事时,也充满一种富于浪漫色彩的艺术想象。这种艺术想象同小说中的调侃和排比式的语言,构成一种汪洋恣肆的艺术风格。而这正是一部大气的作品所需要的。李敬泽曾说:"《故乡面与花朵》是非常大的规模,有一种无意识的状态，对我们的记忆，以至于对我们整个历史和民族经验进行了一个非常庞大的、庞杂的归纳和表现。在这个规模之上和在这个规模之下，我们又看到了他从这个庞大的归纳和表现之中，又有很多很多的分支主题派生出来，他所思考的问题，所想的方向没有变，但是从《故乡面和花朵》那样一个庞杂的滔滔洪流一样的庞杂的规模里抽出了一个个分支，从中进行了进一步的清晰、明澈的处理。”这也是作者在后来的长篇《一腔废话》和《手机》中所做的努力。

七一、《心灵史》——宗教情结·激情追寻·生命体验

张承志(1948—)，回族，生于北京，最早的“红卫兵”成员。“文革”期间在内蒙古草原插队放牧。1975年毕业于北京大学历史系，后就读中国社会科学院研究生院，获历史学硕士学位。主要作品有短篇小说《老桥》《北方的河》《黄泥小屋》《奔驰的美神》《黑骏马》，长篇小说《金牧场》《心灵史》，另有散文集《绿风土》《荒芜英雄路》等。张承志的小说有一种散文化的倾向和一种“浪漫主义”的格调。这指的是作品中对于理想的不懈的坚守和追求，以及那种抒情、宣泄的表达方式。他几乎所有的重要作品，如《骑手为什么歌唱母亲》《黑骏马》《北方的河》《黄泥小屋》《金牧场》《心灵史》等，都与生活于内蒙古草原，特别是西北黄土高原的蒙古族、回族的历史和现实生活有关。尤其是20世纪80年代末以后的创作，更执着地歌颂生活于贫瘠的甘、宁、青沙漠边缘的回族农牧民，写他们面对苦难但对信念忠贞不渝，为着自己的乡亲和信仰可以平静地横陈于真主的祭坛之上。前期创作中已多少存在的宗教情绪在这里得到展开和凸显，并成为对抗现代金钱社会理想道德衰败的根据。张承志把他的一部小说集定名《神示的诗篇》，其序言中说：“我确实真切地感受过一种瞬间，那时不是文体的时尚而是我的血液在强求，我遏止不住自己肉躯之内的一种渴望——它要求我前行半步便舍弃一次自己，它要求我在崎岖的上山路上奔跑。”“在那种瞬间降临时，笔不是在写作而是在画着鲜艳的画，在指挥着痴狂的歌。”这既表明了他的精神体验，也标示了他所坚持的“自发式”的写作方法，并因此创造了真挚情感倾泻铺陈、叙述语言虽然流畅但也时有枝蔓、讲求色彩可时而又过于浓重的整体形态。

张承志把《心灵史》称之为生命之作。张承志是一个理想主义者，有一颗崇高而痛苦的心灵，从《黑骏马》《北方的河》到《黄泥小屋》《金牧场》，他一直在追寻着某种精神理想及心灵的归宿。在《心灵史》中，他终于找到了他的母族回族伊斯兰教的哲合忍耶(阿拉伯语的意思是“高声赞颂”)派，他成了哲合忍耶的信徒。这是一个主要生存在中国大西北最贫困的边远地区的回民教派，是实实在在的“穷人的宗教”，又是一种“痛苦的理想”，同时还是为维护信仰的纯洁及心灵的自由不惜

牺牲的英雄主义宗教，有人称这个教派为“血脖子教”。《心灵史》正是写这个教派在清朝以来的二百年间鲜为人知的五十万人被杀戮，幸存者也一直处于被追捕被流放的绝境的痛史。具体写了哲合忍耶派的创始人维尕叶屯拉·马明心的传教活动，及其后代领袖率领教众为捍卫自己的宗教信仰，与清朝统治者进行了一次又一次暴力抗争。教徒们处于阶级对抗和民族对抗的尖端，其个人及其家族的命运无一例外全都悲壮惨烈。作品实际上也是这个教派被清政府屠杀和流放的血泪史。作者还利用回族民间秘藏史料和文献等，推翻满清政府的有关官方文献的谬误，正本清源，还历史以本来面目。但更为重要的还是作者本人的强烈震动、体验及心灵历程，这些使这部著作成为一部真正的奇书。

张承志充分利用历史提供的阶级与民族之间激烈对抗的宏伟场景，让人物演出一幕紧接一幕惊心动魄的历史悲剧，展示了刚烈而又坚韧的文化人格。但是，张承志并不满足于对历史题材的表象把握，他将这部大作命名为“心灵史”，说明他不仅重视历史的进程及规律，更迷恋历史熔铸于人心中的秘密。他认为，数度濒临绝境的哲合忍耶之所以能死而复生绵延发展，其根本原因只能从精神本源上加以寻求。作为这个教派的信徒，张承志虔诚地执意重建母族昔日的精神大厦。他深知前辈导师作为神与人的中介，肩负的是神授的使命。在他们看来，个人的苦难和牺牲并不重要，比个体生命更贵重的是民族的存亡和宗教的兴衰。他们将克勤克俭、遭劫蒙难、殒身救人、忍辱含耻视为神圣的天职，这样他们才能在血与火的考验面前镇定自若，其心灵可以超越生与死的界限，冲破尘世与天国的藩篱进入精神自由的极地。所以，无论现实多么险恶，他们永远都是自我和整个教派的精神主宰。这个教派的主要宗旨是：信仰至上，不惜牺牲；精神不死不疲，才能使人活得高贵；心灵不灭，是照亮人世的航标。其作品中的人物，大都是客观生活与作者主观情思想碰撞的艺术结晶，他总是将自我体验、激情、对过去与未来的追索、对时代的复杂体验等全倾注到笔下的人物身上。所以，这些人物的主体精神坚挺，心灵自由度较高，虽然个性不够鲜明但人物类别特色突出，其传递的心理信息和精神信息较为丰富，因而具有浪漫主义特色。阅读这部奇书，不仅能获得对痛苦与理想、历史与宗教的巨大冲突的悲怆之美的高峰体验，同时也能进行一次心灵与精神的洗礼，并从中探寻生命的意义，得到自我的超越。

《心灵史》虽说是小说，但却集小说、散文、诗、历史、宗教、学术于一体，是一种超乎一切形式之上的复合体裁文本。它的震撼性、独特性使你想不到用其他什么形式、什么标准，似乎只有这样才能足以充分地表达。《心灵史》的创作对张承志来说过程漫长而艰辛，除了史实的搜集与辨析以外，最为苦恼的事就是寻找一种最为适宜的艺术表达方式。在苦苦地思索之后，他决定“以多斯达尼（指哲教教徒）的方式作为自己的方式”。多斯达尼方式也就是宗教的思维方式和审美方式。兼有教徒和艺术家双重身份的张承志很快就找到了宗教方式与文学艺术方式的契合点。实际上,宗教与文学的相互渗透从这两类意识形态诞生之日起即已开始。在原始社会中,艺术作为一种审美活动就是与宗教活动统一在一个个神话仪式的综合体之中。许多宗教经典文献本身既是文学价值很高的艺术作品,同时又为各国的文学创作提供了丰富的素材来源及人物原型。宗教与文学在把握世界、反映世界的方式上有许多共同点。比如,两者都有强烈的甚至狂热的激情,也都坚守主体感觉的神秘性、主观性、私人性,并且都善于运用想象、幻觉、玄思、夸诞乃至神变来开拓思维空间和艺术空间。这些特点都鲜明地体现在伊斯兰教的思维体系当中。哲合忍耶派属于伊斯兰教中的神秘主义教派,其思维方式带有玄思神变色彩。而《心灵史》所依据的素材主要是教派内三个秘藏文本:《热什哈尔》《曼纳给布》和《丽撒拉合》。尤其是《热什哈尔》,它以并非连贯的片断真实而详尽地记录了哲教七位圣徒的言论及重要活动。在他们的言论中充满了神秘的隐喻、暗示和预言。他们生平事迹的记录中也确实有不少预言被证实的奇迹。多斯达尼的宗教课中有热烈的高声赞颂,也有静默的沉思冥想。信徒们相信通过体验、神思和玄想,肉体凡身也能与天神沟通。他们还相信他们的领袖能把握神定的世事规律,预知个人的命运。在探测到信徒们心灵的诸多秘密之后,张承志遵循他们的心理逻辑,并辅以自己的激情和想象,对历史人物和事件进行了严谨的辨析、合理的补充和精心的提炼,赋予这些人物和事件以生命、灵性和深意。

作品按照哲合忍耶七代领袖的生平事迹分为七大部分,每一部分称为一“门”而不是章、卷、部,再加作者的前言和后缀构成全书的框架。七个部分之间环环相扣,循时序的推移而渐进,形成一种严谨而规整有序的结构方式。但在每一门中,作家的表述方式却极为自由:有生动的描绘,是为历史人物造像;有流畅的叙述,是将史实贯通;还有周密的论证,是在对史料进行辨析;更有激越的诗章,是在倾诉主体的情志;而神奇的想象则是在传递某种宗教的信息。张承志以成熟的理性、飞扬的神思、强大的自信自如地驾驭了这部皇皇大作。作家自身的精神世界构成比较独特而复杂:他的“血脖子教”母族遗传的刚烈气性,他视为义父母的蒙古民族酷爱自由的禀赋,他自己作为“原始红卫兵”的特殊经历,他所从事的回族聚集地区历史与宗教的研究活动,他对音乐与绘画的迷恋以及他对于作为自由作家的人生抉择。所有这些因素的综合作用形成了他独特的心理机制,生发出不可遏制的创作激情,形成一股不自觉的潜在力量,生成了其作品庄严、崇高、深沉、凝重的审美风格。

七二、《天龙八部》——金庸武侠小说的代表作

金庸(1924—2018)出生于浙江省海宁市,原名查良镛,毕业于上海东吴大学

法学院。1948 年去香港，从事新闻工作，是香港《明报》创办人之一。1955 年他的第一部武侠小说《书剑恩仇录》问世，引起文坛瞩目。直到 1972 年，总共出版 15 部武侠作品，即“飞雪连天射白鹿，笑书神侠倚碧鸳，腰携一枚《越女剑》”。其中《射雕英雄传》《神雕侠侣》《笑傲江湖》《天龙八部》《倚天屠龙记》《碧血剑》《鹿鼎记》较为出名。金庸的这些武侠小说，在思想内容、人物塑造上，突破了旧武侠小说的各种局限，具备了许多现代品格。

首先，在思想内容上，金庸作品以融入了自己独特的现代历史观、民族意识、道德与价值观念，突破并超越了单纯的个人恩怨、门派残杀与侠义奇情的旧模式。金庸是一位自觉追求思想性的武侠小说家，他说过：“武侠小说本身是娱乐性的东西，但是我希望它多少有一点人生哲理或个人的思想，通过小说可以表现一些自己对社会的看法。”这种认识与看法，促使金庸对传统武侠小说进行了观念上的变革与改造，赋予武侠小说以文化哲理、生命体验的内容。例如，旧武侠小说有一个普遍的观念就是“快意恩仇”。为了报仇而且“快意”，杀人变成了草菅人命的任意行凶，即使是侠士，杀得性起时也不会顾及对象的无辜。有人说这说明了中国人具有潜在的嗜血欲望，表现出古代社会残留下来的不健全心理。金庸作品从根本上批评和否定了这种观念。《射雕英雄传》中的郭靖，曾经满怀家国双重悲痛完成了对完颜洪烈的复仇，但后来由于看到花剌子模屠城的惨状，思想出现了危机，一度对学武产生怀疑。《神雕侠侣》中的杨过一意要为其父杨康报仇，但后来为郭靖夫妇大度无私的爱国精神所感动，自责自己念念不忘父仇私怨的狭隘与自私。他知道了父亲的为人和死因后，更是彻底地放弃了复仇的念头。到了《笑傲江湖》，金庸更是带着贬意写了林平之不顾一切、不择手段，甚至为了达到复仇的目的置妻子的幸福、性命于不顾的疯狂与变态。

中国是一个多民族的国家，历史上也曾经闹过不知多少次的民族矛盾、冲突与战争，其“你死我活”的惨烈程度从一些历史典籍记录下来的细节中可窥见一斑。加上儒家历来讲究“夷夏之辩”，认为“非我族类，其心必异”，这样，在时间历史长河中，对待其他民族总是持一种轻蔑和辱骂的态度，对待它们的文化更是鄙薄和嘲笑，认为自己的文明最优秀，要“用夏变夷”，反对“变于夷”。金庸早期的作品中也带有这样的痕迹。但后来随着历史视野的拓展、思想艺术的成熟，金庸渐渐地突破了儒家汉族本位的狭隘观念，肯定了中华许多兄弟民族在历史发展中各自的地位和作用，赞美了民族间平等和睦相处、互助共荣，而把民族间曾经的征战、掠夺、蹂躏的血与火视为历史不幸的一页。在这方面，最有代表性的作品是《天龙八部》。它以大宋王朝时期中国版图内所出现的宋、辽、西夏、大理和吐蕃等五个区域为背景，以段誉、乔峰和虚竹三位主人公的足迹为线索，从他们各自的经历与遭遇中，提出了儒家文化存在的狭隘民族主义问题。其中乔峰（契丹名字叫萧峰）的遭际最能体现这种历史思想、民族观念及儒家文化的排外与盲目自大。

乔峰本来是汉人与契丹人一次矛盾冲突中的无辜受害者，他的父母在交战中双双毙命，是一对汉人夫妇收养并抚育他长大成人，他从小接受的是汉民族文化的教育，他的思想和行为无不符合这种教育所树立的标准范式。但命运给他开了一个残酷的玩笑：他是一个契丹人，并且在辩诬自卫过程中不得已杀伤他人之后，走上了一条不归之途。作者通过乔峰的经历和自杀的悲剧结局，质疑了儒家传统思想中的夷夏之辩：夷夏之分是否就等于正和邪、善与恶、敌和友的矛盾对立？民族之间必须睚眦必报、刀戈相向吗？每个民族的人必须站在各自民族的一边而别无选择？作者写到有一次受到少林寺僧人的追打，被他们辱骂为"契丹胡狗"的乔峰，使出了宋朝开国皇帝的"太祖拳"，而对方为了降伏乔峰，使出了来自印度达摩祖师的点穴绝技"天竺佛指"，反被乔峰讥笑、讽刺了一通。金庸借此提醒人们：拒绝学习外族长处将会使自己陷入荒唐可笑的境地。

在这种历史思想和民族观念支配之下的金庸，对江湖上正与邪、侠义与黑道、名门正派与魔教之间的斗争有着自己独特的思考，克服了传统武侠小说所采取的简单二分法：正则全正，邪则极邪。根据现代哲学、心理学的认知实践，现实生活中充满矛盾和斗争，其起因和动机极其复杂，有些确实存在着是与非、正义与邪恶的严重对立，但也有不少仅仅是某些人为了达到某种私利或个人欲望而借着堂皇的理由挑起、鼓动的结果。《笑傲江湖》《倚天屠龙记》集中体现了这种观念。前者写了江湖中的衡山派、华山派、嵩山派、恒山派、青城派以及日月神教之间错综复杂的矛盾斗争。自认为是正派正宗侠义的嵩山派掌门人左冷禅和青城派首领余沧海，为了达到个人目的，挖空心思，使出种种卑劣、阴险、狠毒而残酷的手段，杀人无数，作恶多端。表面上仁义道德、多情多义，被人们视为公正和道义化身的楷模人物，华山派掌门人岳不群，内心对权力追逐的欲望已使他扭曲变态到令人发指的荒唐可笑地步。正像《倚天屠龙记》中张三丰说的那样："这正邪两字，原本难分。正派弟子若是心术不正，便是邪徒；邪派中人只要一心向善，便是正人君子。"两部作品中的主人公令狐冲、张无忌超越了这种门派之争，在所谓正教与邪魔外道的争我夺中，总是站在势弱而又无辜的一方，帮助人们识破冲突的起因与真相，实现和解，平息争斗，将无辜者从灭亡的境地拯救出来。这无疑代表着作者的理想与期望，体现出金庸独特的人生观、价值观和文化批判意识。尤其是金庸提出的以大多数人利益为尺度考察各派斗争的主张，使正与邪的鉴别有了客观标准，确实富有历史的和现实的深度。

基于作者上述的思想与认知，小说中的人物性格刻画突破了旧武侠小说非好即坏、好坏分明的单一模式，变得复杂、丰满而有血有肉有立体感。这也是金庸小说长盛不衰、深受读者喜爱的原因之一。他积极探索一种"侠文学"与"人的文学"、中国传统文化与西方人文思想结合的新途径，不断突破武侠小说侠义主人公的理想人格模式。他的作品从《书剑恩仇录》到《鹿鼎记》，主人公精神人格中的侠气渐渐消失，而禀赋脾性中的邪气（还不如说是“痞性”）逐渐见长，离传统侠的典范模式越来越远。从陈家洛、郭靖—杨过、张无忌—段誉、萧峰、虚竹—狄云—令狐冲—韦小宝，正如陈墨所言，是从儒家之侠—道家之侠—佛家之侠—无侠—非侠（浪子）—反侠。人物形象的个性越来越突出；他们的理念力量在减弱，现实社会矛盾冲突及社会环境制约的力量越来越大；主人公的人格力量越来越复杂，内心的自我矛盾冲突越来越多；人物的理想性在削弱，现实性及其意义在增强。在不断探索和创新的过程中，总是贯穿着理想人格与现实人格、共同理念与作家艺术个性的矛盾冲突。也就是说，在这些人物身上，人的本性与本能的因素越来越突出，而作者的理想与主观愿望在他们人格与精神中的附着越来越少，甚至没有。最典型的例子是《鹿鼎记》中的主人公韦小宝。金庸在修订之后的《鹿鼎记・后记》中写道：“有些读者不满意《鹿鼎记》，为了主角韦小宝的品德，与一般的价值观念太过违反。”这是故意的作为。因为，从陈家洛到韦小宝，作者故意让他笔下的侠，从英雄到无赖，从伟大到小丑，从侠到反侠，从理想人格到现实人格，从文化颂扬到文化批判，越来越回到历史的真实与生活的真实。有人说《鹿鼎记》是中国的《唐・吉诃德》。作为“反侠”典型的韦小宝，与“无侠”和“非侠”还有不同，他的个性精神及其人格模式体现的是“侠之反动”。他让我们对民族文化及其社会文化心理中的侠之梦彻底破灭，不得不面对人生与历史的现实、真实及其残酷本质。这种人格模式实际上是民族文化和国民精神的总结，韦小宝是国民性的一种典型。因为特殊的出身、经历和教育，他不学而有术，一身流气，一副赖的嘴脸，浑身充满了奴性、灵性与无原则性。在残酷艰辛的生存挣扎中，他学会了卑鄙无耻的流氓习性，善于阿谀奉承、溜须拍马、见风使舵。但正是这样的人物，由于机缘巧合，竟能做到康熙王朝中的“邦国柱石”、一等鹿鼎公，飞黄腾达起来。同时，他还是反清组织天地会的青木堂堂主，卖国组织神龙教的白龙使，还做过少林寺的和尚，当过清凉寺的住持，主政过台湾事务，帮助过俄罗斯公主发动宫廷政变，当过抚远大将军，种种身份与作用不一而足。可见，这是一个无以名之的人物，极其复杂多变，看似一个坏人可又没做什么坏事；说是好人，没有好人的自尊与操守，没有侠义精神，没有主体人格。这是传统文化格局中被“教化”成了“小奸巨猾”的人物，也是现实文化环境的必然产物。作者的用意是揭露中国文化的某种本质，抒发对现实人生的感慨，因而具有深刻的现实意义与批判意义。也正因为如此，金庸的武侠小说具有现代品格，同时提升了武侠小说的艺术品位与审美境界。

七三、《白鹿原》——在历史的碎片中重构历史

陈忠实（1942—　），出生于陕西东郊灞桥，任过小学、中学教师，文化馆职员、

馆长，文化局局长等，主要从事小说创作，兼写散文。陈忠实是一个厚积薄发的作家，1993 年以长篇小说《白鹿原》一举成名，该作品集家庭史、民族史于一体，以厚重的历史感和复杂的人物形象而在同类作品中脱颖而出，成为当代文学中不可多得的杰作之一，1998 年获第四届茅盾文学奖。

《白鹿原》是一部描写渭河平原五十年变迁的雄奇史诗，一轴中国农村斑斓多彩、触目惊心的长幅画卷。主人公六娶六丧，神秘的序曲预示着不祥。一个家族两代子孙，为争夺白鹿原的统治权代代争斗不已，上演了一幕幕惊心动魄的活剧：巧取风水地、恶施美人计、孝子为匪、亲翁杀媳、兄弟相煎，历经大革命、日寇入侵、三年内战等历史事件，白鹿原翻云覆雨，王旗变幻，家仇国恨交错缠结，冤冤相报，代代不已，古老的土地在新生的阵痛中战栗。作品为我们提供了一种新的文学历史观，即历史不只是一部单线条的阶级对抗史，同时也是一部在对抗中互相依存、互相融合的历史；历史不只是一部单纯的政治史，同时也是一部经济史、文化史、自然史、心灵史；历史的生动性不只在社会政治层面展开，也在人性和人的心理层面展开，而且后者比前者更为生动、更为丰富、更有价值。作者塑造了一系列真实而又有独创意义的中国农民形象。白嘉轩是其中的第一主人公，他是几千年中国封建宗法制度和文化所造成的一个人物典型。在他身上包容了中国文化传统全部的价值——既有正面又有负面。他既是一个刚强的男子汉、富有远见的一家之长、仁义的族长，又是一个封建文化、封建制度的身体力行者。作品问世之际，曾引起当代文坛的一时轰动，批评家操刀执笔，见解纷纭，莫衷一是。但无论怎样，小说所展示的文化生活及思想艺术情趣，已在当代文学史上留下清晰的印迹。

“小说被认为是一个民族的秘史”，作者陈忠实以巴尔扎克这句名言作为小说的题记，表达出其创作这部长篇小说的宏愿与艺术追求。白鹿原作为清末民初新中国成立前夕中国历史的见证，可以视为民族历史发展的一个缩影。从政治文化角度看，其社会结构有以田福贤、岳维山为代表的国民党势力，有以鹿兆鹏、白灵为代表的共产党力量，有以鹿兆谦（黑娃）、大拇指为代表的农民土匪武装。而从民间文化的角度看，有以白嘉轩、鹿子霖为代表的宗法家族团体，也有以朱先生为代表的白鹿原的文化、精神领袖。阶级矛盾、家族纷争、利欲情欲的角逐相互融汇交织，从而构成白鹿原半个多世纪的“民族秘史”。

小说中人物形象众多，倾注笔墨最多的是白嘉轩与鹿子霖，其他形象或为二者衍生，或不同程度与之相互牵连。白嘉轩作为一族之长，具有宗法家族制度所赋予的有形无形的至高权力。说其有形，是说祠堂之内他是众人拥戴的执法者，是伦理道德观念最具权威的监督者；说其无形，是说他在族中乡民中具有一种不怒自威的心理畏惧。他的言谈举止具有示范性与感召力。这种有形与无形构成乡间同而化之的宗法力量，维系着小农经济下的封建秩序。小说中的白嘉轩以一种超出常人的意志力与使命感坚守白家的社会地位。换地迁坟、种植鸦片、兴办

学堂送子女进学堂读书，躬身劳作；目光炯炯、智力超群，其善行与恶举莫不为着白家的生存着想；神机妙算，多次娶妻，悉为白家子嗣昌荣。值得一提的是，作为一族之长，他在竭力维护宗法制度与家族利益的同时，又奇特而微妙地与现实政治势力保持一定的距离。这种描绘与以往小说中将族权与统治阶级刻画为沆瀣一气的孪生兄弟有所不同，作者似乎有意传达出民间文化与政治文化之间存在着距离与矛盾的复杂状况。白嘉轩多次拒绝田福贤、岳维山、鹿子霖让他出任乡约的请求，出于关心乡民的利益的愤怒，曾发动大规模的鸡毛传贴和交农事件，宽恕黑娃的暴力侵害。在白鹿原阶级之间的搏斗达到白热化之时，他竟当着田福贤的面说："白鹿原成了鏊子"，显然他对国民党势力疯狂的阶级报复怀有强烈不满。白嘉轩说白鹿原是翻煎饼的"鏊子"，意为翻来翻去，民不聊生，这绝非冷眼观潮者之语，而是一种历史态度。因为，在客观上，阶级之间血雨腥风、刀光剑影的搏斗对宗法家族制度所形成的社会秩序、民间文化氛围显然造成了一种破坏。但我们也不能简单地认为白嘉轩倾向于革命与共产党，确切地说，作者的意图是通过白嘉轩这一形象以新的姿态摆脱二元对立的思维模式，使其具有更为丰富复杂的文化内涵。这种挣脱阶级斗争、政治斗争的"红旗谱"模式的审美效果虽有待历史的进一步检验，但这种探索精神无疑是值得肯定的。

鹿子霖是一个阴鸷、淫乱、孱弱的人。鹿家祖辈以卧薪尝胆、定要出人头地的欲望与决心，攒下可以炫耀于世的产业家财。积淀于鹿家血脉传统之中的个人奋斗因素成了鹿家在白鹿原得以生存并作壁上观的主要精神，它是时时警醒鹿子霖的家训信条。可惜，到了鹿子霖这一辈却并不如意，实践证明，鹿子霖已使祖宗的宏图大愿归于空想。客观复杂的环境因素是一方面，自身的人格力量是另一方面。从小说叙述的故事来看，祖宗昔日忍辱含垢的韧性与毅力在鹿子霖这里变相化为凌驾弱者之上的恣肆欺虐；产业家财的优越感则蜕变为维护权力欲望的奸诈狡黠。在与白氏家族的纠葛与矛盾中，他处心积虑地以阴毒的手段与白家抗衡。最令人齿寒的是唆使小娥拉白孝文下水的阴谋以及俨然厚道长者的跪谏。鹿子霖身上体现出的这种腐朽堕落的人格特征，显然代表着中国文化传统中的劣质因素：投井下石、背信弃义、"窝里斗"等。作者试图将他与白嘉轩所具有的那种正直、刚毅以及多数情况下的磊落人格对比映衬，不时以春秋笔法隐蔽地传达出作者对这一人物的贬斥与鄙夷。

作者曾说，《白鹿原》是以自己的艺术体验和艺术能力来展示"这个民族生存的历史和人的这种生命体验的"。纵观全书我们会发现，制约和影响白鹿原这块土地上的人物行为的文化因素有以下几项：宗法观念、性、权势、谶兆预言。

宗法观念是中国长期的封建宗法制度沉积于民间所构成的稳定的社会心理结构和精神结构，其主要内涵是以儒家伦理道德为内核的思想行为规范。可以说，它是中国古代文明社会的文明禁忌。它不仅在长期的民族文化生活中起到稳定社会秩序的巨大作用,而且久而久之对社会心理也产生了一种权威的压力与禁锢。

小说中描写性的文字颇多,可以看出近年来以性的角度审视社会人生的文学倾向对作者的影响。诚如孟繁华在《〈白鹿原〉:隐秘岁月的消闲之旅》中所言:“性,在这里已不仅仅是感官刺激的手段,同时它是驱动小说‘秘史’情节发展的主要缘由。”“白鹿原陷入了巨大的性的情结之中,性成了一个伟大的神话,逃出劫数的人在白鹿原已屈指可数了。”西方社会生物学家莫里斯将人类的性行为归纳为十三种功能:生殖、爱情、欢愉、交流、游戏、认证、征服、炫耀、麻醉、逃避、商业、政治、升华。生殖功能在白氏家族展示得最为充分。白嘉轩连娶七房老婆,是想向世人证明他传宗接代的使命感。“无后为大”成为白嘉轩的道德律令,不仅自己墨守成规,而且现实一旦与此律令发生冲突,血缘的纯洁性对宗法观念坚守也即显得微不足道。有些性描写还有意识地展示出作者些许的“阳物崇拜”的潜在心理。

小说中的主要人物对权势的热衷和执着不仅构成小说或明或暗的线索,也是白、鹿两家赖以生存的心理动因。对权势的热衷是“官本位”文化的集中表现。这种刻画曲折地传达出作者对这种文化现象的无奈与怨艾,反衬出作者渴望宽仁大度、宽人容物的感伤情怀。作者的这种情怀,是出自于对永恒的人道主义的幻想。可惜这种幻想在“民族秘史”面前显得茫然无措,难以自主。

谶兆预言是带有神秘色彩的文化因素,集中表现于白鹿原上的智者、圣者朱先生的行为言语之中。朱先生既是宗法家族观念的维护者,又是充满禅机妙心的社会文化危机的预言家,同时还是伦理道德观念的美质的象征。每当白鹿原陷入生存的劫难危机时,他必以少有的精英姿态化解之。劝张都督退兵是一大壮举,这使白鹿原免遭生灵涂炭;窥透人性、阶级斗争本相,送田福贤一车银圆,救鹿兆鹏于水深火热更显现出他的大智非凡。他宛如白鹿原那只似有若无的神鹿,一种精灵韵味氤氲而生。几十年后其墓穴中“折腾到何日为止”一语,已超出写实的范畴,带有一种宿命的魔幻色彩。“折腾”即争斗、矛盾冲突,是对永恒秩序的破坏,是对安宁祥和的否定。

小说以文化的复杂状况来展示历史,人物也多是善恶美丑皆俱,体现出新历史主义以解构为特征的对笛卡尔以后的西方历史观、历史理性和史诗话语的反叛。历史不再是泾渭分明的阶级斗争史,小说家们萌发了重写历史的强烈冲动,把历史的整体性、神圣性、理性撕裂成帝王将相、英雄人物的日常片段,呈现出一种非同一性、非理性的历史观,也就是在用“历史的碎片在重构历史”。历史是对已经逝去的事情与人物的记载和描述,只有真实、客观、公正、全面的记载才是真正的历史。然而,记载历史的人要受政治、人文环境、自身情感态度、理论水平等内外因素的影响,人的主观意志对历史的介入,使人类进程中并没有一部真正严格意义上的史书。更何况党派和个人为了达到各自的目的而对历史进行篡改的现象也时有发生。因此,新历史小说的后现代解构实际上隐含着重建当代精神制约下的新历史话语的潜在动机。这正是为了在更大程度上还原历史的真实,在最大限度的理性基础上,使历史成为现代性精神的重要内容和新的人文资源。这些作品有意淡化了阶级矛盾,虽然也描写了斗争,但它是为了反映斗争哲学的文化内涵,更多体现为一种文化历史观。

七四、《务虚笔记》——务虚:对生命疑难和情爱真谛的探掘

史铁生(1951—),生于北京。1967年毕业于清华附属中学,1969年去延安市插队落户,1972年因双腿瘫痪回到北京,在街道工厂工作,后因急性肾损伤,回家疗养。1979年后相继有《我的遥远的清平湾》《命苦琴弦》《我与地坛》《原罪·宿命》《老屋小记》《务虚笔记》等小说与散文发表。1998年患尿毒症,终日透析。病情稳定后,有随笔集《病隙碎笔》和散文集《记忆与印象》等出版。2006年由人民文学出版社出版长篇小说《我的丁一之旅》,这部作品是他用三年时间里的所有上午写出来的。史铁生的作品多次获奖,现为北京作协合同制作家、中国作家协会会员。史铁生的作品是真正地对心灵的搜索与诘问,不掺杂任何世俗的功利目的,写作对他来说是心灵的需要。发表于1983年的《我的遥远的清平湾》是史铁生的成名作,它在多个层面上被阐释:或说它拓展了“知青文学”的视野,或称它在文学“寻根”上富含意义。在“寻根”问题上,史铁生在《礼拜日·代后记》中表达了这样的见解:“‘根’和‘寻根’又是绝不相同的两回事。一个仅仅是,我们从何处来以及为什么要来。另一个还为了:我们往何处去,并且怎么去。”关于后者,他认为“这是看出了生活的荒诞,去为精神找一个可靠的根据”。史铁生肉体残疾的切身体验,使他的部分小说在写到伤残者的生活困境和精神困境时超越了伤残者对命运的哀怜和自叹,而上升为对普遍性生存,特别是精神“伤残”现象的关切。他把写作当作个人精神历程的叙述和探索。他在《我与地坛》中写道:“宇宙以其不息的欲望将一个歌舞炼为永恒。这欲望有怎样一个人间的姓名,大可忽略不计”。这种对于“残疾人”(在史铁生看来,所有的人都是残疾的、有缺陷的)的生存的持续关注,使他的小说有着浓重的哲理意味。他的叙述由于有着亲历的体验而渗透着一种温情而宿命的感伤,但又有着对于荒诞和宿命进行抗争的精神。

《务虚笔记》是“囚禁”在轮椅上的史铁生的首部长篇小说,也是他的半自传式作品。隔着咫尺的空间与浩瀚的时间,作家带着读者凝望生命的哀艳与无常,体味历史的丰饶与短暂。作品行文优美、凝练,情感真挚、厚重,处处透映着一种对人世沧桑如泣如诉、似幽似怨的伤感与领悟。“我是我的印象的一部分,而我的全部印象才是‘我’。”开篇收尾的这句话,可作为阅读这部小说的一把钥匙。小说

"务虚"不重实，注重的是对生命的一种印象；不注重记忆中的真实，而注重印象中的真实；不注重各个人物的完整的形象与历史，而注重与生命同时拓展的不同的心魂起点与去向。作品叙述了 20 世纪 50 年代初以来中国社会的嬗变给残疾人 C、画家 Z、女教师 O、诗人 L、医生 F、女导演 N 等一代人带来的种种影响、冲击。他们成了什么？也许他们就是这个世界的艰辛与危惧、欲望与祈祷。作者用一种很奇特的第一人称，"我"是所有人，"我"是写作者、交谈者、倾听者、旁观者，"我"感受着每一个人的成长和忧伤。我们可以肯定的是作品里面的场景是虚设的，题目就告诉我们是"务虚笔记"，但不妨碍我们对语言的真实性进行怀疑。史铁生在书中就说过："真实并不在我的心灵之外，在我的心灵之外并没有一种叫作真实的东西原原本本地待在那儿。真实，有时候是一个传说甚至一个谣言，有时候是一种猜测，有时候是一片梦想，它们在心灵里鬼斧神工地雕铸我的印象。"作品的角色中有他、有你、也有我，带有抽象的意味。

《我的丁一之旅》比《务虚笔记》更务虚。首先，他将虚实关系处理得很别致，作者将一个人拆成三个人，以"我""史铁生""丁一"三个人物的同时或交叉出现，试图从不同层面或角度来理解人。其次，它的结构打破了时间和空间，写到人和灵魂的对话、动作等，有些抽象。史铁生用洁净优美、富于诗意和理性的文字描写爱情和性，追溯爱情的本原，探寻爱情的真谛和意义。那些灵与肉的纠缠、性与爱的排演，那些孤独的感动和温情的抚慰，那些柔软的故事和坚硬的哲理，无不给人以情理之中的体验和意料之外的启示。《我的丁一之旅》中的文字依然充满史铁生的标志：古典、诗意、灵动，在看似散漫实则缜密的结构里，精心构筑了一个睿智空慧的哲思世界。

同《务虚笔记》一样，《我的丁一之旅》里的人物都模糊了其具体特征，幻化为一个个象征符号，代表的是终极追问的思考者。姑父的故事、依的故事、娥的故事、秦汉的故事、丹青岛的故事等，都是形不同质同的丁一的故事，也就是关于爱情的故事。"丁一"更多是人类身体的符号，是器、形；而"我"则是魂、灵、心。丁一之旅或曰史铁生之旅不过是身魂互相寻找之旅，是为了千年一回的心魂团聚，是为了曾经的眺望，以及未来或永久的依归，是亚当寻找夏娃的爱情之旅。史铁生说"爱是孤独的证明"，丁一寻找夏娃的旅程就是两个孤独的人相互寻找的过程。这个孤独的旅程，丁一和夏娃以什么方式走入并实现了爱呢？性是语言，是表达，是独特的话语，或者只是一种必要的形式。爱与性，从来就不可分割，真正完整的爱必将起始于性的完美结合。但如果爱仅仅是性，那爱就是一种本能了。但爱，也不全是本能，爱是智慧，爱给予丁一智慧的力量。智慧总是看见人的缺憾，人的罪性。在这条孤独的爱情之旅中，爱情与道德、性与爱、爱情与忠贞、爱情与背叛、性爱与自由等，这都是怎样的人间难题和折磨呢？在史铁生的人性世界里，爱，愿充满在一切的苦难与收获里，也是他追问人性秘密的一以贯之的方向。

史铁生对灵魂的思考显示出更多的个人色彩。在《我的丁一之旅》中，史铁生的语言始终是指向内心的，它们不推动故事的发展，而是随着史铁生的思想随处停留，这种玄思的风格最终将大多数的读者拒之门外。可以想象，这样的结果出自于史铁生本人的选择，对于一部指向作者内心最深处的小说而言，没有读者的位置。但无论怎样，史铁生作品的意义都不会仅仅是文学史的，而已经成为这个时代某些精神信仰的保证与信心。

《务虚笔记》和《我的丁一之旅》里都没有大量的对话和故事情节，即使是说话，也是在表达一件事情，一个真相抑或有关某人的流言。它们是阅读起来很艰难的小说，事实上它们的情节并不是最重要的，最重要的是小说中作者对世界的无穷尽的思索，而这些，又正是我们曾经或正在思索着的东西。这种思索是沉重的，因为，他写出了人类的疑难。史铁生是站在人类的疑难处，使幻想与现实、谣言与真相、幸福与绝望、爱情与欲望、永远与瞬间，在大段大段的诉说中浮在了书面上。文字在这里不再仅仅是文字，而是一把叩开心灵门窗的闪光的钥匙。从来没有人能像他那样，把充满灵气和哲理的语言完美地结合起来，并用一种超俗的眼光，鸟瞰着缤纷四扬的尘世；也没有人能像他那样，说出对生命存在的价值的探讨和思考，抽象地回答了许多困扰我们千年的问题，并能一针见血地告诉我们有关生命的秘密。绝处逢生大概就是这样子，当史铁生一再绝望和压抑的时候，他用那独特的生命思考拯救了自己，也感动了成千上万的人。

七五、《玩的就是心跳》——玩转了中国人脑筋的大顽主

王朔(1958—)，江苏南京人，中国内地作家、编剧。

也是大玩家儿的阿诚在谈到20世纪80年代时曾经说过，无论是寻根派，或是先锋派，虽然他们动摇了中国人的知识结构，但都没能改变它。造就新的知识结构的人是王朔，他最有颠覆性。王朔走红的时候，正是中国时代转型的起步阶段。由王朔的作品开始，正统的语言发生了变化，包括央视的主持人都开始用这种语气说话，这个力量太厉害了。王朔是解构，他把正统文体砸变形了。变形就引起一个结果，你再怎么听怎么看，原来的话都是可笑的。知识结构一变，思维方式、生活方式、甚至连中国人一贯固守的伦理道德标准、文化价值意义也开始重估了。从某种意义上说，王朔对于中国文化的价值和意义，颇有些尼采之于西方文化的价值和意义。从此，中国人开始马不停蹄地求新求变了，并且变得没了样儿、没了边儿。

可以说，王朔玩儿心跳的时候，中国人的脑子也来了个急转弯：由严肃变得活泼，由郁闷变得开朗，由拘谨变得随意，由紧张变得休闲，由沉重变得轻松，由沉默

寡言、不苟言笑变成插科打诨、调侃戏谑。中国人的话多起来了，表达方式和表达能力也自由流畅了不少。头脑中那根儿阶级斗争的弦儿松弛了，心理承受能力也提升了很多。人活得皮实了，该玩儿什么玩儿什么，该怎么玩儿就怎么玩儿，什么时候玩儿由着自己的兴致和心情，玩儿得转玩儿不转就看你的能耐了，也没人问你为什么玩儿。总之，中国人的观念被王朔玩儿得改变了，中国人的思维方式被他玩儿得改辙了，中国人的活法也被他玩儿得多起来了。古老中国焕发青春了，富有生气了，因为，人们的心灵真正的灵动起来了。而他并没有对任何人进行过任何恐怖的“洗脑”，他也没有力量这么做。他的方法仅仅是“痞”，有人称他为“痞子”。打个不太雅的比方，这个“痞子”的“痞”就像禽流感病毒一样，随风飘散，由飞鸟携带传染，浸透到每个人的脑细胞、脑神经中。从某种意义上说，在王朔这里，“痞子”也变成褒赞的意思了。但由于王朔的作品大多较早地进入商业运作，他本人又什么都敢玩儿，无论哪个权威的痒都敢挠，痞到了没个正经儿，许多文学史家也就把他逐出正统、主流文学的高雅殿堂而归入通俗那一档了，在文学史上也没能给他一个该有的名分。不过这也不是什么坏事儿，其作品的接受对象是整个的大众和民间，他在“江湖”中的声名更加响亮了，从而也就更具号召力和影响力了。

王朔就是王朔，他还是照样玩儿自己的。他承认自己受到20世纪70年代美国“黑色幽默”小说的影响。读过约瑟夫·海勒的《第二十二条军规》的人都会觉得，王朔小说中的人物都颇得《第二十二条军规》主人公尤索林精神与性格的底蕴与神髓，那就是消解崇高、亵渎神圣、反叛权力、颠覆传统。因为，这个世界已经成为由疯子和精神分裂的人统治的世界。他们制定的种种律令和规则，已经变成各种圈套与绳索，紧紧地锁牢了人们的身体和思想，使人们身心都倍感疲惫与无奈。荒诞、荒谬与苦难已经变得不可理喻也无法避免，成为一种不能克服与摆脱的普遍存在，甚至连死亡也想躲都躲不过去，那么只好将幽默当作一种绝境中的生存手段，从而创造了一种崭新的“黑色幽默”式审美形式，通过奇思异想的漫画式夸张，把讽刺对象推向荒谬的极致，用喜剧性的态度对待悲剧性的遭遇，以阴冷忧郁的玩笑宣泄内心的恐惧、痛苦和悲愁，在嘲笑外部世界的同时也进行自嘲，以用来实现自我的内心平衡。

王朔的作品就带有“黑色幽默”的特点，在他的作品里，国家、民族、政治、权力、信仰、教育、荣誉、道德规范等在传统文化中被视为神圣的东西无不贬值，根本不占任何地位，并时不时给它们来个调侃、讽刺与揶揄。唯一有意义的事情就是好好活着并及时行乐，并且注重的是当下的活，它不需要明天也没有明天。这类作品没有任何高尚的内容和悲剧精神，它躲避崇高但也躲闪卑污。作品的叙述方式是以一种无所谓的态度和玩世的口吻来书写，因此，既不带有教化的功利目的，也不存在同情的浅薄眼泪。作者的写作目的就是“玩儿”，作者玩儿，人物玩儿，读

者也跟着一同玩儿，直到玩儿累为止。甚至连爱情这么一件在传统中既严肃神圣又必须得慎重的事情，也被王朔及其作品中的人物给变着法子玩儿了不知多少遍。王朔在《我是王朔》中说："我的小说靠两路活儿，一路是侃，一路是玩……没心没肺，特别无聊地调侃。"因为，"人原本已活得不易，够累了，你还把人往深层引，那不更累?"

王朔的主要作品有中短篇小说《空中小姐》《一半是火焰一半是海水》《浮出海面》《顽主》《谁比谁傻多少》《一点正经没有》《千万别把我当人》《给我顶住》《我是流氓，我怕谁》《无人喝彩》《我是你爸爸》，长篇小说《玩的就是心跳》《爱你没商量》《过把瘾就死》，自叙性作品《王朔自述》《我是王朔》等。读读这些小说的题名，就能感觉到作者及其人物的痞性。再读读一些作品中人物的话，就更能体味到他们的痞气。如"人家都说我是当代活'愚公'，用嘴砍大山，每天不止。"(《浮出海面》)"社会都进步到什么阶段了? 谁当好人谁吃亏!""在文学界内部，玩文学的和玩文学的打得最厉害。""两眼一抹黑，两耳不闻窗外事，就在文学本体上倒腾，先谓语后主语光动词没名词一百多句不点标点看晕一个算一个。"(《一点正经没有》)"夜里我和几个朋友打了一宿牌。前半夜我倍儿起'点'，一直浪着打。后半夜'点'打尽了，牌桌上出现了偏牌型，缺牌也被破得稀里哗啦，到早晨我第一个被抽立了。""回到家，吴胖子他们在玩牌，见我就说：'我媳妇回来了，所以我们这个党小组会挪到你这儿继续开。'他又一指大脸盘的陌生男人说：'这是我们新发展的党员，由于你经常缺席，无故不缴纳党费，我们决定暂时停止你的组织生活'。"(《玩的就是心跳》)"又是一个像解放区的天一样的晴朗的日子。"(《无人喝彩》)"人民币大的十元，小的一分……人民群众都热爱它。"(《一半是火焰，一半是海水》)诸如此类，无不让人领略到作者的痞，人物的痞。这痞中既有对神圣事物的亵渎和蔑视，也有对严肃的人与事的戏弄与反讽，更有对理想、信念一类庄严概念的调侃与嘲弄。

《玩的就是心跳》是王朔写得最好的一部长篇小说。这部作品已经开始摆脱一味通俗的写作，向精英文化靠拢了。因为，作品中出现了诸如对人生观的思考，对自我生存价值的寻找与确认，并且还保留了作者一贯的风格与特点，可以说，这是王朔风格的一次大展览。主人公方言依然在两个女人间摇摆：放荡女子刘炎、纯情女子凌瑜。但方言不再是一个人，他代表着一群同样经历的人，他们共同玩着一场人生游戏，人物内涵明显丰富了。方言与凌瑜的恋情故事完全退出了故事的叙述画面，成为一种记忆中的积淀。故事还套用了推理小说的方式，让方言这个整天无所事事地鬼混的赌徒，忽然被警方怀疑有杀人前科，为了证明自己的无辜，就一天天整理起他的记忆。为此，他拜访旧友，理出了一本生活流水账，却偏偏有七天找不到其行踪，留下一个空白。他搜东寻西、苦心孤诣，更是穷追猛找到少年时代，仍然无从考察。正如小说中另一人物李江云所说的，方言想搞清楚那件杀人疑案只是借口，更主要的是他突然发现人生中少了一段记忆，“突然不了解自己了，少了一块东西，拼不出自己的形象了”。这部小说写了一个失去记忆的寓言，主人公一直都在寻找失去的记忆。由于失去记忆，一切都变得十分怪诞，一切怪诞也都变得能够容忍。这个从来都没有明确的生活目标，从来都不是为了什么信念而生存，也不是为了金钱和女人生存的人，一切在他看来只是游戏，一切都是为了好玩儿。这个地地道道的顽主，从来就不放弃任何带有游戏和冒险的机缘，方言自己就说过，“我是从不放过当主角儿的机会的。”为了当主角儿，他们在生活中玩出了一幕幕恶作剧，令人啼笑皆非。但最终方言却执着地去追寻过去的记忆，并侦探似地去解开团团云遮雾罩的谜，结果却发现了自我生存的苍白和困惑。这种“真我”与“假我”之间的冲突便构成了对人自身的关注与询问。

不仅仅是这部小说，包括王朔的所有作品在内，作者以清醒理性的后现代意识对现实进行激进的后现代叙事，使传统文学从庙堂的云层回到现实的地面与民间，这使王朔的小说具有了超越的意义。但是，他又过分拘泥于对现实本真状态的残酷还原，使其小说在现代性精神意象建构方面显得残缺而模糊，在当下现实和后现代叙事之间表现出一种倾斜，从而显示出探索的痕迹。

七六、《上海宝贝》——七十年代出生的美女作家卫慧

卫慧(1973—　)，上海人。卫慧是“七十年代出生”或称“新新人类”的女作家，也有人称她为“美女作家”。1995 年毕业于复旦大学中文系，做过记者、编辑、电台主持、咖啡店女侍、鼓手、广告文案，还自编自导自演过话剧。现居上海，出版有《蝴蝶的尖叫》《水中的处女》《像卫慧那样的疯狂》《欲望手枪》《上海宝贝》等小说，部分作品也传入美国、德国和日本。卫慧的文字，辞藻华丽，所渲染的似乎是女性的内心与私密生活，但却未免给人以做戏的感觉，缺乏真诚。读过《上海宝贝》的人会觉得，卫慧写的这本书不是什么好宝贝，也不是什么坏宝贝。因为该小说的女主人公可可把自己的灵魂与肉体自由透支，把自己当成一支廉价的雪糕，任谁都可以咬一口。她和朱砂、马当娜等几个女人，代表着白领阶层的一部分，拼命挥霍着自己美丽的青春，拿青春赌明天，制造追命夺魂的快感。此书虽然反映的背景比较宏大，但显得很空洞，说它前卫也不前卫，说它黑色幽默也不幽默，说它色情也只是打了几次擦边球。

《上海宝贝》似乎是在模仿村上春树的《挪威的森林》。可可像是永泽的翻版，是典型的多重性格，同时还有一点渡边的影子，不时地表现出聪明与颓废；天天和直子一样，有着严重的自我幽闭意识，最终以死亡的方式逃匿于现实世界；马多娜像是绿子，但远没有后者那么可爱。也许我们不应该将两本书的不同人物做如此

对比，但《上海宝贝》所试图描写出的故事和试图表达的人生观会使人们很自然地做出这样的一种比较。然而，两部作品又不能同日而语。首先，单纯从写作技巧而言，《挪威的森林》比《上海宝贝》要精致和纯熟得多。《挪威的森林》行文非常流畅，语言十分耐人寻味，同时也非常自然，极少给人矫揉造作之感。故事情节虽然并不复杂，但作者显然有着超凡的布局能力，以细腻入微的情感描写来引人入胜。而《上海宝贝》的作者似乎力图以一种在时下年轻人中很酷的语言来吸引读者，但可惜的是，其在总体情节和人物感情、形象的把握上，还缺乏深层次的东西，因此，语言便成为一种堆砌，一种浮饰。其次，从作品试图要挖掘的人性方面，《挪威的森林》给我们一种震撼，它是一种对人生的思考。透过书中人物随意放荡的表面，我们对于人性会有一种巨大的悲哀感，这种悲哀感是通过对人生深深的透视而来的，它不是那种声嘶力竭的悲哀，而是一种淡淡的凄婉，是一种凄美的浪漫。而《上海宝贝》从头到尾充斥着浮躁、酗酒、狂欢，充斥着对青春的无度挥霍，因此我们得到的不是一种美感，而是像被扔进了一个糟糕的打击乐会，头脑中满是各种金属相互撞击的嘈杂的声音。也许《上海宝贝》真实地描述出了当今一部分年轻人的生活态度和方式，但绝不能说，真实就是美。人们习惯于在现实中或多或少地隐藏自己，一部分是为了虚荣，一部分则是为了美感，或者说含蓄。

“后现代”诗人李大伟在谈到卫慧时说，读《上海宝贝》给人的感觉像是走进了一家巨大的超市，或是主题公园，所到之处花花绿绿，琳琅满目，人物也有卡通化的倾向。这个“上海”似乎更像是一个虚拟世界。卫慧以前的小说总是由一个个“俳句式的”微型叙述连缀而成，好像在人们面前摆满一碟一碟红红绿绿配上调料的寿司刺身什么的，一切都处于一个平面，时间也已经消失，只有一些意象闪闪烁烁，像一片小星星。不过在《上海宝贝》中，人们看到的却是由激情驱动的连续性叙述。卫慧认为，在中国没有其他的城市可以与宝贝放在一起，宝贝意味着漂亮受宠、令人垂涎，女性化十足，只有上海才可以称得上是宝贝。上海对中国国民经济的发展有着巨大贡献，一个上海人可以养活五个中国人。所以，上海是个既美丽又富有的女人，人人都想勾引她，勾引不到就会被人骂。因为她的被殖民历史和至今都找得到痕迹的殖民文化气息，比如那些欧式花园老洋房、那些咖啡馆里还在播放的老爵士，也就是昔日的靡靡之音，所以，人们说她像是一个道德上有污点的女人，或者用文化圈里更摩登的说法，她是一个不洁的它者，浮华而浅薄。其实，上海有她的活力与包容性。上海的文化从三十年代起一直有两条线平行发展：一条是以鲁迅为首的革命左翼，一条则是殖民文化所带来的寻欢作乐、香艳而又孤独颓废的海派，只不过“文革”之后后者就断了。从某种意义上说，卫慧正是继承和发扬了海派的文学传统。卫慧在谈到创作体验时坦承：“我在乎自己的快乐和市场反应，离开当中一样我就不写了。”

不过，看过卫慧作品的人，首先都会佩服她的语言才华。卫慧的语言像一棵极茂盛的树，它的人生枝叶和人性花朵，执拗地、放肆地、疯狂地，经常是有失文雅、充满挑战性地直往上蹿，蓬蓬勃勃，无处不在。她的语言还有某种强硬的风格，主要是因为她已经习惯于拒绝那些比她还要强硬的话语霸权，不想放弃和这路话语霸权作正面较量。在此之外，她的语言一点也不强硬，甚至相当软弱。而这种强中有弱，对她而言究竟意味着什么？深感写作的艰难，惧怕虚无，使她在充满自信的同时又驱除不了自卑，有时很强悍，有时又很软弱。强与弱并置，或许是理解卫慧的关键。“生活在别处”，卫慧小说中的人物只关注自己狭隘的经验，自作聪明地一遍又一遍重复着米兰·昆德拉的这句名言，希望从他那里获得启迪。也许她笔下人物青春的躁动与喧哗、挥霍与狂欢，只是一种对生活的逃避态度，是一阵神经般发作的“荒芜的悸动”。

这种悸动在“八〇后”作家那里，则变成了周杰伦式的只有节奏间歇跳跃的哼哈慨叹。21世纪以来，韩寒、郁秀、郭敬明、李傻傻、蒋方舟等80年代出生的写作者纷至沓来，来一个红一个。他们外表冷酷，内心却十分狂热。只有写作这一行为才能让他们显得兴奋，表现出一种夸夸其谈和跃跃欲试的姿态。他们互相诉说关于小说的一切：故事、语言和讲某种故事的时候需要何种语言。小说对他们来说，真的成了一种生存方式和表达自己的方式了。他们是网络时代的幸运儿，也受惠于市场经济的炒作与商业利益的追捧。

第四编　外国文学卷

七七、《希腊的神话和传说》——欧洲文学的源头

希腊神话包括神的故事和英雄传说两部分内容。

奥林匹斯神系是居住在奥林匹斯山上以宙斯为众神之父的神的大家庭。宙斯和他姐姐赫拉结合，生了一大群儿女，他们的儿女就是奥林匹斯山上的众神。宙斯将天下三分，自己管天，掌管雷电，统治一切；兄弟波塞冬管海；另一兄弟冥王哈迪斯掌管地狱。其他神分别为：掌管婚姻与生育的神后赫拉、太阳神阿波罗、狩猎神阿尔忒弥斯、战神阿瑞斯、智慧女神雅典娜、火神和匠神赫淮斯托斯、爱神阿弗洛狄忒以及她的儿子小爱神厄洛斯（厄洛斯是个永不长大的小神，盲目，有双翅，常用金箭和铅箭射男女情人的心）。另外还有神使赫尔墨斯、酒神狄俄尼索斯、农神得墨忒尔和九个文艺女神缪斯等。

在神的故事中试举一例，如普罗米修斯的故事。普罗米修斯是宙斯所放逐的提坦巨神伊阿珀托斯和海洋女神克吕墨涅之子，他用泥土按神的形象创造了人，又教给人类一切生活技术。在诸神会议上，普罗米修斯又为减轻人类的负担而在祭品上使宙斯吃了亏，为此，宙斯拒绝把火传给人类。但机敏的普罗米修斯摘取木本茴香，当太阳车从天上经过时，把树枝点燃，从而将天火盗至人间。为了抵消火带给人类的利益，宙斯令火神创造一个百媚千娇的少女的形象，取名潘多拉（意即"拥有一切天赋的女人"）。众神不仅给她美丽的装饰，还给她一些对于人类有害的赠礼，宙斯将潘多拉赠予普罗米修斯之弟。结果，潘多拉打开了一个巨大的密封的匣子，于是，种种灾害从匣子中飞出，散布于各地，匣子中唯一美好的东西"希望"还没来得及飞出来，潘多拉就把匣子关上了。宙斯又派火神带着"强力"和"暴力"两个仆从，用坚固的铁链把普罗米修斯锁在高加索山上的峭壁上，宙斯还派鹫鸟每天去啄食普罗米修斯的肝脏，肝脏被吃掉之后又重新长出来，循环往复至少有三万年之久，直到大英雄赫拉克勒斯路过时，将鹫鸟射落，普罗米修斯才

获救。

至于英雄传说，它产生于氏族社会末期，主要反映的是人征服自然的斗争和社会斗争。这些英雄都是神与人结合所生的后代，被称为半神半人，实际上是集体力量和智慧的化身。围绕不同的半神半人英雄，形成了许多体系。著名的有伊阿宋寻找金羊毛的故事、七雄攻忒拜的故事、俄狄浦斯的故事、特洛伊战争的故事和忒休斯为民除害的故事等。

例如和特洛伊战争有关的“阿喀琉斯之踵”的故事。阿喀琉斯诞生时，其母忒提斯女神把他倒提着浸在冥河中，从而使他具有了浑身刀枪不入的神功。只是，由于他的脚跟被女神捏着，未能浸到河水，因此，阿喀琉斯身上留下了一个致命的弱点——脚踵。女神预知她的儿子将死在特洛伊战争中，于是将他男扮女装，藏了起来，但被奥修斯用计点破，阿喀琉斯遂毅然决然地参加远征。其母警告他，若杀死对头赫克托尔，他的死期也将临近。但阿喀琉斯回答说与其作为怯懦者生，置杀友之仇不报，成为大地的累赘，还不如一死。阿喀琉斯杀死赫克托尔后，太阳神阿波罗威吓阿喀琉斯停止进攻特洛亚，但被阿喀琉斯愤怒地拒绝了。阿波罗从云端一箭射中阿喀琉斯最易受伤的脚踵，阿喀琉斯遂像巨塔一样倒地死去。

希腊神话源远流长，主要流传于从古希腊文明初期直到 7 世纪这一漫长的时期。和各民族神话一样，希腊神话产生于初民的拜物教，从崇拜物神逐渐向万物有灵论过渡，出现了怪物神话。由于认识水平和生产水平的低下，自然界被认为是一种可怕的异己力量，因此产生了人兽（或人禽）同体的畸形神话。随着人类征服自然的能力的增强，畸形神话向人形神话过渡。同时，附属于神话人物的民间故事不断被纳入其中，于是产生了英雄神话。

希腊神话也是在继承了迈锡尼文化之后，并在北非、西亚神话的影响下形成和发展的，如阿弗洛狄忒就是地地道道的东方女神阿斯塔特；历史学家希罗多德认为阿波罗的形象来自于东方头戴桂冠、坐在含苞欲放的莲花上的像个小胖子的沉默之神荷鲁斯；至于斯芬克斯更是埃及神话的变种。希腊人根据自己的生活对其进行了再创造，在自己的神话中融进了其他民族神话的因素，应该说这是希腊神话后来居上，优于世界其他民族神话的主要原因之一。

希腊神话内容丰富，形象生动，具有“神人同形同性的特点”。希腊人按照人的形象创造了神，这些神跟人一样具有七情六欲，也要谈恋爱、闹纠纷，也有人类的正直、勇敢、残忍、忌妒等品性，也与人一样从事各种生产劳动。比如神后赫拉就是一个心胸狭隘、喜欢忌妒、爱吃醋的女神。火神赫淮斯托斯跟人一样打铁拉风箱，只不过他拉的风箱有二十口，可以说他是人间铁匠的化身。

希腊神话虽然都是超现实的，但它直接或间接地反映了人类的生活与人类改造自然的愿望，充满积极进取的乐观主义精神，对欧洲文学的发展有极大的影响。希腊神话中的某些部分已经融入欧美现代人的生活与词汇中，成为典故和日常生活用语。如宇宙飞船“阿波罗”号就是以太阳神之名而命名的，而“阿喀琉斯之踵”则用以比喻致命弱点或薄弱环节。

希腊神话是人类童年时代的产物，但在今天希腊神话仍显示出永久的魅力，给我们以美的享受。

七八、《十日谈》——意大利文艺复兴时期的代表作

乔万尼·薄伽丘(1313—1375 年)是第一位通晓希腊文的人文主义者，是意大利文艺复兴最早的代表人物之一。他是学识渊博的学者，受过大学教育，接触过宫廷和贵族生活，积极参加反对封建贵族的斗争，拥护共和；他又是多产作家，著有长篇传奇、史诗、叙事诗、十四行诗、论文等多种著作，短篇故事集《十日谈》为其代表作。

《十日谈》一书由一百个故事组成，全书采用的是框形结构，即大故事中套着小故事，各个故事彼此相连而又相对独立，形成故事链。

全书开篇讲的是 1348 年意大利佛罗伦萨城发生可怕的瘟疫，为躲避瘟疫，十名贵族青年男女来到城外的别墅住下，为消遣时日排除忧思，他们相约每人每天讲十个故事，他们在别墅里住了十天，因此共讲了一百个故事。

《十日谈》一书通过一则则故事，描绘了意大利广阔的社会生活画面，鲜明地体现了当时的时代特征。作品的基本内容是反封建、反教会、反禁欲主义，大胆倡导人性，倡导追求人间现世的幸福和快乐。

作品反封建的矛头首先指向教会势力，以对天主教会的虚伪、堕落、腐败、肮脏的无情揭露和嘲讽奠定了作品的基本主题。《十日谈》第一天的第二个故事是这样的，犹太人亚伯拉罕忠诚于犹太教的信仰，其友杨诺担心他死后入地狱，劝他改信基督教。亚伯拉罕经不住再三劝告，决定亲自到罗马教廷考察一番，如果基督教真是那么神圣伟大，就改变信仰。到罗马之后，他看到教廷上下一片乌烟瘴气，教士们无不寡廉鲜耻，贪图女色，甚至耽溺男风。同时，这些教士爱钱如命，贪得无厌，个个都是饕餮之徒，甚至倒卖人口，出卖教职和神器。亚伯拉罕回家后，对他的朋友说：“我只觉得罗马不是一个‘神圣的京城’，而是一个容纳一切罪恶的大熔炉！照我看，你那位高高在上的‘牧羊者’，以至一切其他的‘牧羊者’，本该做天主教的支柱和基础，却正日日夜夜，用尽心血，千方百计，要叫天主教早些垮台，直到有一天从这世上消失为止。可是不管他们怎样拼命想把天主教推翻，它可还是屹然不动，倒反而日益发扬光大；这使我认为一定有圣灵在给它做支柱，做基石；这么说，你们的宗教确是比其他的宗教更正大神圣。”于是，亚伯拉罕决定立刻改信基督教。

《十日谈》写了许多男女教士利用教民的宗教愚昧，以上帝的名义为非作歹，肆意纵欲，从而撕下教会圣洁的假面具，淋漓尽致地揭露了教会的无耻和伪善，及其宣扬禁欲主义的卑劣目的。如第三天的第四个故事写的是普乔晚年笃信宗教，教会修士费利斯劝他禁欲修行。而他禁欲苦修的地方，正好挨着他年轻妻子伊莎蓓达的卧室，中间只隔着一层薄薄的板壁。正当普乔禁欲苦修的时候，修士费利斯却在与他妻子幽会。一个在禁欲，一个在纵欲，劝别人禁欲的人正是为了自己纵欲，这个故事辛辣地嘲讽了教会所提倡的禁欲主义的真面目。

“人性”是人文主义者反对“神性”的一面战旗，在作者看来，所谓“人性”，其基本点之一就是对于性的自然要求。《十日谈》第四天开头讲了一则故事，某男子中年丧偶，带着幼子进山修行，过着与世隔绝的生活。孩子除了他的父亲之外，从来没见过其他人，而当父亲的也从不跟他提世俗之事，唯恐扰乱了他侍奉天主的心思。孩子长到八岁，第一次随父亲下山，迎面遇到一群年轻漂亮的姑娘，儿子问父亲这是些什么东西，父亲不愿儿子被女人唤起那邪恶的肉欲，便回答说是“绿鹅”。儿子从未见过这样美丽的逗人喜爱的东西，便坚持要带一只“绿鹅”回去，老头儿这时才明白原来自然的力量比他的训诫要有力多了。

作者在书中明确张扬人性，倡导追求人间的幸福和快乐，这突出地表现在他对爱情的描写上。他认为爱情是一种正当合理的人伦道德，纯洁的爱情是人生中一种积极的力量、幸福的源泉，能启发人的灵性，释放人的聪明智慧，也能使人视死如归，赴汤蹈火。

如第四天故事中的第一个故事，亲王的女儿绮思梦达爱上了出身低微但人品高尚的侍从纪斯卡多，亲王大怒，将纪斯卡多缢死，挖出其心脏，装在一只大金杯里送给绮思梦达，绮思梦达泪如雨下，最后捧着恋人的心脏服毒自杀以殉情。针对父亲对她爱上侍从的指责，绮思梦达在生前有过义正词严的辩驳，她用新的、时代的标准去衡量朝贵，得出他们都是鄙夫的结论，这无疑是对封建统治者的致命一击；她用人类天生一律平等的理论，批驳了封建等级制度和门第观念；用贵贱颠倒、无能之辈窃据高位的事实，指出了当时社会的腐败——由此看来，这个故事不仅反对禁欲、讴歌爱情，还把反封建放在了相当突出的地位。

需要指出的是，作者在使用“人性”这把攻击教会禁欲主义的利器时，常以赞赏的态度描绘教会和世俗男女的偷情，把两性关系当作了享受现实幸福重要的甚至是唯一的内涵，致使书中沾染了些许淫秽色彩，部分故事甚至有下流故事之嫌，以至由反禁欲主义而走向了纵欲主义。这也反映出了资产阶级本身从一开始便存在着淫靡思想，以致这种思想在后来资产阶级当权的社会里蔓延成为不可收拾的腐化堕落的社会风气。

《十日谈》是中世纪欧洲短篇故事的发展，它长于情节铺叙，短于性格塑造，语言精练俏皮，心理描写具体细腻，有古罗马优秀散文的遗风，为意大利散文奠定了基础。

《十日谈》出版后，被译成多种文字，对西欧现实主义文学产生了很大影响，开启了欧洲近代短篇小说的先河。

七九、《少年维特之烦恼》——影响一代中国青年的西方爱情小说

约翰·沃尔夫冈·冯·歌德(1749—1832 年)出身于富裕市民家庭，知识渊博，在文学创作、文学理论、哲学、造型艺术和自然科学诸领域皆有成就。作为德国伟大的文学家，歌德的文学创作将德国文学推向一个前所未有高峰。其主要作品有诗剧《浮士德》，中篇小说《少年维特之烦恼》，自传《诗与真》等。

《少年维特之烦恼》是一部书信体感伤主义小说，素材来自于歌德的生活经历以及德国的社会现实。小说写平民青年维特爱上了美丽的绿蒂姑娘，但绿蒂已经与一贵族青年订婚。维特痛苦地离开绿蒂，到一个公使馆任职。平民身份使维特受到贵族的欺侮，他愤然辞职，回到乡下。此时绿蒂已经结婚，虽然维特与绿蒂彼此相爱，但二人都没有勇气冲破封建藩篱。维特感到这个社会没有他的容身之地，最后开枪自杀。

小说发表后轰动了德国和整个欧洲，一时间掀起了一股“维特热”。而小说之所以产生轰动效应，主要就在于它道出了时代的心声。

《少年维特之烦恼》出版于 1774 年，当时的欧洲正处在从封建制度向资本主义制度过渡的转折时期。经过文艺复兴、宗教改革和启蒙运动，新兴市民阶级已经觉醒，青年一代更是感情激荡，对自己政治上无权和社会上受歧视的地位深感不满，强烈渴望打破等级界限，建立符合自然的社会秩序和平等的人与人的关系。他们提出“个性解放”和“感情自由”等口号以反对封建束缚，以“个人的全面而自由的发展”为理想。但在法国大革命爆发之前，封建贵族的势力仍很强大，资产阶级在与封建势力的较量中大多是以失败告终。在德国，情况就更是如此。面对着黑暗腐朽的社会现实，心怀无从实现的理想，年轻软弱的资产阶级普遍滋生出悲观失望、愤懑伤感的情绪，一时间多愁、伤感竟变成一种时髦。在这种时代气氛下产生的《少年维特之烦恼》，不但说出了年轻的资产阶级阶层的理想，揭示了他们与社会现实之间的矛盾，还让多愁善感、愤世嫉俗的主人公为这理想的破灭而悲伤哭泣，愤而自杀，以示抗议，这就使当时的一代青年在《少年维特之烦恼》中照见了自己的影子，从而引起了强烈的共鸣。

维特是一个平民知识分子，他渴望摆脱封建束缚，追求自由、平等，希望有所作为。但鄙陋的德国现实阻塞了他的出路，他便在乡村大自然中寻求慰藉。善良纯朴的绿蒂在他心目中成了自由和美的化身，逃遁丑恶现实的精神寄托。然而门

第的差异、财富的悬殊、封建婚姻制度和社会旧俗使他们二人不能相爱，更不能结合。维特一方面面对着黑暗窒息的社会重压，一方面忍受着狂热的爱情煎熬，他既不愿苟且偷生又无力改变现状，于是，死亡便成了他最后的选择。可以说，是社会把维特逼向了死亡，而维特自己也以死向社会表示了决裂与抗议。维特的悲剧是社会性的，维特的烦恼也是德国“狂飙突进”时期广大进步青年的烦恼，小说真实地反映了那一特定时代的时代矛盾和危机。

小说的成功还得益于它高超的艺术技巧，这主要体现在以下几方面。

第一，书信体样式的使用。小说以维特近百封书信为主要内容，借助“客观地”陈列这些书信，让主人公以第一人称形式向读者诉说自己的遭遇和情怀，双方直接产生交流和共鸣。书信中有叙事、抒情、写景、议论，内容极为丰富。结构上，以主人公的书信为主体，辅以主人公日记片断，并适时地插入“编者”的话，让读者接收来自多方的信息，形成观照事件的多个视角。

第二，动人的感情抒发和细腻的心理描写。书信的主体内容是主人公的内心独白，或直抒胸臆，或冷静剖析，或痛苦挣扎，忧愁苦恨，娓娓道来；喜怒哀乐，丝缕毕现，由此展示了主人公的心理、性格和理想。

第三，优美的自然描写。歌德深受卢梭“返回自然”的影响，认为大自然最纯朴，是精神寄托之所在；儿童最可爱，体现着人的自然天性。因此，小说中有许多关于儿童和自然景物的描写。

此外，书中深情地描绘了春、夏、秋、冬四季的景色，并将它同主人公的内心变化结合起来，以景衬情，情景交融，极富诗情画意。

《少年维特之烦恼》的成功不只是使当时年仅二十四岁的歌德一跃而成为德国以至欧洲最富盛誉的作家，也把过去一向被人轻视的德国文学提高到了与欧洲其他先进国家的文学几乎相等的地位。至于青衣黄裤的翩翩少年维特，则已成为世界文学画廊中一个尽人皆知的形象。

1922 年，在《少年维特之烦恼》诞生一个半世纪后，我国出版了郭沫若先生的翻译本，同样引起了热烈的反响，“五四”精神影响下的一代中国青年在洋溢着“狂飙突进”精神的《少年维特之烦恼》中找到了知音，可以说《少年维特之烦恼》在中国的新文学运动中起过一定的积极作用。

八〇、《威尼斯商人》——莎士比亚喜剧代表作

威廉·莎士比亚(1564—1616 年)出生于不列颠岛中部埃文河畔的斯特拉特福镇，是欧洲文艺复兴时期最杰出的天才诗人和戏剧家，一生创作了三十七部剧本、两部长叙事诗、一百五十四首十四行诗。其主要成就在戏剧方面，有历史剧、

悲剧、喜剧、悲喜混杂剧及传奇剧多部流传于世。

莎士比亚写过十多部诗体喜剧，在这些喜剧中，主要是正面宣扬人文主义的生活理想，如个性解放、爱情自由等，以适应新兴资产阶级力求摆脱宗教禁欲主义和封建伦理束缚的要求。在这些喜剧中，他塑造了许多贵族青年男女的形象，描写他们与封建习俗、道德、传统之间的冲突，最后都争取到爱情和婚姻上的幸福。剧本大多形成“一见钟情—好事多磨—终成眷属”的三部曲式的情节结构。剧本中多采用误会、乔装、嫉妒、变心、家庭干预、仙人帮助、离别与重逢等情节，从而使剧情波澜起伏、跌宕生姿。莎士比亚还有意识地把情节喜剧逐渐变成性格喜剧，于是喜剧的结构重心转移了，不再是戏支配着人物，而是人物带来了戏。喜剧因素、喜剧冲突也由此开始构筑在性格之中或性格与性格之间的种种矛盾上。

《威尼斯商人》就是集中体现了上述特点的一部喜剧作品，同时，《威尼斯商人》也是莎士比亚喜剧中最富于社会讽刺意义的一部作品。

从剧情来看，《威尼斯商人》一剧其实是由“一磅肉”和“三匣选亲”两个故事构成的。

威尼斯商人安东尼奥为资助好友巴萨尼奥去贝尔蒙特向一见钟情的鲍西娅求婚，向放高利贷的犹太商人夏洛克借了三千块钱。夏洛克提出的条件是如果到期不还，就从安东尼奥身上割下一磅肉。二人当时都以为这不过是个玩笑，是绝不可能发生的事，但，没想到的是，随后传来了安东尼奥的商船在海上触礁的消息。期限已到，安东尼奥真的还不上这笔债了。这时，夏洛克据约告状，要把“玩笑”付诸实际，即要求从安东尼奥身上割下一磅肉。富家小姐鲍西娅芳名远扬，引来众多求婚者。而鲍西娅遵父亲遗言，把自己的小照放在金、银、铅三个匣中的一个当中，谁能选中藏有小照的匣子，便与谁成亲。巴萨尼奥早就与鲍西娅一见钟情，此次求亲，他不像摩洛哥亲王和阿拉贡亲王那样因看重外表而选金匣和银匣，他偏偏选了寒伧、质朴的铅匣，里面果然有鲍西娅的小照，求婚获得成功。当巴萨尼奥得知安东尼奥处境危险的消息后，他马上前往威尼斯。而他不知道的是，他的爱妻、足智多谋的鲍西娅随后也女扮男装，以青年法学才俊的身份前往威尼斯法庭断案。在法庭上，鲍西娅针对夏洛克的诉讼先扬后抑，认为夏洛克的要求应该得到支持，然后，抓住契约上的不严密之处，严正指出，夏洛克有权利割一磅肉，只是，割这一磅肉的时候“不准流一滴血，也不准割得超过或是不足一磅的重量。要是你割下来的肉，比一磅略微轻一点或是重一点，即使相差只有一丝一毫，或者仅仅一根汗毛之微，就要把你抵命，你的财产充公。”结果，夏洛克败诉，全剧在一片轻松、愉快的笑声中结束。

夏洛克的性格具有复杂性。从他性格的主导方面看，他是一个凶狠、狡黠的高利贷者，他对安东尼奥怀恨在心，原因之一即在于安东尼奥“借钱给人不取利钱，夺去了他几十万块钱的生意”。另一方面，他又是个受到歧视、虐待、长期忍气吞声的犹太人、犹太教徒。在伊丽莎白时期，犹太民族被看作劣等民族，犹太教徒被称作异教徒，受到基督教徒的轻蔑与压迫。安东尼奥曾多次在交易所里当众骂夏洛克是“异教徒”“杀人的狗”，把唾沫吐在他的犹太长袍上，用脚踢他，他都忍受了，可是在心中却积蓄着深仇宿怨。在威尼斯法庭上，他站在被压迫民族的立场上大声疾呼“难道犹太人没有眼睛吗？难道犹太人没有五官四肢、没有知觉、没有感情、没有血气吗？他不是吃着同样的食物，同样的武器可以伤害他，同样的医药可以治疗，冬天同样会冷，夏天同样会热，就像一个基督徒一样吗？你们要是用刀剑刺我们，我们不是也会出血吗？你们要是搔我们的痒，我们不是也会笑起来的吗？你们要是用毒药谋害我们，我们不是也会死的吗？那么要是你们欺侮了我们，我们难道不会复仇吗？要是在别的地方我们都跟你们一样，那么在这一点上也是彼此相同的。”这种受压迫者的沉痛呼号往往引起人们的同情，甚至连人物性格的主导方面也被冲淡了。这种写法与莎士比亚的人文主义平等观念紧密相关。他看出了当时的民族矛盾，采取了比较开明的态度，在剧中袒露了夏洛克受伤害的心理，由此造就了夏洛克这一形象不只是作为高利贷者的单一形象，而是成为一个性格更为复杂、矛盾的典型形象，从而给人们留下了深刻的印象。

安东尼奥是莎士比亚笔下的正面人物，他是个新兴海外贸易商业资本家，可是，莎士比亚在写他时，着重点并不是他货物的多少、商船的安危，而是重点写他慷慨无私的友谊和关键时刻基督徒的仁慈。安东尼奥是为了朋友的婚事而向夏洛克借钱的，当他在法庭上濒临死亡的时候，他向他的朋友巴萨尼奥说：“最软弱的果子最先落在地上，让我也这样结束我的一生吧。巴萨尼奥，我只要你活下去，将来替我写一篇墓志铭，那你就是做了再好不过的事。”又说：“替我向尊夫人致意，告诉她安东尼奥的结局；说我怎样爱你，又怎样从容就死；等到你把这一段故事讲完之后，再请她判断一句，巴萨尼奥是不是曾经有过真心爱他的朋友。”这体现了安东尼奥真诚无私、视友谊高于自己生命的一面。安东尼奥平时对夏洛克的确是轻蔑蛮横的，但在法庭上，当夏洛克的家财要被充公时，他没有落井下石，反而向法庭要求对夏洛克从宽处理，免予没收他一半的财产，其余一半由安东尼奥代管，等夏洛克死后，交给他的女儿和女婿。这体现了安东尼奥仁慈宽大的一面。

喜剧《威尼斯商人》正是从上述两个主要人物性格的戏剧冲突中，展示了友谊、仁慈战胜贪婪、凶狠，即善战胜恶这一主题思想的。

八一、《哈姆莱特》——莎士比亚悲剧代表作

《哈姆莱特》是莎士比亚最重要的作品。表面上看，剧本写的是一个舞台上常见的“复仇”故事。在德国威登堡大学读书的丹麦王子哈姆莱特回国奔父丧，回来

后却发现父亲的死有许多疑团。经过大量的观察、试探，哈姆莱特认定，丹麦的新国王、自己的叔父、刚刚娶了自己母亲的克劳狄斯正是自己的杀父仇人。哈姆莱特最终完成了复仇的重任，但也付出了巨大的代价：自己的恋人、自己的母亲，以及他自己，在复仇的过程中先后丧命。

悲剧《哈姆莱特》取材于 12 世纪末丹麦历史学家著的《丹麦史》，文艺复兴时期法国作家贝尔弗改编了这一古老史事，写成了悲剧故事。约于 1589 年，英国舞台上出现的流血悲剧《哈姆莱特》，可能是基德所写。莎士比亚借鉴前人的作品，赋予自己的《哈姆莱特》以重大的社会意义，创作出一部反映人文主义思想体系、艺术水平非常高的伟大悲剧。

莎士比亚的《哈姆莱特》里一共有三条为父复仇的情节线索。除了哈姆莱特这条线索，另外还有两条为父复仇的线索：其一，雷欧提斯的父亲波格涅斯被哈姆莱特误杀后，雷欧提斯开始不了解情况，以为是国王克劳狄斯所为，于是他带着暴动者闯入宫门，提着宝剑向国王冲去。其二，挪威王子福丁布拉斯的父亲是由丹麦老国王致死的，但福丁布拉斯冷静务实，知道自己的力量敌不过丹麦，从而放弃了为父复仇。

哈姆莱特不像雷欧提斯那样莽撞报仇，也不像福丁布拉斯那样不去报仇，可贵之处就在于，他将为父报仇和重振乾坤统一起来，这就摆脱了只报私仇的狭隘观念，将思想境界升华到了那个时代的最高境界。莎士比亚把自己的思想、经历，把所有人文主义者一般的思想、经历，都概括到哈姆莱特身上，使之成为时代的先进的艺术典型。

哈姆莱特性格的形成和发展可分为“快乐的王子—忧郁的王子—延宕的王子—行动的王子”四个阶段。

论身份，他是王子，但他在国外接受的人文主义教育促使他形成了自己特有的对人、对世界的看法。他说：“人类是一件多么了不得的杰作……宇宙的精化！万物的灵长！”，甚至连天空也是“一顶壮丽的帐幕”，大地是“一座美好的框架”。他在对待爱情、对待人与人之间的关系上，也没有封建等级观念和门第观念，甚至能与社会地位低贱的戏子交朋友。他是一个乐观、开朗、有美好理想的新时代的青年。正因为如此，人们才对这个快乐王子赞不绝口：他的情人奥菲利亚说他是“朝臣的眼睛、人伦的雅范、举世瞩目的中心”；连他的敌人克劳狄斯也说他为人大方，不耍鬼心眼。在这个快乐王子身上，体现了人文主义者对人的理想化。

但是，国事、家事的巨变，使理想主义者哈姆莱特不得不面对严酷的现实。戏剧一开场，我们看到的已经是一个忧郁的王子了。理想被现实击碎后，在他的眼里，一切似乎都翻了个儿，大地像是“不毛的荒岬”，天空像是“一大堆污浊的瘴气”，人类只是“泥土塑成的”玩意儿！他甚至想到“生存还是毁灭”的问题。他痛苦地观察着、思考着，他要调查研究，找准目标，还要战胜自我，摆脱软弱动摇。然而，在确认奸王就是祸国殃民的元凶之后，他在“重振乾坤”的路上仍左顾右盼，顾虑重重，此时他显然是“延宕的王子”了。他几次错过复仇的机会，直到最后在比剑场上，他才新仇旧恨一齐涌上心头，是“行动的王子”了。但因为是仓促应战，他最终是以生命为代价换取了复仇的胜利。

哈姆莱特的性格结构是多层次的，但就整部戏看，作者重点展现的是哈姆莱特“忧郁”和“延宕”的一面。在哈姆莱特突然面对黑暗的现实、凶狠狡诈的敌人之后，忧郁就贯穿在他的各个阶段。他的这种忧郁症，具有明显的时代特征，作为人文主义典型的哈姆莱特，他从个别人的罪恶中看到了一般的社会罪恶，目标扩大了，他不仅要消灭克劳狄斯，而且要消灭社会上普遍存在的罪恶。他把消灭克劳狄斯作为实现人文主义理想目标的起点。在强大的封建反动势力面前，他反反复复地思辨，探求最佳方案，以致行动上的延宕。正如哲学家黑格尔所说，哈姆莱特的犹豫不决，“不是他应该做什么，而是他要如何去做好它”。哈姆莱特自己也承认：“我们乘着一时的孟浪，往往反而可以做出一些为我们深谋密虑所做不成功的事。”他想得太多，不免贻误了时机。

哈姆莱特的延宕中尽管出现过心灰意冷的短暂时刻，但他并没有因此而放弃对一切罪恶的斗争。他在忧郁中逐步深入地认识了生活，在延宕过程中真正把握了社会现状。反过来说，正是认识了生活才给他带来具有时代特征的忧郁，正是把握住了敌我力量悬殊的现状才给他带来行动上的延宕。我们不能从忧郁、延宕去论证哈姆莱特的思想蜕化，恰恰相反，这是丹麦王子由愿望到实践、由不认识社会矛盾到认识社会矛盾的思想上的一次巨大飞跃。同时，也应该看到，即使他在忧郁、延宕的阶段，也并不是完全没有行动，只是这种行动没有达到目标而已。例如，当他发现克劳狄斯已竖起警觉的双耳，有意刺探他的真实想法时，他及时地、明智地用装疯来掩盖真情，迷惑对方，借以保住性命，研究对策；他剑穿帐幕，本想结果克劳狄斯，没想到杀死的是躲在帷幕后偷听的波洛涅斯；他识破了克劳狄斯派他去英国学习的阴谋，于是在途中更改密信，让那两个背叛友谊、自愿充当国王走狗的旧友去送死。

哈姆莱特由于以往迟迟未能杀掉克劳狄斯，客观上给克劳狄斯提供了继续作恶的时间和机会。他为延宕付出了太高昂的代价，最终落入敌人的圈套不幸牺牲。他虽杀了奸王，但重整乾坤的壮志未酬，只好留给后人了。

哈姆莱特的悲剧可以从多个方面进行分析，但最主要的是他脱离了人民群众。群众是爱戴他、拥护他的，克劳狄斯最害怕的正是这一点，而不是他个人的力量。但是，哈姆莱特想单枪匹马打天下，还不懂得依靠群众去争取胜利，这恰恰反映了人文主义者的唯心主义的英雄史观，因此，哈姆莱特的悲剧，也是一代人文主义者的悲剧。另外，从历史条件看，新兴资产阶级推翻封建统治的时机此时尚未成熟，所以，哈姆莱特的悲剧，也是历史的必然要求和这个要求实际上不可能实现的悲剧。

《哈姆莱特》不仅是一部有深刻思想意义的作品，也是一部艺术价值很高的作品，仅从情节线索安排和人物塑造两个方面便可见一斑。

《哈姆莱特》中，哈姆莱特与克劳狄斯的矛盾冲突是这部戏的主线，这实际上是莎士比亚生活时期英国主要社会矛盾的艺术反映；另外，有哈姆莱特与母亲、与波洛涅斯、与雷欧提斯、与奥菲利亚、与罗森格兰兹和吉尔登斯吞等五对矛盾所构成的副线。这些副线，无一不同主线关联。同时，还有一条与主线基本平行的线索，它通过使节来往等介绍了丹麦与挪威、与英国、与波兰，挪威与波兰的国际关系以及丹麦人民群众的情绪，这使得这部悲剧的内涵具有了更大的广度和深度。

莎士比亚在剧中运用多种手法来塑造的人物形象。如对比手法的使用：哈姆莱特的光明磊落同克劳狄斯的阴险狠毒形成对比；三个年轻的复仇者之间形成对比；奥菲利亚的纯洁无邪与哈姆莱特母亲的经不住诱惑形成对比；克劳狄斯的不动声色与波格涅斯的逢迎拍马形成对比。除了对比，作者还突出运用独白的手法来揭示主人公的内心活动。全剧中，哈姆莱特有六次著名的独白，对人物塑造起着重要的作用。如第三幕第一场关于“生存还是毁灭”的独白，已经成为人类戏剧史上最著名的一段独白。

由于哈姆莱特属性格内向的思考型人物，因此，使用独白的方式可较为方便地展示人物的内心矛盾和行为动机以及其他的思想感情。况且，由于处境特殊，他不愿对人吐露真情，再加上装疯，如果没有他的内心独白，观众对这个丹麦王子就很难理解。因此，独白手法成为莎士比亚塑造哈姆莱特这一典型形象最重要的艺术手段。

《哈姆莱特》是人类最完美的戏剧作品之一，可以说，在古希腊悲剧之后，莎士比亚以他的这部悲剧作品为人类戏剧史又创造了一个高峰。

八二、《双城记》——19世纪英国现实主义文学代表作

查尔斯·狄更斯(1812—1870年)是19世纪英国最重要的现实主义作家，他的创作，对自由资本主义时代的英国社会做了广泛而深刻的揭露，代表了当时英国现实主义文学的最高成就，在欧洲文学史上占有重要地位。其主要作品有《大卫·科波菲尔》《荒凉山庄》《艰难时世》《双城记》等。

在法国二月革命的影响下，欧洲民主革命和民族解放斗争蓬勃发展，“革命”这个使资产阶级胆战心惊的“幽灵”在欧洲游荡着。19世纪50年代，英国社会在资本主义经济繁荣的同时，贫富对立更加严重，阶级矛盾日益尖锐，革命大有一触即发之势。狄更斯站在人道主义的立场上，同情人民的苦难，看到了社会危机，但

又担心爆发革命。他决定写一部以法国大革命为题材的小说,以法国革命的教训警告英国统治阶级,应对人民实行人道主义,进行社会改革,避免灾难的重演。这便是他创作小说《双城记》的起因。

所谓“双城”,指的是故事发生之地:伦敦和巴黎。小说有三条情节线索:马奈特医生的故事、达尔奈的故事和得伐石太太的故事。三者间有复杂的联系,而马奈特医生的故事是主要情节线索,贯穿始终。小说围绕着他受迫害而展开,分为“时代”“金线”“暴风雨的踪迹”三部。

小说一开始是1775年。伦敦台尔生银行职员劳雷先生到巴黎,把在巴士底狱被囚禁了十八年的马奈特医生秘密接到伦敦。马奈特医生因控告厄弗里蒙地侯爵奸污农妇,杀害该女及其丈夫、弟弟的罪行,被侯爵关进巴士底狱。他在狱中写了控告侯爵的血书后便神智失常了。马奈特医生被接回英国后,在女儿路茜的精心照顾下,神智基本上恢复了正常。在此过程中,路茜和法国青年达尔奈相爱而结了婚。实际上,达尔奈是厄弗里蒙地侯爵的侄子,因不满贵族的罪行,同情人民的苦难而放弃爵位和财产,独自到英国做了自食其力的人。

1789年,法国大革命爆发,革命人民对贵族进行清算斗争。起义群众的领袖得伐石是马奈特医生过去的管家,而得伐石太太即是当年被厄弗里蒙地侯爵残害的农妇的妹妹,他们的斗争勇敢坚决。达尔奈为救当年侯爵府的管家,冒死回法国,但一到巴黎就被秘密逮捕了。马奈特医生得知后,赶去巴黎进行营救,最后营救成功。但得伐石太太拿着马奈特医生当年在狱中写的血书去控告,达尔奈再次被捕,作为厄弗里蒙地侯爵家族的成员,他将被处以死刑。马奈特医生多方营救无效,神智再次失常。英国青年卡尔登深爱着路茜,甘愿为了路茜的幸福而牺牲自己,他冒名顶替达尔奈上了断头台。得伐石太太坚持要斩草除根,准备控告马奈特医生父女,但在与路茜的女佣厮打过程中,因手枪失火而丧生。

小说通过描写厄弗里蒙地侯爵的罪行,揭示了革命前贵族阶级的反动本质和尖锐的阶级对立,指出封建压迫造成人民的饥饿、贫困和死亡,是爆发革命的社会根源。与此相应,作者写了英国资本主义社会的罪恶,从而暗示英国同样有爆发革命的可能。

狄更斯从人道主义立场出发,真诚地同情人民的苦难,愤怒地谴责封建阶级的罪恶,说明革命的必然性和正义性,这是小说思想内容的可贵之处。但是,他又把革命群众歪曲为报复者甚至是“兽性”的“血污的生物”,他的理想人物如马奈特医生,在革命后又受到新的迫害。这些描写,表现出对一切压迫和暴力的否定,无疑是抹杀了反革命暴力和革命暴力的本质区别,表现出狄更斯的思想局限性。

狄更斯把人道主义理想寄托在马奈特医生、达尔奈、路茜和卡尔登等人物身上。

马奈特医生为人正直,克尽治病救人的天职,因告发侯爵而遭到封建暴力的残酷迫害。但他不念旧恶，宽恕了仇人的侄子，允许其与自己的爱女结婚，并为营救他而努力奔走，此形象体现了他宽恕仁慈的精神。

达尔奈是贵族后裔，但他接受了民主思想，同情人民，反对贵族的罪恶，自动放弃爵位与财产，做一个自食其力之人，革命后又不顾自身安危，回国救人，狄更斯以这一形象给统治阶级提供了一个弃恶从善的榜样。

路茜是爱的化身，她的爱像一条"金线"，把两个有仇恨的家庭连在了一起。小说通过塑造路茜这一形象，意在说明：只有爱才能使人精神复活，给人带来安宁和睦的幸福生活。

卡尔登则是人道主义理想的最高体现者。他体现出无私的爱和舍己为人的牺牲精神。小说最令人动情之处正在于全书结尾处，卡尔登坦然从容地替达尔奈走上断头台，他的心声清晰地回响着："我现在所作的比我曾经作过的都更好，更好；我现在所去的地方比我曾经知道的地方都更好，更好。"

《双城记》在艺术特征方面，首先要提的一点就是强烈的理性化，这主要体现在大量采用议论，小说中所插入的对人、对事、对社会、对时代的理论性评议远较狄更斯其他小说为多。例如，小说一开篇就是一段关于"时代"的议论，此段脍炙人口，广为后人所传诵："这是最好的时代，这是最坏的时代；这是智慧的年代，这是愚蠢的年代；这是信仰的时期，这是怀疑的时期……"总之，那时和现代是这样相像，以致那时声名最响的某些作家对于批评，说好说坏，都固执地只用最高级对比之词。

小说的象征手法也比较突出，令人印象深刻。如小说第一部第一章，以农民、伐木者的脚步声象征人民的革命行动；以杜佛公路上的寒雾弥漫象征英国社会的冷酷、黑暗。再如第一部第五章"酒铺"，描写了圣安东尼街上酒桶打碎后，红色的酒流满街心，象征贫穷与流血的时代等。

狄更斯生前其作品即享有盛誉，在他去世之后一直到现在，其作品始终拥有广大的读者，他的长篇小说全部被拍成电影，这在作家中是不多见的。可以说，狄更斯是当代文坛上最活跃的古典作家之一。追问世代读者为何热爱他的作品，借用高尔基的话来回答最为合适："这个人出奇地精通最难的艺术——热爱人类的艺术。"

八三、《草叶集》——以"自由诗体"开创一代诗风

沃尔特·惠特曼(1819—1892 年)是 19 世纪美国杰出的民主主义诗人。他的创作具有鲜明的民主主义色彩和乐观精神，反映出美国资本主义上升时期广大人民的情绪和愿望。他的诗歌以其民主的内容和革新的形式，对美国乃至世界诗坛

产生了深远的影响。

惠特曼出生于一个贫苦家庭，受父亲影响，他自幼便接触到民主主义思想。十岁前上过几年小学，以后全靠自学提高文学素养。他做过信差、排字工、小学教师，创办过小报，做过新闻记者、编辑。1850年起，他离开新闻界，一面当木匠，从事体力劳动，一面进行《草叶集》的写作。这时，随着资本主义的进一步发展，美国北部与南部之间的矛盾越来越尖锐，从而引起了政治冲突，最终爆发了南北间的内战。惠特曼坚决站在反奴隶制的立场上，支持共和党总统候选人和废奴主义的独立报纸。内战结束后，美国资本主义生产迅速发展，面对战后的现实，他仍然坚持自由民主的理想，在创作中抨击资本主义的罪恶，渴望理想社会的到来。

《草叶集》是惠特曼的诗歌总集，1855年印发第一版时，只有十二首诗，薄薄的一本，不到一百页。以后每出一版，诗歌的数量都有所增加，到他去世前的第九版时，已发展到三百八十三首诗，成为享有世界声誉的名作。

惠特曼把他的诗集取名"草叶"，是有一定的寓意的。在集中最长的一首诗《自己之歌》的第六节中，一个孩子问道："草是什么呢?"诗人从几个方面作了答复。首先，它代表理想、希望；其次，它在各族人民中间同样生长；最后，它还象征着发展，象征着发展中的美国和人类。总之，在惠特曼看来，"草叶"是最普通、最富于生命力的东西，是普通人的象征，是发展中的美国的象征，是他关于民主、自由的理想和希望的象征。《草叶集》的主题可以说成是："通过一个普通美国人的生活、情感和思想，去表现他的国家和他的时代的一般人民。"这个普通美国人就是《草叶集》中的"我"。

《草叶集》中有许多描绘自然风光的篇章。不论是宏伟的自然景象，还是细微的生命迹象，都能激起诗人赞颂的热情。整个自然界，在诗人的直觉领悟中，都是一种充满生命力的永恒运动。大至山川旷野，小至纤草弱枝，都显示着奇迹般的美，都是宇宙之谜的启示，使人激动、使人惊喜、引人欢唱。

《草叶集》表现了清新、蓬勃的自然感受。抒情主人公"我"像是屹立在新大陆之上的一个充满朝气的主宰者，又仿佛是刚刚苏醒过来、意识到自身力量和美丽的大自然本身的形象。

《草叶集》歌颂人、人生，歌颂劳动和普通的劳动者，表现了深沉的人道主义热情。

在《大地之歌》中，诗人讴歌美国人垦殖大地的劳动，从开发森林、建造茅屋到兴建都市，都是青光闪闪的阔斧开路，都是普通工农的劳绩。惠特曼表示，只有千千万万的劳动者才是新兴国家的真正基础。歌颂劳动和劳动者，是惠特曼区别于其他民主作家的重要标志。

《草叶集》热情洋溢地歌颂民主、歌颂争取解放的战斗精神。他以民主歌手自任，憧憬着一个正义、友爱的民主国家。

惠特曼在《草叶集》中号召人民为民主和自由而战，表现了勇敢无畏的战斗精神。他写了《敲呀！敲呀！鼓啊！》等诗篇，鼓舞着战场上的斗士。他还关注着各国人民的解放斗争，那个时代几乎所有世界性革命事件在《草叶集》中都得到了反映。

新的内容要求新的形式。惠特曼为了表达他那热情奔放、无所不包的思想内容，创造出一种新的诗歌形式，这是一种以短句而不以音步为基础，每行字数不定，也不用讲究韵脚的"自由诗体"。这种诗体大量运用重叠句、平行句以及夸张的语言，波涛般滚滚向前，大大加强了诗歌的表现力和说服力。当然，这种手法有时使用得过分了，重叠句就会变成无休止地罗列清单，就会叫人感到沉闷，而夸张过了度，也会令人感到华而不实。

惠特曼是民主主义的伟大歌手，是他的国家和他的时代的精神的体现者。他的《草叶集》最初出版时，曾因为大胆的内容和新颖的形式遭到当时美国文坛保守势力的非难和诋毁，但也得到了进步作家爱默生的赞赏和鼓励。时至今日，他已经经受住了时间的考验，不仅成为现代美国诗歌之父，而且开创了一代诗风。现代世界各地的革命诗人，不论是苏联的马雅可夫斯基、智利的聂鲁达，还是西班牙的洛尔伽、中国的郭沫若，无一不在一定程度上受到过他的影响，进而影响到更年轻的一代人。

八四、《哈克贝利·芬历险记》——"所有现代美国文学，都起自这本书"

马克·吐温(1835—1910 年)是 19 世纪后期美国批判现实主义文学的卓越代表，杰出的幽默、讽刺作家。他从资产阶级民主理想出发，以幽默、讽刺的笔调揭露美国资本主义社会虚伪的民主和自由，谴责美国的种族歧视和种族压迫，抨击帝国主义的侵略扩张政策，真实地反映了 19 世纪后期到 20 世纪初期美国的社会生活状况。其主要作品有中篇小说《竞选州长》《败坏了哈德莱堡的人》，长篇小说《汤姆·索亚历险记》《哈克贝利·芬历险记》等。

《哈克贝利·芬历险记》是马克·吐温的代表作。在情节上，它与《汤姆·索亚历险记》相衔接。白人流浪儿哈克因无法忍受父亲的酗酒毒打，以及收养他的道格拉斯寡妇家"文明"的生活方式，离家出走，逃到了密西西比河上。与此同时，黑奴吉木听说女主人要卖掉他，也偷跑出来，想逃到北方的自由州去。两人相遇后相依为命，沿密西西比河漂游。他们没有找到通向自由州的卡罗镇，反遇上两个自称为"国王"和"公爵"的骗子。这两个骗子乘着他们的船沿途行骗，行骗失效后又背着哈克将吉木卖掉。哈克为帮助吉木摆脱奴隶地位进行了一番冒险营救，最后从汤姆那儿得知:吉木的女主人华森小姐临死前已恢复了吉木的自由身份。

马克·吐温创作这部小说的时间背景是19世纪七八十年代,在当时,美国虽然已经废除了奴隶制,但黑人并没有获得真正的平等和解放。种族歧视和种族压迫依然非常严重,广大黑人仍处于被奴役、被迫害的地位。因此,《哈克贝利·芬历险记》反对种族歧视和种族压迫的主题在当时仍然有着很强的现实意义。

小说的主人公哈克是个非常生动复杂的形象。乍看起来,他缺乏教养,身上沾染有流浪儿的坏习惯。但透过这些粗糙的外表,可以看到,哈克实质上是个质朴可爱、正直勇敢的少年。从小无人管教的流浪生活使他较少受"上流社会"传统观念的影响和毒害;长期生活在大自然和普通民众中则使他淳朴、善良的天性得到了充分的发展。哈克热爱自由,厌恶资本主义社会的"文明""礼法",痛恨社会上的欺骗和不公,同情一切不幸的人。他忍受不了道格拉斯寡妇家那种循规蹈矩的生活,也不愿成为一个"上流社会"所欣赏的斯文体面的人,更不愿忍受父亲的酗酒毒打,因而他从那个与他格格不入的社会环境中逃离出来,要寻求理想的、自由自在的生活。在与黑奴吉木共同生活的时间里,他善良正直的天性与畸形的奴隶制观念发生了剧烈冲突,在逐步战胜奴隶制观念影响的过程中,哈克显示出其性格中最光彩夺目的一面。

哈克在荒岛上刚刚遇到吉木时,像当时社会上一般白人对待黑奴那样对待吉木,常常以恶作剧来戏弄他,但是同甘共苦的生活使哈克逐渐认识到吉木的真诚与忠厚。在小说第十五章中,哈克又一次捉弄了吉木,吉木非常伤心。哈克经过激烈的思想斗争,终于越过了白人和黑奴之间的社会鸿沟,在认识上跨出了一大步。小说写道:"我呆了足足有一刻钟,才鼓起勇气,跑到一个黑人面前低头认罪——我到底那么做了,以后也从来没有后悔过。"

然而,奴隶制社会存在的种族偏见对一个生活在这样的社会环境中的白人孩子毕竟有着根深蒂固的影响。当时社会上认为"帮助一个被追捕的奴隶逃跑"是一件大逆不道的事,死后是要下地狱的。所以,吉木越接近自由,哈克就越觉得不安,几次三番准备告发他,但每当吉木的安全受到威胁时,哈克善良质朴的天性总是占上风,总是不由自主地帮助吉木转危为安。吉木被"国王"和"公爵"卖掉后,哈克的思想矛盾达到了极点。哈克认为,出了这件事,分明是上帝在处罚自己,不让自己继续干"坏事"。为了求得"良心"的平静,哈克决定给华森小姐写封信,告诉她吉木的下落,但是信刚写完,他就回想起他们在共同流亡的生活中所建立起来的感情,想起吉木对他的种种好处。思想斗争的结果是:他把信撕掉了,决心偷出吉木,不让他再做奴隶。哈克质朴的天性最终战胜了头脑中残存的奴隶制观念。用马克·吐温的话来说就是:"健全的心灵与畸形的意识发生了冲突,畸形的意识吃了败仗。"

吉木是个勤劳朴实、热情诚恳、舍己为人的黑人形象。他虽然沦为逃亡黑奴,却不是一个可怜卑贱、逆来顺受的奴隶。他敢于与自己的命运抗争，追求自由和幸福。和所有的白人一样，吉木同样有人的感情和尊严，同样关心朋友、妻子、儿女，有“一幅无私的好心肠”。一路上，他百般照顾哈克，他的关怀体贴绝不是奴隶对主人的侍奉，而是朋友间的平等互助。吉木固然有着无知、迷信等缺点，但总的说来，他那勇敢坚强、忠诚无私、向往自由的形象给人留下了深刻的印象。马克·吐温在塑造这一人物时，继承了美国进步文学中的废奴传统，进一步发展了正面的黑人形象，用这一形象用力地驳斥了种族主义诬蔑黑人的种种谬论。

小说通过对哈克和吉木的逃亡生活的描写，有力地抨击了美国的种族歧视和种族压迫现象，表达了不分种族、肤色人人平等的民主主义思想。同时，小说还以哈克等人的冒险经历为主线，串联起丰富的生活内容，广泛地展示了19世纪中叶的美国社会生活：哈克醉鬼父亲的酗酒胡闹、密西西比河上强盗的谋财害命、地方大家族之间的世仇族杀、小市镇居民停滞呆板的生活、有钱有势的人持枪杀人与事后的逍遥法外等。在马克·吐温的笔下，美国不再是个民主与幸福的国度，相反，是个野蛮与粗俗的国度。在这个野蛮的世界里，哈克和吉木找不到一个安身之处，只有那漂流在密西西比河上的木筏才使他们暂时感到“自由、轻松和舒畅”。但是，即使是这一叶木筏，也被骗子控制了。而象征自由的卡罗镇，藏在密西西比河的迷雾之中，他们的木筏一路漂流过去，始终未能找到这个幻想中的自由幸福的天堂。

《哈克贝利·芬历险记》是艺术上的大成之作，作者以一条密西西比河把哈克和吉木两人的命运、把整个美国中部的广阔背景和众多的事件串联成一个完整的故事。作者以现实主义手法描写沿河一带的日常生活，用浪漫抒情的手法描写河中和荒岛上无拘无束的生活，又以幽默夸张的手法进行社会讽刺（这主要表现在对“国王”和“公爵”这一对畸形人物的塑造上）。此外，颇值一提的是小说在语言上冲破了欧洲文化的束缚，通篇成功地运用地道的下层民众的口语进行叙述，使美国英语以其鲜明的特点登上了文学舞台。

小说发表后，以其丰富的思想内容、鲜明的政治倾向受到社会进步阶层的欢迎。同时，它也遭到反动分子的恶毒攻击，他们谴责这部作品“冒犯尊严、亵渎宗教”“具有破坏性”，一些学校和图书馆甚至把它列为“禁书”，这也恰恰从另一角度说明了这部小说具有批判社会的进步意义。

小说结束的部分是让批评家们最为惋惜的美中不足之处：汤姆一出场便喧宾夺主，他明知吉木已经获得了自由，可仍牵着哈克的鼻子导演了一场“营救”吉木的闹剧。这不仅在创作上给人以画蛇添足之感，而且使一部高质量的社会讽刺小说在低档的笑闹中结束，令人遗憾不已。但尽管如此，《哈克贝利·芬历险记》仍不失为世界文学中一块闪亮的珍宝。

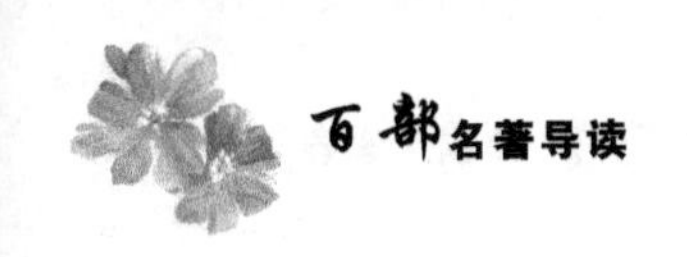

八五、《老人与海》——精通叙事艺术，独创“硬汉性格”

欧内斯特·米勒尔·海明威(1899—1961年)是20世纪美国最杰出的小说家。两次世界大战中，他曾作为战地记者奔赴战场；在创作早期，他曾是“迷惘的一代”文学流派的代表人物。其主要作品有长篇小说《太阳照常升起》《永别了，武器》，中篇小说《老人与海》等。他独创的“硬汉性格”和清新流畅、简洁精练，以对话和动作为主要表现手段的“海明威风格”对世界现、当代文学产生了很大影响。

《老人与海》是海明威创作后期的代表作。从表面上看，作品所讲的故事十分简单：桑提亚哥老人一连出海八十四天都一无所获，随后再次出海，经过三天两夜的生死搏斗，终于捕获了一条特大的马林鱼。但这猎物却招引来了一批又一批的鲨鱼。它们包围着马林鱼，你争我夺，尽管老人奋力拼搏，终归无济于事。等到老人返回港口时，马林鱼已经被撕扯一空，只剩下一幅巨大的鱼骨架了。

作品中所塑造的人物也很简单，全篇只有两个人物形象：老渔夫桑提亚哥和小孩儿曼诺林。

从现实主义创作方法的角度看，小说写的是人与自然的对立，歌颂了人在神秘莫测的自然力量面前不屈不挠的大无畏气概，表达了“一个人并不是生来就要给打败的，你尽可把他消灭掉，可就是打不败他”的崇高主题。

桑提亚哥是作品的中心形象。海明威在塑造这一人物形象时惜墨如金，只淡淡几笔就使一个普通劳动者的形象跃然纸上：他是一个在湾流里打鱼的孤零零的老头儿，老伴去世多年了。年轻时他曾在一条开往非洲的帆船上当过水手，后来又在摩斯基多海湾捉过多年海龟。这些简要的叙述告诉读者：老人属于下层社会，是那种一辈子辛苦劳作，但仍时有衣食之虞的人。颈上凝聚的深深皱纹、脸上太阳晒出的肉瘤、手上留下的年深月久的疤痕，都说明老人憔悴、衰老的现状；而对那间用椰子壳搭成的小茅棚的简略描述：一张床、一张饭桌、一把椅子、一床旧军毯、几张破报纸铺的床，则含蓄地道出老人生活的艰苦。

但这只是老人形象的一个侧面。在极为艰辛困苦的环境中，老人又表现出顽强的生命力和乐观的精神：“他身上的每一部分都显得老迈，除了那一双眼睛。那双眼啊，跟海水一样蓝，是愉快的，毫不沮丧的。”老人过去曾有过接连八十七天没有捉到鱼的经历，而现在，又接连八十四天捉不到一条鱼，但他毫不气馁，仍旧精神焕发，再次出海。当第一条鲨鱼来进攻的时候，他用鱼叉扎死了它，后来又有几条鲨鱼追上来，他用绑在桨上的刀一个一个地结果了它们。这时他满手血污、疲惫不堪，连一点气力也没有了。鱼叉被鲨鱼带走了，刀也折断了，而且将会有更多鲨鱼来围攻，但老头儿仍旧坚强不屈地支撑着，他在心里说：“只要我有桨，有短棍，有舵把，我一定要想法去揍死它们。”夜里，一大群星鲨又来纠缠，老人在没有锐利武器的情况下，依然奋力拼搏。他的大马林鱼虽然被吃光了，但他却打死了四五条、打伤了若干条硕大的鲨鱼，直到最后，他也没有服输，仍然期待着新的战斗。

此外，老人还有一颗真诚、善良的心。他对亡妻始终怀念不已，小心地珍藏着亡妻的遗物和照片；他爱那个名叫曼诺林的小孩，在小孩五岁时就带他出海，耐心地教他使船打鱼的技巧，和他长期相处、相依为命，对他怀有一种慈父般的感情；他对村里的人也极和善，人们开他的玩笑，他一点也不生气；最后还一再关照要把那个仅剩的大鱼头送人，他的心是纯净的、透明的，没有半点杂质。

但这绝不是一部仅仅写打鱼故事的小说。这部小说具有浓郁的象征意义，海明威通过这部小说，以寓言的形式表达了自己对人类命运的看法。

桑提亚哥所遭受的种种挫折是人生旅途的一个象征，大海象征着变幻无常的社会生活；马林鱼象征着人生的理想；鲨鱼象征着邪恶和厄运；而老人的搏斗则象征着人的精神力量的伟大。在人与自然的这场斗争中老人失败了，但这只是体力和肉体上的失败，他并没有失去一个“硬汉”的风度，他在失败面前毫不屈服，顽强拼搏，捍卫了人的“尊严”，证明了人在精神上是不可战胜的。小说最后写老人睡着了，“正在梦见狮子”，表达了作者对胜利与未来的热烈向往。而象征着未来的曼诺林准备充当老人的助手，他将学到老人的本领，将人类的才智和精神力量一代一代地传下去。

《老人与海》的故事是海明威根据一位古巴老渔夫的亲身经历写成的。在构思的时候，海明威曾考虑过许多背景材料，如渔村的历史和现状、村中渔民的生活和习俗、他们之中有代表的各类人物极其复杂的关系等，但他后来还是决定舍弃这些繁杂的背景描述，只写老渔夫桑提亚哥的故事，这样这就形成了这部小说简短、凝练、含蓄、紧凑的文字风格。海明威曾把文学创作比喻成漂浮在大海上的冰山，看得见的是八分之一，而另外八分之七则隐藏在冰下。《老人与海》将此创作原则体现得淋漓尽致。

除此之外，小说中大量的内心独白颇值一提。海明威在揭示人物内心活动时不直接出面进行冗长的心理分析，而是采用内心独白的方式。桑提亚哥只身一人在海上捕鱼，与其动作相配合，他不断地“自言自语”，从而形成大量的内心独白。这些内心独白，既揭示了人物的心理活动，又蕴含着哲理，正是它们构成了小说的主要内容。

《老人与海》于1952年出版后在世界各国引起了广泛的关注，次年作者获得了美国国内的普利策奖，1954年瑞典皇家科学院将诺贝尔文学奖授予了海明威，授奖理由是：“因为他精通于叙事艺术，突出地表现在他的近著《老人与海》中，同时，也因为他在当代风格中所发挥的影响。”至此，海明威是继刘易斯、奥尼尔、赛珍珠和福克纳之后，第五个获得这一荣誉的美国作家。

八六、《红与黑》——19世纪欧洲文学最早的一部批判现实主义杰作

司汤达(1782—1842年)原名马里·亨利·贝尔,是19世纪法国批判现实主义文学的奠基人。主要作品有长篇小说《红与黑》《巴马修道院》,美学论著《拉辛与莎士比亚》等。其中,《红与黑》是司汤达的代表作,也是19世纪欧洲文学中最早的一部批判现实主义杰作。

1828年,法国某地发生了一桩轰动社会的恋爱惨剧:一位家庭教师同女主人发生恋情,后来这位女主人写信阻碍这位家庭教师同另一位有钱的小姐结婚,家庭教师一怒之下向自己原来的女主人连开了两枪,最终自己被判死刑。司汤达从报纸上看到这一材料后,以此为情节基础,构思了一部长篇小说。次年开始写作,1830年完成。小说最初题名为《于连》,后改为《红与黑》。

小说主人公于连·索黑尔出生在维立叶尔市一个小锯木场老板的家里,从小就接受了启蒙思想和拿破仑事迹的影响,同时又受到社会风尚的熏陶,想靠个人奋斗来改变既卑微又贫困的境遇。最初他想穿上红色军装走拿破仑的道路,成为拿破仑式的人物,可是不久,波旁王朝复辟了,他又下决心穿上教会的黑袍,向往成为一位主教。小说一开始,他被推荐到德瑞那市长家做家庭教师,开始接触上层社会,后来他与德瑞那夫人发生暧昧关系。在事情败露后,他被迫离开维立叶尔市,到贝尚松神学院学习。由于教会内部的派系斗争,他的靠山、神学院院长彼拉神父把他介绍到巴黎,给宫廷大臣木尔侯爵当私人秘书。由于竭力效劳、工作出色,于连深得木尔侯爵的赏识,被授予十字勋章。与此同时,他与木尔侯爵的女儿玛特儿有了私情。正当他准备与玛特儿结婚、一步步飞黄腾达的时候,在教会特务的一手策划下,由德瑞那夫人写的揭发信使木尔侯爵取消了婚约,于连的人生幻想彻底破灭了。气愤之下,他开枪打伤了德瑞那夫人,因此被捕入狱。在狱中,于连拒绝上诉,最后被送上了断头台。

小说虽然以于连的两次恋爱为基本情节,但它并不是一部一般的爱情小说,小说的副标题是“一八三〇年纪事”,作者通过对于连短短五年的生活经历的记述,组织了复辟时期社会生活的广阔画面,触及了当年“七月革命”前夕尖锐复杂的政治斗争和社会问题,因此,它是一部具有深刻政治内容的小说。

于连是作者倾其心力塑造的人物形象。于连是拿破仑帝国时期和封建复辟时期交替阶段中成长起来的一代青年的典型,确切地说,是复辟时期受压抑的平民青年的典型。他的性格是多元多层次的,强烈的自我意识则是他性格的核心内容,这种自我意识在外力的作用下,又生出自由平等观念、反抗精神和强烈的个人野心。

于连出身于木匠家庭，地位卑微，常受人歧视，即使在家里，也因为不是一块当木匠的好料而常遭受父兄的打骂。于连不甘心过这种受欺侮的生活，几次想离家出走，这表现出他对独立人格的渴求。当父亲要他到市长家当家庭教师时，他的回答是："我不愿当奴仆""要我和奴仆一桌吃饭，我宁肯死掉。"在市长家当家庭教师的过程中，他对门第观念极强的市长先生极为反感，当骄横的市长把他当仆人一样训斥时，于连"眼里射出可怕的复仇的模糊希望"，他愤怒地回答说："先生，没有你我也不会饿死。"为了报复、惩罚市长，他在夜晚乘凉时握住市长夫人的手。由此可以看出他强烈的平等观念和反抗精神。于连从小就崇拜拿破仑，对拿破仑凭自己的才能"身佩长剑做了世界的主人"，佩服得五体投地，时时追怀和向往不计资历，单凭个人才能可以取得社会地位的拿破仑时代，并且怀有三十岁当将军的雄心壮志。然而，在拿破仑失败后的复辟时代，这条路已走不通，摆在他面前的则是另一条路：做神父，四十岁左右可拿十万法郎，三倍于拿破仑手下的将军。于是，于连就把对拿破仑的崇拜隐藏于心底，勤奋地读《圣经》，朝新的理想努力。在贝尚松神学院这个"到处是伪善"的地方，为了成功，他不惜以伪善对付伪善。他心里没有上帝只有拿破仑，他以惊人的勤奋刻苦研究神学，当众背诵《圣经》并辱骂拿破仑，在虚伪手段的运用上，他"进步很快"。在巴黎木尔侯爵府，也是为了成功，为了实现个人野心，他顺应环境，不惜为复辟势力效劳，表现出一种妥协性。直到他个人成功的希望完全破灭，重新跌落到平民阶层后，于连才又表现出反抗者的本色，而且反抗的强烈程度是前所未有的。也是出于对人格的维护，他在监狱中不肯向贵族阶级低头，拒绝上诉，宁可以死表示对那个阶级的反抗。因此，反抗性与妥协性是于连性格的又一侧面，视环境不同而有不同的表现。

总之，于连的性格是复杂的、多侧面的，而自我观念始终是其思想性格的核心和底蕴。他短暂的一生，激荡着追求自由、平等的政治激情，也充满追求个人幸福的利己主义欲望。在他身上，既体现了大革命过后英雄主义尚存的法国社会的时代精神，特别是表现了受压抑的一代年轻人对人生与社会的理想，同时也投射出作者自身的人生体验和心理欲望。于连身上表现出的反压迫、求自由、坚定地追寻自我生命价值的精神，体现了人的一种普遍的生存需求，因而具有象征意义，这是这一形象能在不同时代、不同国度的青年读者那里引起强烈共鸣的主要原因，但于连身上那种利己主义思想，则成了这一形象历来难以完全为读者所肯定和接受的根本原因。

《红与黑》是法国 19 世纪批判现实主义文学的奠基之作，其在艺术上取得的成就是多方面的：情节结构严谨、完整；联系环境描写人物性格，塑造典型环境中的典型人物；语言清丽朴素、自然流畅等。其中细致入微的心理描写与分析尤其值得一提。

《红与黑》不仅写出了于连在环境的重压下，强烈的自我意识在他心灵中酿成的自尊与自卑、虚伪与正直、雄心与野心、反抗与妥协等多重心理矛盾，也写出了德瑞那夫人、玛特儿小姐等人的复杂的心理内容，主要人物的心理冲突成了这部小说情节发展的内在基础和根据。而且，作者在具体的心理分析中，善于展示人物的激情与理智相冲突时的内心世界，由此表现了人物形象的“力”之美。例如，夜晚，于连在花园里和市长夫人一起乘凉时，偶然碰到了市长夫人的手，这只手很快缩了回去。于连头脑中的“责任”观念立即让他做出决定：“我要让这只手留在我的手中”。第二天晚上十点之前，他试图完成自己的“使命”，但他又十分胆怯，在等待与焦急中于连心情过度紧张，几乎快要发狂。十点，钟敲了最后一下，他不顾一切地抓住夫人的手，尔后，“他的心里洋溢着幸福”。这不是因为爱，而是因为他内心“可怕的痛苦折磨”结束了。诸如此类的心理冲突，既有激情的冲动，又有理智的约束，是充满张力的。在这种心理的驱使下，人物的外在行为既具有冲动性，又表现出果敢与坚毅，人物形象的“力”之美就由此而生。司汤达可谓是人的激情心理的描绘者。

《红与黑》出版时曾遭到文学界的讥评，司汤达说“我一定要为 20 世纪而写作”，“到 1880 年的时候，将会有人了解我”。事实果真如此，1880 年，左拉首先发现司汤达，称赞他是“我们的大师”和“先驱”。俄国大文豪托尔斯泰则盛赞司汤达的心理描写技巧。一百多年来，《红与黑》被译为多种文字，广为流传，于连成为世界文学画廊中最广为人知的人物形象之一。人们越来越认识到，司汤达作为一位优秀的现实主义作家，他以自己的创作开拓了法国批判现实主义文学的道路，对欧洲文学产生了深远的影响。

八七、《高老头》——文学大厦《人间喜剧》的奠基之作

奥诺雷·德·巴尔扎克(1799—1850 年)是 19 世纪法国最伟大的现实主义作家，在世界文学史上占有重要地位。作为巴尔扎克的代表作之一，长篇小说《高老头》是作者决定把他的全部创作作为一个有机整体后发表的第一部作品。从《高老头》开始，巴尔扎克对他笔下的人物形象与情节线索做了统一的精心安排，包罗万象的《人间喜剧》正是在《高老头》之后才具备了规模。所以，人们常把《高老头》称为《人间喜剧》的序幕、《人间喜剧》这座文学大厦的奠基之作。

《高老头》以 1819 年底到 1820 年初的巴黎为背景，主要写了两个平行而又交叉的故事：退休面条商高里奥老头被两个女儿冷落，悲惨地死在伏盖公寓的阁楼上；年轻的大学生拉斯蒂涅在巴黎社会的腐蚀下走上堕落之路。同时还穿插了鲍赛昂夫人和伏脱冷的故事。通过寒酸的伏盖公寓与豪华的贵族沙龙这两个不断交替的主要场景，作家描绘了一幅幅巴黎社会人欲横流的极端丑恶的图画，暴露

了在金钱势力支配下资产阶级的道德沦丧和人与人之间的冷酷无情。

小说中的高老头是父爱的典型。他在大革命时期成为暴发户，在妻子死后，将全部的爱都倾注到两个女儿身上。他让她们从小过着奢侈的生活，以满足她们的一切欲望为乐事。后来，他给了她们每人八十万法郎的嫁资，大女儿嫁给了雷斯多伯爵，进入了贵族社会，小女儿嫁给了银行家纽沁根，成了阔太太。结婚之初，高老头还是两个女儿家的座上客，“一个给了女儿八十万的人是应该奉承的”。他们摸不透高老头财产的底细，对他周到而体贴，不敢怠慢这位“财神爷”“他们恭恭敬敬地瞧着”高老头，“就像恭恭敬敬地瞧着钱一样”。

到了复辟时期，爵位重新成为地位的标志，面条商出身的高老头地位一落千丈，他的缺少教养的举止使女儿们为之脸红，他成了温文尔雅的上流社会沙龙中的“一个油脂的污迹”。更主要的是“柠檬汁水”已经基本榨干，可以丢弃了。于是，他在女儿家的地位随他积蓄的减少而降低。开始，他一周还可以在女儿家吃一两次饭，后来改为一个月两次，最后竟被永远拒之门外。他想见女儿时，只能偷偷从厨房溜进去，或者站在她们马车经过的道路旁观看。两个女儿偶尔也会光顾父亲寄居的伏盖公寓，但一定是对高老头有金钱上的索求。在两姐妹轮番的穷凶极恶的搜刮下，高老头当尽卖绝，一文不名，贫病交加，濒临死亡。临死前，他呼天抢地，想要见女儿一面，可是谁也不来，直到这时，他才醒悟。

小说的中心人物拉斯蒂涅是个学法律的大学生，同高老头、伏脱冷一样是寒酸破败的伏盖公寓的房客，他来自乡下，出身是没落贵族。初到巴黎时，拉斯蒂涅还是个涉世未深的纯朴青年，只希望通过苦读去取得他渴求的功名利禄。但巴黎上流社会的豪华奢侈强烈地诱惑着他，伏盖公寓的恶俗丑陋与贵族沙龙的华丽高雅所形成的鲜明对比强烈地刺激着他向上爬的野心，他千方百计地找到远亲鲍赛昂夫人，并投奔其门下。痛心于自己因金钱而失意于情场的鲍赛昂夫人给他上了重要的人生一课：“你得以牙还牙对付这个社会……你越没有心肝，越高升得快，你得不留情地打击人家，叫人家怕你。只能把男男女女当作驿马，把他们骑得筋疲力尽，到了站上丢下来，这样你就能达到欲望的最高峰。”她让拉斯蒂涅去追求她一贯蔑视的银行家纽沁根的太太但斐纳：“你要没有一个女人关切，你在这儿便一文不值。这女人还得年轻、有钱、漂亮。”她从个人的遭遇中看透了：真正统治这个社会的是金钱。她给初出茅庐的拉斯蒂涅上了启蒙的第一课。

拉斯蒂涅的另一个“启蒙老师”是伏脱冷。这个在逃的苦役犯对社会本质看得入木三分，他用赤裸裸的语言道破了资产阶级的道德准则：“要弄大钱，就该大刀阔斧地干，要不就完事大吉……人生就是这么回事，跟厨房一样的腥臭。可是要作乐，就不能怕弄脏手，只消你事后洗干净，今日所谓道德就是这一点……我要成功了，就没有人盘问我的出身，我就是四百万先生，合众国公民。”伏脱冷为拉斯蒂涅制定了追求泰伊番小姐，在伏脱冷自己找人杀死泰伊番小姐的兄弟，泰伊番小姐成为唯一的家产继承人后，二人再一起从泰伊番小姐身上大发其财的邪恶计划。伏脱冷的阴谋诡计让拉斯蒂涅听得心惊肉跳："鲍赛昂夫人文文雅雅对我说的，他赤裸裸地说了出来。"

两位"老师"给他制定了两个不同的发财方案，两位"老师"以不同的方式步步深入地向拉斯蒂涅揭示了社会的真相："法律与道德对有钱的人全无效力，财产才是金科玉律。"特别是他们两人的结局——一个被遗弃，一个遭暗算，都是金钱在作祟，这便更向拉斯蒂涅证实了"有钱便是德"这一资本主义社会的通用法则。

高老头之死则给拉斯蒂涅上了关键的"第三课"。他亲眼见到高老头的两个女儿榨干了父亲的钱财，却在他临死时去都不肯去看他一眼，人和人之间的金钱关系就这样以最为直接赤裸的方式展示了出来。高老头之死也生动地印证了鲍赛昂夫人和伏脱冷给他上的人生两课，终于完成了对他的社会教育。他的野心已经恶性膨胀，为了爬上去，他决心弄脏双手，抹黑良心，纵身跳进巴黎上流社会这一罪恶的深渊，去拼搏一番。在埋葬高老头的同时，他也"埋葬了他青年人的最后眼泪"，他从此走上了资产阶级野心家的道路。

《高老头》在艺术上也取得了巨大的成就。最引人注目之处就是巴尔扎克重视典型环境的描写，擅长通过典型环境的描写来表现典型性格。他特别强调环境对人物性格形成所起的作用，揭示"物"对人的精神、心理的侵蚀作用。在《高老头》这部作品中，巴尔扎克对主人公拉斯蒂涅经常出入的几个场合都进行了细致入微的描写：寒酸、破败的伏盖公寓是下层资产者的寄宿处；豪华、奢侈、挥金如土的唐打区内室是金融资产阶级的安乐窝；灯火辉煌、精致绝伦的圣日耳曼区客厅是贵族阶级的领地。而这三个角落都毫无例外地受金钱和利己主义的支配，三个环境形成了强烈的对比和反差，对出入于其间的拉斯蒂涅形成了强烈的冲击，可以说，拉斯蒂涅走上堕落的每一步都可以清晰地找到社会环境的推动作用。

此外，小说还以细节描写的真实、对比手法运用的广泛、结构精致而见长。

八八、《巴黎圣母院》——19世纪法国浪漫主义文学的代表作

维克多·雨果(1802—1885年)是19世纪法国浪漫主义文学运动的领袖，法国文学史上最伟大的作家之一。他一生创作诗集26部、剧本12个及小说20多部，代表作有长篇小说《巴黎圣母院》《悲惨世界》和《海上劳工》等。他的创作反映了19世纪法国的重大历史进程和文学斗争，人道主义是贯穿于他创作中的主线。

1830年的法国"七月革命"使雨果受到了巨大震动，也使他更加接近民主主义，就在波旁王朝垮台的欢呼声中，雨果开始了他的长篇小说《巴黎圣母院》的创作，小说于1831年2月出版。尽管这部小说是以15世纪路易十一统治下的巴黎

作为背景，但是它与19世纪30年代法国人民的生活与斗争紧密相关，弥漫着浓郁的时代气息，传达了人民反封建反教会的强烈愿望，回响着大革命的声音。

故事发生在1482年，善良、美丽的吉卜赛女郎爱斯梅拉达在广场上卖艺，巴黎圣母院副主教克洛德·孚罗洛对她产生邪念，指使奇丑无比的教堂敲钟人伽西莫多于夜间去劫持爱斯梅拉达，幸好被巡夜的弓箭队队长弗比斯救下，从此，在爱斯梅拉达纯洁的少女心中萌生了对弗比斯的爱情。这引起了克洛德的嫉恨，他趁爱斯梅拉达与弗比斯幽会时，刺伤了弗比斯却嫁祸于爱斯梅拉达，爱斯梅拉达因此被法庭判以绞刑。行刑前，伽西莫多将她救至不受世俗法律管辖的巴黎圣母院，藏于顶楼中。圣迹区的乞丐们攻打巴黎圣母院营救爱斯梅拉达，克洛德却趁机骗她走出"圣地"，威逼她屈从自己的兽欲，少女宁死不从，克洛德便将她交给官兵，狞笑着看她被绞死。悲痛欲绝的伽西莫多终于明白克洛德的罪行，将他推下钟楼摔死，自己则找到爱斯梅拉达的尸体，与其相伴死去。

这个充满了中世纪奇异情调的故事，批判的矛头直接指向了封建专制制度和教会黑暗势力，它深刻地揭露了这两种反动势力互相勾结残害人民的反动本质。

雨果文学创作的最基本的美学原则是将滑稽丑怪和崇高优美相结合、相对照，因此，美丑两极对照是这部小说最基本的艺术手法。

在人物形象的塑造上，作者运用对比手法，将几个主要人物从外貌到心灵进行了几组复杂的对照：爱斯梅拉达是美的极致，克洛德是恶的魁首；伽西莫多外表极丑而内心美好，弗比斯外表极美而内心丑恶；伽西莫多受爱斯梅拉达滴水之恩，能以涌泉相报，诗人甘果瓦受爱斯梅拉达救命之恩，却恩将仇报。

雨果以一支生花妙笔在小说中写了爱斯梅拉达的美："她两只结实的圆胳膊把一面巴斯克小鼓高举在她那小巧玲珑的头顶，她伴随着鼓声这样跳着舞，窈窕、纤细、活泼得像一只黄蜂，她那毫无皱褶的金色小背心，她转动时鼓胀起来的带小斑点的裙衣，她那袒露的双肩，她那偶尔从裙里露出来的一双漂亮的腿，她乌黑的头发，她亮晶晶的眼睛，真的，她真是一位神奇的妙人儿。"

爱斯梅拉达之善，则表现在当诗人甘果瓦误入圣迹区要被"黑话王国"首领送上绞刑架时，爱斯梅拉达当场将他救下；还表现在当劫持她的圣母院敲钟点人伽西莫多在广场上受刑罚遭虐待被嘲笑时，她给他送去了水。是爱斯梅拉达让这个从未感受过人世温暖的畸形人第一次认识了善与美。从此，伽西莫多心中沉睡的爱苏醒了。他调动起他的全部智慧和力量，将爱斯梅拉达从刑场上抢出来，藏于圣母院中。他用整个生命去爱、去保卫爱斯梅拉达。他怕自己的丑陋吓着她，就对她说："我很丑，是吗？可别看着我，只听我说话就行了。"他担心她再被抓去，"不管白天黑夜，都不要走出教堂一步，一出去，你就会遭殃，人们会把你杀死，我也只有死去。"朴素的语言，流露出他的深情，他是一个真正珍惜美又懂得爱的人。

小说中的另一个重要人物是副主教克洛德，他是恶的化身，是教会势力的代

表,他像一个恐怖的幽灵追逐着爱斯梅拉达,不断地迫害她、摧残她,以致爱斯梅拉达一见到他就“恐怖得像凝冻了”,听到他的声音就因这种“阴森的声调”而“战栗”起来。她宁愿选择绞刑架也不愿追随克洛德。最后,克洛德用“一个魔鬼般的笑”,看着爱斯梅拉达在绞索下丧命。雨果以此向人们揭示:中世纪黑暗的宗教势力是扼杀一切美好事物的刽子手。

但是,小说中克洛德所有的恶行追溯起来却是源于爱,缘于他对爱斯梅拉达刻骨铭心的爱、扭曲变形的爱。他从小在神学院长大,被弥撒书和辞典喂大,被禁欲主义所钳制,其自然人性早已被扭曲,是爱斯梅拉达的美唤醒了他的红尘之念,于是我们看到了一个长期处于压抑状态的男人,其正常的人类情感一朝被唤醒后竟是这样如洪水般破堤成灾,令人动容。

善与恶、爱与恨、神性与人性就这样交织并存于克洛德一身,使他成为《巴黎圣母院》这部小说中最耐人寻味的一个人物形象,也成为世界文学史上最复杂的人物形象之一。

《巴黎圣母院》是一部典型的浪漫主义文学作品,非凡的人物、奇特的环境、离奇的情节,这些浪漫主义文学作品中常见的元素,在《巴黎圣母院》中一个都不缺。此外,雨果特别擅长在作品中渲染气氛,渲染一种神秘朦胧的气氛。比如,小说中对圣母院的钟声的描写即是如此。《巴黎圣母院》中的种种悲欢离合都在大教堂前上演,圣母院的钟声笼罩着一切人、一切事。当整出悲剧演完以后,人去楼空,圣母院也成了“一具骷髅”,“就像一个只有两个眼眶而再没有眼睛的头骨”。这种气氛是典型的浪漫主义的。

作为浪漫主义小说的典范作品,《巴黎圣母院》早已被列入世界文学名著之林。一百多年来,它曾多次被改编为电影、电视剧、歌剧和芭蕾舞剧,感动了一代又一代的读者和观众,深受世界各国人民的喜爱。

八九、《悲惨世界》——现实主义与浪漫主义完美结合的“社会史诗”

长篇小说《悲惨世界》是雨果创作后期的代表作。

小说以真实的事件为蓝本。1801 年,一个名叫彼埃尔·莫的贫苦农民因为偷了一块面包而被判刑五年,刑满出狱后,他的黄色身份证使他屡遭世人的白眼。这个事件引起了雨果的注意,1828 年左右,他计划以此事为题材写一部小说。雨果于 1845 年前后动笔,经过 1848 年的革命,在原来题材的基础上大大扩充了作品的内容,深化了小说的主题,1861 年底完成这部巨著,1862 年出版问世。

故事发生在 1815 年至 1832 年间的巴黎。穷苦工人冉·阿让因为偷了一块面包而被判刑五年,几度越狱不成,又被加刑,十九年后才走出监狱。米里哀主教对他的感化使他转变为道德家马德兰，并靠发明制造宝石的方法而致富。他收养了遭人遗弃的女工芳汀的私生女珂赛特，为了不使无辜的商马第代他受审而自首再度入狱。越狱后，他带着珂赛特隐居巴黎，参加了巴黎共和党人起义的街垒战斗，并放走了奸细、一直在追捕他的警察沙威，成全了珂赛特和青年马吕斯的婚事。最后，安详地死在两个年轻人的怀抱中。

雨果在小说序言中说："只要因为法律和习俗所造成的社会压迫还存在一天……只要本世纪的三个问题——贫穷使男子潦倒，饥饿使妇女堕落，黑暗使儿童羸弱——还得不到解决；只要在某些地区还可能发生社会的毒害，换句话说，同时也是从更广泛的意义来说，只要这世界上还有愚昧和困苦，那么，和本书同一性质的作品都不会是无用的。"正是在这种思想的指导下，雨果通过冉・阿让、芳汀、小珂赛特的遭遇为我们描绘了劳动者的悲惨世界，并痛斥了资产阶级法律的虚伪。

小说主人公冉・阿让原是一个勤劳能干、任劳任怨的工人，在寒冬季节，找不到工作，为了姐姐的孩子不致饿死，偷了一块面包，换来了十九年的铁窗生涯。雨果认为他"愿意工作，但缺少工作，愿意劳动，而又缺少面包"，所以，"社会对他的遭遇是应该负责的"。同时，雨果把批判的矛头指向了法律，他认为"法律的条文是死板的"，"刑法令人陷入绝境"。因为冉・阿让走进监狱时，还一面痛哭，一面战栗，而出狱的时候，已经对一切完全无动于衷了。可见，"加重处罚"并没有消除过失，反而使冉・阿让成为无恶不作的恶棍。雨果认为是法律"构成了强者对弱者的谋害"，"构成了社会侵犯个人的罪行"。作者认为下层贫苦人民的悲剧是社会造成的，这一看法增加了小说的思想深度。

芳汀是一个遭遗弃的不幸的女工，为了抚养她的私生女小珂赛特，卖光了自己的一切以后当了公娼。社会不容她存身，法律逼她到绝路，衣冠楚楚的绅士侮辱了她，她反被投入监狱。雨果痛心地说："芳汀的故事说明了什么呢？说明社会收买了一个奴隶"，"向谁收买？向贫苦收买"。

《悲惨世界》中不只有劳苦的男子与可怜的妇女，它还包括天真无邪的儿童。雨果把对社会的控诉集中到了对小珂赛特遭遇的描写上。小珂赛特被母亲寄养在乡下一家小店主家中，受尽了虐待与折磨，像一只不敢唱歌的小百灵鸟。在珂赛特的命运的描写上，雨果同样没有把他的笔停留在个别人、个别事上，而同样是从个别到一般，从特殊到普遍。

雨果揭示了贫穷所造成的社会问题，目的是在于使小说对解决社会问题有所裨益。他为资本主义开出的济世药方是仁慈仁爱的道德感化。他在小说中调动了一切艺术手段来宣传这一思想，具体表现在下面几个方面。

第一，冉・阿让的被感化。冉・阿让出狱后，他的黄色身份证使他备受歧视，晚上，所有的门都对他紧闭。正当他走投无路之时，小城的主教米里哀却热情地招待了他。在他偷了米里哀的银器逃跑而又被捉回时，主教又宽恕了他。正是主教的感化解开了他十九年来对社会、对人生的仇恨，融化了他结了冰的心，他十九年来第一次流下了眼泪。法律、加刑都没有改造好冉·阿让，只是使他越来越冷酷，越来越凶险，是仁慈仁爱的道德感化治愈了他的心灵，恢复了他做人的尊严。后来，冉·阿让变成了道德家马德兰，他靠发明制造宝石的方法发了财，之后他广行善举，以仁慈仁爱之心对待一切人，甚至那个一直以来像警犬一样对他穷追不舍的警察沙威。

第二，沙威的被感化。沙威是雨果用来表现法律的残暴和冷酷的人物。他身上只有两种感情：尊敬官府、仇视反叛。他忠于职守，是资产阶级法律令人憎恶的化身。他像一个不祥的阴影笼罩着芳汀和珂赛特，像幽灵一样紧紧追逐着冉·阿让。他不断地迫害冉·阿让，冉·阿让却在他生命危在旦夕的关头挽救了他。他目睹了冉·阿让在迷宫一样的巴黎地下水道救助马吕斯的情景，回想起马德兰的一系列义举，感到自己无力逮捕这个苦役犯，事实和观念发生了激烈的冲突，他无法解决它，于是自己投塞纳河自尽了。沙威的良心发现又一次表现了雨果仁慈仁爱的济世药方的万能。

客观地说，雨果的人道主义思想在批判资本主义社会的罪恶、揭示劳动人民受苦受难的根源时是有力的、积极的，但当试图用它去解决实实在在的社会问题时，这剂药方显示的效果却是软弱无力。

小说共分五部，规模宏大，气势磅礴，以滑铁卢战役为序幕，以1832年共和党人起义做结尾，反映了19世纪的法国社会生活。

小说在艺术上也取得了极高的成就。这主要表现在现实主义与浪漫主义手法的结合上。小说的很多章节闪烁着现实主义的光辉，如冉·阿让被迫害的经历、芳汀的悲惨命运、滑铁卢战役、1832年巴黎街垒战等，都写得相当真实。但小说的浪漫主义特色同样十分鲜明。在人物形象的塑造上，小说中对几个主要人物的描写，虽然有明显的现实主义因素，但同时他们又不完全是现实生活中的寻常人物，如冉·阿让超人的体能和惊人的自我牺牲精神，德纳第的作恶多端、劣迹斑斑等，都是有浪漫主义夸张的一面在内的。在小说情节的安排上，作者力图使情节戏剧化，因此写了不少“非凡”的事件，如冉·阿让抱着珂赛特被警察逼进死胡同却能直登高墙越入修道院而脱身，冉·阿让背着马吕斯好不容易穿过巴黎地下水道来到出口处，却迎头碰上仇人德纳第等，都是相当离奇的。小说第五部，冉·阿让背着受伤的马吕斯穿过迷宫一样的巴黎地下水道，作者雨果用了两万多字的篇幅，详细写下了整个过程。其间有巴黎地下水道历史的回顾，有名人逸闻的穿插，有有关城市建筑、经济的议论，展现了作者广博的学识、洪富的才华、充沛的激情。尤其是事件本身——黑暗、崎岖、臭气熏天的地下水道中，老苦役犯背负着奄奄一息的街垒战士马吕斯艰难前行，一次次遇险，一次次化险为夷，作者写来充满传奇色彩，是将现实主义与浪漫主义完美结合的一个典型章节。

《悲惨世界》是法国文学史上里程碑式的作品，有“社会史诗”之誉，它作为人类智慧宝库中的一部伟大作品，已为全世界所接受，冉·阿让、米里哀主教已成为世界文学画廊中令人难忘的艺术形象，作品中深厚的人道主义和民主主义的博大精神放射出耀眼的光辉，而真实与想象、现实主义与浪漫主义相结合的绝妙书写更使后世文论家们叹为观止！

九〇、《约翰·克利斯朵夫》——表现高尚理想主义的史诗性的社会小说

罗曼·罗兰(1866—1944 年)，是 19 世纪末和 20 世纪前期法国批判现实主义文学的杰出代表。他一生著有小说、戏剧、人物传记、评论、艺术研究和政论等，主要作品有三大艺术家的“英雄传记”：《贝多芬传》《米开朗琪罗传》和《托尔斯泰传》，长篇小说《约翰·克利斯朵夫》《母与子》等。

创作于 1903 至 1912 年的《约翰·克利斯朵夫》共分 10 卷，长达 100 万字，是罗曼·罗兰作品中影响最大的一部。小说描写了一个贝多芬式的艺术家的奋斗历程，表现了资本主义社会中艺术家的命运这一基本主题。

小说主人公约翰·克利斯朵夫出生于莱茵河畔小城的一个音乐世家，祖父、父亲都是宫廷乐师。艰难的家境、宫廷贵族和富家子弟的欺凌，使他养成了勇于反抗的坚强性格。克利斯朵夫从小表现出较高的音乐天赋，对民歌、对大自然的奇妙音响和古典音乐作品有着非常敏锐的反应和良好的理解力。祖父、父亲、舅舅的严格教诲，加上他自己的刻苦努力，使他很快走上职业音乐家的道路，并以自己的精彩演奏和作曲才能赢得了“神童”的名声。但是，克利斯朵夫的发展受到周围环境的压抑，他对艺术理想的追求、他那卓然不群的豪气，很快与肤浅的封建贵族发生了冲突，也与奴颜婢膝的德国小市民格格不入。通过主人公在德国的经历，小说展现了两个世纪之交的德国现实社会的生活画面，揭露了专制制度，有力地抨击了庸俗的市侩习气。在一次与德国大兵的冲突中，克利斯朵夫犯了命案，逃亡到巴黎。他早就向往着自由、文明的法国，幻想着在这里能实现他的艺术理想，获得辉煌的创作成就。但是冷酷的现实很快使他的幻想破灭了。他看到的是肮脏的政治投机和腐化的艺术，优秀的文学传统被抛弃，巴黎报刊热衷于传播色情事件和流言蜚语，文学的道德沦丧和卖身求荣使他深感震惊。小说通过主人公在巴黎“市场”里的观感，对法国的政治、文化、社会风尚都做了深入的批判。克利斯朵夫在他的朋友奥里维的帮助下，逐渐认识了一个真正的人民的法国。安多纳德、奥里维这类聪慧、纯洁、富于理想主义气息的劳动知识分子，以女仆西杜尼、工人爱麦虞限为代表的法国劳动者，成了他亲密的朋友和爱人。从他们身上，他看

到了法国的精华和希望。在精神上受到了鼓舞后，他勤奋创作，终于获得了很高的艺术成就，开始赢得世界性声誉。在一次五一节示威游行中，克利斯朵夫和奥里维被卷了进去，结果奥里维被警察杀死了，克利斯朵夫则在搏斗中打死了警察，不得不流亡瑞士，隐居到山中。在小说的最后部分，克利斯朵夫避居在意大利，专心于音乐创作，他感到在一种清明的艺术境界中达到了内心的和谐，完成了自我，最后在对于未来新生活的憧憬中死去。

克利斯朵夫是一个正直、刚强、卓有才华的艺术家，他热爱人民，蔑视权贵，面对德国反动势力的迫害和金钱社会的诽谤、利诱，他从不妥协，并顽强抗争，愤怒抨击腐败的社会和堕落的文化。他有着巨大的创造力和坚强的意志力，热情地献身于艺术事业，写出了深刻、优美、充满活力的音乐作品。克利斯朵夫单枪匹马地抗争，没有把个人的反抗汇入人民革命的洪流，加之他又过分依赖艺术的感化力，以为通过艺术创作可以改造社会，他的幻想常常被现实生活击碎，这就给他的整个奋斗生涯带上了迷茫的悲剧的色彩。

《约翰·克利斯朵夫》是一部史诗性的社会小说，它通过主人公的曲折经历，揭示了19世纪、20世纪之交的法国、德国和其他西欧国家的社会矛盾，尖锐地批判了资本主义社会的罪恶和文化艺术的腐化。作品表现了为崇高理想而斗争的英雄主义精神，但是缺乏对社会解放道路的正确理解。

《约翰·克利斯朵夫》在艺术上有其显著的优点和特点。比如，它规模宏大，有出色的心理描写和自然景物描写，有饱含哲理和抒情色彩的大量议论即政论因素等。这些描写和议论互为条件、彼此联结，共同为展示作品的人物形象和突出作品的主题思想服务。特别值得注意的是作品大河般的结构形式，以及作品独具特色的音乐性。

所谓大河般的结构形式，是指作家采取的一种独特的表现方法。作家以河流来比喻各种现象，或者说，作家注意展示各种事物的流动性或流动状态，如音乐之河、自然之河、生命之河、时间之河、思想之河、民族之河和工人运动之河等，其中含有四条主要河流，即自然之河、音乐之河、生命之河和心理之河。它们彼此联结、互相渗透，都与主人公的命运有关系。如小说中壮美的莱茵河与克利斯朵夫的一生息息相关：他出生在莱茵河畔，结识朋友在莱茵河畔，处身异国时眼前浮现的是莱茵河，弥留时刻听到的是莱茵河的涛声。关于江河的描绘贯穿全书，象征着主人公奋斗不息的毕生追求，对于展示主人公的性格有着重要的作用。

在《约翰·克利斯朵夫》这部作品中，无论就其结构来说，还是就其艺术手法来说，音乐性都具有极为重要的作用。如果剔除了书中的音乐性，就会使这部作品大为减色以致不能成书。音乐性与作品的题材有内在联系：小说的主人公是个音乐家。作品中的音乐成分，无论是作为作品的构成因素，还是作为艺术表现手段，可以说比比皆是。如作家把克利斯朵夫的经历分为少年、反抗、悲歌和复旦四个阶段,认为它们“相当于交响曲的四个乐章”。在作品里,音乐和音乐家的精神世界息息相关,是主人公生命活动的组成部分。书中赞美音乐的段落处处可见。“节奏”“旋律”“合奏”“音响”“音阶”“调子”“和声”等音乐术语使用很多。另外,书中有些段落描写的是人对音乐的感受,这类描写造成了一种浓郁的音乐氛围,使读者感同身受。

罗曼·罗兰一生追求真理,向往光明和人类解放,是一个伟大的人道主义者、和平战士和无产阶级可靠的朋友,被称为“两个世纪的文化的一座桥梁”,“欧罗巴的良心”,高尔基称他是“法国的托尔斯泰”。1915 年罗曼·罗兰获得了诺贝尔文学奖,以赞扬“他的文学作品中高尚的理想主义和他在描写各种不同人物时所具有的同情和对真理的热爱”。

九一、《死魂灵》——俄国批判现实主义文学主要奠基人的代表之作

尼古莱·瓦西里耶维奇·果戈理·亚诺夫斯基(1809—1852 年),其继承了普希金和莱蒙托夫的优良传统,把批判的锋芒直指阻碍俄国社会前进的专制制度,把俄国文学推到了一个崭新的阶段,创立了“自然派”,是俄国批判现实主义文学的主要奠基人。

1836 年,果戈理的讽刺喜剧《钦差大臣》上演,获得了极大的成功,同时也引起了俄国官僚和反动批评界的猛烈攻击,果戈理在惆怅苦闷中漂泊海外。1842 年 5 月,在别林斯基的帮助下,在彼得堡正式出版了《死魂灵》第一部。

小说写的是资产阶级投机家乞乞科夫在俄国全国旅行,向农奴主们收买“死魂灵”的故事。在俄文里,“魂灵”这个词有多个意思,在这部小说中,它的意思是双关的:可理解成“农奴”,也可理解成“灵魂”。乞乞科夫要买的“死魂灵”,是指那些在实际中已经死亡,但在新的人口登记之前,他们的名字仍存留在纳税花名册上,其主人仍为其纳税的农奴。因其在法律意义上还算活着,故还属可以交易的对象。狡猾的乞乞科夫就是钻了这个空子,他向愚昧无知的农奴主或索取或低价收买“死魂灵”,却按活农奴的规定办理“农奴”过户手续,然后,再凭着这种手续去向政府申请土地,获得土地证明,最后就可以把“农奴”和土地一块拿去抵押,从这种买空卖空的丑恶勾当中大捞一笔,以求过上人上人的寄生生活。

小说以乞乞科夫的活动串起全书,既写了城里的官僚,又写了乡下的地主,其重心在后者。在当时,官僚和地主是统治俄国的两部分力量,大大小小的官吏护卫着俄国的专制制度,是农奴主们的政治代表,而大大小小的贵族地主则是俄国真正的主人,是专制制度的阶级基础。果戈理在《死魂灵》中同时嘲笑了这两部分人,暴露了俄国专制制度和农奴制度的腐朽和黑暗,也鞭笞了俄国新兴的资产

阶级。

小说的突出成就是描绘了五个具有鲜明个性的地主形象。

玛尼洛夫外表文雅，内心空虚，他生性懒散，不务实际，无法理解买卖死魂灵的投机活动。他的庄园一片荒芜，死亡的农奴不计其数。这是个徒有文雅外表的寄生虫。

柯罗博奇卡是个仅有八十八个农奴的小地主，一个孤居僻壤的寡妇。她虽家业不大，可凭着她精打细算、只进不出的治家才能，却也把小小的庄园经营得殷实富裕。她是个吝啬的守财奴，就连卖死魂灵也怕价钱低了吃亏，想看一看，等一等，万一有别的收购者来了，可以比较一下价钱。

诺兹德廖夫是一个恶霸型的农奴主：他花天酒地，任意挥霍；他不讲信义，没有廉耻；他撒谎、耍赖、骂人、打架、吹牛、造谣，什么坏事都干。这是没落地主中的一种典型。作家以他野蛮地强卖死魂灵给乞乞科夫的种种丑行，充分暴露了他十足的流氓相。

普柳什金是五个地主中最富有的一个，他拥有上千个农奴和庞大的田产，却极端的贪婪、吝啬。其私人占有欲的恶性发展几乎使他丧失了一切人性。贪婪统治着他即将死灭的意识，他头脑中只有一个念头：聚敛财富。而他聚敛财富的目的也是病态的，不是为了个人享乐，也不是为了留给儿女，更不是为了公众的利益，他只是为聚敛而聚敛。事实上，他的贪婪使他成为物的奴隶，而他的吝啬又使他恰恰成了财富的破坏者与浪费者。

果戈理在《死魂灵》中描绘的这类地主就是俄国专制制度和农奴制度赖以存在的阶级基础，这是一小撮真正的死魂灵。他通过《死魂灵》，在客观上暴露了农奴制的腐朽和它必将灭亡的趋势。

乞乞科夫是贯穿全书的人物，果戈理在小说的最后一章全面交代了他的人生经历，其中让人印象深刻的是他父亲对他进行的投机钻营的教育，正是这种教育，为他后来的为人处世定下了基调。乞乞科夫作为一个农奴主兼资产阶级投机商人的典型，非常形象地体现了部分俄国贵族资产阶级化的过程。

《死魂灵》在俄国文学史上占有极为重要的地位，它在很大程度上奠定了俄国批判现实主义的基础，它以深刻的思想内容和完美的艺术形式对俄国文学的发展产生了巨大的影响。作者对俄国黑暗现实的无情暴露，在客观上有助于俄国人民认识自己的敌人，因而推动了俄国人民的解放运动。

九二、《罪与罚》——以独有的“残酷的天才”对人性进行深刻拷问

费奥多尔·米哈伊洛维奇·陀思妥耶夫斯基（1821—1881 年），是 19 世纪俄

国伟大的批判现实主义作家，也是世界文学史上最复杂、最矛盾的作家之一。他以他那独特的“残酷的天才”，描绘了俄国大城市的贫民区和黑暗角落的世界，极其有力地反映了中小城市市民在资本主义蜕化的风暴中的慌乱心理。其主要作品有长篇小说《被侮辱与被损害的》《罪与罚》《白痴》《卡拉马佐夫兄弟》等。

一个贫困潦倒的年轻人入室行凶，用斧头砍倒两个女人，抢走钱财后逃逸，最后不堪忍受强大的精神压力，去警察局投案自首，这就是小说《罪与罚》所写的故事。

但《罪与罚》绝不是一部简单的侦探小说，而是一部内容丰富的社会心理小说。

学法律出身的大学生拉斯柯尔尼科夫就是这位因穷困潦倒而行凶杀人的年轻人。他正直、诚实、有才能，同时也十分孤僻、自傲、轻视群众。在资本主义金钱魅力和资产阶级意识的蛊惑下，他建立了这样荒谬的理论：人可以分为“不平凡的人”和“普通的人”两类。所谓的“不平凡的人”，可以违反社会道德与法律的约束而为所欲为，他们有权干出违法的事情。而所谓的“普通的人”，在世上则是微不足道的，他们必须俯首帖耳，唯命是从，是为“不平凡的人”服务的一种工具。拉斯柯尔尼科夫想成为一个“不平凡的人”，想成为一个拿破仑式的伟人，便决定用杀人来证明自己并不是什么“虱子”“畜牲”之类“普通的人”，而是一个“超人”。当然，他杀死放高利贷的老太婆，也的确有出于经济上的考虑：他缴不起房租，又因交不起学费而中道辍学，已经被贫困压得喘不过气来。可是，在杀过人之后，他的精神完全崩溃了。他万般痛苦，非但未能成为“不平凡的人”，反而内心中逐渐觉察到自己信奉的“理论”的荒诞性、残酷性。从此，他展开了激烈的思想斗争，受到了良心的谴责，后来在女友索尼娅的劝说下去自首，被押送到西伯利亚，最后从《新约》中找到了信念。

这是一部最能体现陀思妥耶夫斯基独特风格的作品，是揭露资本主义社会凶残不仁的最强有力的世界名著之一，具有强烈的时代气息。小说中悲惨而紧张的气氛，反映了俄国旧制度崩溃、新的资本主义关系迅速发展所引起的社会灾难。肮脏的小胡同、黯淡的街灯、棺材般的斗室、龌龊的小酒馆、强颜欢笑的卖唱的少女、出卖肉体的姑娘、横卧马路的醉汉、争吵不休的乞丐、从大厅里传出的疯狂的舞曲声和尖叫声。作者从阴暗惨淡而又充满着喧哗的资本主义大世界中摄取这些病态的、漫画式的镜头，意在使读者明白：人们生活在这样一种令人窒息的气氛里，必然导致精神生活的不正常。

整部小说的气氛、形象、情势，都表现出在俄国资本主义社会里人民无路可走、无法生活下去。马美拉多夫一家无路可走，女儿索尼雅沦为妓女，身患肺病的妻子死于疯狂之中，他本人一天到晚借酒浇愁，最后被一辆豪华马车轧成重伤而死；拉斯柯尔尼科夫无路可走，结果铤而走险，成了一个杀人犯；拉斯柯尔尼科夫的妹妹杜尼娅无路可走，准备嫁给一个她不爱的资产阶级市侩。作品展示出在病态的社会里，人的天性遭到怎样可怕的扭曲，他们不能过正常的精神生活，希望生活下去而又无可奈何，最后都被迫走上酗酒、卖淫、杀人的道路。

面对19世纪60年代俄国下层群众那种无法生活下去的处境，陀思妥耶夫斯基并不主张反抗斗争，而是宣扬忍耐和顺从。小说表现了拉斯柯尔尼科夫"反叛"的失败及其"理论"的破产，从而批判了资产阶级的极端利己主义和"超人"哲学，这是拉斯柯尔尼科夫这个形象的积极意义。但作者同时也企图用主人公的悲剧来证明任何以暴力消除邪恶的办法都是行不通的。他甚至认为主人公的杀人"理论"和无政府主义式的反抗，是受了革命民主主义的影响，可能与革命运动有联系。在这种情况下，拉斯柯尔尼科夫只能通过忏悔、相信上帝、勇于受"罚"，才可以使精神复活。显然，这种思想是极其错误的。作者为了谴责拉斯柯尔尼科夫，特意塑造了索尼娅这一形象，正是在索尼娅身上，体现了忍耐、宽恕、团结的"人民的真理"。索尼娅的形象是作者宗教观的体现，也是作者给拉斯柯尔尼科夫指出的道路。

在艺术上，小说最引人注目之处就在于作者善于心理剖析，尤其是善于揭示人物的内心分裂。拉斯柯尔尼科夫的痛苦包括两方面，一方面是对人类悲惨命运的痛苦思索，另一方面是他自身的矛盾和痛苦。小说以大量的篇幅描写了他杀人前后的心理状态。在杀人前，他想的是该不该灭掉放高利贷的老太婆这只"虱子"，以解救自己及马美拉多夫一家这样的穷苦人，是否会证实自己是个不平凡的"超人"。结果，首先证明了他自己不是"超人"，同时也表明他和马美拉多夫一家的穷苦处境并未因杀死放高利贷的老太婆而有任何改变。相反，他自己却跌入了无法自救的痛苦的深渊。于是，杀人后，他产生了新的精神矛盾。一是他无数次地猜测、估量自己的犯罪行为会不会被发觉，罪行是否会暴露。一个人独处时是如此，触景生情时如此，遇见司法人员时更是如此。这种有罪待罚的恐惧心理充分表现在他的全部言行中，强而有力地折磨着他，使他度日如年，精神恍惚；二是良心的谴责。杀人前，他心目中的袭击对象是个对众人有害的"虱子"，而杀人后，他却意识到，那被杀的老太婆也是人，而他成了杀人犯，他对人犯了罪，因而不敢见人了。这个折磨给他带来的痛苦随时间的推移变得越来越深重，比对罪行被揭发的恐惧更加令他难以承受，他说："我杀死的是我自己"，"我杀死的不是一个人，而是一个原则！我破坏了一个原则"。

为了深入人物思想中极其隐秘的部分，作者非常注重描写人物的幻觉和梦境，以及精神恍惚、歇斯底里、呓语、鬼魂等，通过这些描写，表现人物的精神分裂，并让读者从人物内心的极端混乱中窥见社会的严重异化现象。

《罪与罚》是陀思妥耶夫斯基第一部新型的社会心理长篇小说，他的这种小说体裁开创了20世纪欧美长篇小说的先河。卡夫卡、萨特、加缪、福克纳等著名小说家在小说创作方面无一不受到陀思妥耶夫斯基的影响，因此，陀思妥耶夫斯基也被视为现代主义文学的先驱。

九三、《安娜·卡列尼娜》——“一部尽善尽美的”家庭伦理道德小说

列夫·尼古拉耶维奇·托尔斯泰(1828—1910 年)是俄国 19 世纪最伟大的批判现实主义作家。他以不倦的探索精神、对社会激烈的毁灭性批判、平民化的思想和世界观，以及博大精深、技艺高超的文学创作，把西方批判现实主义文学推向高峰。其创作生涯持续近六十年，创作了大量杰出的文学作品，主要有长篇小说《战争与和平》《安娜·卡列尼娜》《复活》等。

19 世纪 70 年代是俄国历史发生重大转折的时期，农奴制改革后，旧制度迅速解体，资本主义关系逐步形成，资本主义的发展给农民带来更深重的灾难，矛盾空前尖锐。托尔斯泰写作《安娜·卡列尼娜》的主要意图是宣扬宗法式家庭理想，批判城市贵族和资产阶级的生活方式。这种意图决定了《安娜·卡列尼娜》一书在结构上的两重性，它有两条彼此平行而又相互密切联系的情节线索：一条是安娜和渥沦斯基的线索，体现着虚伪、豪华的城市贵族和资产阶级生活理想；另一条是列文和吉提的线索，体现着宗法式贵族庄园生活的理想，作家把这两条线索对照起来，企图表明城市的贵族资产阶级生活方式给人造成不幸，安娜惨死在火车轮下，渥沦斯基也因此在精神上遭受深重打击；乡村贵族地主宗法制的生活却给列文和吉提带来了家庭幸福。

实际上，小说《安娜·卡列尼娜》所表现出来的，远比托尔斯泰要表现的内容更丰富、更深刻、更有意义。他在客观上触及了一个跨时代的、具有普遍意义的主题：即家庭的性质、形式的变化和社会变革之间的关系。书中各种家庭矛盾反映了整个社会的矛盾，这是人们普遍关心的问题。各个时代、各个阶级、各个民族的人们之所以普遍关心(包括肯定和否定)这部作品，主要原因就在于此。

安娜这个人物形象在书中占据着中心地位，她具有广泛、深刻的概括意义。

安娜十七岁那年，由姑妈做媒，嫁给了比她大二十多岁的官僚卡列宁。二人虽然生有一子，但婚姻中毫无爱情可言。当安娜遇见英俊的皇室侍从武官渥沦斯基时，她久被压抑的感情迸发了出来。她一往情深地爱上了渥沦斯基，公然与他同居，并生下一女。安娜不屈从虚伪的婚姻形式，大胆追求真挚爱情的行动触怒了她隶属的整个上流社会，上流社会对她进行了一系列可怕的打击，安娜最终不堪忍受强大的舆论压力而卧轨自杀，以死向整个社会提出了抗议。

造成安娜爱情悲剧的原因是多方面的，主要有以下几点。

第一，安娜之死是个社会性的悲剧。在安娜那个时代，上流社会伪善成风，贵

妇人有一个甚至几个情人是极其正常的一件事，只要能维持起码的体面，不妨碍家庭秩序，就不会有人指责。安娜不见容于上流社会，并不是由于她有了渥沦斯基这样一个情人，而是她公然表现出对真挚爱情的追求，对封建包办婚姻的反抗，这就迥异于一般贵妇人的偷鸡摸狗的行为。这无疑是对上流社会虚伪道德的挑战，是对伪善的家庭秩序的破坏。

第二，安娜把幸福的希望寄托在花花公子渥沦斯基身上，是其悲剧形成的另一个重要原因。渥沦斯基是彼得堡的花花公子之一，相对而言，他还算是其中较优秀的人物。他爱上了安娜，且自以为是诚心诚意珍惜安娜的爱情，其实，他从来没有真正理解过安娜，因而，他从来没有像安娜爱他那样爱安娜。安娜为他牺牲了一切，而他却始终在心灵深处藏着许多肮脏的念头，他舍不得功名，舍不得上流社会。淡薄的爱情和远比安娜低得多的智能使他无法理解安娜对他的爱和她极度痛苦、绝望的处境。最后，当安娜完全绝望且完全摆脱了作为爱人的偏爱，再用清醒的目光去审视渥沦斯基的时候，她看到了渥伦斯基对她所表达的爱情的实质："他在我身上找寻什么呢？与其说是爱情，还不如说是要满足他的虚荣心"，"他以我为夸耀"。可以说，渥伦斯基在安娜的悲剧中扮演了不光彩的角色，他成了彼得堡上流社会摧残安娜的一个工具，他唤醒了安娜，又冷落了安娜，于是，安娜就失掉了活下去的勇气。

第三，安娜自身的矛盾是造成安娜爱情悲剧的直接原因。安娜是一个勇于追求个人幸福的妇女，然而，她本人又不能不受贵妇人的许多成见的束缚。她相信梦、相信预兆、相信上帝，笃信宗教的心理紧紧地束缚着她。她在分娩时，对神的惩罚的恐惧迫使她狂热地恳求丈夫饶恕自己，一再表示悔改，表明自己要做一个贤妻良母。她在行动上追求个人幸福，并且确认自己比别的贵妇人好得多，但由于受上流社会偏见的束缚，她同时又承认自己是"一个坏女人，一个堕落的女人"。安娜死前疑虑重重，日夜不安，为最终会失去渥伦斯基的恐惧心理所左右，以致失去了自制的能力，一再做一些跟自己的心愿相反的事情，最后陷入幻觉之中。这真实地反映了她极度困窘的处境和孤独悲惨的心理，反映了她内心中无法解脱的矛盾。

安娜的命运值得同情，但应当说，她的人生理想是极为渺小的，她所追求的全部幸福无非就是争得和保有个人的爱情，这只有联系到沙皇俄国那个黑暗的时代，联系到那个到处是虚伪、腐败、无耻和毫无真情可言的上流社会时，才值得一提，在婚姻自由且受到法律保护的时代，安娜的卧轨自杀的行为是不宜作为榜样的。

在艺术上，《安娜·卡列尼娜》是一部完美的文学杰作，在很多方面都体现了托尔斯泰艺术探索的伟大成果。它新颖别致的"拱形结构"、含义丰富的肖像描写、真实细腻的心理描写、生动如画的景物描写，都给人们留下了深刻的印象。

尤其是小说中有关安娜的肖像描写，极其出色，作家有意选择从不同人物的目光、感受出发，去写安娜，以突出安娜之美。比如，对安娜一直抱有成见的列文，见了安娜后，不由地在内心中赞叹说："一个多么出色、可爱、逗人怜惜的女人"，又比如，渥伦斯基的母亲是个很风流的女人，连她也一再说安娜"可爱极了""迷人的很呢"，而且她还表示出对安娜由衷的喜爱，她说："我可以和你走遍天涯，永无倦意。你是那样一个逗人喜爱的女人，和你一道，谈话愉快，沉默也愉快。"而作家透过吉提的视角去写安娜之美尤其巧妙，成为小说史上人物肖像描写的经典段落。

《安娜·卡列尼娜》问世以来一直为广大读者所喜爱。它之所以魅力永存，在于它在人们心里唤起了美好的感情和对生活强烈的爱，激起人们对资本主义社会中扭曲生活、愚弄人类美好感情的势力的憎恨。它不仅是俄国人民的财富，也是全世界人民的思想珍品。而托尔斯泰的思想、创作技巧、艺术手法也给后人许多启示。阿纳托尔·法朗士就认为托尔斯泰是"我们共同的老师"。罗曼·罗兰以自己能够继承托尔斯泰的批判精神而自豪，而俄国著名小说家陀思妥耶夫斯基则称赞《安娜·卡列尼娜》"是一部尽善尽美的艺术作品，现代欧洲文学中没有一部同类的东西可以和它相比"，并称托尔斯泰为"艺术之神"。

九四、《复活》——19世纪俄国批判现实主义文学的巅峰之作

以一件真人真事为基础，写于1889至1899年的《复活》，是托尔斯泰晚年的一部重要作品。起初作者想写成一部以忏悔为主题的道德教诲小说，但在十年的创作过程中，他六易其稿，不断修改、扩大和深化主题思想，逐渐转向揭露社会问题。小说篇幅也不断扩大，由中篇变长篇，最后写成一部具有广阔而深刻的社会内容和鲜明的批判倾向的作品。正如作者所说，它的主题思想就是"要讲经济的、政治的、宗教的欺骗"。

小说写贵族聂赫留朵夫出席法庭陪审时，发现被诬告杀人并被错判罪名的妓女玛斯洛娃正是十年前被他诱骗失身的农奴少女。于是，他良心觉醒，开始悔罪，极力要为她申冤。上诉失败后，他又陪她去流放之地西伯利亚，终于感动了她，最后，两个人都在精神和道德上"复活"了。

聂赫留朵夫对玛斯洛娃的犯罪是小说情节发展的关键。但托尔斯泰所注意的并不是爱情纠葛本身，而是透过这件事集中揭露了现存社会制度的黑暗。正如列宁所指出的，托尔斯泰在自己晚期的作品里"对现代一切国家制度、教会制度、社会制度和经济制度做了激烈的批判"。

小说撕毁了专制制度的假面具，揭露了司法机构的黑暗和反人民性质。小说对沙皇法庭审判玛斯洛娃场面的描写，具有极大的讽刺力量。司法人员对案情的

是非曲直和犯人的命运毫不关心，他们全是些淫棍、赌徒、酒鬼和骗子。一个迟到的法官正在认真考虑治疗自己胃病的新方法是否灵验；另一个法官与老婆吵了嘴，在为回家可能吃不上中饭而发愁；庭长正急着去赴情妇的约会，所以希望尽早结束审判，而正是由于他的疏忽，造成了判决上的重大差错；副检察官在玛斯洛娃待过的妓院里寻欢作乐了一夜，还没有清醒过来，甚至还没有读完有关案件的文件，就神气十足地代表国家读起了起诉书。就是这样一个由卑鄙无耻之徒组成的法庭，把普通平民的命运视作儿戏，判处无辜的玛斯洛娃流放西伯利亚做四年苦役。

在托尔斯泰笔下，从地方到中央，整个司法界和官场都昏愦腐败，残忍冷酷，充满着黑暗的反人民气氛，整个沙俄帝国变成了囚禁人民的大监狱。

《复活》揭露了专制制度的精神支柱——官方教会的全部虚伪。小说写监狱里犯人做礼拜的场面具有极大的讽刺性。一方面是黑衣神父在传福音，另一方面是犯人身上不时响起的镣铐声，神父对犯人所遭受的非人道的苦刑无动于衷。由于托尔斯泰对官方教会所做的这种无情的揭露，使得教会大为恼火，直接导致此书出版后，教会开除了托尔斯泰的教籍。

在小说中，托尔斯泰用以前所未有过的力量，无情地揭露了地主资产阶级的剥削、政府的暴虐、法庭和国家机关的丑行，表现了宗法制度下农民的观点和情绪。但是，作者对解决这些尖锐的社会矛盾却无能为力，他所提出的“道德自我完善”和“勿以暴力抗恶”作为拯救人类的药方是极其软弱无力的，小说结尾充分反映了托尔斯泰由于不能找到真正有效的根除罪恶的方法而产生的悲观主义情绪。

聂赫留朵夫和玛斯洛娃是《复活》中的两个核心人物。

聂赫留朵夫是忏悔贵族的典型。小说描写了聂赫留朵夫生活与精神发展的三个阶段。第一个阶段，纯洁善良、追求理想。未进入军队以前，他是个道德纯正的青年，充满着造福他人的善良愿望与幻想，对玛斯洛娃怀着纯洁的爱。在思想上，他醉心于美国资产阶级经济学家有关土地如同阳光一样不能被地主占有的理论，把从父亲那里继承的土地毫不犹豫地送给了农民。第二阶段，放纵情欲、走向堕落。进入军队后，在彼得堡花花世界和禁卫军团纸醉金迷的生活的影响下，他在精神道德上日趋没落，变成了专一追求个人享乐的极端利己主义者。此时，托尔斯泰描写了聂赫留朵夫内心的矛盾与斗争，认为在聂赫留朵夫的心中有两个人，一个是“精神的人”，力求促进全人类的幸福；另一个是“动物的人”，专门贪图自己的幸福，为了自己的幸福不惜牺牲别人的幸福。在这一时期，聂赫留朵夫诱奸了玛斯洛娃，又抛弃了她。第三阶段，从忏悔走向复活。在法庭上意外遇见玛斯洛娃后，激起了聂赫留朵夫心灵上巨大的冲突，开始了他精神发展的第三个阶段——逐步克服利己主义，“精神的人”战胜了“动物的人”。他检讨了自己，批判了自己，开始了所谓的“灵魂大扫除”。他从否定自己开始，逐步扩大，逐步深入，否定了亲戚、朋友，进而又否定了他熟悉的社交界和贵族社会的男男女女，觉得他们全是可耻的人。

托尔斯泰没有把他的主人公写成突然复活的人。正是在为玛斯洛娃的案件而四处奔走的过程中，聂赫留朵夫广泛接触了社会的各个阶层，他终于看清了人民的苦难，看清了统治阶级的罪恶。他最终否定了自己阶级的生活方式，从贵族社会中“出走”，通过“道德自我完善”，达到了精神上的“复活”。

然而，聂赫留朵夫在背离贵族阶级后并没有归附于人民，而是皈依了上帝。小说写他在《福音书》里获得了新生，最终成了宣扬《福音书》的道德家，成了鼓吹托尔斯泰主义的说教者。聂赫留朵夫形象是作者一系列自传性探索主人公形象的总结，充分表现了托尔斯泰世界观的矛盾。

玛斯洛娃是托尔斯泰作品中第一次出现的被压迫的下层妇女形象。她是农奴的私生女，后成为地主家的养女和婢女，少女时代的她天真、纯洁、美丽、热情，对未来充满美好的憧憬。正是聂赫留朵夫对她的侮辱和遗弃，粉碎了她的幻想。她被撵出家门后，饱经人世沧桑，最后沦落为妓女。她的人生遭遇和她所处的环境使她养成了一些新的生存观念和处世哲学，对自己的职业和习惯不仅不感到丑恶，而且还不无自觉地认同了它们，把原本令人厌恶和感到可怕的东西看作是正常的。她在聂赫留朵夫一系列的悔罪行为中重新看到了人身上的善，恢复了从前的信念，内心也产生了真正的人的情感。她重新爱上了聂赫留朵夫，却又拒绝和他结婚，因为她觉得这不会给他带来幸福。作者认为这种富于自我牺牲的爱是人类感情的最高形式，这说明玛斯洛娃也开始复活了。在去西伯利亚的路上，在与政治犯西蒙松的接触中，受到这位革命者道德品质的感化和教育，她恢复了对生活和对人生的信念，精神最终彻底复活。玛斯洛娃的复活，说明人民群众的精神力量是巨大的，这种复活是有深刻的生活依据的。

在艺术上，贯穿整部作品的基本原则是尖锐的对比，在对比中显示出无比强烈的讽刺力量，突出了托尔斯泰创作上撕毁一切假面具的“最清醒的现实主义”的特点。小说一开始，出现了臭气熏天的监狱，倍受折磨的玛斯洛娃即将出庭受审；而另一个场景则是贵族老爷聂赫留朵夫安然地躺在弹簧床上，抽着香烟，考虑是否要娶贵族小姐为妻。这种对比手法的运用在作品中比比皆是，一队犯人在烈日暴晒下带着刑具步履艰难地走在街上，迎面过来的则是官僚贵族的华丽马车；一方面是犯人家属在“探监日”的悲痛哭泣，另一方面则是副省长太太“在家日”的欢乐笑声；一方面是贵族少爷聂赫留朵夫在明亮、温暖的车厢里纵酒玩乐，另一方面是受害的玛斯洛娃在寒冷雨地里的抽泣。托尔斯泰从这些鲜明的对比上表现出自己的爱憎，暴露出贵族社会腐朽反动的本质，增加了作品的揭露与批判力量。

《复活》是俄国19世纪批判现实主义文学的巅峰之作，也是世界文学史上批判现实主义文学的高峰，即使在以后的年代里，批判现实主义也始终没有产生可以与这部作品相媲美的作品。小说囊括社会生活面之广,批判揭露黑暗制度之深,思想内涵之博大,艺术技巧之精湛,使得它具有了永恒的生命力,一直为后世读者所称赞,也一直为后世作家所借鉴。

九五、《静静的顿河》——具有"悲剧史诗"风格的巨著

米哈伊尔·亚历山德罗维奇·肖洛霍夫(1905—1984年)是苏联当代享有世界声誉的杰出作家。他出生在顿河地区一个哥萨克农庄,少年时期就参加了顿河地区的革命斗争,早期作品有《顿河故事》和《浅蓝色的原野》两部短篇小说集。1932年他发表了反映苏联农业集体化的长篇小说《被开垦的处女地》,1956年发表短篇小说《一个人的遭遇》,体现了关于战争和人的命运的新思考,对苏联当代文学,尤其是战争文学的创作产生了深远的影响。

《静静的顿河》是肖洛霍夫的代表作品,1926年开始动笔,历时14年,于1940年全部出齐,分四部八卷。这部史诗性的巨著通过对主人公葛利高里所走过的曲折道路及其悲剧性命运的描写,深刻地反映了第一次世界大战前后到十月革命期间顿河哥萨克人的生活和这里发生的重大历史事件。

小说一开始,葛利高里是个十九岁的生龙活虎的小伙子。他从小热爱劳动,热爱大自然,有敏锐的感受力、深厚的同情心和丰富的内心世界。他尊敬父母,热爱乡土,自幼受到哥萨克习俗和等级偏见的深刻影响。

在家庭生活中,葛利高里处于矛盾的中心。他爱邻居、有夫之妇阿克西妮亚,但又在父亲的坚持下娶了娜塔莉亚为妻,他不爱也不忠实于自己的妻子,但始终没有同娜塔莉亚断绝关系。

在历史事件中,他同样经常处于矛盾斗争的焦点。在第一次世界大战中的亲身经历和与共产党员贾兰沙的交往,使他认识到帝国主义战争的荒谬性,激起他对地主资产阶级和旧军官的仇恨,他的效忠沙皇和哥萨克天职等旧的观点开始动摇。可是,沙皇政府奖给他的一枚勋章,以及他返回顿河家乡后家乡人对他的尊敬,很快就毁掉了贾兰沙在他心中播下的真理的种子,重返前线时,他又决心"忠实地保守着哥萨克的光荣"了。

1917年初,葛利高里参加了红军,任连长,英勇地作战。但内心中仍和许多哥萨克一样,认为自己高于俄罗斯的"庄稼汉"。所以在旧军官伊兹瓦林狂热地鼓吹哥萨克自治时,葛利高里接受了他的观点。在对待被俘人员的态度上,他同革命军事委员会主席波得捷尔珂夫发生了冲突,这使他从红军中动摇到白军中去。他觉得,全俄罗斯共同的真理是没有的,只有哥萨克有共同的真理。当顿河上游发生暴动时,他以为找到了维护哥萨克利益的道路,当了叛军连长、团长,甚至师长,

统率三千人马，乱杀红军。随着形势的发展，暴动的军队和白军联合起来，葛利高里不断地同白军军官发生冲突，于是他又怀疑自己是否走错了路。在库班地区噩梦般地撤退之后，他认识到白军的事业已经失败。不久，他参加了布琼尼的红色骑兵师，为赎罪而战斗，但他当过叛军军官的经历使他不受信任，他终于被遣送回家。

这个时期，葛利高里的家乡已经成立了苏维埃政权，他的归来引起了人们的猜忌和敌视。他的妹夫、鞑靼村苏维埃主席珂晒沃依要他去肃反委员会登记，他拖延不去，最后怀着仇恨和绝望的情怀加入了骚扰余粮征集队的佛明匪帮。此时，广大的哥萨克群众已不像1919年那样愿意离家参加叛乱了。1922年春，佛明匪帮完全垮台，阿克西妮亚在同葛利高里逃跑时半路中弹身亡。葛利高里伤心欲绝，多年来他驰骋沙场，多次负伤，但如今，他孜孜以求的"真理"、他的勇敢精神和全部精力都已付之东流。他将随身带的步枪、手枪扔进解冻的顿河中，独自回到了鞑靼村，此时，他的父母妻女都已身亡，他只见到了他的儿子。

葛利高里的悲剧深刻地反映了哥萨克在国内战争中所走过的曲折道路，悲剧的实质是他以独特的哥萨克的气质、哥萨克的传统偏见和哥萨克的自治要求去对抗历史发展的总趋势。尽管作家把葛利高里的悲剧命运部分归咎于苏维埃政权在国内战争中对待哥萨克的过火政策，但他同时又以高超的艺术技巧有力地肯定了苏维埃现实，歌颂了十月革命的胜利，以及为建立和巩固苏维埃政权而斗争的英雄的人民。

《静静的顿河》在艺术上取得的重大的成就主要表现在以下几方面。

第一，作品具有史诗性。在苏联文学中，肖洛霍夫第一个广泛而又真实地再现了十月革命前后顿河哥萨克及整个俄国命运的伟大转折。小说卷帙浩繁，气势磅礴，场面宏伟，人物众多。战争描写和日常生活场景描写相互转换，景物描写和人物心理活动描写彼此衬托，充分体现了肖洛霍夫特有的现实主义的艺术风格，同时也充分显示了他的悲剧史诗的艺术风格。

第二，塑造了多个具有鲜明个性的人物形象。小说中既有真实的历史人物，又有虚构的人物。历史人物中既有沙皇、资产阶级临时政府首脑、反革命分子，又有无产阶级领袖的形象。相比之下，虚构的人物形象更能体现肖洛霍夫刻画人物的高超技巧，他们都个性鲜明、栩栩如生，如沉着干练的施托克曼、鲁莽偏激的珂晒沃依、对革命忠心耿耿的彭楚克等。几个哥萨克妇女的形象也各具特色，如阿克西妮亚热情放荡；娜塔莉亚善良庄重；杜妮娅天真活泼等。至于主人公葛利高里，更是令人掩卷难忘。作者所塑造的哥萨克农民形象，将俄国文学对农民形象的塑造提高到了新的水平。

第三，民歌民谣的大量运用以及饱含情感的风景描写也是小说的一大特色。小说中所引用的民歌民谣，以及小说中的风景描写都不是脱离作品的思想内容孤立存在的，而是作品的有机组成部分，是作者借以烘托主题、刻画人物心理、表现人物情绪、表达人民对历史事件和现实事件的看法的一种艺术手段。如小说开头引用的哥萨克古歌，能立即把读者带进悲壮的历史风貌中，使人回想起数百年前哥萨克起义领袖反抗压迫、争取自由的可歌可泣的事迹，同时也预示着英雄后代将经历一场伟大的翻天覆地的社会变革。小说中有不少以景托情、情景交融的精彩描写，具有强烈的艺术感染力。

《静静的顿河》出版后，在国内曾引发多方面的争议，但它高度的艺术成就及其独树一帜的“悲剧史诗”风格却为世人所公认。1956年肖洛霍夫获得了诺贝尔文学奖，获奖原因是借以赞赏他在描写俄国人民生活各历史阶段的顿河史诗中所表现的艺术力量和正直品格。

九六、《堂吉诃德》——西班牙人文主义文学最高成就的代表

米盖尔·德·塞万提斯·萨维德拉(1547—1616年)是西班牙文艺复兴时期最杰出的现实主义小说家。他出生于西班牙中部的一个破落贵族家庭，1582年开始文学创作，主要作品有悲剧《奴曼西亚》，短篇小说集《惩恶扬善故事集》，长篇小说《堂吉诃德》。这些作品的基本倾向是暴露封建制度的腐败，宣扬人文主义思想，尤其是其代表作《堂吉诃德》，代表了西班牙人文主义文学的最高成就。

塞万提斯在《堂吉诃德》中公开表明他写此书的目的：“我的目的无非要世人厌恶荒诞的骑士小说”。骑士文学作为中世纪骑士制度的产物，是封建社会成熟阶段骑士精神的集中反映，到了17世纪初期，在欧洲各国，它早已成为历史陈迹。但西班牙封建统治者出于维护封建专制和对外扩张的需要，仍竭力提倡骑士精神，因此，美化现实、神化功勋，将骑士道德情操理想化的骑士文学此时在西班牙反而风靡一时，泛滥成灾。塞万提斯有感于骑士文学的危害性，决心“消除骑士小说在社会上，在群众之间的声望和影响”，把荒诞的骑士文学“扫除干净”。于是在《堂吉诃德》中，他以毒攻毒，故意模仿骑士文学的手法，栩栩如生地描绘了堂吉诃德对骑士小说可笑的迷恋，以及由此而产生的种种冒险经历，淋漓尽致地挖苦了游侠骑士的种种荒唐行径，让人们在情不自禁地大笑中彻底否定骑士文学。塞万提斯完全达到了自己的目的，自《堂吉诃德》出版后，荒诞不经的骑士文学在西班牙再也没有市场了。

《堂吉诃德》叙述的是西班牙偏僻乡村的一个没落贵族的后裔阿隆索·吉哈诺的故事。他闲来无事，阅读流行的骑士传奇入了迷，自己也想当骑士周游天下，锄强扶弱，恢复骑士道。于是，他取名“堂吉诃德”，修好祖上遗留下来的头盔，拿着生锈的长矛，将一匹又老又瘦的马作为自己的坐骑，再把邻村一个从未见过面

的高大结实的养猪女想象为“意中人”，以一个没有正式封号的骑士身份出门去找寻冒险事业了。他第一次出行，结局是被打得像“干尸一样”横在驴背上被邻居送回家。第二次，他雇了附近的农民桑丘·潘沙做侍从，并许诺桑丘有朝一日让他做总督。于是，桑丘骑着一头毛驴跟在他后面出发了。这次他又干了许多荒唐事，直到被打得死去活来，由桑丘把他锁在笼子里用牛车拉回了家。但他仍执迷不悟，养好伤后，带着桑丘他第三次出发了。这次桑丘真的当了“总督”，堂吉诃德迫不及待地要通过桑丘实施改革社会的方案，却受尽了公爵夫妇的戏弄。几次出行，他吃尽了苦头，闹了不少笑话，甚至险些丧命，最后还是他的朋友化装成白月骑士打败了他，他才被迫返乡。堂吉诃德过了半生梦一样的游侠生活，临死才醒悟过来，对他侄女说：“我从前成天成夜读那些骑士小说，读得神魂颠倒；现在觉得心里豁然开朗，明白清楚了。现在知道那些书上都是胡说八道，只恨悔悟已迟，来不及再读些启发心灵的书来补救。”他立下遗嘱，不许他唯一的侄女嫁给骑士，否则就得不到他的遗产。

《堂吉诃德》的社会意义已经远远超过了作家讽刺骑士传奇的目的，具有更深广的内容，它展示了16世纪末、17世纪初西班牙现实生活广阔的图景，揭露了专制制度的黑暗与腐败，深刻地反映了时代的矛盾。

跟随着堂吉诃德主仆的足迹，作家引导读者走向社会各个角落，接触社会各个阶层，向人们展示了当时西班牙社会生活的真实情况。在这里，一方面是田地荒芜，百业凋零，人民生活在水深火热的痛苦中，另一方面则是官吏贪赃受贿，卖官鬻爵；豪门穷奢极欲、纵情声色。作者勾勒出从国王到骗子七百多个人物的面貌，描绘了西班牙从城市到乡村的完整画卷，这使得《堂吉诃德》成为16世纪、17世纪之交西班牙社会生活的一面现实主义的镜子。

《堂吉诃德》最伟大的成就，是塑造了一个不朽的文学形象——堂吉诃德。

堂吉诃德是一个十分矛盾、复杂的艺术形象。一方面，他是一个脑子里装满骑士幻象、完全没有现实感觉的疯子；另一方面，他又是一个学识渊博、正义在胸、为理想而奋斗的战士。

说他是“疯子”，是因为，他完全生活在自造的幻想世界之中。他怀着对骑士的狂热向往，处处模仿传奇中的骑士，一切行为皆以骑士规则为准绳，连吃饭、睡觉的规矩也分毫不差。在他眼里，处处都有妖魔鬼怪，时时都是他冒险行侠创立骑士伟业的机会。比如，明明是穷客店，门口站着两个妓女，但在他眼里，客店却变成一座堡垒，周围四座塔，一个个塔尖都是银光闪闪的，凡是书上写的壕沟、吊桥等，这里是应有尽有；明明是羊群，他却一口咬定是魔鬼幻化成的军队；明明是一队苦役犯，他却硬说他们是受害的骑士；明明是护送女眷的队伍，他脑子里却幻化为抢劫贵妇的强盗。至于看见田野里的风车，把它视作妖魔鬼怪式的巨人，挺长枪要大战一番的情节，更是令人啼笑皆非。总之，他头脑里满是奇情异想，“游侠小说里讲的那些打仗呀、魔术呀、冒险呀、恋爱呀、决斗呀等，他说的、想的、干的全都是这一路的事”。比如，他一旦认定羊群是军队，便可以把臆造的两军将领的姓名、铠甲、徽章、标语、组成、出身、民族、地域等一大套一口编造出来。从这个意义上说，他简直就是一个疯子。

另一方面，当他不涉及骑士之道时，他又表现得思路清晰、口才出众、学识渊博，且能洞悉社会的苦难，是一个为理想而奋斗的战士。他以非凡的勇气捍卫真理和正义，具有不可动摇的信念与百折不挠的精神。他认为“人是天生自由的，把自由的人当奴隶未免残酷”，所以他要释放苦役犯；他与风车作战，是因为风车在他眼里是危害人类的巨人，他立志“把这么一伙子坏东西从地面清除出去”。堂吉诃德的理想是建立没有人剥削人、人压迫人的太平盛世。他向桑丘描绘了一个财产公有、人人富足、和平友爱、生存享乐的“黄金时代”的蓝图。这本身饱含了他对封建暴政的批判和对“世风日下、邪恶横行”的世道的痛恨。他以铲除人间不平为己任，于是他披挂上阵，以游侠冒险来实现理想。尽管他常常被人打得死去活来、满身伤残，但从不丧气，从不动摇，反而安慰桑丘说：“各色各样的骑士都有这种经历。干了我们这一行，这种灾难都是免不了的。”他具有惊人的勇敢，凭一把又钝又锈的短刀敢于和一伙官兵搏斗；他敢于打开狮笼，与非洲狮决一胜负。在荒唐的行为中，突出地体现了他不怕牺牲、坚定不移地为实现理想而斗争的精神。这是堂吉诃德身上闪现出的人文主义思想的光辉。

堂吉诃德是一个具有二重性的形象，他是崇高的、伟大的，但同时又是可笑的、可怜的。他的进步思想，是以过时的、反动的骑士道的形式表现出来的。在封建制度走向衰落的时代，他却一心梦想恢复骑士道，将骑士精神理想化，这本身就是一个历史错误，必然使他成为一个过时的、滑稽可笑的角色。他脱离实际，一切从臆想出发，他的动机是善良的，然而却不被别人理解，往往得到与愿望相反的结果，甚至给别人造成灾难。比如，他释放了在押犯，却被他们痛打了一顿；他从地主皮鞭下解救了小牧童，可他一走开，小牧童却遭到更为残酷的毒打。他主观上想主持公道，而行为往往是非正义的，如袭击送葬的行列、攻打无辜的理发匠、抢去别人的铜盆等，因此他的行动总是以失败告终，自己也吃尽了苦头，受尽了别人的嘲笑。堂吉诃德的矛盾性，是新旧交替时期西班牙社会矛盾的真实反映，是人文主义理想与西班牙现实之间的矛盾，它必然导致主人公悲剧性的结局。

《堂吉诃德》是出色的讽刺小说，它的讽刺艺术十分独特。它故意采用骑士小说的手法，以达到讽刺骑士制度和骑士小说的目的。如堂吉诃德受封的场面，作家描写时极尽揶揄嘲笑之能事。骑士受封前夕，要在礼拜堂彻夜守护盔甲，堂吉诃德的盔甲放在一个小客店院子里的水槽中，他整夜“挎着盾牌，绰起长枪，神气十足地在水槽前面来回巡行”，并与前来饮骡子的骡夫发生一场斗殴。为他加封的人不是国王，而是穷客店的店主；加封时捧的也不是《圣经》，而是一本供给骡夫草料的账簿；为他挂剑的也不是神职人员，而是客店的妓女。整个过程的荒唐滑稽与堂吉诃德的虔诚恭敬构成了深刻的讽刺，就这样，中世纪视为神圣庄严的仪式，在此变得一文不值、可笑之极。作家还以事实与堂吉诃德的幻想间的尖锐矛盾性来构成强烈的讽刺。他心目中的宫殿，事实上却是茅屋；明明是满身是汗味、胸脯上长毛、如男人一般的村姑，他却硬说成是容光灼灼的绝代佳人。作者运用夸张手法，在现实与幻象的强烈对比中突出了“骑士的爱情”是多么矫揉造作，显得何等可笑，从而达到辛辣的嘲讽的目的。

《堂吉诃德》中广泛采取了对比手法。人物形象方面，堂吉诃德和桑丘，一个又高又瘦，一个又矮又胖；一个骑瘦马持长矛满脸愁容，一个乘壮驴挥短鞭诙谐风趣；一个疯疯癫癫沉于幻想，一个头脑清醒讲求实际。鲜明的对比使人物的喜剧特征更加突出。语言方面，堂吉诃德的疯话连篇和桑丘的大实话相映成趣。此外，滑稽的闹剧场面和朴实无华的现实生活图景对比等，都加深了作品的讽刺意义。

在欧洲文学史上，《堂吉诃德》的创作总结了中世纪以来长篇叙事作品的成就，并为近代现实主义长篇小说的发展开辟了道路，塞万提斯这一卓越的建树，给后世的文学创作留下了深远的影响，也为后来作家提供了一块汲取经验的沃土。

九七、《百年孤独》
——多方面探讨拉丁美洲兴衰原因的魔幻现实主义文学杰作

加夫列尔·加西亚·马尔克斯（1928—2014年）是哥伦比亚小说家，拉丁美洲最杰出的魔幻现实主义作家。1950年开始写作，一般以描写哥伦比亚农村生活为主，反映拉丁美洲人民苦难深重的生活，表现作者强烈的反对殖民主义、反对封建统治、反对独裁政治、反对保守落后的思想倾向。其主要作品有中篇小说《没有人给他写信的上校》《一桩事先张扬的凶杀案》，长篇小说《百年孤独》《霍乱时期的爱情》等。

马尔克斯以他的家乡小城阿拉卡塔卡和他所熟悉的一些人为原型，创作了《百年孤独》这部长篇小说。小说中马孔多镇的变迁史就是阿拉卡塔卡的变迁史，也是拉丁美洲自19世纪后半叶至20世纪前叶的百年史。但是，作品表现的重点不在历史过程本身，而在“拉丁美洲”的孤独。

小说一开始，我们看到的是闭塞的马孔多小镇，以及愚昧落后的马孔多人。外来的吉普赛人向镇上的人展示所谓的“马其顿炼金术士创造的世界第八奇迹”，而事实上不过是一块普通的磁铁而已。相对于习惯炎热天气的马孔多居民来说，吉普赛人手中展示的亮晶晶的冰块同样让他们感到吃惊。吉普赛人说，这是孟菲

斯学者的新发明。

霍·阿·布恩蒂亚是小说着力描写的马孔多镇布恩蒂亚家庭的第一代男人，他虽不免有时愚昧，但他富于幻想，有惊人的智慧，总是想创造奇迹。他曾有过用磁铁探测地下黄金、迷信炼金术的可笑举动，也曾有为证明放大镜的效力竟让阳光的焦点射到自己身上，以致造成严重灼伤的经历。最令人惊异的是，他光靠观象仪就证实了他不曾知道而前人早已证实了的理论：地球是圆的，像橙子，如果乘船一直往东航行，就能回到出发的地点。这个人物形象表明：一旦拉丁美洲人民摆脱孤独和愚昧，将会出现多么了不起的人物。

霍·阿·布恩蒂亚的妻子乌苏娜在作品形象体系中的重要地位并不亚于奥雷连诺上校。她是一个勤劳、朴实、善良、活泼且具有巾帼英雄气质的拉丁美洲劳动妇女，她贯穿整部小说的始终，至少活了一百一十五岁。她既是马孔多的创建者，也是家族中威望最高的女主人；她既是家务的筹划人、劳作者，也是农业生产者，“从黎明到深夜，四处都有她的踪影”。地面、土墙、木器都是干干净净的。为后代居住条件着想，她大兴土木，像做苦工的人一样参加修建劳动。在她年过百岁、双目失明时，在连遭四年大雨又刮起使沼泽全都干涸的热风之后，她凭感觉与气味晒干衣物，用毒剂袭击蟑螂，堵死白蚂蚁的条条通道，打扫房屋，整理作坊，“力图恢复一切”。乌苏娜不仅参与种种劳动，抚养子孙后代，也敢于旗帜鲜明地干预社会生活。她的孙子阿卡蒂奥在执掌马孔多政权之初，滥杀无辜，给反对他的人戴上脚镣。她每次听到他横行霸道的消息，都向他叫嚷：“你是杀人犯！奥雷连诺知道的时候，他会枪毙你，我第一个高兴。”她放了前镇长和所有戴脚镣的人，并且开始掌管这个镇，宣布阿卡蒂奥轻率的命令一概无效。乌苏娜为教育后代，为争取本族的生存，做了长期不懈的努力。她虽勤劳勇敢，却很孤独，时常感到“时世不佳”，一切都变了。她伤了那么多脑筋，付出了那么多劳动建设起来的这个家，这座疯人院，似乎注定要成为罪恶的渊薮了。她希望最终来一次片刻的暴动，这种片刻的暴动，是她向往了多次、推迟了多次的。乌苏娜这个生动的艺术形象，是作者心目中的理想女性，具有比作品中的其他艺术形象多得多的写实成分，这一形象在许多国家的读者群中都引起了共鸣。

奥雷连诺上校是霍·阿·布恩蒂亚和乌苏娜的次子，是小说中的又一个重要人物，是一个传奇色彩很浓的英雄。小说第六章开头对他的一生作了扼要而又比较全面的介绍：“发动了三十二次武装起义，三十二次都遭到了失败……他自己遭到过十四次暗杀、七十二次埋伏和一次枪决，但都幸免于难……他曾升为革命军总司令，在全国广大地区拥有生杀予夺之权，成了政府最畏惧的人物，但他从来没有让人给他拍个照。战争结束以后，他拒绝了政府给他的终身养老金，直到年老都在马孔多作坊里以制作小金鱼为生。”

奥雷连诺上校发动起义的主要目的，是“彻底摧毁保守制度摇摇欲坠的大厦”，以求得自身的解放。为此，他甚至出国与加勒比海其他国家节节胜利的联邦主义者联合起来，并企图联合中美洲的联邦主义者的力量，“推翻整个大陆——从阿拉斯加到巴塔戈尼亚——的保守派政府”。然而，他得知自由党的领袖们把革命变成了为个人权力的战斗后，便想赶快结束这种讨厌的战争，甚至不惜镇压起义，终于在尼兰德投降书上签了字。他感到耻辱，于是开枪自杀，可是没有击中要害。这次自杀被看成是崇高行为，解除了他被讥笑唾骂的难堪局面，恢复了他已经失去的威望，“这一切的结果不过是马孔多的一条街道拿他命了名”。

奥雷连诺上校在自由党人和保守党人长达二十年的战争中，站在自由党人一边，出生入死，身先士卒，既未能使自己得到解放，更未能摧毁保守制度。可以认为，这既是奥雷连诺上校的个人悲剧，也是拉丁美洲的民族悲剧。悲剧的根源首先是自由党领袖的出卖行为，其次是上校本人对孤独的向往，他想尽快结束这场战争，回到马孔多制作金鱼，安度晚年。他“跟孤独签订了体面的协议”。

《百年孤独》这部长篇小说通过马孔多小镇从兴起直到最后在飓风中消亡，以及布恩蒂亚家族七代人的孤独与兴衰，多方面地探讨了拉丁美洲兴衰、“孤独”的原因。这是马尔克斯对拉丁美洲一百年历史教训的沉痛反思，是作者用魔幻现实主义的长篇小说写成的历史总结。其用意是使人相信拉丁美洲的真实生活情况，让拉丁美洲和它的人民发扬自身优势，斩断“孤独”的病根，从此走上兴旺发达、独立自主的道路，建立起“任何人无权决定他人应该如何生活和如何死亡”的新社会。小说最后一句“遭受百年孤独的家族，注定不会在大地上第二次出现了”，正是作者这种主导思想的反映。

马尔克斯认为：“文学的最佳模式是真实”，并说：“我的所有小说没有一行文字不是以真事为基础的”，但是，“小说的现实不同于日常生活的现实，尽管前者源于后者”，“拉丁美洲的日常生活告诉我们，现实中充满了奇特的事物”。因此，他在发扬拉丁美洲古印第安文学、前后期浪漫主义文学和现实主义文学的基础上，吸收外来创作经验，将神奇的现实与魔幻的手法融为一体，把魔幻现实主义文学推向了高峰。他的魔幻现实主义代表作品《百年孤独》是“继塞万提斯的《堂吉诃德》之后最伟大的西班牙语作品”；是“本世纪下半叶给人印象最深的一部小说，而且是任何一个世纪这类作品中的杰作”。1982 年，马尔克斯荣获诺贝尔文学奖。

九八、《沙恭达罗》——美不胜收的古印度经典剧作

迦梨陀娑是印度古代最著名的诗人和剧作家。关于他的生平事迹，历史上未留下任何确切资料，据传说以及他自己作品中所反映的情况，学者们推测，他生活于 350—472 年之间，他接近并同情下层人民，曾在印度周游，精通哲学、历史和文

学。其代表作有抒情长诗《云使》和剧本《沙恭达罗》。

七幕剧《沙恭达罗》取材于古代传说，叙述的是国王豆扇陀在一次打猎的过程中遇见美丽无比的净修林姑娘沙恭达罗，二人一见钟情后，在既无媒妁之言，又无亲属佐证的情况下自由结合。豆扇陀回宫后，沙恭达罗日夜思念他，以致怠慢了一位脾气暴躁的大仙人，仙人诅咒：爱她的豆扇陀会忘记她，除非见到他送给她的信物才会恢复记忆。果然，当已有身孕的沙恭达罗前往宫中寻夫时，豆扇陀怎么也想不起她是谁了。不幸的是，豆扇陀送给沙恭达罗作为信物的那枚戒指也在沙恭达罗寻夫的路途中丢失，豆扇陀拒不相认。沙恭达罗悲愤之极，这时她被天女带往仙山。失落的戒指后来被找到了，豆扇陀也记起了事情的真相，痛苦不已。最后，豆扇陀在助阵天帝时凯旋，途经仙山时夫妻重逢得以团圆，而他们的儿子则成为后来婆罗多族的祖先。

剧作的前三幕，诗人以轻快、欢欣的笔调展示沙恭达罗和豆扇陀的爱情。写沙恭达罗的美貌、豆扇陀的才能、双方的相思、恋情的表露，以树林、河水作为背景，以春光、鲜花作映衬，呈现出一幅又一幅美丽明媚的画面。

后三幕基调变得沉重起来。由于仙人的诅咒，豆扇陀失去了记忆，给他们的爱情带来了一场意外的风波。这场波折，从剧情方面讲，增加了故事的曲折性，产生跌宕起伏的效果；从表达思想方面讲，这场波折体现了诗人的一种人生观念，即经历了痛苦的欢乐才是真正的欢乐，苦行是求得幸福的手段，而更重要的是，通过这一波折与最终的团圆，一方面表现了他们对爱情的坚贞，一方面表现了诗人具有理想主义色彩的愿望，即美好的事物一定会胜利。

沙恭达罗是古代印度理想妇女的典型。她原是“王族的仙人”和天女结合所生，具有半人半神的性质，被净修林中的隐士收为义女，由于自幼在净修林中长大，生活地位比较低下，因而她身上所具有的基本上是平民女子的一些特点。

单纯和质朴是沙恭达罗最鲜明、最突出的性格特征。在她身上处处表现出一种“自然人”的本色。她天生丽质，纯净无华，穿着用树皮做的衣裳，戴着用荷花须子弯成的手镯，浑身洋溢着“自然美”的气质。她在人际关系上也十分单纯，在净修林中生活，除了义父、义母外，常和她在一起的是两个女友。她对义父、义母是尊重而有礼貌的，她与两个女友之间的感情非常深厚，她们互相关心，互相爱护，无话不谈。

沙恭达罗的单纯和质朴还表现在对大自然和动植物的热爱上。她对净修林周围美丽的自然风光和一些动植物充满了深厚的情意，森林中的一些弱小动物和她成了很好的朋友。她对森林中的一些花草感情尤深，她称一棵小茉莉花为“森林之光”，把一棵结满花骨朵的春藤叫作“妹妹”。告别净修林时，她热烈地扶抱着春藤树说：“蔓藤妹妹呀！用你的枝子，也就是用你的胳臂，拥抱我吧！从今天起我要远远离开你了。”戏剧就这样从多方面表现了沙恭达罗作为平民妇女的纯真和质朴。在这里,女主人公的外形美和内心美,以及她周身所散发的青春气息,三者达到了高度的统一。

在爱情上,她尤其能体现出作为平民妇女和“自然人”的特点:单纯、热烈、忠贞。她天真无邪,未经世事,既没有金钱和权力的考虑,也不会忸怩作态,爱上豆扇陀后,敢于突破净修林的清规戒律,克服自己的羞怯心理,勇敢地追求她所向往的幸福,将全部的爱情献给豆扇陀。

然而,沙恭达罗的性格并不是单一的。她既是单纯质朴、温柔善良的,又是疾恶如仇、富于反抗精神的。当她来到宫中遭到豆扇陀的拒认和侮辱时,气愤之余,她对豆扇陀进行了无情的揭露和斥责。她说:“以前在净修林里,你引诱我这个天真无邪的人,一切都讲好了,现在却用这些话来拒绝,这难道合理吗?”她高声斥骂道:“卑鄙无耻的人!你以小人之心度君子之腹。谁还能像你这样披上一件道德的外衣,实在是一口盖着草的井?”戏剧通过对沙恭达罗性格中刚直、反抗一面的描写,使沙恭达罗这一人物的性格更加丰满。

总之,沙恭达罗是古代印度既温柔多情又坚贞不渝的理想妇女的形象,在这一形象上鲜明地表达了作者较为先进的生活美学观。

剧本是用古典梵文写成的,但它克服了梵文雕琢的缺陷,具有淳朴、流畅、典雅、严谨的特点。特别是人物的语言,恰当地表现了人物不同的性格特征,而且,随着环境和情节的发展变化,人物的语言也有所改变。比如,沙恭达罗的语言是单纯、真挚的,给人以可信之感;豆扇陀的语言是精粹、华美的,但显得有些虚夸和矫饰。同时,作为诗剧,全剧有着浓郁的抒情性,其语言也带有鲜明的抒情色彩,处处洋溢着诗情画意,有着引人入胜的艺术魅力,让人读来有美不胜收之感。

《沙恭达罗》是印度古典名剧,在印度文学史上,它的影响是空前绝后的,印度人以迦梨陀娑和《沙恭达罗》为骄傲。《沙恭达罗》的影响还超越了国界,赢得了全世界的崇高评价,它不仅有几十个国家的译本(其中包括中文译本),而且还被广泛地搬上了舞台。《沙恭达罗》对世界文学的影响最突出的表现是其对 18 世纪德国文学界的影响。当时的德国大诗人席勒和歌德都对它赞不绝口,席勒曾说:“在古代希腊,竟没有一部书能够在美妙的女性温柔方面,或者在美妙的爱情方面与《沙恭达罗》相比于万一。”而歌德的名剧《浮士德》的序幕,更是在受了《沙恭达罗》序幕的影响后而写成的,这已成为世界文学史上东方文学影响西方文学的佳话。

九九、《源氏物语》——日本古典文学的高峰

紫式部(约 973—约 1016 年)是日本平安时代的著名女作家,日本古典文学的光辉代表。她出身于中等贵族之家,自幼聪颖过人,受日本传统文化影响颇深,学

识渊博。1006年被召进宫中做中宫彰子的侍从女官，从此熟稔宫中生活。紫式部一生写了不少作品，流传至今的有《紫式部日记》《紫式部家集》《源氏物语》等。

《源氏物语》共五十四回，八十余万字。小说中的故事历时七十余年，跨越四个朝代，约有四百多个人物。以源氏逝去为界，全书大致可以分为前后两篇。前篇从第一回到第四十四回为止，以京城宫廷贵族生活为背景，描写了主人公源氏从诞生到逝世的经历。源氏的生涯又以第二十一回为界，分为前后两个时期。前期写源氏从少年到中年时期的生活。小说开始，写当朝天皇桐壶帝，在众妃嫔中，他独宠一个并无有力后援的更衣（日本皇宫中的妃嫔，地位最高的是女御，其次为更衣、尚侍、典侍等）。这个更衣因此而受到众妃嫔的妒忌和诽谤。后来，这个更衣生下一个容貌如玉、盖世无双的小皇子，就更加为皇上所宠爱。但皇太子母后弘徽殿女御也因此更加忌恨这位更衣。在小皇子三岁时，这个更衣不堪众妃嫔的折磨，抑郁而死。皇子七岁启蒙，聪颖非凡，桐壶帝因这个小皇子没有强有力的外戚做后援，出于爱护，将其降为臣籍，赐姓源氏。源氏十二岁时，举行冠礼，并与左大臣之女葵姬结婚。源氏夫妇婚后不甚融洽，若即若离，桐壶帝新宠藤壶女御，其貌酷似源氏死去的母亲，故源氏与这个年长自己几岁的继母十分亲近，由倾慕、爱恋到乱伦私通，生下一子即后来的冷泉帝。这种悖理乱伦和深深的情思使双方一直处于矛盾和尴尬的境地，从而也成为源氏悲剧生活的一个重要根源。

青年时代的源氏，依仗着桐壶帝的宠爱和漂亮的面孔，放荡不羁，轻薄好色，不断地追求女性，过着戏谑调笑、荒淫放荡的色情生活。被他先后占有的女性有六条妃子、空蝉、轩端荻、夕颜、末摘花、花散里、源典侍和胧月夜等。年方十岁的紫姬，因其外貌酷似藤壶，于是源氏就把她强行接入府中，精心抚养。葵姬死后，源氏就将久已被他占有的紫姬当作正室。随着情场得意，源氏官运亨通，在宫廷角逐中扶摇直上，官至大将。

桐壶帝死后，源氏失去了靠山，弘徽殿女御之子朱雀帝即位，右大臣一家垄断朝政，源氏开始失势。源氏同右大臣之女胧月夜幽会时，被右大臣当场抓获。弘徽殿女御想趁机除掉他。源氏知道自己地位不稳，急忙离开京城，到须磨隐居。不久，朱雀帝不顾弘徽殿女御的反对，召源氏回京，官复原职。待源氏同藤壶私生的皇太子冷泉帝继位后，源氏重新得势，被奉为太上皇。

从第二十二回往后写的是源氏的后期生活，此时源氏三十五岁。小说主要写源氏对玉鬘的恋情、三公主和柏木的私通，以及紫姬之死，间写源氏同葵姬所生之子夕雾的生活。玉鬘是夕颜的女儿，常年流落在外，被源氏找到后，迎回府中，认作义女。但源氏常调笑义女玉鬘，意欲纳为小妾，被玉鬘拒绝。源氏四十岁时，受到已退位的朱雀帝之托，迎娶十四岁的三公主为正妻，不久后他发觉三公主同柏木私通，心中异常不快。三公主在生下酷似柏木的薰君后，心中愧疚，削发为尼。源氏认为这是自己早年乱伦放纵的报应，从此心如死灰。紫姬在四十三岁病故，年过半百的源氏悲痛欲绝，在烧去往日情书后，决心隐居佛堂。第四十一回只有卷名而无正文，从后文看，估计源氏在五十五六岁时去世。

后篇起于第四十五回，写薰君同宇治八亲王的三个女儿之间的故事，故称之为"宇治十帖"。宇治八亲王本是源氏异母兄弟，因曾被弘徽殿女御利用反对源氏，故当源氏重新得势之后，受到冷遇，移居宇治山庄别墅，独自抚育二女。年已二十的薰君，同源氏的性格正好相反，他为人忠诚，守身严谨，他常因自己身世之隐秘而痛感人世之无常。他听说八亲王深通佛典，故往拜之。不久，他就恋上了八亲王的大女儿。大女公子病逝后，薰君极度悲伤，在得知八亲王的私生女浮舟酷似已故的大女公子后，便设法将她安顿在宇治山庄里，甚为亲近。不料皇子冒充薰君，夜入浮舟卧室，强迫其从之。浮舟一身事二男，不堪其苦，投江自杀，被救后，削发为尼。薰君往访，浮舟拒不相见，至此全书结束。这时薰君二十八岁。

《源氏物语》写作的时间正值日本历史上动荡不安的平安时代，794年，日本恒武天皇由平城京(奈良)迁都于平安京(京都)，迁都后，政权相对稳定了百余年，但后来天皇的政治实权被大贵族藤原氏一家所篡夺，于是出现了持续二百余年的"摄政关白时代"。此时原有的土地制——班田制遭到破坏，而被大贵族所掌握的庄园制逐渐确立起来，藤原氏一家靠庞大的庄园经济几乎掌握了全国的经济命脉。他们的权势极大，可以随意废立天皇，当时贵族阶级政治上堕落，生活上荒淫糜烂，阶级矛盾日趋尖锐，大贵族专权统治正孕育着严重的危机。紫式部的《源氏物语》正是以这一段表面繁荣而内里却四面楚歌的历史为背景的。

源氏是一个理想贵族的典型。在作家的描绘下，他不仅相貌出众，才华超群，而且心地善良，精神世界丰富。然而，这一形象带有明显的多重性：他既是一个理想的公子，又是一个贵族社会的官僚和浪荡子弟；他既不看重名位和权势，又不得不陷入争权夺势的漩涡中；一方面他对妇女有情有义，另一方面他又往往喜新厌旧，用情不专。小说通过源氏荒唐、曲折而荣耀的一生，给人们展示了一幅皇宫贵族华丽、腐朽、淫乱的生活画面，揭露了贵族社会的种种黑暗和矛盾，揭示了上层贵族精神崩溃和必然没落的历史趋势，表达了往生净土的佛门幻想和宿命观念。

小说深刻的思想内容是通过鲜明的艺术特色表现出来的，具体表现在如下几个方面。

第一，人物形象鲜明生动。小说中出场的人物达四百四十人之多，而形象鲜明、个性突出的不下几十人，除源氏、熏君等贵族男子外，还成功地塑造了藤壶、紫姬、空蝉、末摘花、明石、三公主、浮舟等一系列妇女形象。尤其值得一提的是，作家善于用细致的心理描写来表现人物的内心世界，因此，人物形象不仅声貌宛然，而且个性情感、心理变化纤毫毕现，使读者能感受其灵魂。

第二，情景描写别具特色。小说比较广泛地展现了平安时代社会生活的画面，对当时的人情世故、风俗习惯、自然景物都做了真实生动的描绘，使人身临其

境。特别是对自然景物的描绘,往往同人物的性格表现、心理活动及人物的命运变迁紧密地交融在一起,如小说中对月色的描写,随人的情感变化而不同。悼亡时,它愁绪绵绵;猎艳时,它饱含情趣;烦恼时,它忧心忡忡;离别时,它依依不舍;凶险时,它阴森恐怖;总之,它可悲可喜,可怨可悯,完全是景随情生。

第三,骈散结合,文字优美,极富表现力和感染力。紫式部的文字绵密细致、柔美典雅,富于含蓄美。尤其是在情节叙述中,交织穿插了富于抒情色彩的诗歌,这就不仅使行文灵活多变,且更有助于表达人物的思想情感。据统计,书中有诗歌近八百首,一部分化用日本古代和歌,一部分引用汉诗,还有一部分是作家的创作。这些诗歌往往是人物面临某一特定情景时,思古发幽,吟咏而成。它们与散文描述水乳交融,大大增强了作品的表现力及艺术感染力。

《源氏物语》对日本文学产生了深远的影响,其后的许多诗文小说都曾从中吸收养分,尤其是在情景交融的意境的营造上多有所借鉴。

从时间上来讲,《源氏物语》是世界文学史上最早的一部长篇写实小说,而就其思想深度和艺术高度来讲,在21世纪的世界文学范围内则几乎找不到能与之相媲美的作品,《源氏物语》在世界文学史上的地位由此可见一斑。

一〇〇、《雪国》——东西结合,自成一格;既悲且美,抒情味浓

川端康成(1899—1972年),日本著名作家,1968年诺贝尔文学奖的获奖作者。他的前期创作主要描写处于社会下层的人们,尤其是下层妇女的悲惨遭遇,表现她们的痛苦和追求。后期创作倾向较为复杂,作品中既有思想感情健康的,也有略带颓废色彩的。他一生写了一百余部长、中、短篇小说,其中以中、短篇小说为主,主要作品有短篇小说《伊豆的舞女》,中篇小说《雪国》《千鹤》《古都》等。

《雪国》是一篇中篇小说,从1935年到1947年,断断续续在几个刊物上发表,1948年出版单行本。从作者1933年年底动笔算起,到最后出单行本为止,前后一共用了15年的时间。

《雪国》主要写了舞蹈评论家岛村三次赴雪国旅行的故事。岛村,家在京城,是个有妻室的中年男子,他几次来雪国,主要是要与对他抱有好感的艺妓驹子幽会。在他第二次去雪国的火车上,偶遇一细心照料病人的少女叶子,岛村为她的美貌和声音所吸引,开始暗恋她。到了雪国与驹子重逢后,岛村得知那病人名叫行男,是驹子的未婚夫,但驹子并不爱他,驹子爱的是岛村,而岛村却并不爱驹子,并认为她的爱是徒劳的。当岛村第三次来雪国时,行男已经病逝,这时岛村一方面对叶子的精神之恋更加强烈,另一方面他又无法割舍对驹子的现实之恋。小说最后,叶子在一场火灾中堕楼而死。

作者在作品中以同情的笔调表现了第二次世界大战前后生活在社会底层的日本艺妓的悲惨命运，表现了她们追求独立人格和对幸福爱情的向往，具有一定的思想价值，但作者又通过岛村，将现实生活中的一切努力都看成是徒劳的，流露了一种悲观的消极情绪。

作品中的岛村是个具有深厚虚无色彩的人。他家在东京的工商业区，靠父母遗产生活，无所事事，游手好闲，虽有时写些有关舞蹈方面的文章，但并非认真踏实地研究，而是随心所欲地想象，借此捞个文人的虚名而已。除此之外，身无所长，只有游山逛水了。不过，小说的重点不在岛村身上，而是在女主人公驹子身上。

驹子是个相貌美丽而身世悲惨的女子。她从十六岁起就沦落风尘，一开始是做陪酒女郎，后沦为艺妓。驹子身上最突出的特点是"难以想象的洁净"，这个"洁净"不单是指她外表的洁净，而且表现了她内心的"洁净"。驹子尽管生活在屈辱和不幸中，但作为一个艺妓，她并没有湮没在纸醉金迷的世界里自暴自弃，而是保持着一种上进心。这主要体现在三个方面：刻苦练三弦，成为当地艺妓中琴技最好的；在艰苦的环境中坚持写日记，几年如一日，从未间断过；喜欢读小说，虽然她读的小说格调并不高，都是一些通俗小说，但这些都表现了她好强的个性，也说明了她对生活的态度是认真的。在对待爱情方面，尽管驹子不爱行男，可为了给行男治病，她却甘愿牺牲自己，出来做艺妓赚钱。驹子爱的是岛村，尽管岛村只是个游客，可驹子认为岛村与一般的游客有所不同，她觉得岛村对她较温柔，也很尊重她。如岛村第一次见她时，并未把她当成艺妓占有她，而只想与她谈谈话、清清白白地交往。另外，岛村又时时眷念着她，频频来雪国与她相会。为此，驹子认为在她结交的男人中，像岛村这样的人是少有的，因而她想在岛村身上求得爱情。虽然她明知岛村在京城有妻儿，这种爱情是不可靠的，但她仍想求得一种像是爱情的感情，哪怕这种感情只能维持一段时间也好。这点也表明了驹子渴望过正常人的爱情生活的强烈愿望。退一步说，即使岛村不能对这种爱情做出反应，她不大能得到岛村的回报，她也不在意。在作者看来，这种爱是一种无偿的爱，是女性美的最集中的表现。

《雪国》引人注目之处在于创作方法方面。其创作方法特点鲜明，可谓东西结合，自成一格。所谓东西结合，即将日本的古典文学传统与西方的现代派手法巧妙地结合在一起，其具体表现是既有一定数量具体的、客观的描绘，又在不少地方通过岛村的自由联想和意识流动状物写人。这篇小说巧妙运用自由联想、意识流动的例子很多，其中最为人称道的是它的一头一尾。

开头一段描写岛村坐在开往雪国的火车上，凭窗眺望窗外景色。这时由于暮色降临大地，车外一片苍茫，车内亮起了电灯，所以车窗玻璃变成一面似透明非透明的镜子。在这个镜面上，车外的苍茫暮色和车内的姑娘叶子那美丽的面影奇妙地重合在一起，前者成为背景，后者浮现在它的上面，构成一幅美妙无比的图画，引起岛村的无边遐想和无限美感。在这里，叶子的美貌不是通过直接描写表现出来的，而是通过火车车窗这面镜子间接地反映出来的，又是通过岛村的眼睛、感觉和意识流动再间接地描绘出来的。这样的描写使得叶子的美貌罩上了一层朦胧的、神秘的色彩，为作品增添了无限的诗意。

结尾一段描写一场火灾，叶子在这场火灾中被烧坏。在一般人看来，这当然是个可悲的结局，但在岛村看来，却并非全然如此，他觉得其中既有悲，又有美。作者似乎也有同感，所以，在岛村的眼里，在作者的笔下，火灾是充满诗情画意的，地上洁白的雪，天空灿烂的银河，衬托着火花的飞舞，构成一幅美丽的图画。不但火灾现场是诗情画意的，叶子的身体从二楼上掉下来也是充满诗情画意的，为这幅画面增添了无限的美。

若问岛村为什么会把叶子之死看成美的，作者为什么会把叶子之死写成美的，原因就在于他们头脑中的虚无主义观点。在他们看来，叶子是个“非现实世界的幻影”，她的死亡并非彻底的死亡，而是“内在生命的变形以及那变迁的过程”。而从艺术效果来看，这种描写则使叶子这个“非现实美”的幻影得以最后完成。

小说的整体风格是既悲且美，抒情味浓。作者是热心探求美的，他的作品常常以绚丽多彩的大自然作为背景，以自然界的季节变化作为衬托，使自然的景色和人物的感情结合起来，达到水乳交融的地步。他的作品又常常以美貌的青年女性为中心，以她们对爱情和艺术的不懈追求为主题，这些都与他对美的探求有关，《雪国》充分体现了这一点。在这篇小说中，驹子的现实美和叶子的空幻美正是在雪国的背景上展示出来的。川端康成又是擅长表现悲的作家，他的作品往往充满失意、孤独、感伤等悲哀感情，结局往往具有悲剧色彩，《雪国》也是这样。在这篇小说里，岛村的感伤情绪和驹子的内心痛苦充溢全篇，而结尾叶子之死更使小说增添了悲凉气氛。这是由于川端康成认为美与悲是相辅相成、密不可分的，所以，他总是把美与悲联系在一起加以表现，形成一种既美且悲、愈美愈悲、愈悲愈美、因悲方美、因美方悲的独特格调。这种格调，抒情味浓，感染力强。这种格调的形成既与他本人自幼失去父母亲人的不幸遭遇和从小养成的孤僻性格及悲观思想有关，又与《源氏物语》的基本情调——“幽情”（所谓“幽情”，是指在人的种种感情中，痛苦、忧愁、悲伤等不如人意的感情，这是使人感受最深的感情）有联系，此外，恐怕还受到了西方现代派文学所普遍带有的悲凉情绪的影响。

《雪国》自发表以来一直被认为是川端康成的代表作之一，川端康成获诺贝尔文学奖时，《雪国》与《千鹤》《古都》一起被列为获奖作品，从此之后就更加闻名遐迩了。的确，《雪国》在艺术构思、审美观点、思想内容和表现技巧等许多方面都相当充分地体现了川端康成的创作特色，散发着川端康成文学创作的独特艺术魅力。

参考文献

[1] [汉]毛公傅,[唐]郑玄笺,孔颖达,等.毛诗正义[M].上海:上海古籍出版社,1990.

[2] 余冠英.诗经选[M].北京:人民文学出版社,1956.

[3] 高亨.诗经今注[M].上海:上海古籍出版社,1980.

[4] 程俊英.诗经注析[M].北京:中华书局,1991.

[5] 陈子展.诗经直解[M].上海:复旦大学出版社,1983.

[6] 朱熹.楚辞集注[M].上海:上海古籍出版社,1979.

[7] 马茂元.楚辞选[M].北京:人民文学出版社,1980.

[8] 游国恩.离骚纂义[M].北京:中华书局,1980.

[9] 吴汝煜.史记论稿[M].南京:江苏教育出版社,1986.

[10] 俞樟华.史记艺术论[M].北京:华文出版社,2002.

[11] 余冠英.乐府诗选[M].北京:人民文学出版社,1953.

[12] 陶渊明.陶渊明集[M].逯钦立,校注.北京:中华书局,1979.

[13] 廖仲安.陶渊明[M].上海:上海古籍出版社,1979.

[14] 袁行霈.陶渊明研究[M].北京:北京大学出版社,1997.

[15] 徐震堮.世说新语校笺[M].北京:中华书局,1984.

[16] 余嘉锡.世说新语笺疏[M].上海:上海古籍出版社,1996.

[17] 朱铸禹.世说新语彙校集注[M].上海:上海古籍出版社,2002.

[18] 王能宪.世说新语研究[M].南京:凤凰出版社,1992.

[19] [唐]李白.李白集校注[M].瞿蜕园,朱金城,校注.上海:上海古籍出版社,1980.

[20] 詹瑛.李白诗文系年[M].北京:人民文学出版社,1984.

[21] 裴斐.李白诗歌赏析集[M].成都:巴蜀书社,1988.

[22] [清]仇兆鳌.杜诗详注[M].北京:中华书局,1995.

[23] 萧涤非.杜甫诗选注[M].上海:上海古籍出版社,1983.

[24] 罗宗强.杜甫[M].天津:新蕾出版社,1993.

[25] 莫砺锋.杜甫传[M].天津:天津人民出版社,2001.
[26] 童第德.韩愈文选[M].北京:人民文学出版社,1980.
[27] 陈迩东.韩愈诗选[M].北京:人民文学出版社,1984.
[28] 屈守元,等.韩愈全集校注[M].成都:四川大学出版社,1996.
[29] 孙昌武.韩愈选集[M].上海:上海古籍出版社,1996.
[30] 陈友琴.古典文学研究资料汇编·白居易卷[M].北京:中华书局,1962.
[31] 顾学颉.白居易诗选[M].北京:人民文学出版社,1963.
[32] 朱金城.白居易集笺校[M].上海:上海古籍出版社,1988.
[33] 蹇长春.白居易评传[M].南京:南京大学出版社,2002.
[34] 叶葱奇.李商隐诗集疏注[M].北京:人民文学出版社,1985.
[35] 刘学锴,余恕诚.李商隐诗歌集解[M].北京:中华书局,1988.
[36] 周振甫.李商隐诗歌赏析集[M].成都:巴蜀书社,1993.
[37] 刘学锴.李商隐传论[M].合肥:安徽大学出版社,2002.
[38] 杜维沫,陈新.欧阳修文选[M].北京:人民文学出版社,1982.
[39] 洪本健.欧阳修资料汇编[M].北京:中华书局,1995.
[40] 黄进德.欧阳修评传[M].南京:南京大学出版社,1998.
[41] 四川大学中文系唐文学研究室.苏轼资料汇编[M].北京:中华书局,1994.
[42] 钱仲联.剑南诗稿校注[M].上海:上海古籍出版社,1985.
[43] 邱鸣皋.陆游评传[M].南京:南京大学出版社,2002.
[44] 齐治平.陆游资料汇编[M].北京:中华书局,1962.
[45] 郑临川.稼轩词纵横谈[M].成都:巴蜀书社,1987.
[46] 辛更儒.辛弃疾资料汇编[M].北京:中华书局,2005.
[47] 吴晓铃,李国炎.关汉卿戏曲集[M].北京:中国戏剧出版社,1958.
[48] 黄克.关汉卿戏剧人物论[M].北京:人民文学出版社,1984.
[49] 李占鹏.关汉卿评传[M].南京:南京大学出版社,2000.
[50] 李汉秋,等.关汉卿研究资料[M].上海:上海古籍出版社,1988.
[51] 王纲.关汉卿研究资料汇考[M].北京:中国戏剧出版社,1988.
[52] 隋树森.元曲选外编[M].北京:中华书局,1959.
[53] 王实甫.西厢记[M].张燕瑾,校注.北京:人民文学出版社,1995.
[54] 王季思.从《莺莺传》到《西厢记》[M].上海:古典文学出版社,1955.
[55] 张人和.《西厢记》论证[M].长春:东北师范大学出版社,1995.
[56] 朱一玄,刘毓忱.《三国演义》资料汇编[M].天津:南开大学出版社,2003.
[57] 刘知渐.《三国演义》新论[M].重庆:重庆出版社,1985.
[58] 谭洛非.《三国演义》与中国文化[M].成都:巴蜀书社,1992.
[59] 朱一玄,刘毓忱.水浒传资料汇编[M].天津:南开大学出版社,2002.

[60] 何心.水浒研究[M].上海:上海文艺联合出版社,1954.
[61] 朱一玄,刘毓忱.西游记资料汇编[M].天津:南开大学出版社,2002.
[62] 胡光舟.吴承恩和西游记[M].上海:上海古籍出版社,1980.
[63] 兰陵笑笑生.金瓶梅词话[M].北京:人民文学出版社,2000.
[64] 梅节.金瓶梅词话校读记[M].北京:北京图书馆出版社,2004.
[65] 石昌渝,等.金瓶梅鉴赏辞典[M].北京:北京师范大学出版社,1989.
[66] 孙逊.金瓶梅鉴赏辞典[M].上海:汉语大词典出版社,2005.
[67] 方铭.金瓶梅资料汇录[M].合肥:黄山书社,1986.
[68] 侯忠义,王汝梅.金瓶梅资料汇编[M].北京:北京大学出版社,1985.
[69] 黄霖.金瓶梅资料汇编[M].北京:中华书局,1987.
[70] 王汝梅.王汝梅解读《金瓶梅》[M].长春:时代文艺出版社,2007.
[71] 霍现俊.《金瓶梅》发微[M].北京:中国社会科学出版社,2002.
[72] 田晓菲.秋水堂论金瓶梅[M].天津:天津人民出版社,2003.
[73] 石钟扬.致命的狂欢:品读潘金莲与西门庆[M].西安:陕西人民出版社,2006.
[74] 徐朔方.论汤显祖及其他[M].上海:上海古籍出版社,1983.
[75] 董每戡.五大名剧论·牡丹亭论[M].北京:人民文学出版社,1984.
[76] 朱一玄.聊斋志异资料汇编[M].天津:南开大学出版社,2002.
[77] 马瑞芳.蒲松龄评传[M].北京:人民文学出版社,1986.
[78] 吴组缃.聊斋志异欣赏[M].北京:北京大学出版社,1986.
[79] 李厚基,韩海明.人鬼狐妖的艺术世界[M].天津:天津人民出版社,1982.
[80] 李汉秋.儒林外史研究资料[M].上海:上海古籍出版社,1984.
[81] 朱一玄,刘毓忱.儒林外史资料汇编[M].天津:南开大学出版社,1998.
[82] 李汉秋.儒林外史研究纵览[M].天津:天津教育出版社,1992.
[83] 朱一玄.红楼梦资料汇编[M].天津:南开大学出版社,1985.
[84] 孙逊.红楼梦鉴赏辞典[M].上海汉语大词典出版社,2006.
[85] 一粟.古典文学研究资料汇编·红楼梦卷[M].北京:中华书局,1963.
[86] 王永健.洪昇和长生殿[M].上海:上海古籍出版社,1982.
[87] 董每戡.五大名剧论·长生殿论[M].北京:人民文学出版社,1984.
[88] 汪蔚林.孔尚任诗文集[M].北京:中华书局,1962.
[89] 胡雪冈.孔尚任和桃花扇[M].上海:上海古籍出版社,1985.
[90] 徐振贵.孔尚任评传[M].济南:山东大学出版社,1991.
[91] 郭沫若.女神[M].北京:人民文学出版社,1985.
[92] 郭沫若.郭沫若全集[M].北京:人民文学出版社,1989.
[93] 姜铮.人的解放与艺术的解放[M].长春时代文艺出版社,1981.

[94] 郁达夫.沉沦[M].上海:上海泰东书局,1921.
[95] 温儒敏.一份率真,一份才情[M].北京:中国和平出版社,1998.
[96] 鲁迅.呐喊[M].北京:北京新潮社,1923.
[97] 李长之.鲁迅批判[M].上海:北新书局,1936.
[98] 李欧梵.铁屋中的呐喊[M].长沙:岳麓书社,1999.
[99] 冰心.寄小读者[M].上海:北新书局,1926.
[100] 冰心.冰心散文集[M].上海:上海古籍出版社,2002.
[101] 丁玲.莎菲女士的日记[M].北京:京华出版社,2006.
[102] 茅盾.茅盾全集·女作家丁玲[M].北京:人民文学出版社,1991.
[103] 朱自清.背影[M].上海:开明书店,1928.
[104] 朱自清.朱自清全集[M].南京:江苏教育出版社,1988.
[105] 闻一多.死水[M].上海:新月书店,1928.
[106] 闻一多.闻一多全集[M].武汉:湖北人民出版社,1994.
[107] 戴望舒.我的记忆[M].上海:水沫书店,1929.
[108] 戴望舒.戴望舒诗集[M].成都:四川人民出版社,1981.
[109] 北塔.浙江文化名人传记丛书:戴望舒传[M].杭州:浙江人民出版社,2003.
[110] 徐志摩.猛虎集[M].上海:新月书店,1931.
[111] 徐志摩.徐志摩全集[M].上海:上海书店出版社,1988.
[112] 蓝棣之.现代诗的情感与形式[M].北京:华夏出版社,1994.
[113] 郭小聪.在新世纪的门槛上[M].北京:北京大学出版社,1997.
[114] 巴金.家[M].北京:人民文学出版社,1981.
[115] 汪应果.巴金论[M].上海:上海文艺出版社,1985.
[116] 陈思和.人格的发展[M].上海:上海人民出版社,1992.
[117] 茅盾.子夜[M].北京:人民文学出版社,1978.
[118] 孙中田,查国华.茅盾研究资料[M].北京:中国社会科学出版社,1983.
[119] 王晓明.潜流与漩涡[M].北京:中国社会科学出版社,1991.
[120] 曹禺.雷雨[M].北京:人民文学出版社,1994.
[121] 朱栋霖.论曹禺的戏剧创作[M].北京:人民文学出版社,1986.
[122] 田本相,胡叔和.曹禺研究资料[M].上海:中国戏剧出版社,1991.
[123] 钱理群.大小舞台之间[M].杭州:浙江文艺出版社,1994.
[124] 萧红.生死场[M].北京:人民文学出版社,1981.
[125] 萧红.萧红全集[M].哈尔滨:哈尔滨出版社,1991.
[126] 沈从文.边城[M].上海:上海生活书店,1934.
[127] 吴福辉,赵园.沈从文名作欣赏[M].北京:中国和平出版社,1993.

[128] 王晓明.潜流与漩涡[M].北京:中国社会科学出版社,1991.
[129] 艾青.大堰河[M].上海:上海群众杂志公司,1936.
[130] 艾青.艾青全集[M].石家庄:花山文艺出版社,1991.
[131] 杨匡汉,等.艾青传论[M].上海:上海文艺出版社,1984.
[132] 骆寒超,方牧,赵午生.艾青研究论文集[M].乌鲁木齐:新疆人民出版社,1983.
[133] 老舍.骆驼祥子[M].北京:人民文学出版社,1955.
[134] 吴怀斌,曾广灿.老舍研究资料[M].北京:北京十月文艺出版社,1988.
[135] 赵园.北京:城与人[M].上海:上海人民出版社 1991.
[136] 夏衍.上海屋檐下[M].上海:中国戏剧出版社,1957.
[137] 刘西渭.咀华二集[M].上海:文化生活出版社,1942.
[138] 艾芜.南行记[M].昆明:云南人民出版社,2002.
[139] 艾芜.艾芜文集[M].成都:四川人民出版社,1984.
[140] 王晓明.沙汀艾芜的小说世界[M].上海:上海文艺出版社,1987.
[141] 沙汀.淘金记[M].成都:四川文艺出版社,2000.
[142] 沙汀.沙汀文集[M].上海:上海文艺出版社,1992.
[143] 冯至.十四行集[M].桂林:桂林明日出版社,1942.
[144] 冯至.冯至诗选[M].成都:四川人民出版社,1980.
[145] 许霆,等.十四行诗在中国[M].苏州:苏州大学出版社,1995.
[146] 赵树理.李有才板话[M].大连:华北新华书店,1943.
[147] 赵树理.赵树理文集[M].北京:工人出版社,1980.
[148] 戴光中.赵树理传[M].北京:北京十月文艺出版社,1987.
[149] 张爱玲.传奇[M].上海:上海山河图书公司,1946.
[150] 张爱玲.张爱玲文集[M].合肥:安徽文艺出版社,1992.
[151] 黄修己.张爱玲名作欣赏[M].北京:中国和平出版社,1998.
[152] 李季.王贵与李香香[M].北京:人民文学出版社,2000.
[153] 钱钟书.围城[M].北京:人民文学出版社,1991.
[154] 杨绛.记钱钟书与《围城》[M].长沙:湖南人民出版社,1986.
[155] 田蕙兰,马光裕,陈珂玉.钱钟书杨绛研究资料集[M].武汉:华中师范大学出版社,1990.
[156] 孔庆茂.钱钟书传[M].南京:江苏文艺出版社,1992.
[157] 梁实秋.雅舍小品[M].北京:北京文化艺术出版社,1998.
[158] 余光中.秋之颂[M].台北:台湾九歌出版社,1988.
[159] 王小波.黄金时代[M].北京:华夏出版社,1994.
[160] 王小波.王小波文集[M].北京:中国青年出版社,1999.

[161] 刘索拉.女贞汤[M].福州:海峡文艺出版社,2003.
[162] 铁凝.玫瑰门[M].北京:作家出版社,1989.
[163] 林白.一个人的战争[M].南京:江苏文艺出版社,1997.
[164] 张贤亮.习惯死亡[M].北京:经济日报出版社,1998.
[165] 贾平凹.怀念狼[M].北京:作家出版社,2003.
[166] 韩少功.马桥词典[M].北京:作家出版社,1996.
[167] 莫言.酒国[M].长沙:湖南文艺出版社,2000.
[168] 苏童.米[M].上海:上海文艺出版社,2005.
[169] 张洁.无字[M].北京:北京十月文艺出版社,2005.
[170] 王安忆.长恨歌[M].北京:作家出版社,1995.
[171] 陈染.私人生活[M].北京:作家出版社,1996.
[172] 余华.在细雨中呼喊[M].佛山:南海出版公司,1999.
[173] 残雪.残雪自选集[M].海口:海南出版社,2004.
[174] 张炜.张炜自选集[M].北京:作家出版社,1996.
[175] 王蒙.活动变人形[M].北京:人民文学出版社,1987.
[176] 格非.欲望的旗帜[M].太原:北岳文艺出版社,2001.
[177] 刘震云.故乡面和花朵[M].北京:人民文学出版社,1998.
[178] 张承志.心灵史[M].海口:海南出版社,1995.
[179] 阎连科.受活[M].沈阳:春风文艺出版社,2003.
[180] 陈忠实.白鹿原[M].北京:人民文学出版社,1993.
[181] 卫慧.上海宝贝[M].沈阳:春风文艺出版社,2000.
[182] 史铁生.务虚笔记[M].上海:上海文艺出版社,1997.
[183] 王朔.玩的就是心跳[M].北京:人民文学出版社,1988.
[184] 斯威布.希腊的神话和传说[M].楚图南,译.北京:人民文学出版社,1982.
[185] 乔万尼·薄伽丘.十日谈[M].方平,王科一,译.上海:上海译文出版社,1988.
[186] 歌德.少年维特之烦恼[M].郭沫若,译.北京:人民文学出版社,1955.
[187] 歌德.少年维特之烦恼[M].杨武能,译.北京:人民文学出版社,1981.
[188] 爱克曼.歌德谈话录[M].朱光潜,译.北京:人民文学出版社,1978.
[189] 威廉·莎士比亚.莎士比亚全集·威尼斯商人[M].方平校,朱生豪,译.北京:人民文学出版社,1984.
[190] 威廉·莎士比亚.莎士比亚全集·哈姆莱特[M].方平校,朱生豪,译.北京:人民文学出版社,1984.
[191] 查尔斯·狄更斯.双城记[M].罗稷南,译.上海:上海译文出版社,1983.
[192] 沃尔特·惠特曼.草叶集[M].楚图南,译.北京:人民文学出版社,1987.

[193] 马克·吐温.哈克贝利·芬历险记[M].张万里,译.上海:上海译文出版社,1984.
[194] 欧内斯特·米勒尔·海明威.老人与海[M].海观,译.上海:上海译文出版社,1979.
[195] 司汤达.红与黑[M].罗玉君,译.上海:上海译文出版社,1979.
[196] 司汤达.红与黑[M].闻家驷,译.北京:人民文学出版社,1988.
[197] 奥诺雷·巴尔扎克.高老头[M].傅雷,译.北京:人民文学出版社,1978.
[198] 维克多·雨果.巴黎圣母院[M].陈敬荣,译.北京:人民文学出版社,1982.
[199] 维克多·雨果.悲惨世界[M].李丹,方于,译.北京:人民文学出版社,1990.
[200] 罗曼·罗兰.约翰·克利斯朵夫[M].傅雷,译.北京:人民文学出版社,1980.
[201] 尼古莱·瓦西里耶维奇·果戈理.死魂灵[M].满涛,许庆道,译.北京:人民文学出版社,1983.
[202] 费奥多尔·米哈伊洛维奇·陀思妥耶夫斯基.罪与罚[M].朱海观,王玫,译.北京:人民文学出版社,1982.
[203] 列夫·托尔斯泰.安娜·卡列尼娜[M].草婴,译.上海:上海译文出版社,1982.
[204] 列夫·托尔斯泰.复活[M].汝龙,译.北京:人民文学出版社,1984.
[205] 罗曼·罗兰.巨人三传[M].傅雷,译.天津:天津社会科学院出版社,2004.
[206] 米哈伊尔·亚历山德罗维奇·肖洛霍夫.静静的顿河[M].金人,译.北京:人民文学出版社,1982.
[207] 米盖尔·德·塞万提斯·萨维德拉.堂吉诃德[M].杨绛,译.北京:人民文学出版社,1979.
[208] 加夫列尔·加西亚·马尔克斯.百年孤独[M].黄锦炎,译.杭州:浙江文艺出版社,1991.
[209] 迦梨陀娑.沙恭达罗[M].季羡林,译.北京:人民文学出版社,1980.
[210] 紫式部.源氏物语[M].丰子恺,译.北京:人民文学出版社,1980.
[211] 川端康成.雪国[M].侍桁,译.上海:上海译文出版社,1981.